GOLDMANN

Buch

Wohlbehütet und glücklich verlebt Angeline ihre Mädchenjahre auf dem Landsitz ihrer Tante in der Nähe von New Orleans. Doch eines Tages wird die zarte rothaarige Schönheit unvermittelt das Opfer einer grausamen Verwechslung: Rolf, Prinz des winzigen Fürstentums Ruthenien, läßt Angeline brutal entführen, da er sie irrtümlich für die Exgeliebte seines Bruders hält. Und dieser Bruder wurde Opfer eines Attentats, dessen einzige lebende Zeugin die Geliebte war.
Zu spät erst erkennt Rolf, daß das von ihm geraubte Mädchen gar nicht die ehemalige Geliebte seines Bruders sein kann, denn Angeline ist noch unberührt...

Autorin

Jennifer Blake wurde in der Nähe von Goldonna, Louisiana, auf der Farm ihrer Großeltern geboren. Mit fünfzehn heiratete sie, mit zwanzig begann sie, Romane zu schreiben. Seitdem hat sie über dreißig Bücher veröffentlicht und konnte sich auch in Deutschland eine begeisterte Lesegemeinde erobern.

Im Goldmann Verlag erschienen bereits die Titel:

Bitteres Paradies. Roman (9812) · Der Kreole. Roman (9463) · Ein Hauch von Paradies. Roman (9752) · Mitternachtswalzer. Roman (9675) · Nacht über Louisiana. Roman (9684) · Träume des Südens. Roman (9467) · Wie Feuer im Blut. Roman (9830) · Feuerlilien. Roman (9997) · Im Sturm erobert. Roman (41281) · Serenade der Leidenschaft. Roman (9998) · Wie Feuer auf meiner Haut. Roman (41250) · Wilder Jasmin. Roman (42221) · Willkür meines Herzens. Roman (41366) · Zur Liebe verdammt. Roman (41246)

Jennifer Blake

Strom der Sehnsucht

ROMAN

Aus dem Amerikanischen
von Simon Wagenfeld

GOLDMANN VERLAG

Deutsche Erstveröffentlichung

Im Original erschienen unter dem Titel »Royal Seduction«
bei Ballantine Books, a division of Random House, Inc., New York

Umwelthinweis:
Alle bedruckten Materialien dieses Taschenbuches
sind chlorfrei und umweltschonend.
Das Papier enthält Recycling-Anteile.

Der Goldmann Verlag
ist ein Unternehmen der Verlagsgruppe Bertelsmann

Made in Germany · 4. Auflage · 6/93

Umschlaggestaltung: Design Team München
Umschlagillustration: Ennis/Schlück, Garbsen
Satz: IBV Satz- und Datentechnik GmbH, Berlin
Druck: Elsnerdruck, Berlin
Verlagsnummer: 9814
Redaktion: Antje Hohenstein/AK
Herstellung: Gisela Ernst/sc
ISBN 3-442-09814-9

1. Teil

1

Die Soirée bei Madame Delacroix war ein Erfolg. Zwar pfiff um die Galerie des Herrenhauses ein eisiger Winterwind, doch die *crème de la crème* von St. Martinville war der Einladung gefolgt. In Samt und Brokat, Satin und Seide hatten sich die Gäste unter moosbehangenen Bäumen auf schlammigen Fuhrwegen zum Anwesen der Familie Delacroix kutschieren lassen.

Madame wußte recht gut, daß nicht die *beaux yeux* der Gastgeberin sie hergeführt hatten, sondern die Neugier. Die Franzosen und Französinnen Louisianas waren schon seit gut siebzehn Jahren amerikanische Bürger und hatten sich, solange es dauerte, im Glanz des republikanischen Frankreich gesonnt, aber eine Königliche Hoheit faszinierte sie nach wie vor. War nicht ihre schöne Stadt als *La Petite Paris* bekannt? Und befanden sich nicht unter ihnen viele adelige *emigrés* oder die Kinder derer, die der Schreckensherrschaft vor knapp dreißig Jahren entronnen waren? Es gab sogar einige, die sich noch an das Rumpeln der Karren und die blitzende Schneide Madame Guillotines erinnerten.

Zwar stammte der Prinz, der vor kurzem hier angekommen war, aus irgendeinem obskuren Balkanland, aber königliches Geblüt war schließlich königliches Geblüt. Allerdings war sein Erscheinen heute abend äußerst unwahrscheinlich; *mon Dieu,* hätte Madame Delacroix dergleichen ernsthaft erwartet, hätte sie es sofort überall verkünden lassen! Aber man konnte tanzen, essen und trinken – Madames Diners waren berühmt. Und vielleicht hatte ja einer der Anwesenden in der Stadt einen Blick auf den hohen Gast erhascht, oder einer der Diener verkehrte mit den Negersklaven auf *Petite Versailles,* der Plantage von Monsieur de la Chaise, wo der Prinz wohnte.

Geige, Horn und Klavier spielten fröhlich zu einem beschwingten Tanz auf, und die Konversation – Klatsch über Themen von gemeinsamem Interesse für die eng verwandten Familien der Gegend – plätscherte leicht dahin, denn man war vorsichtig und wollte niemandem zu nahe treten. An beiden Enden des langen, mit Seidentapeten bespannten Raums, der durch das Öffnen der Türen zwischen *grande salle* und *petite salle* entstanden war, loderte hell ein Feuer. Die Luft war geschwängert vom Rauch verbrannten Holzes und den diversen Parfums der Damen, und auf den Kaminsimsen und über den Türen verströmten leuchtendgrüne Asparagusgirlanden Geruch nach Wald. Der gewachste Boden spiegelte das Licht der Kronleuchter und die pastellfarbenen Kleider der Frauen wider. Tänzer gingen ein und aus, Stimmen hoben und senkten sich, die Damen lächelten, und die Herren verneigten sich.

Nur eine der Anwesenden beteiligte sich nicht an der ausgelassenen Fröhlichkeit. Angeline Fortin drehte sich auf dem Tanzboden und verzog ihre schönen, geschwungenen Lippen zu einem mechanischen Lächeln. Das Kerzenlicht beschien das seidige, kastanienrote Haar, das mit frei fallenden Locken *à la belle* aufgesteckt war, fiel auf die makellose Haut und verlieh den kupfernen Sprenkeln in den Tiefen ihrer graugrünen Augen einen geheimnisvollen Glanz. Sie kümmerte sich wenig um ihre Wirkung in dem griechischen Kleid von jungfräulichem Weiß. Am liebsten wäre sie gar nicht auf diese Soirée gegangen.

Ihre Tante, Madame de Buys, hatte erklärt, sie solle sich nicht so anstellen. Nichts würde so seltsam aussehen und so viel Anlaß zu Gerede geben wie ihre Abwesenheit. Außerdem sei Helene Delacroix' Abendgesellschaft eine ausgezeichnete Gelegenheit, etwas über diesen Prinzen zu erfahren, bevor er sie ausfindig machte. Es sei gut, den Feind zu kennen.

Tante Berthe hatte natürlich recht, und weder der Tratsch noch das heitere Gelächter um sie her schien Anlaß zu Besorgnis zu geben. Dennoch heiterte sich ihre Stimmung nicht auf.

»Sie sind heute abend so still, *ma chère.*«

Lächelnd sah sie zu ihrem Partner auf. Er war der Sohn der Gastgeberin, ein ernster, stiller junger Mann mit dunklen Haaren und einem gestutzten Schnurrbart über den vollen Lippen. »Ich weiß. Bitte haben Sie Nachsicht mit mir, André. Ich... ich habe ein wenig Migräne.«

»Warum haben Sie mir nichts davon gesagt? Wir hätten den Tanz auslassen können. Ich wäre auch damit zufrieden gewesen, nur bei Ihnen zu sitzen. Ich gehöre nicht zu denen, die ständig unterhalten werden müssen.« Er sah sie an. Aus seinen Augen sprachen Wärme und Besorgnis, und die olivbraunen Züge waren gerötet.

Angeline schüttelte den Kopf. »Da kenne ich Sie aber besser«, spottete sie, »Sie sind ein Wilder, ein Filou, und würden sich gräßlich langweilen, wenn Sie einen Tanz aussitzen müßten, das weiß ich genau.«

»Und ich weiß genau, daß Sie überhaupt nicht mit mir tanzen würden, wenn ich so verdorben wäre. Jede feinfühlige Frau muß so einen doch verabscheuen.«

»Wie schlecht Sie uns kennen!« entgegnete sie.

»Oh, ich glaube, ich kenne Sie sogar ziemlich gut oder sollte es zumindest, da wir zusammen aufgewachsen sind.« Als sie nur lächelte, aber keine Antwort gab, fuhr er fort: »Hat Ihre Tante vor, die *saison des visites* in New Orleans zu verbringen?«

»Ich weiß nicht. Bis jetzt wurde noch nichts veranlaßt.«

»Ohne Sie wird es trostlos sein, obwohl sie Sie nicht aus den Augen läßt. Wenn Sie nicht fahren, möchte ich auch hierbleiben.«

»Das glaube ich«, erwiderte sie, »und dann schauen Sie Ihrem geliebten Zuckerrohr beim Wachsen zu.«

»Unsere Zukunft ist der Zucker, merken Sie sich meine Worte. Mit Indigo ist es aus, Braunfäule und...«

»Pst!« Sie unterbrach ihn ohne Skrupel.

»Ich höre nichts.«

»Mir kam es so vor, als hätte ich auf der Auffahrt Pferde gehört.«

»Wer soll jetzt noch kommen? Gleich wird zum letzten Tanz vor dem Essen aufgespielt.« André warf einen Blick zum Fenster, aber nur das Spiegelbild der Tänzer im Kerzenlicht war zu sehen.

»Ich muß mich geirrt haben«, sagte Angeline erleichtert.

Kurz darauf näherten sich jedoch Schritte auf der Veranda. Zweihundert Kerzenflammen flackerten in der Zugluft, als die Tür aufgestoßen wurde. Die Glasgehänge der Kronleuchter klirrten in kristallener Kälte. Köpfe drehten sich um. Junge Damen schnappten nach Luft und kamen für einen Moment bei der Quadrille aus dem Takt. Herren wechselten undurchdringlichen Gesichts schnelle Blicke. Die Witwen und alten Jungfern, die sich in ihren Spitzenhäubchen an den Wänden aufgereiht hatten, verstummten und starrten zur Tür. Stille breitete sich aus, so daß das Scharren der Füße und das dünne Geträller der Musik plötzlich laut klang.

Angeline warf ihrer Tante einen ängstlichen Blick zu. Madame de Buys merkte nichts davon. Die kräftige, dunkelhaarige Matrone saß aufrecht da und hielt die zarten Elfenbeinstäbe eines Fächers in der Hand. Die spitze Nase und vorgewölbte Oberlippe verliehen ihrem Gesicht etwas Arrogantes. Der Blick ihrer dunklen Augen war auf den Mann in der Tür gerichtet.

Daneben stand Madame Delacroix' livrierter Majordomus. Bei dem, was er zu verkünden hatte, schwoll ihm die Brust. »Seine Königliche Hoheit, Prinz Rolf von Ruthenien, Großherzog von Auchenstein, Graf Faulken, Marquis de Villiot, Baron…«

Mit einem Wink der mit einem weißen Rehlederhandschuh bekleideten Hand machte der Prinz der Aufzählung seiner Titel ein Ende. Es war eine natürliche Geste des unbewußten, aber ausgeprägten Vertrauens auf sofortigen Gehorsam. Die gebieterische Gestalt trat in den Saal, die blonden Haarwellen waren sorgfältig frisiert, er trug eine schimmernde weiße Uniform mit goldbefransten Epauletten, auf der einen Seite hing eine Kordel mit Quaste, und die himmelblauen Streifen, die den breiten Brustkasten schmückten, waren an goldenen Knöpfen befestigt. Über dem Herzen blitzte ein juwelenbesetztes Ordenskreuz, und ein Schwert schlug sacht gegen den Goldstreifen seiner Pantalons. Der Prinz war mehr als mittelgroß, und als er sich mit kühler Miene im Saal umsah, entging den türkisblauen Augen nicht die kleinste Einzelheit.

Hinter ihm erschien ein weiterer Uniformierter, und dann noch einer, bis er von fünf Männern umgeben war. In der vorderen Reihe stand in preußischer Haltung ein älterer Mann mit narbigem Gesicht, kurzem, graublondem Haar und Augenklappe. Der Mann hinter ihm war genauso groß und breit wie der Prinz, wenn auch ein wenig kräftiger gebaut, und hatte am Mundwinkel eine eigentümliche halbmondförmige Narbe; neben ihm eine schlanke, kühn wirkende Gestalt mit Adlergesicht und schwarzem Haar, gefolgt von zwei Zwillingsbrüdern mit ganz gleichen Haselaugen, braunen, in die Stirn fallenden Locken, beide in derselben Haltung mit gespreizten Beinen, die Linke am Heft ihres Degens.

In Phalanx marschierten sie mit ihren blitzenden Tressen und Orden vorwärts, die Bewegungen waren so präzise, als seien sie auf einer Parade. Dieser prachtvolle Auftritt wirkte in Madame Delacroix' ländlichem Ballsaal so fehl am Platz wie eine Schar Pfauen in einem Taubenschlag.

Die Musik verstummte. Die Tänzer hielten inne. Die Dame des Hauses, in rosa Samt mit hoher Empiretaille, rauschte heran. Sie machte einen tiefen Hofknicks und stammelte atemlos: »Willkommen in meinem Haus – und in Louisiana, Euer Hoheit. Es ist uns... eine große Ehre! Wenn wir gewußt hätten, wenn wir uns ausgemalt hätten...«

»Ich nehme an, ich habe die Ehre mit der Gastgeberin«, erwiderte der Prinz. Er beugte sich über ihre Hand und verzog die Lippen zu einem bewußt charmanten Lächeln.

»Ja – so ist es, Euer Hoheit.«

»Monsieur de la Chaise, der so freundlich war, uns für die Dauer unseres Aufenthalts in Eurer schönen Stadt ein Quartier zur Verfügung zu stellen, hat uns zu verstehen gegeben, daß es Euch nicht unangenehm wäre, wenn wir heute abend bei Euch hereinschauen. Falls er sich im Irrtum befand und wir stören sollten, bedarf es nur eines Wortes von Euch, und wir verlassen Euch wieder.«

»Aber nein! Wir sind entzückt, daß Ihr uns mit Eurer Begleitung die Ehre gebt, Euch... Euch unter uns zu mischen. Man hat zwar erfahren, daß Ihr bei Monsieur de la Chaise zu Gast seid, aber wer hätte sich träumen lassen, daß Ihr...«

»Ich bin Euch unendlich dankbar, Madame«, antwortete er und neigte in einer Abschiedsgeste den Kopf. »Güte sei Euer holder Name.«

Sie runzelte die Stirn. »Wie Ihr wünscht, Euer Hoheit, aber eigentlich bin ich auf Helene getauft. Und nun, wenn Ihr gestattet, erlaube ich mir, Euch meinen Gatten vorzustellen.«

Der Schimmer innerer Heiterkeit huschte über die Züge des Prinzen, verschwand aber wieder, als er sich Monsieur Delacroix zuwandte. Seine Aufmerksamkeit galt jedoch nur zur Hälfte den obligatorischen Höflichkeiten, denn gleichzeitig ließ er den Blick noch einmal über den Saal schweifen.

Angeline war es unterdessen gelungen, am Ende des Tanzes bei ihrer Tante anzulangen. Nachdem sich ihr Partner verbeugt und entfernt hatte, trat sie schnell an deren Stuhl. »Tante Berthe«, flüsterte sie, »was sollen wir jetzt tun?«

»Nichts«, murmelte diese. »Er hat keine Ahnung, daß Claire hier ist. Er schnüffelt nur herum.«

»Dann muß er ja außerordentlich viel Glück haben, daß er so schnell so nahe an sie herangekommen ist«, entgegnete Angeline nicht ohne Schärfe.

»Er ist hierhergekommen, weil er weiß, daß meine Tochter aus St. Martinville stammt, das ist der einzige Grund.«

»Und auf die bloße Möglichkeit hin, daß sie sich hier in ihren Bau geflüchtet haben könnte, ist er um die halbe Welt gereist?«

»Werde nicht impertinent! Es paßt mir gar nicht, wenn du über meine Tochter redest, als sei sie der Fuchs bei einer Hetzjagd. Ich dulde das nicht, hörst du? Und lächle, um Himmels willen, lächle – er schaut her!«

Sie hatte recht. Die Miene des Prinzen hatte jede Heiterkeit verloren, und er musterte Angeline jetzt streng, ja fast grimmig. Sie spürte seine verhaltene Kraft, den unerbittlichen Willen und die Bedrohlichkeit, die er ausstrahlte. Das Mädchen erbebte bis ins Innerste und konnte die Augen nicht von ihm abwenden. Plötzlich richtete sich der Prinz wieder an die Gastgeberin und stellte ihr die Männer seiner Begleitung vor.

Angeline holte tief Luft und ließ sie langsam wieder ausströmen. Sonst war sie nicht so leicht zu erschüttern. Es lag an der Aufregung und einer schlaflosen Nacht, ganz zu schweigen von der Reizbarkeit der Tante. Nichts war mehr in Ordnung, seit Claire vorgestern nacht plötzlich heimgekehrt war und behauptet hatte, ihr Leben sei in Gefahr und ihre Mutter müsse sie verstecken.

Claire mit dem feuerroten Haar und den Smaragdaugen, Augapfel und ganzer Stolz ihrer Mutter. Mit welchen Hoffnungen war sie vor drei Jahren nach Paris gereist! Ein Jahr hatte sie bei einer weitläufigen Verwandten verbracht, um ein wenig Schliff zu bekommen, und mit siebzehn wurde sie in die *haute monde* eingeführt. Wie Tante Berthe sie vermißte! Mit welchem Entzücken las sie die Briefe, in denen von Bällen, Empfängen und Soirées, von *billets doux* und Gedichten über Claires Wimpern und ihren weißen Hals die Rede war! Wie hatten sie gespart, damit sich die liebe Claire noch ein Kleid und neue Bänder für ihren Pelzmuff leisten konnte! Mit überschwenglicher Freude reagierte Madame de Buys schließlich auf die Nachricht, daß der Thronerbe eines kleinen, aber wohlhabenden Reiches auf dem Balkan ihrer Tochter den Hof machte. Die Einladung in dieses Land erforderte weitere Einschränkungen, damit eine Garderobe angefertigt werden konnte, die der Braut eines Prinzen würdig war. Claire trat die Reise an und schrieb gleich, daß sie heil angekommen war. Mehr als einmal hörte Angeline ihre Tante über ihrer Handarbeit flüstern: »Prinzessin Claire, Prinzessin Claire…«

Die begeisterten Briefe wurden immer spärlicher und nichtssagender, schließlich kamen gar keine mehr. Nach Wochen des Schweigens kehrte Claire klammheimlich nach Hause zurück. Mit gehetztem Gesichtsausdruck und Augen, die tief in den Höhlen lagen, erzählte sie, daß Maximilian von Ruthenien tot sei und daß sein Mörder auch auf sie geschossen habe, um einen Doppelselbstmord vorzutäuschen. Sie sei dabei von einer Kugel getroffen worden und in Ohnmacht gefallen. Als sie schließlich wieder zu sich gekommen sei, habe Max tot neben ihr gelegen, und sie sei Hals über Kopf nach Frankreich geflohen. Dort habe sie einige von Maximilians Geschenken zu Geld gemacht, so daß sie nach Le Havre gelangen konnte, um sich nach Louisiana einzuschiffen. Sie habe die ganze Zeit befürchtet, daß ihr Rolf auf den Fersen sei. Wieder und wieder nannte Claire ihn einen Satan.

Und nun stand dieser Mann vor Angeline und verbeugte sich; sie wich zurück.

»Meine Liebe«, sagte Helene Delacroix, »laufen Sie doch nicht weg. Seine Hoheit hat den Wunsch geäußert, Ihre Bekanntschaft zu machen.«

Er lächelte bei diesen Worten ironisch. Seinen anmaßenden Blick ließ er über die kastanienbraunen Ringellocken gleiten, die ihr Gesicht umrahmten. Dann fiel sein Auge auf die zarte Wölbung ihres Busens, die das weiße, mit smaragdgrünem Band eingefaßte Musselinkleid preisgab. Es war eine abgelegte Robe von Claire, mit griechischen Ärmeln und weitem Rock, der in einer Halbschleppe auslief. Angelines hübsche, gleichmäßige Figur ließ den Prinzen ungerührt, doch das leichte Beben der Hände in den weißen schulterlangen Spitzenhandschuhen faszinierte ihn offenbar.

»Tanzt Ihr, Mademoiselle?« fragte er sie in aufreizendem Ton.

Angeline sah ihre Tante hilfesuchend an, die sogleich den Kopf schüttelte. »Ich bedaure, Königliche Hoheit…«

»Unsinn«, rief die Dame des Hauses. »Ich habe Sie doch heute abend schon mit meinem Sohn über die Tanzfläche wirbeln sehen!«

Madame de Buys sträubte sich. »Aber Helene, wenn meine Nichte Bedenken hat, sollten wir ihr nicht zusetzen.«

»Aber, *ma chère!* Gerade sie, meine ich, ist doch die letzte, die vor Scheu in den Boden versinken sollte. Einen Prinzen kann man doch unmöglich abweisen! Seine Aufforderung ist wie königlicher Befehl.«

»Wir sind nicht seine Untertanen«, protestierte Berthe de Buys.

»Aber er ist unser Gast.«

»Das macht nichts«, fiel der Prinz ein und sah Angeline mit glühenden blauen Augen voller Herausforderung an. »Wenn Mademoiselle sich ängstigt, werde ich nicht darauf bestehen.«

Ärgerliche Röte stieg Angeline in die Wangen. »Keineswegs.«

»Nun, wenn es so ist…« Er bot ihr den Arm, und die Musikanten spielten wieder auf.

Hatte sie denn eine andere Wahl, da die Augen aller Anwesenden auf sie gerichtet waren? Und wenn sie sich weigerte, würde das bei ihm nicht erst recht Verdacht erregen? Sie setzte eine hochmütige Miene auf und schritt an seiner Seite zur Tanzfläche.

Sie waren das einzige Tanzpaar, und das war für Angeline um so qualvoller, als der Mann, der sie führte, sie durchdringend ansah.

»Angeline«, murmelte er mit sonorer Stimme, »der Name paßt zu der Pose der blassen, leidenden Unschuld, die Ihr hier heute abend einnehmt, aber in meinem Land nannte man Euch Claire.«

Sie richtete sich auf und sah ihn an. »Pardon?«

»Ich muß Euch gratulieren – das war eine gute Idee. Aber ich habe weder Zeit noch Lust, mit Euch Versteck zu spielen. Ich muß Euch sprechen.«

»Ich glaube, Euer Hoheit unterliegen einem Irrtum«, antwortete sie und runzelte die Stirn. »Ich bin nicht...«

»Bildet Ihr Euch etwa ein, daß ich Euch nicht erkenne?« fiel er ihr ins Wort. »Wir sind einander zwar nie vorgestellt worden, das ist richtig. Aber ich habe Euch häufig mit meinem Bruder zusammen gesehen, sowohl beim Ausritt als auch im Theater.«

»Ihr sprecht offenbar von meiner Kusine Claire, Königliche Hoheit. Angeblich sehe ich ihr entfernt ähnlich, aber ich versichere Euch, daß ich Angeline Fortin bin.«

Warum hatte sie damit nicht gerechnet? Claire und sie waren fast gleichaltrig, und man hatte sie als Kinder oft für Zwillinge gehalten. Seit ihre Eltern am Fieber gestorben waren, lebte Angeline bei ihrer Tante, deren Mann der Bruder ihrer Mutter gewesen war. Mit der Zeit war Claires Teint lebhafter und ihr Auftreten forscher geworden. Manche sagten, daß Angeline aussehe wie Claires Spiegelbild in einem dämmrigen Raum, denn sie war dunkler, mit herbstlichen Schatten auf ihrem Haar und moosgrünen Augen mit dunklen Lidern. In den Jahren von Claires Abwesenheit hatte man sie nicht ständig miteinander vergleichen können, und Angeline war davon ausgegangen, daß sie sich noch weiter auseinanderentwickelt hätten. Und als sie Claire sah, fand sie sich in dieser Meinung bestätigt.

Der Prinz umklammerte ihre Hand jetzt fester, so daß ihr die Handschuhnähte in die Finger kniffen. »Geduld ist nicht meine Stärke. Wie Ihr Euch hier nennt, ist mir gleich. Ich bin lediglich an Informationen über den Tod meines Bruders interessiert, und bei der moosbewachsenen Gruft meiner Ahnen schwöre ich Euch, Ihr werdet mir dieses Wissen nicht vorenthalten.«

Die leise Eindringlichkeit seiner Stimme, die merkwürdige Wortwahl, der eigenartige Tonfall – das alles machte sie nervös. Auf einmal bedauerte sie Claire; außerdem wurde sie langsam wütend, weil er ihr nicht zuhörte und schon gar nicht ihren Worten Glauben schenkte. »Es tut mir leid, daß Euer Bruder tot ist, aber was hat das mit mir zu tun?«

Seine Antwort ließ auf sich warten. Seine Züge verhärteten sich, und die Augen brannten in hellerem Glanz. Er umschloß Angelines Taille fester und zog sie eng an sich, viel enger, als schicklich war. Seine heiß prickelnden Lippen berührten fast ihre Schläfe, als er flüsterte: »Wißt Ihr überhaupt, in welcher Gefahr Ihr seid? Ich bin nicht wie Maximilian, ganz Steifheit, Dekorum und vollendete Höflichkeit. Ich gehe meine eigenen Wege, und mancher behauptet, sie führten geradewegs in die Verdammnis. Ihr könnt sicher sein, daß ich Euch mit mir schleife, und zwar nackt und in Schande, wenn das meinen Zwecken dient.«

Angeline schnappte nach Luft und versuchte, sich loszureißen, aber er hielt sie mit stählernem Griff. Sie streifte sein Gesicht mit einem kurzen Blick. Er lächelte auf sie nieder. Auf einmal kam ihr ein Brief in den Sinn, den Claire vor Monaten geschrieben hatte. Voller Erwartung, daß Maximilian sie heiraten werde, hatte sie Interesse für seine Familie und sein Land entwickelt und sich mit seinen Sorgen beschäftigt. Damals hatte ihn das skandalöse Verhalten seines Bruders beunruhigt, der sich Maitressen von gemeinem Stand nahm, häufig auf Duelle einließ, mit Dieben und fahrendem Volk verkehrte und nur selten völlig nüchtern war. Er trieb sich dabei in ganz Europa herum, was seinen Vater in Rage brachte. Rolf, der offenbar nur seinem Vergnügen und dem Taumel des Augenblicks lebte, wurde als Schandfleck für Familie und Land empfunden. Er hatte jedoch kraft seiner Persönlichkeit, seiner Ablehnung eines Lebens in Luxus und Sicherheit und seiner Kühnheit die Loyalität seiner Begleiter und die Liebe des Volkes erworben. Wo immer er sich blicken ließ, wurde ihm zugejubelt. Nach einem Emblem in seinem Wappen – es stammte nach Claires Schilderung von seinem russischen Großvater – hieß er »der goldene Wolf«. Nach allem, was sie über ihn erfahren hatte, sah Claire wenig Anlaß, diesem Familienmitglied freudig zu begegnen. Doch das Empörendste war, daß Prinz Rolf an Popularität nicht nur Maximilian, sondern sogar den regierenden Monarchen bei weitem übertraf.

Um Angeline herum füllte sich die Tanzfläche. Die Herren der prinzlichen Garde hatten die Mütter einiger junger Damen überredet, sie mit ihren Töchtern tanzen zu lassen. Angeline wurde von weißen Uniformen umringt. Sie bildeten eine Wand gegen die anderen Gäste, so daß niemand das unglaubliche Benehmen Seiner Hoheit beobachten konnte. Sie warf ihrer Tante einen gequälten Blick zu. Madame de Buys hatte die Stirn gerunzelt und die Lippen zu einem Strich verkniffen; aus den kleinen schwarzen Augen sprach äußerste Mißbilligung. Doch schon im nächsten Moment wurde Angeline von einem lachenden, dunkelhaarigen jungen Mann die Sicht versperrt.

Sie holte tief Luft. In ihren graugrünen Augen funkelte ein kupfernes Feuer. »Ich habe Euch doch bereits gesagt, daß ich nichts weiß. Wenn Ihr mir nicht glaubt, gibt Euch das noch lange nicht das Recht, mich mit vulgären Drohungen zu beleidigen.«

»Das war keine Drohung, sondern ein Versprechen.«

»Und Ihr werdet es wohl kaum halten können. Wir sind hier in Gesellschaft in einem fremden Haus.«

»Darauf würde ich mich an Eurer Stelle nicht verlassen«, erwiderte er sanft.

Sie hätte der Selbstsicherheit, mit der er die Situation zu beherrschen glaubte, gerne einen Dämpfer versetzt. Er sah mit spöttischer Anerkennung zu, wie sich ihr Busen heftig hob und senkte und ihr die Röte in die Wangen stieg. »Da wir nun zu einer Verständigung gekommen sind, würdet Ihr mir freundlicherweise alle Details über den Tod meines Bruders mitteilen?«

»Ich kann Euch nichts erzählen, weil ich nichts weiß! Wie kann ich Euch nur davon überzeugen, daß ich nicht dabei war?«

»Ihr wurdet gesehen, wie Ihr das Schloß kurz nach zwei Uhr nachts verlassen habt. Ein paar Stunden vorher wurde mein Bruder in seinem Bett erschossen. Man fand einige lange rote Haare und ein grünes Seidennachthemd, das seine Diener als Eures identifizierten. Ihr seid dabei gewesen.«

Angeline kam aus dem Takt. Sie stolperte und fiel gegen den Prinzen. Er fing sie auf und zog sie an seine Brust, so daß sich ihr die kalten Knöpfe und Orden in die Haut preßten. Hastig entwand sie sich ihm und senkte die Lider, um ihre Verwirrung zu verbergen. »Dem muß ein verhängnisvoller Irrtum zugrunde liegen.«

»Allerdings, und Maximilian beging ihn, als er Euch für eine Nacht zurückkehren ließ, obwohl er Euch schon ausbezahlt hatte. Ich muß allerdings zugeben, daß ich diese inkonsequente Haltung bei näherer Bekanntschaft mit Euch besser verstehen kann.«

Seine Worte ließen keinen Zweifel übrig. Claire war Maximilians Maitresse gewesen. Angeline hätte gerne etwas anderes gehört, aber es fügte sich nur zu gut ins Bild. Das erklärte die zurückhaltenden Briefe der letzten Zeit, aber auch Claires persönliches Desinteresse am Wohle Rutheniens und den Zynismus, den Angeline jetzt an ihr wahrnahm, und die seltsamen Blicke, die sie Tante und Kusine hatte wechseln sehen.

»Ein unangenehmes Gefühl, durchschaut zu werden?«

»Wenn ich unangenehm berührt bin«, fauchte sie, »dann, weil Ihr mir etwas über Claire enthüllt habt, das ich lieber gar nicht wissen will.«

Seine Miene wurde eisig. Zwischen den Zähnen knirschte er hervor. »Das genügt, Mademoiselle. Ihr werdet kooperieren, oder...«

»Mit Vergnügen«, erwiderte sie herausfordernd. »Wir könnten uns zum Beispiel darüber unterhalten, wer Eurem Bruder möglicherweise den Tod wünschte! Sollen wir gemeinsam darüber nachdenken, Königliche Hoheit, wem sein Ableben am ehesten gelegen kam? Wer könnte dabei gewinnen – Vermögen, Titel, ein hohes Amt?«

Ihre Stimme war tragend. Aus den Augenwinkeln sah sie, wie einer seiner Leute – der Breitschultrige mit dem sandfarbenen Haar und der sichelförmigen Narbe am Mundwinkel – überrascht zu ihr und dem Prinzen hinüberblickte. Die Veränderung an dem Mann, der sie führte, war kaum wahrnehmbar, und doch packte sie auf einmal die Angst.

Schließlich sagte er bedächtig: »Es wird wohl das beste sein, wenn wir uns unter vier Augen unterhalten.«

»Selbst wenn ich einverstanden wäre, was aber nicht der Fall ist, wäre das völlig zwecklos.«

»Für den, der wagt, ist das Einverständnis einer Frau ohne Belang.«

Er schob energisch das Kinn vor, und seine türkisblauen Augen blickten kühl auf Angeline herab. »Ihr könnt doch nicht... Ihr werdet nicht...«

»Nein? Nichts ist mir bei der Suche nach dem Mörder meines Bruders zu niederträchtig und gemein. Ich werde beweisen, daß er nicht selbst Hand an sich gelegt hat, und mich in den Augen meines Vaters und meines Volkes von dem Verdacht reinigen, den Ihr eben so delikat angedeutet habt.«

Der Tanz wurde langsamer und ging zu Ende. Da Angeline sich nicht länger widersetzte, hatte der Prinz den Griff gelockert, so daß sie die Distanz wahren konnte, die der Anstand verlangte. Als der letzte Walzertakt verklang, entwand sie sich ihrem Partner.

Er setzte ihr nach und packte sie so fest am Handgelenk, daß sie meinte ihre Knochen knacken zu hören. Mit weißem Gesicht blieb sie stehen. Im Bann des blauen Feuers seiner Augen unter den eigentümlich schrägen Brauen starrte sie zum Prinzen auf.

»Wohin so eilig?« fragte er.

»Ich muß zu meiner Tante. Sie... man wird es sonderbar finden, wenn ich nicht komme.«

»Sollen die anderen doch denken, was sie wollen«, antwortete er und warf den Kopf zurück.

Da näherte sich ihnen André, verbeugte sich und ließ den dunklen Blick über sie und den Mann an ihrer Seite schweifen. »Stimmt etwas nicht?«

»Ich... ich erklärte gerade dem Prinzen, welche Etikette in unserem Provinznest herrscht«, antwortete sie. Rolf von Ruthenien hatte den Arm gesenkt, und so wurde ihr Handgelenk, das er noch immer umklammerte, von ihren Rockfalten verborgen.

»Die wird sicher überall ziemlich gleich gehandhabt.« Daß André die Situation nicht ganz geheuer war, merkte man an seinem Tonfall. »Bei dieser Gelegenheit möchte ich Sie daran erinnern, Angeline, daß Sie mir den nächsten Tanz versprochen haben.«

»Ich weiß.« Mit gezwungenem Lächeln legte sie ihm die freie Hand auf den Arm. »Sie hätten mich nicht daran erinnern müssen.«

Wenn sich der Prinz nicht auf ein unwürdiges Tauziehen einlassen wollte, wobei offensichtlich geworden wäre, daß er Angeline belästigte, mußte er sie jetzt loslassen. Kurz entschlossen gab er ihre Hand frei und trat einen Schritt zurück.

Die Welle der Erleichterung, die Angeline durchflutete, war so stark, daß sie nicht wagte, sich von der Stelle zu rühren. Sie verbarg ihre Schwäche und lächelte den blonden Prinzen kühl an. »Madame Delacroix' Tochter hat eine schöne Stimme. Soviel ich weiß, will sie uns beim Abendessen etwas vorsingen. Wollt Ihr nicht bleiben?«

»Nein, ich glaube nicht. Meine Männer und ich haben lange genug gestört. Ich hoffe, Mademoiselle, wir werden uns wiedersehen – und zwar bald.« Er nickte André zu, machte auf dem Absatz kehrt und wandte sich zum Ausgang.

Seine uniformierte Leibwache war sofort zur Stelle. Die Paare verließen die Tanzfläche und trennten sich wie mit dem Schwert geteilt. Der Majordomus stürzte zur Tür und riß sie auf. Die Garde des Prinzen schritt hindurch und war den Blicken entschwunden.

»Angeline, *ma chère*«, rief Madame Delacroix und rauschte auf sie zu, »was, um Himmels willen, haben Sie zum Prinzen gesagt, daß er es so eilig hatte zu gehen?«

Das Mädchen sah mit farngrünen Augen auf seine Tante, die schweigend vor sich hin brütete. »Eigentlich, Madame«, erwiderte sie, »habe ich fast gar nichts gesagt.«

Der Rest des Abends war eine harte Geduldsprobe. Beim Essen wurde sie von den anderen Mädchen umringt und dafür beglückwünscht, die Auserwählte des Prinzen gewesen zu sein. Unzählige Fragen prasselten auf sie ein, wie: »Was hat er gefragt?«, »Was hast du gesagt?«, »Warst du nicht ganz hingerissen?«, »Ist dir nicht schwindlig geworden?« Mehr als einmal wurde sie wie vorhin von der Gastgeberin mit Vermutungen bedrängt, warum die Königliche Hoheit die Honoratioren der Stadt und andere wichtige Persönlichkeiten der bedeutenden Familien brüskiert und allein ihr, Angeline, habe vorgestellt werden wollen, um nach einem einzigen Walzer zu verschwinden, ohne jemand anderen eines Wortes zu würdigen.

Angeline stand Rede und Antwort, so gut es ging, ließ aber nichts über die Enthüllungen des Prinzen verlauten. Keinerlei Andeutungen über Claires Rückkehr kamen über ihre Lippen. Die neugierigen und mißgünstigen Blicke, die die anderen Mädchen ihr zuwarfen, ihre schmachtenden Seufzer über die schneidigen Leibgardisten, von denen sie zum Tanz aufgefordert worden waren, und dazu Andrés besorgte Erkundigungen nach ihren Kopfschmerzen – das alles machte sie mehr als bereit, Tante Berthes Wink Folge zu leisten, die wünschte, die Gesellschaft bald zu verlassen.

Doch damit nicht genug: Auf der Heimfahrt in der Kutsche ging das Kreuzverhör weiter. Madame de Buys wollte jedes Wort hören, das der Prinz gesagt hatte, jede Silbe ihrer Antwort. Sie überhäufte Angeline mit Vorwürfen: warum sie ihm nicht mit mehr Koketterie begegnet sei; warum sie nicht ihren Charme habe spielen lassen; es wäre ihr dann ganz bestimmt gelungen, ihn zu überzeugen und damit Claire zu schützen. Statt dessen habe sie ihn mit ihren bissigen Bemerkungen wahrscheinlich so gegen sich aufgebracht, daß er ihr nie mehr glauben würde. Sie hätte sich ja gleich denken können, daß Angeline alles verpatzen würde. Sie hätte auf sie hören und nicht mit ihm tanzen sollen; diesen Ungehorsam werde sie ihr nicht so schnell vergessen.

Für die Drohungen des Prinzen hatte Madame de Buys nur eine wegwerfende Geste. Was könne er denn schon tun? Sich den Zugang zum Haus erzwingen? Bei hochgestellten Persönlichkeiten wie ihm gebe es solch barbarische Sitten nicht. Aber selbst wenn – wozu hätten sie schließlich den Butler; der werde das schon zu verhindern wissen. Was seine Absicht betreffe, sie woanders zu überfallen, so gebe es dagegen ein einfaches Mittel: Solange er in der Gegend sei, solle sie nie allein vor die Tür gehen. Das sei überhaupt eine gute Idee, denn wenn Claire wie eine Gefangene im Haus ihrer Mutter leben müsse, brauche sie Gesellschaft.

Angeline folgte ihrer Tante ins Haus, nickte dem Butler einen

Gruß zu und lächelte bei dem Gedanken grimmig in sich hinein, dieser Mann solle sie vor Eindringlingen schützen: ein alter Mann mit weißen Schläfen, der arthritisch schlurfte und mit vorgehaltener Hand ein Gähnen unterdrückte. Er konnte sie höchstens noch Besuchern gegenüber verleugnen.

Als Angeline die Tür zu ihrem Zimmer öffnete, warf Claire eine Handarbeit beiseite und erhob sich aus dem Ohrensessel vor dem Kamin. »Nun«, sagte sie nicht ohne Schärfe, »das wird aber auch Zeit. Ich habe schon gedacht, daß du die ganze Nacht durchtanzen willst.«

Angeline zog die Tür ins Schloß und fragte: »Was machst du denn hier? Ich dachte, du wolltest in Tante Berthes Zimmer bleiben, damit ihre Zofe dir Gesellschaft leisten kann?«

»Mit Maria kann man sich nicht unterhalten, und so schön der *Toile de Jouy* mit den Bacchanalien auch ist, sein Anblick hat mich ebenfalls gelangweilt, kurz, ich war ennuyiert.«

»Schon nach zwei Tagen?«

»Ich bin an ein klein bißchen mehr Abwechslung gewöhnt.« Claire streckte sich. Sie war eine geschmeidige, sinnliche Frau und trug ein Kleid aus smaragdgrünem Satin.

»Sieh mal an. Wenn du mit deinem Prinzen die Art Abwechslung genossen hast, die ich heute abend erleben mußte, kann sie mir gestohlen bleiben.«

Mit einem Ruck richtete Claire sich auf. »Was soll das heißen? Nicht etwa Rolf? Es ist doch völlig unmöglich, daß er schon hier ist!«

»Ach nein?« fragte Angeline pikiert. Sie zog ihren grauen Kapuzenmantel aus und warf ihn aufs Bett.

»*Mon Dieu*, wenn ich mir vorstelle, wie dicht er mir die ganze Zeit auf den Fersen war!« Claire schüttelte sich. »Ich hätte mir denken können, daß er so ist, wenn er sich in eine Sache verbeißt. Aber wer hätte schon annehmen können, daß er sich solche Mühe gibt? Die Bruderliebe zwischen ihm und Max schien mir nicht allzu groß, und dann fallen ihm jetzt natürlich die Pflichten des Kronprinzen zu.«

»Ganz egal, warum, er ist da. Und du hast mein volles Mitgefühl.«

»Wieso Mitgefühl?«

»Er hat mich mit dir verwechselt.«

Claire schwieg eine ganze Weile, dann lachte sie hell auf.

»Es war alles andere als komisch.«

»Entschuldige bitte«, sagte Claire, »ist er unangenehm geworden? Du sagst nichts. Natürlich ist er unangenehm geworden, und als er seinen Irrtum einsehen mußte, besserte sich seine Stimmung auch nicht mehr.«

Angeline funkelte sie an. »Ja, wenn er ihn eingesehen hätte! Aber er war gar nicht angetan von meinen Versuchen, ihn zu berichtigen.«

Im selben Augenblick wurde die Tür aufgerissen, und Madame de Buys fegte herein. Hinter ihr trat Maria ins Zimmer, eine schlanke, schwarzgekleidete Französin von unbestimmbarem Alter und königlicher Haltung.

»Hier bist du also, *chère*«, rief Madame aus. Ihre eisige Miene löste sich zu einem Lächeln, als sie sich an ihre Tochter wandte. »Ich habe schon einen Schrecken bekommen, als du nicht da warst. Hat dir Angeline erzählt, was vorhin passiert ist?«

»Ist das nicht zum Lachen?« fragte Claire.

»Ja, das finde ich auch, allerdings ist mir eigentlich nie etwas von dieser angeblichen Ähnlichkeit aufgefallen.«

»Die Frage ist, ob wir sie zu unserem Vorteil nützen können.«

Madame de Buys war nicht begriffsstutzig. »Aber wie? Ich wüßte nicht, wie dir das helfen sollte.«

»Mir fällt im Moment auch nichts ein. Er würde den Schwindel vermutlich durchschauen, sobald er sich länger mit ihr unterhält.«

Angeline folgte dem Gespräch mit wachsender Bestürzung und unterbrach sie entschlossen: »Wenn ihr glaubt, daß ich mich dem Prinzen gegenüber für Claire ausgebe, irrt ihr euch! Eine solche Maskerade brächte uns nicht den geringsten Vorteil.«

»Ich müßte mich ihm und seinem Grimm nicht stellen«, erklärte Claire.

»Aber ich. Vielen Dank!«

»Du könntest dich doch viel besser als ich darauf berufen, über die Ereignisse in Ruthenien überhaupt nichts zu wissen, liebe Angeline. Dir ist es noch immer gelungen, die Contenance zu wahren.«

Angeline gab auf dieses zweifelhafte Kompliment einen Hieb zurück. »Allerdings. Nichts leichter als das. Ich weiß ja wirklich nichts, da man mir nichts erzählt hat.«

»Was möchtest du denn wissen?«

»Vieles«, antwortete Angeline, ohne dem kühlen Smaragdblick der anderen auszuweichen. »Erstens, warum hat mir niemand gesagt, daß du in jener Nacht mit dem Prinzen allein warst? Und wer könnte versucht haben, dich zu erschießen?«

Claire spähte verstohlen zu ihrer Mutter hinüber. »Ich sah keine Notwendigkeit, in schmutzige Details zu gehen. Ich... ich weiß nicht, ob ich mich überhaupt erinnern kann. Der Schock, als Max vor meinen Augen starb... als mich der Schuß traf! Da habe ich gedacht, ich muß sterben, und bin in Ohnmacht gefallen. Zum Glück war es nur ein Streifschuß.«

»Herzlichen Glückwunsch. Hatte eines der schmutzigen Details, das zu erwähnen du vergessen hast, beispielsweise damit zu tun, daß dein Nachthemd in Maximilians Bett gefunden wurde?«

»Angeline!« rief Madame de Buys. »Das reicht jetzt.«

Der Mund der Zofe war nur noch ein schmaler Strich, obwohl der Vorwurf sie nicht einmal zu überraschen schien. Ihre Mißbilligung galt offenbar Angeline, daß sie die Geschmacklosigkeit besessen hatte, das Thema anzuschneiden.

Aber diese blieb hartnäckig. »Wenn ich mich für Claire ausgeben soll, muß ich doch meine Vergangenheit genau kennen!«

Mit maskenhaftem Gesicht und scharfer Stimme fuhr ihre Tante dazwischen: »Ich denke, wir sind übereingekommen, daß so etwas nicht durchführbar wäre.«

Das war quasi ein Sieg. Angeline sah Claire an, aber von deren schönem Gesicht war keinerlei Unbehagen abzulesen. Wenn sie ihre Kusine wirklich in Verlegenheit gebracht hätte, würde sie es nachträglich vielleicht bedauert haben; doch die Anspielung auf ihre skandalöse Lebensweise störte die Tante mehr als die Tochter.

Schließlich brach Claire doch noch das Schweigen. »Es tut mir leid, daß Max tot ist. Ich... ich mochte ihn recht gern, trotz der Art und Weise, wie er... wie mit mir umgesprungen wurde. Und das Gerede von Selbstmord ist eine Lüge. Es war glatter Mord. Prinz

Maximilian von Ruthenien hatte nicht die Absicht, sich – oder mir – das Leben zu nehmen.«

»Was ist denn passiert?« Angeline konnte sich die Frage nicht verkneifen.

»Keine Ahnung. Ich weiß es wirklich nicht. Wir lagen uns in den Armen, da fiel er plötzlich in sich zusammen. Ich habe den Mündungsblitz gesehen und den Aufprall gespürt, als ich getroffen wurde, und dann – Finsternis. Als ich wieder zu mir kam, war Max tot, und ich... ich hatte nur einen Gedanken: Weg hier!«

»Genug!« sagte Madame de Buys mit Schärfe. »Jetzt, *ma chère*, müssen wir uns um ein Versteck für dich kümmern, bis dieser Wahnsinnige, der dich verfolgt, wieder abgereist ist.«

»Wenn ich mich hier verberge, reicht das nicht?«

Madame runzelte die Stirn über den dunklen Brauen. »Der Ansicht bin ich nicht. Ich habe mir die Sache durch den Kopf gehen lassen. Du brauchst einen Platz, wo du sicher bist und an dem es keinen boshaften Klatsch gibt; er sollte aber in der Nähe liegen, damit ich mich nach deinem Befinden erkundigen kann. Maria hat gerade eben in meinem Zimmer einen guten Vorschlag gemacht.«

»Und der wäre?«

»Bei den Schwestern in der Klosterschule.«

Claire hob die Brauen. »Das kann doch nicht Ihr Ernst sein!«

»Das ist mein Ernst. Die Schwestern werden dich aufnehmen und dir Schutz gewähren. Niemand dürfte es wagen, dich an so einer heiligen Stätte zu belästigen.«

»Da kennen Sie Rolf schlecht.«

»Ich wünsche auch nicht, ihn kennenzulernen«, erwiderte Claires Mutter. »Aber ich werde keine Rücksicht auf meine Gefühle nehmen. Wenn du erst fort bist, werden wir ihm die Tür öffnen, ihn auffordern, zu suchen und das Gesinde zu befragen. Nur Angeline, Maria und ich wissen, daß du da bist, wir gehen also kein Risiko ein.«

»Wenn ich aus dem Haus und ins Internat muß, wird das der Dienerschaft kaum entgehen«, wandte Claire spöttisch ein.

»Nicht, wenn du im Schutz der Dunkelheit fortgehst und den Waldweg nimmst.«

»Ich soll... durch den Wald gehen... mitten in der Nacht?« Ihre Tochter starrte sie verblüfft an.

»Richtig. Und zwar noch heute nacht. Angeline wird dich führen.«

»Das ist außerordentlich mutig von ihr.« Die Worte klangen sarkastisch.

»Der Pfad zur Klosterschule ist in den letzten Jahren viel begangen worden, da Angeline bei den Nonnen ihre Bildung vollendet und die jüngeren Schülerinnen unterrichtet hat. Wenn ihr hinkommt, wird sie als erstes die Mutter Oberin bitten, dich aufzunehmen. Angeline ist bei ihr sehr beliebt und kann Mutter Theresa bestimmt leicht dazu überreden.«

»Da bin ich ihr außerordentlich verbunden, aber ich spüre keinerlei Neigung, mich in ein Nonnenkloster sperren zu lassen!« Claire wandte sich mit einem verärgerten Rascheln ihrer Röcke von der Mutter ab.

Diese legte ihr den Arm um die Schulter. »Es ist ja nur eine Schule, keine Ausbildungsstätte für Novizinnen, das weißt du doch. Du kannst dir nicht leisten, dieses Refugium auszuschlagen. Komm, Maria hilft dir beim Ankleiden und steckt dir das Haar auf. Du wirst sehen, es wird so schlimm nicht werden.«

»Endlose Litaneien leiern und in Sack und Asche gehen«, kam die bittere Antwort. »Sie halten solche Erfahrung bestimmt für heilsam.«

»Davon habe ich nichts gesagt. Ich denke nur an deine Sicherheit, meine liebe Tochter.«

Angeline legte die Handschuhe ab und holte sich festeres Schuhwerk, während die Zofe zu Claire ging, ihr gut zuredete und Kosenamen zuflüsterte. Meine Sicherheit, dachte Angeline, ist derzeit offensichtlich nicht von Belang. Ich bin natürlich nicht in echter Gefahr wie Claire. Wenn ich diesem Balkanprinzen noch einmal begegne, werde ich ihn mit der Zeit davon überzeugen können, wer ich bin. Trotzdem wäre es schön, wenn sich jemand um mich Sorgen machen würde oder wenn es einen Anhaltspunkt dafür gäbe, daß die anderen sich überhaupt darüber im klaren sind, welches Risiko ich bei dem Ganzen eingehe. Wenigstens könnten sie so tun.

2

Der Januarmond schimmerte in kaltem Licht. Seine Strahlen fielen schräg durch die blattlosen Äste und warfen ein dunkles Netzwerk beweglicher Schatten über den Weg. Dürres Laub raschelte bei jedem Schritt. Angeline blieb plötzlich stehen und hob den Kopf. Sie spähte zurück und lauschte.

»Was ist denn?« flüsterte Claire und hielt ebenfalls an.

»Ich weiß nicht. Ich dachte, ich hätte etwas gehört.«

»Wahrscheinlich ein Wolf oder ein Puma. Ich bin nach wie vor der Ansicht, daß Mutter uns einen Diener hätte mitgeben sollen. Man hätte ihm Geld geben können, damit er den Mund hält.«

»Und das bewirkt genauso, daß er ihn wieder aufmacht«, erwiderte Angeline scharf. »Pst!«

Einen Moment war alles still. »Nun?«

Angeline schüttelte den Kopf. Sie wickelte sich fester in ihren Umhang und ging weiter, dicht gefolgt von Claire.

Sie waren ungefähr eine Viertelmeile weit gekommen. Ohne Schwierigkeiten hatten sie unbemerkt das Haus verlassen, waren die Hintertreppe des zweistöckigen Gebäudes hinabgeschlichen und hatten sich unter der Galerie hindurch im Schatten der Büsche in den Wald gestohlen. Am Eingang des Pfades hatten sie sich nach dem weißen, mondbeschienenen Haus und Madame de Buys umgesehen, die auf dem Balkon auf und ab schritt und dabei die geballte Faust auf das Geländer sausen ließ.

»Warte«, keuchte Claire, als sie eine weitere halbe Meile vorangekommen waren. »Können wir nicht eine Pause machen?«

»Nein. Wir haben fast noch eine Meile vor uns.«

»Warum hast du mir nicht gesagt, wie weit es ist?«

»Das spielt ja keine Rolle, wir hätten sowieso nicht die Kutsche nehmen können.«

»Es ist mir unbegreiflich, warum du diesen Weg so oft zurückgelegt hast! Du hättest doch wie ich schon vor zwei Jahren mit der Schule fertig sein müssen.«

»Ich nehme Lektionen in Latein und höherer Mathematik bei der

Mutter Oberin und helfe mit, die Kleinen zu unterrichten. Das heißt, so war es bis vor kurzem.«

»Das klingt lächerlich. Wozu soll das bei einer Frau gut sein? Und warum bist du zu Fuß hin statt mit der Kutsche?«

»Sie wurde mir nicht angeboten«, gab Angeline trocken zur Antwort. »Deine Mutter billigte nicht, daß ich die Stunden nahm.«

»Ach so«, fuhr Claire nach einer kleinen Pause fort. »Was war dagegen einzuwenden, da sich dir doch keine Aussicht auf eine Alternative geboten hat?«

»Wenn du damit die Aussicht auf einen Mann meinst – das war ja gerade der Punkt. Tante Berthe ist überzeugt, ich könnte André Delacroix dazu bringen, um meine Hand anzuhalten, wenn ich ihn nur ein bißchen ermutigte. Sie hegt die Befürchtung, daß ich mich nicht anstrenge, ihn zu angeln, solange ich anderen Interessen nachgehen kann. Deswegen hat sie mir jeden weiteren Schulbesuch untersagt.«

»Soviel ich mich erinnere, ist André doch ganz annehmbar, er stammt aus guter und obendrein wohlhabender Familie.« Claire schnaufte ein wenig, da sie sich anstrengen mußte, mit Angeline Schritt zu halten.

»Ja, und ich habe ihn gern. Aber das ist auch alles.«

»Du bist also romantisch veranlagt?« fragte Claire spöttisch.

»Findest du das so außergewöhnlich? Dir ist es bestimmt nicht anders ergangen, als du Maximilian in Paris kennengelernt hast.«

Doch die andere ging darauf nicht ein. Vor ihnen lag ein heller Fleck, dort führte der Weg aus dem Wald und kreuzte die Straße. Linker Hand machte die Chaussee eine scharfe Kurve, hinter der sich die ersten Häuser des verträumten Städtchens St. Martinville befanden. Das Internat lag ein kleines Stück stadtauswärts. Man konnte über die Straße hingelangen, da aber der enge Fuhrweg den Kurven und Windungen eines Nebenarms des Teche folgte, war die Strecke mehr als doppelt so weit.

Rechter Hand schlängelte sich die Chaussee an dem Bayou entlang durch den Urwald zu den Anwesen einiger Pflanzer, die am Ufer wohnten. Etwa sieben, acht Meilen weiter lagen die Ländereien von Monsieur de la Chaise, dem Gastgeber des Prinzen, und die Delacroix'sche Plantage, wo die Soirée stattgefunden hatte.

Wieder drehte sich Angeline um. Sie wollte Claire nicht beunruhigen, konnte aber das Gefühl nicht loswerden, daß etwas oder jemand hinter ihnen war. Sie packte die Kusine am Arm. »Schnell! Laß uns rennen!«

Sie stiegen die niedrige Böschung zur Landstraße hinunter, wobei sie an ihren Röcken zerrten, wenn sich diese im dornigen Beerengestrüpp verfingen, und auf trockene Grasbüschel traten. Angeline nahm Claire an der Hand, sie hielten sich links und liefen den ausgefahrenen Fuhrweg entlang. Ihre Schritte auf dem weichen Boden klangen laut in der mondbeschienenen Stille, und ihr Atem ging keuchend. Die Angst saß ihnen im Nacken.

Sie bogen um eine scharfe Kurve, und vor ihnen lag eine weitere Biegung.

»Angeline, warum...?« keuchte Claire.

Diese wurde langsamer und flüsterte: »Jetzt noch nicht.«

Nach ein paar Schritten drehte sie sich um. Auf der kurvigen Chaussee war nichts zu sehen. Angeline tauchte wieder in den Wald ein und schlich sich so leise wie möglich unter den Bäumen hindurch, Claire hielt sich dicht hinter ihr. Die Mädchen blieben stehen.

Stille breitete sich aus. Um sie her strömte aromatischer Myrtenduft. Der Wind rauschte zu ihren Köpfen in den Bäumen. Zwei Äste rieben sich klagend und ächzend aneinander.

Und dann sahen sie durch die Zweige den dunkelhaarigen jungen Mann der prinzlichen Garde. Leicht und federnd ging er die Straße entlang, seine Uniform strahlte im Glanz polierter Goldknöpfe. Es bestand kein Zweifel, daß er als Posten aufgestellt war, um nach Claire Ausschau zu halten. Entweder paßte er gerade nicht auf, oder er hatte keinen Befehl, sein Opfer einzufangen, wofür sie dankbar waren. Er hätte sie sonst jederzeit einholen können.

Claire schrak zusammen und wäre aus der Deckung gelaufen, wenn Angeline sie nicht zurückgehalten hätte. Die Kälte und die Feuchtigkeit drangen in ihre Mäntel, als sie den Mann um die übernächste Biegung spazieren sahen, wo sich die Straße in der Ferne verlor. Dort blieb er, die Hände in die Hüften gestemmt, eine ganze Weile stehen, dann drehte er sich um und kam zurück. Als er an ihrem Versteck vorbeiging, stand in seinem schmalen Gesicht grimmige Entschlossenheit. Die Minuten verstrichen. Angeline wischte sich einige Spinnenfäden von der Wange. Eine Eule auf Jagd flog mit langsamem Flügelschlag vorbei. Schließlich setzte sich Angeline wieder in Bewegung und führte Claire den Pfad entlang durch den Wald zum Hintereingang des Internats.

Das Gebäude, in dem sich die Klosterschule befand, war alt und von einem Pfahlzaun eingefriedet. Die Wohnung der Mutter Oberin lag auf der Rückseite. Sie war passionierte Gärtnerin und als Kräuterheilkundige in der ganzen Gegend bekannt. Um den Klostergarten bequemer erreichen zu können, hatte sie eine Tür in die rückwärtige Wand brechen lassen. Dieser Hintereingang leistete denen gute Dienste, die zu Mutter Theresa gelangen wollten, ohne an der Pförtnerin vorbeigehen zu müssen.

Es war ziemlich spät, beinahe drei Uhr morgens, doch Angeline zögerte nicht, die Oberin herauszuklopfen. Es war bekannt, daß die Nonne selten länger als vier Stunden schlief und die übrige Zeit mit ihrer weitläufigen Korrespondenz verbrachte oder auf dem Betschemel kniete.

Mutter Theresas Mädchen, eine freie Schwarze, die einen hellen Turban und eine Schürze trug, öffnete ihnen. Angeline schob Claire vor sich her und trat ein.

Als Frau von scharfem Intellekt durchschaute Mutter Theresa die Situation sofort. Sie sagte zu Claire: »Du mußt gleich bei uns bleiben, meine Tochter. Du bekommst ein Zimmer, wo du dich verbergen kannst, auch vor den Schülerinnen. Es ist still bei uns, woran du kaum gewöhnt bist, aber Körper und Seele werden zur Ruhe kommen, und du hast Zeit, die Vergangenheit zu bereuen und deine Zukunft zu überdenken.«

Claire warf Angeline einen gequälten Blick zu und machte einen Knicks. »Ich danke Euch ergebenst, Mutter Theresa.«

Die Oberin nahm die Kerze und führte die beiden jungen Frauen durch den düsteren Flur zu der Zelle, in der Angelines Kusine wohnen sollte. Dort ließ sie sie allein, damit sie sich verabschieden konnten.

Als sich die Tür hinter der Ordensfrau geschlossen hatte, sah sich

Claire in der nackten Kammer mit den grob verputzten Wänden um, die lediglich ein Kruzifix schmückte. Das roh gezimmerte Bett, der Stuhl und der Tisch waren aus heimischem Holz und von einfachster Ausführung. »Reizend«, bemerkte Claire spitz.

»Es wird ja nicht für lange sein.«

»Hoffentlich nicht. Ich werde sonst verrückt vor heiliger Langeweile. Ich werde nie verstehen, wie du jeden Tag hierherkommen konntest, noch dazu freiwillig.«

Angeline lächelte in sich hinein. »Die Geschmäcker sind verschieden.«

»Allerdings. Man kann es dir wohl kaum zum Vorwurf machen, daß du keine Gelegenheit zur Herausbildung anderer Neigungen hattest. Ich dagegen hatte sie, und das ist mein Fluch.«

Claire ließ ihren Umhang von den Schultern zu Boden gleiten, wie es Leute tun, die gewöhnt sind, daß Diener ihre Kleider aufklauben. Sie trug ein Reisekleid aus changierender, bernsteinfarbener Seide. Das Kerzenlicht fiel auf ihr Haar, und ein grüblerischer Ausdruck lag auf ihrem Gesicht. Sie war selbstsüchtig, herrisch und berechnend; das alles wußte Angeline, und doch ging von ihr viel Teilnahmslosigkeit aus, lag ein Schleier von solcher Verzweiflung über den dunkelgrünen Augen, daß sie unwillkürlich Mitleid mit ihr hatte.

Angeline sah verlegen auf ihre Hände. »Tut mir leid... daß deine Affäre mit Maximilian auf diese Weise zu Ende ging.«

»Mir auch«, antwortete Claire, und ihre Lippen verzogen sich zu einem bitteren Lächeln. »Meine liebe Angeline, soll ich dir einen Rat geben? Es ist kaum anzunehmen, daß du ihn brauchen wirst, und originell ist er auch nicht, aber du solltest ihn trotzdem nicht vergessen: *Traue niemals einem Prinzen!*«

»Was willst du damit sagen?«

»Hätte Maximilian nicht mein Vertrauen mißbraucht, wäre ich jetzt nicht hier... und er würde vielleicht noch leben. Nun ja. Solltest du nicht besser gehen? Oder willst du die Nacht über hierbleiben?«

Angeline schüttelte den Kopf. »Tante Berthe wird auf mich warten.«

»Ich beneide dich nicht um den Rückweg. Rolf sucht sicher die ganze Gegend ab.«

»Nach mir sucht er hoffentlich vergebens.«

»Bevor du gehst«, sagte Claire ein wenig verlegen, »sollte ich dir eigentlich noch meinen Dank aussprechen.«

»Das ist nicht nötig.«

»Doch. Bitte nimm ... nimm das als kleines Zeichen dafür, daß ich in deiner Schuld stehe.«

Claire zog an ihrer goldenen Halskette und holte eine Phiole aus getriebenem Gold aus dem Mieder. Der betäubend süßliche Duft von Maiglöckchen verbreitete sich aus dem körperwarmen Fläschchen im ganzen Raum. Als Claire Angeline die Kette reichte, schimmerte sie in rotgoldenem Feuer.

»Das ist zu wertvoll. Ich kann es nicht annehmen«, protestierte Angeline.

»Es ist kein Schatz, nur ein Geschenk von Maximilian. Mach doch kein solches Getue wegen dieser Kleinigkeit. Nimm es schon!«

»Also gut, vielen Dank, Claire.« Angeline nahm den sonderbaren Schmuck und streifte ihn sich über den Kopf. In ihren Augen saß ein Lächeln über den jähen Stimmungsumschwung ihrer Kusine von Gereiztheit zu gnädiger Milde.

Claire lachte auf. »Ja, du kannst grinsen. Du darfst diesen Ort verlassen und nach Lust und Laune kommen und gehen. Ach, ich wünschte, ich könnte mit dir tauschen. Was gäbe ich nicht darum, wieder so frei und unschuldig zu sein!«

Es wäre nicht höflich gewesen, darauf zu erwidern, wie wenig ihr selbst ein solcher Rollentausch gefallen hätte. Beim Abschied versprach Angeline Claire, sie so bald wie möglich zu besuchen.

Es dauerte allerdings noch fast eine halbe Stunde, bis sie fortkam. Mutter Theresa bestand darauf, daß sie erst etwas Warmes trank, bevor sie wieder aufbrach, und während Angeline die heiße, mit Vanilleschoten gewürzte Milch mit Honig schlürfte, wurde sie von der Nonne bis ins Detail über Claires Geschichte ausgeforscht. Als die greise Nonne sie zur Hintertür hinausließ, war der Mond bereits untergegangen. Immer noch redete Mutter Theresa auf sie ein, sie solle bis Tagesanbruch ein wenig ruhen und sich eine Liege im Schlafsaal nehmen. Als das nichts fruchtete, wollte sie ihr zumindest eine Laterne aufdrängen. Angeline lehnte ab. Sie hatte keine Angst vor der Dunkelheit; jetzt war sie ihre Verbündete.

Sie war auf dem dunklen Pfad noch nicht weit gekommen, als sie schon wünschte, sie hätte sich erweichen lassen. Ohne die Hilfe des Mondlichts kam sie viel langsamer vorwärts. Der Wald schien ihr finster und unheimlich, als bedränge er sie. Und, was noch schlimmer war, der Wind trug ihr den Schrei einer jagenden Katze zu, eines Pumas oder Luchses, die beide gelegentlich Menschen angriffen, wenn sie ihnen in die Quere kamen. Angeline beschleunigte ihre Schritte, aber Zweige, die sie zu spät sah, schlugen ihr ins Gesicht, und dornige Ranken schlossen sich zäh um ihre Knöchel. Zu ihrer Erleichterung erreichte sie schließlich das Röhricht am Rand der Straße. Wenn sie erst auf der anderen Seite war, hatte sie schon zwei Drittel des Heimwegs zurückgelegt.

Sie bahnte sich einen Weg durch den hohen Bambuswald, der hier so dicht war, daß keine anderen Pflanzen wuchsen. Gerade wollte sie ihre Deckung verlassen, als sie wie angewurzelt stehen blieb.

Stimmen. Weit weg. Sie vermengten sich mit Hufgetrappel und kamen immer näher. Eine tadelnde, eine ruhige. Dröhnendes Baßgelächter. Die Reiter waren auf ihrer Höhe.

Der Prinz und seine Männer; es konnte nicht anders sein. Die aufrechte, militärische Haltung der Reiter war unverkennbar. Als sie herangekommen waren, zügelten sie die Pferde. Jetzt sprach der dunkelhaarige junge Mann, der vorher als Wache postiert gewesen war.

»Hier ist es. An dieser Stelle sind die beiden Frauen aus dem Wald gekommen und die Straße entlanggelaufen. Sie sind um die Kurve gebogen und dann… verschwunden. Ich habe mein Pferd geholt und fast die ganze Chaussee bis zur Stadt abgesucht, konnte aber keine Spur von ihnen entdecken.«

»Ich hoffe, wir können uns darauf verlassen, daß du ein weibliches Wesen als solches erkennst?« kam die bissige Frage des Prinzen.

»Sie trugen beide Röcke«, gab der andere indigniert zur Antwort.

»Nicht immer ein schlüssiger Beweis, aber wir wollen ihn gelten lassen. Sie hatte also eine wimmernde Heulsuse von Zofe im Schlepptau, um eine Flucht bei Nacht und Nebel stilvoller oder zumindest schicklicher zu gestalten? Das scheint mir übertrieben.«

»Ich weiß nicht, ob es so war, aber sie waren bestimmt zu zweit.« Sie ritten weiter, und die Stimmen verklangen.

Ich hätte wissen müssen, daß sie uns suchen, dachte Angeline. Was sollte sie nun tun? Den Waldweg nach Hause einschlagen? Das war zu riskant. Sie konnte sich an anderer Stelle einen Weg durch den Wald bahnen oder zur Klosterschule zurückkehren und bis zum Tagesanbruch warten. Keines von beidem paßte ihr.

Sie schaute zu den tiefen Schatten zwischen den Bäumen auf der anderen Straßenseite: die Fortsetzung des Pfades. Es gab noch eine dritte Möglichkeit. Der Prinz und seine Leute rechneten nicht mit ihrer Rückkehr. Wenn es ihr gelang, die Straße zu überqueren und den Weg zu erreichen, ohne gesehen zu werden, konnte sie vielleicht nach Hause laufen und war außer Sicht, bevor die Männer zurückkamen und hier nach Spuren suchten, denn das hatten sie bestimmt vor.

Nein, es war zu gefährlich. Vermutlich ritten sie nicht weiter als um die zweite Biegung; dort hatte der Posten Claire und sie vorhin aus den Augen verloren. Die Zeit reichte nicht. Sie mußte zum Internat zurück.

Angeline tastete sich mit stockendem Atem zurück. Keine zehn Schritte tauchte hinter ihr auf dem Pfad, den sie gerade gekommen war, ein bepelzter Schatten aus der Dunkelheit auf. Aus seiner Kehle kam verhaltenes Grollen, die Augen funkelten. Der kurze Rumpf und die spitzen, aufgestellten Ohren deuteten darauf hin, daß es sich um einen schwanzlosen Luchs, vielleicht einen Rotluchs handelte, ein gefährliches, unberechenbares Tier. Vielleicht sprang es sie an, vielleicht trottete es davon, wenn es seine Neugier befriedigt hatte.

Die Sekunden verstrichen. Die Katze bewegte sich nicht. Angeline wagte kaum zu atmen. Sie konnte nicht ewig bleiben, wo sie war. Da ihr der Rückweg versperrt war, mußte sie sofort weiter, das war ihre einzige Chance.

Mit äußerster Vorsicht trat sie einen Schritt zurück. Und noch einen. Geschickt schlüpfte sie durch das hohe Schilf. Ein Schritt noch, und sie erreichte die niedrige Chausseeböschung. Niemand zu sehen. Sie raffte die Röcke, machte einen Satz auf die Straße und wirbelte zur anderen Seite.

Ein Schlachtruf zerriß die Nacht, als sie die Böschung auf der anderen Seite erklomm. Er klang wie ein Jagdschrei, wenn die Beute gesichtet wird. Gehetzt blickte sie zur Kurve, wo jetzt Reiter erschienen. Der schlanke, dunkelhaarige Posten deutete auf etwas und gab seinem Pferd die Sporen. Sie wartete nicht, bis sie auch die anderen sah, sondern tauchte schleunigst in den Wald ein.

Mit gebeugtem Kopf, den Arm schützend vor das Gesicht gelegt, rannte sie instinktiv den ausgetretenen Weg entlang, dann schlug sie sich in die Büsche und brachte so viel Boden wie möglich zwischen sich und die Verfolger; schließlich wurde sie langsamer. Sie wußte, daß sie sie auch nach den Geräuschen aufspüren konnten, und kroch wie die Indianer, wie ihr Vater es ihr vor langer Zeit einmal in einem kindlichen Spiel gezeigt hatte.

»Halt!«

Das Kommando an die nachfolgenden Männer ertönte aus beängstigender Nähe. Es war weder laut noch scharf, wurde aber sofort befolgt. Stille senkte sich über die Nacht; kein Laut war zu hören. Angeline biß die Zähne zusammen und erstarrte zur Salzsäule.

Nach einer Ewigkeit – so kam es ihr jedenfalls vor – fragte die rauhe Stimme des schweren, einäugigen Veteranen: »Habt Ihr irgend etwas gehört?«

»Ja, vorhin, unser Wild. Jetzt nicht mehr. Das bedeutet wohl, daß sie nah genug ist, meine Befehle zu hören und sich in ihrem eigenen Interesse danach zu richten.«

»Wenn das so ist, sollen wir dann nicht ausschwärmen, Hoheit?«

»Nicht, wenn wir ihr nicht Gelegenheit geben wollen, ihren Rückzug zu decken.«

»Hm«, machte der andere. »Wir warten also auf Euren Befehl.«

»Noch eins«, kam die ruhige, durchdringende Stimme, »bei Strafe sofortiger Entlassung darf unserem Wild heute nacht kein Leid geschehen.«

Irrte sie, oder sollten diese Worte, die in tadellosem Französisch gesprochen wurden, sie in Sicherheit wiegen?

Ein Pferd schnaubte, stampfte unruhig und schüttelte sich, daß das Zaumzeug klirrte. Ein Mann fluchte. Prinz Rolf sagte etwas, und dann zerriß der wütende Schrei eines jagenden Pumas die Nacht. Der Laut steigerte sich zu einem kreischenden Crescendo, und die Pferde wieherten erschrocken.

Angeline verlor keine Sekunde. In dieser Unruhe glitt sie davon und schlüpfte flink durch den dichten, feuchten Wald. Hinter ihr ertönte ein scharfer Befehl und die Geräusche einer lautstarken Verfolgungsjagd. Sie rannte weiter, duckte sich unter Zweige, sprang über verfaulte Baumstämme und merkte, daß sich ihre Haarnadeln aus der Frisur lösten. Plötzlich erklang ein Ruf, auf den das stille Echo lauschenden Schweigens antwortete.

Angeline hob den Kopf. Aus ein paar hundert Schritt Entfernung war schwach ein Ruf und eine leise Antwort zu hören. Er wiederholte sich in den verschiedensten Tonlagen von weiter rechts. Die Männer gingen paarweise vor, sie blieben in Verbindung miteinander und durchkämmten systematisch den Wald. Sie hatten vor, sie wie ein Tier bei der Hetzjagd zu treiben.

Aber die Nacht war finster, der Wald groß und die Herren für ihr Vorhaben wenige an der Zahl. Angeline dagegen kannte die Gegend, wußte, in welcher Richtung die Straße lag, die Sümpfe und das Haus ihrer Tante. Außerdem besaß sie den Vorteil, immer zu wissen, wo die Männer sich befanden, denn sie riefen einander ständig etwas zu, um sich nicht gegenseitig aufzulauern. Sie sog langsam Luft in ihre Lungen, um ihre Nerven zu beruhigen, und schüttelte das Haar zurück, daß ihr das seidige Geflecht über den Rücken fiel. Sollen sie nur jagen, dachte sie. Mich werden sie nicht so leicht fangen.

Die Männer erwarteten, daß sie in Panik vor ihnen floh, wenn sie näher heranrückten. Und das würde unvermeidlich dazu führen, daß man sie einholte und abfing. Wenn es ihr gelang, hinter ihre Kette zu gelangen, konnte sie sich vielleicht ein Stück weiter vorne wieder zum Weg durchschlagen und zum Haus rennen, wo sie in Sicherheit war.

Sie kamen näher. Bei jedem Tritt ihrer Stiefel, der im dürren Laub knisterte, lief es Angeline eiskalt über den Rücken. Fast unbewußt zog sie den dunklen Umhang fester um sich und huschte auf ein niedriges Myrtendickicht zu. Sie kauerte sich nieder und kroch ins Gebüsch. Sofort bereute sie es. Es war dumm und sehr gefährlich. Sie hätte ihre Chance wahrnehmen und sich auf ihre Leichtfüßigkeit verlassen sollen. Wie entwürdigend wäre es, wenn sie sie in diesem Versteck aufstöberten wie ein verängstigtes Kind.

Im Unterholz knackte es, und ein Mann brach heraus, ein dunkler Schatten, so nah, daß sie nur die Hand hätte ausstrecken müssen, um ihn zu berühren. Starr vor Schreck hielt sie den Atem an.

»Oskar!«

Angeline fuhr zusammen, als der Mann – er wirkte jung und schlank im Glanz der Sterne – diesen Namen rief.

Von der anderen Seite des Gebüschs, nur ein paar Schritte entfernt, kam Antwort. Der erste murrte: »Komm mir nicht in die Quere, Bruderherz, es ist mir lieber, wenn ich weiß, womit ich es zu tun habe: mit einem weichen Weib, einer Wildkatze oder deinem Versteck.«

»Wenn du weiter so herumschreist, brauchst du keine Angst zu haben, daß du es mit einer der ersteren zu tun bekommst. Wir sollten uns still verhalten und nicht einen Radau machen, der das Getrampel einer ganzen Ziegenherde übertönen kann.«

Ihre Schritte verhallten. Angeline richtete sich aus ihrer kauernden Stellung auf und lauschte. Die Männer drangen tiefer in den Wald ein. Unwahrscheinlich, daß sie aufgaben, bevor sie nicht den Sumpfgürtel erreicht hatten. Sie hatte es geschafft! Ein wildes Triumphgefühl überkam sie, ebbte aber bald wieder ab. Noch war sie nicht in Sicherheit.

Als das Anwesen der Familie de Buys vor ihr auftauchte, hatte Angeline Seitenstechen, und ihr Atem ging keuchend. Kein Licht war zu sehen. Tante Berthe hatte aufgegeben, auf sie zu warten, war zu Bett gegangen und hatte nicht einmal ein Nachtlicht für sie brennen lassen. Sie konnte zwar nicht ahnen, daß Angeline in Schwierigkeiten war, aber sie hätte sich doch eigentlich vergewissern können, daß alles gutgegangen war. Das Haus war in seiner frühmorgendlichen Schwärze so wenig einladend, daß Angeline dachte, sie müsse sich wohl glücklich schätzen, wenn man sie nicht auch noch ausgeschlossen hatte.

Sie warf einen Blick zurück auf den leeren Weg und huschte zur Hintertreppe. Dort hielt sie sich im Schatten der Mauer, stieg die Treppe zur oberen Galerie hinauf und erreichte die mit viereckigen Glaseinlagen durchbrochene Tür, die vom Balkon in ihr Zimmer führte. Sie drehte den Griff und schlüpfte hinein. Dann schloß sie sie hinter sich und schob den Riegel vor.

Erst jetzt atmete sie auf. Sie hatte immer noch den kalten Messingknauf in der Hand, lehnte den Kopf gegen die kühlen Glasscheiben und wartete auf die Welle der Erleichterung, die sie gleich durchfluten mußte. Doch die ließ auf sich warten. Statt dessen nahm Angeline den Geruch von Rauch und heißem Wachs wahr, der im Raum hing, als sei gerade eine Kerze gelöscht worden. Ein flüsterndes Geräusch, wie das Reiben von Stoff gegen Stoff. Es kam von hinten, war nah, so nah, daß sie in der erhöhten Wachsamkeit ihrer Sinne glaubte, die Wärme eines Körpers zu spüren. Und plötzlich sprach eine leise Stimme ihr ins Ohr.

»Die Fähe«, sagte Rolf von Ruthenien, »kehrt am Ende stets in ihren Bau zurück.«

Angeline erstarrte. Sie drehte an dem Griff, den sie immer noch festhielt, und schob den Riegel zurück. Gerade als sich die Tür öffnete, packte eine harte Hand nach Angeline und schüttelte sie. Im gleichen Augenblick wurde ihr eine Decke über den Kopf geworfen, und sie konnte sich kaum noch bewegen. Sie holte Atem, um zu schreien, bekam aber keine Luft. Jemand schlug ihr unsanft und kräftig ins Gesicht, und ihr Kopf wurde in einer muskulösen Armbeuge festgeklemmt wie in einer Schraubzwinge.

Sie konnte nicht Atem holen. Angeline zappelte in Panik und bäumte sich auf. Die Notwendigkeit, von dieser Hand freizukommen, verdrängte jeden Gedanken an Flucht. Als sie hinaus auf die Galerie und die Treppe hinunter gezerrt wurde, war vor ihren Augen nur roter Nebel. Sie schlug um sich und versuchte, den Kopf zu drehen, obwohl ihr der Hals weh tat, aber ihre Kräfte ließen rapide nach. Eine Dunkelheit tiefer als die der Nacht ergriff sie.

Die Hand wurde weggenommen. Luft, reine, kühle, lebenspendende Luft strömte in ihre Lungen. Angeline hatte wenig Zweifel, daß man sie ihr wieder abschneiden würde, wenn sie sich rührte oder einen Laut von sich gab. Diese Drohung wurde zwar nicht ausgesprochen, war aber wie mit Händen greifbar. Und so, furchtsam, lammfromm, blind und mit kalter Wut erfüllt, lag sie still und ließ sich an einen Mann auf einem Pferd weiterreichen. Der Prinz stieg auf, ein lederner Sattel knarrte, dann wurde sie ihm wieder übergeben, und er drückte sie an sich. Die Pferde setzten sich in Bewegung.

»Schwierigkeiten?« fragte die gedämpfte Stimme eines Begleiters des Prinzen.

»Nein, aber sie war auch schon erschöpft von dem Tanz, den sie mit den anderen veranstaltet hat.«

»Seid vorsichtig. Von allem, was man von ihr weiß, hat sie Zähne und Klauen.«

»Deine Sorge um mein Wohlergehen überwältigt mich, Leopold.«

»Ihr braucht gar nicht zu lachen. Wenn sie Euch das Herz aus dem Leibe reißt, um es zu verfrühstücken, machen die anderen mich dafür verantwortlich!« Von der Stimme und dem Namen schloß Angeline, daß es sich bei dem Mann um niemand anderen als den dunkelhaarigen Posten handelte.

»Du glaubst, sie hat allen Grund dazu?«

Leopold schwieg eine Weile. Dann murmelte er: »Warum stellt Ihr mir diese Frage?«

»Du hast sie vorhin nicht festgehalten«, erinnerte ihn der Prinz, und in der ruhigen Stimme schwang ein Tadel mit.

»Ich hatte schließlich nicht Befehl, sie zu entführen, ich sollte sie lediglich im Auge behalten und berichten, was sie tat.«

»Aber das war nicht der Hauptgrund«, hakte der Prinz nach.

»Nein. Heute nacht auf dem Ball, da... da wirkte sie wie eine Dame und...«

»Was, und?« unterbrach ihn der Prinz. »Charmant und ohne Tücke?«

»So ungefähr.«

Angeline setzte zum Sprechen an, doch der Mann, der sie festhielt, lachte ein helles, eisiges Hohngelächter, das ihm, als es schon verklungen war, noch lange in der Brust vibrierte.

Sie schlossen sich den anderen Männern der Leibgarde an. Angeline nahm das Gesicht des Reiters hinter ihr nur als blassen Fleck in der Dunkelheit wahr. Langsam verebbte ihre anfängliche Furcht. Was mit ihr geschah, war so unwirklich. Sie saß ganz steif. Sie hatte keine Ahnung, wohin er sie brachte und was er mit ihr vorhatte, aber auf einmal war sie froh, mehr als froh, nicht Claire zu sein.

»Euer Hoheit«, stieß sie hervor, wobei ihre Stimme unwillkürlich einen flehenden Tonfall annahm. »Das ist ein Irrtum. Ihr müßt mir glauben.«

»Ein Gnadenappell, Mademoiselle de Buys? Zu Eurem Unglück bin ich heute gar nicht gnädig gestimmt.«

Sie sagte nichts mehr, sondern nutzte die Zeit, um die letzten Spuren von Furcht und Aufregung aus ihrem Kopf zu tilgen und ihre Gedanken zu ordnen, damit sie ihre Argumente besser vortragen konnte. Ich werde, dachte sie, all meinen Verstand brauchen, wenn er mir seine ganze Aufmerksamkeit zuwendet.

In schnellem Trab erreichten sie bald die Plantagen von Monsieur de la Chaise. Sie kamen jedoch nicht in die Nähe des Hauptgebäudes, sondern bogen in einen Fuhrweg ab, der tief in den mehrere tausend Morgen Land großen Besitz hineinführte und erst da endete, wo die gepflügten Felder unberührtem Sumpfland wichen. Die Reiter zügelten die Pferde vor einem rechteckigen Gebäude mit Säulengang, einem Ziegelbau, dessen Stuckverkleidung Steinblöcken nachempfunden war. Monsieur de la Chaise hatte hier den Stil eines europäischen Jagdschlößchens imitiert. Es war bekannt, daß seine Frau ihm nicht erlaubte, dort – wie er es vorgehabt hatte – ausgelassene Herrenabende zu geben, und das Haus war nur selten bewohnt. Eine Weile hatte es den erwachsenen Söhnen als Junggesellenheim gedient. Seit sie sich verheiratet hatten, fand es gelegentlich als Gästehaus Verwendung.

Der Eingang war offen, und in der Tür hob sich die imponierende Gestalt eines breitschultrigen Mannes vor gelbem Kerzenschein ab. Die Ärmel seiner militärisch geschnittenen Livrée spannten über den kräftigen Muskeln. Auf dem Kopf hatte er einen dichten Schopf struppiger brauner Haare, die Schlitzaugen ließen auf eine Abstammung aus der mongolischen Steppe schließen, und sein Gesichtsausdruck war der eines freundlichen Bärenjungen. Wenn es ihn überraschte, daß der Prinz mit einer Frau im Arm auf ihn zukam, so verzog er jedenfalls keine Miene. Er verbeugte sich und tat einen Schritt zur Seite, als sein Herr eintrat.

Sie gelangten in einen geräumigen Saal. Auf der einen Seite befand sich ein Kamin, in dem man einen ganzen Baumstamm verfeuern konnte. Rechts und links davor standen zwei Sofas aus der Zeit von Napoleons ägyptischer Expedition mit verschossenen Bezügen und Krokodilsfüßen; wahrscheinlich waren sie im Herrenhaus ausrangiert worden, als sie aus der Mode kamen. Die andere Seite nahm ein langer Tisch ein, auf dem noch die Reste einer offenbar hastig abgebrochenen Mahlzeit standen. Das hohe Deckengewölbe war mit rauchgeschwärzten Fresken in Pastelltönen bemalt, die Jagdszenen aus der klassischen Mythologie zeigten: Diana mit dem Bogen, und Daphne, die von Apoll verfolgt und in einen Lorbeerbaum verwandelt wird. Darunter verlief rundherum ein Fries aus Hirschgeweihen und Wildschweinhauern, und an den Wänden hingen mittelalterliche Wandteppiche über der weißen Tünche.

Direkt gegenüber der Tür schwang sich eine Treppe mit ausladendem Eichengeländer in das Obergeschoß empor. Dorthin wandte sich der Prinz und stieg unter Mißachtung der derben Späße, die seine Gefolgsleute ihm zuriefen, sicheren Schrittes die hölzernen Stufen hinauf.

Der Prinz trug sie ins erste Zimmer auf der rechten Seite, einen großen Raum, in dem ein Feuer brannte. Angeline erblickte einen riesigen Schrank, einen Sekretär, ein Tischchen und weitere Wandteppiche mit Waldszenen in leuchtenden Farben, Darstellungen von Füchsen, Hasen und Rehen, die zwischen Lorbeer und Stechpalmen spielten. Ein paar Stufen führten zu einem gewaltigen Himmelbett mit karmesinroten, golddurchwirkten Brokatvorhängen. Angeline schwanden die Sinne, als sie durch die Luft geworfen wurde und auf einer weichen, gefederten Matratze landete.

Sie rollte sich auf die andere Bettseite, ließ sich zu Boden fallen und richtete sich auf. Atemlos und zerzaust sah sie sich nach einem

Ausweg um. Der Prinz machte ein paar graziöse, lässige und scheinbar absichtslose Bewegungen, stand aber sofort zwischen ihr und der Tür und warf sie laut zu.

Dann drehte er sich zu ihr um. Ein Lächeln stand ihm im Gesicht und strahlte aus den türkisblauen Augen. »Und nun, Mademoiselle«, sagte er, und in seiner Stimme schwang gefährliche Genugtuung, »laßt uns unter der dürftigen Larve der weiblichen Hüllen und dem spröden Deckmantel der Schicklichkeit nach der Wahrheit süßem Kern forschen.«

3

Flammen beschienen orangerot die Wände. Sie waren die einzige Beleuchtung im Zimmer, seit das Kerzenlicht des Treppenhauses aus dem Raum verbannt war. Angeline fuhr sich mit der Zunge über die trockenen Lippen und starrte den Prinzen mit weit aufgerissenen Augen an. Der Wohlklang seiner Stimme und die herausfordernden Worte schwangen in ihr nach, als hätten sie eine Saite in ihrem Innern angeschlagen. Rolf von Ruthenien trat an das Tischchen vor dem Fenster, nahm die Zunderbüchse und schlug Feuer. Der Schein der Flamme fiel auf seine kräftigen, wohlgeformten Hände, während er die Wachskerzen in einem silbernen Kandelaber anzündete. Der Ring an seinem Finger schimmerte in der Farbe alten Goldes. Er war als romanisches Wolfshaupt mit fletschenden Zähne gearbeitet. Als das Gesicht des Prinzen angestrahlt wurde, traten seine Wangenknochen hervor, und in seinen Augen tanzten blaue Funken.

Angeline atmete tief durch. »Es besteht keine Notwendigkeit, weiter nach der Wahrheit zu forschen. Ich mache sie Euch zum Geschenk. Ich bin nicht Claire! Ich heiße Angeline Fortin – das habe ich Euch doch schon vor fünf Stunden auf der Soirée gesagt!«

»Ihr werdet verzeihen, daß ich Euch jetzt ebensowenig glaube wie vorhin.«

»Euch verzeihen, daß Ihr mich der Lüge bezichtigt? Daß Euer

Mißtrauen so weit geht, mich zu entführen? So großmütig bin ich nicht!«

»Wenn Euch mein Betragen mißfällt, habt Ihr jederzeit die Möglichkeit, dem ein Ende zu machen. Ihr müßt mir lediglich erzählen, was Ihr über den Tod meines Bruders wißt.«

»Ganz einfach.« Als er den Kopf hob, fauchte sie: »Ich weiß nichts darüber. Ich sagte Euch mehrmals, daß ich nicht diejenige bin, die Ihr sucht, sondern ihre Kusine!« So ruhig sie konnte, sprach sie weiter und erzählte ihm ihre Lebensgeschichte bis ins Detail. Sie begann bei ihrem Geburtsdatum, dem Namen ihrer Eltern und Großeltern und erklärte, daß ihre Mutter die Schwester von Claires Vater gewesen sei. Obwohl sich seine Miene vor Ungeduld verdüsterte, erzählte sie ihm weiter, auf welche Weise ihr Vater und ihre Mutter gestorben waren und welche Abmachung dazu geführt hatte, daß sie bei ihrer Tante wohnte. Schließlich erwähnte sie die seit jeher bestehende Ähnlichkeit mit Claire. Als sie geendet hatte, sah sie ihn erwartungsvoll an, doch sein Gesichtsausdruck war unverändert geblieben.

»Ich beglückwünsche Euch zu Eurer Doppelgängerin. Sie muß Euch sehr gelegen kommen. Nimmt sie wie der imaginäre Spielkamerad eines Kindes auch die Schuld für alle Eure Missetaten auf sich?«

»Von Schuld kann doch hier gar keine Rede sein.«

»Ich fürchte doch.«

Angeline starrte ihn an, und Claires Geschichte von Vertrauensbruch und versuchtem Mord kam ihr wieder in den Sinn. »Wovon redet Ihr?«

»Von der Wut der verschmähten Frau, die Euch veranlaßt hat, ein Mordkomplott gegen meinen Bruder zu schmieden, und davon, daß Ihr Eure unzweifelhafte Attraktivität und frühere intime Beziehung ausgenutzt habt, um ein letztes Mal Zutritt zu seinen Gemächern zu erlangen, und schließlich davon, daß Ihr ihn sterbend in seinem Blute zurückgelassen habt. Das dürfte für den Anfang genügen.«

Während er sprach, wich allmählich die Farbe aus Angelines Gesicht. Ihre Stimme war nicht mehr als ein Flüstern. »Das kann nicht Euer Ernst sein.«

Leicht und geschmeidig bewegte er sich auf sie zu, ein kraftvoller, athletischer Mann in Weiß, und bei jedem seiner federnden Schritte wurde sie stärker von der Gefährlichkeit in Bann gehalten, die ihn wie ein Mantel umgab. »Ich versichere Euch, daß es mir bitter ernst ist. Gestattet mir, Euch den Mantel abzunehmen.«

»Ich bleibe nicht«, erwiderte sie.

»Wirklich nicht?«

Er half ihr aus dem Umhang, warf ihn über einen Stuhl, sah sie lange und forschend an und nahm ihren Arm. »Kommt ans Feuer«, forderte er sie auf, und schon wieder durchströmte sie der Wohlklang seiner Stimme.

Sie riß sich los, trat in steifer, würdevoller Haltung an den Kamin und drehte sich um. Er war so dicht hinter ihr, daß sie unwillkürlich einen Schritt zurückwich. Er packte sie am Ellbogen und zog sie an sich. Sie verlor das Gleichgewicht und fiel gegen ihn, so daß die Knöpfe und Abzeichen seiner Uniform gegen ihren Busen gepreßt wurden und er ihr seinen Schwertknauf in die Hüfte stieß. Sie hielt einen Augenblick inne, dann schob sie ihn von sich.

»Selbstverbrennung ist weder erforderlich noch wünschenswert, jedenfalls jetzt nicht, so sehr mir der Anblick vor nicht allzu langer Zeit auch gefallen hätte.«

Während er sprach, gab sie ihren Widerstand auf. Der Geruch angesengten Musselins stieg ihr in die Nase, und sie spürte die Hitze, die ihre Röcke durchdrang. Zwischen den Zähnen stieß sie hervor: »Würdet Ihr bitte die Güte haben, mich loszulassen!«

»Güte? Wie kommt Ihr darauf, daß etwas Derartiges in mir steckt? Oder Milde?«

»Das ist mir selbst ein Rätsel«, entgegnete sie ihm mit Bitterkeit. »Verzeiht! In einem Augenblick geistiger Umnachtung hielt ich Euch menschlicher Regungen für fähig!«

»Meine Regungen«, erwiderte er langsam und ließ den Blick über die zarten Formen von Hals und Schulter und das schimmernde Haar gleiten, das ihr auf den Busen fiel, »funktionieren einwandfrei.«

Ihre Augen wurden groß. Sie hatte das Gefühl, daß sie der Prinz mit seinem türkisblauen Blick nackt auszog, und sie ahnte, daß das auch wirklich seine Absicht war.

»Ich... ich wollte damit sagen, daß ich hoffe, Ihr seid Kavalier.«

»Ihr appelliert an meine ritterlichen Instinkte? Ein gravierender Irrtum. Ich besitze keine.«

Er lockerte den Griff um ihren Arm, fuhr ihr mit der Hand über die Schulter und unter das Haar und umfaßte mit gespreizten Fingern ihren Hinterkopf. Er beugte sich zu ihr nieder und berührte ihre Lippen mit den seinen. Sie versuchte, den Kopf wegzudrehen, aber sie konnte sich nicht rühren, während er den fein geschwungenen Mund erforschte, seine Süße schmeckte und auf den Widerstand der zusammengebissenen Zähne stieß.

Als er sich endlich zurückzog, atmete er schwer und seine Augen strahlten in dunklerem Blau. »Nein, an meinen Regungen ist nichts auszusetzen, aber die Euren machen mich neugierig. Ihr seid scheu wie ein Füllen, dem noch nie Zaumzeug angelegt wurde, oder wie eine Stute, die nach bösen Erfahrungen mißtrauisch ist und keinen mehr an sich heranläßt.«

»Was... was habt Ihr denn erwartet?« flüsterte sie.

»Eine mannstolle Raubkatze, eine Möse mit Klauen.« Er zog gedankenvoll die dunkelblonden Brauen zusammen. Als er die jähe Blässe in ihrem Gesicht bemerkte, fügte er hinzu: »Ihr wolltet es schließlich wissen.«

Gleich darauf stieg ihr die Röte ins Gesicht und bis unter die Haarwurzeln. »Ihr seid ein anmaßender, unverschämter...«

»Allmählich lernen wir uns kennen«, unterbrach er sie. »Euch dagegen halte ich unter anderem für verschlagen und tückisch. Ich habe Euch unterschätzt, und das war dumm von mir – wie ich gern zugeben will. Ich hätte wissen müssen, daß die Frau, die Maximilians Bett geteilt und sein Ende herbeigeführt hat, nicht leicht zu durchschauen ist. Die Frage ist nur, ob mir nur die Pflicht obliegt, ihn sozusagen zu rächen, oder ob erst Euer Sirenengesang mir zu dieser Eingebung verholfen hat...«

Sie wollte sich von ihm losreißen, aber er packte mit grimmigem Lächeln fest zu. Sie schluckte die aufkommende Verzweiflung hinunter, und doch sprach sie aus ihrer Stimme, als sie rief: »Ich bin Claires Kusine. Ihr könnt jeden hier fragen, die Dienerschaft meiner Tante, Madame Delacroix, den Pfarrer – alle werden es Euch bestätigen! Ich bin Eurem Bruder nie begegnet und war in meinem ganzen Leben nie weiter von St. Martinville entfernt als bis New Orleans. Ich war die ganze Zeit hier, als Claire...«

»Ihr wiederholt Euch. Ich bin Euch um die halbe Welt gefolgt, über Berg und Tal und endlose Straßen. Selbst das Meer war mir nicht zu weit, als daß ich es nicht überquert hätte, um Euch zu finden, und ich habe hier in der Wildnis übelriechende, weite Sümpfe bezwungen. Meine Männer und ich haben Tausende von Fragen gestellt, Beschreibungen, Erklärungen, Drohungen, Geld und gute Worte gegeben, und wir sind unserem Ziel immer nähergerückt. Jetzt, wo ich Euch endlich in den Händen habe, bildet Ihr Euch da wirklich ein, daß Ihr mich mit einem mitleiderregenden Blick becircen könntet, daß ich auf eine Lügengeschichte von zwei Frauen hereinfalle, die gleich aussehen, gleich schön sind und denselben scharfen Verstand besitzen, der die Männer nach ihrer Pfeife tanzen läßt?«

Aus seinem Redefluß sprach tiefer Schmerz. In ohnmächtiger Wut starrte Angeline ihn an. Und auf einmal begriff sie. Er fuhr fort.

»Mein Bruder war zum künftigen König bestimmt. Er wurde mit Mandeln, Stutenmilch und der Liebe seines Vaters großgezogen und stählte sich auf dem Feld der Ehre und bei der Jagd. Er besaß Disziplin und widmete sich gewissenhaft den Staatsgeschäften. Ihm war es nicht an der Wiege gesungen, in einem zerwühlten Bett den Tod zu finden, während noch der Moschusgeruch einer Hure in der Luft hängt. Ich dagegen wurde mit weniger raffinierten Methoden und zu keiner bestimmten Aufgabe ausgebildet. Die Geringschätzung meines Vaters gestattete mir, meinen Umgang frei zu wählen. Jetzt stehe ich der Mörderin meines Bruders gegenüber. Man sage nicht, das Leben sei ohne Sinn.«

Die türkisblauen Augen blitzten, doch seine Stimme blieb ruhig, und plötzlich verstummte er ganz. Er beugte sich hinunter, schob ihr den Arm unter die Knie und hob sie auf. Angeline war so von der Erkenntnis überrascht, wie sehr sie ihn verstand, daß sie nicht die

Kraft fand, sich auf der kurzen Strecke zum Bett zu rühren oder gar zu wehren.

Er hatte seinen Bruder geliebt und respektiert, ja bewundert, und suchte Linderung für den Schmerz über dessen sinnlosen, schändlichen Tod, indem er die Frau, die er für die Schuldige hielt, verfolgte und zur Rechenschaft zog. Hoffte er, durch seine Hartnäckigkeit auch die Befähigung zum künftigen Regenten von Ruthenien zu beweisen? Dürstete es ihn im Grunde nach Anerkennung durch seinen Vater?

Die Haltegurte der Bettstatt ächzten, als er sie auf die Matratze fallen ließ und sich neben sie warf. Er schleuderte die Stiefel von sich und knöpfte sich die Uniformjacke auf.

Ihre Muskeln schmerzten, als ihr Wille nur knapp über den Impuls siegte, ohne weiteres Überlegen zu fliehen. Sie streckte die Hand aus, so daß sie fast seinen Arm berührte. »Euer Hoheit, wartet! Könntet Ihr nicht... nicht wenigstens versuchen, die Wahrheit meiner Worte zu überprüfen?«

Die blonden Lider verbargen seine Augen, als er den Uniformrock auszog. »Um das Unvermeidliche aufzuschieben? Damit Ihr Zeit zum Nachdenken gewinnt? Diesen Wunsch muß ich Euch abschlagen. Ihr habt nur zwei Möglichkeiten, Euch zu schützen. Erstens – einmal angenommen, Ihr wäret wirklich nur Claires Kusine – müßt Ihr mir mitteilen, wo sie sich versteckt hält.«

»Und wenn ich unschuldig wäre und es dennoch nicht könnte?«

»Ihr könnt es und müßt es tun, wenn Ihr die seid, die zu sein Ihr vorgebt. Zuletzt hörten wir von Claire de Buys, daß sie schnurstracks nach St. Martinville zum Haus ihrer Mutter reiste. Wenn Ihr mit ihr verwandt seid und dort wohnt, müßt Ihr sie gesehen haben. Von den Dienern haben wir erfahren, daß bis gestern abend nur eine junge Frau im Haus war. Wenn Ihr also nicht Claire seid, muß sie sich irgendwo in der Gegend versteckt halten, vielleicht in der Stadt. Wenn also eine Person wie Angeline Fortin existiert, kann sie mir Claires Unterschlupf zeigen und sofort frei sein.«

»Und zweitens?« Sie mußte sich zwingen, diese Worte herauszubringen, denn die Anspannung schnürte ihr die Kehle zu. Daß sie sich weigerte, Claire zu verraten, mußte als Schuldbekenntnis aufgefaßt werden. Daran war nichts zu ändern; sie konnte nicht tun, was er ihr als Lösung angeboten hatte. Es war nicht mit ihrem Gewissen zu vereinbaren, daß sie Claire in Gefahr brachte, nur um selbst in Sicherheit zu sein.

Seine Worte kamen seidenweich und jäh: »Ihr könnt Euch meiner Gnade ausliefern und gestehen, aus welchem Grund und auf welche Weise Ihr Max getötet habt und wer Euer Komplize war.«

Im selben Augenblick wußte Angeline, daß die ganze Farce nur auf diese eine Frage abgestellt war und daß er sie mit Bedacht bedroht hatte, um ihr die gewünschte Antwort abzuzwingen. Er wollte mehr ergründen als nur den vermeintlichen Racheakt einer Frau. Dieser Gedanke paßte zu Claires Erzählung von dem mißglückten Versuch, den Tod des Prinzen wie einen Doppelselbstmord aussehen zu lassen, dem auch sie zum Opfer hätte fallen sollen. Wie sollte Angeline ihn aber überzeugen, daß sie die Wahrheit sprach, wenn er sich darauf konzentrierte, sich scharfzüngige Worte und raffinierte Fallen auszudenken, um sie zu überführen?

Sie holte tief Luft und antwortete: »Das hieße, ein hohes Risiko eingehen, da – wie ihr selbst gesagt habt – Eure Bereitschaft zur Gewährung von Gnade einigermaßen eingeschränkt ist.«

»Das habt Ihr Euch also gemerkt«, murmelte er im Ton großer Genugtuung. Langsam schickte er sich an, den Hosenbund aufzuknöpfen.

Verzweifelt hob Angeline den moosgrünen Blick zu seinen leuchtendblauen Augen. Sie konnte den Wunsch zu fliehen nicht mehr unterdrücken und warf sich auf die andere Bettseite. Wie im Reflex streckte er die Hand nach ihr aus und packte den zarten, weißen Musselin ihres Ärmels. Sie entwand sich ihm. Mit einem Reißen gab der Stoff nach, so daß ihre perlweiße Schulter entblößt wurde. Im Wissen um ihre verzweifelte Lage zögerte sie keinen Augenblick, bevor sie sich losriß. Der Prinz hielt nur noch den schlaffen Ärmel in der Hand.

Sie hatte einen Schuh verloren, und die Holzdielen waren kalt, als ihre bloßen Füße den Boden berührten. Das Bild der Leibgarde des Prinzen, die unten wartete, um sich ihr entgegenzustellen, huschte ihr durch den Sinn, aber das war ganz gleich; ihr blieb keine andere Wahl, als den Fluchtversuch zu wagen.

Sie hatte ihre Phantasie jedoch vergebens bemüht. Der Prinz hatte sich lautlos von hinten angeschlichen und packte sie. Mit stählernem Griff umschloß er ihre Brust, und ihre Knie gaben nach, als sie in die Kniekehlen gestoßen wurde. Angeline fiel, schlug jedoch nicht auf dem Boden auf, sondern wurde entschlossen auf den Teppich vor dem Kamin niedergelegt. Ihre Schulterblätter drückten sich tief in die dichte rot und blau gemusterte Wolle.

»Erster Akt. Sie kommt zu Fall«, sagte der Prinz leise und befriedigt.

Glühender, wilder Zorn übermannte sie. Sie bäumte sich auf, grub ihm die Nägel ins Gesicht wie eine Katze und hinterließ auf seiner Wange feuchtrote Spuren. Er packte ihr Handgelenk mit gnadenlosem, blutabschnürendem Griff, drehte ihr den Arm um und preßte sie an sich. Ihr Busen wurde an seine Brust gedrückt und wogte heiß, ihr Atem ging keuchend. Er setzte ihr das Knie auf den Schenkel und hinderte sie mit seinem Gewicht an jeder Bewegung. Sie gab jeden Widerstand auf und starrte ihn mit der hilflosen Tücke eines gefangenen Tieres an.

Das Feuer zischte und knisterte laut in der Stille. Sein Schein flakkerte auf das Gesicht des Mannes, der sich über Angeline gebeugt hatte. Rot und roh beleuchtete er die tiefen Kratzer, die sie ihm beigebracht hatte, und spiegelte sich in seinen Augen. Er sah sie an und neigte mit entsetzlicher Langsamkeit den Kopf, um seinen Mund auf den ihren zu pressen.

Sein Kuß brannte mit verzehrender Kraft und zwang ihre Lippen zu tieferem, noch entwürdigenderem Eindringen auseinander. Nie zuvor war sie physischer Gewalt ausgesetzt gewesen. Keusch und unberührt wie sie war, hatte sie nur eine vage Vorstellung von der Leidenschaft als Begleiterin der Liebe, als hätte sie hinter Klostermauern ein leises Lied vernommen. André Delacroix, ihr Kavalier, hatte ihre Fingerspitzen an seine Lippen geführt, mehr nicht. Dies dagegen war eine Schändung ihrer Seele, die ihr die Lebenskraft entzog und nur das schleichende Gift der Verzweiflung zurückließ.

Der Prinz schob die goldene Kette mit dem Flakon beiseite, daß sie Angeline schimmernd über die Schulter fiel und ihr die glänzende Spur über den Hals lief. Das ziselierte Fläschchen versank in ihrer seidigen Haarpracht. Er zerrte den weiten, weißbestickten Ausschnitt ihres Unterkleides herunter und entblößte ihren schwellenden Busen. Er brannte mit den Lippen eine sengende, kreisende Spur zur rosaroten Spitze ihrer Brust. Seine Hände packten den zerfetzten Musselin ihres Mieders und rissen ihn mit unerträglicher Langsamkeit entzwei. Dann geschah dasselbe mit ihrem dünnen Unterkleid. Er schob ihr die Röcke über die Hüften, zog ihr das wattierte Kleid und den Unterrock aus und schleuderte beides auf den Boden.

Angelines Widerstand ließ nach. Sie sog hörbar die Luft ein, als sich seine Hände kühn zwischen ihre Schenkel wagten. Obwohl sie sich ganz steif machte, konnte ihn das nicht hindern, sondern er erhöhte den Druck seines Gewichts und küßte sie noch einmal, während er sanft und unerbittlich weiter vordrang. Sie schluckte heiße Tränen und spürte, wie gegen ihren Willen ihre Erregung ständig wuchs.

Ein Schauer überlief sie. Ihre Bauchmuskeln zogen sich zusammen. Der Prinz zog die Hand zurück. Sein Atem ging rasch und heftig. Die Sekunden verstrichen.

Sie empfand es als schlimmste Folter. Es war eine Vergewaltigung ihrer Sinne. Mit routinierter Behutsamkeit hatte er sie in diese zitternde, widerwärtige Erregung versetzt. Das war diabolisch, aber sie absichtlich in diesem unerträglichen Zustand zu lassen, das war ein satanischer Akt.

Glutüberströmt lag sie da, konnte kaum atmen, und ihr Busen bebte mit jedem Herzschlag.

Er beobachtete sie mit Augen, die blauflammenden Kohlen glichen, und auf seinen Zügen zeigte sich die pure Kampfeslust. Die Muskeln seines Gesichts, seiner Arme und Schultern waren in Selbstbeherrschung gestrafft und glänzten unter einem Schweißfilm. Trotz seiner Erfahrung und offensichtlichen Routine konnte er doch nicht mehr Gleichgültigkeit heucheln. Während des Sturms auf ihre Festung hatte er seine eigene unbewacht gelassen. Dieses Wissen war Balsam für Angeline.

Mit rauher Stimme sagte er: »Zweiter Akt. Er kommt zu Fall und tut Buße.«

In eigentümlichem Triumph sah sie ihn die Pantalons abstreifen. Er schob Angeline unter sich, zwang ihre Schenkel auseinander, genoß ihre bebende Feuchte und drang brennend in sie ein. Er spürte plötzlich den Widerstand und wollte sich mit einem unterdrückten Fluch zurückziehen, aber es war zu spät. Ein erstickter Schrei entrang sich ihrer Kehle, als der Schmerz in ihr aufflammte.

Die Zeit blieb stehen. Er ließ ihr Handgelenk los, streichelte sie sanft an der Schulter und zog sie näher an sich. »Laßt uns Waffenstillstand schließen, und wie ich Euch Unrecht getan und verletzt habe, will ich Eure Wunden heilen.«

Seine Hände strichen beschwichtigend über ihren Leib, er küßte sie auf Stirn, Augen und die sich öffnenden Lippen. Er umschloß ihre Brüste und ließ den Daumen über die straffen Spitzen gleiten. Dann glitt er behutsam tiefer in sie hinein. Unerwartete Lust überflutete ihre Sinne, und zog sie in einen Rhythmus, den er vorgab und der immer heftiger und immer schneller wurde.

Es gab keine Wirklichkeit außer dieser, keine Zukunft, keine Vergangenheit, nur den rasenden Aufruhr in ihrem Blut und das blinde Haschen nach weißglühender Selbstvergessenheit.

Ihre Körper lagen lange ineinander verschlungen da. Angeline spürte das Pochen seines Herzens an ihrem Busen und das langsame Abebben der Fieberhitze ihres Körpers. Der Prinz rappelte sich auf und zog sich zurück. Sie richtete den Blick auf ihn. Er sah sie mit undurchdringlichem Bronzegesicht an. Nein, Rolf von Ruthenien zeigte keine Regung bis auf jene Aufwallung von Mitleid, mit der er ihrer Unschuld Tribut gezollt hatte.

Sie wandte den Blick ab. Ihre dem Feuer abgewandte Schulter war mit einer Gänsehaut überzogen. Auf einmal war ihr eiskalt. Der Prinz hob sie auf, legte sie aufs Bett und deckte sie zu.

Ohne sich zu schämen, ging er nackt zur Tür. Sein Körper mit den breiten Schultern, dem flachen Bauch und den schlanken Gliedern, die nicht eine Unze Fett aufwiesen, war von vollkommener Harmonie. Er öffnete die Tür und rief, daß es durch das ganze Haus schallte: »Sarus!«

Der Diener war schon da, bevor noch das Echo von seines Herrn Ruf verhallt war. Auf der Schwelle verbeugte er sich und wartete schweigend auf Befehle. Obwohl er nicht zu Angeline hinübersah, war ihr bewußt, daß ihm nicht das Geringste entging, weder die im Raum verstreuten Kleider noch ihr blasses, ramponiertes Aussehen. Falls derlei Umstände ihn staunen machten, war in seinen gelben Zügen jedenfalls nichts davon zu bemerken.

»Zwei Glas Cognac«, bestellte der Prinz, »und Abendessen für zwei Personen.«

Er schlug dem Diener die Tür vor der Nase zu und schlenderte zum Kamin. In flinker, selbstverständlicher Geschicklichkeit legte er Holz nach, als wisse er nicht, daß das keine Arbeit für hochadelige Hände war. Mit unbewegtem Gesicht hob er die Pantalons auf, stieg hinein und trat zu Angeline, wobei er den Hosenbund zuknöpfte.

»Offenbar habt Ihr eine dritte Möglichkeit gefunden, Eure Worte zu beweisen, Angeline Fortin.«

Sie hörte ihren Namen, ohne überrascht zu sein. »Ich kann Euch versichern, daß es keineswegs meine Absicht war.«

»Ich bedaure die Notwendigkeit. Es ist sonst nicht meine Art, Unschuldige zu vergewaltigen.«

Sie glaubte ihm das sogar, aber das änderte nichts an der Leere in ihrem Innern. »Nein«, erwiderte sie, »nur die Mätressen Eures Bruders.«

Ein Kratzen an der Tür unterbrach sie. Sarus trat mit einem Tablett ein, auf dem eine Cognackaraffe, verschiedene Sorten Fleisch und Gebäck sowie Teller, Gläser und Besteck waren. Er stellte es auf den Tisch und rückte ihn ans Bett. Der Diener schenkte zwei Gläser ein und blieb in abwartender Haltung stehen. Der Prinz warf einen Blick auf das Tablett und nickte dann, er sei entlassen. Als Sarus draußen war, nahm Rolf ein Glas und reichte es Angeline.

»Nein, danke. Ich... ich bin an starke Getränke nicht gewöhnt.«

»Mir ist bekannt, daß Damen generell nicht daran gewöhnt sind«, entgegnete er mit kaum gezügelter Ungeduld. »Aber bei einem solchen Anlaß kann weder wäßriger Wein noch Eierlikör viel bewirken.«

»Es ist wirklich nicht nötig.«

Er hob die Braue. »Ihr habt mich wohl im Verdacht, daß ich Euch betrunken machen will? Ich möchte darauf hinweisen, daß dazu jetzt nicht mehr der geringste Grund besteht.«

Die Zornesröte stieg ihr ins Gesicht, und sie richtete sich in den Kissen auf. »Daran dachte ich keineswegs.«

»Und woran sonst? Soll ich Euch etwa dazu zwingen, etwas zu trinken? Wollt Ihr das?«

Sie sah ihn voll Abscheu an, riß ihm das Glas aus der Hand und stürzte einen Schluck des flüssigen Feuers hinunter. Dabei mußte sie husten und um Atem ringen, wollte sich aber nichts anmerken lassen. Sie schluckte, auch wenn ihr diese Anstrengung das Wasser in die Augen trieb. Ein amüsiertes Lächeln glitt über die Züge des Prinzen. Er nippte an seinem Glas und setzte sich auf die Bettkante. »Weinbrand und Wut – welch wirksame Kombination zur Vertreibung der Unvernunft...«

Als er Angeline ins Bett gebracht hatte, war ihre Kette wieder auf den alten Platz zurückgeglitten. Das Flakon lag zwischen ihren Brüsten. Als sie vor dem Prinzen zurückwich, schwang es nach vorn, so daß das Licht darin gebrochen wurde, und das Fläschchen seine Aufmerksamkeit auf sich zog. Er nahm es in die Hand und drehte es hin und her. Sein Blick traf Angelines weit aufgerissene grüne Augen.

»Trinkt Euren Cognac«, befahl er, »und dann sagt Ihr mir, wo sie ist.«

»Ich... ich weiß nicht, wovon Ihr sprecht.« Sie zögerte nicht wegen der feurigen Kraft des Weinbrands, sondern wegen der drohenden Miene des Prinzen.

»Gebt Euch keine Mühe, es zu leugnen. Wenn ich glauben könnte, daß Max dumm genug war, eine Jungfrau zur Mätresse zu haben, würde ich Euch den Mord an ihm noch einmal ins Gesicht schleudern, aber das entzieht sich meiner Vorstellungskraft. Da ihr da jedoch ein Ding mit Maximilians verschlungenem Monogramm um den Hals tragt und er solchen Tand öfter für erwiesene Dienste verteilte, könnt Ihr nicht abstreiten, Claire de Buys getroffen zu haben. Also frage ich Euch noch einmal, zum letzten Mal: Wo ist sie?«

»Und wenn ich es nicht sage, was dann?« Sie hob trotzig das Kinn, obwohl sie wußte, daß das unklug war, aber sie konnte nicht anders.

Er ließ das Flakon los. »Wut als Mittel der Wiederherstellung war ein Fehler, wie ich jetzt merke. Es wäre allerdings ein Irrtum von Euch, in einem Anflug von Tapferkeit zu glauben, daß Ihr nichts mehr zu befürchten habt.«

Sie senkte die Lider und schwenkte den Weinbrand, so daß sich die Wände des Glases mit einem irisierenden Schimmer überzogen. »Selbst wenn ich Claire gesehen hätte und wüßte, wo sie sich in diesem Augenblick aufhält, wie könnte ich es Euch verraten? Ich würde ein Mitglied meiner Familie preisgeben; es wäre gerade so, als wenn ich Euch meine eigene Schwester in die Hände spielte.«

»Eure Skrupel sind rührend, aber habt Ihr auch bedacht, wie teuer Euch das zu stehen kommen wird?«

Sie sah ihm mit ihrem klaren Blick offen in die Augen. »Was kann es mich jetzt wohl noch kosten?«

»Bedenkt«, antwortete er und neigte den Kopf, »im Haus Eurer Tante war alles still, als ich es vorhin betrat, und als wir gingen, wurde nicht Alarm geschlagen. Wahrscheinlich ist Eure Abwesenheit bis jetzt nicht bemerkt worden. In diesem Fall wäre es so, als hätte dieses Intermezzo nie stattgefunden, wenn ich Euch bis zum Morgen zurückbrächte. Euer Name bliebe dann ohne Makel; es gäbe keine pikanten Gerüchte, die Euch das Leben vergällen. Aber wenn ich Euch am hellichten Tag abliefere und Euren Nachbarn und der Dienerschaft freie Aussicht auf dieses erfreuliche Schauspiel biete, welche Folgen wird das haben?«

Es war unschwer zu erraten. Die Geschichte würde von Ohr zu Ohr geflüstert. Die Matronen und Sittenwächterinnen der Gemeinde würden darin wetteifern, sich mit gerafften Röcken von ihr abzuwenden. Die Mütter ihrer Freundinnen würden ihre Töchter dazu anhalten, ihr aus dem Weg zu gehen, ja, diese täten es schon von sich aus, um sich nicht gleichfalls zu besudeln. Kein junger Mann würde ihr dann noch seine Aufwartung machen, die Burschen der Gegend kämen nur noch, um mitten in der Nacht unter ihrem Fenster zu johlen und zu grölen. Dann könnte sie sich gleich damit abfinden, das einsame Leben einer alten Jungfer zu führen, oder – sollte sie das Alleinsein nicht mehr aushalten – ein Straßenmädchen zu werden.

»Schauderhafte Aussichten«, murmelte er mit einem Blick auf ihr blasses Gesicht.

»Ihr... ihr könntet doch nicht so hartherzig sein.«

»Täuscht Euch nicht. Ich könnte noch Schlimmeres sein oder tun, um den Mörder meines Bruders in die Finger zu kriegen.«

Angeline starrte ins Feuer. »Wenn es so kommen soll, kann ich es nicht verhindern. Tut, was Ihr für richtig haltet.«

»Ich glaube nicht, daß Ihr Euch über das im klaren seid, was Ihr Euch mit dieser Haltung aufbürdet«, entgegnete er scharf, »habt Ihr Euch denn einmal überlegt, ob Claire dieses Opfer überhaupt wert ist?«

»Ich tue es nicht für sie, sondern um meiner Ehre willen.«

»Ihr wißt also, wo sie ist, und wagt es, hier zu sitzen und dieses Wissen in aller Scheinheiligkeit zu leugnen! Ist Euch eigentlich klar, meine liebe Angeline, wie nah Ihr daran seid, Prügel zu beziehen?«

Die Worte kamen ihm schroff von den Lippen. Die blutunterlaufenen und verkrusteten Spuren ihrer Fingernägel traten deutlich hervor. Als er sich über sie beugte, stand in seinen Augen ein kaltes Licht. Sie sah ihn verächtlich an. »Ich habe mich schon gewundert, wie lange es noch dauert, bis Ihr mir das androht.«

»Nicht mehr lange.«

»Soll ich Euch jetzt etwa kniefällig bitten, mich nicht zu schlagen? Ich habe wahrhaftig Grund zu der Annahme, daß es vergebens wäre. Seht Ihr, Eure Taktik ist falsch. Ein Mensch, dem man droht, hat große Angst vor dem Unbekannten. Da Ihr mir bereits das letzte angetan habt, was eine Frau an Mißhandlung erdulden kann, könnt Ihr mir keine Furcht mehr vor Eurer nächsten Handlung einflößen.«

War es der Cognac, der sie dazu ermutigt hatte? Sie wußte es nicht, und doch sprudelten diese provozierenden Worte mühelos aus ihr heraus.

Der Prinz trank sein Glas leer und stellte es auf den Tisch, dann legte er ihr schwer die Hände auf die Schultern. »Wenn Ihr der Meinung seid, ich hätte Euch schon der schlimmstmöglichen Behandlung unterzogen, sage ich Euch, daß Ihr Euch irrt. Es war nicht ein Zehntel dessen, was Ihr erleiden könntet, wenn mir der Sinn danach steht. Kein Mensch wird sich einmischen, ganz gleich, wie sehr ich Euch mißhandle. Wenn Ihr eigensinnig bleibt, werde ich Euch hierbehalten und so lange foltern, bis ich die gewünschte Antwort aus Euch herausgeholt habe.«

»Meine Tante wird mich morgen früh vermissen. Sie wird Alarm schlagen.«

»Vielleicht, aber ich bezweifle doch sehr, daß sie der Suchmannschaft gegenüber erwähnen wird, Ihr könntet bei mir sein. Daraus würden so viele unbequeme Fragen erwachsen, wie zum Beispiel die, welchen Grund ich zu dieser Entführung hatte, meint ihr nicht? Nein, ich glaube nicht, daß wir beide in der nächsten Zeit gestört werden.«

Sie sah ihn an und konnte nicht widersprechen.

Er stützte sich auf den Ellbogen, nahm eine ihrer Haarsträhnen und ließ sie über ihre Schulter gleiten, so daß sie ihr als schimmernder Kringel auf die Brust fiel. »Ihr habt mir bereits geholfen, denn wir wissen jetzt, daß Claire hier irgendwo sein muß. Je mehr ich nachdenke, desto überzeugter bin ich, daß Ihr uns auch weiterhin wertvolle Dienste leisten werdet. In der Zwischenzeit genieße ich den Reiz Eurer... Gesellschaft.«

»Ihr werdet Euch schon in den nächsten vierundzwanzig Stunden langweilen!«

»Das ist möglich, aber ich bin bereit, dieses Risiko auf mich zu nehmen.« Wieder griff er nach dem Flakon zwischen ihren Brüsten. »Doch erst einmal empört mich der Geruch dieser widernatürlichen Verbindung von Goldschmiede- und Parfümierkunst. Das mag gut genug für Claire sein, zu Euch aber paßt es gar nicht.«

Geschickt öffnete er den Verschluß und nahm ihr die Halskette ab.

Er legte den Arm um sie und zog sie an sich. Ihr erstarb jeder Protestschrei auf den Lippen, als er sie mit allmählich anschwellendem, sengendem Begehren in Besitz nahm. Angeline lag steif da. Welchen Sinn hat es, wenn ich mich ihm widersetze, dachte sie. Wie soll ich mich wehren? Aber er soll keine Freude an mir haben und nichts von dem Sturm bemerken, den er in meinem Innern auslöst. So wird er meiner bald überdrüssig werden, und ich kann mich von ihm frei machen ohne Rücksicht auf die Konsequenzen. Er kann tun, was er will, von mir erfährt er nichts, nicht das mindeste.

4

Der Duft von Kaffee schwängerte die kühle Luft und kitzelte Angeline mit seinen einladenden Lockungen wach. Durch ihre Lider drang das helle Morgenlicht, und ihre Glieder waren schwer, wie nach einem langen tiefen Schlaf. Es war warm und sehr behaglich, zu behaglich, um sich von der Stelle zu rühren, aber sie konnte ja nicht ewig bleiben, wo sie war. Sie holte tief Atem, lächelte, reckte sich und streckte die Zehenspitzen zum Fußende des Bettes.

Erschrocken zog sie den Fuß zurück, als sie auf den Widerstand eines warmen Körpers traf. Jäh durchfuhr sie die Erinnerung an die Ereignisse der letzten Nacht. Mit einem Ruck drehte sie den Kopf und blickte in die strahlend blauen Augen des Prinzen. Er betrachtete sie, und sein Gesicht sah kaum weniger verblüfft aus als ihres.

»Ich wünsche einen guten Morgen«, sagte er, und seine Miene wurde zu einer undurchdringlichen Maske, einer Maske freilich, auf der ihre Fingernägel unschöne Spuren hinterlassen hatten.

Ihre Entführung in den frühen Morgenstunden war also kein Traum gewesen, sondern entsetzliche Wirklichkeit, die bei Tageslicht nicht erträglicher wurde. »Guten Morgen«, murmelte sie.

»Eigentlich ist es schon später, ich glaube, es ist nach zwölf, und Euer Ruin dürfte jetzt feststehen.«

»Wie... wie nett von Euch, mich daran zu erinnern. Andernfalls wäre es mit Sicherheit meiner Aufmerksamkeit entgangen.«

»Stacheliger Laune heute? Schön. Ein Nachlassen hätte drastische Präventivmaßnahmen zur Folge.«

»Drohungen vor dem Frühstück? Eure Gesprächsthemen scheinen mir ein wenig begrenzt.«

Er mußte lächeln, und die braune Haut um seine Augen legte sich in feine Lachfalten. »Ein berechtigter Vorwurf. Das wollen wir gleich ändern. Darf ich Eure Aufmerksamkeit auf das Tablett neben Euch lenken und Euch bitten einzuschenken?«

Angeline quittierte die ungewohnte Leutseligkeit mit einem Stirnrunzeln und wandte sich dem Frühstückstisch an der Bettkante zu, den sicher Saurus leisen Schrittes dort hingestellt hatte. Eine silberne Kanne, aus deren Tülle Dampf austrat, war da, ein Krug mit heißer Milch, Marmeladeschalen aus Kristallglas und ein Korb mit knusprigen Croissants. Angeline richtete sich auf. Das Laken verrutschte und gab den Blick auf ihre nackten Brüste frei. Schleunigst bedeckte sie ihre Blöße. Das Erwachen in einer so intimen Situation traf sie wie ein Schlag ins Gesicht. Sie saß unbekleidet im Bett eines fremden Mannes, der in aller Ruhe darauf wartete, daß sie ihm seinen *café au lait* einschenkte.

Was konnte sie anderes tun, als sich fügen? Allerdings kam sie sich reichlich lächerlich vor, als sie Kaffee und Milch eingoß und dem Mann neben sich die Porzellantasse mit der zeremoniellen Grazie der Dame reichte, die an der Teetafel den Vorsitz führt.

Was aber noch schlimmer war: Sie hatte Hunger und vertilgte ohne Schwierigkeiten zwei von den Blätterteighörnchen.

Als sie ein drittes Stück des halbmondförmigen Gebäcks zur Hand nahm, warf ihr – so dachte sie – der Prinz einen anerkennenden Blick zu, aber da sie es während dieses informellen Frühstücks sorgfältig vermieden hatte, ihn anzusehen, war sie sich nicht ganz sicher. Je mehr sie sich seines Blickes bewußt wurde, desto weniger wollte ihr das Schlucken gelingen. Zu ihrer Erleichterung reichte er ihr die Tasse zum Nachschenken.

»Mir fiel ein, daß ich Euch, und vielleicht auch Claire, unterschätzt haben könnte.«

»Wieso?«

»Leopold hat gestern abend zwei junge Frauen aus dem Haus Eurer Tante kommen sehen. Europäerinnen tun gewöhnlich ohne Begleitung einer Zofe oder eines Lakaien keinen Schritt vor die Tür und lassen sich sogar zur Toilette eskortieren. Ich nahm also an, eine der beiden Frauen sei Claire und die andere ihre Zofe. Als Ihr dann auf der Straße gesichtet wurdet, vermutete ich, daß Eure Dienerin entweder vorausgegangen war, um Euch den Weg zu bahnen, oder aus Angst die Flucht ergriffen hatte. In keinem Fall war die zweite Frau von Belang, solange ich Euch bekam, oder, wie ich glaubte, Claire. Ihr habt mir bewiesen, daß ich mich im Irrtum befand, aber daraus ergeben sich einige interessante Fragen: Was wurde aus der anderen? War sie wirklich eine Zofe? War sie bei Euch, als ich und meine Männer mit Leopold zurückkamen? Oder war diese andere Frau vielleicht Claire? Ist es möglich, daß Ihr sie im Schutz der Dunkelheit aus dem Haus ihrer Mutter zu einem Versteck geführt habt und dann auf demselben Weg zurückgekehrt seid?«

Angeline war bestürzt, überspielte das jedoch mit einem kühlen Blick und antwortete: »Hoheit werden nicht von mir erwarten, das abzustreiten oder zu bestätigen.«

»Ich glaube«, erwiderte er stirnrunzelnd, »unter diesen Umständen könnt Ihr mich ebensogut Rolf nennen. Nein, ich habe nichts dergleichen erwartet. Doch *fortuna favet fortibus.*«

Angeline konnte Latein. »Vielleicht hilft das Glück dem Tapferen, Euer Hoheit, aber um eine Frau zu finden, die gar nicht da ist, braucht man mehr als Glück.«

»Möglich, doch wäre es nicht ein Jammer, wenn meine Männer um die Jagd kämen?«

Als sie keine Antwort gab, beugte er sich über sie und stellt seine Tasse auf den Tisch. Sie wich instinktiv so weit zurück, wie es das Kopfteil des Bettes, an das sie sich lehnte, gestattete. Er stutzte, und ein Schatten flog über sein Gesicht, dann lächelte er grimmig. Er legte ihr die Hand auf die Hüfte, durch das Gewicht verschob sich das Laken und enthüllte die creme-weißen Rundungen ihres Busens.

»Ich habe Euch gestattet, mich Rolf zu nennen, diesen Namen aber bisher noch nie aus Eurem Munde gehört.«

»Es... es ergab sich noch keine Gelegenheit, Euch anzureden.«

»Ich hege den Verdacht, daß Ihr durch Förmlichkeit den Abstand zwischen uns wahren wollt. Das kann ich nicht zulassen. Ich befehle Euch, mich mit dem Vornamen anzureden!«

Er beugte den Kopf über sie und strich mit den Lippen an ihrem

Schlüsselbein entlang und tiefer zu dem Tal zwischen den vollendeten Rundungen, die er entblößt hatte.

»Also wirklich«, protestierte sie atemlos, »welche Rolle spielt es schon, wie ich Euch nenne.«

»Ich bin daran gewöhnt, daß man sich nach meinem Willen richtet, und werde nichts anderes tolerieren.«

Sie spürte seinen heißen Atem an der empfindlichen Spitze ihrer Brust, grub die Finger in sein leicht gewelltes Haar und zerrte daran. »Dann seid Ihr unglaublich eingebildet.«

»Wollt Ihr mir die Stirn bieten, um meine Seele zu läutern, oder tut Ihr es aus reinem Eigensinn?« Er verzog keine Miene, als sie ihn an den Haaren zog. Das warme Spiel seiner Zunge machte sie nervös. Er schob mit der anderen Hand das Laken weiter zurück, strich über die schlanken Einbuchtungen an ihrer Taille und streichelte die bezaubernde Kontur ihrer Hüfte.

In diesem Moment klopfte es an der Tür. Angeline holte erleichtert tief Luft. »Es... es ist jemand an der Tür.«

»Nur Sarus«, antwortete er, ohne sich stören zu lassen.

Wieder klopfte es. »Bitte... bitte, Rolf.«

Er hob den Kopf, schob das Laken wieder an seinen Platz und zog sich auf seine Bettseite zurück. Seine Bewegungen waren zögernd und steif, und aus seinen Zügen sprach Enttäuschung. »Der Mann«, sagte er mit grimmigem Amüsement, »ist entschieden zu gut ausgebildet.«

Sarus kam mit einem kupfernen Zuber herein und brachte Wasser, um ihn zu füllen. Offensichtlich war das Bad ein tägliches Ritual, denn Angeline hatte nicht gehört, daß es bestellt wurde, und weder Diener noch Herr sahen Anlaß zu einer Bemerkung. Obwohl Angeline gerne badete, war so viel Reinlichkeit etwas Neues für sie, und sie konzentrierte sich mehr darauf als auf Rolf, der den braunen Samtmorgenmantel mit goldenem Satinrevers, den Sarus am Fuß der Bettstatt für ihn ausgelegt hatte, verschmähte, von der Matratze sprang und in die Wanne stieg.

Er badete, wie er alles andere tat, schnell, geübt und mit sparsamen Bewegungen. Im Zimmer war es kühl, obwohl Sarus Feuer gemacht hatte, doch Rolf schien nichts davon zu spüren, er seifte sich ein und plantschte, während aus dem heißen Wasser Dampfwolken aufstiegen. Als er fertig war, ließ er sich von seinem Diener in eine saubere, leuchtend weiße Uniform kleiden, die allerdings nicht so prächtig und formell war wie am vorherigen Abend. Sarus stellte ihm die frisch geputzten Stiefel bereit, reichte ihm neue Handschuhe und fuhr ihm mit der Bürste durch das Haar. Mehr als einmal während dieser Prozedur sah Rolf Angeline an und freute sich über ihre Verlegenheit. Sie hatte den Eindruck, daß er mit ein wenig mehr hoheitlicher Hilflosigkeit als gewöhnlich den Prinzen spielte, denn Sarus zögerte, bevor er ihm das Schwert um die schlanke Hüfte legte.

Seine Heiterkeit war allerdings verschwunden, als er sich angekleidet hatte. Er gab Sarus Befehl, für Mademoiselle frisches Wasser zu holen und schloß: »Kurz, Er wird ihr jeden Wunsch erfüllen. Mit einer Ausnahme: Sie darf das Haus nicht verlassen. Gustav wird als Wache dableiben.«

Da sie wußte, daß letzteres für sie bestimmt war, fragte Angeline: »Wer ist Gustav?«

»Der älteste und daher in Eurem Fall vertrauenswürdigste meiner Männer.«

Seine glänzend weiße Uniform und übertrieben gute Laune brachten Angeline auf. Da er auf Antwort wartete, zwang sie sich zu einem Lächeln. »Ich werde die Probe aufs Exempel machen.«

»Davon würde ich abraten«, erwiderte er und kam mit geschmeidigen Schritten auf sie zu. »So alt ist er auch wieder nicht.«

Mit der Hand am Heft seines Schwerts beugte er sich zu ihr hinunter, um sie zu küssen. Sie wich aus. Er legte ihr die Hand unter das Kinn, zwang sie, seine Lippen zu berühren und murmelte: »Das werde ich Euch auch noch abgewöhnen, wenn ich zurückkomme.«

»Falls ich dann noch hier bin«, erwiderte sie und schob mit mehr Entschiedenheit, als sie eigentlich in sich verspürte, das Kinn vor.

Der Prinz richtete sich auf, schritt zur Tür und drehte sich auf der Schwelle noch einmal um. »Ihr werdet hier sein.«

Angeline wartete, bis der Diener die Tür hinter sich und seinem Herrn geschlossen hatte und Rolfs Schritte auf der Treppe verklungen waren. Sie sah sich nach ihren Kleidern um, konnte sie aber nirgends entdecken. Da erinnerte sie sich, daß der Leibdiener ein weißes Knäuel in der Hand gehalten hatte. Warum hatte er wohl ihre Sachen mitgenommen? Vielleicht, um sie am Verlassen des Hauses zu hindern? Nein, sie hatte keinen solchen Befehl gehört, und Sarus hätte es nicht von sich aus getan. Vielleicht hatte er angenommen, daß es Lumpen seien, und das war beim Zustand ihrer Kleidung eine naheliegende Vermutung. Sie mußte ihn bei nächster Gelegenheit fragen.

Sie warf einen nachdenklichen Blick auf den Morgenrock des Prinzen am Fußende des Bettes und verwarf diese Möglichkeit gleich wieder. Ein Kleidungsstück, das ihm gehörte, wollte sie nicht anziehen. Sie drapierte das Laken um sich wie eine Toga und ließ sich vom Bett gleiten. Sie tappte zum Fenster, das nach vorne hinausging, schob den Vorhang beiseite und spähte hinaus.

Pferde stampften unter ihrem Fenster. Sie waren an einem schmiedeeisernen Pfosten festgebunden. Immer wieder bäumten sie sich auf. Ihr Fell glänzte in der Sonne. Tiefe Stimmen riefen. Männergelächter brach jäh ab. Dann wurde eine Tür zugeschlagen, und der Prinz und seine Männer kamen aus dem Haus heraus. Sie bestiegen die Pferde mit routinierter Sicherheit. Rolf hob die Hand, sein goldener Ring blitzte in der Sonne, und bald verschwanden sie unter gedämpftem Hufgetrappel auf dem grasbewachsenen Weg, der durch den Wald führte.

Angeline preßte lange die Stirn an die Fensterscheibe und starrte ins Leere. Das alles war kaum zu glauben! Endlich war sie allein, befreit von der bebenden Spannung von Rolfs Anwesenheit, und in ihr wuchs das Staunen über die Unwirklichkeit des Geschehenen. So etwas passierte nicht, jedenfalls nicht einem anständigen jungen Mädchen aus guter Familie wie ihr. Fast kam es ihr so vor, als habe sie es sich selbst zuzuschreiben, und doch wußte sie nicht, wie sie anders hätte handeln sollen.

Ob ihre Abwesenheit bemerkt worden war? Was wohl Tante Berthe dachte? Hatte sie Spuren dafür gefunden, daß der Prinz ins Haus eingedrungen war? Wahrscheinlich nicht; sie hatte die Hintertür für sie offengelassen, und so war es ihm ein leichtes gewesen, hineinzukommen. Da sie nicht in ihrem Bett übernachtet hatte, mußte es so aussehen, als sei sie gar nicht zurückgekehrt. Ob Madame de Buys wohl annahm, daß sie die Nacht in der Klosterschule verbracht hatte? Sie mußte mit dieser Möglichkeit rechnen, denn sie kannte Mutter Theresas Sorge um Angelines Wohlbefinden. Wartete sie also nur noch ein wenig ab, bevor sie Alarm schlug? Angeline wollte erst gar nicht an das Gespenst denken, das Rolf heraufbeschworen hatte: daß Madame de Buys überhaupt nicht Alarm geben wollte.

Als leise an die Tür geklopft wurde, fuhr sie erschrocken zusammen und schlüpfte hastig wieder unter die Bettdecke. Erst dann rief sie: *»Entrez!«*

Es war Sarus, der ihr das heiße Wasser zum Baden brachte. Er verbeugte sich auf der Schwelle, trat ein und stellte die Kübel ab, die er hereingetragen hatte. Ohne Mühe hob er den Kupferzuber und schüttete das abgekühlte Seifenwasser in leere Eimer. Er schob die Wanne näher an das Feuer, das jetzt im Kamin prasselte, füllte sie, verließ das Zimmer und kehrte mit einer spanischen Wand zurück, die er sorgfältig aufstellte, um Angeline vor Zugluft abzuschirmen. Er legte Handtuch und Seife bereit, neigte noch einmal den vierschrötigen Oberkörper, nahm die Eimer mit dem kalten Wasser und ging hinaus.

So viel Sorge um ihr Wohlbefinden war unerwartet und hatte wenig von einem Gefängnis. Angeline genoß es, in den dampfenden Zuber zu steigen und sich im Wasser zu entspannen. Auf den Rippen hatte sie einen blauen Fleck, wo Rolf sie gepackt und in den Sattel gehoben hatte, und ihr Mund brannte ein bißchen. Die weiße, blaugeäderte Haut ihrer Handgelenke war von blauroten Stellen gezeichnet, und zwischen den Schenkeln spürte sie einen vagen Schmerz, aber außer diesen Andenken erinnerte wenig an die Ereignisse der Nacht. Sie fühlte sich nicht verändert. Es war bestimmt ein Charakterfehler, aber sie spürte heute morgen kaum Neigung zu einem theatralischen Auftritt wie beispielsweise den, sich das Leben nehmen zu wollen. Der Gedanke an eine Wiederholung der Prozedur bereitete ihr zwar kein Vergnügen, war aber auch kein Grund zur Verzweiflung. Sie haßte den Mann, der sie hierher verschleppt und ihr seinen Willen aufgezwungen hatte; man sollte ihn strecken, vierteilen und in Stücken am Galgen aufhängen! Aber die Chance, daß es dazu kommt, ist so gering, dachte sie, daß ich mich deswegen nicht echauffieren will. Was nützt es schon, wenn ich mit dem Fuß aufstampfe und schreie? Wenn ich rase, wüte und ihn wüst beschimpfe? Damit verschwende ich nur unsinnig Kraft.

Was aber kann ich tun? Vielleicht bietet sich eine Gelegenheit zur Rache, aber er ist so überlegen und gefährlich. Ich muß mich vorsehen. Auf jeden Fall muß ich ständig zum Kampf bereit sein und mich gegen die Attacken auf meinen Willen und meine Würde wappnen. Meine schärfste Waffe ist der Verstand.

Wie lange wird der Prinz sich noch gedulden? Wann wird er zu physischen Mitteln greifen, um zu erfahren, was er wissen will? Letzte Nacht hatte er es nicht getan, doch war nicht zu erwarten, daß seine Selbstbeherrschung lange anhielt. Und wenn es ihr gelingen sollte, trotz dieser Prüfung standhaft zu schweigen, was dann? Mußte sie Rolfs Mätresse werden mit allen nächtlichen Pflichten dieser Stellung, solange es ihm paßte?

Diese Aussicht ließ ihr zwar das Blut in den Adern gefrieren, aber auch der Gedanke an Heimkehr war nicht viel angenehmer. Das Bild, das Rolf gezeichnet hatte, besaß wenig Anziehungskraft, war aber so zutreffend, daß es in ihrer Erinnerung haften geblieben war. In der strahlenden Morgensonne lag ihr Ruf in Trümmern. Er war unwiederbringlich dahin, selbst wenn es ihr gelang, in Tante Berthes Haus zurückzukehren. Wie man sich die Mäuler zerreißen würde! Sowohl die Damen als auch die Herren würden die Köpfe schütteln und auf einmal längst gehegte Zweifel über ihre moralische Stärke enthüllen. War sie nicht schon von jeher eigensinnig und pflichtvergessen gewesen, würde es heißen. Ein anständiges Mädchen von keuscher Zurückhaltung wäre längst verheiratet und aus dem Haus. Was für ein Jammer, daß Madame de Buys sie auf dem Hals hatte!

Aber Rolf ließ sie gewiß nicht zurück zu ihrer Tante, bis Claire gefunden war. Und wenn es soweit war, was würde Rolf dann tun? Claire ebenfalls hierherbringen? Würde er ihr auf dieselbe Weise zusetzen wie Angeline?

Sie runzelte die Stirn. Es stand zu bezweifeln, daß er damit bei Claire erfolgreicher sein würde als bei ihr. Konnte sie doch mehr über Maximilians Tod wissen, als sie erzählt hatte? Unfaßbar, daß sie eine andere Rolle als die einer Zuschauerin gespielt haben sollte, die zur falschen Zeit am falschen Ort war. Rolf glaubte offenbar, daß Claire Maximilian irgendwie betört und abgelenkt hatte und er deshalb zu Tode gekommen war. Unmöglich, Angeline war sich ganz sicher. Allerdings hätte sie noch vor vierundzwanzig Stunden auch für unmöglich erklärt, daß Claire Maximilians Mätresse gewesen war.

Was sie sich dabei am wenigsten erklären konnte, war Claires Angst. Wenn sie zur Tatzeit nur zufällig anwesend gewesen war, wozu dann die kopflose Flucht? Warum hatte sie sich nicht als Zeugin bei der Polizei gemeldet, um bei der Suche nach dem Mörder des Mannes zu helfen, den sie angeblich so sehr liebte? Das öffentliche Aufsehen wäre freilich unangenehm gewesen, und vielleicht wäre auch der Schatten eines Verdachtes auf sie gefallen, aber wäre das nicht immer noch besser gewesen als das verzweifelte, gehetzte Leben, zu dem sie in den letzten Wochen gezwungen war?

So betrachtet, schien Rolfs Ersuchen, mit Claire zu sprechen, nicht zuviel verlangt. Warum verhielt sich ihre Kusine denn so unvernünftig? Wenn sie von Angelines Verschwinden erfuhr, erinnerte sich Claire vielleicht an den Posten auf der Landstraße und erriet, wer sie gefangenhielt und aus welchem Grund. Ob sie in diesem Fall freiwillig zum Prinzen kommen und ihm die Informationen geben würde, die sie besaß? Der Gedanke an Claire, wie sie sie zuletzt gesehen hatte, in ihrer Panik und Selbstsucht, gab Angeline nicht viel Hoffnung.

Es gab aber auch noch eine andere Möglichkeit. Konnten Claires Furcht und Rolfs Entschlossenheit beide derselben Ursache entspringen, nämlich, daß Claire etwas wußte, das den Prinzen mit dem Tod seines Bruders in Zusammenhang brachte? Angeline starrte lange ins Feuer, dann schüttelte sie den Kopf und widmete sich wieder ihrem Bad.

Sie seifte sich sorgfältig ein, spülte und ließ sich in das heiße, parfümierte Wasser sinken. Sie nahm sich Zeit zu diesem Ritual, hatte sie doch nichts anderes zu tun. Sie sah sich im Zimmer um, betrachtete die Wandteppiche, die prächtigen, aber verschossenen Bettvorhänge, die Dielen aus Zypressenholz, die Bettvorleger. Ja, dieses

Quartier paßte besser zum Prinzen und seinen Leuten als das Herrenhaus der de la Chaises, auch wenn es an Glanz und Grandeur zu wünschen übrig ließ. Ohne es wäre ihr Schicksal allerdings wahrscheinlich nicht so dramatisch ausgefallen.

Als das Wasser abkühlte, stieg sie aus dem Zuber und trocknete sich mit dem Handtuch ab. Dann wickelte sie sich mit grimmiger Miene wieder in das Laken. Sie trat an die Waschkommode, nahm einen silbernen Kamm und machte sich daran, den verfilzten kastanienroten Wirrwarr ihrer Frisur in Ordnung zu bringen.

Hatte Sarus an der Tür gelauscht, oder war es Zufall, daß er gerade jetzt zurückkehrte? Sie wußte es nicht. Über dem Arm hatte er ihren Unterrock, ihr Kleid und eine frische weiße Hemdbluse, wie er selbst eine trug.

Er verbeugte sich. »Ich habe mich Eurer Kleidung angenommen, Mademoiselle, hege aber die Befürchtung, daß das Ergebnis unbefriedigend ist. Wenn Mademoiselle erlauben, werde ich den Schaden verbergen.«

Mit unpersönlicher Miene reichte er ihr erst das Kleid und den Unterrock, dann die Bluse. Dabei musterte er sie durchdringend mit den dunklen Augen unter schrägen Augenbrauen und stellte sich zwischen sie und die Tür.

Auf eine der Brusttaschen der Hemdbluse war in Satin eine Krone gestickt. Um hineinzuschlüpfen, mußte man sie über den Kopf ziehen. Eine geflochtene Schärpe aus himmelblauer Seide gehörte dazu. Sarus' Idee war offenbar, daß Angeline sie über dem Kleid tragen sollte, um die zerrissenen, nur notdürftig geflickten Stellen im zarten Musselinstoff zu überdecken.

Als er sich zum Gehen wandte, streckte ihm Angeline das Kleidungsstück entgegen. »Es geht nicht.«

»Ist es nicht schön ... modisch genug?« fragte der Diener mit besorgtem Blick. »Es gibt in diesem reinen Männerhaushalt nicht allzuviel Auswahl.«

»Ich möchte es ihm nicht wegnehmen.«

»Das macht nichts«, erwiderte er, und seine Miene hellte sich auf, während er zur Tür ging. »Nehmt es nur, Mademoiselle, und wenn Ihr Euch angekleidet habt, wollt Ihr vielleicht hinuntergehen, damit ich das Zimmer für die Rückkehr Seiner Hoheit zurechtmachen kann.«

Er sagte das in respektvollem, aber festem Ton. Der Diener war auf seine Weise ebenso anmaßend wie sein Herr. Nur ärgerlich, daß ihre Neigung seinem Vorschlag genau entsprach.

Die Bluse war keine schlechte Idee. Sie ähnelte jenem Umhang, Kasack genannt, der letztes Jahr *dernier cri* gewesen war. Die Ärmel waren Angeline zu lang, doch sie krempelte sie auf. Dann band sie sich die Schärpe um die Taille, was ihrer Erscheinung eine Art folkloristischen Schick verlieh. Dieser Eindruck wurde noch durch das frei herabfließende rostrote Haar und die vom heißen Bad geröteten Wangen unterstrichen. Da sie die Nadeln auf der Flucht verloren hatte, mußte das Haar offen bleiben, daran war nichts zu ändern. Sie suchte nach ihren Schuhen, fand schließlich den einen im Bettzeug und den anderen nicht weit davon, schlüpfte hinein und ging zum Tischchen an der Bettkante.

Dort lag das Halsband, das ihr Claire geschenkt hatte, und glitzerte im morgendlichen Licht. Sie nahm es in die Hand und ließ es dann wieder fallen. Rolf hatte recht: Maiglöckchen paßten nicht zu ihr, und das Flakon war eigentlich zu schwer und zu reich verziert für ihren Geschmack. Als sie es betrachtete, kam ihr plötzlich ein vager Verdacht. Nein, Claire hatte nicht wissen können, daß Rolf sie entführen würde, und konnte wohl auch nicht gewollt haben, daß er sie für die Kusine hielt, das konnte einfach nicht sein. Und selbst wenn Claire diesen Hintergedanken gehegt haben sollte, hätte sie damit einen Fehler begangen. Ohne das Parfümkettchen wäre Rolf nicht so sicher gewesen, daß sie das Versteck der Kusine kannte, und weniger entschlossen, sie gefangenzuhalten. Wie dem auch sei, sie konnte es nicht anlegen und wollte es nie wieder tragen. Sie ließ das schimmernde Geschmeide auf dem Tisch liegen, durchquerte das Zimmer und ging zur Tür hinaus.

Bis auf den großen Saal im unteren Stockwerk war das Haus im georgianischen Stil erbaut, die obere Etage wurde von einem breiten Flur geteilt. Angeline widerstand nicht der Versuchung, einen flüchtigen Erkundungsgang den Korridor entlang zu unternehmen, den ein persischer Läufer bedeckte. Mehrere Türen gingen auf den

Flur, dahinter lagen Schlafzimmer wie das, aus dem sie gerade gekommen war, insgesamt sechs an der Zahl. Am anderen Ende gab es eine schmale Holztreppe, die das Gesinde benutzte, um Nachttöpfe zu leeren und Tabletts herauf- oder hinunterzutragen. Aus Furcht, auf Sarus zu stoßen, wandte sie sich in die andere Richtung.

Einladend schwangen sich die Geländer der breiten Haupttreppe ins Parterre. Angeline zögerte und stieg dann vorsichtig Schritt für Schritt hinab. Sie blickte sich im Saal um, ohne jemanden entdecken zu können. In dem riesigen Kamin an seinem Ende knisterte ein rauchendes Feuer, und auf dem Tisch waren die Teile einer ziselierten Silberpistole ausgebreitet, die wohl zum Reinigen auseinandergenommen worden war. Die Haustür stand offen und gab den Blick auf den Fuhrweg frei, der sich durch die Wälder zum Herrenhaus der de la Chaises schlängelte. Monieur de la Chaise wäre schockiert, wenn er entdecken würde, daß man sie gegen ihren Willen auf seinem Besitz festhielt. Er könnte ihr bestimmt helfen, wenn es ihr gelang, ihn zu erreichen.

Bevor sie einen Schritt tun konnte, näherten sich von der Rückseite des Hauses schwere Fußtritte. Ein Mann trat durch die Tür gegenüber der Treppe. In der einen Hand hielt er einen Humpen und in der anderen ein Stück Brot mit einem Brocken Käse. Es war der grauhaarige, einäugige Veteran Gustav.

»Ihr seid schon auf, meine Hübsche?« rief er mit einer Stimme, die durch die Halle dröhnte. Er winkte einladend mit dem Humpen. »Ihr werdet einen Bissen essen und ein Schlückchen zu Euch nehmen wollen, um die Zeit bis zum Abendessen zu überbrücken.«

»Nein, danke.«

»Kommt, setzt Euch zu mir. Unterhaltet mich ein bißchen, während ich esse, eine einsame Mahlzeit ist eine traurige Sache.«

»Ich bin keine gute Gesellschafterin«, erwiderte Angeline abweisend.

»Es ist eine so angenehme Abwechslung, Euch gegenüberzusitzen statt einem der ungehobelten Stoppelbärte, die mich hier zurückgelassen haben. Ihr müßt nicht sprechen, wenn Ihr nicht dazu aufgelegt seid. Setzt Euch doch!«

Nichts an seinem Verhalten wies darauf hin, daß er sie bewachen sollte, und doch wurde Angeline das Gefühl nicht los, daß er ihre Position zwischen Treppe und offener Tür scharf im Auge behielt. Da sie im Moment nicht ins Schlafzimmer zurückkehren konnte, blieb ihr nichts anderes übrig, als der reichlich ungehobelten Einladung Folge zu leisten.

»Na, so ist es schon besser!«

Dann stellte er sich ihr plötzlich förmlich vor, sprudelte in einer rauhen, kehligen Sprache Namen und Titel heraus und fügte verschiedene Dienstgrade und Ränge aus zahlreichen europäischen Armeen hinzu. Schließlich nahm er einen kräftigen Zug aus dem Humpen – was auch darin sein mochte, es roch jedenfalls nach Alkohol – und fuhr fort: »Ich bin seit zehn Jahren bei Rolf, seit er mündig ist. Ich habe gesehen, wie er mit bloßen Händen eine Musketenkugel auffing, und war dabei, als er wegen einer Wette sein Pferd bei Regen und Dunkelheit die steilen verwinkelten Kopfsteinpflasterstraßen der ruthenischen Hauptstadt hinabjagte, eine berühmte Schauspielerin nach dem letzten Vorhang mit einem silbernen Seil von der Bühne in seine Loge heraufzog und ein Stilettduell mit einem Zigeunerkönig um die Gunst eines wilden Mädchens ausfocht, aber ich habe noch nie erlebt, daß er auf etwas dermaßen erpicht war wie letzte Nacht, als er Eurer unbedingt habhaft werden wollte.«

»Ihr schmeichelt mir – oder dem Prinzen«, erwiderte sie kühl.

»Nein«, erklärte er schlicht. »Als Rolf vorhin herunterkam, hat er gesagt, daß Ihr doch die Falsche wäret. Das ist ein guter Witz, und die Garde wird ihn noch lange damit aufziehen. Er begeht selten Fehler.«

Angeline faltete die Hände und legte sie auf den Tisch. »Ich finde das nicht im geringsten komisch.«

»Daran zweifle ich nicht, meine Liebe. Und die Stimmung, in der er gestern war! Wir fühlten alle mit Euch, aber wenn wir gewußt hätten, daß Ihr... noch ein Mädchen seid, hätten wir...«

»Sogar das hat er Euch erzählt?« Ihre Stimme klang gepreßt.

»O nein. Er spricht überhaupt wenig, unser Prinz. Aber aus dem, was er nicht gesagt hat, und den Anweisungen, wie ich mich verhalten soll, ging es eindeutig hervor.«

»Ach so. Ein… ein Jammer, daß Ihr an einem so schönen Tag drinnen bleiben und mich bewachen müßt.«

»Das ist eine Pflicht wie jede andere. Möchtet Ihr wirklich nichts trinken? Eine Tasse Kakao? Ein Glas Wein?«

Sie schüttelte den Kopf und betrachtete den dunklen Eichentisch. Er war alt und fleckig, und die zahlreichen Kratzer und Kerben verrieten, daß er nicht gerade schonend behandelt worden war. An manchen Stellen sah die Tischkante aus, als hätte sich ein Gast zwischen den Gängen gelangweilt und mit dem Messer daran herumgeschnitzt. Angeline fuhr mit dem Finger über die unzähligen Ränder von Humpen und Gläsern, die die Platte zierten. Unbehaglich knisterte das Schweigen zwischen ihnen. Endlich fragte sie: »Habt Ihr eine Ahnung, wie lange Ihr noch hierbleibt?«

»Solange es dauert.« Er warf ihr unter dichten Brauen hervor einen Blick zu, wobei er sein gesundes Auge zu einem Schlitz verengte. »Macht Ihr Euch schon Gedanken darüber, was aus Euch wird, wenn wir fort sind? Das braucht Ihr nicht. Rolf wird Euch reich entschädigen.«

Ein gezwungenes Lachen entrang sich ihr. »Er ist ein Ausbund der Tugend.«

»Ihr glaubt mir also nicht? Ich versichere Euch, da er in Euer Schicksal eingegriffen hat, wird er Euch nicht fallenlassen.«

»Wenn Ihr meint, daß ich mir einen Platz in seinem Gefolge wünsche, irrt Ihr Euch gewaltig.« Ihre Hände zitterten, und sie ballte sie zu Fäusten.

»Habt Ihr Angst vor ihm?«

»Nein, natürlich nicht.«

Er sah sie gedankenvoll an. »Ich schon, manchmal, wenn er viel getrunken hat. Ihr seid eine wehrlose Frau und fallt für ihn nicht ins Gewicht. Ihr hättet allen Grund dazu.«

»Nett von Euch, mich zu beruhigen.«

Er lächelte ihr zu, biß herzhaft in sein Käsebrot und tunkte die Nase in den Humpen. Nach einem großen Schluck wischte er sich mit seiner schwieligen Hand das Gesicht ab. »So ist es recht. Rolf muß man jedes scharfe Wort ebenso schneidend zurückgeben. Das wird seinen Geist beschäftigen und ablenken, und das hat er jetzt am nötigsten.«

»Ich soll die Unterhalterin spielen? Wenn ich Bauchtanzen könnte, würde das sicher auch freundlich aufgenommen?«

Er blickte sie nachdenklich an und drehte sich dabei noch ein wenig weiter zu Angeline um, um ihr besser ins Gesicht sehen zu können. »Ihr lacht darüber, aber wenn Ihr ihn wenigstens vorübergehend von dieser Affäre, die ihn peinigt, ablenken könntet, wird die Leibgarde es Euch danken.«

»Und das ist selbstverständlich mein dringendster Wunsch!«

»Ihr seid ebenso schlimm wie Rolf«, murrte er, schlang den letzten Brotbissen hinunter, lehnte sich zurück und stellte den Humpen auf die Armlehne seines Stuhles. »Vielleicht werdet Ihr ihn besser verstehen, wenn ich Euch ein wenig von ihm erzähle.«

Es folgte eine umständliche Geschichte mit zahlreichen Abschweifungen und gespickt von sarkastischen Bemerkungen. Rolf, zweiter Sohn des sechsten Herrschers Rutheniens aus dieser Dynastie, hatte bei der Geburt seine Mutter verloren. Als schwächliches, höchst reizbares Kind war er seinen Kinderfräuleins überlassen worden, während sein Vater sich ausschließlich um die Erziehung des robusten älteren Sohnes und Thronerben kümmerte. Maximilians Ausbildung war von frühester Kindheit an in die Hände von Lehrern gelegt worden, die auf ihrem Gebiet eine Kapazität waren.

Rolf dagegen hatte der König der Obhut eines venezianischen Gelehrten anvertraut, eines merkwürdigen Herrn, der die Kunst, insbesondere die Lyrik, liebte und ein leidenschaftlicher Mathematiker war. Der Unterricht fand unter freiem Himmel statt. Eine geregelte Lebensweise, viel Sport und frisches, einfaches Essen bewirkten zusammen mit geistiger Nahrung, daß der schwächliche Infant zu einem kräftigen, schlauen und gebildeten jungen Mann heranwuchs. Aber obwohl er nunmehr in der Lage war, den älteren Bruder in allen Diskussionen mit einem Wortschwall in Grund und Boden zu reden, und ihn bei sportlichen Wettkämpfen fast immer besiegte, lehnte sein Vater es ab, seine Geschicklichkeit und Gewandtheit anzuerkennen. Der König sah es nun einmal lieber, daß Maximilian gewann, und wollte nicht wahrhaben, daß Rolf den älteren Bruder in einem ehrlichen Kampf bezwingen konnte.

Maximilian aber nahm es ihm dagegen keineswegs übel. Die beiden Brüder waren viel zusammen, bis sie erwachsen wurden und ihrer eigenen Wege gingen. Rolf, der von den meisten gesellschaftlichen Anlässen und jeder Verantwortung bei Hofe ausgeschlossen war, trieb sich mit allerlei fahrendem Volk und zwielichtigen Gestalten herum und machte es sich zur Gewohnheit, Kämpfe auszutragen für Dinge, die ihn gar nichts angingen. So zog er mit seiner handverlesenen Garde kreuz und quer durch Europa und hatte sogar den russischen Großvater besucht, der für den wildesten der ruthenischen Prinzen eine Schwäche hegte. Ab und zu bekam er Max in Paris, Venedig oder Rom zu Gesicht, kehrte aber nur selten nach Ruthenien zurück.

Einige Wochen vor dem Tod seines Bruders wurden Rolf beunruhigende Gerüchte zugetragen. Danach gab es Leute, die eine Änderung in der Thronfolge anstrebten, sowohl dem König als auch dem Thronerben den Tod wünschten und bereit waren, gut dafür zu bezahlen.

Bei seiner Rückkehr in die Heimat konnte Rolf allerdings nichts herausbekommen. Alles sah aus wie immer, abgesehen von der schönen Mätresse aus den jungen Vereinigten Staaten, die sich Maximilian genommen hatte und die durch ihre Schönheit und Herkunft zur Prinzessin prädestiniert war, kurz, in jeder Hinsicht bis auf ihren Ruf – jedenfalls war das Gustavs Meinung. Maximilian hatte sich anscheinend nicht verändert. Er ging wie immer in die Oper, in den Biergarten, auf die Jagd und machte regelmäßig seinem Vater seine Aufwartung. Nach einer gewissen Zeit ließ er seine rothaarige Geliebte fallen – er hatte wohl genug von ihr – und war in jeder Beziehung der alte.

Und dann geschah es. Maximilian wurde ermordet. Als der König die Nachricht erhielt, erlitt er einen Schlaganfall, nicht den ersten – er hatte schon im Frühjahr einen gehabt. Die Lage war kritisch. Einige Stunden fürchtete man um sein Leben. Rolf verließ den Palast, als sein ans Bett gefesselter Vater aufgrund eines heimtückischen

Gerüchts ihm die Schuld am Tode seines Bruders gab. Er wurde von Wegelagerern überfallen. Hätte er sich nicht geistesgegenwärtig mit dem Schwert verteidigt, wäre er ebenfalls ermordet worden.

Angeline sah ihrem Gegenüber aufmerksam in das narbenzerfurchte Gesicht. »Ihr vermutet da einen Zusammenhang?«

»Zunächst deutete nichts darauf hin. Doch beim nächsten Anschlag – Rolf suchte die ehemalige Wohnung von Mademoiselle de Buys auf, und aus einer dunklen Gasse wurde mit dem Messer nach ihm geworfen – lag diese Möglichkeit nahe. Als schließlich im Hafen von Le Havre eine Kette riß und Rolf beinahe von einer Kiste erschlagen wurde, mußten wir den Tatsachen ins Auge sehen.«

»Nach Maximilians Tod und der schweren Erkrankung seines Vaters war Rolf doch über Nacht zum Thronerben avanciert.«

»Richtig, meine Liebe.«

»Und wer wäre der nächste Anwärter, wenn Rolf stirbt?«

»Diese Frage drängt sich auf, nicht wahr? Die Antwort heißt: Leopold, sein Cousin, Sohn der Schwester seines Vaters.«

»Der Dunkelhaarige, der ihn ständig begleitet?«

»Derselbe.« Gustav hob die schweren Schultern. »Und doch war es Leopold, der die *garde du corps* zusammentrommelte, als er von den Attacken auf Rolf erfuhr. Er hat für uns alle gesprochen, als er Rolf beschwor, uns nicht das Recht zu verweigern, ihn zu begleiten und unserem Namen Ehre zu machen.«

Die *garde du corps,* Rolfs Leibwache. »War es vielleicht ein Trick, um den Verdacht von sich abzulenken und sich Gelegenheit zu einem weiteren Attentat zu verschaffen?«

»Es ist alles möglich. Der Vorfall in Le Havre passierte, während wir auf unsere Passage warteten, und das deutete darauf hin.« Gustav schwieg vorsichtig. »Und dann gab es Schwierigkeiten in New Orleans.«

»Noch ein Anschlag?«

»Das ist schwer zu entscheiden. Einer der Hengste, die wir gekauft haben, hätte Rolf beinahe zertrampelt, und dabei wirkte das Tier, als es vom Händler kam, zwar nervös, aber gutherzig. Wenn Rolf nicht außerordentlich flink gewesen wäre, würde er nicht mehr leben. Kurz darauf starb der Gaul. Vielleicht hatte man ihm giftiges

Kraut zu fressen gegeben, damit er beim Verkauf feuriger wirkte, aber der Händler schwor Stein und Bein, daß es nicht so sei. Eigentümlich, daß es nur mit Rolfs Pferd passierte und mit keinem der anderen.«

Angeline saß stirnrunzelnd da und konnte ihm nur recht geben. Angesichts dieser Bedrohung, unter der der Prinz stand, mußte sie ihre Auffassung neu überdenken. Unter diesen Umständen war es unwahrscheinlich, daß er hinter dem Tod seines Bruders steckte. Dieser Verdacht – das mußte sie sich eingestehen – war ihr, seit sie ihn gestern abend beim Tanzen geäußert hatte, ohnehin immer abwegiger vorgekommen. Bis jetzt hatte zwar keiner der Anschläge auf Rolf Erfolg gehabt, aber daß er sie nur vorgetäuscht hatte, um den Verdacht von sich abzulenken, war kaum anzunehmen.

»Der Wunsch des Prinzen, meine Kusine über Maximilians Tod zu befragen, wird mir allmählich begreiflich, aber hätte man das nicht jemand anderem überlassen können?«

»Ihr meint, einem Justizbeamten? Er hätte außerhalb Rutheniens keinerlei Machtbefugnis. Außerdem hätte solch ein Mann nie derartige Strapazen auf sich genommen, um die Reise zu beschleunigen, und hätte, nachdem Mademoiselle de Buys gefunden war, nicht mit demselben Eifer versucht, etwas über Maximilians Tod herauszubekommen. Die Tatsache, daß der Name seines Bruders mit Selbstmord in Verbindung gebracht wird, empfindet Rolf als eine Besudelung seiner Ehre. Der Gedanke ist ihm ebenso zuwider, als würde Maximilian ein Mord vorgeworfen. Und da ist noch etwas. Ich kann es nur vermuten, aber manchmal habe ich den Eindruck, daß er Ruthenien verlassen hat, um die Verfolgung auf sich zu ziehen und damit von seinem Vater abzulenken.«

»Um sie auf sich zu ziehen – oder den Verfolger mitzunehmen?«

»Ihr sagt es, Mademoiselle.«

Ihre grünen Augen waren dunkel vor Bestürzung. »Aber sich mit einem Mörder zu messen, auf das Glück und die eigene Geschicklichkeit zu bauen, um dessen Pläne zu vereiteln, ohne zu wissen, wann er wieder zuschlägt – was für ein entsetzliches Risiko!«

»Ihr fangt an, den Prinzen zu verstehen.« Gustav verzog das Gesicht zu einem grimmigen Lächeln und knallte den Humpen so kraftvoll auf den gewaltigen Tisch, daß der leise zitterte.

Sie wechselten das Thema und setzten sich auf ein Sofa am Kamin, während die frühe Winterdämmerung hereinbrach. Der Duft der Abendmahlzeit, die in der Freiluftküche vor dem Haus zubereitet wurde, drang zu ihnen, und Sarus lief hin und her, um den schwarzen Koch zu beaufsichtigen, den ihnen ihr Gastgeber zur Verfügung gestellt hatte. Angeline sah sich um. In der Täfelung über dem Kamin waren die Szenen von Herren bei der Jagd geschnitzt, und über dem Schiefersims befanden sich Kacheln, die mit Hirschen, Ebern, Hasen und Eichhörnchen bemalt waren.

Gustav war unruhig. Manchmal sah er zu Angeline hinüber, als fühle er sich immer unbehaglicher und bedaure den Impuls, der ihn dazu gebracht hatte, ihr so viel zu erzählen.

Um die Zeit, in der es draußen noch nicht dunkel genug war, um Kerzen anzünden zu lassen, aber auch nicht mehr hell genug, um noch gut sehen zu können, kehrten Rolf und die anderen zurück. Der Prinz blieb auf der Schwelle stehen. Seinem durchdringenden Blick entging nichts.

»Was haben wir denn hier? Ein trautes Beisammensein zur Abendstund'? Mohnrot ist die Farbe der Schuld, Gustav, und der löch'rigen Karnickelwiese, die du dein Gesicht nennst. Wenn ich gewußt hätte, daß sie so auf dich wirkt, hätte ich Oswald und Oskar hiergelassen.«

»Ihr habt mir keine Order hinsichtlich einer Unterhaltung mit ihr gegeben«, betonte Gustav.

»Und das war ein Fehler«, kam ein scharfer Tadel. »Ich habe mich eben auf deine Diskretion verlassen.«

Die anderen Männer drängten sich hinter Rolf. Ihre Gesichter waren von der Anstrengung gezeichnet, dennoch sprachen Neugier und Heiterkeit aus ihnen. Besonders einer, der breitschultrige Mann mit dem sandgelben Haar, den grauen Augen und der kleinen Narbe am Mund, warf Angeline einen spöttischen, aber auch mitfühlenden Blick zu.

Angeline stand auf. »Euer Hoheit, ich fürchte, es war mein Fehler.«

»Ich weiß.« Obwohl sein Blick sie nur flüchtig streifte, übermittelte er eine Rüge wegen ihrer Einmischung in die Auseinandersetzung mit seinem Gefolgsmann.

»Das ist nicht wahr«, protestierte Gustav, und sein einziges Auge blitzte fahlblau auf. »Sie hat nur meinem Geschwätz zugehört.«

»Gustav als Ritter der bleichen Blume? Wenn es dein Anliegen war, ihre Angst zu beschwichtigen, indem du die Zähne des Ungeheuers schleifst, dann hast du damit unserer Sache einen schlechten Dienst erwiesen.« Er schritt zur Treppe und winkte Angeline, vor ihm hinaufzugehen.

Im Schlafzimmer streifte er die Uniformjacke ab, warf sie aufs Bett und trat an die Waschkommode. Er goß Wasser aus dem Porzellankrug in die Schüssel und wusch sich Gesicht und Hände, um den Staub des weiten, scharfen Rittes zu entfernen. Er nahm das kleine Leinenhandtuch vom Halter und wandte sich dann ihr zu, wobei sich seine Augen zu Schlitzen verengten.

»Mußtet Ihr Gustav um jeden Preis den Kopf verdrehen?«

»Eine eigentümliche Frage«, antwortete sie, schritt ans Fenster und sah den Männern im Hof beim Striegeln der Pferde zu. »Ich kann darauf nicht mit einem Ja antworten, weil es nicht wahr ist, aber wenn ich nein sage, gebe ich zu, ihm den Kopf verdreht zu haben.«

»Soll ich das so verstehen, daß Ihr es abstreitet?«

»Wie Ihr wünscht.«

»Ich wünsche«, erwiderte er, legte das Handtuch weg und trat gleichfalls ans Fenster, »daß Ihr mir sagt, warum Ihr Eure Nase in meine Angelegenheit steckt.«

In seiner Nähe fühlte sie sich unbehaglich. Sie sah ihn von der Seite an. Er roch nach Mann, aber auch deutlich nach Pferden. »Bestimmt könnt sogar Ihr einsehen, daß es für mich von Vorteil ist, soviel wie möglich über den Mann herauszufinden, der mich gefangen hält.«

»Es gibt eine einfache Lösung dafür – fragt mich.«

Sie hob eine Augenbraue. »Ihr würdet mir sicher auf Eure sonderbare Weise antworten, aber warum sollte ich Euch glauben?«

»Da muß ich Euch auf Eure Intelligenz verweisen. Jeder Mensch hat sein Lebtag seine eigene Leuchte zu sein. Diese Bürde zurückzuweisen wäre ebenso feige wie absurd.«

»Wie ich sehe, habt Ihr für Vertrauen keine Verwendung. Und selbst mein kleines Lichtlein hat Euer Mißfallen erregt.«

»Das ist mein Privileg.«

Sie sah ihn lange und forschend an, dann verzog sie die Lippen zu einem Lächeln. »Aus Eurer Unvernunft, Königliche Hoheit, könnte man schließen, daß Euer Tag nicht sehr ergiebig verlief.«

Er ignorierte die Bemerkung und sagte: »Das ist schon das zweite Mal, daß Ihr mich in dieser Weise betitelt. Ich sehe, Ihr braucht eine feste Hand. Von jetzt ab werde ich jede derartige Äußerung als Einladung betrachten.« Was er damit sagen wollte, wurde schnell deutlich, als er mit flinken Fingern nach ihrer Schärpe griff und sie öffnete.

Sie fiel ihm in den Arm und spürte durch das Hemd die Wärme seiner Haut. »Ihr könnt das nicht tun... nicht jetzt!«

»Ich sollte es nicht, das weiß ich, aber wenn ich Euch so sehe, so natürlich und *en garde*, bin ich geneigt, den moralischen Standpunkt außer acht zu lassen.«

»Und... und meine armselige Verteidigungsstellung zu überrennen?«

»Nein, sondern Euch zu salutieren.«

Er nahm sie bei der Hand, und die blauen Augen glänzten vor Spott, während sie suchend über das zarte ovale Gesicht und die vollen geöffneten Lippen glitten. Er sah ihr tief in die graugrünen Augen und senkte seinen Mund auf ihren.

5

Nach dem, was örtlich üblich war, dinierten sie spät. Die Kerzenflammen in dem schwarzen, tief über dem Tisch hängenden Eisenkronleuchter flackerten in der Zugluft, die durch den Saal wehte, und warfen tanzende Schatten gegen die Decke, während in den Ecken höhlenhaftes Dunkel herrschte. Das Feuer im offenen Kamin sah aus wie eine brennende Blockhütte von einiger Größe. Die Flammen leckten und überzogen die Gesichter der Männer um den Tisch orange, rot und blau. Sie unterstrichen die nervöse Spannung im Raum.

Rolf führte rotgolden und gereizt den Vorsitz, neben ihm stand eine Cognackaraffe. Rechts von ihm saß Angeline in bauschigem Kasack, Musselinrock und steifer Würde. Sie war den Männern an der Tafel formell vorgestellt worden: Leopold, der dunkelhaarig und trotzig links von Rolf saß; dem langen, ruhigen Mann neben ihm, den sie Meyer nannten; Oswald, der wie sein Zwillingsbruder hellbraunes Haar, Haselaugen und einen sinnlichen Mund hatte. Ihm gegenüber saß Gustav. Angeline hatte ihm ein Lächeln zugeworfen, als sie sich gesetzt hatte. Er hatte ihr niedergeschlagen zugenickt, doch in seinem unbedeckten Auge lag ein Zwinkern. Zwischen Gustav und Angeline saß der andere Zwillingsbruder, Oskar, der ruhiger und ein schärferer Beobachter war als sein Bruder.

Der Festschmaus bestand aus Schildkrötensuppe und zwei Fischgerichten, einer gebratenen Lende in Weinsoße und Geflügelpastete. Die Gläser waren wieder und wieder mit Malaga und Bordeaux gefüllt worden, und jetzt machten Cognac, kandierte und in Likör eingelegte Früchte, Käse, Nüsse und eine Schüssel mit kleinen braunen Äpfeln die Runde.

Es war bei den französischen Damen in Louisiana zwar nicht üblich, sich zurückzuziehen, wenn der Cognac aufgetragen wurde, aber Angeline hatte gehört, daß es in einigen europäischen Ländern Brauch sei. Sie versuchte daher, sich zu empfehlen, aber Rolf ließ es nicht zu. Also blieb sie sitzen, spielte mit ihrem Weinglas und knabberte Rosinen, während die Stimmen der Männer um sie herum lauter und die Bewegungen ausgelassener wurden, was sie für ein Resultat von Anspannung und Müdigkeit hielt. Ihre nervöse Unruhe ließ alle oft nach den Cognacschwenkern greifen, und mit der Zeit wurde die häufig unterbrochene Geschichte über das Wettrennen eines Kamels mit einer Milchkuh so verworren, daß zu bezweifeln war, ob Leopold, der Erzähler, die Pointe noch wußte.

Oswald ließ sich zurückfallen, wippte mit dem Stuhl und stützte sich dabei an der Tischkante ab. »Apropos Kühe. Heute nachmittag fühlte ich mich an eine Herde erinnert, die hinter der Leitkuh her nach Hause trabt. Eine Nonne führte eine Schar halbwüchsiger Gänschen aus. Sie hatten weiße Kleidchen mit Schürzen an und Zöpfe auf dem Rücken. Und als sie an mir vorbeikamen, läutete die Nonne bei jedem Schritt mit einer silbernen Glocke.«

»Bestimmt ein erbaulicher Anblick. Halbwüchsige Mädchen, sagst du? Ich kann verstehen, daß so etwas deine Aufmerksamkeit erregt hat.« Diese Spitze kam von seinem Bruder. Oskar, der ruhigere von beiden, schenkte der Unterhaltung sonst wenig Aufmerksamkeit. Er hatte eine Gitarre mit merkwürdiger romanischer Verzierung mitgebracht, die er jetzt stimmte.

Oswald stieß einen gekünstelten Seufzer aus. »Es war niederschmetternd. Eine ganze Schar heiratsfähiger junger Mädchen, und so scharf bewacht!«

Gustav raspelte sich die Kehle frei wie mit einem Sägeblatt und deutete mit einem Nicken in Angelines Richtung. Oswald runzelte wie ertappt die Stirn und schwieg. Sein heller Teint war blutübergossen.

Rolf hörte auf, ins Cognacglas zu starren. »Hier in der Nähe gibt es ein Kloster?«

»An und für sich nicht. Es gibt eine kleine Klosterschule, die von drei Barmherzigen Schwestern geführt wird.«

»Du hast hoffentlich das Naheliegendste nicht übersehen?«

Die Worte klangen beißend. Oswald war merklich erleichtert, eine befriedigende Antwort geben zu können.

»Nein. Ich habe die Sache überprüft, so gut es ging, ohne Verdacht zu erregen. Es ist ein kleine Schule mit nicht mehr als zwanzig oder dreißig Schülerinnen, von denen die meisten den Winter über dortbleiben. Die junge Dame, mit der ich sprach, ein reizendes kleines Biest, das sich zufällig gerade die Schuhe zubinden mußte, als ich abgestiegen war, um den Sattelgurt nachzuziehen, hat berichtet, daß die einzigen Erwachsenen, die dort wohnen, die drei Nonnen seien, die den Unterricht geben. Sie hätten keine neuen Kostgängerinnen, und in letzter Zeit sei schon gar nicht eine Frau im vorgerückten Alter um die Zwanzig zu Besuch gekommen.«

»Ich kann mir Mademoiselle de Buys nur schwer in einer Klosterschule vorstellen.« Meyer hatte diese Bemerkung beigesteuert. Die Narbe in seinem Mundwinkel verschwand, als er lächelte, doch in den grauen Augen standen Zweifel.

Rolf wandte sich unvermittelt an Angeline. »Was meint Ihr zu dieser faszinierenden Möglichkeit?«

Diese oder eine ähnliche Frage kam nicht unerwartet. »Was soll ich dazu sagen? Wenn Ihr glaubt, daß Claire dort ist, werdet Ihr weiter forschen. Wenn nicht, dann nicht. Vielleicht hilft es Euch, wenn ich Euch daran erinnere, daß den heiligen Frauen jede Täuschung fremd ist.«

»Das deckt sich zwar nicht in jedem Fall mit meinen Erfahrungen, aber wir wollen es durchgehen lassen«, erwiderte er mit undurchdringlicher Miene. »Ihr kennt die Schule?«

»Ich war selbst dort Schülerin, und zwar seit meinem zwölften Geburtstag bis vor kurzem.«

Die türkisblauen Augen blitzten spöttisch, weil sich Angeline bewußt mit den Unschuldslämmern aus der Klosterschule verglichen hatte.

Damit war die Litanei noch nicht zu Ende. Einer nach dem anderen berichteten die Männer von ihren Beobachtungen, beschrieben die Gegend, die sie durchritten, die Leute, mit denen sie gesprochen hatten; Greise an Straßenkreuzungen, eine Frau, die Baumbart von den Bäumen zupfte, um damit eine Matratze zu füllen, ein Junge, der eine verirrte Kuh nach Hause trieb. Sie waren die Sumpfgürtel entlang geritten und hatten mit den Akadiern geredet, die dort lebten. Sie hatten ein, zwei Sklaven befragt, die mit Botengängen in die Stadt unterwegs waren, und sogar mit dem Pfarrer der kleinen Kapelle gesprochen, die dem heiligen Martin von Tours geweiht war.

Gustav hatte nach seinem Tag auf Wache selbst nichts beizutragen und nahm einen Apfel aus dem Korb, der auf dem Tisch stand. Die sorgfältig aufeinandergestapelten Früchte kamen in Bewegung, und einer rollte auf das Tischtuch. Der Einäugige griff nach dem zweiten Apfel und warf ihn hoch, während er mit großen, weißen Zähnen in den ersten biß. Kurz darauf schleuderte er das Kerngehäuse fort, pflückte sich noch einen Apfel aus dem Korb und warf beide Früchte von einer Hand in die andere. Die rotbraunen Äpfelchen glänzten wie polierte Kugeln im unsicheren, flackernden Licht.

Gustav sah wieder in den Korb. Er machte sich bereit, mit noch einem dritten Apfel zu jonglieren, indem er die anderen beiden höher und höher warf. So vertieft war er in sein Spiel, daß er den Kronleuchter über seinem Kopf vergaß, der eine Last von fast fünfzig brennenden Kerzen trug. Als er wieder in den Korb griff, traf der Apfel, den er eben nach oben geschleudert hatte, einen eisernen Kerzenhalter; ein Wachslicht lockerte sich und fiel rauchend herunter.

Mit einem Fluch warf Gustav die Hand hoch, fing die Kerze mitten in der Luft auf und beugte sich noch rechtzeitig vor, um den Apfel aufzufangen, der aus der Bahn geraten war. Er wich zurück, hielt ihn im Spiel und fügte mit einer wahnwitzigen Drehung die Kerze zu den steigenden, fallenden und rotierenden Äpfeln.

Die Tischgenossen johlten und brachen in unrhythmischen Beifall aus. Mit einem unbekümmerten Lachen sprang Oswald auf. Er nahm einen Apfel und schleuderte ihn zur Decke. Dieser fuhr haarscharf am Kronleuchter vorbei und fiel geradewegs in den Korb, wobei die Früchte in alle Richtungen sprangen. Plötzlich war die Luft erfüllt von fliegenden Äpfeln, die geschickt und überlegt mit Augenmaß geworfen und aufgefangen wurden. Der Eisenkronleuchter schaukelte wie verrückt hin und her, als er von allen Seiten getroffen wurde. Noch eine Kerze kippte und flatterte nach unten, dann noch eine, bis tropfende Lichter und gelöschte Kerzen, die böse Schwaden von schwarzem Rauch hinter sich herzogen, mit den Äpfeln durch die Luft sausten wie sterbende Sternschnuppen, die um launische Planeten kreisen.

Baßgelächter und höhnisches Gejohle begleitete das Spiel mit dem Feuer und dröhnte zu den verräucherten Gottheiten des bemalten Deckengewölbes empor. Nur Rolf saß abseits und starrte ins Feuer. Oskar protestierte leise, als er wegen eines vorbeifliegenden Apfels den Kopf einziehen mußte, schien aber den Aufruhr um ihn herum ebenfalls kaum zu bemerken, sondern entlockte der Gitarre auf seinem Schoß eine sanfte Melodie. Angeline sah mit einem unergründlichen Lächeln in den Augen dem Tumult zu. Doch sie fragte sich, wie lange die Männer das Spiel in Gang halten konnten und wollten.

Unter dem Bombardement schaukelte der Kronleuchter hin und her, und als er sich gerade hoch hinaufschwang, landete Leopold einen Volltreffer. Brennende Kerzen schlugen in der Luft Purzelbaum. Ein gutes halbes Dutzend plumpste zugleich auf das Tischtuch und prallte ab. Halb gefüllte Cognacgläser kippten um. Das aromatische Getränk fing Feuer und leckte in tanzenden blauen Flammen über die Tafel und versprühte azurne Funken. Der Geruch von brennendem Stoff und Weinbrand wirbelte in einer beißenden Rauchwolke auf. Kleine himmelblaue Flämmchen tanzten über die Saiten von Oskars Gitarre und liefen spielerisch über seine Hand.

Erst jetzt wurde der junge Mann aus seinen Träumen gerissen, kam fluchend auf die Beine und schlug auf das Instrument ein, das grell aufschrillte.

Leopold lachte. Es war ein unbekümmertes Lachen, in dem gleichzeitig so viel provozierende Genugtuung lag, daß sie die plötzliche Unbekümmertheit wieder vertrieb und an den gereizten Nerven zerrte. Wutflecken zeigten sich auf Oswalds heller Haut, der serienweise mit Äpfeln und tropfenden Kerzen auf den dunkelhaarigen jungen Cousin des Prinzen zielte. Aus Leopolds Blick verschwand der amüsierte Ausdruck. Er kniff die Augen zusammen und leitete die Wurfgeschosse an Gustav weiter, der sie in stetigem Fluß auf Meyer zuschleuderte. Um sich zu verteidigen, verteilte der kräftige Mann sie abwechselnd auf die beiden Brüder, wobei sein Gesicht einen Ausdruck verärgerter Konzentration annahm.

Das Spiel hatte einen bösartigen, grimmigen Verlauf genommen. Schneller und schneller flogen die Gegenstände durch den beißenden, stickigen Rauch und die verschwommenen Schatten, und jeder wurde mit Akuratesse und der zornigen Absicht geworfen, ernsthaft Schmerz zu verursachen. Angeline lehnte sich in ihrem Stuhl zurück, um sich so weit wie möglich aus der Gefahrenzone zu bringen, wagte aber nicht, den Blick abzuwenden, obwohl mit der wachsenden Spannung ihre Angst wuchs.

Am Kopfende der Tafel gab es nur ein leises Geräusch, eine Luftbewegung, als Rolf aufstand. Mit seidenweich fließenden Bewegungen glitt er hinter Angelines Stuhl vorbei zum Kamin. Aus den Augenwinkeln beobachtete sie, wie er vor dem Feuer kniete, als wolle er es schüren, und sich dann mit einem Bündel brennender Äste in den bloßen Händen erhob. Auf einmal war die Luft geschwängert von Rauch, und Funken regneten herab. Die glühenden Fackeln senkten sich mit Wucht auf die Männer nieder und loderten gefährlich auf. Diese fingen sie im Reflex auf und schleuderten sie sofort brüllend vor Schmerz wieder von sich. Kerzen und Äpfel hagelten herab, als die Fackeln von Hand zu Hand wirbelten, und eine nach der anderen zu Rolf zurückkehrten. Er schmetterte sie ins rotglühende Herz des Feuers, wo mit ihnen krachend rote Kohlestückchen aufstoben.

Rolf legte die Hände auf die Rückenlehne von Angelines Stuhl. »Es wird spät, Kinder«, sagte er. »Wir haben morgen einen langen, scharfen Ritt vor uns, und ihr braucht euren Schlaf. Nehmt euch eine Kerze mit, und macht euch auf den Weg in euer einsames Bett.«

Sie blieben starr wie Statuen und blickten einander finster an. Von einer Kerze, die zur Tischkante gerollt war, tropfte leise und stetig Wachs auf den Boden. Das Feuer knisterte. Einer zeigte plötzlich ein bedauerndes Grinsen. Noch einer der Männer lächelte. Dröhnendes Gelächter von Gustav. Kopfschüttelnd klopften sich die Männer auf die Schultern, bliesen auf ihre Handflächen, die mit Brandblasen bedeckt waren, drehten umgekippte Gläser um und setzten sie hoffnungsvoll an die Lippen. Dann befolgten die Männer der Leibwache den versteckten Befehl.

Alles ging so schnell, daß die Schritte der Männer auf der Treppe schon verklangen, als die letzte blaue Cognacflamme erlosch. Angeline betrachtete das Schlachtfeld auf der Tafel, und plötzlich überfiel sie ein Gefühl der Dankbarkeit – auch wenn sie es sofort unterdrückte – gegenüber dem Mann, der der Sache ein Ende gemacht hatte.

»Eine schöne Sauerei«, murmelte sie.

»Sarus kümmert sich schon darum. Ich schlage vor, daß wir ihm das Feld räumen.«

Rolf schritt ans Kopfende des Tisches und nahm seinen Cognacschwenker und die Karaffe, die daneben stand. Er zuckte nicht zusammen, als ihm das Glas in die verletzten Finger schnitt, sondern hielt nur einen Moment den Atem an.

»Ihr habt Euch verbrannt, und das ist kein Wunder.« Angelines Ton war scharf vor Erleichterung. »Was habt Ihr Euch nur dabei gedacht?«

»Um balgende Hunde zu trennen, überschüttet man sie mit Wasser. Es stand keines zur Verfügung.«

»Das sind keine Hunde, es sind Männer.«

»Wie Ihr meint. Es sind Männer, die zum Kampf ausgebildet wurden und die nichts als eine Fata Morgana haben, um ihre Fähigkeiten anzuwenden. Es sind Männer der Tat, die zur Untätigkeit verdammt sind. Und nach langen Wochen der Reise für eine Sache, die sie nichts angeht, stehen sie am Rande der Erschöpfung. Sie hungern nach einer Gelegenheit, ihre aufgestaute Energie loszuwerden, und können sie nur gegeneinander wenden.«

»Und Ihr wollt das nicht zulassen.«

»Ich werde es nicht zulassen. Wir haben keine Zeit für kleinliche Fehden und Geschmolle.«

»Und warum habt Ihr ihnen nicht gleich befohlen, mit dem ganzen aufzuhören?« fragte sie.

»Was wäre das Ergebnis gewesen?« fragte er zurück und zuckte ungeduldig die Achseln. »Gehorsam um den Preis von unterdrückter Wut, unterschwelliger Zorn und der Verdacht der Bevorzugung, weil ich erst in den Ring stieg, als Oskar hineingezogen wurde? Ihr müßt länger überlegen, Angeline, bevor Ihr mir Ratschläge über die Führung meiner Leute erteilt.«

Sein scharfer Ton trieb Angeline die Röte in die Wangen. Sie preßte die Lippen zusammen und stand auf. »Habt Ihre irgendeine Salbe für Eure Hände?«

»Ich brauche keine.«

»Es geschähe Euch recht, wenn Ihr eine Blutvergiftung bekämt. Es kann leicht geschehen. Dieses Klima fördert Infektionen.«

Er blickte sie kühl an. »Ich sagte schon, ich brauche nichts.«

»Ich bin davon überzeugt«, erwiderte sie fest, »daß Ihr bei weitem zuviel getrunken habt, um den Schmerz noch zu spüren.«

»Wäret Ihr auch davon zu überzeugen, daß der Zustand bewußt gewählt ist und wahrscheinlich eine Weile anhalten wird?«

»Wie Ihr wünscht. Mir kann es ja gleichgültig sein. Wie, wann und wo Ihr umkommt, ist Eure Sache.«

»Und wenn es ein schmerzhafter Abgang wäre, würdet Ihr das Schauspiel bestimmt genießen«, spottete er. Ein Lächeln umspielte seine Lippen, und er bedeutete ihr mit der Cognacflasche, ihm auf der Treppe voranzugehen.

»Wie scharfsinnig Ihr doch seid.«

Hocherhobenen Hauptes stieg sie hinauf. Sie zuckte ein wenig zusammen, als er an ihr vorbeiging, um ihr die Schlafzimmertür aufzuhalten, und war nicht überrascht, als er sie hinter sich zuknallte.

Das Bett war zurückgeschlagen. Im Kamin flackerte ein neu entzündetes Feuer, und ein Kerzenleuchter stand auf dem Tischchen in der Mitte des Zimmers. In dem Lichthof, der ihn umgab, waren einige Leinenstreifen und eine Salbenbüchse zu sehen. Angeline warf einen Blick darauf und sah Rolf mit hochgezogenen Brauen an.

»Sarus ist der perfekte Leibdiener, schweigsam und effizient. Er kocht gut und kann Eure Bedürfnisse vorausahnen...«

»Er gibt sich zuweilen große Mühe.«

»Wenn er weniger eifrig wäre, würde das bei Euch keinen Beifall finden. Seid Ihr denn nie zufriedenzustellen?«

»Früher tatsächlich nie. Jetzt... ich weiß nicht.« Ohne ihr Zeit zum Überlegen zu geben, was er damit hatte sagen wollen, fuhr er fort: »Würde es Euch Freude machen, an meinen selbstverschuldeten Wunden zu rühren, oder möchtet Ihr die Krankenschwester spielen und Euch über das ungezogene Kind auslassen, das – so glauben ja wohl die meisten Frauen – in jedem Manne stecken soll? So oder so: Ich stehe zur Verfügung.«

Er stellte die Karaffe auf den Tisch und das Glas daneben. Geschmeidig setzte er sich hin, stützte die Ellbogen auf und streckte Angeline die Hände mit den Handflächen nach oben entgegen.

Daß er es sich plötzlich anders überlegt hatte, verwirrte Angeline. Sie starrte ihn eine ganze Weile an. Was hatte er vor?

»Nur Mut«, sagte er sanft, »oder hat die Versorgung meiner Verletzungen für Euch an Reiz verloren?«

Seine Stimme war klar und offen. Warum vermutete sie plötzlich hinter seinen Worten eine versteckte Drohung? Sie spürte sie ganz deutlich. Es kostete sie unvorstellbare Überwindung, die wenigen Schritte auf ihn zuzugehen, die sie noch trennten.

Sie nahm die Dose in die Hand und öffnete sie. Die Salbe war zartrosa und roch ein wenig nach Rosenöl.

Sie mied Rolfs Blick, konzentrierte sich ganz auf ihre Aufgabe und steckte den Finger in die Creme. Sie warf einen Blick auf sein unbewegtes Gesicht und strich, einem Impuls gehorchend, das Medikament auf den ersten der roten Kratzer, die sie ihm beigebracht hatte. Rolf rührte sich nicht, doch sie merkte, wie sich seine Gesichtsmuskeln unter ihren Händen strafften. Eine ihrer Haarsträhnen löste sich und streifte ihn am Arm. Mit einem Ruck warf sie sie zurück. Wieder tauchte sie den Finger in die Salbe und trug sie auf die nächste Wunde auf, wo ihre Nägel ihm die Haut aufgerissen hatten. In merkwürdiger Reue folgte sie der Spur mit sanftem Streichen hinab zum Hals.

Dann wandte sie ihre Aufmerksamkeit den Verbrennungen an den Händen zu und versah sie mit einer dicken Schicht Salbe. Sie betrachtete die Schwielen auf Handflächen und Fingern, die harten, zerfurchten Hände eines Menschen, der seine Muskeln gebraucht und dem körperliche Arbeit nicht fremd war. Die Schwielen paßten gar nicht zu dem Bild vom Prasser und Säufer, das sie sich von ihm gemacht hatte. Glücklicherweise hatten sie schlimmere Verbrennungen verhindert. In der Mitte der Handfläche und zwischen Daumen und Zeigefinger glühten allerdings zornige rote Blasen. Mit größter Behutsamkeit band sie die Leinenstreifen darum und befestigte den Verband mit einem Knoten auf den Handrücken.

Sie schloß die Salbenbüchse mit ausdrucksloser Miene und wollte sich entfernen. Aber er schob den Stuhl zurück und stand auf. Er faßte sie um die Schultern. Sein Griff war fest, aber nicht so fest, daß sie sich ihm nicht hätte entwinden können. Der Versuch hätte ihm allerdings arge Schmerzen bereitet. Angeline stand ganz still und verhielt den Atem. Nur langsam hob sie die Lider. In den graugrünen Tiefen ihrer Augen stand zornige Verletzlichkeit.

»Ich hatte also recht«, sagte er nachdenklich. »Wie sehr man Euch auch kränkt, Ihr würdet niemandem absichtlich weh tun. Ihr habt der Versuchung widerstanden, meine Verbrennungen abzutasten, obwohl Ihr reichlich Gelegenheit hattet. Die Frage ist nur, ob ich, nachdem ich so viel Zartgefühl bei Euch entdeckt habe, die Willenskraft finde, es nicht auszunutzen. Ich fürchte, die Antwort lautet nein.«

Er zog sie an sich und senkte die Lippen auf ihren Mund. In seinen blauen Augen stand Spott, sowohl über sich als auch über sie. Sein Kuß schmeckte nach Weinbrand und Begehren, und nach etwas anderem – der blinden Sehnsucht nach Ablenkung von einer furchtbaren Erinnerung. Seine Arme gaben Wärme und Geborgenheit; dieses Gefühl und sein magerer, harter Körper machten sie willenlos. Sein Mund strich über ihre Wangen und brannte am Kinn entlang; Rolf schob das kastanienrote Haar beiseite und drückte die Lippen auf den sanft gebogenen Hals. Ihr Mund öffnete sich seufzend. Sie lehnte sich an ihn und überließ sich seiner Umarmung. Er streichelte sie sacht. Federleicht und erregend begann seine Hand ihren Körper zu erkunden. Unter dem Ansturm aufwallender Erregung schwanden ihr die Sinne. Sie merkte kaum, wie er sie aufhob und ins Bett brachte. Jedenfalls leistete sie keinen Widerstand.

Am zweiten Tag von Angelines Gefangenschaft wechselte die Wache. Diesmal blieb Oskar zurück, während die anderen die Straßen nach Claire absuchten. Er schlug einige Akkorde auf seiner Gitarre und spielte hin und wieder eine sanfte, melancholische Melodie. Dennoch bewachte er sie viel offensichtlicher als Gustav. Er wartete bereits vor dem Schlafzimmer auf sie. Als die anderen gegangen waren, setzte er sich auf die oberste Treppenstufe, um sie – aus Gewissenhaftigkeit oder weil er Befehl dazu hatte – nach unten zu eskortieren, und wich nicht von ihrer Seite. Als die strahlende Morgensonne endlich durch den Nebel brach, schlug Angeline einen Spaziergang vor. Klaglos ging er neben ihr her, war dabei aber immer auf der Hut.

Während dieses Spaziergangs überlegte Angeline erneut, ob sie einen Fluchtversuch unternehmen sollte. Wenn sie bei hellem Tag davonrannte, fing Oskar sie bestimmt bald wieder ein; wenn sie sich unter einem Vorwand in die Büsche schlug, bestand er – das jedenfalls traute sie ihm durchaus zu – womöglich darauf, sie zu begleiten, obwohl er dabei sicher erröten würde.

Gemeinsam mit seinem Zwillingsbruder war Oskar das jüngste Mitglied der Garde. Gespräche waren ihm wohl nicht besonders wichtig, denn er antwortete meist einsilbig auf ihre gelegentlichen Bemerkungen, bis Angeline beim Dahinschlendern zufällig auf die Pflanzen ihrer Heimat zu sprechen kam, als eine Fuchsrebe sich über ihren Weg rankte. Sein Interesse war geweckt, und die Fragen sprudelten nur so aus ihm heraus. Wann in diesem Klima der Wein blühe, wann die Trauben reiften und welche Eigenschaften sie hätten. Sie unterhielten sich über die Lebenseichen, die den Fuhrweg säumten. Oskar staunte, daß sie im Winter grüne Blätter hatten, und wollte wissen, wie alt die Bäume seien und wie hoch sie würden.

Beim Weitergehen wies ihn Angeline auf Sumpfeichen, Roteichen und Weißeichen, Eschenahorn, Magnolien und Lorbeer hin. Sie zeigte ihm die wilden Azaleen, deren dicke Knospen schon kurz vor der Frühjahrsblüte standen, die grünen Zweige der Heidelbeerbüsche und die Brombeerranken.

Obwohl sie ihn erfolgreich aus der Reserve gelockt hatte, war Oskar spürbar erleichtert, als sie wieder zum Haus zurückkehrten, wo er sie weniger scharf bewachen mußte.

Rolf kam früh zurück. Er war allein. Ihm entging nicht, daß er Oskar und Angeline bei einem Gespräch über die Schnepfenjagd unterbrochen hatte und daß der junge Mann fast enttäuscht aussah, als er abgelöst wurde. Rolf schickte ihn mit einem Auftrag weg und war dabei ziemlich kurz angebunden. Ein wenig Gereiztheit lauerte in seinen Augen, als er Oskar mit anmutiger Verbeugung und schüchternem Lächeln Abschied nehmen sah.

Rolf verlor kein Wort darüber zu Angeline, und doch fühlte sie sich durch die Art, wie er sie nach oben komplimentierte, nachdem er für sich Sherry und für sie Tee bestellt hatte, mehr wie eine Gefangene als je zuvor seit den ersten Stunden ihrer Entführung.

Das Tageslicht schwand, und die kurze Dämmerung brach herein. Wolken brauten sich zusammen. Rolf war seinen Männern vorausgeeilt, um sich seiner Korrespondenz zu widmen. Neben ihm die

Sherrykaraffe, vor ihm ein Armleuchter, so saß er am Sekretär, hielt die spitze Gänsefeder in seiner Hand, die seit dem Frühstück nicht mehr verbunden war, und ließ sie über das Pergament fliegen.

Angeline saß in einem Stuhl am Kamin, trank Tee und knabberte an einem Stück Korinthenkuchen. Ab und zu warf sie dem Prinzen einen Blick zu.

Dann trat sie ans Fenster und starrte ins lavendelblaue Zwielicht. Was Claire jetzt wohl tat? Ob sie wußte, was mit ihrer Kusine geschehen war? Ob es sie kümmerte? Angeline zweifelte daran.

Hinter sich hörte sie ein leises Geräusch und drehte sich um. Rolf hatte die Ellbogen aufgestützt und fuhr sich mit der Gänsefeder über die Fingerkuppen. Seine türkisblauen Augen betrachteten Angeline mit einem prüfenden Blick, und sie wurde unruhig.

Damit sie nicht den Mut verlor, fragte sie ihn, ohne noch lange nachzudenken: »Wie lange wollt Ihr mich noch hierbehalten?«

Er zögerte. »Bis das Orakel spricht.«

»Ich kann Euch nicht sagen, was Ihr wissen wollt.«

»Dann«, erwiderte er und entzog ihr demonstrativ seine Aufmerksamkeit, »habt Ihr Euch selbst in eine Sackgasse hineinmanövriert. Der Schlüssel zur Freiheit befindet sich in Euren Händen. Benützt ihn oder laßt es sein, ganz wie Ihr wünscht.«

Diese glatte selbstherrliche Abfuhr brachte ihr Blut in Wallung. Sie ballte die Hände zu Fäusten und grub die Nägel in die Handflächen, um nicht die Beherrschung zu verlieren. »Wenn ich schon dableiben muß, gibt es wenigstens Bücher hier, damit ich mir die Zeit vertreiben kann?«

»Nach meinem Eindruck von Monsieur de la Chaise halte ich das eher für unwahrscheinlich.«

»Ihr hattet natürlich auch keine Zeit, so etwas Banales mitzunehmen.«

»Nur eine lateinische Abhandlung über die Feldzüge Alexanders, ein botanisches Werk über das Amazonasgebiet auf deutsch und ein Bändchen in Sanskrit mit schönen, wenn auch etwas gewagten Gedichten. Wenn Ihr eine dieser Sprachen versteht, dürft Ihr Euch gerne meiner Bibliothek bedienen.«

»Danke«, erwiderte sie trocken. »Alexanders Feldzüge sollten mich ein paar Stunden unterhalten.«

Das aufflammende Interesse in seinen Augen war ihr eine Genugtuung, ebenso sein Wink zum Schrank. Sie machte jedoch von dem so beiläufig gewährten Privileg keinen Gebrauch.

»Ich möchte Eure Aufmerksamkeit noch auf eine andere Banalität richten. Ich kann nicht tagelang dasselbe Kleid anziehen.«

Ohne aufzusehen, erwiderte er: »Sarus wird Eure Sachen waschen.«

»Ich weiß, und er bemüht sich sehr, aber es ist schon zerfetzt und wird bald ganz auseinanderfallen.«

»Die Lösung liegt auf der Hand.«

»Das finde ich nicht.«

»Ich habe Euch meine Bibliothek zur Verfügung gestellt. Ich gewähre Euch auch Zugang zu meinem Kleiderschrank, den Ihr ohnehin schon geplündert habt. Was wollt Ihr mehr?«

»Euren...« fing sie an und sah an dem Kasack hinunter, den sie trug. »Sarus hat mir das gebracht. Ich dachte, es sei von ihm.«

»Aber nein. Mit etwas Draht und ein paar Zaunpfählen könnte Sarus aus einem seiner Mäntel eine Kuhweide machen.«

Mit zitternden Fingern nestelte sie am Knoten ihrer Schärpe. »Ich kann das nicht annehmen.«

»Nicht?« Er neigte den Kopf, und seine Augen strahlten vor Heiterkeit. »Die Alternative wäre interessant.« Als sie zögerte, fuhr er fort: »Ich hatte schon an Nacktheit gedacht, um Euch während meiner Abwesenheit zum Bleiben zu zwingen.«

»Was habt Ihr?« rief sie zornig aus.

»Na ja, ich gab die Idee auf. Sie ist einfach zu unpraktisch. Zum einen schon wegen der Witterung; eine gesunde Gefangene macht weniger Ärger als eine, die sich eine Krankheit holt – zum Beispiel die Grippe. Zum anderen wären meine Männer zu großen Strapazen ausgesetzt, wenn ihnen Euer Zustand bekannt wäre. Schon die bloße Tatsache, daß Ihr hier seid und Euch mit süßem Lächeln unter ihnen bewegt, gerade außerhalb ihrer Reichweite, wenn auch nicht meiner, belastet sie. Sie noch mehr auf die Folter zu spannen, wäre gleichbedeutend mit einer Aufforderung zur Meuterei.«

Sie fuhr sich mit der Zunge über die Lippen. »Ich glaube kaum, daß ein Kasack als ausreichender Schutz betrachtet werden kann. Soweit ich inzwischen weiß, werden die niedrigen Instinkte von Männern schon durch weit weniger geweckt.«

»Das ist richtig«, antwortete er, und in einer einzigen fließenden Bewegung stand er auf und trat auf sie zu. »Eine Andeutung, nur der Gedanke an eine nackte Frau kann genügen.«

Sie wußte nicht, was er getan hätte, wenn nicht die Silhouetten zweier Reiter seine Aufmerksamkeit erregt hätten, als er ans Fenster trat. Sie tauchten aus dem Schatten der Bäume, und er erkannte sie auf der Stelle. Er packte Angeline am Arm und riß sie vom Fenster weg, bevor sie Zeit hatte, überhaupt zu reagieren, fast noch bevor ihr klar wurde, daß auch sie die Reiter kannte.

Der eine war Meyer, der von seinem Ausritt zurückkehrte. Der andere war André Delacroix.

6

Alle Heiterkeit war aus Rolfs Miene verschwunden, als er jetzt finster auf Angeline hinabblickte und murmelte: »Ein Schrei, ein Laut, ein Versuch, seine Aufmerksamkeit auf Euch zu ziehen, und ihr könnt ihn mit Lilien in den Händen auf die Bahre legen. Verstanden?«

In ihren Augen blinkten kupferne Pünktchen. Sie sah ihm trotzig ins Gesicht. Kein Anzeichen verriet, ob er jemals eine andere Autorität oder irgendein Argument anerkennen würde außer dem eigenen unerschütterlichen Willen. »Ja«, hauchte sie kaum hörbar.

Er starrte einen Augenblick auf sie hinunter und verließ dann unvermittelt das Zimmer. Sie hörte ihn unten nach Sarus rufen. Sollte sich der Diener vor der Tür postieren, damit gesichert war, daß sie sich still verhielt, oder sollte er bei der Abwehr des Eindringlings helfen? Welche Chance hatte André gegen alle drei, den Prinzen, Meyer und Sarus?

Händeringend stand Angeline mitten im Zimmer. Warum war

André gekommen? Hatte Tante Berthe erraten, wo sie war, und ihn hergeschickt? Oder war er aus eigenem Antrieb gekommen, weil die Anwesenheit des Prinzen mit ihrem Verschwinden Hand in Hand ging? Was geschah nun mit ihm? Würde man auch ihn gefangenhalten wie sie, bis Rolf entweder hatte, was er wollte, oder die Suche aufgab? Oder schätzte er ihn als zu große Gefahr ein und tötete ihn unabhängig von ihrem Verhalten?

Auf Zehenspitzen schlich sie sich zur Tür, um zu lauschen. Die Polsterung war jedoch so dick und die Wand so massiv, daß sie nichts hören konnte. Langsam und verstohlen drehte sie den Knauf und öffnete die Tür einen winzigen Spalt.

Stimmen drangen an ihr Ohr, eine höfliche Begrüßung, Lachen und Gläserklingen. Sie hätte sich Andrés wegen nicht den Kopf zerbrechen müssen. Er war keineswegs ihretwegen hier, oder er verbarg seine Absicht ausgezeichnet. Er war nur gekommen, um der Königlichen Hoheit seine Aufwartung zu machen. Und Rolf hieß ihn in aller Liebenswürdigkeit in seinem Junggesellenhaushalt willkommen.

Mit grimmigem Lächeln richtete Angeline sich auf. Ihre grünen Augen waren dunkel. Wie dumm von ihr, auf Rettung durch einen einzelnen Mann oder überhaupt auf Hilfe zu hoffen. Von Rechts wegen hätte eine Kavalkade von Nachbarn vor das Haus reiten, die Tür einschlagen und Angelines Freilassung verlangen müssen. Wenn André, ihr Ritter und Kavalier, zu Besuch kam, die Gastfreundschaft des Prinzen annahm und sich an seinem Wein gütlich tat, konnte das nur eines heißen: Er wußte nicht, daß sie entführt worden war, und dachte nicht im Traum daran, daß man sie hier versteckt hielt.

Daraus folgte auch, daß sie für die Brechstange selbst sorgen mußte, wenn sie sich aus den eisernen Klauen Prinz Rolfs von Ruthenien befreien wollte.

Sie konnte André nicht in Gefahr bringen. Sie durfte nicht dadurch, daß sie ihn um Beistand bat, seinen Tod riskieren. Aber wenn es ihr gelang, aus dem Haus zu kommen und ungesehen eine Stelle des Weges zu erreichen, wo sie ihn abfangen konnte? Er mußte sie dann nur noch vor sich aufs Pferd nehmen, und sie konnten weit weg sein, bevor man ihre Abwesenheit bemerkte. Die Gelegenheit war günstig: Rolf mußte seinen Pflichten als Hausherr nachgehen, und Sarus servierte.

Sie holte ihren Umhang aus dem Schrank und nahm ihn über den Arm. Dann ging sie zur Tür. Ohne Zögern öffnete sie sie Zoll für Zoll. Der flackernde Kerzenschein hinter ihr drang in den düsteren Flur. Draußen war keine Schildwache zu sehen. Sie schob die Tür weiter auf. Vorsichtig machte sie einen Schritt, dann blieb sie stehen, während jeder ihrer Muskeln gestrafft war und ihr das Herz bis zum Halse schlug.

Gegenüber lag Meyers Schlafzimmer. Die Tür stand offen, und im Raum war es dunkel. Gegen die Fensterscheiben zeichnete sich die hohe, breitschultrige Gestalt eines Mannes ab, der mit gespreizten Beinen, die Hände auf dem Rücken, zum Fenster hinausblickte. Ein stiller Schatten in der Abenddämmerung. Offenbar sollte er Wache halten. Er paßte gerade nicht auf, aber das konnte sich im Nu ändern.

Ein behutsamer Schritt, noch einer. Als sie auf den Perserläufer trat, knarrte laut ein Dielenbrett. Sie blieb stehen und beobachtete angstvoll den Mann am Fenster. Ihr schien, als richte er sich lauschend auf, doch er rührte sich nicht von der Stelle und drehte nicht einmal den Kopf zu ihr herum. Mit angehaltenem Atem raffte sie die Röcke, damit sie nicht raschelten, und lief mit flinken, langen Schritten außer Sicht. Als kein Ruf hinter ihr laut wurde, schlich sie weiter zum Rückteil des Gebäudes und erreichte die Hintertreppe.

Gedämpfte Stimmen drangen zu ihr herauf. Tiefe Stimmen, die vom Vordereingang zu kommen schienen. Offenbar hatte sich André dem Prinzen nicht aufdrängen wollen, seinen Sherry hinuntergestürzt und war schon dabei, sich wieder zu verabschieden. Verständlich, aber äußerst ungelegen.

Angeline schlich hastig die hintere Treppe hinunter, erreichte den Abschlußpfosten im Erdgeschoß und umrundete ein Beistelltischchen mit Marmorplatte. Mit ihrem Mantel streifte sie ein silbernes Tablett mit Gläsern. Einer der Kelche wackelte, und Angeline mußte ihn auffangen, während die anderen musikalisch klirrten. Endlich kamen sie zur Ruhe. Angeline stand einen Augenblick wie angewurzelt da, dann atmete sie auf.

Am Hinterausgang blieb sie stehen und lauschte. Alles blieb still. Sie öffnete die Tür, trat über die Schwelle und schloß sie leise hinter sich. Noch ein paar Schritte, und sie war um die Ecke des Gebäudes und außer Sicht.

Dünne Nebelschwaden zogen herein, eine daunenweiche Feuchtigkeit, die auf der erhitzten Haut guttat und sich auf die Baumkronen legte. Große, schwere Tropfen fielen auf Angelines Kapuze und perlten ihr wie Juwelen über das Kleid.

Halb unter den Bäumen versteckt lagen zu ihrer Rechten Stall und Remise. Sie hörte Hufgetrappel auf der Auffahrt: André ritt davon. Jeden Moment konnte Rolf entdecken, daß sie geflohen war, und mit großem Geschrei hinter ihr hersetzen. Es mußte ihr gelingen, sich vorher einen Weg durch den Wald zu bahnen und die Biegung zu erreichen, wo André vorbeikam. Sie mußte es einfach versuchen.

»Hey!«

Dieser Ruf kam ganz aus ihrer Nähe. Angeline wirbelte herum und sah eine blauweiße Uniform im Scheunentor aufblitzen. Nach der Stimme war es Leopold. Er mußte angekommen sein, als sie die Treppe hinunterschlich, und rieb jetzt im letzten Abendlicht sein Pferd ab. Er ließ die Bürste fallen, um ihr nachzusetzen. Sie raffte die Röcke und rannte.

Instinktiv wandte sie sich zur Vordertür des Gebäudes und lief hinter dem Reiter her, der in sehr gerader Haltung auf dem Weg davontrabte. Über ihn und das Pferd war ein Regenumhang gebreitet wie ein Rittermantel. Sie vergaß, daß Andrés Leben bedroht war, vergaß in ihrem Drang nach Freiheit jede Vorsicht und holte Luft, um zu schreien.

Da wurde sie an der Schulter gepackt. Sie verlor das Gleichgewicht, stolperte über dorniges Gestrüpp und trockene Grasbüschel und stürzte zu Boden. Das Gras prickelte an ihren Unterarmen, mit denen sie sich abfing, und Heugeruch umgab sie. Sie drehte sich um, rappelte sich ein wenig auf. Entmutigt blieb sie sitzen und starrte Leopold wütend und verzweifelt an, der neben ihr kniete.

Dann waren andere Schritte zu hören, leise und entschlossen.

Über ihren Köpfen knurrte Rolfs Stimme: »Wie mir scheint, ist es Euer Schicksal, stürmisch umworben zu werden, meine liebe Angeline.«

»Das ist nicht wahr«, verteidigte sich Leopold und blickte ihn finster an. »Derlei Scherze überlasse ich Euch.«

»Es freut mich außerordentlich, das zu hören. Und wie kommt es, daß du dich mit meiner... Gefangenen im Gras herumwälzt?«

»Eure Gefangene wäre fast entkommen, während Ihr mit Eurem Besucher beschäftigt wart. Ich habe sie lediglich aufgehalten.«

»Wie freundlich von Mademoiselle Fortin, dir Gelegenheit zu geben, die Scharte von vorgestern nacht auszuwetzen, als du sie aus den Augen verloren hast. Statt von mir Dankbarkeit zu erwarten, solltest du diese lieber ihr gegenüber ausdrücken – oder dich zumindest erkundigen, ob sie verletzt ist.«

Leopolds Miene – er hatte eben noch vor Zorn mit den Zähnen geknirscht – war wie umgewandelt. Er sah auf Angeline hinunter, und in seinen dunklen Augen stand Besorgnis. »Seid Ihr verletzt, Mademoiselle?«

»Nicht im mindesten«, fauchte sie.

»Dein Glück«, knurrte Rolf und sah immer noch Leopold an, während er die Hand ausstreckte, um Angeline auf die Beine zu helfen.

Der andere errötete und richtete sich auf. »Wenn das eine Drohung sein soll...«

»Wie kommst du denn darauf?« Rolf würdigte Leopold keines Blickes, sondern wischte Angeline aufmerksam und sorgfältig die Regentropfen und Grashalme vom Gesicht.

»Es hat sich so angehört.«

»Es besteht keinerlei Notwendigkeit, deine Phantasie zu strapazieren. Wenn ich es als Drohung gemeint hätte, wärest du darüber wohl kaum im Zweifel geblieben.«

Die Hände zu Fäusten geballt, trat Leopold einen Schritt nach vorn. »Verdammt noch mal, Rolf, Ihr seid das undankbarste Geschöpf, dem ich je begegnet bin.«

»Bist du deshalb unaufgefordert mitgekommen?«

»Ich sprach von dem, was gerade geschehen ist.«

»Ach? Ich nicht.«

»Na gut«, grollte Leopold mit Bitterkeit. »Ihr wolltet nicht, daß ich mitkomme, und ich wußte es. Aber ich bin es langsam leid, wie Ihr mich ständig abkanzelt. Das hier ist schließlich genauso mein Recht wie Eures.«

»Du hängst dich an meinen Troß an wie eine fahrende Hure, die einem Hauptfeldwebel auf den Feldzug folgt, und erwartest, daß ich applaudiere?«

»Es liegt ebensosehr in meinem wie in Eurem Interesse, den Mörder von Max zu finden! Da er tot und Euer Vater schwer krank ist, heißt es schon, es müsse mir ganz gelegen kommen, wenn... wenn Euch etwas zustoßen sollte. Oder habt Ihr das nicht gewußt?«

»Natürlich, mein Kleiner, und da du dieser Angelegenheit bereits so viel Denkarbeit gewidmet hast, ist dir vielleicht auch in den Sinn gekommen, was für einen wunderschönen Sündenbock du abgibst, solange du bei mir bist? Wenn du dagegen in Ruthenien weiltest und mir dann ein Leid geschähe, könnte man dich als letzten unseres Geschlechts zum König ausrufen, ohne daß du Skrupel haben müßtest.«

»Ich will nicht an deiner Stelle König werden und werde das zu verhindern wissen.«

Rolfs Lachen dröhnte spöttisch durch die klamme Luft. »Mein Schutzengel, ich bin gerührt.«

»Macht Euch nur über mich lustig, mein Prinz, Cousin und künftiger König, aber ich werde Euch nicht verlassen. Ich kehre nicht allein nach Ruthenien zurück.«

Daraufhin machte Leopold auf dem Absatz kehrt und marschierte im Paradeschritt durch das feuchte Gras. Stirnrunzelnd sah Rolf ihm nach. Er schwieg, und die türkisblauen Augen blickten nachdenklich, dann schüttelte er auf einmal den Kopf. Er reichte Angelines Hand in einer förmlichen Geste seinen Arm und führte sie ins Haus zurück.

Das Abendessen verlief in angespanntem Schweigen. Als es vorüber war, stand Rolf auf und ging zum Kamin. Sein blondes Haar glänzte im Licht der Kerzen. Entschlossen hob er den Kopf: »Ich rufe das Tribunal zusammen.«

Dieser Satz war von Bedeutung, das erkannte Angeline an der Aufmerksamkeit, die ihm geschenkt wurde. Gustavs Narbengesicht wurde ernst, und er stand langsam auf.

»Über wen sollen wir richten?«

Meyer, der sich ebenfalls erhoben hatte, antwortete ihm: »Über mich, nehme ich an.«

»Wie lautet der Vorwurf?«

»Pflichtversäumnis.« Rolfs Stimme war weder laut noch anklagend. Die Worte fielen in eine lastende Stille.

»Wer ist Zeuge?«

»Angeline.«

Als sie ihren Namen hörte, warf sie Rolf einen Seitenblick zu. Er beobachtete sie, aber seine blauen Augen verrieten nicht, was er dachte. Sie fuhr sich mit der Zunge über die Lippen. »Ich... ich kann nichts sagen.«

»Ihr unterschätzt Euch«, antwortete er ruhig und bestimmt. »Wir verlangen nur, daß Ihr uns mitteilt, wie Ihr heute nachmittag aus dem Haus gekommen seid.«

Angeline sah Meyer an. Er erwiderte ihren Blick in aufrechter, militärischer Haltung, und in seinen grauen Augen lag eine Art ärgerliche Nachdenklichkeit, als bedaure er inzwischen den Impuls, der ihn bewogen hatte, sie gehen zu lassen.

Das nun folgende Verhör war erschöpfend. Jeder, auch der Angeklagte, hatte das Recht, jede Einzelheit zu hinterfragen. Die Prozedur war ein gradliniges Forschen nach der Wahrheit. Als es nichts mehr zu fragen gab, richtete Rolf sich an Meyer.

»Was ist dir lieber: Urteil und Vollstreckung durch deinesgleichen oder der Zweikampf?«

Meyer zupfte an der Unterlippe, ein nachdenklicher Blick lag auf seinem breiten Gesicht, dann hob er lächelnd die Arme. »Ich gebe offen zu, daß ich nachlässig war. Allerdings bin ich immer noch nicht überzeugt, daß ich mich so sehr im Unrecht befand. Ich sehe nur wenig Sinn darin, diese Frau hier festzuhalten. Da es ehrenhafter ist als die öffentliche Bestrafung, und weil es mir die Möglichkeit gibt, nicht nur einzustecken, sondern auch auszuteilen, wähle ich den Zweikampf.«

Das jähe Aufblitzen in Rolfs Augen war das einzige Anzeichen für die Genugtuung, die ihn erfüllte. »Ich habe das Recht, die Waffen zu wählen. Um zu zeigen, daß nicht nur du ritterlich sein kannst, wähle ich Stöcke.«

»Stöcke? Aber wir haben keine dabei«, protestierte Gustav.

»Der Wald ist voll davon.«

Mit Ausnahme von Meyer stürzten sich alle in die regnerische Nacht, ließen sich Äxte bringen und diskutierten ausgelassen über die erforderliche Stärke der Stäbe. Als ihre Stimmen verklungen waren, stand Angeline auf. Niedergeschlagen sagte sie: »Ich werde nach oben gehen.«

»Hiergeblieben.«

Ein eindeutiger Befehl.

»Ich ziehe es aber vor, nicht Zeugin dieser Szene zu sein.«

»In dem Fall«, erwiderte Rolf und hielt den Blick aus ihren dunklen Augen fest, »wäre der Zweck der Übung verfehlt.«

Er wußte, was Meyer getan hatte, und er wollte, daß die Schuld an seiner Bestrafung schwer auf derjenigen lastete, die sie verursacht hatte: auf ihr. Meyer sollte allerdings bezahlen, wenn auch nicht so sehr für das bloße Pflichtversäumnis als dafür, daß er gegen Rolfs Willen gehandelt und sich in seine Angelegenheiten eingemischt hatte; weil er seinem Mitgefühl den Vorzug vor dem Zweck ihres Hierseins gegeben hatte. Die Wahl von Stöcken war keineswegs ein Zugeständnis an Meyer, sondern aus einem anderen Grund erfolgt: Niemand sollte schwere Verletzungen davontragen. Aber die Lektion würde schmerzhaft werden.

Meyer wußte das und ließ den Kopf hängen. »Kämpfe ich mit Euch, Rolf, oder werdet Ihr einen Kämpfer für das Tribunal wählen?«

»Du kennst meine Politik: Ich kämpfe nicht mit einem Mitglied der Garde. Was die Wahl eines Kämpfers betrifft, so wird das nicht nötig sein. Dein erster Gegner ist Gustav, der zweite Leopold, dann Oswald – und Oskar.«

»Alle vier?«

»Alle vier. Natürlich nacheinander.«

»Natürlich«, wiederholte Meyer mit grimmigem Gesicht.

Der Anschein einer ehrenhaften Bestrafung täuschte. Meyer hatte eine ordentliche Abreibung zu erwarten. Er war zwar der größte und stärkste der Garde, konnte aber nicht darauf rechnen, alle zu besiegen. In dem Maß, in dem seine Kräfte nachließen, mußten auch seine Gegner schwächer und ungeschickter werden, und wenn die Niederlage kam, würde es gegen Ende sein, und sie würde ihm dann leicht durch den Schwächsten seiner Gegner beigebracht werden. Als erstes aber sollte der schlaue, narbige Veteran seinen Willen und seine Ausdauer auf die Probe stellen.

Wie Angeline vorhergesehen hatte, war der Kampf eine Quälerei. Gustav war der Gerissenere und Erfahrenere; er lieferte Meyer einen schweren Kampf. Nach ein paar Minuten aber fing er an, flach zu atmen. Meyer schlug daraufhin auf Rippen und Zwerchfell und wählte die Ziele mit Sorgfalt. Mehrere Male wurde seine Deckung unterlaufen, und einmal steckte er über dem Ohr einen Schlag ein, daß er den Kopf schüttelte und taumelte. Er erholte sich aber, und kurz darauf hob Gustav seinen Stock mit beiden Armen hoch über den Kopf und gab auf.

Leopold war sportlich und ausgeruht, und da er Rolfs ersten Zorn abbekommen hatte, war er nicht abgeneigt, mit Meyer anzubändeln. Daß Meyer ihn schnell abfertigte, war mehr Glück als Geschick oder Können. Rolfs Cousin glitt auf einem Blutstropfen aus, und Meyer erwischte ihn mit einem Streifschlag, der ihn zu Boden streckte, und mit diesem Sturz war der Kampf der beiden beendet.

Der nächste, Oswald, war zwar vorsichtig, grinste aber vor Übereifer. Er verwandte viel Zeit aufs Antäuschen und Ausweichen und duckte sich dann mit katzenhaften Sätzen unter Meyers Deckung. Diese Technik zielte darauf ab, Meyers Kraftreserven zu erschöpfen, ebenso wie vorher Meyer Gustav ermüdet hatte.

Angeline war gezwungen, dem erbarmungslosen Fortgang des Kampfes zuzuschauen, und wurde Zeugin eines ungewöhnlichen Wettstreits. Keiner der Männer, die sie bisher kannte, wäre fähig oder willens, einen glitschigen grünen Holzstock zu handhaben und sich damit zu verteidigen, erst recht nicht, jemanden anzugreifen oder zu besiegen. Die Gewandtheit und Geschicklichkeit von Rolfs Männern war das Ergebnis langer Übung. Diese Leute waren

Kampfmaschinen, und daher war die Methode, die sie gewählt hatten, um ihre Differenzen beizulegen, zwar barbarisch, aber durchaus korrekt.

Meyer hatte jetzt einen purpurroten Fleck auf der Wange, und aus einem Riß über einer Augenbraue rann ihm ständig Blut in die Augen. Oswald hatte ebenfalls etwas abbekommen. Ein Ohr war geschwollen, und auf der Brust hatte er einen langen Kratzer. In einem Hagel von Schlägen platzte ihm am Haaransatz die Haut auf. Seine Züge verzerrten sich vor Schmerz und Wut, und er stürzte sich mit einem Schlachtruf auf Meyer. Stäbe krachten aufeinander. Meyer steckte Oskar den Stock zwischen die Arme, schlug nach oben, und der lange, grüne Stab seines ihm an Gewicht unterlegenen Gegners flog durch die Luft.

Er wurde von seinem Zwillingsbruder aufgefangen, der das Hemd abstreifte und verbissen und feierlich auf Meyer eindrang. Im Unterschied zu Oswald bewegte sich Oskar kalkuliert. Jede Bewegung war präzise, ihre genau berechnete Kraft lag darin, daß sie auf einen bestimmten Punkt zielte. Er kam nie in Verlegenheit, schien sich auf den Gegner nicht einstellen zu müssen und nie aus dem Rhythmus zu kommen, wenn er einem Stoß auswich. Er selbst schien nie einen Schlag einstecken zu müssen, traf selber aber kräftig. Unter dem ersten Hieb, der ihn voll erwischte, taumelte Meyer. Dann kam der nächste. Wenn er ausgeruht gewesen wäre, hätte er Oskar wahrscheinlich durch sein bloßes Gewicht und seine Körpergröße überwältigt; aber so war das Ergebnis unvermeidlich.

»Genug.«

Wie von einem Bann erlöst, trat Oskar auf diesen Befehl hin zurück. Meyer, der sich gerade auf einen Schlag vorbereitete, hörte ihn nur durch einen Nebel. Er konnte sich nicht so schnell bremsen. Oskar versuchte noch, den Stock zur Abwehr zu heben, aber der grüne Stab des anderen sauste nieder. Es knackte. Oskar ließ die Waffe fallen und hielt sich das linke Handgelenk. Die Hand hing mit schlaffen Fingern in einem eigenartigen Winkel herunter.

Angeline sprang auf die Beine und stürzte auf ihn zu. Mit einem langen Schritt stand Rolf neben ihr. »Ein hilfreicher Engel wäre für Oskar vielleicht ein Trost, aber es besteht keine Notwendigkeit dazu. Meyer besitzt einige Fähigkeiten als Knochenverrenker und Quacksalber. Kommt, es ist Zeit, daß wir uns zurückziehen.«

Er packte sie mit festem Griff und schob sie zur Treppe. Sie wehrte sich. Scharf fragte sie: »Und wer kümmert sich um Meyer?«

»Das kann einer von den anderen tun.«

Es wäre vergeblich gewesen, sich weiter zu sträuben und darauf zu bestehen, daß sie selbst helfen müsse. Sogar wenn Rolf es erlaubt hätte, wäre es nicht sicher, ob die Männer überhaupt ihre Dienste annehmen würden. Schließlich war sie die Ursache für ihre blauen Flecken. Sie fühlte sich furchtbar schuldig, und der Verdacht, daß Rolf eben dies gewollt hatte, änderte daran wenig.

Hatte er sie mit Absicht in diesen Zustand von Spannung und Angst versetzt, Angst auch davor, mit ihm allein zu sein? Sie zuckte zusammen, als er die Tür hinter sich zuschlug. Sie konnte sich gerade noch beherrschen, daß sie sich nicht herumwarf wie ein in die Enge getriebenes Tier. Mit gespielter Gleichgültigkeit trat sie statt dessen ans Feuer und hielt die klammen Finger über die Flammen.

»Zieht Euch aus!«

Sie fuhr herum. »Was... was habt Ihr gesagt?«

»Ich glaube, Ihr habt mich recht gut verstanden.« Er trat in den Schein des Leuchters, der immer noch auf dem Sekretär stand. Die Kerzen schienen auf seinen lockigen Haarschopf und ließen die polierten Knöpfe seiner Uniformjacke aufblitzen. Er beugte sich über die Tischplatte, nahm die Gänsefeder und ließ sie durch seine starken, geschmeidigen Finger gleiten. Er trat auf sie zu und steckte die Hand in den tiefen Ausschnitt ihrer Bluse. »Wenn ich gezwungen bin, Euch noch einmal eigenhändig auszuziehen, wird an Euren Kleidern nicht mehr viel zu reparieren sein.«

»Aber warum?« fragte sie mit belegter Stimme.

Seine blauen Augen blickten sie hell und ruhig an, nur auf seiner Wange zuckte leicht ein Muskel. »Könnt Ihr an Eurer Attraktivität zweifeln, oder fürchtet Ihr um Eure makellose Pfirsichhaut?«

»Warum nicht beides?« Sie hob das Kinn und sah ihn mit dunklen, graugrünen Augen an.

»So viel Ehrlichkeit verdient Belohnung.«

»Euer Hoheit... Rolf...«, setzte sie an, wußte aber nicht, wie sie ihre Bitte in Worte fassen sollte, ohne feige zu wirken. Als seine Hand tiefer in ihr Mieder eindrang und ihren Busen berührte, packte sie ihn am Handgelenk.

Er sah hinab auf ihre weißen Fingerspitzen, aber seine Wimpern verbargen, was seine Augen ausdrücken mochten. »Wenn meine Hand Euch stört, könnt Ihr ihr leicht Einhalt gebieten. Sagt mir, was ich wissen will, und ich bringe Euch sofort zum Haus Eurer Tante zurück.«

»Ich kann Euch nicht von etwas erzählen, von dem ich nichts weiß!«

»Ich bin davon überzeugt, daß Ihr lügt, Angeline. Ich glaube, Ihr schweigt aus Furcht und Loyalität und werdet weiter schweigen, obwohl ich Euch vernichten kann.«

»Ich habe keine Angst vor Euch«, fauchte sie.

»Nein, offenbar nicht. Soll ich Euch das Fürchten lehren?«

»Das ändert nichts.«

»Vielleicht doch, und zwar für Euch. Vielleicht genügt es, wenn ich Euch sage, daß Eure Entführung aus dem Haus de Buys in der Stadt noch nicht bekannt ist. Alle, die sich nach Euch erkundigen, wie André Delacroix, erhalten die Auskunft, daß Ihr mit heftigem Fieber im Bett liegt und niemand zu Euch kann. Es heißt, Ihr wäret in der Nacht nach dem Ball bei den Delacroix' plötzlich erkrankt.« Er schwieg. »Das überrascht Euch nicht?«

»Nein. André wäre sonst nicht so herzlich gewesen. Als Ausländer hätte man Euch sonst sofort verdächtigt, etwas mit meinem... Verschwinden zu tun zu haben. Besonders, nachdem Ihr mich auf dem Ball so auffällig bevorzugt habt.«

»Sehr wahr!« Er nickte kurz. »Aber eine so fadenscheinige Geschichte ist nicht lange aufrechtzuerhalten. Noch ein weiterer Tag, höchstens zwei, und die Leute werden nach Euch oder Eurer Begräbnisprozession Ausschau halten. Zwingt mich nicht, dieses Verfahren fortzusetzen, das Euch zu einer Ausgestoßenen macht.«

»Ich bin nicht diejenige, die Zwang ausübt«, antwortete sie mit zitternder Stimme.

»Gut«, erwiderte er, griff nach ihrer Schärpe und öffnete mit geübter Hand die Schleife. »Wenn ich dasselbe von mir sagen würde, wäre ich weniger ein Despot als vielmehr ein gewaltiger Dummkopf. Da Eure Vernunft Euch nicht schützen kann, verteidigt Euch, so gut Ihr könnt.«

7

Schon wieder mit Gewalt ausgezogen zu werden, diesen Angriff auf ihre Person, auf ihr Wesen nicht verhindern zu können, war für Angeline unerträglich. Sie wehrte sich und wand sich hin und her. Das Blut raste ihr durch den Kopf, die Angst vermehrte ihre Kräfte. Immer wieder entrang er sich ihrem Griff, wenn sie seine Hände packte, und weder die Schärfe ihrer Nägel, noch die Treffer, die sie mit fuchtelnden Fäusten landete, schien er zu spüren.

Mit einem Ausruf der Ungeduld streifte er ihren Kasack nach oben. Ihre Arme waren in dem schweren Stoff gefesselt. Rolf zog Angeline an sich, hakte ihr das Kleid auf und warf sie sich über die Schulter. Er trug sie ins Bett, ließ sich neben sie fallen, zog ihr unerbittlich den Kasack über den Kopf und warf ihn zu Boden. Sie schnappte nach Luft, und er zerrte Kleid und Unterrock hinunter.

Angeline starrte ihn mit weit aufgerissenen Augen an, in denen kupferne Schatten lagen. Ihre Brüste hoben und senkten sich. In ihr tobte ein Sturm. Die empfindlichen Brustwarzen rieben an den Streifen seiner Uniform. Rolf lag über ihr und hinderte sie an jeder Bewegung. Gedankenvoll drehte er die Gänsefeder zwischen den Fingern. Angeline schaute darauf, dann auf sein Gesicht, und ihre Bauchmuskeln verkrampften sich.

»Die Angst, heißt es, sei jener Teil der Folter, der am schwersten zu ertragen ist. Habt Ihr eine Ahnung, meine süße, unschuldige Angeline, was ich vorhabe?«

Ein Gedanke dämmerte ihr, aber sie wies ihn von sich. Sie nahm sich zusammen, um ihre Furcht zu verbergen, und lag ganz ruhig da.

»Lust ist eine Empfindung, die über die Nervenbahnen wahrgenommen wird. Zuviel davon, und sie wird zu Schmerz. Die betreffenden Nerven liegen um die Körperöffnungen, hier, hier, hier – und hier.«

Mit der Federspitze berührte er leicht die zart geschwungenen Lippen, die Ohrmuschel, eine Brustwarze und fuhr über die straffen Bauchmuskeln zu den geheimsten Tiefen ihres Körpers. Seine Stimme war ruhig und ohne einen Anklang von Bosheit. So, als sei er entschlossen, weder Lust noch Widerwillen in sich aufsteigen zu lassen.

Angeline rang um Fassung. Es war sinnlos, sich gegen Rolf zu wehren, wie sie es zuvor versucht hatte, aber vielleicht war er mit Worten zu überzeugen. »Heute nachmittag wart Ihr aus weit geringerem Anlaß zornig auf Leopold. Sind... sind Drohungen und Folter Privilegien, die Ihr für Euch reserviert habt?«

»Es sieht ganz danach aus.«

»Ich habe Euch nichts getan. Ich kann Euch nichts sagen. Und selbst wenn ich Euch helfen könnte, habt Ihr kein Recht zu dem, was Ihr tut.«

»Nein. Mit Ausnahme dessen, was ich mir selbst nehme.«

»Und wenn Ihr Euch irrt, wie wollt Ihr Euer... das, was Ihr tut, rechtfertigen? Ein solches Verbrechen zu begehen, um Euren Namen von einem anderen reinzuwaschen, das allerdings vielleicht noch niederträchtiger ist, das kann doch nicht recht sein.«

»Was Ihr sagt, kann stimmen, aber der Makel wird auf mir lasten, und Ihr könnt mich in aller Rechtschaffenheit verurteilen. Jedenfalls, wenn ich mich irren sollte.«

Was konnte sie darauf antworten? In qualvoller Hilflosigkeit sah sie, wie er die Augen zu schmalen Schlitzen zusammenkniff, wie er die Feder in den Fingern drehte und sich auf den Ellbogen aufstützte. Er führte die Spitze der Feder über ihre geöffneten Lippen.

Ein wunderbares, aufreizendes Gefühl. Sie drehte wütend den Kopf zur Seite. Die Feder strich ihr über die Wange, den Haaransatz entlang zum Ohrläppchen. Dort verweilte sie und lief dann die Halsbiegung hinab über das Schlüsselbein auf die gewölbte Brust.

Mit zarter Behutsamkeit bediente er sein raffiniertes Folterinstrument, bis sie spürte, wie sich ihre Brustwarzen zusammenzogen und die gefährliche Mattigkeit sie überkam. Sie stöhnte leise auf und grub die Zähne in die Unterlippe. Ihre Haut war von der Röte des Zornes, der Verlegenheit und des aufflammenden Begehrens überzogen. Die geschmeidige Feder strich tiefer über die zuckenden Bauchmuskeln. Angeline wollte sich wegdrehen und ihre Beine zusammenpressen, aber Rolf sprengte unerbittlich mit den Knien ihre Knie auseinander. Die Feder fuhr über die zarten Innenseiten der Oberschenkel und näherte sich kreisend dem Gipfel des Dreiecks, in das er sie gebannt hatte. Rolf hielt inne. Jeder ihrer Nerven schrie auf, und der Puls dröhnte ihr in den Ohren. Dann, leicht und fast zufällig, berührte er sie.

Die Erregung ließ ihren Körper erbeben, und die Haut prickelte. Die Wirklichkeit entschwand. Mit unwillkürlicher, entwürdigender Sehnsucht, unfähig, ihre Empfindungen zu verbergen, wartete sie auf die nächste Berührung und wieder die nächste. Mit quälender Behutsamkeit brachte er sie immer näher an den Punkt höchster Erregung.

Sie schlug die Augen auf, richtete den versunkenen Blick auf den Mann über ihr und flüsterte: »Ihr... wie könnt Ihr...«

Seine Züge waren fahler als vorher, und ein leichter Tau wie von Schweiß lag auf seiner Oberlippe. Er hielt mitten in der Bewegung inne. Mit einem gezwungenen Lachen voll Selbsterkenntnis ließ er den angehaltenen Atem ausströmen, dann schleuderte er plötzlich die Feder zu Boden.

»Ich kann es eben doch nicht«, knirschte er.

Mit flinken Fingern knöpfte er die Jacke auf, warf sie von sich und zog Stiefel und Pantalons aus.

Es war eine wilde, wüste Paarung, die getrieben war von dieser schrecklichen, unerträglichen Lust. Sie überschwemmte sie und vernichtete die Unterschiede zwischen ihnen mit der unerbittlichen Gewalt eines Stroms, der über die Ufer tritt, und als sie allmählich verebbte, ließ er sie erschöpft und bestürzt zurück.

Rolf zog Angeline fest an sich, dann seufzte er und ließ sich vom Bett gleiten. Er suchte nach seinen Pantalons und schlüpfte hinein. Aus dunkelblauen Augen musterte er sie, während er sich die Hose zuknöpfte. In die eine Hand nahm er Jacke und Stiefel, fuhr sich mit den Fingern durch das Haar und stieß die Tür auf.

In dieser Nacht kehrte Rolf nicht mehr in sein Bett zurück, und auch am Morgen wurde Angeline nicht gestört. Die Erschöpfung trieb sie in einen langen, tiefen Schlaf, bis unten eine Tür laut zugeschlagen wurde, und sie erwachte.

Der Regen hatte aufgehört. Der warme, feuchte Wind vom Golf, der ihn mit sich gebracht hatte, wehte noch, und draußen vor den Fenstern glühte ein warmer Tag mit der einschläfernden Helligkeit und den kurzen Schatten des Mittags. Es war so schön, daß Angeline beim Ankleiden kein Feuer brauchte. Sie sehnte sich nach einem Bad, aber es stand keines bereit, und sie traute sich nicht, den Kopf aus der Tür zu stecken und nach Sarus zu rufen, wie sie es von den anderen gehört hatte. Es war auch kein Frühstückstablett zu sehen.

Also zog sie sich an und verließ das Zimmer. Die Männer waren weg. Nur Meyer saß im Saal auf der Sitzbank am Feuer, das trotz des sonnigen Wetters entfacht worden war. Vor ihm standen auf einem niedrigen Tischchen eine Kanne mit frisch aufgebrühtem Kaffee und ein Teller mit einem Turm dampfender Croissants.

Meyer kam auf sie zu. Er bewegte sich dabei steif und schonte offensichtlich seine linke Seite. Sein Gesicht war mit purpurnen und blauen Flecken übersät, ein Auge halb geschlossen, und an seiner Schläfe klebte ein Pflaster. Er neigte den Kopf und sagte: »Mademoiselle Fortin, guten Morgen. Endlich beginnt meine Wache. Ich dachte, schon, der Tag ginge vorüber, ohne daß ich Euch zu Gesicht bekomme.«

»Seid Ihr denn schon so lange auf?« fragte sie, bemüht, ihre Stimme natürlich klingen zu lassen, und starrte auf das Tablett, auf dem offenbar sein Frühstück stand.

»Da ich wußte, daß Ihr noch nichts gegessen habt, habe ich gewartet, solange ich konnte«, versicherte er ihr mit leisem Lächeln, als er ihren Blick auffing und seine Bedeutung verstand. »Ihr eßt doch etwas mit?«

Eine Weigerung wäre unhöflich gewesen. Außerdem war sie hungrig, und dieses Gefühl wurde durch den Kaffeeduft und den Anblick der frischen Hörnchen nur verstärkt. Schließlich klangen seine Worte glaubhaft, denn auf dem Tablett standen zwei Tassen.

Mit einem gemurmelten Dankeschön setzte sie sich auf den Platz, den er ihr neben sich auf dem Sofa anbot.

Er beugte sich vor, um ihr den Teller mit den Croissants zu reichen und zuckte dabei schmerzhaft zusammen. Angeline wählte schnell, damit er nicht lange in dieser Stellung bleiben mußte. Als er sich zurückfallen ließ, streifte sie ihn mit einem flüchtigen Blick.

»Es... es tut mir leid, daß Euch meine Flucht Unannehmlichkeiten bereitet hat.«

»Ich bedaure außerordentlich«, erwiderte er achselzuckend, »daß Ihr dazu gezwungen seid, uns nur auf diese Weise verlassen zu können.«

Er beugte sich vor, um Kaffee einzuschenken, doch Angeline berührte ihn am Arm und kam ihm zuvor. »Ihr gestattet?«

»Da wäre ich Euch dankbar.« Er lehnte sich zurück und sah ihr zu.

Bevor sie weitersprach, nahm sie erst einen Schluck zu sich. »Vielleicht irre ich mich, aber ich glaube, Ihr habt mich absichtlich gehen lassen.«

Er warf ihr einen erschrockenen Blick zu. »Gestern abend beim Verhör habt Ihr aber nichts Derartiges angedeutet.«

»Die Strafe wäre dann noch härter ausgefallen. Es war schon schlimm genug.«

»Dann habe ich Euch für Euer Schweigen zu danken. Und ich muß meine Meinung über Euch revidieren. Ihr habt Rolfs Nachforschungen tapfer durchgestanden. Ich habe Männer gesehen, die beim Verhör zu schlotternden Feiglingen wurden und bereit waren, alles zu gestehen, nur um seinen quälenden Fragen zu entgehen. Ihr müßt stärker sein, als ich dachte, oder Rolf schwächer, und letzteres glaube ich nicht.«

»Ihr – jeder von Euch – sprecht von ihm, als sei er ein Halbgott. Warum sollte er nicht Schwächen haben wie andere Menschen auch?«

»Ja, warum nicht? Aber ich habe nie einen schwachen Punkt an ihm entdeckt, abgesehen vielleicht von der Sorglosigkeit, mit der er sich in Gefahr begibt, oder von seinem Hang, sich zu betrinken, um der eigenen Vollkommenheit zu entfliehen. Er ist der künftige König, wißt Ihr, und er muß in allem vollkommen sein, stark, mutig und allmächtig wie ein Gott.«

»Ist das nicht ein wenig viel verlangt?«

»Wie könnt Ihr das behaupten, wo Maximilian die Verkörperung dieser und anderer Eigenschaften war, und Rolf nun in seine Fußstapfen treten muß!«

»Das hört sich...«

»Bitter an?« fragte er. »Das geht vorüber. Das rutscht mir nur heraus, weil ich ihm heute morgen noch wegen der öffentlichen Bestrafung grolle. Wer sollte besser als ich die Fehler von Maximilian und Rolf kennen? Schließlich bin ich von ihrem Blut.«

Angeline hob den Kopf. »Ihr seid ein Verwandter?«

»Hat Euch das niemand erzählt? Es ist auch nicht wichtig, kaum der Erwähnung wert. Ich bin Rolfs Halbbruder, der Sohn eines Schankmädchens, und trage den Bastardbalken im Wappen. Meine Mutter wurde mit einem Adligen aus einem der ältesten Häuser Rutheniens verheiratet und für die Bequemlichkeit des gegenwärtigen Herrschers an den Hof gebracht. Rolfs Vater ist auch meiner.«

»Nein, davon hat mir niemand berichtet.« Als illegitimer Sohn war er von der Thronfolge ausgeschlossen und mußte sich, obwohl er vermutlich ein oder zwei Jahre älter war als Rolf, von seinem Halbbruder herumkommandieren und maßregeln lassen.

»Wie Ihr seht, habe ich das Recht, ihn zu beurteilen. Als wir bei Hofe aufwuchsen, Maximilian, Rolf, Leopold und ich, stand ich Max näher, vielleicht deshalb, weil wir etwa gleichaltrig waren und ein ähnliches Temperament hatten. Mir mißfällt im Augenblick nur Rolfs Art und Weise, Informationen zu sammeln, obwohl ich zugeben muß, daß ich seine... Übergriffe unter den gegenwärtigen Umständen zumindest zum Teil verständlich finde.«

»Ihr werdet mich nicht für unvernünftig halten, wenn ich erkläre, daß ich dieses Verständnis nicht aufbringen kann?«

Er schüttelte den Kopf. »Wenn es Euch Genugtuung verschafft, so möchte ich Euch versichern, daß Rolf höchstwahrscheinlich seine Handlungsweise bedauert. Er begeht selten Fehler, aber wenn ihm einer unterläuft, bezahlt er dafür, indem er sich selbst bestraft. So betrunken wie heute morgen habe ich ihn noch nie gesehen.«

»Warum läßt er mich nicht einfach gehen?« Die Worte sprudelten ohne weiteres Überlegen aus ihr heraus.

»Vielleicht tut er es noch.«

Es hatte keinen Sinn, weiter darüber zu sprechen. Um überhaupt etwas zu sagen, machte Angeline eine Bemerkung darüber, wie jung die Zwillinge noch seien.

»Ja, sie sind jung, aber sie sind schon mindestens zehn Jahre bei Rolf. Sie gehören ihm mit Leib und Seele, obwohl man glauben könnte, daß er ihr Eigentum sei, so sehr hängen sie an ihm.«

»Sie gehören ihm? Was wollt Ihr damit sagen?«

»Ihr Vater hat sie Rolf geschenkt. Er hat dem alten Herrn das Leben gerettet, als dessen Hof von Plünderern überfallen wurde. Es ist bei den Freisassen in Ruthenien üblich, einem Prinzen die jüngeren Söhne als Gegenleistung für einen Gunsterweis zu schenken. Sie waren als Leibdiener gedacht, aber Rolf wollte das nicht. Oskar und Oswald haben davon profitiert, denn sonst hätten sie ihre Tage mit der Beaufsichtigung der Bauern auf den Feldern und bei der Jagd verbringen müssen.«

»Oskar scheint kaum ein Mensch zu sein, der Krieg für einen lustigen Zeitvertreib hält«, sagte Angeline.

»Er betrachtet die Sache als gerechten Handel: Dafür darf er in Rolfs Bibliothek herumstöbern. Aber Ihr solltet ihn und Oswald in dieser Hinsicht nicht unterschätzen. In ihnen steckt ungestüme Kraft und tief verwurzelter Fatalismus. Ich weiß – und habe es am eigenen Leib erfahren –, daß jeder von ihnen für Rolf sterben oder töten würde, wenn er es für nötig hielte. Dieses Andenken stammt von Oskar.« Er berührte seinen Mundwinkel, der durch die sichelförmige Narbe gezeichnet war.

Sie runzelte die Stirn. »Von Oskar?«

»Nun ja, er hatte allen Anlaß oder dachte es zumindest. Er kam dazu, wie Maximilian und ich mit Rolf rangen. Max wollte seinem kleinen Bruder eine Lektion erteilen und hat mich um Hilfe gebeten. Natürlich lag es uns fern, ihn zu verletzen. Oskar warf sich in die Bresche, damit der Kampf ausgeglichener wurde. Er ging mit einem Stock des Königs auf mich los, der zur Abwehr von Bettlern und Hunden mit einer scharfen Spitze beschlagen ist. Ich konnte von

Glück sagen, noch ziemlich glimpflich davongekommen zu sein. Das alles ist natürlich schon lange her. Es passierte, kurz nachdem Rolf die Zwillinge bekam.«

»Mir... scheint es unwahrscheinlich, daß Rolf für diese Verteidigung dankbar war«, meinte Angeline.

»Das ist richtig. Er hat Oskar zurückgepfiffen, sehr zum Ärger von Max und mir. Aber das ist es eben, was ihn als Anführer auszeichnet und weshalb jeder von uns selbst die stumpfsinnigsten Befehle ausführt, wie beispielsweise den, die Wälder nach Eurer Kusine abzusuchen.«

»Oder mich zu bewachen?«

Meyer ging auf diesen erneuten Vorstoß nicht weiter ein, sondern lächelte kopfschüttelnd.

»Und was ist mit Oskars Hand? Ich hoffe, er wurde gestern nacht nicht schwer verletzt. Schließlich ist er heute morgen schon wieder ausgeritten.«

Meyer wurde ernst. »Ein bedauerlicher Unfall. Ich gäbe viel darum, wenn es nicht geschehen wäre, und habe mir schwere Vorwürfe gemacht. Es ist aber nur ein unkomplizierter Bruch, der bald verheilen wird, und wie es sich für einen Soldaten der Leibwache gehört, hat sich Oskar dadurch nicht von seiner Pflicht abhalten lassen.«

»Vielleicht bleibt er nicht so lange weg wie die anderen?«

»Ich bin sicher, daß er seinen Auftrag erfüllen wird. Aber Ihr könnt darauf rechen, daß alle vor Einbruch der Dunkelheit zurückkommen.«

Sie warf ihm einen Blick zu. »Warum betont Ihr das?«

»In aller Frühe kam Monsieur de la Chaise hierher. Dieser Herr sorgt heute abend für unsere Unterhaltung, oder, besser gesagt, für seine eigene.«

»Ihr meint, er gibt eine Soirée?«

»Aber nein, nichts derart Anständiges. Er sprach von einem Diner, das er im Herrenhaus zubereiten und von seinen Dienern hier servieren lassen will. Er hat Händler beauftragt, teure Weine zu schicken, und ein paar fahrende Musikanten engagiert, von denen er schwört, daß sie weit und breit am flottesten aufspielen.«

»Aha, deshalb will er kommen. Das soll seinem Ruhm, eine Königliche Hoheit bewirtet zu haben, mehr Glanz verleihen. Seine Tischgespräche werden von der Schilderung dieses Abends noch lange zehren.«

»Ich glaube, nicht in Damengesellschaft.«

»Bitte?«

»Um dem Fest die nötige Würze zu geben, wird eine Fuhre Damen aus New Orleans erwartet.«

Angeline sah dem Mann lange in die grauen Augen, blickte dann zu Boden und stellte die Kaffeetasse auf den Tisch. »Ach so. Das ist wirklich äußerst gastfreundlich von Monsieur de la Chaise.«

»Es klingt ein wenig nach Kuppelei. Aber wie ich bereits andeutete, wird unser freundlicher Gastgeber wohl auch der größte Nutznießer sein. Das heißt, wenn seine Frau nicht Wind davon bekommt. Wir wurden streng ermahnt, nichts zu verraten, wenn wir sie zufällig treffen sollten.«

Angeline gelang mit Mühe ein krampfhaftes Lächeln. »Dann wird er wohl eine Enttäuschung erleben. Solche komplizierten Arrangements sind nicht geheimzuhalten, besonders wenn das Essen unter den Augen seiner Frau zubereitet wird. Madame kennt inzwischen bestimmt jedes Detail, wenn sie es nicht schon weiß, seit er die Bestellung beim Händler aufgegeben hat.«

»Der Ärmste!«

»Ja«, stimmte sie zu, doch mit den Gedanken war sie ganz woanders. Sie verstummte für kurze Zeit völlig und holte dann tief Luft. »Ihr... Ihr seid der einzige Wachtposten heute?«

»Ja, abgesehen von unserem unentbehrlichen Sarus.«

Sie sah ihn zweifelnd an und biß sich auf die Lippen. Schließlich platzte sie heraus: »Wenn wir uns einig sind, daß Ihr mich gestern entkommen lassen wolltet, könntet Ihr dann nicht... vielleicht...«

»Es noch einmal tun?« Er schüttelte den Kopf. »Ich wollte, ich könnte es.«

»Ich... verstehe.«

»Wenn Ihr glaubt, es sei wegen der Prügel, die ich gestern nacht bezogen habe, so irrt Ihr Euch. Es ist jetzt eine Frage des Prinzips. Gestern konnte ich aus Mitleid in die andere Richtung sehen, und das ging noch als bloße kurzzeitige Unaufmerksamkeit durch, was zwar in der *garde du corps* eines Prinzen von Ruthenien nicht zu dulden ist, aber es war kein Verrat. Jetzt sieht die Sache anders aus. Ich bin einzig und allein für Euch verantwortlich – und genau das hat Rolf bezweckt, als er mich heute zurückließ. Er ist verflucht gerissen.«

»Ihr sollt Euch bewähren?«

»So ist es.«

»Behandelt er seine Leute immer so?«

Meyers lädierte Lippe verzog sich zu einem Lächeln, und seine merkwürdige Narbe grub sich ihm tiefer in die Wange. »Wir sind seine Freunde. Wir sind aber auch Mitglieder eines Kampfverbandes, einer kleinen, aber entschlossenen Armee, die jederzeit das Kernstück eines größeren Heeres werden kann, und das ist für jedes Land, das so etwas braucht, von außerordentlichem Nutzen. Es gab Zeiten – und die werden wiederkommen –, in denen unser Leben davon abhing, daß wir uns aufeinander verlassen konnten. Jeder, der eine Schwäche zeigt, bedeutet eine Gefahr für uns alle.«

»Eine unbequeme Lebensweise«, murmelte sie.

»Zugegeben. Und das ist der Grund dafür, daß Männer kommen und gehen, wenn sie Rolfs Ansprüchen an ihr Engagement und ihre Loyalität nicht erfüllen können. Keiner ist gebunden, außer möglicherweise durch die Spannung, das intensive Lebensgefühl und das Wissen, zu allem fähig zu sein, was von uns verlangt wird.«

»Ihr bewundert ihn«, rief Angeline aus, als wäre es eine Offenbarung, »obwohl er Euch das gestern angetan hat.«

»Es ist schwierig, ihn nicht zu bewundern«, erwiderte Meyer. Er trank die Tasse aus und hielt sie ihr zum Nachschenken hin. Der verschlossene Ausdruck auf seinem Gesicht lud nicht zu weiteren Bemerkungen ein.

Einige Zeit später erwähnte sie ihr Zögern, dem mongolischen Kammerdiener Befehle zu erteilen, woraufhin Meyer ihr ein Bad bestellte. Angeline räkelte sich im heißen Wasser und glitt bis zum Kinn hinein, um die Verspannungen und merkwürdigen Muskelschmerzen durch die Ereignisse der vergangenen Nacht davonspülen zu lassen.

Ihre Gedanken wanderten zu ihrer Tante. Was sie jetzt wohl dachte? Ob sie sich über die lange Abwesenheit ihrer Nichte sorgte? Sie war so sicher gewesen, daß keine Gefahr bestehen würde, wenn Rolf entdecken sollte, wer Angeline war; sie hatte sich getäuscht. Sie hätte es besser wissen müssen, wenn sie die Sache durchdacht hätte. Rolf hatte keine Schwierigkeiten gehabt, den springenden Punkt zu entdecken, daß Angeline bestimmt Claires Versteck kennen mußte. Konnte man ihm einen Vorwurf daraus machen, daß er diese Schlußfolgerung zu seinem Vorteil ausnutzte?

Und Claire? Wußte ihre Kusine inzwischen, daß Angeline gefangen war? Was würde Claire unternehmen, falls sie überhaupt etwas unternahm? Es war unwahrscheinlich. Wohin soll das alles nur führen? Wenn diese Episode endlich zu Ende geht, würde sie dann noch dieselbe sein, oder würde sie von Erinnerungen verfolgt werden?

Es hatte keinen Sinn, darüber nachzugrübeln. Im Augenblick konnte sie nichts tun.

Ein kleines Feuer war im Kamin entzündet worden, denn am Abend wurde es kühl. Die Wärme durchrieselte sie wohltuend.

Angeline war so entspannt, daß ihr das Hufgetrappel der Pferde auf der Auffahrt nicht bewußt wurde. Sie bemerkte Rolfs Rückkehr erst, als er die Tür aufstieß und hereinkam. Sie richtete sich auf. Ihre Brüste tauchten feucht und glitzernd aus dem Wasser. Hastig ließ sie sich zurückgleiten.

Er blieb stehen und knallte laut die Tür zu. Langsam trat er näher. Er sah ungepflegt aus, was ihr besonders auffiel, da sein Auftreten bisher immer so tadellos gewesen war. Auf dem Kinn sproß ein blonder Stoppelbart, die Uniform war zerknittert, und er trug die Jacke ohne Hemd darunter. Seine blonde Mähne war windzerzaust, und die Augen glühten blutunterlaufen und lagen in tiefen Schatten.

»Das ist genau das, was ich jetzt brauche«, rief er mit strahlender Miene. »Ein Bad.«

»Ihr werdet Euch selbst eines bestellen müssen.« Ihr Blick suchte das Handtuch, das sie in Reichweite auf einen Stuhl gelegt hatte.

»Ich möchte aber lieber zu Euch hinein.« Er legte die Jacke ab.

»Hier ist nicht genug Platz«, erwiderte sie und beobachtete seine Bewegungen mit steigender Beklommenheit.

Er maß den Kupferzuber mit einem Blick und musterte dabei eingehend ihre Gestalt, die im Seifenwasser nur halb verborgen war. »Wie schade. Mir scheint, ich muß mich wohl darum kümmern, daß Ihr vorankommt. Soll ich Euch den Rücken schrubben?«

»Danke, das kann ich selbst«, fauchte sie, doch er achtete nicht darauf, sondern kniete sich neben die Wanne. Geschickt tauchte er den Arm ins Wasser und suchte mit viel Aufwand nach dem Lappen. Ganz beiläufig streifte er dabei mit den Händen über die glitschigen Wölbungen und Verstecke ihres Körpers.

»Ist es das, was Ihr sucht?« fragte Angeline eisig und hielt ihm den Lappen entgegen.

»Wo hattet Ihr den denn versteckt?« Er nahm ihn entgegen, tauchte die Hand erneut unter Wasser und ließ sie über ihren Bauch abwärts gleiten. Sie griff nach der Seife, packte sein Handgelenk und klatschte ihm das nasse Stück auf die Handfläche.

»Ach ja«, sagte er und zuckte mit gespielter Enttäuschung die Achseln. »Richtet Euch bitte auf, und beugt Euch nach vorne.«

»Ihr seid früh zurück«, bemerkte sie mit zusammengebissenen Zähnen, ohne sich zu rühren.

»Ein bißchen, aber bitte haltet Euren Jubel noch zurück. Zufällig haben wir jetzt wirklich alle Verstecke der Gegend abgeklappert. Wir standen vor der Wahl, entweder noch weiter in die Ferne zu schweifen oder zurückzukehren, um diejenige noch genauer zu befragen, die uns eine so... unschätzbare Hilfe war.«

Er trat hinter sie. Bevor sie erraten konnte, was er vorhatte, hatte er sie mit seinen starken Armen gefaßt und zog sie höher aus dem Wasser, dann drückte er sie nach vorn über seine Hand. Sie schnappte nach Luft, und er streichelte ihr die Schulter, wie er es wohl gewohnt war, wenn er eine störrische Stute besänftigte.

»Was soll denn das?«

»Ich schrubbe Euch den Rücken. Haltet still!« Er seifte den Lappen ein, den er in der Hand hielt, dann ließ er ihn über ihren weißen, schmalen Oberkörper gleiten und massierte sie in kleinen Kreisen mit festem Druck. Ein wenig zu fest.

»Laßt das – hört auf!«

»Haltet doch still!« wies er sie an, legte ihr die andere Hand um die Taille, suchte Halt auf ihrer rutschigen Haut und fand ihn, indem er ihre Brust umfaßte. Als sie versuchte, seine Hand wegzuschieben, griff er noch fester zu.

Sie stöhnte auf. »Wenn das wieder eine Foltermethode sein soll, damit ich verrate, wo Claire ist...«

Er ließ sie so plötzlich los, daß sie nach vorne taumelte und Wasser aus der Wanne auf den Boden schwappte. Rolf richtete sich auf und stand mit den Händen in den Hüften über ihr.

»Nichts dergleichen«, erwiderte er schroff, »aber man kann es Euch wohl nicht verdenken, daß Ihr so denkt.«

Ohne ihn eines Blickes zu würdigen, wusch sie sich die Seife ab, nahm das Handtuch und legte es sich um. Mit anmutiger und fast unmerklich befangener Gelassenheit richtete sie sich auf.

Er betrachtete sie. Die blauen Augen musterten das zarte Gleichmaß ihrer Glieder, die vor Nässe glänzten und im orangeroten Schein des Feuers warm glühten. Er steckte die Hände in den Hosenbund und wandte sich ab.

Weit ging er nicht. Sein Blick folgte dem ihren, der sich zögernd und resigniert auf ihr abgetragenes Kleid gerichtet hatte, das über der Rückenlehne hing. Darunter standen ihre Schuhe ordentlich nebeneinander.

»Die Armseligkeit Eurer Garderobe macht Euch noch immer Sorgen? Ich habe doch bereits erklärt, was Ihr dagegen tun könnt.« Rolf ging zum Schrank und entnahm ihm ein Kleidungsstück aus weißem Leinen, das so fein und glatt wie Seide war. Es war wohl ein Nachthemd, lang, mit weiten bauschigen Ärmeln, offenem Kragen und einer aufgestickten goldenen Krone an der linken Schulter.

Er reichte es Angeline, doch sie hielt das Badetuch fest, das sie um sich gewickelt hatte. »Das kann ich nicht annehmen.«

»Ich kann Euch versichern«, knurrte er, »daß ich keine Verwendung dafür habe. Sarus packt so etwas ein, weil man ihm beigebracht hat, es sei für einen vornehmen Herrn unerläßlich. In meinem Gepäck hat ein Nachthemd nichts zu suchen.«

Er wartete nicht ab, daß sie das Angebot annahm, sondern legte ihr das Hemd um die Schultern. Dann trat er zurück, raffte schnell ihre Kleider an sich, rollte sie zu einem Bündel zusammen und legte sie für Sarus vor die Tür.

Als er zurückkam, stand sie da wie vorher, und ihre dunklen Augen sprühten vor Zorn. »Vielleicht gibt es Frauen, die durch so viel Unverschämtheit zu beeindrucken sind. Ich nicht. Bringt mir sofort meine Kleider!«

Er machte keine Anstalten dazu. Statt dessen zog er sich die Stiefel aus und schlüpfte aus den Hosen. In prächtiger Nacktheit stieg er in die Wanne und ließ sich seufzend darin nieder. Sie drehte sich abrupt ab, und er fragte: »Warum? Ihr braucht sie nicht mehr. Und ob Ihr es zugeben wollt oder nicht, Ihr seid doch froh, wenn ich Euch dazu zwinge, das Hemd anzunehmen.«

»Das ist Unsinn!« Das weiche Linnen roch wunderbar frisch mit seinen gestärkten Fältchen, aber davon wollte sie sich ebensowenig verführen lassen wie von Rolfs sanften, heimtückischen Worten. Sie hörte ihn im Wasser plätschern.

»Wirklich? Wieso fehlt es dem Ersatz, den ich Euch geboten habe, so an Attraktivität? Was hättet Ihr denn gern? Ein Pariser Modell, mit dem Ihr einen ganzen Harem oder ein paar Halbweltdamen ausstechen könntet?«

Sie zuckte zusammen. »Ihr unterstellt doch nicht, daß ich mich mit...«

»...mit Halbweltdamen messen will? Womit sonst, obwohl ich zugeben muß, daß es vielleicht noch zu höflich von mir war, die Frauen, die wir heute abend erwarten, überhaupt so zu nennen. Eher gehört Eure Kusine Claire zu dieser eleganten Sorte, wohingegen zu befürchten ist, daß diejenigen, die nachher zu unserer Unterhaltung beitragen sollen, weniger anspruchsvoll sind.«

»Weder solche Gradmessungen noch meine Kleidung sind für mich ein Thema. Ich werde nicht hinuntergehen.«

»Nein?« Das Plätschergeräusch seiner temperamentvollen Wäsche verstummte.

»Ihr werdet es doch sicher nicht wünschen? Ich finde, es wäre ein gewisses Risiko.« Obwohl sie sich um Fassung bemühte, klang ihre Stimme ein wenig unsicher.

»Wenn Ihr Angst habt, erkannt zu werden«, erwiderte er ironisch, »dann steckt doch mehr – oder auch weniger – in Euch, als ich bisher gedacht habe.«

Glühende Röte überzog ihre Haut bis zu den Haarwurzeln. Er spielte darauf an, daß sie es in seinen Armen an Leidenschaftlichkeit hatte fehlen lassen, bis seine Zärtlichkeiten ihre Abwehr unterlaufen hatten. Als er sie beim Baden störte, war es ihr in der ersten Aufregung gelungen, die Ereignisse der letzten Nacht zu verdrängen. Jetzt hatte er alles mit ein paar leicht dahingesagten Worten wieder aufgerührt. Er wollte sie absichtlich verletzen.

»Angeline –« begann er, und das Wasser schwappte über, als er Anstalten machte, sich zu erheben.

Doch sie hatte sich schon erholt und warf den Kopf zurück. »Ich brauche selbstverständlich nicht zu befürchten, daß diese Damen mich erkennen, aber sie werden etwas merken und nach ihrer Rückkehr in New Orleans überall herumerzählen, daß sich eine Frau in Eurer Gesellschaft befindet. Die Stadt liegt zwar nicht in der Nähe, aber so weit ist sie auch nicht entfernt, wenn Ihr bedenkt, daß viele Leute in St. Martinville dort Verwandte haben, ältere Damen und neugierige Herren, die mit nichts anderem beschäftigt sind, als sich hinzusetzen und einander Briefe über die merkwürdigen Geschichten zu schreiben, die ihnen zu Ohren gekommen sind.«

Die Badegeräusche wurden leiser. »Ich dachte, wir wären uns einig, daß Euch Euer Ruf gleichgültig ist? Warum diese plötzlich Besorgnis?«

Hatte er seine spöttische Bemerkung zurücknehmen wollen? Das würde sie wundern. Wenn er nicht wollte, daß sie hinter jedem seiner Worte einen versteckten Angriff argwöhnte, sollte er sie eben nicht ständig sticheln und piesacken.

Sie überging seine Frage einfach und fuhr fort: »Außerdem hieß es, daß Monsieur de la Chaise kommen wird. Er ist vielleicht leichtsinnig, hat Freude an gutem Essen, am Trinken und … und anderen Lustbarkeiten, aber er wird meine Anwesenheit an Eurer Seite nicht ohne Erklärung akzeptieren, auch wenn Ihr Euch das einbildet.«

»Es sieht so aus, als ob wir nicht die Ehre haben werden. Auf dem Rückweg haben wir eben einen Boten auf einem Maulesel eingeholt. Monsieur bedauere, er müsse mit seiner Frau zu Abend essen.« Rolf plätscherte noch ein wenig herum, dann hörte sie ihn aus dem Bad steigen. »Gestattet Ihr, daß ich Euer Handtuch benutze?«

Sie spürte das starke Verlangen, ihm diese höfliche Bitte abzuschlagen. Aber sie widerstand und funkelte ihn nur wütend an, als er ihr das Nachthemd reichte, während sie ihm das Tuch zuwarf.

Er suchte und fand ihren Blick, fing das Badetuch auf und wischte langsam die Wassertröpfchen von seinem bronzenen Körper. »Sind es die Frauen, die Euch stören? Ihr zieht es wohl vor, Euch nicht unter diese vulgäre Schar zu mischen, die sich da für meine Männer herausgeputzt hat – und auch für mich?«

Er hatte den Nagel auf den Kopf getroffen, obwohl sie vorher selbst nicht sicher gewußt hatte, warum sie sich auf keinen Fall unten blicken lassen wollte. »Was ist dagegen einzuwenden? Ich habe noch nie... das heißt, ich will nicht...«

»Ihr habt keine Erfahrung mit solchen Herrenabenden und zieht es vor, auch keine zu sammeln?«

»Genau.« Sie schaute ihm herausfordernd ins Gesicht und erwartete fast einen Ausbruch von Zorn oder Heiterkeit.

»Ich bezweifle«, sagte er bedächtig, »daß eine so freimütige, ungebrochene Unschuld, wie Ihr sie vorzuweisen habt – abgesehen von einer Kleinigkeit, die unter Adeligen und Vornehmen als Verführung bezeichnet wird –, besudelt würde.«

»Aber ich könnte gewiß einen lähmenden Einfluß auf das Vergnügen haben.«

Seine lebhaften blauen Augen betrachteten ihr stolz gerecktes Kinn und den ruhigen Blick ihrer graugrünen Augen. Noch immer stand auf ihren Wangen die Schamröte, die seine Anspielung auf seine gewaltsame Besitzergreifung hervorgetrieben hatte. Er erkannte, daß sie offene Verachtung für das geplante Abendprogramm hegte, nahm seine abgelegten Pantalons und nickte zustimmend. »Da habt Ihr recht. Bleibt also hier und schwebt über dem feuchten und geilen Treiben. Man wird Euch Euren Anteil am Festmahl bringen – die Ausschweifung muß ich Eurer Phantasie überlassen.«

Verflucht gerissen hatte Meyer ihn genannt. Eine treffende Beschreibung. Weil sie Sarus nicht hereinlassen konnte, um ihr das Abendessen zu bringen, solange sie nur ein Tuch um sich geschlungen hatte, mußte sie das Nachthemd anlegen, das Rolf ihr aufgedrängt hatte. Weil sie nur ein Mensch, dazu noch eine Frau, und neugierig war, konnte sie die Spannung schließlich nicht mehr ertragen und mußte herausfinden, was da unten vor sich ging. Und weil Rolf sie alleingelassen hatte und hinuntergegangen war, hätte sie nur allzugern gewußt, ob er es wegen der anderen Frauen getan hatte.

Im Lauf des Abends drang das Klirren von zerbrechendem Glas an ihre Ohren und übertönte die dröhnenden Männerstimmen und das kräftige Gefiedel, das mißtönend zu einer verstimmten Harmonika erklang. Eine Frau lachte gellend, bis sie mit einem unterdrückten Schrei abbrach. Der Geruch von Alkohol und billigem Parfüm wehte herauf und erregte bei Angeline Übelkeit.

Ob sie schön waren, diese kichernden Huren? Waren ihr schamloses Angebändel und ihre unbegrenzte Verfügbarkeit mehr nach seinem Geschmack? Bitte, das konnte er haben. Und wenn er mit jeder von ihnen ins Bett ging, das war ihr doch gleichgültig. Völlig gleichgültig.

Ob sie blond oder dunkel waren, diese Frauen, jung oder alt? Insgeheim hoffte sie, daß sie schon älter wären. Geschähe ihm ganz recht, und es würde seiner Geilheit einen Dämpfer aufsetzen.

Sie hielt inne und lauschte. Das blöde Gegacker, das da von unten zu ihr drang und sich mit dröhnendem Baßgelächter mischte, hörte sich nicht nach älteren Frauen an. Es klang albern und hohl und nach kindischem Getue. Es war ihr unbegreiflich, wie sich ein Mann zu einer Frau hingezogen fühlen konnte, die solche Geräusche von sich gab.

Was war denn da so komisch? Angeline preßte die Lippen zusammen, als sie unten die Lachsalven hörte. Kurzentschlossen ging sie zur Tür und öffnete sie vorsichtig.

Auf der Schwelle blieb sie stehen. Auf dem langen Korridor des oberen Stockwerks war keine Menschenseele zu sehen. Der große Saal jenseits des Geländers war in eine Lichterflut getaucht, die sie einlud, an die Treppe zu treten. Sie stützte sich auf die Balustrade und spähte hinunter, sah aber nicht sehr viel. Die Männer saßen offenbar um den Tisch herum. Angeline konnte nur ihre Beine erblikken. Die Füße der Frauen, die in der Nähe standen, waren nackt, so daß sich Angeline noch mehr veranlaßt fühlte, in die Hocke zu gehen. Immer noch überblickte sie nicht die ganze Szene, daher bückte sie sich noch tiefer und drückte den Kopf gegen die geschnitzten Säulen der Balustrade.

Die Männer lümmelten sich in ihren Stühlen und spielten Karten. Jeder hatte ein Weinglas vor sich. Sie waren offensichtlich schon ziemlich betrunken, denn ihre Stimmen waren laut, die Gesichter gerötet, und sie hatten die Jacken abgelegt und saßen in Hemdsärmeln da. Meyers Augen waren halb zusammengekniffen, und er schnippte mit dem Daumennagel auf seine Karten. Oswald lehnte sich im Stuhl zurück und unterhielt sich mit Oskar, der irgendwie einer Eule ähnelte und halb über dem Tisch lag. Leopold war rot im Gesicht, die dunklen Haare fielen ihm in die Stirn und verliehen ihm ein verlebtes Aussehen. Gustavs schwarze Augenbinde saß ein wenig schief, und er rechnete mühsam die Punkte auf seinen Karten zusammen, indem er jeden einzelnen mit schwieligen Fingern abzählte.

Die Damen standen alle auf einer Seite, hinter einem einzigen Spieler. Angeline begriff, daß sie der Einsatz im Spiel waren, und zu ihnen paßte so etwas ja auch. Sie schlangen die Arme um den Spieler, der sie gewonnen hatte, und streichelten ihm über Hände und Schultern.

Rolfs Augen glänzten vor Wein und Ausgelassenheit. Gern ließ er sich diese Liebkosungen und die Opfer gefallen, die sie bereitwillig machten, um bei ihm bleiben zu können, als sich sein Glück wendete. Die Frauen – sie waren jung und attraktiv, meist brünett, ein oder zwei waren messingblond – waren nicht mehr vollständig angezogen: Sie legten ihre Kleider ab und häuften sie statt ihrer selbst als Pfänder auf den Tisch. Ein spitzenbesetzter Straps tauchte auf, und es gab ermutigende Rufe und Vorfreude, besonders da die Frau, die ihn beigesteuert hatte, nur noch ein knappes Mieder trug. Das Strumpfband fiel auf zwei Kleider in schreienden Farben und Mustern und einige Paar Schuhe. Wenn es so weiterging, mußten die

Damen bald eine nach der anderen nackt jenen Spielern zufallen, denen das Glück am längsten treu blieb.

Angeline registrierte das alles, und plötzlich erregte etwas anderes ihre ganze Aufmerksamkeit: Der Prinz war völlig entspannt, freute sich über die Niederlage seiner Männer und genoß die groteske Situation, daß die Damen in seinem Rücken noch ihre Kleider trugen. Angeline hatte ihn noch nie in so ausgelassener Stimmung gesehen, ohne die Bürde strenger Selbstbeherrschung, ohne einen Schatten von Verstellung. Das gelöste Lächeln, das immer wieder über sein Gesicht glitt, und die Lachfalten um seine Augen waren von überwältigendem Charme. So muß er gewesen sein, bevor sein Bruder ermordet wurde, dachte sie, bevor man ihn beschuldigt hat, den Thron des Vaters usurpieren zu wollen. In diesen Stunden, wo sie fern war, hatte er die Last der ungewollten Verantwortung abwerfen und im Zeitvertreib früherer Tage Vergessenheit suchen können, wobei Alkohol keine geringe Rolle spielte.

Unten im Saal gab es nur eine Person, die weder das Spiel noch die Rolle als Pfand genoß. Es war eine der Frauen, die gewiß nicht älter als siebzehn sein konnte. Sie stand in einiger Entfernung von den anderen und hatte den Blick zu Boden gesenkt. Als Leopold ihr eine flüchtige Bemerkung zuwarf, lächelte sie ihn ängstlich an, dann sah sie schnell wieder woanders hin.

Das Mädchen, dachte Angeline, sieht wie eine junge Akadierin aus mit den weichen braunen Haaren und sanften Augen, der kräftigen Figur, dem zarten Gesicht, den feingliedrigen Händen, dem freundlichen, zwar nervösen, aber nicht schüchternen Verhalten. Wo waren ihre Leute, ihre Familie, oder war das Mädchen so allein wie sie?

Rolfs Aufmerksamkeit war von Leopolds Geschäker geweckt worden, und er warf einen Blick auf die *Acadienne*. Dann lächelte er ihr leise zu, umfaßte ihre Taille, und ohne Rücksicht auf die Zurücksetzung der anderen Frauen, die sich an ihn schmiegten, zog er sie auf seinen Schoß. Das Mädchen ließ sich nieder und blinzelte ihn ängstlich und nervös durch ihre Wimpern an. Der Prinz nahm sein Weinglas, trank daraus und reichte es ihr. Ohne Zögern trank sie von der Stelle, die seine Lippen berührt hatten.

Angeline rappelte sich mit äußerster Vorsicht auf. Ihre Glieder waren steif und verkrampft, und sie war seltsam verlegen. Sie schlich sich rückwärts, bis sie außer Sicht war. Dann kehrte sie ins Schlafzimmer zurück und achtete sorgfältig darauf, die Tür leise hinter sich zu schließen.

8

Ein Schuß donnerte durch das Haus und brachte die Wände zum Erzittern. Wie ein Echo ertönte ein gellender Entsetzensschrei. Angeline schrak im Bett hoch. Sie hatte nicht einschlafen, sondern die Augen bloß für einen Moment schließen wollen. Unter die Decke war sie nur geschlüpft, weil sie so kalte Füße hatte. Als sie jetzt so jäh aus dem Schlaf gerissen wurde, wußte sie zuerst nicht, wo sie war, und wunderte sich, als hinge sie einem Alptraum nach, dessen Wirkung bald abklingen mußte.

Wieder sprengte ein Schuß die Nacht, sie hörte eine Kugel pfeifen und aufprallen. Das war kein Traum. Wieder hallte ein Schrei, auf den laut und höhnisch das Gelächter von Frauen folgte. Und dann Stimmengemurmel, zwar unterdrückt, aber tief, es kam von unten aus dem Saal und brach auf ein knappes Kommando, still zu sein, abrupt ab.

Was ging da vor? Angeline schüttelte das Haar zurück, glitt aus dem Bett, wickelte sich fest in ihr Nachthemd und sprang von dem Podest, auf dem das Bett stand. Flüchtig ging ihr der Gedanke, daß endlich Rettung für sie käme, durch den Kopf, aber schnell verwarf sie ihn wieder. In den Stimmen da unten lag kein dringlicher Ton, keinerlei Überraschung; wenn jemand in Panik war, dann höchstens die Frau, die so durchdringend geschrien hatte.

Angeline war an der Tür und öffnete sie, als wieder ein Schuß fiel. Ihm folgte ein Schluchzen und Stöhnen: »Ich kann nicht mehr... ich kann nicht...«

»Halt sie doch um Himmels willen ruhig!«

Diese bittende Mahnung stammte von Oskar. Als Antwort kam

ein Schluchzen und Schniefen, und noch ein Schuß explodierte, dann in rascher Folge noch einer und noch einer.

Bevor noch der Knall verhallt war, war Angeline schon halb die Treppe hinunter. Es wurde still. Sie blieb stehen und betrachtete die Szene.

Der beißende Geruch von Schießpulver verbreitete sich in der offenen Halle. Pulverdampf lag wie grauer Nebel in der Luft, wirbelte um die flackernden Kerzen im Kronleuchter und dämpfte das Licht in dem düsteren, mit Wandteppichen behängten Raum. Man hatte den Tisch beiseite geschoben, um Platz zu schaffen, und den Teppich von einer der verputzten Wände abgenommen. Neben einem nach vorne hinausgehenden Fenster stand an der elfenbeinfarbenen Fläche ganz allein die junge Akadierin, die nur noch den Unterrock trug und von hohen Kerzenständern mit brennenden Lichtern flankiert war. Tränenspuren liefen ihr in Streifen über das Gesicht, und sie bebte in krampfhaften Zuckungen. In der zitternden Hand hielt sie eine Spielkarte, und die Wand hinter ihr war von Löchern übersät.

Auf der anderen Seite des Saales standen Oskar und Rolf neben der großen Tafel. Eine Reihe Pistolen, insgesamt fünf, lagen auf der Eichenplatte. Alle waren sich an Größe und Machart sehr ähnlich, mit geschnitzten Kolben, die abgerundet waren, damit sie beser in der Hand lagen, und langen Läufen mit verschlungenen getriebenen Silberschnörkeln. Oskar reichte Rolf eine sechste Pistole, die dieser mit flinken, erprobten Bewegungen wieder lud.

Die anderen Männer und die halbnackten, anschmiegsamen Damen, die zu ihrem Vergnügen herbeigeschafft worden waren, standen weit außerhalb der Schußlinie am Kamin. Die betrunkenen Gardisten schlossen leise lallend Wetten untereinander ab, oder riefen dem Mädchen, das die Karte hielt, Worte der Ermutigung zu.

»Gib ihr eine neue Karte«, befahl Rolf und legte die Pistole wieder auf den Tisch zu den anderen.

Oskar, der den linken Arm in einer Schlinge trug, schritt mit einer Karo-Sechs in der Hand ans andere Ende des Saals. Er nahm dem Mädchen eine Herz-Sechs aus der verkrampften Hand und ersetzte sie durch die neue Karte. Dann zog er ihren Arm mehr in die Höhe und weiter weg vom Gesicht, und nachdem er sie so aufgestellt hatte, daß ihre Sicherheit größer war, kehrte er zum Tisch zurück.

»Vier von sechs«, rief er zufrieden, »und alle Schüsse in der Karte. Teufel, nicht schlecht geschossen!«

Rolf nahm die erste Pistole. Das Mädchen duckte sich und drehte das Gesicht weg. Ihre freie Hand flog an den Mund, ihre Haut verfärbte sich im Schein der Kerzen, und Ekel und Entsetzen sprachen aus ihren Augen.

Rolf zielte und drückte ab. Die neue Karte wies einen schartigen Riß auf, und ein rotes Karo war weggebrannt. Das Mädchen schrie auf und beugte sich vor. Oskar wandte die Augen von ihr ab, sein schmales Gesicht sah entschlossen aus, wenn auch alle Farbe daraus gewichen war.

Angeline konnte nicht länger zusehen. Mit schnellen Schritten lief sie plötzlich die letzten Treppenstufen hinunter. »Was ist mit Euch allen denn los? Seht Ihr nicht, daß dieses Kind furchtbar verängstigt ist?«

Ohne eine Antwort abzuwarten, durchquerte sie den Saal und ging entschlossen auf das Mädchen zu, wobei sie ihren Körper zwischen die Männer und ihre Zielscheibe schob. Sie entriß die Karte den zittrigen Fingern und berührte die junge Frau vorsichtig an der Schulter. Die war in Tränen aufgelöst und weinte wie ein Kind, das bestraft wird.

»Hey«, rief einer der Männer, »wir sind noch nicht fertig. Alles ist noch offen!«

Ohne irgend jemand einer Antwort zu würdigen, führte Angeline ihren Schützling zu einem Stuhl.

»Die hat die Karte«, schrie eine der Frauen, deren Stimme vor Argwohn falsch klang. »Vielleicht will die sie auch halten?«

Der Vorschlag wurde von anderen aufgenommen, wiederholt und beklatscht. Angeline warf Rolf einen flüchtigen Blick zu. Er hatte die zweite Pistole in der Hand, und seine bronzenen Züge waren verschlossen und ausdruckslos.

Sie hatten so viel getrunken, daß sie sämtliche menschlichen Hemmungen fallen gelassen hatten; sie waren nicht nur bereit, sondern sogar darauf erpicht, auf Kosten anderer ihren Spaß zu haben. Daß sie wegen einer so hirnverbrannten Wette das Leben eines Menschen aufs Spiel setzten, kümmerte sie nicht mehr. Angeline überkam eine gewaltige Wut. Als sie zögerte, dem Vorschlag nachzukommen, schlug der Spott der anderen zu einer Schimpfkanonade um. Angeline wollte sie anbrüllen, aber in einem Anflug gefährlichen Stolzes verbot sie es sich. Auf dieses Niveau wollte sie sich keineswegs begeben. Denen konnte sie jetzt nur durch eigene Entschiedenheit die Stirn bieten.

Hocherhobenen Hauptes verließ sie das Mädchen und schritt auf die Kandelaber zu. Als sie die durchlöcherte Wand erreicht hatte, drehte sie sich um. Den hübschen Mund zu einem verächtlichen Lächeln verzogen, hielt sie die Karo-Sechs mit der einen zerfetzten Farbe hoch.

Überraschtes Schweigen breitete sich aus. Schließlich wurde es von Meyers ruhiger Frage gebrochen: »Da die Person, die das Ziel hält, ausgetauscht wurde, ändert das auch den Preis?«

Rolf zog die dunkelblonden Brauen zusammen, so daß sich seine Stirn in Falten legte. Oskar, dem eine braune Locke ins Gesicht gefallen war, blickte von Angeline auf das junge Mädchen und dann auf seinen Anführer, wobei seine Haselnußaugen von plötzlichem Zweifel überschattet wurden.

Erst in diesem Augenblick durchschaute Angeline ganz, wo sie da hineingeraten war. Der Wettstreit hatte endgültig über die Frage entscheiden sollen, wer die Nacht mit dem Mädchen aus Neuschottland verbringen durfte. Aus Versehen oder durch ein Mißgeschick waren nur fünf Frauen hergekommen, also eine zu wenig für die sechs Männer, Gustav, Leopold, Meyer, Oswald, Oskar und natürlich Rolf.

Da sie den Platz der Akadierin eingenommen hatte, war sie jetzt – wie Meyer so zartfühlend angefragt hatte – wohl auch der Siegespreis? Sollte dies der Abend werden, an dem sie nicht mehr ausschließlich die Bettgenossin des Prinzen blieb, sondern unter seinen Leuten herumgereicht wurde?

Die lebhafte Neugier der Männer und Frauen am Kamin und die Bedeutung der Wette wurden ihr schlagartig klar. Auch die Verzweiflung des Mädchens wurde verständlich, da sie sowohl Gegenstand des Wettbewerbs als auch halbnackte Zielscheibe der nicht mehr ganz nüchternen Schützen war. Na gut. So bizarr und irreal die Situation auch war, Angeline konnte daran nichts ändern. Ihr blieb nur, die Sache schnell hinter sich zu bringen.

Also blieb sie ruhig und aufrecht stehen, das Kerzenlicht schien auf ihr Haar wie auf geschmolzenes Kupfer, fiel auf ihr makelloses Gesicht und ließ ihre Augen in trotzigem Graugrün aufleuchten. Es drang durch ihr dünnes Leinennachthemd und betonte das anmutige Gleichmaß ihrer Gestalt durch einen Schimmer von blassem Gold, durch die sie ätherisch und doch göttlich laszív wirkte.

Rolf starrte sie mit grimmigen türkisblauen Augen an. Plötzlich schob er das Kinn vor. Meyers Frage hatte er ignoriert, und die Spannung, die plötzlich im Raum lag, ging immer mehr von der Karte aus, die Angeline hielt, und bannte alle Blicke vollkommen auf dieses Rechteck aus buntem Karton. Das Licht glitt an der reich verzierten Pistole entlang, als Rolf sie hob, eine seitwärtige Drehung wie beim Duell vollführte, den Lauf der Waffe senkte und ruhig zielte.

Der Knall des ersten Schusses war in diesem engen Raum betäubend laut. Etwas Kleines summte an Angelines Ohr vorbei wie ein Insekt, riß an der Karte in ihrer Hand, und kleine Brocken Putz wurden ihr ins Gesicht geschleudert, als die Kugel in die Wand hinter ihr einschlug. Sie kniff die Augen zu, hatte aber gar nicht die Zeit, zusammenzuzucken. Wieder und wieder feuerte Rolf in dichtem Kugelhagel, hob eine der vorbereiteten Pistolen nach der anderen und zielte jedesmal genau und in einem leicht veränderten Winkel. Als die Explosion des sechsten und letzten Schusses verklang, war er ganz von Pulverdampf umhüllt.

Er senkte langsam den Arm, änderte aber nicht seine straffe, angespannte Stellung, bis Oskar zu Angeline hinlief und ausrief: »Alle sechs!«

Die anderen brüllten Beifall und schrien nach Wein, um zu feiern. Die Gläser wurden nachgefüllt, alle stießen auf Angelines Tapferkeit an, drehten sich fast gleichzeitig um und schleuderten die klirrenden Gefäße in die verlöschende Glut des Feuers. Die Frauen lachten und kreischten auf, als Männerhände sie überschwenglich und ausgelassen drückten und die willigen Körper spielerisch betatschten. Rolf zerschmetterte sein Glas an der geschwärzten Rückwand der Feuerstelle und drehte sich um. Er ging um die Tafel herum, bahnte sich einen Weg durch die Umstehenden und kämpfte sich zu Angeline durch.

In diesem Moment wedelte Oskar mit der Karte, die er Angeline abgenommen hatte, und fragte in scherzhaftem Ton, hinter dem dennoch eine leise Herausforderung steckte: »Beansprucht Ihr alle beide Frauen, Rolf, oder gestattet Ihr mir ein zweites Wettschießen um meine Mitspielerin, die nicht so ruhig gehalten hat wie Eure. Soll dann der Gewinner seine Wahl treffen.«

Das Gemurmel erstarb so schnell zu einer erwartungsvollen Stille, wie es sich erhoben hatte. Rolf trat neben Angeline und nahm ihre Hand. »Es gibt kein zweites Wettschießen«, antwortete er mit klingender Stimme. »Ich habe beim ersten ausschließlich deswegen mitgemacht, damit die Sache gerecht geregelt wird. Denkt meinetwegen, daß ich Angeline den Vorzug gebe oder daß ich, weil die Sache nicht aufgeht, auf meine Rechte an dem anderen Mädchen verzichte. Wie dem auch sei, diese Frau ist nicht Gegenstand irgendeiner Wette. Sie gehört mir.«

Das waren Worte der Entlassung, die die Abendunterhaltung beendeten. Ohne auf Antwort oder Einwände zu warten, steuerte Rolf auf die Treppe zu und zog Angeline mit sich. Sie ließ sich einige Meter führen, und allmählich wuchs ihr Zorn; mit jedem Schritt kochte sie mehr vor Wut, vor Wut über diesen rohen Auftritt, über die Anmaßung, mit der Rolf sie als seinen Besitz bezeichnet hatte, und die Selbstverständlichkeit, mit der er sie in sein Schlafzimmer verfrachtete. Sie riß sich los.

Er drehte abrupt den Kopf, und einen Augenblick lang haftete sein Blick auf ihren scharlachroten Wangen, dann sah er ihr in die Augen. »Ihr habt etwas einzuwenden? Das steht Euch frei, allerdings nicht jetzt.«

»Ich wüßte keinen günstigeren Moment«, erwiderte sie und warf den Kopf zurück.

»Auch dann, wenn die Frauen daraufhin ungleich verteilt wären? Wie Ihr seht, geht es so gerade gut auf, und dieses Arrangement ist ohne Blutvergießen oder Wutausbrüche zustande gekommen, wofür ich nicht mehr garantieren kann, wenn Ihr die Harmonie wieder stört.«

»Wieder?« rief sie aus, wobei sie wie er die Stimme senkte. »Das nennt Ihr Harmonie, wenn Ihr so ein armes Geschöpf zu Tode erschreckt und mit Oskar ihretwegen einen Hahnenkampf bestreitet?«

»Dieses ›arme Geschöpf‹ war vor allem deswegen so erschrokken, weil sie Angst hatte, daß ich gewinnen könnte. Da sie die am zartesten Besaitete von allen war, hatte ich sie Oskar zugedacht, und es war an ihm, zu beweisen, daß es dabei mit rechten Dingen zugeht. Wenn Ihr nicht auf der Bildfläche erschienen wäret, hätte ich zu fast demselben Zeitpunkt die Wette abgebrochen und sie ihm überlassen. Ich kann in meinem Bett keine schniefende Heulsuse gebrauchen.«

Plötzlich spürte sie in ihrer Brust eine merkwürdige Erleichterung. »Ihr… Ihr wolltet, daß Oskar sie bekommt?«

»Ihr könntet Euch ruhig bemühen, Eure Verwunderung über dieses kleine Zeichen des Mitgefühls zu verbergen. Kommt Ihr jetzt, oder habt Ihr Euch dafür entschieden, die Freuden von Nähe und Gemeinsamkeit auszukosten? Wenn Ihr beabsichtigt, an der Orgie teilzunehmen, werde ich Euch einen Platz reservieren.«

Zögernd richtete sie den Blick auf die Szene, auf die er sie mit heftigem Kopfnicken hinwies. Auf der einen Seite des Saals kniete Oskar neben dem jungen Mädchen, flüsterte auf sie ein und trocknete mit den Fingern ihre Tränen, auf der anderen Seite lagen umschlungene Paare auf den Sofas oder beugten sich gemeinsam über den Tisch. Angeline wandte hastig den Blick von diesem Schauspiel, ignorierte Rolfs gekünstelte Verneigung und stieg vor ihm die Treppe hinauf, als bewege sie sich an Fäden.

Im Schlafzimmer ging Angeline zur Waschkommode und nahm eine seiner silbernen Bürsten in die Hand. Sie beugte sich aus der Taille nach vorn und bürstete sich den Gipsstaub aus der seidigen Haarfülle. Unter gesenkten Augenlidern sah sie im Spiegel, daß er direkt hinter ihr stand. Sie schwankte einen Moment lang und hielt in der Bewegung inne. Da drehte er sich um, zog sich die Uniformjacke aus, ohne sie erst aufzuknöpfen, und warf sie über einen Stuhl.

Über die Schulter hinweg knurrte er: »Aufgestauter Zorn ist ein Feind des Schlafs – und aller anderen Dinge, für die man ein unbeschwertes Herz braucht. Was wolltet Ihr mir sagen?«

Sein Entgegenkommen brachte sie noch mehr auf: »Das wißt Ihr ganz genau!«

»Aber ich gebe Euch die Genugtuung, mir die Worte ins Gesicht zu schleudern. Ist Euer Zorn schon verraucht, oder seid Ihr nur vorsichtiger geworden?«

»Also gut«, erwiderte sie kratzbürstig. *»Ich gehöre Euch nicht.«*

»Hat es Euch wirklich so gestört, daß ich das in aller Öffentlichkeit verkündet habe, oder habt Ihr nicht vielmehr Angst, daß es, wenn es noch nicht wahr sein sollte, so doch bald wahr sein wird?«

»Keines von beiden!« Angelines Hand hielt die Bürste so fest, daß ihre Knöchel weiß hervortraten, als sie sich langsam zu ihm umdrehte. »Ich bin kein Spielzeug, keine Puppe. Ich bin Angeline Fortin, es ist nicht meine Schuld, daß ich hier bin, und ich gehöre nur mir selbst. Daran ändert auch die Tatsache nichts, daß ich gezwungen bin, bei Euch zu bleiben.«

»Nicht? Einmal angenommen, ich würde meine Meinung ändern und Euch nie gehen lassen, ganz egal, was Ihr mir mitteilt, ganz egal, was bei unserem Scharren und Schürfen nach einer Spur von Claire herauskommt. Wer soll mich daran hindern? Wer kann Euch mir wegnehmen?«

»Das... das kann doch nicht Euer Ernst sein!«

Er lehnte sich an den Bettpfosten, sei es, weil die Notwendigkeit für ihn bestand, oder aus der Nonchalance seines ungeheuren Selbstbewußtseins. »Ach nein? Aber selbst wenn die Frage rein hypothetisch wäre, was würdet Ihr antworten?«

Sie starrte ihn an. »Ihr droht mir mit unbegrenztem Kerker?«

»Keine schmeichelhafte, aber eine durchaus exakte Umschreibung.«

»Damit würdet Ihr nie durchkommen – und außerdem macht mir diese Drohung sowieso keine Angst! Euer Interesse würde sehr bald abklingen, wenn Ihr Claire gefunden hättet.«

»Ihr wollt mich provozieren? Unklug. Ihr solltet wissen, wie schwer es mir fällt, einen Fehdehandschuh liegen zu lassen.«

Sein spöttischer Ton traf sie wie ein Schlag ins Gesicht. »Ihr wollt mich ja nur einschüchtern.«

»Wie kommt es dann, daß ich Trost nötig habe, obwohl es mir gelungen ist?«

»Vermutlich verletzte Eitelkeit«, fauchte sie. »Ihr habt Euch wohl eingebildet, daß ich Euch in seliger Verzückung wonnevoll in die Arme sinke?«

»Das wäre doch einmal eine Abwechslung.« Sein Ton war plötzlich nachdenklich geworden.

»Wenn es das ist, was Ihr wünscht, schlage ich vor, es mit einer von denen da unten zu probieren. Genießt doch das käufliche Vergnügen. Bei mir werdet Ihr nicht weit kommen.«

In seinen Augen stand ein blaues Glitzern. »Noch eine Herausforderung?«

Es wäre sicher klüger gewesen, das zu verneinen, doch sie wollte sich nicht um ihre warnende innere Stimme kümmern. »Und wenn schon, Ihr könnt nicht mit mir machen, was Ihr wollt. Ebensowenig, wie ich verstehe, warum Ihr es überhaupt versucht, kann ich begreifen, warum Ihr mich noch hier festhaltet.«

»Warum? Aus demselben Grund, aus dem ein Geistlicher ein Hemd aus Roßhaar auf der Haut trägt: zur Erinnerung an unbequeme Gelübde, die er aus den erhabensten Gründen abgelegt hat.«

»Es macht Euch wohl Spaß, in Rätseln zu sprechen?«

»Ihr könnt die Bedeutung leicht herauslesen, wenn Ihr danach sucht.«

Sie ging wieder zur Waschkommode und legte die Bürste weg. Dabei fühlte sie, wie sein Blick mit der Gelassenheit eines Wolfs auf ihr ruhte, der ein Kaninchen fixiert. Er hatte die Oberhand, und er wußte es. Und, was noch schlimmer war, sie wußte es auch. Es gab nichts, das ihn davon abhalten konnte, mit ihr nach Gutdünken zu verfahren.

Bisher hatte er erstaunlich viel Geduld an den Tag gelegt. Hätte sie ihn für einen Ehrenmann und Kavalier halten können, wäre sie bald zu dem Schluß gekommen, daß ihn Schuldgefühle und das Vertrauen darauf, Claire aus eigener Kraft finden zu können, bis jetzt daran gehindert hatten, die Antwort auf seine Fragen mit anderen Mitteln aus ihr herauszuholen. Zugegeben, er hatte eine Methode der Überzeugung angewandt, die nicht gerade salonfähig war, aber eigentlich hatte er ihr nichts zuleide getan. Wollte er jetzt, nachdem er vergeblich die ganze Gegend durchkämmt hatte, wieder eine neue Taktik anwenden, um die Informationen zu erhalten, die er haben wollte? Oder was sollten seine dunklen Worte sonst bedeuten?

Ein leises Knarren des Bettrahmens warnte sie, daß er aufgestanden war und sich ihr näherte. Sanft und stark legte er ihr die Hand auf die Schulter, umspannte mit dem Arm ihre schlanke Taille, streichelte Angeline und zog sie an sich. Er atmete den reinen Rosenduft ihres Haars, und sein Kinn mit dem Stoppelbart kratzte an ihrer Schläfe. Er neigte den Kopf und strich mit den Lippen unter ihrem Ohr über die empfindsame Haut an ihrem Hals.

»Nicht!« Sie sog scharf den Atem ein. Hastig wollte sie sich seinem Griff entwinden, aber er hielt sie fest.

»Warum nicht? Fürchtet Ihr, doch noch den Lockungen seliger Verzückung zu erliegen?« Er sprach leise, und sein Atem wehte heiß auf ihre Wange.

Als sie den Kopf zurückwarf und ihn ansah, fiel ihm ihr Haar in einer Kaskade von glänzendem Kastanienrot über den Arm. »Ihr seid zu sehr von euch überzeugt. Nichts ist weniger wahrscheinlich, insbesondere wenn ich daran denke, was Ihr damit bezweckt.«

»Und das wäre?« fragte er, und seine Augen waren auf die bezaubernd geschwungenen Lippen gerichtet.

»Ich bin nicht so naiv, anzunehmen, daß Ihr Euch von mir als Person angezogen fühlt. Ihr habt nichts anderes im Sinn, als... als meine Gefühle zu mißbrauchen, um mich Eurem Willen zu unterwerfen.«

Langsam sammelte sich ein Lächeln in seinen Augen. »Euch mit Küssen betören? Ein interessanter Gedanke. Ich frage mich, ob es funktionieren wird?«

»Nie«, knirschte sie, »solange ich es verhindern kann.«

»Aber könnt Ihr es? Das ist doch die Frage!«

Er hielt ihrem klaren graugrünen Blick stand und beugte den

Kopf, um sie zu küssen. Sein Mund war fest und warm und von verzehrender Zärtlichkeit, und er schmeckte nach Wein. Sie spürte, daß sich ihre Sinne nicht länger ihrem Willen unterwerfen wollten, und obwohl sie versuchte, sich gegen diese sanfte, hinterhältige Zersetzung ihres Widerstands zu wehren, konnte sie die Sehnsucht nicht zurückhalten und schmolz dahin. Sie gab immer weiter nach und lehnte sich an Rolf. Langsam hob er den Kopf und blickte auf sie nieder, auf ihre strahlenden Augen und ihre leicht geöffneten Lippen.

Für einen Moment der Spannung blieb sie reglos, dann senkte sie die Lider. Als sie sich zum Sprechen zwang, klang ihre Stimme gepreßt. »Nehmt Euch in acht, oder es kann Euch passieren, daß Ihr, während Ihr meine Gefühle in Wallung bringt, nicht gut genug auf Eure eigenen aufpaßt. Ich schwöre, daß ich nicht zögern werde, Euer eigenes Schwert gegen Euch zu verwenden, und dann werde ich von Euch verlangen, daß Ihr Eure Suche aufgebt und dorthin zurückkehrt, wo Ihr hergekommen seid.«

»Es ist freundlich von Euch, mich zu warnen, aber Ihr solltet Euch des Risikos bewußt sein, das Ihr in solch einem Falle eingeht.«

»Was für ein Risiko?« Sein starker Arm, den er um sie gelegt hatte, war eine sichere, verlockende Stütze, an die sie sich beängstigend leicht würde gewöhnen können.

»Sollte ich meiner Seele Fesseln anlegen und mich freiwillig in Eurer reizenden Falle fangen lassen, dann könnte mein Verlangen nach Euch ins Unermeßliche wachsen, und ich müßte Euch zwingen, für immer mit mir zu kommen.«

Dieser Gedanke hätte Angst und Schrecken in ihr hervorrufen müssen. Daß sie nichts Dergleichen verspürte, war beängstigender als alles, was er gesagt hatte. Allerdings blieb ihr zum Grübeln keine Zeit.

Mit einem seltsamen, nachdenklichen Funkeln in den türkisblauen Augen küßte er sie noch einmal, forschte und schmeckte in ihrem Mund, war ebenso bei der Sache, ebenso stahlhart entschlossen wie vorher, als er unten im Saal den ersten Schuß abgegeben hatte. Sein von grimmiger Intelligenz und unbeugsamem Willen begleitetes Begehren war eine Attacke, der gegenüber Angeline keine

Hoffnung auf einen siegreichen Widerstand hatte. Sie spürte, wie sich ihre Sinne ihm hingeben wollten, seinen gewaltsamen Ansturm in sich aufsogen und mit Honigsüße darauf antworteten. Und in einem letzten Moment der Klarheit erkannte sie instinktiv die uralte Weisheit, daß darin die letzte Raffinesse der Frau lag. Ihre Antwort auf die Gewalt des Mannes war immer schon die weiche Umarmung. Ihn im Wissen um ihre geringere Kraft zu bekämpfen, hieße, die eigene Niederlage besiegeln. Wenn sie ihn aber statt dessen mit nachgiebiger Anmut empfing, streckte er die Waffen und war anderen, versteckteren Angriffen wehrlos ausgeliefert.

Rolfs Hände glitten über Angelines schwellende Brüste. Er strich mit dem Daumen über den weichen Stoff über den Brustwarzen, und sie spürte, wie sie hart wurden und er ihre Erregung durch diese zarte Berührung stürmisch wachsen ließ. Er drückte Angeline fester an sich, so daß sie die Dringlichkeit seines heißen Verlangens fühlen konnte. Wie war sie von ihrem festen Entschluß, ihm zu widerstehen, so schnell zu dieser rückgratlosen, schmelzenden Hingabe gelangt? Es war unbegreiflich! Doch all das verlor mehr und mehr an Bedeutung. Sie legte den Kopf an Rolfs Schulter und schmiegte sich an ihn. Zärtlich berührte sie seinen Arm.

Vorsichtig drehte er sie um, so daß sie ihm ins Gesicht sah, und küßte sie mit einem Seufzer auf die Augenlider, dann nahm er sie in seine starken Arme. Entschlossen trug er sie zum Bett und ließ sie auf die Matratze gleiten. Mit wenigen hastigen Bewegungen schlüpfte er aus seinen Kleidern und kam zu ihr, ein magerer Körper aus purem Gold im Licht der Kerzen auf dem kleinen Tischchen. In Rolfs Augen standen blaue Flammen, als er sich Angeline behutsam näherte. Er schob ihr das Nachthemd hoch und streichelte ihre zart geschwungenen Schenkel bis hinauf zu den Hüften. Als ihm die Schärpe im Wege war, die sie sich um die Taille geschlungen hatte, unterdrückte er mit Mühe einen Fluch, obwohl es nur der Arbeit eines Augenblicks bedurfte, Angeline davon zu befreien. Er zog ihr das weite Leinenhemd über den Kopf und naschte an einer rosigen Brust, die sich ihm plötzlich nackt entgegenstreckte.

Hastig schleuderte er das Nachthemd beiseite und zog Angeline an sich. Behutsam rollte er sich auf den Rücken, so daß sie über ihm lag, jede der sanften Wölbungen und Einbuchtungen ihres Körpers an den seinen geschmiegt. Ihre graugrünen Augen blinzelten erstaunt auf ihn hinunter. Ihr fein gemeißelter Mund verzog sich zu einem flüchtigen Lächeln, dann strich ihr Rolf mit den Fingern durch das Haar, daß es nach vorn fiel und sie wie ein schimmernder Umhang einhüllte. Er nahm ihr Gesicht in seine harten Kriegerhände und preßte ihren Mund auf seinen.

Sie spürte das regelmäßige Heben und Senken seiner Brust, die Stöße seines Pulsschlags, das sachte Rascheln seiner Brusthaare an ihrem Busen. Sein Bauch war flach und fest, die Schenkel muskulös. Ganz versunken in Tasten und Berühren, nahm sie doch wahr, daß sie sich innerlich entspannte. So, wie sie jetzt lag, konnten Rolfs Gewicht und seine Stärke sie nicht so leicht dominieren, und sie war ihm nicht völlig ausgeliefert. Diese Freiheit war berauschend.

Seine Hände strichen ihr über den Rücken zur Taille, umschlangen sie und massierten ihre Hüfte. Es war nichts, dem sich Angeline widersetzen mochte, sondern brachte sie vielmehr zu einer siedenden Erregung, zu einem Gefühl von flüssiger Fülle in den Lenden. Langsam hob sich Rolf ihr entgegen und drückte sie fest an sich. Angeline preßte ihre Brüste an seine Haut. Trotz der Kühle im Raum spürte sie, wie sie vor Hitze erglühte. Sie stützte sich auf den Ellbogen und strich Rolf über das Gesicht, berührte die rauhen Mundwinkel, wo sich ihre Lippen trafen. Es war ein Gefühl unbeschreiblicher Nähe, mit dem alle Verletzlichkeit verschwand, als Rolf ihre Schenkel behutsam öffnete und mit einem langsamen Drehen der Hüfte mit seinem starken pulsierenden Feuer in sie eindrang.

Der Atem stockte Angeline. Doch dann, als Rolf tiefer und tiefer in sie eindrang, atmete sie schneller und schneller. Jeder bewußte Gedanke trat zurück, während die Lust sie überschwemmte. Angeline stemmte sich hinauf und bewegte sich mit ihm. Jetzt war sie es, die ihn immer tiefer in sich hineinnehmen wollte und jegliche Bedenken um die Folgen beiseite ließ. Ihr Körper wurde zu einer lebendigen Flamme, die sich selbst verzehrte, bis sie nichts wußte und nichts wollte als diese fieberhafte Erregung, diese weißglühende Vereinigung. Ihr Wesen löste sich auf und flog davon vor unendlichem Entzücken.

Lange Zeit lag Angeline reglos und fast wie bewußtlos da. Rolf verlagerte sein Gewicht, so daß sie nun neben ihm lag. Er umarmte sie, legte ihr die Hand auf die Brust und vergrub das Gesicht in ihren Haaren. Ihr Atem wurde langsamer und ruhiger. Die Dunkelheit löste sich aus Angelines Bewußtsein, und nach einiger Zeit – ihr kam es vor wie eine Ewigkeit – spürte sie die Kälte wieder. Rolfs schlanker Schenkel neben ihr war warm. Wenn sie sich rührte, würde er zweifelsohne auf sie aufmerksam, aber wenn sie das nicht wollte, mußte sie die nächtliche Kühle aushalten.

Angeline bewegte sich ein wenig und hoffte, daß Rolf sie losließ oder sie vielleicht zudeckte, wie er es zuvor manchmal getan hatte. Er rührte sich aber nicht. Seine Brust hob und senkte sich in stetigem Rhythmus, die Wimpern mit den blonden Spitzen lagen still und verdeckten die Augen. Er schlief tief und fest.

Wenn sie bisher daran gezweifelt hatte, daß er zuviel getrunken hatte, war ihr das jetzt nicht mehr möglich. Sie konnte sich nicht vorstellen, weshalb er sonst so tief in den Schlaf hätte versinken sollen. Bisher hatte ihn immer schon die leiseste Bewegung aufgeweckt. Aber wenn er berauscht war, konnte man von dem, was er gesagt hatte, nichts für bare Münze nehmen, und auch ihre Reaktionen hatten nichts zu bedeuten. Seine Zärtlichkeiten, seine Versuche, ihr zu gefallen, die Andeutung von Zuneigung – all das waren nur die Phantasien eines Betrunkenen. Diese Entdeckung war unschön, aber noch mehr quälte sie ihre eigene Wut und Enttäuschung.

Was für eine bodenlose Dummheit von mir, dachte sie. Ihr blieb nichts anderes übrig, als es sich einzugestehen. Unabhängig davon, was sie sich vorgenommen hatte, hatte es ihr im tiefsten Innern gutgetan, daß Rolf sie allen anderen vorgezogen hatte. Der Damenmangel hätte kein unüberwindliches Problem dargestellt, das wußte sie wohl. Man hätte ein Arrangement treffen können, um ihre Gunst gerecht zu verteilen. Statt dessen war Rolf mit ihr hinaufgegangen, und sie hatte sich dadurch in ihrem Urteil beirren lassen. Ihr Widerstand und jede ihrer erbärmlichen Trotzhandlungen waren so sinnlos! Sie hatte sich in ihrer Eitelkeit geschmeichelt gefühlt, daß der Mann, der sie entführt, aus Rache entehrt und mit diabolischer, entwürdigender Meisterschaft gefoltert hatte, sie in einer plötzlichen

Kehrtwendung so zärtlich geliebt hatte. Sie hätte wissen müssen, daß etwas anderes hinter seinem Verhalten steckte, und hätte auf die Warnung ihres Instinkts hören sollen, daß er nicht nüchtern war.

Eine furchtbare Wut erfüllte Angeline, weil ihr eigener Körper sie betrogen hatte. Die Glut, mit der sie ihm entgegengekommen war, war überwältigend und bestürzend gewesen. Aber auch das war noch nicht alles. Es hatte in dieser Umarmung einen Augenblick gegeben, in dem sie bei sich Gefühle für Rolf wahrgenommen hatte, die Zuneigung unbequem nahe kamen. Nicht, daß sie in ihn verliebt war, das natürlich bei weitem nicht. Aber es war unmöglich, einem Mann so nahe zu sein, ohne dabei irgend etwas zu fühlen.

Unwillkürlich überlief sie ein Schauder. In jähem Widerwillen gegen alles, was in diesem Himmelbett geschehen war, wurde Angeline nur von dem verzweifelten Wunsch erfüllt, von Rolf fortzukommen und irgendwo allein zu sein, wo er sie nicht berühren konnte, nicht einmal durch Zufall. Sie schob sich von ihm weg und entschlüpfte seiner schlaffen Hand. Sie sah sich nach ihrem Nachthemd um. Es lag zerknüllt zwischen dem Bettzeug, und ein Ärmel steckte unter Rolfs Kopfkissen. Sie wollte ihn nicht wecken und zog es behutsam hervor. Rolf bewegte sich, und sie hielt ein, aber er rückte nur ein wenig näher an sie heran.

Angeline wartete mit angehaltenem Atem, bis er wieder ruhig lag, dann stahl sie sich aus dem Bett, zog sich das Nachthemd über und trat mit nackten Füßen auf den eiskalten Boden.

Die Stühle im Zimmer luden nicht zur Bequemlichkeit ein; sollte sie versuchen, auf einem davon Schlaf zu finden, stand ihr eine ungemütliche Nacht bevor. Sie hätte sich auf dem Teppich vor der Feuerstelle mit dem Rücken zur verlöschenden Glut zusammenrollen können, doch der Läufer war dünn und der Boden hart. Während sie stirnrunzelnd dastand und die Arme frierend um sich legte, erinnerte sie sich daran, im angrenzenden Ankleidezimmer eine Chaiselongue gesehen zu haben. Es würde kühl sein da drinnen, wo schon seit Tagen, ja vielleicht seit Monaten oder Jahren kein Feuer mehr entfacht worden war. Sie brauchte etwas zum Zudecken.

Sie beäugte zweifelnd die zerwühlten Decken am Fuß der Bettstatt und überdachte die Möglichkeit, Rolf zu wecken. Daß dieser

Mann aber auch alles komplizierter machen mußte, sogar wenn er schlief! Sie bedachte sich nicht lang, sondern zerrte eine der vorhandenen Steppdecken an sich.

Sie machte sich mit ihrer Beute über dem Arm daran, den Raum zu verlassen, als ihr Blick auf seinen nackten Körper fiel und sie stehenblieb. In seinem Zustand konnte es Stunden dauern, bis er munter genug war, um die Kälte zu spüren und sich zuzudecken. In dieser feuchten winterlichen Kühle der Subtropen konnte er sich eine Lungenentzündung holen.

Mit zusammengepreßten Lippen legte sie die Decke weg und trat ans Bett. Sie breitete behutsam das Laken und eine Wolldecke bis zu den Schultern über Rolf und deckte auch seinen ausgestreckten Arm zu. Als das getan war, glitt ein belustigtes Lächeln über ihre Züge. Eigentümlich, aber es sah so aus, als habe er immer noch seine Bettgenossin bei sich. Einen pulsierenden Herzschlag lang starrte sie auf die bronzenen Züge, drehte sich dann abrupt um und bückte sich, um ihre Steppdecke aufzuheben. Sie blies die Kerzen neben dem Bett aus und ging auf die Tür zum Ankleidezimmer zu, die mit einem Wandteppich verhängt war.

Der kleine Raum war klamm und eiskalt, genau wie sie es sich gedacht hatte. Zudem war es dunkel, denn die Nacht, die durch das einzige Fenster hereinsah, war mondlos und Angeline hatte keine Kerze. Die Luft war geschwängert von modrigem Ledergeruch und dem dicken Staub, den Angeline bei ihrem Eintritt aufgewirbelt hatte. Ganz still lag sie auf der Chaiselongue. Sie hatte sich in ihre Decke gewickelt wie in einen Kokon und lauschte den nächtlichen Geräuschen aus dem Innern des Hauses und von draußen. Der Wind heulte um die Ecken und peitschte durch die unbelaubten Äste der Bäume, die nahe am Fenster standen. Ab und zu ächzten Wände und Gebälk auf, eine natürliche Begleitmusik zu dem leisen Stöhnen, den erstickten Schreien und dem Knarren der Bettgurte, die aus den anderen Zimmern drangen. Diese Laute hatten nichts Gespenstisches. Die Männer der Leibgarde hatten die Frauen auf ihre Zimmer mitgenommen, und jedes Paar wand sich mit verschlungenen Gliedern ineinander und mühte sich ab. Angeline ging der Gedanke durch den Kopf, ob ähnlicher Lärm auch aus dem

Zimmer gedrungen war, das sie mit Rolf teilte, und ob es dann wohl irgendwer bemerkt hatte. Es spielte zwar keine Rolle, aber die Vorstellung ließ sie im Dunkeln erröten. Sie wickelte sich fester in die Decke, verschloß die Augen und Ohren und bemühte sich, nichts mehr von alldem wahrzunehmen, was um sie herum vorging.

In Angelines unruhigen Schlaf drang ein Knistern und verband sich mit ihrem Traum. Eine Feuersäule loderte zum Himmel auf, und sie mußte Schritt für Schritt darauf zugehen. Sie war voll Neugier und Angst, voll Sehnsucht und Verzweiflung zugleich. Sie konnte das Feuer brüllen hören und den Rauch riechen. Ihre Augen brannten und fingen an zu tränen. Glimmende Teilchen kamen ihr in den Hals und würgten sie.

Sie erwachte hustend und mit beißendem Rauch in den Lungen. Ihre Augen schmerzten, und ganz in der Nähe war wirklich das unheilvolle, gefräßige Knacken von Feuer zu hören. Sie richtete sich auf und wandte sich dem Geräusch im Nebenzimmer zu. Durch einen Spalt unter der Tür erspähte sie einen Streifen züngelnden, orangeroten Lichts.

Sie rappelte sich auf und hastete zur Tür. Sie öffnete sie mit einem Ruck und warf den Wandteppich beiseite. Das Bett, in dem sie noch vor kurzem gelegen hatte, war eine Insel von Feuer. Purpurne und goldene Zungen leckten an den Bettvorhängen hinauf, tanzten und loderten und schwärzten die Decke mit ihrem Rauch. Sie liefen über das geschnitzte Kopfteil und fielen auf die Laken, warfen in die schattigen Ecken des Zimmers ihr helles Licht und umstrahlten den Kopf des Mannes mit einem Heiligenschein, der unter den Decken lag, wie Angeline ihn verlassen hatte.

»O Gott«, hauchte Angeline, stürzte vorwärts, packte Rolf am Arm und zerrte ihn fort von dem Zugriff des züngelnden, stürzenden Flammenregens. Er war schwer, ein regloses Gewicht, und sie konnte ihn unmöglich heben. Ein brennender Stoffetzen löste sich vom Baldachin und flatterte ihm auf die Schulter. Er zuckte nicht einmal zusammen.

Angeline biß sich auf die Lippen, lief zur Waschkommode und nahm den halb gefüllten Krug, der dort bereitstand. Sie schüttete seinen Inhalt auf Rolf und das Bettzeug. Ein kleiner Teil des Feuers erlosch zischend, aber die gierigen Flammen, die die Bettvorhänge erfaßt hatten, brannten noch lichterloh. Hilfe tat Not. Jetzt gleich.

Angeline schleuderte den Krug zu Boden, rannte zur Tür und riß sie auf. Mit wenigen hastigen Sätzen überquerte sie den Flur und hämmerte an Meyers Tür.

»Es brennt!« schrie sie. »Es brennt!«

Weiter den Korridor hinunter öffnete sich eine Tür, und Gustav erschien auf der Schwelle und streifte sich im Laufen die Hosenträger über die Schultern. »Um Gottes willen!« rief er, als er im dunklen Flur den Feuerschein wahrnahm. »Und ich dachte schon, es riecht doch nach Rauch.«

Angeline rief ihm zu: »Rolf... ich kann ihn nicht wachkriegen!«

Im nächsten Moment war der Korridor voll von fluchenden Männern und kreischenden, schimpfenden Frauen. Die Garde stürzte in den Raum, wo ihr Anführer lag. Ohne Rücksicht auf die Gefahr rissen sie mit bloßen Händen die Bettvorhänge herunter, traten die Flammen aus, schlugen auf sie ein und erstickten sie mit schnell zusammengeraffen Kissen und Decken. Die Luft füllte sich mit fliegender Asche und dem brenzligen Geruch angesengten Stoffs. Leopold und Oskar trugen Rolf auf die andere Seite des Zimmers und legten ihn dort auf den Boden. Als sie zurücktraten, schlug er mit außerordentlicher Mühe die Augen auf. Mit stecknadelgroßen Pupillen richtete er den Blick auf Gustav und Meyer, die, von Rauch und glühendem Funkenregen umgeben, auf der Matratze standen und auf eine hartnäckig glimmende Stelle am Baldachin einschlugen. Es war schwer zu sagen, ob Rolf die Situation durchschaute, aber er begrüßte sie auf seine Art.

»Was für eine hübsche Verwirrung«, sagte er mit schleppender Stimme, »die Hölle ist offenbar auch nicht besser organisiert als unsere zum Heulen schöne Mutter Erde.«

Die Erleichterung, die sich im Raum ausbreitete, war mit Händen greifbar. Sarus kniete neben seinem Herrn. Unter der gelben Haut war sein Gesicht bleich. Oskar warf Leopold und seinem Bruder Oswald ein gequältes Lächeln zu, der weiter damit beschäftigt war, Fetzen brennenden Stoffs von der Wand zu kratzen. »Gott sei

Dank«, knurrte Meyer, und Gustav seufzte, sprang vom Bett und baute sich vor dem auf dem Boden liegenden Prinzen auf.

»Was sollte denn das?« fragte der ergraute Veteran. »Wolltet Ihr das Haus über unseren Köpfen anzünden, oder war Euch nur ein wenig kühl?«

Rolf schloß die Augen. »Schreit nicht so. Ich sammle bereits Entschuldigungen für Monsieur de la Chaise wegen des Schadens, den sein Eigentum bisher genommen hat, aber soweit ich mich entsinnen kann, geht diese Eskapade nicht zu meinen Lasten.«

»Ich habe Euch schon einiges mehr als heute nacht schlucken sehen, und das Ergebnis war nicht einmal ein Gähnen. Wie kommt es, daß Ihr Euch heute beinahe selbst getötet hättet?«

»Bist du enttäuscht? Das ist nicht zu ändern, aber ich weiß des Rätsels Lösung auch nicht.«

Gustav runzelte die Stirn und ließ sich neben Rolf nieder. Er zog eines seiner Lider hoch und begutachtete die winzige Pupille in dem Meer von strahlendem Blau.

»Sie arbeiten unabhängig voneinander, aber auch gemeinsam«, bemerkte der Patient und erbrachte auch gleich den Beweis, indem er beide Augen offenhielt, während eine Braue fragend zuckte.

»Drogen«, sagte Gustav. »Ich tippe auf die Frucht des türkischen Mohns.«

Den Mann am Fußboden schüttelte ein stilles Lachen. »Schwächend und dekadent. Ich nehme nicht an, daß ich mich übergeben muß, wenn ich etwas trinke, aber ich würde die Probe aufs Exempel gern machen. Natürlich nichts mit Alkohol.«

»Ihr habt Euch doch nicht etwa selbst...« fing Gustav an und schwieg dann plötzlich.

»Wenn du so etwas fragst«, erwiderte Rolf und schloß die Augen, »dann habe ich etwas falsch gemacht. Vielleicht war ich zu freigebig mit der Frucht des Weinstocks?«

Sarus erhob sich und schlüpfte aus dem Zimmer. Angeline starrte zur Tür, durch die er verschwunden war und die sich nun langsam mit bleichgesichtigen Frauen füllte, deren Augen jetzt, wo sie nichts mehr zu befürchten hatten, vor Neugier weit aufgerissen waren. Die Frage blieb offen, wer Rolf die Droge ins Essen oder ins Getränk gemischt haben konnte, und warum er oder sie diesen Weg gewählt hatte, statt ihn zu vergiften? Hatte diese Person Rolf durch die Kombination von Wein und Drogen töten wollen und zu anderen Maßnahmen gegriffen, als das nicht funktionierte? Oder hatte das Feuer einen Unfall vortäuschen sollen, damit die Droge ein Geheimnis blieb, das Rolf mit ins Grab nahm?

Oswald stützte sich mit dem Fuß an der Wand ab und räusperte sich. »Unterstellt Ihr, daß jemand ins Haus eingedrungen ist, Rolf eine Prise Opium ins Essen gemengt und sich versteckt gehalten hat, bis alles schlief, und dann hier heraufkam und sein Bett angezündet hat? Das ist unmöglich. Wir alle waren doch die ganze Zeit hier. Ich gebe zu, es ist einiges geschehen, das Verdacht erregen muß, aber wer auch immer es sein mag, aber ich kann nicht glauben, daß sich derjenige, der dahinter steckt, in unser Quartier wagt. Außerdem steht, wie ihr seht, der Leuchter auf dem Tisch direkt neben der Bettkante. Vielleicht war es nur ein Unfall?«

»Und die Drogen?« fragte Gustav.

»Dafür haben wir nichts als Euer Wort. Könnte es nicht auch möglich sein, daß Rolf nach den Strapazen der letzten Tage übermüdet war und der Wein ihn deshalb stärker mitgenommen hat als sonst?«

»Nichts als mein Wort!« schnaubte Gustav und stand auf.

Rolf hob die Hand, ohne die Lider zu öffnen. »Die Debatte ist überflüssig.«

Der nächste, der sich äußerte, war Meyer. »Jedenfalls spricht nichts dafür, daß der Täter ein Außenstehender war. Heute nacht waren fünf Fremde im Haus, sechs, wenn wir Angeline dazuzählen. Außerdem müssen auch die Diener von de la Chaise mitgerechnet werden, die draußen in der Küche übernachten. Dann sind da noch die Kutscher der Wagen, die die Vorräte zur Küche gefahren haben...«

»Und wir selbst«, murmelte Oskar vor sich hin.

Wie auf Kommando richteten sich aller Augen auf Leopold. Er stand auf und ballte die Hände zu Fäusten. »Also, wenn Ihr jetzt...«

»Angeline müssen wir ausnehmen«, fiel Gustav hastig ein, als wolle er einen Streit vermeiden. »Sie hat Alarm gegeben, sonst wären wir vielleicht nicht rechtzeitig gekommen. Außerdem war sie ebenso gefährdet wie Rolf.«

»Das stimmt«, antwortete Meyer und wandte sich an sie. »Vielleicht hat sie etwas oder jemanden gesehen?«

»Ich... nein, niemanden, nichts. Als... als ich aufgewacht bin, brannte das Feuer schon.« Sie wußte nicht, wieso, aber sie konnte sich nicht dazu überwinden, bis ins Detail zu erzählen, warum sie weder im selben Zimmer noch im selben Bett übernachtet hatte.

Eine der Damen auf der Türschwelle gab ein unterdrücktes Kichern von sich. »Die muß aber gut geschlafen haben. Ich wüßte gern, woran das lag.«

Meyer warf einen bösen Blick in ihre Richtung, dann sagte er mit einem bezeichnenden Nicken zu den anderen: »Das führt zu nichts. Ich schlage vor, wir vertagen das Sezieren auf morgen früh.«

Während er sprach, brachte Sarus auf einem silbernen Tablett einen Pokal herein. Er ließ sich neben Rolf nieder und stützte ihn, während der Prinz trank. Auf einen Ellbogen gestemmt, sah Rolf auf. »Ein wenig voreilig, Meyer.«

Der großgewachsene Mann mit dem sandfarbenen Haar drehte sich um. Ein Lächeln saß in den grauen Augen. »Ja, zum Glück. Was sollen wir jetzt mit Euch machen?«

Sie richteten in Meyers Zimmer das Bett für Rolf her. Meyer, der das selbst vorgeschlagen hatte, begab sich nach unten und verbrachte den Rest der Nacht auf einem Sofa, während die Frau, die er bei sich hatte, auf dem anderen übernachtete. Sie beklagte sich bitter, bis man ihr eine Goldmünze in die Hand drückte. Rolf ging ohne Hilfe ins Bett und beobachtete amüsiert, wie Angeline mit hochrotem Kopf neben dem Bett stehenblieb, bis die anderen draußen waren.

»Ich verdanke Euch also mein Leben«, sagte er, als sie zögernd an seine Seite unter die Decke schlüpfte.

»Das ist doch nicht der Rede wert.«

»Für Euch vielleicht nicht, aber für mich hat es durchaus einigen Wert.«

»So habe ich es nicht gemeint...«, begann sie und runzelte die Stirn.

»Ich weiß, wie Ihr es gemeint habt«, unterbrach er sie. »Ich sollte mir eine Belohnung für Euch ausdenken.«

»Bemüht Euch nicht. Mir genügt es, wenn Ihr mich freilaßt.« Ihre Stimme klang scharf.

Er sah sie an, und seine Augen strahlten unter der Wirkung der Droge in flüssigem Glanz. Er antwortete: »Alles, nur das nicht.«

9

Angeline hatte erwartet, daß Rolf weit in den Tag hinein schliefe. Er tat es nicht. Weniger als vier Stunden, nachdem er sich wieder ins Bett gelegt hatte, war er aufgestanden, rasiert, angekleidet und vollständig Herr der Lage. Seine Laune war offenbar das einzige, was gelitten hatte. Er war kurzangebunden zu Sarus, den er schlafend auf der Schwelle vorfand, mürrisch zu Angeline, da sie seine Frage, was sie zum Frühstück wünsche, nicht schnell genug beantwortete, und scharf zu Gustav, als dieser ihm ein Mittel gegen Kopfschmerzen anbot, da er sicher war, daß der Schädel des Prinzen fast platzen müsse. Rolf ging in die Halle und ließ allen Mitgliedern der Garde ausrichten, er erwarte sie dort in einer halben Stunde in Uniform.

Als die Herren, die das Gähnen kaum unterdrücken konnten und heimlich ihre Uniformjacken zurechtrückten, sich zu einer Art Kriegsgericht zusammengefunden hatten, ließ Rolf die Frauen nacheinander zur Befragung rufen. Diese Verhöre waren so zermürbend, daß die resoluten und verhärteten Damen entweder stumm und mit blassen Lippen oder weinend wieder herauskamen. Das junge Mädchen war völlig am Boden zerstört, und Oskar mußte sie stützen, als sie den Raum verließ, wobei sie sich die Hände vors Gesicht hielt, um die Tränen wegzuwischen. Als es Zeit zum Aufbruch war, hörte Angeline, wie Oskar das Mädchen zum Bleiben im Jagdschloß drängte, aber es war nicht dazu zu bewegen. Kurz vor Mittag bestieg es mit den anderen Damen die Kalesche, die Monsieur de la Chaise für ihre Rückreise bereitgestellt hatte. Als die Kutsche abfuhr, sah es sich nicht einmal mehr um.

Am Nachmittag wurde eine Beratung abgehalten, von der Angeline ausgeschlossen war. Vorher wurde sie höflich in das Schlafzimmer komplimentiert, das sie mit Rolf teilte, und schlug dort die Zeit tot, indem sie Sarus half, Ordnung zu machen. Sie wuschen die Wände ab, wischten die Möbel, polierten den Holzrahmen des Bettes und legten neue Matratzen und Decken auf. Immer noch hielt sich der Geruch nach Rauch und verband sich nach getaner Arbeit mit dem Duft von Seife und Politur aus Zitronenöl. Der Raum war wieder benutzbar. Sarus ließ Angeline allein und ging mit einer Verneigung hinaus, um sich um das Abendessen zu kümmern.

Später hörte Angeline erstmals Hufgetrappel auf der Auffahrt und sah erst einen, dann einen zweiten Gardisten kommen und gehen. Die Natur ihrer Aufträge konnte sie nur ahnen. Offenbar war Rolf die Warterei leid und versuchte noch einmal aktiv, etwas über Claires Versteck zu erfahren. Der Grund lag auf der Hand: Der Vorfall der vergangenen Nacht hatte ihn anscheinend aufgerüttelt, bestanden doch Parallelen zum Tod seines Bruders. Noch ein ruthenischer Thronfolger, der im Bett keines natürlichen Todes starb – das wäre zuviel.

Obwohl sie beschlossen hatte, nicht nachzugrübeln, ging Angeline das Feuer den ganzen Tag nicht aus dem Kopf. Mochte Oskar einwenden, was er wollte, es war kein Unfall, das wußte sie. Sie selbst hatte die Kerze auf dem Tischchen neben dem Bett ausgeblasen, bevor sie sich ins Ankleidezimmer zurückgezogen hatte. Was blieb dann noch? Unter den Umständen war es ganz plausibel, daß der Schuldige ein Außenstehender war, aber um sich eben diese Umstände zunutze zu machen, mußte sich der Täter entweder ausgezeichnet ausgekannt haben oder ein präziser Beobachter sein. Auch dann wäre er ein hohes Risiko eingegangen. Die Vermutung, die Gustav vor einigen Tagen geäußert hatte, leuchtete ihr viel mehr ein: daß der Attentäter zu Rolfs *garde du corps* gehörte.

Doch warum sich darüber den Kopf zerbrechen? Sie sollte sich eher um sich und die unhaltbare Lage Sorgen machen, in die Rolf sie gebracht hatte. Sie sollte an ihre eigene Zukunft denken und überlegen, was sie gegen Rolfs Drohung, sie zu verschleppen, unternehmen konnte, sollte er sie wahrmachen. Sie mußte fliehen. Sie hatte keine Ahnung, wie das zu bewerkstelligen war, aber sie konnte nicht einfach die Hände in den Schoß legen und ihn nach Gutdünken mit sich umspringen lassen. So ein Leben führten auch die Frauen, die letzte Nacht zur Verfügung gestanden hatten, ein ehrloses Wanderleben in Schande, bei dem sie jeden Mann ihren Herrn nannten und niemandem gehörten, nicht einmal sich selbst.

Die Dämmerung brach früh herein, Wolken ballten sich zusammen, und ein Nebel, der jeden Augenblick in Regen umschlagen konnte, hüllte die Bäume ein. Angeline badete vor dem Abendessen und wusch sich den Rauch aus den Haaren. Sie kämmte den langen, feuchten, seidigen Wirrwarr und zog sich wieder das Musselinkleid und die Bluse an, die Sarus ihr am Morgen frisch gewaschen und gebügelt gebracht hatte. Sie saß am Feuer und trocknete die langen Flechten, indem sie sie sacht zwischen den Fingern rubbelte, als Rolf hereinkam.

Er blieb stehen und betrachtete sie durchdringend, dann schloß er die Tür und ging mit entschiedenen Schritten auf sie zu. Fast beiläufig, als dächte er an etwas anderes, sagte er: »Vielleicht wünscht Ihr Euch als Belohnung für heute nacht ein Kleid?«

»Nein, danke.«

»Vor nicht allzu langer Zeit habt Ihr Euch über den Mangel an Abwechslung in Eurer Garderobe beschwert.«

Angeline ließ den Blick über seine Schultern gleiten und entgegnete: »Ich habe genügend Kleider bei meiner Tante.«

»Die Euch allerdings nicht zugänglich sind. Wenn der Fetzen, den Ihr anhabt, ein repräsentatives Beispiel darstellt, wird Euch der Verlust wohl kaum das Herz brechen.«

»Was habt Ihr gegen dieses Kleid?«

»Abgesehen von der Tatsache, daß es aus dem billigsten Musselin ist und wahrscheinlich wie Papier zerreißt«, antwortete er mit einem amüsierten Blick, der sie fast zu einer Bemerkung über seine Rolle bei der Entstehung dieses Problems provoziert hätte, »ist es seit mindestens fünf Jahren aus der Mode. Außerdem steht es Euch überhaupt nicht, obwohl es für Claire als *jeune fille* wahrscheinlich nicht übel war.«

Sein Spott und seine Anmaßung trafen sie mehr als alles andere, was er seit der ersten Nacht zu ihr gesagt hatte, als er sie noch für Claire gehalten hatte. Sie sah ihn mit ihren graugrünen Augen ruhig an; Zorn und etwas anderes, das sie nicht zugeben wollte, waren darin zu lesen, als sie erwiderte: »Ich habe nichts anderes.«

»Ich wollte gerade vorschlagen, für Abhilfe zu sorgen.«

»Das ist weder Eure Pflicht noch Euer Recht!«

»Da täuscht Ihr Euch«, erwiderte er sanft. »Wenn ich Euch mit Diamanten und Perlen überhäufen will, werde ich es tun. Wenn es mir gefällt, Euch mit Blumen zu behängen, Eure Füße in Pelze zu hüllen und Euch einen Rubin in den Nabel zu stecken, werde ich dieses Gelüst befriedigen. Alles, was ich von Euch verlange...«

»Ich weiß! Ihr verlangt nur meine Willfährigkeit. Verzeiht, wenn der Zustand meiner Kleider nicht zu Eurer bedeutenden Stellung paßt. Als ich kam, war ich nicht auf einen längeren Aufenthalt vorbereitet und... und wußte nicht viel über die Position, die ich auszufüllen hätte. Ihr werdet Euch damit abfinden müssen, mich zu nehmen, wie ich bin!«

Er stand bedrohlich über ihr, und seine Augen glitzerten dunkel wie Saphire. »Ich habe gute Lust, meine ursprügliche Idee wiederaufzunehmen und Euch nackt herumgehen zu lassen. Das wäre nicht nur viel bequemer, es würde vielleicht auch verhindern, daß Ihr Euch zu sehr mit meinen Leibgardisten anfreundet, sie zu Euren Rittern macht und für Euch einnehmt, so daß sie bis auf den letzten Mann bereit sind, Euch zu bringen, wohin Ihr wollt.«

»Ihr... Ihr übertreibt.«

»Mit der Nacktheit oder der Reaktion meiner Männer? Ich versichere Euch, daß ich in beiden Fällen die reine Wahrheit spreche.« Er kniete neben dem Stuhl, auf dem sie saß, streckte die Hand aus, streichelte ihr über Wange und Kinn, über den Hals und tiefer, wo das Tal zwischen ihren Brüsten begann. »Ein Jammer, daß wir uns so begegnen mußten, aber ich bin nicht der Mann, der eine Gabe der Götter wegen ihrer Verpackung verschmäht. Ich bin entschlossen, Euch zu genießen, solange es mir Vergnügen macht, und werde dafür sorgen, daß Ihr dabei nicht verliert.«

Diese Sätze mit der Andeutung, er werde sie bezahlen, drangen Angeline wie Gift ins Gehirn. Sie bestätigten nur ihren Verdacht, aber dennoch erfüllte sie eine Wut, wie sie sie noch nie erlebt hatte. Sie schleuderte seine Hand von sich und stand auf.

»Wie überaus freundlich von Euch«, begann sie mit schneidender Stimme.

Es klopfte leise. Rolf richtete sich zu seiner vollen Größe auf. Er trat einen Schritt auf die Tür zu und zögerte dann. Nur kurz begegnete er Angelines Blick, und in den lebendigen Tiefen seiner Augen sah sie – sie bildete es sich zumindest ein – eine Art Bedauern aufflackern. Jäh drehte er sich um und öffnete die Tür.

Sarus war draußen. Die Männer berieten etwas im Flüsterton, dann schritt der Diener davon. Die Hand am Türknauf, wandte sich Rolf an Angeline.

»Sarus hat mir gemeldet, daß angerichtet ist. Ich muß vorher noch eine andere Angelegenheit regeln. Ich werde Euch binnen kurzem unten treffen.« Er machte Anstalten, den Raum zu verlassen, drehte sich aber wieder um, als sei ihm plötzlich etwas eingefallen. »Ach, was ich noch sagen wollte, wir haben Claires Versteck entdeckt. Sie wird uns heute nacht in die Hände fallen.«

Angeline starrte noch lange zur Tür, nachdem die sich hinter Rolf geschlossen hatte. Sie holte tief Luft, um sich zu beruhigen, und preßte beide Hände an die Brust. Jetzt konnte sie nichts mehr tun. Sie wollte nur alleine sein und auf die Mahlzeit verzichten. Wenn sie jedoch nicht erschien, kam Rolf möglicherweise zurück und machte seine Drohung wahr; es war ihm zuzutrauen. Im Augenblick mußte sie sich nach seinen Befehlen richten, aber das würde nicht immer so bleiben.

Ihre Haare waren fast trocken. Sie bürstete sie noch einmal durch, warf sie zurück, verließ den Raum und ging zur Treppe.

Beim Hinuntergehen runzelte Angeline ein wenig die Stirn, denn in Gedanken war sie noch bei dem, was Rolf gesagt hatte. Ihr Blick fiel auf die Eichentreppe und die Wandverkleidung aus *faux bois*. Der Name paßte, denn die kunstvolle Bemalung des »falschen Holzes« ließ die Wände wie Marmor wirken. Ihre Hand ruhte noch auf dem Endpfosten am Fuß der Treppe, und sie sah sich um. Die Vordertür stand einen Spaltbreit offen, als sei gerade jemand hereingeschlüpft, und fast ohne nachzudenken ging Angeline hin, um sie zu schließen. Sie legte die Hand auf die Klinke, blieb dann aber stehen und sah in die nebelverschleierte Nacht hinaus.

An dem schmiedeeisernen Pfahl vor der Eingangstreppe des Hauses war ein gesatteltes Pferd angebunden. Es stampfte ungeduldig mit einem Hinterhuf. Angeline starrte es mit brennenden Augen an und spürte den schmerzhaften Drang, durch die Tür und die Treppe hinunterzulaufen, sich in den Sattel zu schwingen und davonzugaloppieren. Sie wandte sich vorsichtig um und schaute in den Saal, wo der Tisch mit schimmerndem Porzellan, Kristallglas und Besteck für das Diner gedeckt war. Kein Mensch war zu sehen, und auch die ägyptischen Sofas vor dem niedergebrannten Feuer waren leer. Die anderen mußten bei Rolf und der Beratung sein, von der er gesprochen hatte, und Sarus hielt sich bestimmt bei der Anrichte auf, um den ersten Gang vorzubereiten. Angeline lauschte aufmerksam, aber von oben war nichts als Stimmengemurmel zu hören, und von der anderen Seite der Halle, wo sie zu Abend essen sollten, nur das leise Klappern von Geschirr. So unglaublich es auch schien, sie war allein.

Angeline schlüpfte durch die Tür und schloß sie mit äußerster Behutsamkeit hinter sich, dann trat sie auf Zehenspitzen über die Schwelle und schlich sich die Stufen hinunter. So sehr zitterten ihr die Finger, daß es ziemlich lange dauerte, bis sie den Knoten aufgeknüpft hatte, mit dem die Zügel am Pfosten befestigt waren. Das Pferd war ein Wallach mit seidenweißem Fell und großen, intelligenten Augen. Sie klopfte ihm den Hals, flüsterte begütigend auf ihn ein und führte ihn zu einem Klotz, um aufzusteigen. Sie betete, er möge schon Erfahrungen mit Röcken gesammelt haben, stellte sich auf den Holzklotz, stieg in den Steigbügel und schwang sich in den Sattel. Der Wallach schnaubte und drehte den Kopf nach ihr um, als wolle er sie höflich etwas fragen, machte aber keinerlei Anstalten, sie abzuwerfen. Sie schnalzte leise mit der Zunge und ließ ihn im Schritt den Weg entlanggehen.

Die Versuchung, den Wallach zu einem Galopp anzutreiben, war überwältigend groß, aber Angeline widerstand ihr. Je länger es dauerte, bis Alarm gegeben wurde, desto größer war ihre Chance zu entkommen. Sie war zwar aus dem Haus geflohen und hatte ein

Pferd unter sich, aber sie machte sich keine Illusionen; sie konnte immer noch eingeholt werden. Sie sah über die Schulter zurück zum Jagdschlößchen. Die Fenster glänzten im Licht der Kerzen und verliehen dem Haus ein wachsames Aussehen, obwohl sich hinter den sanft schimmernden Rechtecken nichts bewegte. Angeline biß die Zähne zusammen, sah nach vorn und hielt einen ruhigen, stetigen Schritt.

Ihre Erleichterung war groß, als sie das Pferd traben lassen konnte. Mit jedem Schritt, den sie zwischen sich und die Männer brachte, kam Angeline der Freiheit näher. Die anderen mußten erst ihre Pferde satteln, um sie zu verfolgen, und das kostete wertvolle Zeit. Obwohl sie tollkühne und verwegene Reiter waren, verringerte sich ihre Chance, sie wieder einzufangen. Der Trab war eine Gangart, die der Wallach meilenweit durchhalten konnte, und es waren wirklich Meilen zurückzulegen. Erst einmal näherte sich Angeline der Plantage der Familie de la Chaise und war sehr versucht, sich in diese Richtung zu wenden. Je eher sie auf Menschen traf, denen sie ihre Geschichte erzählen und die ihr helfen konnten, desto besser. Sie dachte an Claire, die vielleicht in diesem Augenblick im Internat zu Bett ging und sich in Sicherheit wähnte. Sie mußte sie warnen. Angeline ritt am Anwesen der de la Chaises vorbei und hinüber zur Landstraße.

Als sie sie erreicht und die richtige Richtung eingeschlagen hatte, ließ sie das Pferd nach seinem Willen ausgreifen. In dieser dunklen Nacht war die Chaussee schwer zu erkennen, da vom Fluß Nebel aufzog, und es war nicht leicht, den Fahrspuren zu folgen, die die Kutschenräder hinterlassen hatten. Dem wackeren Schimmel gelang dies instinktiv. Die Schatten der Bäume flogen schneller und schneller vorbei. Spürte das Pferd ihre Unruhe, oder hielt Angeline nur die Zügel fester? Angeline wußte es nicht. In Gedanken kehrte sie zum Jagdschloß zurück und fragte sich, ob man sie wohl schon vermißt hatte, ob Rolf ihr selbst nachgeritten käme oder ob er ihr nur seine Leute nachsandte, um sie wieder einzufangen.

Wenig später vermeinte sie, hinter sich das Klappern von Hufen zu vernehmen, aber bei dem Getrappel der eigenen Flucht, dem Rauschen des Windes, dem rasenden Puls in ihren Ohren konnte sie dessen nicht sicher sein. Als sie nichts mehr davon hörte, verwarf sie den Gedanken. Es war nur ein Echo, das von überhängenden Bäumen zurückhallte.

Sie war frei, frei von Rolf, frei, zu ihrer Tante zurückzukehren und ihr geregeltes Leben wieder aufzunehmen. Sie war entflohen, hatte die hochnäsige Leibgarde mitsamt ihrem Anführer an der Nase herumgeführt und war ihnen auf lächerlich einfache Weise entwischt. Triumph mischte sich mit wilder Freude und durchströmte sie. Sie hatten sich blenden lassen von ihrer Sanftmut und ihrer höflichen Konversation, weil sie keine hysterischen Anfälle erlitten hatte. Vielleicht hatten sie sich sogar eingebildet, Angeline wäre glücklich als Rolfs Mätresse. Nachdem sie ihm gestern nacht das Leben gerettet hatte, hatte man fernere Wachsamkeit wohl für überflüssig gehalten. Die Männer waren nachlässig geworden, und das kam dabei heraus.

Doch als sich die Straße unter den Hufen ihres Pferdes dahinwand, wurde Angeline immer unbehaglicher zumute. Rolf hatte keineswegs geglaubt, daß sie sich bereits in ihr Schicksal ergeben hatte; seine Ironie, seine ganze Haltung, die Art, wie er sie gemustert hatte, wenn er meinte, daß sie es nicht bemerkte, deuteten auf das Gegenteil hin. Seine Männer wurden vielleicht leichtsinnig, er aber nicht. Solche Fehler konnte sich ein Anführer nicht leisten. Und doch hatte er Angeline allein nach unten geschickt, obwohl er wußte, daß seine Männer nicht da waren, und sich hätte denken können, daß Sarus mit den Vorbereitungen zum Abendessen beschäftigt war.

Es stimmte: Die Flucht war lächerlich einfach gewesen. Der leere Saal, die offene Tür, das fix und fertig gesattelte Pferd; zu einfach, viel zu einfach. Sie war entkommen, das wußte sie mit einem schlagartigen Blitz bitterer Erkenntnis, weil Rolf es so gewollt hatte: Er hatte sogar mit beißendem Spott und leisen Drohungen dafür gesorgt, daß sie dazu allen Grund hatte. Um ihr ein noch verzweifelteres Motiv zu liefern, hatte er ihr die Neuigkeit von Claire mitgeteilt. Er wußte, Angeline würde ihre Kusine warnen wollen, sobald sich ihr Gelegenheit dazu bot.

In der ersten Aufregung über ihre Flucht in die Freiheit und in der

Anstrengung des Ritts hatte Angeline kaum die Kälte durch den dünnen Musselinstoff gespürt. Jetzt fror sie in dieser Nebelnacht und fühlte, wie sich die Feuchtigkeit in ihren Haaren festsetzte und durch ihre Kleider drang, so daß sie ihr am Leib klebten und wie Eiskristalle auf ihrer Haut prickelten, um sie zu durchbohren.

Warum? Warum hatte man sie davonreiten lassen? Es war leicht zu erraten. Rolf hatte genausowenig wie die anderen eine Ahnung, wo Claire war. In der nachmittäglichen Beratung war sorgfältig ein Plan geschmiedet worden, der einzig und allein den Zweck hatte, sie, Angeline, dazu zu veranlassen, daß sie die anderen zu Claire führte.

So sehr war sie in ihre Gedanken vertieft, und so versteckt lag der Waldweg zur Klosterschule, daß sie beinahe daran vorbeigeritten wäre. Sie zügelte das Pferd und überlegte alles einen Moment lang noch einmal voller Wut. Wenn sie recht hatte, war Rolf mit seiner Garde dicht hinter ihr, hatte vielleicht sogar vom Gros der Truppe einen Kundschafter entsandt, der sie in diesem Augenblick beobachtete. Das letzte, was sie wollte, war, sie zu Claire zu bringen. Ihr blieb nur das Haus der de Buys und ihre Tante.

Die Entscheidung war schnell getroffen. Angeline spornte das Pferd an und ritt auf die Öffnung des Waldpfads zu, die zwischen den Bäumen kaum zu erkennen war. Der Schimmel nahm den Graben mit einem Satz, kämpfte sich die Böschung hinauf und jagte den gebahnten Weg entlang, wo Zweige seine fliegenden Flanken peitschten.

Es war Wahnsinn, das wußte sie. Dieser Pfad war mit Ranken und Wurzeln überwuchert, über die der Wallach stolpern konnte, und mit Ästen zugewachsen, die sie vom Sattel fegen mußten. Sie konnte von Glück sagen, wenn sich ihr Pferd nicht das Bein oder sie sich das Genick brach oder beides. Doch die Wut darüber, mit welch grenzenloser Naivität sie Rolf in die Falle gegangen war, spornte sie an. Daß sie sich genau nach seinem Plan verhalten hatte, daß er sie einmal mehr ausmanövriert hatte, während sie sich die ganze Zeit eingebildet hatte, ihm entkommen zu sein, brachte Angeline in Rage. Die Möglichkeit, daß ihre Lesart der Ereignisse falsch sein könnte, zog sie kaum in Betracht. Der Plan paßte haargenau zu Rolf, und sie zweifelte keinen Augenblick an der Richtigkeit ihres Verdachts. Und als ob sie Bestätigung gebraucht hätte, erklangen jetzt hinter ihr Hufschläge von Pferden, die scharf geritten wurden, gedämpftes Getrappel auf dem weichen Bett der Straße, die sie gerade verlassen hatte. Es war deutlich zu hören und kam rasch näher. Kein Echo.

Angeline trieb den weißen Wallach zum Galopp. Sie beugte sich tief über den Hals des Pferdes und griff mit der Hand in die Mähne. Sie redete auf ihn ein, und wußte doch kaum selbst, was sie sagte. Mühsam richtete sie den Blick auf die dunklen Umrisse der Bäume, die ihr entgegeneilten. Sie kannte den Weg gut und hätte ihn blind gefunden; das war ihr Vorteil gegenüber den Verfolgern. Sie mußten vorsichtiger nachkommen; außerdem konnten sie nicht ausschwärmen und Angeline überholen, sondern mußten hintereinander reiten. Wenn sie das Haus vor ihnen erreichen und Tante Berthe oder sogar die Dienerschaft alarmieren konnte, blies der Prinz die Jagd vielleicht ab. Wenn irgend möglich, wäre sie lieber heimlich zurückgekehrt, ohne daß das Gesinde etwas merkte. Da es nicht anders ging, mußte sie tun, was sie konnte, um demjenigen, der es gewagt hatte, sie gefangenzunehmen, einen Strich durch die Rechnung zu machen.

Äste schlugen Angeline ins Gesicht, als sie dahinstürmte. Ihr Haar verfing sich in einem Zweig, und sie wurde beinahe aus dem Sattel gefegt, eine feine, dünne Strähne wäre fast mit den Wurzeln ausgerissen worden, als die Spitze des Zweiges nachgab. Die Flanken des Wallachs hoben und senkten sich schwer, Schaum wehte zurück und durchtränkte Angelines Kleid. Sie sprach leise auf das Pferd ein, und es kämpfte sich weiter mit flammenden Nüstern und fliegenden Hufen.

Und endlich huschte ein Lichtschein durch die Bäume. Er kam vom Herrenhaus der de Buys, das sich fest und viereckig inmitten von Gärten erhob. Ein leichter Phaeton stand davor, die blaue Farbe schimmerte in dem Lichtstrahl, der aus den Fenstern zum Salon fiel, aber Angeline nahm kaum etwas davon wahr. In einer Gischt zermahlener Muscheln, mit denen die Auffahrt bestreut war, zügelte sie ihr Pferd. Sie schwang ein Bein über den Hals des Tieres, ließ sich aus dem Sattel gleiten und sprang leichtfüßig zu Boden. Vom Wald her kam eine Reiterschar, die in grimmigem Schweigen den Pferden die Zügel schießen ließ.

Angeline preßte die Lippen zusammen und warf einen Blick auf die Herren der Garde, dann raffte sie die Röcke und rannte die Treppe hinauf zum Vorbau mit der großen verglasten Eingangstür.

Es war nicht üblich, das Haus zu verschließen, bevor die Familie zu Bett ging. Der Bronzeknauf gab unter Angelines Händen nach, und die großen Flügel schwangen auf. Von links aus dem Salon kamen Stimmen, und sie wandte sich in diese Richtung, während sie vom Eingang her Hufschläge hörte. Rolf bellte einen Befehl. Bedächtig schlurfte der weißhaarige schwarze Butler heran. Sein Gesicht hellte sich überrascht auf, als er Angeline sah, dann zeigten sich darauf Schock und Entsetzen, als er ihr verdrecktes Kleid, das Männerhemd, das sie trug, und das wild zerzauste Haar wahrnahm.

»Mam'zelle Angeline!«

»Wo ist mein Tante?«

»Im Salon, Mam'zelle, aber Ihr könnt jetzt nicht hinein, nicht so. Sie hat Besuch...«

Angeline hörte nicht mehr zu. Sie rannte schnell zur Tür, die in den Salon führte, stieß sie auf und stürzte hinein.

Der Raum diente ausschließlich dazu, Besucher zu empfangen und war mit seinen französischen Möbeln mit geschwungenen Beinen, den Samtpolstern und Brokatvorhängen ausgesprochen luxuriös eingerichtet. Goldumrahmte Spiegel hingen unter stilisierten Blumen aus vergoldetem Stuck, und auf den vielen Tischchen standen Porzellannippsachen und polierte Silbergefäße.

Tante Berthe saß auf einem Sofa und war zum Diner angekleidet. Sie trug ein Ekrükleid aus Lüstrine mit drapiertem schwarz-ekrü gestreiftem Turban. Sie war tief in ein Gespräch mit André Delacroix versunken, der in seiner Abendkleidung mit seinem aufwärts strebenden Schnurrbart und dem höflichen Lächeln dunkel und hübsch aussah; er stützte den Ellbogen auf das marmorne Kaminsims und hielt einen Kelch mit rubinrotem Burgunder in der Hand.

Leicht indigniert über die etikettewidrige Unterbrechung sah Madame de Buys auf. Beim Anblick ihrer Nichte wurde sie aschfahl. »Angeline...«, flüsterte sie matt.

»Angeline!« André richtete sich so rasch auf, daß der Wein aus seinem Glas überschwappte und den Marmorboden blutrot färbte.

Zu mehr war keine Zeit. Der Prinz und seine Leute erreichten die Eingangstür und stießen sie auf, daß die Scharniere krachten. Man hörte den alten Butler protestieren, doch schon drang Rolf an der Spitze der Garde hinter Angeline in den Raum ein. Die Männer hatten die Pistolen gezogen und richteten die klaffenden Läufe ruhig, aber bestimmt auf die Menschen im Raum. Rolf übersah die Szene mit einem Blick, trat zu Angeline und faßte sie mit einer beiläufig besitzergreifenden Geste um die Taille.

»Durchsucht das Haus!« Er bedeutete Oswald und Leopold, den Befehl auszuführen. Dann wandte er seine Aufmerksamkeit der Gastgeberin zu und vollführte eine Verbeugung, der es gänzlich an Tiefe und Respekt fehlte. »Madame de Buys, wie ich annehme? Ich wünsche Euch einen guten Abend.«

»Was… was hat das zu bedeuten?« fragte die Matrone und erhob sich langsam.

»Eine kleine Störung, bald vorbei. Echauffiert Euch nicht!«

»Ich und mich nicht…« Claires Mutter fing sich und nahm eine herablassende Haltung an. »Dürfte ich erfahren, wie ich zu der Ehre dieses Besuches komme?«

»Das könnt Ihr mit Sicherheit erraten, besonders nachdem Eure Nichte in den letzten Tagen so viel Zeit in meiner Gesellschaft verbracht hat.«

André hatte die dunklen Augen nicht von Angeline gewandt. Jetzt richtete er den Blick ungläubig auf deren Tante. »Sie haben doch behauptet, daß Angeline krank sei? Immer, wenn ich mich nach ihr erkundigt habe, sagten Sie…«

»Eine Ausrede, die ihrem Besten dienen sollte, um ihren guten Ruf zu wahren, vergeblich, wie es scheint.«

»Heißt das«, erwiderte André, wobei es ihm unter der olivbraunen Haut die Röte ins Gesicht trieb, als er sich Rolf zuwandte, »daß sie die ganze Zeit bei dem da war?«

Rolf lächelte, und seine bissigen Worte richteten sich an André, doch sein Blick ruhte unverwandt auf der Tante: »Oh, ich kann Euch versichern, daß es gegen ihren Willen geschah.«

André warf den Kopf herum und fragte Madame de Buys: »Und Sie haben nichts unternommen?«

»Sie verstehen nicht«, wandte sie ein.

»Klärt ihn doch auf«, schlug Rolf vor. »Erzählt ihm, warum Ihr ein zartes junges Mädchen im Stich gelassen habt, warum es ihr überlassen blieb, mich so gut sie konnte von ihrer Unschuld zu überzeugen oder zu fliehen – was ihr heute abend auch gelungen ist, daher unser unerwarteter Besuch.«

Madame de Buys' Busen wogte, Haß sprühte aus ihren dunklen Augen, aber sie schwieg. Von oben war das Getrampel von Stiefeln zu vernehmen, als die Räume im oberen Stockwerk durchsucht wurden. André ging auf den Prinzen zu.

»Ich muß Euch ersuchen, Angeline loszulassen.«

»Selbst, wenn ich es wollte, was nicht der Fall ist, wäre ich gezwungen, abzulehnen«, kam die Antwort.

»Ich bestehe darauf!«

Rolf sah ihm offen ins Gesicht. »Ihr seid ein intelligenter Mensch, Delacroix, und Ihr seid mir sympathisch. Ich verstehe Euren Drang, der Schönen beizustehen, aber Ihr wißt nicht, auf was Ihr Euch einlaßt. Ich gebe Euch den gut gemeinten Rat, Euch in der Tugend der Selbstbeherrschung zu üben.«

In seinen leisen Worten lag der schneidende Unterton tödlicher Entschlossenheit. Andrés Blick fiel auf die Pistole des Prinzen. Seine Gesichtszüge verhärteten sich zu einer entschlossenen Miene. Von der Treppe her waren schnelle Schritte zu hören, und Leopold stürzte ins Zimmer.

»Nichts«, berichtete er. »Es ist niemand im Haus außer dem Butler und einer Kammerzofe, die wir oben gefunden haben.«

»Habt ihr die Dienerschaft?« fragte Rolf über die Schulter.

»In der Eingangshalle. Oswald bewacht sie.«

Rolf nickte. »Bindet sie.«

»Wie könnt Ihr es wagen?« kreischte Madame. »Das ist mein Haus und mein Gesinde! Ihr könnt doch nicht...«

»Ich kann.« Der Prinz von Ruthenien wandte sich an André. »Um Vergebung, Monsieur Delacroix, aber ich muß Euch bitten, Euch ebenfalls Fesseln anlegen zu lassen. Ich bedaure die Notwendigkeit, aber es ist unerläßlich, daß Ihr in den nächsten Stunden nicht in der Lage sein werdet, die Glieder zu regen.«

Bevor er die Worte ausgesprochen hatte, war Gustav – begleitet von Madames Geschrei – ans Fenster getreten und hatte die Kordeln heruntergerissen, die die Vorhänge zusammenhielten. Er und Meyer traten zu dem jungen kreolischen Kavalier. Es folgte ein kurzes, wütendes Handgemenge, aber über dessen Ausgang gab es kaum Zweifel. Kurz darauf waren Andrés Hände auf dem Rücken gefesselt.

»Das ist ungeheuerlich, es ist barbarisch!« kreischte Madame de Buys mit gellender Stimme, schlug mit den Fäusten um sich und stampfte mit den Füßen. »Ihr seid ein wildes Tier, ein Schmierenkomödiant von einem Prinzen, ein Hundsfott und Räuber!«

»Madame«, erwiderte Rolf. »Um eine quiekende Sau zum Schweigen zu bringen, sticht man sie ab. Der Henne, die am lautesten gackert, wird zuerst der Hals umgedreht. Habe ich mich klar genug ausgedrückt?«

Die Matrone schwieg augenblicklich. Sie gab nicht einmal einen Laut von sich, als Gustav sie auf einen Wink von Rolf am Arm packte und in die Halle zerrte.

Das Erdgeschoß des Anwesens der Familie de Buys diente – wie es in der Gegend üblich war – als Lagerraum, die Wohnräume befanden sich im ersten Stock, damit sie vor Überflutung geschützt waren. Im Parterre befand sich auch eine Arrestzelle für die Sklaven, die frisch aus Afrika oder der Karibik gekommen waren. Mit gezückter Pistole wurde der Butler aufgefordert, die Schlüssel zu diesem Kerker herbeizuschaffen und voranzugehen. Offensichtlich zog er den Aufenthalt in diesem feuchten, dunklen Kabuff der Gesellschaft des Prinzen und seiner Männer vor. Maria, die Zofe von Madame de Buys, und André mochten da anderer Meinung sein, aber es half ihnen nichts. Gefesselt und geknebelt stieß man sie hinein, dann wurde die Tür hinter ihnen verschlossen und verriegelt.

Es gab eine kurze Diskussion, ob man Andrés Phaeton nehmen solle, aber der Gedanke wurde bald fallengelassen. Im Licht der Eingangslaterne bedeutete Rolf Madame de Buys, sie solle sich auf Angelines Pferd helfen lassen.

»Was? Ihr könnt mich doch nicht wegschleppen?« rief die ältere Dame, und die kleinen schwarzen Augen quollen ihr aus dem Kopf.

»Der Gedanke wird Euch so sehr doch wohl nicht schrecken?«

»Aber ich kann Euch nicht von Nutzen sein!«

»Das ist noch nicht erwiesen. Ihr werdet jetzt aufsitzen, oder ich lasse Euch auf den Sattel packen wie einen Sack Kartoffeln, der zum Markt gebracht wird.«

Schließlich durfte sie aufrecht sitzen, wurde aber gefesselt, und die Zügel des Wallachs wurden Gustav anvertraut. Angeline wurde von Rolf aufs Pferd gehoben. Er schlang die Arme um sie und wärmte sie mit seinem Körper. Als er spürte, wie sie vor Kälte zitterte, fluchte er leise, zog die Uniformjacke aus und legte sie ihr um, ohne auf ihren Protest und ihre Gegenwehr zu achten.

Als sei das Eindringen in Häuser und die Entführung von Frauen eine Alltäglichkeit, ritten sie zurück zum Jagdschlößchen.

Madame de Buys rutschte ihr Turban über die Augen, als sie in die Halle gestoßen wurde. Sie schob ihn mit einer steifen Geste zurück, sobald sie losgebunden war. Sie und Angeline wurden mitten in den Raum vor den Tisch gestellt. Rolf und seine Gefolgsleute nahmen an der langen Tafel Platz, eine bewußte Unhöflichkeit, die anzeigen sollte, daß die üblichen Regeln der Etikette außer Kraft gesetzt waren.

Stühle scharrten, und Männerstimmen raunten. Sarus beugte sich über die hohe Lehne von Rolfs Stuhl, um kurz Zwiesprache mit ihm zu halten.

Madame de Buys warf Angeline einen Blick voll Bitterkeit zu. »Das ist alles deine Schuld, du undankbares Gör. Du hast sie mir geradewegs ins Haus gebracht.«

»Ich war ihnen endlich entkommen. Wohin sollte ich mich sonst wenden – außer zum Internat?« Angelines Stimme war leise, aber sie sah ihrer Tante mit ihren graugrünen Augen herausfordernd ins Gesicht.

Diese warf Rolf einen Blick zu und zischte: »Ruhig, du liederliche *grisette!* Wenn du es wagst, von jenem Ort auch nur andeutungsweise zu sprechen, wirst du nie wieder über die Schwelle meines Hauses treten.«

»Ich habe das Geheimnis die ganze Zeit gewahrt.«

»*Oui,* und die Vorstellung, daß du hier bei diesen Männern warst, ist schockierend. Ein Glück nur, daß André Delacroix sich noch nicht mit dir verlobt hat, denn offensichtlich bist du seiner Werbung nicht würdig.«

»Darf ich den Damen zur Nervenberuhigung ein Glas Wein anbieten?« Rolfs schneidende Worte trennten die streitenden Parteien wie ein gut geschliffenes Messer. »Nicht? Aber Ihr werdet nichts dagegen haben, wenn wir uns eines zu unserer Suppe gönnen. Ein nächtlicher Ritt ist immer so appetitanregend.« Ohne Pause sprach er weiter, indem er auf den Stuhl zu seiner Rechten wies: »Angeline, meine Liebe, Euer Platz ist hier.«

Er stand auf, um ihr den Stuhl zurechtzurücken; sie setzte sich mit mühsam aufrechterhaltener Fassung, wie er es wünschte. Erst, als sie sich auf den Sitz fallen ließ, merkte sie, wie ihr die Knie zitterten, eine Nachwirkung – so sagte sie sich tapfer – des langen Ritts zum Haus der de Buys und zurück.

Rolf setzte sich wieder auf seinen Platz am Kopfende der Tafel und legte seine warme Hand auf ihre. Er spürte ihr Zittern und runzelte die Stirn. Als Sarus mit den Suppentellern eintrat, wies er ihn schroff an, Angeline zuerst zu bedienen, und bewegte sich nicht, sprach nicht, bis sie den ersten Löffel der heißen, belebenden Brühe zu sich genommen hatte.

Die Stimmung von Madame de Buys wurde durch die Behandlung, die ihr zuteil wurde, nicht besser. Sie richtete sich auf. »Ich verlange eine Erklärung, was diese Ungeheuerlichkeit zu bedeuten hat. Warum wurde ich auf diese barbarische Weise verschleppt?«

Rolf löffelte seine Suppe und nahm einen Schluck Wein, bevor er ihr antwortete. »Ich glaube, Madame, daß Ihr sehr gut wißt, weshalb Ihr hier seid. Trotzdem will ich Euch zufriedenstellen. Wir – meine Männer und ich – wollen den Aufenthaltsort Eurer Tochter Claire de Buys erfahren.«

»Darauf ist leicht zu antworten, Königliche Hoheit«, erwiderte Madame de Buys, und der respektvolle Gebrauch des Titels klang wie Hohn. »Sie hält sich gegenwärtig bei Verwandten in Frankreich zu Besuch auf.«

»Nein, nächster Versuch.«

»Aber ich versichere Euch...«

»Laßt es sein! Der Wunsch, Euer Kind zu schützen, ist nur natürlich, aber Ihr sorgt Euch unnötig. Ich will mich lediglich ein paar Minuten mit ihr unterhalten. Daß das Anlaß zu so viel Entsetzen sein soll, ist mir zwar unbegreiflich, aber es sieht ganz danach aus. Ich bin ihr aus Europa bis vor Eure Haustür gefolgt, Madame, und nichts wird mich daran hindern.«

In einem Versuch, es seinem scharfen Ton gleichzutun, entgegnete die Matrone: »Es tut mir außerordentlich leid, Euer Hoheit, aber ich kann sie Euch nicht aus Frankreich herbeizaubern.«

Rolf beugte sich vor. »Von mir aus könnt Ihr mich gerne für einen Schuft halten, aber begeht nicht den Fehler, mich zu unterschätzen. Ihr wißt so gut wie ich, daß sie nicht in Frankreich ist. Ihr wißt, wo sie sich im Augenblick befindet. Wenn Ihr Wert auf Eure Würde und eine schmerzfreie Existenz legt, werdet Ihr den Mund aufmachen, und zwar sofort.«

Madame de Buys musterte ihn unbehaglich. »Ihr werdet mir nichts tun. André Delacroix weiß, daß Ihr mich entführt habt und meine Nichte seit Tagen gefangenhaltet. Er wird die ganze Gegend alarmieren, um uns zu Hilfe zu kommen!«

»Seid Ihr Euch da so sicher? Ihr habt nichts getan, als Ihr in derselben Lage wart. Doch selbst wenn, muß er sich erst selbst befreien, und das dauert eine Weile. Wir haben mehr als genug Zeit.«

Madame de Buys' schwarze Augen blitzten vor fester Überzeugung, als sie entgegnete: »André wird kommen, und die Sache wird Euch noch sehr leid tun. Wir sind hier nicht in Ruthenien oder Europa, wo ein Edelmann sich alles herausnehmen kann. Ihr werdet feststellen, daß man hier in Louisiana nicht ungestraft Hand an Frauen legt. Auch wenn sie ohne Gatten oder männliche Verwandte dastehen, werden ihre Freunde und Nachbarn jede Beleidigung rächen, und Euer Rang wird Euch nicht davor bewahren!«

»Vielleicht nicht. Aber bis dahin, Madame, werdet Ihr längst nackt bis auf die Haut sein. Wir werden Euch mit dem Schwert kitzeln, und Ihr sollt uns mit einem Tanz erfreuen. Wird es Euch sehr enttäuschen, wenn statt Leidenschaft nur Heiterkeit aufkommt?«

»Ihr... Ihr würdet diese Drohung nicht ausführen. Angeline ist schon seit Tagen bei Euch, und es sieht nicht aus, als hättet Ihr sie mißhandelt.«

»Laßt Euch dadurch nicht täuschen«, antwortete Rolf mit ruhiger Stimme, und seine Augen waren schmal und dunkelblau. »Sie hat irreparablen Schaden erlitten, das Schlimmste, das einer jungen Frau zustoßen kann – und hat das alles endlose Stunden gefaßt über sich ergehen lassen, ohne auf Hilfe hoffen zu dürfen, während Ihr, Madame, keinen Finger gerührt habt, um sie zu retten, nicht einmal versucht habt, sie zu sehen, obwohl Ihr mit Sicherheit ziemlich schnell erraten habt, wo sie ist. Ihr seid auch nicht mit der Bitte hergekommen, sie unbeschadet an Euren liebenden Busen drücken zu dürfen. Ihr habt sie mir auf Gedeih und Verderb ausgeliefert und seid in Seide und duftige Spitze gekleidet zu Hause gesessen, habt Besucher empfangen und so getan, als sei sie sicher in ihrem Bett, während sie in meinem und in Gefahr war.«

Der Reispuder auf dem Gesicht der älteren Dame zeichnete sich gelb auf der ergrauenden Haut ab, aber sie hob nur die plumpe Schulter. »Dafür, daß sie so mißbraucht wurde, verbirgt sie es gut.«

Die Männer am Tisch murrten über diese höhnische Bemerkung, doch Rolf hatte keine Schwierigkeiten, ihre Stimmen zu übertönen. »Weil sie ein Herz hat, dessen Unerschrockenheit ebenso über Euer Begriffsvermögen geht, wie ihr Eigensinn über meines.«

»Und doch sieht es nicht danach aus, als sei sie mißhandelt worden«, beharrte Madame de Buys, wobei sie ihre Nichte musterte.

»Beruhigt das Euer Gewissen? Ihre Wunden sind seelischer Natur. Angeline ist jung und schön, sie besitzt Unschuld und unwiderstehlichen Charme. Euch, Madame, die Ihr keine dieser Tugenden Euer eigen nennt, muß man anders behandeln.«

Angelines Tante schüttelte den Kopf und verschränkte die Arme vor der Brust. »Ich bin Claires Mutter. Ihr könnt von mir nicht verlangen, daß ich sie an Euch verrate. Macht, was Ihr wollt. Ich werde Euch nichts sagen.«

»Ihr gebt also selbst zu, daß Ihr wißt, wo sie ist«, fuhr Rolf sie an.

»Ich gebe gar nichts zu. Und ich sage kein Wort!«

Angeline betrachtete ihre Tante und war gerührt von ihrer Tapferkeit. Die alte Dame hatte jetzt Angst, aber sie verbarg diese Angst, so gut es ging. Und obwohl Tante Berthe ihre Nichte sträflich vernachlässigt hatte, hätte sie ihre Liebe zu Claire und das Bedürfnis, sie zu schützen, nicht besser zeigen können.

Rolf nahm nachdenklich einen Schluck aus seinem Weinglas, erst dann richtete er sich wieder an die Matrone. »Ihr habt recht, Madame. Es war ein Fehler, von Euch zu erwarten, daß Ihr das Versteck Eurer Tochter preisgebt. Ich fürchte, ich habe Euch über Gebühr wichtig genommen. Von jetzt an seid Ihr nur noch eine Schachfigur, die man hin und her schieben und leicht opfern kann.«

»Heißt daß, daß… daß ich gehen kann?« Angelines Tante taumelte einen Schritt auf den Tisch zu.

»Habe ich das gesagt? Dann könnt Ihr auch nicht davon ausgehen. Nein, die gesuchte Information wird von anderer Seite kommen, von einer Person, die bald dasitzen und zusehen muß, wie man Euch demütigt, in dem Wissen, daß nur sie dem ein Ende machen kann.«

Angeline hatte es kommen sehen. Sie sprang so hastig auf, daß sie an den Tisch stieß, und das Geschirr klirrte.

»Nein!«

»Doch.« Er packte sie am Handgelenk und zwang sie auf den Stuhl zurück.

»Das dürft Ihr nicht, nicht so!«

Er sah sie nur an, und aus seinen türkisblauen Augen leuchtete Entschlossenheit.

»Angeline wird Euch nicht sagen, was Ihr wissen wollt. Sie tut es nicht!« erklärte Tante Berthe, und ihre schwarzen Augen waren auf das Gesicht ihrer Nichte gerichtet. »Was mit mir geschieht, spielt keine Rolle.«

»Das werden wir ja sehen.«

Rolf ließ Angelines Arm jäh fahren und zog sich auf seine Anführerrolle zurück. Er schob den Teller von sich und sagte: »Oswald, Leopold, Meyer, ihr seid die Auserwählten.«

Auf ein Fingerschnippen von Rolf trat Oswald an Angelines Tante heran, ein angespanntes Grinsen stand auf seinem Gesicht, hinter dem sich nur mühsam sein Widerwille verbarg, als er nach dem Turban auf den ergrauenden schwarzen Haaren griff. Madame de Buys schlug nach ihm wie in einer Reflexbewegung. Sofort waren die beiden anderen zur Stelle, packten sie und drehten ihr die Arme auf den Rücken. Sie zogen die lange Nadel heraus, die den schwarz-ekrü-gestreiften Stoff festhielt, und der Turban fiel achtlos zu Boden. Sie rissen ihr die Armbänder von den plumpen Handgelenken und streiften ihr gewaltsam die Ringe von den Fingern.

Madame de Buys ächzte leise, als habe sie bisher die Luft angehalten und könne erst jetzt glauben, was mit ihr geschah. Das Feuer im Kamin prasselte und pustete einen roten Funkenregen in den Raum. Gustav legte Messer und Gabel beiseite, als habe es ihm auf einmal den Appetit verschlagen. Oskar zerkrümelte einen Brotkanten und hielt seine Haselaugen auf seinen Teller gerichtet.

Angeline dachte an Claire, wie sie sie zuletzt gesehen hatte, an ihre Schönheit, ihre Bitterkeit und ihren Stolz. Für die Unterkunft, die ihr zur Verfügung gestellt wurde, hatte sie nur Verachtung empfunden und sie doch angenommen, weil sie eine entsetzliche, kaum beherrschbare Angst vor Rolf von Ruthenien erfüllte. Sie hatte allen Grund dazu. War nicht das, was er ihr, Angeline, angetan hatte, Beweis genug? Bewies er es nicht erneut in diesem Moment?

Sie wandte sich an Rolf. »Ihr... Ihr könnt doch nicht von mir erwarten, daß ich Euch zu Claire führe, wenn Eure ganze Handlungsweise ein Vorgeschmack darauf ist, was Ihr ihr antun wollt.«

Madame de Buys wand sich im Griff der Männer, die sie gepackt hatten, und röchelte. »*Chère,* du darfst jetzt keine Schwäche zeigen.«

Rolf würdigte sie nur eines kurzen Blickes. »Soll ich schwören? Aber worauf? Was wird Euch zufriedenstellen?«

Das Mieder von Madames Kleid lockerte sich unter Oswalds Händen. Im nächsten Moment stand sie in einem knielangen Hemd da, der Körper war in ein Korsett aus Fischbein gezwängt wie eine Wurst in den Darm.

»Ihr... Ihr könntet auf die Bibel schwören«, erwiderte hastig Angeline, »aber es gibt vielleicht etwas, das Euch ebenso heilig, wenn nicht heiliger ist. Schwört also bei der Ehre der *garde du corps*, daß Ihr meiner Kusine nichts zuleide tut, sondern sie nur über den Tod Eures Bruders befragt, wie Ihr es versprochen habt.«

»Nein!« rief Madame und bäumte sich auf. »Du dummes Kind, du kannst nicht um Claires Sicherheit feilschen. Du kannst ihr das nicht antun. Tu's nicht!«

Angeline zögerte. Rolf blieb einen Pulsschlag lang ruhig sitzen, dann nahm er das Tranchiermesser, das vor ihm auf der Platte mit dem Rinderbraten lag, und schleuderte es in Richtung auf Madame de Buys. Es wirbelte in hohem Bogen durch die Luft und auf die Kehle der Dame zu. Angeline schrie auf, weil es so aussah, als werde sich die Waffe gleich in das üppige Fleisch ihrer Tante bohren.

Oswald beugte sich vor und fing das Messer in der Luft auf. Er hielt es Madame de Buys einen Augenblick vor die entsetzt aufgerissenen Augen, trat dann hinter sie und setzte die Klinge an der Verschnürung des Korsetts an. Dieses gab mit einem Geräusch nach, wie Maiskörner, die im Feuer aufplatzen.

»Haltet ein«, flüsterte Angeline und zwang sich dann, lauter zu sprechen. »Haltet ein!«

Rolf sah ihr offen ins Gesicht. »Hiermit erkläre ich, daß ich nicht Hand gegen Claire de Buys erheben werde, daß ich sie, obwohl ich zu Rachegedanken allen Anlaß habe, in ihrer befleckten Reinheit und anmaßenden Arroganz nicht anrühren werde. Ihr soll nichts geschehen, solange sie nicht versucht, sich durch Lüge und Täuschung zu verteidigen. Das schwöre ich bei meiner Ehre, die auch die Ehre der Garde ist.«

»Und werdet Ihr den Eid auch dann halten«, fragte Angeline verwegen, da es Claire teuer zu stehen kommen konnte, wenn sie diesen Punkt übersah, »wenn das, was sie Euch erzählt, Euch mißfällt?«

»Auch dann.«

Welche Wahl blieb ihr, als ihm zu glauben und auf einen flüchtigen Instinkt und die hypnotische, ruhige Kraft seines Blickes zu vertrauen? Angeline holte tief Luft. »Sie ist bei den Schwestern in der Klosterschule.«

10

»Nein! Meine Tochter ist nicht dort, sie ist nicht im Internat! Ihr könnt die frommen Schwestern um diese Zeit nicht stören. Es wäre ein Sakrileg, und alles für nichts und wieder nichts!«

Madame de Buys hätte ihre Rede ebenso gut der Wand halten könne, so wenig Aufmerksamkeit zollte ihr Rolf noch. Wie er gesagt hatte, schenkte er ihren Einwänden keinerlei Glauben. Er schien gar nicht zu hören, daß die Dame kreischte, Angeline hätte ihnen einen Bären aufgebunden. Wenige Minuten, nachdem Angeline gesprochen hatte, war die Garde aufgesessen und zum Ritt bereit.

Ihrem Anführer war offenbar aufgefallen, wie nützlich ihnen eine Geisel werden konnte, denn in letzter Minute befahl er, daß Angeline und ihre Tante sie begleiten sollten. Während Sarus sich auf die Suche nach Umhängen für die beiden Frauen begab, wurde für Angeline ein Pferd gesattelt und vorgeführt. Allerdings durfte sie nicht selbständig reiten. Rolf warf die Zügel von Madame de Buys Pferd wieder Gustav zu und nahm selbst die von Angelines Tier.

Das erste Blaugrau der Morgendämmerung zeigte sich über den Wipfeln, als sie an den hohen, soliden Pfahlzaun heranritten, der die Klosterschule umgab. Das kleine Haus lag in tiefstem nächtlichem Schlummer. Rolf befahl Oswald leise, den Hinterausgang an der Rückseite des Gebäudes zu bewachen. Leopold stieg ab und hämmerte mit dem Schwertheft auf das Tor ein. Nach einer Zeit, die ihnen stundenlang vorkam, bewegte sich der schwache Schein einer Laterne auf sie zu. Eine verdrossene Stimme rief sie von der anderen Seite des Tores an und wollte wissen, wer draußen sei und welche Angelegenheit sie hierher geführt habe.

»Seine Königliche Hoheit, der Prinz von Ruthenien, wünscht die Mutter Oberin zu sprechen!«

»Mutter Theresa betet und darf nicht gestört werden«, kam die Antwort.

»Die Sache ist äußerst dringend.«

»Sie kann jetzt niemanden empfangen. Kommt am Morgen zu einer anständigen Zeit zurück, nach Sonnenaufgang.«

»So lange können wir nicht warten«, erklärte Leopold mit Entschiedenheit. »Ich warne Euch, Alte, wenn Ihr nicht die Kosten für ein neues Tor in diesem baufälligen Zaun übernehmen wollt...«

»Schwester Martha, bitte, ich bin es, Angeline Fortin«, rief Angeline mit erhobener Stimme, um Leopolds Drohung zu übertönen. »Könnt Ihr mich nicht einlassen? Ich versichere Euch, es ist wichtig, daß wir mit Mutter Theresa sprechen.«

Darauf folgte eine Pause, in der Angeline ausgiebig Zeit hatte, sich zu fragen, was sie zu dem Versuch veranlaßt hatte, der Garde Einlaß ins Internat zu verschaffen. Sie wollte ihnen nicht den Weg ebnen; hätte sie das tun wollen, dann hätte sie sie an die kleine Pforte geführt, wo sie auf direktem Weg inoffiziell zu Mutter Theresa hätten gelangen können. Nein, sie wollte nur nicht, daß in diesem heiligen Bezirk gegen die Frauen, die sie als junges Mädchen betreut hatten, Gewalt angewandt wurde.

»Angeline, bist du's wirklich?« Auf ihre Bestätigung murmelte die Pförtnerin etwas in sich hinein und entfernte den großen Holzbalken, mit dem das Tor verriegelt war. »Was hast du denn mit diesen Leuten zu schaffen? Kannst du dich für sie verbürgen?«

Rolf schwang sich vom Pferd und hob Angeline aus dem Sattel. Meyer erwies Madame de Buys, die jetzt wütend schwieg, denselben Dienst, und Oskar band die Pferde an, als er abgestiegen war. Sie näherten sich dem Tor. Rolf stieß die rohen Bretter weiter auf und zwang so die alte Nonne, einen Schritt zurückzutreten.

»Pardon, Schwester Martha«, sagte er und neigte das blonde Haupt mit einem Lächeln, das die Nonne überwältigte.

Schwester Martha machte ohne Murren Platz. Sie stiegen die Treppe zur Vordertür hinauf, die offenstand, gingen hinein und schwärmten aus.

Von da an lief alles ab wie bei einer Militäroperation. Schwester Marthas Laterne wurde requiriert und auch eine zweite irgendwo aufgetrieben. Gustav und Oswald wurden hereingerufen. Angeline und Madame de Buys blieben mit Rolf und Schwester Martha in der Eingangshalle. Die Garde teilte sich in zwei Gruppen auf und durchsuchte alle Räume. Keine Truhe, deren Deckel nicht gehoben, kein Schrank, der nicht geöffnet, kein Vorhang, der nicht geschüttelt wurde.

Die Eindringlinge begaben sich in den Schlafsaal, auf dem zu beiden Seiten schmale, jungfräuliche Betten aufgestellt waren, und die Internatsschülerinnen wurden wach. Einige blieben vor Angst wie versteinert liegen, andere rappelten sich auf und stellten sich auf die Betten oder sprangen herum, während das Licht der Laternen durch ihre Nachthemden drang. Aufgeregtes Geschrei und Gekreisch zerriß die Nacht, doch ließ sich daraus nicht erkennen, ob die Invasion dieses keuschen Quartiers durch hübsche uniformierte Männer die schlimmste oder die aufregendste Erfahrung im Leben der jungen Mädchen war.

»Was hat das zu bedeuten?«

In der Frage schwang Autorität mit. Sie kam von Mutter Theresa, die jetzt aus ihrem Zimmer im hinteren Gebäudeteil herübergekommen war. In makellosem Habit und einem Schleier, der so sehr gestärkt war, daß er ihr in die Stirn schnitt, ging sie auf Rolf zu und richtete einen durchdringenden Blick auf ihn.

»Ich bitte um Vergebung für diese Störung«, sagte er und verbeugte sich. »Bedauerlicherweise ist sie unumgänglich.«

»Das bezweifle ich«, erwiderte Mutter Theresa, die von seinem Lächeln völlig unbeeindruckt blieb.

In diesem Moment trafen sich die beiden Gruppen in der Halle, da sie mit der Durchsuchung fertig waren. Sie hatten keine Gefangene bei sich, und von ihren ausdruckslosen Gesichtern war der Mißerfolg abzulesen. Die Mutter Oberin musterte sie äußerst mißbilligend und schickte die spärlich bekleideten Mädchen wieder ins Bett, die den Männern gefolgt waren. Als das Tapsen ihrer flinken Füßchen verklungen war, wandte sie sich wieder Rolf zu und wartete in eindrucksvollem Schweigen auf eine Erklärung.

»Ich und meine Männer suchen eine Frau, Claire de Buys, die sich im Besitz von Informationen hinsichtlich des Ablebens meines Bruders befindet. Wir haben Grund zu der Annahme, daß sie sich hier aufhält.«

»Und es war nötig«, erwiderte die Mutter Oberin mit einer

Stimme, die vor Ironie triefte, »uns mitten in der Nacht zu überfallen, um festzustellen, ob Eure Informantin die Wahrheit gesprochen hat?«

Nur selten hatte Angeline das volle Gewicht von Mutter Theresas Mißvergnügen zu spüren bekommen, und obwohl die alte Nonne ihr nicht einmal einen Blick zugeworfen hatte, fühlte sie sich jetzt betroffen. Sie hätte sich gerne gerechtfertigt, daß sie diese Männer hierher geführt hatte, aber dazu hatte sie keine Gelegenheit.

»Es bestand die Gefahr, daß besagte Frau sich einer Befragung durch die Flucht entzieht.« Rolfs Stimme klang ungewöhnlich geduldig.

»Ich vermag vielleicht die Dringlichkeit Eures Begehrens zu verstehen, nicht aber die Methode, derer Ihr Euch bedient. Es hätte genügt, einfach zu fragen.«

Rolf hob die Brauen und kam sofort auf den springenden Punkt zu sprechen. »Hätte?«

»Allerdings.« Die Mutter Oberin neigte den Kopf. »Sie ist nicht mehr bei uns.«

»Ich habe Euch doch gesagt, daß sie nicht hier ist«, rief Madame de Buys in triumphierender Gehässigkeit aus. Sie lachte unangenehm, hörte aber gleich wieder auf, als Oswald auf sie zukam.

»Sie war hier?« beharrte Rolf, als es wieder still wurde.

»Sie hat drei Tage bei uns verbracht, bis gestern morgen eine Botschaft kam, die, soviel ich weiß, Maria, die Zofe ihrer Mutter, überbrachte. Ich habe nicht die geringste Ahnung, was darin stand, aber gestern abend fuhr bei Einbruch der Dunkelheit für Mademoiselle de Buys eine Kutsche vor. Sie bestieg sie ohne ein Wort des Abschieds oder, wie ich hinzufügen möchte, des Dankes für ihren Aufenthalt bei uns und reiste ab.«

»In welche Richtung?« Stirnrunzelnd wartete der Prinz auf Antwort.

»Ich habe nicht darauf geachtet. Schwester Martha?«

»Nach Norden, Mutter Theresa«, antwortete die andere Nonne.

Es lag auf der Hand, warum Madame de Buys versucht hatte, Rolfs Ankunft in der Klosterschule aufzuschieben. Durch ihren

Eigensinn hatte er einige Stunden verloren und konnte Claire vielleicht gar nicht mehr einholen.

»Offenbar«, sagte Rolf mit schleppender Stimme, »müssen wir uns wieder in Zentauren verwandeln. Oder was wäre die weibliche Entsprechung?«

Mit diesen Worten begab er sich zur Tür und nahm Angeline beim Arm.

»Augenblick«, sagte die Mutter Oberin. Ihr Blick fiel auf das zerknitterte und schmutzige Musselinkleid, das unter Angelines Pelerine zum Vorschein kam, dasselbe Kleid, das sie schon in der Nacht getragen hatte, als sie Claire ins Internat brachte. Die Nonne betrachtete die Haare, die in wirren kastanienbraunen Strähnen herunterhingen. Als Mutter Theresa den Blick zu Angelines graugrünen Augen hob, spiegelte sich Argwohn und Schockiertheit darin. Dann sah sie Rolf an und sagte: »Ich muß Euch auffordern, diese junge Frau hierzulassen.«

Die Männer der Garde, die sich schon in Bewegung gesetzt hatten, hielten inne und starrten von Rolf zur Mutter Oberin. Schwester Martha hielt den Atem an, und Madame de Buys warf den Kopf zurück, als sei solche Fürsorge eine Beleidigung für sie. Rolf ließ seinen Blick über Angeline gleiten und einen Augenblick auf dem sanft geschwungenen, leicht geöffneten Mund ruhen.

»Es schmerzt mich, Euch enttäuschen zu müssen, doch Euer Leben besteht ja aus Entsagung. Wenn Ihr unbedingt eine Seele vom Feuer erretten wollt, überlasse ich Euch gerne die andere Dame meiner Begleitung, Madame de Buys, und hoffe, daß Ihr nicht Ursache finden werdet, den Impuls zu bedauern.«

Daraufhin verließen sie das Internat. Madame de Buys kreischte ihnen nach: »Laßt sie nur gehen! Sie hat es nicht anders gewollt! Soll sie doch mit ihrem Schmierenkomödianten von Prinzen davonreiten. Ich wünsche ihr viel Spaß, der liederlichen Schlampe.«

Diese Worte klangen in Angeline noch lange nach, als sie mit der Leibgarde davonritt. Sie rührten an ein Geheimnis, das sie tief in ihrem Herzen verborgen hatte, und es führte kein Weg daran vorbei, daß etwas Wahres daran war: Sie hatte keine Einwände erhoben und nicht den geringsten Widerstand geleistet, als sie aus dem Internat zu ihrem Pferd eskortiert wurde. Vielleicht hatte Tante Berthe recht: Sie besaß keine Moral. Möglich, daß sie sich nicht viel aus Rolf machte, aber wo war sie so akzeptiert wie bei seiner Garde?

Irgendwie hatte sie sich offenbar den Haß ihrer Verwandten zugezogen, vielleicht, weil ihr Tante Berthe Unrecht getan hatte. Und daß sie Rolf auf Claires Fährte gesetzt hatte, machte die Sache nicht besser. Die schockierte Mißbilligung der Nonnen, die Verurteilung ihres Verhaltens wäre Angeline unerträglich geworden, wenn sie hätte bleiben können. Die Leute in der Gemeinde würden gewiß diese Meinung übernehmen, sobald sich die Geschichte herumgesprochen hatte, das konnte nicht anders sein. Da sie von allen Seiten nur Verachtung und verlegenes Mitgefühl zu erwarten hatte, warum sollte sie nicht eine eigenartige Erleichterung, sogar eine perverse Dankbarkeit dafür empfinden, daß Rolf sie bei sich behielt?

Und doch, welche Zukunft konnte es mit ihm geben? Die Jagd würde irgendwann zu Ende und Claire gefunden sein. Was ist, wenn sie die benötigten Informationen aus ihr herausgeholt hätten, dachte Angeline. Nichts wird die Herren daran hindern, ins glorreiche dekadente Europa zurückzukehren. Ich werde lernen müssen, mich selbst durchzuschlagen. Es muß doch eine Möglichkeit geben, wo ich weder Ehre noch Seele zu opfern brauche. Es muß!

Sie jagten auf der Landstraße dahin, die an den Sümpfen entlangführte, die Hufe der Pferde schlugen dumpf auf den weichen Boden, und der Wind blies den Reitern ins Gesicht. Angeline ritt zwischen den Männern in der dichtgedrängten Kavalkade. Ihre Haare wehten ihr nach, und ihr Umhang flatterte. In dem grauen Dämmerlicht, in dem der Mond als gespenstischer Schatten im Westen auszumachen war, sah sie Rolf zu ihrer Rechten. Seine Aufmerksamkeit richtete sich auf die Straße vor ihnen. Links von ihr ritt Gustav, hinter ihnen Meyer und Leopold, während die Zwillinge die Nachhut bildeten. Niemand sprach ein Wort, niemand fragte, wohin es ginge oder wie sie die abgekämpften Pferde weiter auf Claires langsam erkaltender Fährte vorantreiben sollten. Ihnen genügte es, unterwegs zu sein; ihr Anführer kümmerte sich schon um alles andere.

Angeline sah zu Rolf hinüber und dachte über die Last der Verantwortung nach, die auf ihm ruhte. Er schien das als Selbstverständlichkeit zu betrachten und kaum zu spüren. Er runzelte im Reiten die Stirn, als wäge er verschiedene Möglichkeiten ab. Als er ihren Blick auf sich fühlte, schaute er sie an, und ein Lächeln zeigte sich auf seinen Lippen. Er betrachtete ihr blasses, ovales Gesicht, aus dessen Miene Zweifel und Verwirrung, aber auch Erschöpfung sprachen. Ernüchtert sah er wieder weg.

Sie hörten die Reiterschar nicht gleich kommen, die ihnen um die Biegung entgegenjagte. Erst lag die Straße noch frei und silberbetaut vor ihnen, doch schon im nächsten Moment war ihnen der Weg von Männern versperrt, die sich ihnen mit entschlossenen Gesichtern entgegenstellten. Nach einem Augenblick der Überraschung und Verwirrung erkannte Angeline ihre Freunde und Nachbarn und den hutlosen, dunkelhaarigen jungen Mann an der Spitze. André.

»Sie kommen! Sie sind es!«

Schwerter wurden mit kaltem Geklirr gezückt, Pistolen gezogen. Ein Schuß krachte, ein Mann schrie auf, gleichermaßen aus Wut wie aus Schmerz. Die beiden Reitergruppen trafen aufeinander mit der gewaltigen Wucht kämpfender Stiere. Mit blauen Flammen und orangerotem Funkenregen schlug Stahl auf Stahl. Männer fluchten und stöhnten. Pferde wieherten und bäumten sich erschrocken auf, als sie hin und her gestoßen wurden. Keine Partei war in der Überzahl, denn André war mit seinen Freunden nicht bis St. Martinville gekommen, sonst wären sie mehr gewesen.

»Sacre bleu«, ächzte ein glatzköpfiger Nachbar, »diese Ausländer kämpfen wie die Teufel!«

Dann drang André hocherhobenen Schwerts und mit konzentrierter Entschlossenheit auf Rolf ein und kämpfte mit ihm.

»Nun, Euer Hoheit«, rief André und parierte in atemloser Hast. »Ihr seid wohl überrascht, so bald auf uns zu treffen?«

»Ich nehme an, daß irgendein Naseweis herumgeschnüffelt hat?«

»Der Sohn des Kochs, ein aufgeweckter Bursche, kam, wollte sich erkundigen, weshalb das Abendessen aufgeschoben wurde, und hörte unser Klopfen.«

»Ich gratuliere Euch, da habt Ihr Glück gehabt.« Rolf spielte lässig mit seinem Schwert, blieb aber aufmerksam.

»Offenbar mehr als Ihr. Aber was habt Ihr Madame de Buys angetan?«

»Angetan? Liegt sie etwa durchnäßt im Straßengraben? Nein, keineswegs, obwohl mir das nicht schlecht gefallen hätte. Wir haben sie im Internat zurückgelassen, und sie sandte uns ihre Verwünschungen nach, ob aber wegen ihrer unversehrten Freilassung oder wegen des Bißchens, was sie gelitten hat, kann ich nicht sagen.«

Als sie so im Steigbügel standen, nach vorne drängten und zurückwichen, hatte Angeline den Eindruck, daß Rolf, wenn er sich ein wenig mehr anstrengen und den Arm etwas weiter ausstrecken würde, André sofort kampfunfähig machen könnte. Statt dessen schien er auf eine Gelegenheit zu warten, ihn zu entwaffnen, ohne ihn zu verletzen. Dasselbe galt für die Garde, die eine Phalanx bildete und die Angreifer zurückschlug.

Rolf wurde jetzt von drei Seiten bedrängt. Da seine Aufmerksamkeit einen Moment anderweitig beschäftigt und André frei war, schob sich dieser an Angeline heran. Er riß Rolf ihre Zügel aus der Hand. Bei diesem jähen Ruck bäumte sich Angelines Pferd auf, warf sich nach vorne und bäumte sich wieder auf. Sie hatte keinen Zügel, um sich festzuhalten, und an dem englischen Sattel war kein Knauf. Sie preßte ihre Knie gegen den Pferdeleib und klammerte sich in der silbernen Mähne fest.

Doch plötzlich wurde sie von der Seite angerempelt. Ihr Knie wurde zwischen ihrem Pferd und dem des Mannes neben ihr eingeklemmt. Der Schmerz fuhr ihr durch das Bein und verstärkte sich, als sie einen Schlag auf die Kniescheibe erhielt. Ihr Pferd konnte sich nicht mehr rühren und stolperte. Angeline spürte, wie sie zwischen die stampfenden Hufe fiel. Ein Schrei wollte sich ihrer Kehle entringen, erstickte jedoch zu einem Röcheln. Ein schwarzblauer Blitz des Schmerzes fuhr ihr durch den Kopf, und einhüllendes Dunkel umfing sie.

Allmählich nahm Angeline wieder etwas wahr. Sie spürte ein Schaukeln. In ihrem Schädel pochte der Schmerz. Übelkeit überkam sie, die sie nur mit Mühe zurückhalten konnte. Der Schmerz hämmerte ihr gegen die Schläfen, als etwas darüberfuhr. Es war eine warme, feste Hand, die ihr die Haare aus dem Gesicht strich, doch in ihrem gequälten Zustand fühlte es sich so an, als werde ihr jedes Haar einzeln ausgerissen. Sie runzelte die Stirn, gab einen gereizten Laut von sich und drehte den Kopf weg.

»Eure Schönheit hat nicht gelitten«, kam eine wohlbekannte schleppende Stimme von oben, »was man von Eurer Laune nicht gerade behaupten kann.«

Angeline fühlte sich von starken Armen gehalten und fand darin trotz Rolfs Sticheleien Geborgenheit. Sie schlug die Augen mit den langen Wimpern auf und begegnete seinem türkisblauen Blick. Sie lag auf Rolfs Schoß unter einer Pelzdecke, warm an seine Brust gekuschelt. Rolf saß an dem einen Ende einer Sitzbank in einer Kutsche, die mit braunem Samt ausgeschlagen war und eine geschnitzte Rosenholztäfelung hatte. Das Vehikel rumpelte mit beträchtlicher Geschwindigkeit die Landstraße entlang, soviel war aus den Bäumen zu erkennen, die an den Fenstern vorüberrasten.

Angeline schloß die Augen wieder. »Was ist passiert? Wie komme ich hierher?«

»Ihr hattet Glück, die ganze unangenehme Geschichte zu verschlafen. Erinnert Ihr Euch wirklich an nichts?«

»Nein.«

In seiner Antwort klang eine Spur Heiterkeit mit. »Ich habe Euch aufgehoben, als Ihr gefallen seid, und Euch Gustav und Oskar anvertraut. Sie wurden vorausgeschickt, während wir den Rückzug gegen einen Haufen von Fechtern deckten, wie ich sie an unbeholfenem Übereifer und nutzloser Tapferkeit noch nie erlebt habe. Eine Lanze mit Pflanzern und deren Söhnen zu brechen, die zwar verrückt, aber ohne Finesse sind, entspricht nicht gerade meiner Auffassung von Kampfgeist.«

»Wie bedauerlich, daß Ihr nicht auf einen standesgemäßen Gegner traft. Habt Ihr sie in ihrem Blute auf dem Schlachtfeld zurückgelassen?«

»Ein paar Schultern wurden angepiekt, und beim nächsten Ball werden einige ganz interessant hinken, aber niemand wurde ernstlich verletzt. Die Älteren der Gruppe besannen sich einer besseren Form des Heldentums zugunsten zukünftiger Enkel und gaben uns Raum, um unseren Rückzug ohne größeres Gemetzel zuwege zu bringen.«

Angesichts der Ruhe, mit der er auf ihre leichtfertige ironische Bemerkung reagiert hatte, packte Angeline die Reue. »Es war... sehr freundlich von Euch, Euch um mich zu kümmern.«

»Nicht freundlich, sondern unbedingt erforderlich. Wenn Ihr meinem Dünkel keinen Dämpfer aufsetztet, wo wäre ich dann?«

»Mit Sicherheit ein gutes Stück weiter die Straße entlang und Claire auf den Fersen.«

»Aber nein. Ihr dürft Euch keine Vorwürfe machen, daß Ihr uns aufhaltet. Gustav hat die Kutsche mit Bedacht gewählt. Sie ist leicht und fährt fast so schnell, wie wir reiten können.«

»Ich meine, wenn Ihr Euch von Anfang an nicht mit mir belastet hättet...«

»Meine liebe Angeline«, erwiderte er, und seine Stimme war seidenweich vor unterdrücktem Lachen, »ich versichere Euch, daß es keine Belastung für mich war...«

Sie preßte die Lippen aufeinander, doch ihre Augen blieben eigensinnig geschlossen. »Ich sehe schon, Euer Zusammenstoß mit meinen Nachbarn hat Eurer Anmaßung keinen Abbruch getan und Euch nicht einmal gewöhnliche Höflichkeit gelehrt.«

»Nein. Wie auch? Die Leute sind auf Veranlassung Eures Verehrers André Delacroix gekommen, und wenn Ihr glaubt, daß die verblühenden Reize Eurer Tante der Grund waren, dann seid Ihr es, die eine Lektion braucht, und zwar darin, wie Ihr Euch ein wenig Anmaßung erwerben könnt.«

»Und André... ist er...«

»Er hat sich wütend gewehrt, als ich ihn zuletzt sah, während ihn ein halbes Dutzend weisere Männer festgehalten und versucht haben, ihn von einer Verfolgung abzubringen. Er ist nicht verletzt.«

Unwillkürlich stieß sie einen leisen Seufzer aus. »Da bin ich aber froh!«

»Das merke ich. Wenn ich gewußt hätte, daß Ihr so bewegt seid, hätte ich ihn am Kragen gepackt und Euch zur Gesellschaft mitgenommen. Ich war nie Mitglied einer *ménage à trois,* aber ich weiß aus zuverlässiger Quelle, daß so etwas ganz unterhaltsam sein kann.«

Wie sie inzwischen wußte, war er am unverschämtesten, wenn er sich Sorgen machte, obwohl seine Stimme keine Spur davon verriet. »Ihr sucht Unterhaltung? Ich dachte, Ihr zieht Wut als Mittel der Wiederherstellung vor – Wut und Weinbrand. Es überrascht mich, daß Ihr mir noch kein starkes Getränk eingetrichtert habt.«

»Bewußtlose weibliche Wesen sind nicht in der Verfassung, teure Spirituosen gebührend zu würdigen, aber ich wollte gerade angesengte Federn bringen lassen, um Euch aus Eurem kleinen Ohnmachtsanfall aufzuwecken.«

»Kleiner Ohnmachtsanfall?« stieß sie mit allen Anzeichen der Empörung hervor und schlug die Augen auf. »Es war mehr als das!«

»Ja?«

»Ja, und das wißt Ihr genau!«

Sie hatte keine Ahnung, warum er die Sache auf die leichte Schulter nahm, es sei denn, um sie vom Simulieren abzubringen, das aber hatte sie ohnehin nicht vor.

»Ihr zweifelt an meinen Fähigkeiten auf medizinischem Gebiet?«

»Ich zweifle lediglich an Eurem Wissen und an Eurer Neigung, mir eine Schwäche zuzugestehen, beispielsweise die, in Ohnmacht zu fallen, wenn man mir einen Schlag auf den Kopf versetzt.« Beim Anblick des hüpfenden Kutschfensters und der vorbeitanzenden Bäume überkam sie wieder Übelkeit, so daß sie schleunigst die Augen zuklappte und sich die Hand vor den Mund preßte.

»Soll ich den Wagen anhalten lassen?« fragte er plötzlich.

Sie schüttelte den Kopf und wünschte im selben Moment, sie hätte es nicht getan, denn vor Schmerz platzte ihr fast der Schädel.

»Vielleicht war es falsch, Euch jetzt schon wiederzubeleben. Ihr habt eine leichte Gehirnerschütterung. Ich glaube nicht, daß sie gefährlich ist, aber diese Art zu reisen ist natürlich nicht die optimale Behandlung.«

Sie zwang sich, die Augen einen Spalt zu öffnen. Rolfs braungebranntes Gesicht sah nachdenklich aus. Ob er vorhatte, sie zu ihrer Tante zurückzuschicken? »Mir... mir wird es bald bessergehen.«

»Wirklich?« fragte er, und sein Mund verzog sich zu einer Art Lächeln.

»Ich... ich glaube schon.«

»Vielleicht können wir ein wenig Schlafpulver auftreiben, wenn wir einen Ort erreichen, an dem wir frische Pferde erhalten können.«

»Das dürfte sich als schwierig erweisen«, murmelte Angeline.

»Ja, das ist uns auch nicht entgangen. In dieser Wildnis gibt es nirgends eine anständige Poststation. Was machen Reisende, die diese Straße nehmen?«

»Sie bewegen sich etappenweise und nicht in diesem halsbrecherischen Tempo«, erwiderte Angeline. »Oder sie verlassen sich auf die Hilfe ihrer Wirte, der Pflanzer, deren Ländereien an der Straße liegen und die jeden, der vorbeikommt, gastlich aufnehmen.«

»Vermutlich«, sagte Rolf bedächtig, »hat niemand Grund, sich in diese Wildnis zu wagen, wenn er nicht eine Plantage hier besitzt. Es ist reizvoller, in die andere Richtung zu reisen, nach St. Martinville oder New Orleans.«

»Wildnis? Das ist schon das zweitemal, daß Ihr dieses Wort gebraucht.«

»Für mich ist es das«, entgegnete er. »Unser Ziel ist ein Ort mit einem Namen, der, soviel ich weiß, aus irgendeinem Indianerdialekt kommt, Natchitoches...«

»Eigentlich der Name eines Indianerstammes. Eine der ältesten Ansiedlungen, früher war es ein französisches Fort, und es geht dort ganz kultiviert zu.«

»Ich bin entzückt, das zu hören.«

»Und warum Natchitoches?«

»Der Kutscher Eurer Kusine hat sich nach dem Weg dorthin erkundigt.«

Die Stadt Natchitoches gehörte durchaus zur Zivilisation. Mehrere riesige Plantagen lagen in der Nähe, doch die Umgebung war nur spärlich besiedelt, und die Straßen dahin lagen einsam. Während der über hundert Jahre ihres Bestehens war man hauptsächlich auf dem Wasserweg dorthin gereist, den Mississippi hinauf bis direkt zu der Stadt, die unmittelbar an seinen Ufern lag. Erst in den letzten zehn Jahren war diese Landstraße gebaut worden. Madame de Buys hatte Verwandte in Natchitoches, doch der Grad von Claires Verzweiflung ließ sich daran ermessen, daß sie bei ihnen Unterschlupf suchte. Wenn sie St. Martinville schon für provinziell hielt, dann lag Natchitoches am Ende der Welt, ein stinkendes Sumpfloch ohne jeden Reiz.

Die Reise, die sie in solchem Tempo zurücklegten, war nicht ungefährlich. Sie bewegten sich im Grenzgebiet, da seit neuestem Siedler von der Küste im Südosten das Städtchen als Sprungbrett für ihre Eroberung der ausgedehnten Gebiete des spanischen Texas benutzten. Es herrschten Gesetzlosigkeit und rauhe Sitten, wie es für die vorgeschobenen Besiedlungsposten charakteristisch war. Der Ort selbst lag im Herzen eines weiten neutralen Territoriums, das als »Niemandsland« bezeichnet wurde. Es maß an die fünfhunderttausend Quadratmeilen und erstreckte sich entlang des Sabine River in der südwestlichen Ecke des Landes. Dieses Gebiet wurde seit 1806, also seit vierzehn Jahren, sowohl von den Vereinigten Staaten als auch von Spanien beansprucht. Um Zusammenstöße zu vermeiden, die sich zu einem regelrechten Krieg hätten auswachsen können, übte keiner der beiden Staaten die Oberhoheit über diesen schmalen Streifen aus, hier patrouillierten keine Soldaten, wie sie es sonst an den Grenzen taten. Das Land war ein Eldorado für Räuber und Mörder, die Gesetzlosen beider Staaten, die die Gegend unsicher machten und die Siedler ausplünderten, die nach Westen zogen. Auch andere heimliche Geschäfte wurden hier abgewickelt, zum Beispiel der illegale Import von Sklaven und anderer Schmuggelware.

Alles in allem war es eine unsichere Gegend. Jeder, der sich hineinwagte, tat es auf eigene Gefahr; eine ganze Reihe Menschen waren hier verschwunden und nie wieder aufgetaucht. Wenn eine Frau dieses Land durchreiste, brauchte sie eine bewaffnete Eskorte, auch wenn sie alt und häßlich war; daß Claire sich praktisch allein in solche Gefahr begeben hatte, war extrem waghalsig von ihr. Es blieb nur zu hoffen, daß Rolf und seine Leute sie einholten, bevor sie weit vorgedrungen war.

Angeline lag ruhig da, ihre Wange ruhte an Rolfs Brust, und sie spürte, wie sich diese hob und senkte, und hörte das rhythmische Pochen seines Herzschlags. Jede Umdrehung der Räder, jede beschwerliche Meile brachten sie weiter und weiter weg von allem, was sie bisher gekannt hatte: Verwandte, Freunde, Gemeinde, Kirche. Sie war allein mit einem launischen Prinzen, der einen privaten Rachefeldzug führte.

2. Teil

11

Sie verbrachte zwei Tage in einem rumpelnden, rollenden Alptraum. Weiter ging es, immer weiter. Es wurde nur haltgemacht, wenn es unumgänglich war: um die Pferde zu tränken oder rasten zu lassen, um neue Tiere zu besorgen, ein paar Bissen zu essen oder in dem Gewirr unmarkierter Wege nach dem richtigen zu forschen. Angeline schlief dank der Schlafpulver, die ihr Rolf besorgte, fast die ganze Zeit; wenn überhaupt, ruhten er und seine Männer sich aus, indem sie im Sattel vor sich hin dösten. Jeder von ihnen hielt scharf nach ihrem Wild Ausschau, damit sie nicht an Claire vorüberritten, während sie irgendwo übernachtete.

Sie trafen auf keine größeren Hindernisse. Die Wege wurden ihnen mit Hilfe von fieberhaftem Charme und einem schimmernden Goldfluß geebnet, die jeden Widerstand dahinschmelzen ließen und alle Türen weit öffneten, sei es von Ställen, Küchen oder Hausapotheken; Männer verbeugten sich, bis sie außer Sicht waren, wobei ihnen das Staunen im Gesicht geschrieben stand. Auch die Tür eines Kleiderschranks wurde Rolf auf diese Weise aufgetan. Er taxierte eine junge Mutter, daß sie, obwohl sie hochschwanger war, stotterte und errötete, und handelte ihr einen Teil ihrer Garderobe ab, die sie, falls überhaupt, so doch in absehbarer Zeit nicht tragen konnte.

Zu den Sachen gehörten ein lila-grau gemustertes Morgenkleid aus Faille, ein Schal mit seidenen Fransen, einige Unterröcke und ein Reitanzug aus dunkelgrünem, fast schwarzem Samt mit einem Zylinder, der von einem schmalen Schleier aus weißem Voile umgeben war. In ihrem Elend achtete Angeline kaum auf die Kleider, die Rolf auf den Sitz gegenüber legte. Sie hatte sich, einen Arm unter den Kopf geschoben, auf dem Sitz zusammengerollt und war nicht einmal munter genug, um sich bei ihm bedanken zu können. Doch jedesmal, wenn sie kurz erwachte, fühlte sie sich ein wenig besser, und das Aussteigen aus der Kutsche wurde für sie immer weniger eine Anstrengung, die über ihre Kräfte ging.

Am Nachmittag des zweiten Tages setzte sie sich für kurze Zeit auf und starrte aus dem Fenster. Bei Einbruch der Dunkelheit konnte sie schon etwas anderes als Suppe und kräftiges Maisbrot zu sich nehmen. Rolf teilte mit ihr die Mahlzeit – es gab Brathuhn, frisch gebackenes Hefebrot und Apfelkuchen –, während die Kutsche den mondbeschienenen Tunnel unter einem Gewölbe aus Zweigskeletten entlangrollte. Kurz darauf murmelte Rolf eine Entschuldigung und verließ den Wagen.

Im selben Moment stimmte die Garde ein übermütiges und äußerst unanständiges Lied über ein Mädchen aus Prag an, angesichts deren eigentümlichen Vorlieben bei der Wahl ihrer Bettgenossen Angeline die Ohren brannten. Rolf rief etwas dazwischen, und das gepflegte, possierlich schlüpfrige Französisch der Sänger wurde zu Ruthenisch, das sich mit seinen gutturalen Lauten sogar noch obszöner anhörte. Jedenfalls war der Gesang ein wirksames Mittel, um die Stimmung der erschöpften Männer zu heben. Mit Schmeicheleien und Flüchen, mit Schimpfreden und Lob vorangetrieben, hielten die Männer das von Rolf vorgegebene Eiltempo und ritten unermüdlich immer weiter in die Nacht.

Kurz nach Sonnenaufgang erfuhren sie, daß Claire ihnen nicht viel voraus war. Sie hatte ihren Wagen, der weithin sichtbar mit gesenkten Deichseln vor einem Bauernhaus stand, zurückgelassen und für sich und ihren Kutscher Reitpferde gekauft. Wie sie ihren Vorsprung so lange hatte halten können, und wie es ihr gelungen war, ihren Begleiter zu solcher Anstrengung anzuspornen, wußten sie nicht. Dennoch hofften sie, Claire spätestens am Nachmittag einholen zu können.

Die Sonne schien hell. Im Lauf des Morgens wurde die Luft immer wärmer, wie es im Januar in Louisiana häufiger vorkommt. Angeline hatte es satt, in der Kutsche hin und her geworfen zu werden. Sie hatte genug von den muffigen Samtbänken, dem Staub, der durch die Ritzen an Türen und Fenstern drang, und vom eintönigen Kreischen der Karosserie über einem der Hinterräder. Draußen lockten Sonne und frische Luft und luden sie ein, sich den Wind um die Nase wehen zu lassen. Sie nahm daher den samtenen Reitanzug von der gegenüberliegenden Sitzbank und schüttelte ihn aus. Sie wußte, daß mehrere überzählige Pferde da waren. Die zusätzlichen Tiere waren hinten an der Kutsche angebunden, damit die Männer bei Bedarf die Pferde wechseln konnten und sich keines überanstrengte.

Das Umkleiden stellte Angeline vor ein schwieriges Problem. Sie löste es, indem sie mit dem weiten Morgenkleid und den Unterröken die Fenster verhängte. In ihrem Schutz schlüpfte Angeline flink aus dem schäbigen Musselinkleid und der Bluse, die einmal weiß gewesen war, und zog den Reitanzug an. Er paßte, war zwar ein wenig weit in der Taille und spannte über der Büste, aber das war kaum der Rede wert. Zum erstenmal seit Tagen hatte sie das Gefühl, passend gekleidet zu sein. Ein Bad wäre schön gewesen, aber sie wollte nicht kritteln.

Angeline nahm die anderen Kleidungsstücke vom Fenster und legte sie sorgfältig zusammen, dann ließ sie die Scheibe herunter und rief Gustav auf dem Kutschbock zu, er solle anhalten.

Es war nicht gerade leicht, in einem langen, fließenden Rock ein Pferd zu besteigen, ohne zu straucheln oder unschicklich viel Bein zu zeigen. Sowohl die Kontrolle über das Pferd und den Rock zu bewahren, als auch den Hut mit dem wehenden Schleier, der sich in ihren offenen Haaren verfing, auf dem Kopf zu behalten, erwies sich als genauso problematisch. Sie bewältigte die Schwierigkeiten so graziös wie möglich. Die kastanienbraunen Locken wehten, als Angeline ihr Pferd traben ließ, um die Männer einzuholen. Sie wurde mit breitem Grinsen und Beifallsrufen empfangen. Rolf sandte ihr ein so entspanntes Lächeln zu, wie sie es selten an ihm gesehen hatte, und lenkte sein Pferd an ihre Seite.

Er ließ seinen blauen Blick über sie gleiten, wobei ihm kein Detail ihrer Kleidung entging. »Fühlt Ihr Euch ebensogut, wie Ihr ausseht?«

»Wahrscheinlich viel besser. Ich darf Euren Geschmack für Kleidung weiterempfehlen – und Euch für die Voraussicht danken, sie erstanden zu haben.«

»Ihr seid mir doch nicht für ein paar abgelegte Kleider zu Dank verpflichtet: Sie sind kaum gut genug für eine Gouvernante oder ein Dienstmädchen, wieviel weniger erst für die Frau, die...«

»Nun?« fragte sie ihn, als er innehielt. »Die Frau, die Ihr zu Eurer Mätresse gemacht habt? War es das, was Ihr sagen wolltet?«

»Mißfällt Euch diese Formulierung? Dann laßt mich statt dessen sagen: die Frau, die mir bei meiner Suche behilflich war. Wie dankbar bin ich Euch, daß Ihr mir nicht gestattet, für Euch zu sorgen, ohne mißtrauisch zu werden.«

»Ihr wißt ganz genau, daß ich nichts getan habe, wozu ich nicht gezwungen wurde.«

Mit einem grimmigen Zug um den Mund sah er sie an. »Ja, das weiß ich, aber ich habe ja auch nichts von freiwilliger Hilfe gesagt.«

Angeline wollte nicht mit ihm streiten. Es hatte ja doch keinen Sinn; sie konnte dabei nicht gewinnen und hatte auch wenig zu verlieren. Sie wechselte das Thema und flachste mit Gustav und Oskar herum. Die anderen schlossen sich an, und unter den Hufen ihrer Pferde flogen die Meilen dahin. Mitten am Vormittag machten sie an einem Bach halt, um die Pferde zu tränken. Angeline verschwand hinter den Büschen, während Rolf Wache hielt. Nach ihrer Rückkehr trat sie zu ihm unter einen weit ausladenden, immergrünen Lorbeerbaum. Stirnrunzelnd betrachtete der Prinz den kleinen Fleck Himmel, der zu sehen war. Die Sonne war vor einer großen zinngrauen Wolkenbank geflohen, die von Südwesten heraufzog.

»Es riecht nach Frühling«, sagte Angeline, »und es scheint, daß sich das Wetter auch danach richtet.«

»Für mich und meine Männer, die wir an härtere Winter gewöhnt sind, war es bis jetzt wie im Sommer, aber das heißt noch lange nicht, daß uns Regen willkommen ist.«

»Willkommen oder nicht, wir kriegen wahrscheinlich welchen. Glaubt Ihr, daß... daß es eine Rolle spielt? Wird uns das schlechte Wetter daran hindern, Claire einzuholen?«

»Es behindert sie ebenso wie uns, wenn nicht mehr. Ich glaube nicht, daß wir aufgehalten werden, solange kein Sturm aufzieht.«

»Das ist nicht sehr wahrscheinlich, nicht um diese Jahreszeit. Es kann höchstens Überschwemmungen geben.«

»Dann können wir wohl davon ausgehen, daß wir Claire einholen, bevor es dazu kommt.«

»Was... was macht Ihr mit ihr, wenn Ihr sie gefunden habt?«

Rolf bedachte Angeline mit einem spöttischen Blick. »Wovor habt Ihr Angst? Ich habe Euch doch mein Wort gegeben.«

»Ihr habt gesagt, Ihr wollt ihr nichts zuleide tun. Das läßt einigen Spielraum für jemanden von Eurer... Erfindungsgabe.«

»Mit dem Mop bearbeiten oder mit dem Reisigbesen? Ich würde ihr liebend gern mehr antun. Ich würde ihr ihre Anmaßung von Grund auf austreiben und sie an den Haaren über die Zinnen von meines Vaters Schloß hängen. Ich werde es nicht tun, weil ich es Euch geschworen habe. Könnt Ihr mir und meinem Eid nicht trauen?«

»Doch, aber es ist zu bedenken, wie eigensinnig Claire sein kann, und vielleicht weiß sie nichts, das Euch weiterhelfen wird. Habt Ihr schon jemals erwogen, was Ihr fühlen, was Ihr tun werdet, wenn sich herausstellt, daß die ganze weite Reise umsonst war?«

»Wollt Ihr etwa behaupten«, fragte er leise, »man könne sich nicht darauf verlassen, daß ich meine Gefühle im Zaum halte?«

»Das habe ich nicht gesagt.«

»Aber?«

»Ihr müßt zugeben, daß Ihr mir wenig Grund gegeben habt, das zu glauben.«

»Ich gebe gar nichts zu. Gefühle spielen nur eine geringe Rolle bei meinen Handlungen.«

»Das kann nicht Euer Ernst sein!« rief sie aus. »Warum habt Ihr mich sonst aus dem Haus meiner Tante entführt und zu... zum Bleiben gezwungen? Warum habt Ihr mich mitgenommen, nachdem Claire aus der Klosterschule geflohen war? Ich kann nicht glauben, daß das alles nur Berechnung war.«

»Warum nicht?«

»So viel Kaltblütigkeit ist beängstigend!«

»Ach, ich habe nie behauptet, daß die Sache mich kalt ließ. Im Gegenteil. Es gab Augenblicke, da war ich alles andere als das.« In seinem leisen Lächeln lag echte Heiterkeit. »Wenn Ihr von dem sprecht, was unter vier Augen... zwischen uns... im Jagdschloß geschah, dann laßt mich Euch versichern, daß ich Euch wollte, und vom ersten Moment an, als ich Euch bei Madame Delacroix' Soirée in den Armen hielt, war ich entschlossen, Euch zu bekommen. Daß Ihr unberührt wart, hatte ich nicht erwartet, aber ich sage Euch ganz unverblümt, daß ich mir gar nicht so sicher bin, ob es einen Unterschied gemacht hätte, wenn ich es gewußt hätte.«

Sprachlos und im Gefühl, auf sonderbare Weise verletzlich zu sein, wich Angeline seinem Blick aus.

»Ihr müßt jetzt nicht mit lilienweißem Gesicht ohnmächtig zu Boden sinken. Ihr konntet nichts dafür.«

Sie hob den Kopf. »Das habe ich auch nicht angenommen.«

»Nicht? Dann kann ich mir Eure plötzliche Schwunglosigkeit nur so erklären, daß Ihr Euch überanstrengt habt und wieder in die Kutsche steigen wollt.«

»Was seid Ihr doch für ein Kavalier!« rief Angeline aus und ließ trotz ihrer Mattigkeit, die ihr verriet, daß er nicht ganz unrecht hatte, dem Pferd die Zügel schießen. Sie wollte ihre Schwäche um so weniger zugeben, als ihr bei dem Glitzern in seinen Augen unbehaglich wurde.

»Und noch aufmerksamer, als Ihr denkt«, antwortete er. »Ich hatte nicht vor, Euch alleine einsteigen zu lassen.«

»Ihr... Ihr wollt mitfahren?«

»Die Aussicht ist offenbar anregend... oder erschreckend.«

Bei diesen Worten trieb es ihr die Hitze in die Wangen, doch sie achtete nicht darauf. »Ich weiß nicht, ob... ob ich mich wieder kutschieren lassen will.«

»Muß ich darauf bestehen? Selbstverständlich Eurer Verletzung wegen?«

»Bestehen? Warum solltet Ihr? Ich versichere Euch, daß mein Mangel an Ausdauer Eure Reise nicht verzögern wird.«

»Wenn ich nur dasselbe auch von mir sagen könnte!«

Rolf lachte über ihre entschiedenen Versuche, seinen Wink mit dem Zaunpfahl zu ignorieren. »Ihr habt... doch Claire fast eingeholt. Vielleicht solltet Ihr den anderen vorausreiten und die Kutsche zurücklassen? Wir werden später nachkommen.«

»Ich soll Euch allein unter Gustavs Schutz durchs Niemandsland reisen lassen?«

»Wir sind schon im Niemandsland?«

»Mindestens seit zehn Meilen.«

»Davon hatte ich keine Ahnung.«

»Das solltet Ihr auch nicht. Dennoch werdet Ihr jetzt verstehen, warum ich Euch unbedingt persönlich eskortieren will.«

»Kein Wort nehme ich Euch davon ab«, erwiderte sie beharrlich.

»Daß wir durch eine Gefahrenzone reisen und ich den Wunsch hege, Euch zu... beschützen?«

»Ich glaube nicht«, entgegnete sie bestimmt, »daß Ihr mich aus einem dieser Gründe begleiten wollt.«

»Nicht nur tapfer, sondern auch intelligent«, spottete er, wobei ihm das Lachen aus den Augen blitzte. Dann nahm er ihr den feschen Hut mit dem Schleier vom Kopf, schleuderte ihn ins Gebüsch und legte ihr eine kastanienbraune Haarlocke über die Brust. »Wenn Ihr jetzt auch noch etwas zugänglicher wärt...«

Angeline blieb gar nichts anderes übrig: Rolf reichte ihr den Arm und führte sie zur Kutsche, die mit Gustav auf dem Bock auf sie wartete. Angeline zögerte. Rolf wartete ungerührt, und als er sprach, war seine Stimme so leise, daß nur sie ihn verstehen konnte.

»Ihr könnt es darauf ankommen lassen«, schlug er vor. »Wer soll mich hindern? Wird die Garde auf Euren Hilferuf hin intervenieren? Wird sie ihren Prinzen unterstützen oder die heimliche Herzensdame von allen? Und wenn die Wahl getroffen ist, wird Euch das Resultat konvenieren?«

Es war nur der flüchtige Schatten eines Gedankens gewesen. Wie Rolf es hatte ahnen können, wußte Angeline nicht, aber das Risiko, da es nun einmal in klare Worte gefaßt war, erwies sich als zu groß. Als hätten sich sogar die Elemente gegen sie verschworen, fielen in diesem Augenblick der Unsicherheit die ersten Regentropfen. Mit steifen Bewegungen legte sie ihre Hand in seine und ließ sich in die Kutsche helfen. In ihr kochte die Empörung; Einsicht konnte auch eine Last sein.

Angeline hatte nicht gemerkt, wie dunkel es geworden war. Das fiel ihr schlagartig auf, als sie in dem geschlossenen Wagen saß. Als sie anfuhren, machte der Regen ernst, prasselte gegen die Fensterscheiben, hämmerte auf das Dach und rann die Wände der alten Kutsche hinunter, die unerbittlich vorwärtsrollte. Die Fahrspuren auf der Straße wurden morastig und füllten sich mit Wasser, und die Räder bewegten sich schmatzend durch Schlamm; die Schlaglöcher waren wie abgrundtiefe Schweinesuhlen, die jedesmal, wenn ein Rad hineingeriet, dieses bis zur Achse zu verschlingen drohten. Mit gesenkten Köpfen und in wasserdichten Umhängen aus Sattelzeug ritten die Männer der Leibwache im Schritt vor dem rumpelnden Wagen her.

Drinnen war es schön trocken und stickig, und die Insassen waren in feuchtkalter Intimität gefangen. Angeline und der Prinz sahen sich in die Augen. Mit einem sanften Laut beugte sich Rolf zu ihr hinüber und drückte die Lippen auf Angelines fein geschwungenen Mund. Seine Finger glitten an ihren Wangen entlang abwärts zu den Brüsten.

Wieder überkam Angeline diese verräterische Sehnsucht. Sie wollte mit jähem, beängstigendem Verlangen, daß er sie fester an sich zog. Mit Mühe riß sie die Lippen von den seinen. »Hört auf... sie werden uns sehen.«

»Nein, das werden sie nicht, aber selbst wenn es der Fall sein sollte, werden sie als Männer von Welt woanders hinschauen.«

»Aber... aber es ist heller Tag und... und Ihr könnt doch nicht...«

»Nein?« Seine Finger machten sich an ihren Jackenknöpfen zu schaffen, befreiten sie flink aus den Löchern und mieden dabei Angelines abwehrende Hände mit Leichtigkeit.

»Rolf, nicht. Das... das schickt sich nicht.«

»Was haben wir mit Schicklichkeit am Hut?«

Ja, was? dachte Angeline in einem Anflug von Bitterkeit, dann erstickte er ihren Protest unter seinen Lippen, und sie versank in einer Welle von Leidenschaft. Der Regen peitschte aufs Wagendach eine gedämpfte Begleitmusik, die im Blut pochte. Die kühle, klamme Luft legte sich auf ihre Haut, so daß sie da, wo sie einander berührten, mit derselben feuchten Anhänglichkeit zusammenklebten wie ihre Kleider. Rolf band Angeline das Jabot auf und schob die Rüschen auseinander, öffnete die Hirschhornknöpfe der Hemdbluse und entblößte die vollen rosaschimmernden Brüste. Seine Hände und sein Mund waren in ihrer zärtlichen Sanftheit heiß und erregend. Mit der fieberhaften Steigerung ihres Verlangens schmiegte Angeline sich immer enger an ihn, spürte seinen warmen Atem an ihrem Hals, hörte sein heiseres Flüstern, »Angeline...«

Rolf schob das Revers und die offene Bluse weiter auseinander, nahm die Reisedecke von der Sitzbank und deckte Angeline damit zu. Darunter streichelte er sie, massierte ihr den Rücken, liebkoste die schlanke Taille, ließ die Hände über die Hüften gleiten und zog Angeline immer enger an sich, als wolle er seinem Körper ihre Gestalt einprägen. Sie spürte seine Hand den Schenkel entlang zum Knie gleiten, fühlte, wie er den schweren Samt des Rockes zusammenraffte und hinaufschob. Rolf streifte die Pantalons ab, hob ihr Knie über seine Seite und zog sie an sich.

Ein Stoß ging durch den Wagen, und Angeline glaubte, Rolf leise kichern zu hören, als sie von der Sitzbank geschleudert und nur noch von seinen Armen gehalten wurde, als sie dieser Ruck nur noch dichter auf ihn fallen ließ. Langsam sank sie wieder zurück, aber Rolf hielt sie fest in sinnlicher Lust an diesem tiefen Eindringen.

Da geriet ein Wagenrad in ein abgrundtiefes Loch. Angeline wurde nach vorne geschleudert und spürte, wie sich Rolf sofort zurückzog und auswich, um nicht auf sie zu fallen und sie auffangen zu können. Als das Rad unter mißtönendem Kreischen mit einem Ruck aufschlug und wieder aus der Mulde sprang, wurden sie beide zu Boden geworfen. Rolfs breite Schultern schlugen dumpf auf. Angeline landete auf seiner Brust, und die Luft wich ihm in atemlosem Stöhnen aus den Lungen, dann schüttelte er sich. Ein Anflug von Furcht überkam sie, bis sie merkte, daß er lachte. Auch in ihr regte sich die Heiterkeit, und in einem Gewirr von Samtröcken und Pantalons, Unterröcken und dem Morgenkleid aus grauem Faille, das zusammen mit dem weichen, glänzenden Pelz der Reisedecke auf sie herabgeglitten war, überließen sie sich dem lustigen Lachen aus voller Kehle.

»Die Liebe nach Kosakenart auf dem hölzernen Sattel eines galoppierenden Pferdes bedarf wohl größerer Geschicklichkeit, als ich bisher angenommen habe«, sagte er. Immer noch lächelnd stemmte er sich auf und schob Angeline unter sich. Mit seinem strahlendblauen Blick hielt er ihre sanften, graugrünen Augen und preßte sich noch einmal in sie hinein.

Sie hielten sich immer noch umschlungen, als der erste Pistolenschuß fiel.

Rolf fluchte laut und ein wenig schuldbewußt, als er sich vom Boden der Kutsche aufrappelte. Er hob Angeline auf den Sitz, fuhr hastig in seine Pantalons und knöpfte sie zu, während er schon den Schlag der fahrenden Kutsche aufwarf und sich mit der Tür hinausschwang, um sich ein Bild von der Lage zu verschaffen. Gleich darauf zerrissen weitere Schüsse die trübe, regnerische Dämmerung. Ein Schrei ertönte, und Pferde wieherten, als die Garde das Feuer eröffnete. Dann krachte von den Bäumen ein schwerer Gegenstand auf das Kutschdach. Sofort zog sich Rolf zurück, trat die Türscheibe ein, stellte den Fuß in die so geschaffene Öffnung und schwang sich aufs Dach.

Der Wagen gewann an Fahrt und schaukelte wie wild hin und her, als habe Gustav die Zügel fallen gelassen. Angeline knöpfte sich in fieberhafter Eile die Jacke zu, während sie vor und zurück geworfen wurde. Von überall hörte sie das Ächzen und Fluchen der Kämpfer und das Klirren der Waffen. Offenbar wehrten sich Gustav und Rolf gegen die Angreifer aus dem Hinterhalt. Dann näherten sich einige Reiter dem schwankenden Gefährt, griffen den Pferden ins Geschirr und kletterten auf den Bock.

»Holt sie mir lebendig, die Hurensöhn'. Wenn einer uns um unser Lösegeld bringt, is' er 'n toter Mann.«

Auf diesen Schrei folgte vom Dach her ein Schuß. Der Kampf war vorbei, und als die Kutsche schließlich schaukelnd zum Stillstand kam, plumpste der leblose Körper eines Mannes am Fenster vorbei zu Boden.

»Rolf!« schrie Angeline, stieß den Schlag auf und stürzte hinaus. Sie rannte zu ihm und kauerte sich neben ihm nieder. Rolf lag auf dem Bauch, und Angeline mußte ihn umdrehen. Seine Augen waren geschlossen, sein Gesicht war blaß und starr, und der Regen fiel auf seine blutleeren Lippen. Über dem Ohr rann ihm das Blut über die blonden Haare, und auf dem Gesicht hatte er eine rohe, hautlose Wunde, wo er auf den Boden aufgeschlagen war. Aber das war nicht alles. Auf der weißen Uniformjacke blühte ein wenig oberhalb der Taille karmesinrot eine widerliche Blume mit einem zerfransten, zerrissenen Mittelpunkt.

Das Kampfgetümmel erstarb. Ein Mann ritt durch schlammiges Wasser heran, das vor ihm aufspritzte. Mit rauher Stimme verfluchte er die Männer, die jetzt vom Dach der Kutsche herunterkletterten. Er stieg ab und versetzte einem von ihnen, der die noch rauchende Pistole in der Hand hielt, einen Hieb mit seiner riesigen Faust, der ihn zu Boden streckte.

»Du winselnder Köter von 'nem gottserbärmlichen Feigling! Wenn du'n umgebracht hast, reiß ich dir eigenhändig die Därme aus'm Leib und mach mir 'n Tabaksbeutel draus!«

Der bullige Mann, offenbar der Anführer der Angreifer, schritt auf Angeline zu und musterte Rolf.

»Is' er hin?«

Er sprach so starken schottischen Dialekt, daß sie ihn nicht gleich verstand. Sie zog die Hand, die sie auf Rolfs Herz gedrückt hatte, unter seiner Jacke hervor. »Nein, noch nicht. Wenn man ihn vielleicht in die Kutsche legen könnte...?«

Der Schotte, ein massiger, vierschrötiger Mann mit zottigem brünettem Haar, rötlichem Bart und tabaksbraunen Augen, stemmte die Hände in die Hüften. Stirnrunzelnd und geistesabwesend nahm er ihr ramponiertes Aussehen wahr, zog die buschigen Brauen erstaunt zusammen und wog seinen Eindruck gut ab, ihr Aussehen, ihre kultivierte Sprechweise und das feingeschnittene Gesicht. Er zuckte die Achseln. »Gut, von mir aus.«

Er brüllte einen Befehl über die Schulter, und ein paar Männer kamen näher. Als Angeline beiseite trat, um ihnen bei ihrem Vorhaben nicht im Weg zu stehen, warf sie einen flüchtigen Blick nach vorn auf die Straße. Zunächst hatte sie den Eindruck, daß der Boden über und über mit Verwundeten bedeckt sei. Dann aber sah sie, daß die Männer der Garde entwaffnet worden waren und auf dem Boden niedergehalten wurden, wobei jeden von ihnen mindestens drei mit

Pistolen oder Gewehren bewaffnete Männer umstanden. Zwar rann Gustav aus einer schräg verlaufenden Stirnwunde das Blut in sein einziges gesundes Auge, Meyer hielt sich die Schulter, und Oskar hatte sich wieder am Handgelenk verletzt, aber sie waren zumindest alle am Leben.

Bei den Männern, die sie überfallen hatten, war das nicht der Fall. Dort, wo die Leibgardisten zuletzt die Stellung gehalten hatten, stapelten sich Menschenleiber wie Klafterholz. Einige wenige lebten freilich noch und ächzten und fluchten. Offensichtlich waren sie von fast vierzig Räubern – es standen also mehr als sieben gegen einen – attackiert worden. Bei diesem Überraschungsangriff auf offener Straße hatten Rolfs Leute keine Chance gehabt, obwohl sie sich nicht übel geschlagen hatten. Die geringste Deckung, die Spur einer schützenden Stellung, und ihre Gefangennahme wäre zweifelhaft gewesen.

»Wollt Ihr nicht einsteigen?«

Angeline drehte sich abrupt um. Der schottische Häuptling hielt ihr den Schlag auf und wartete darauf, daß sie in die Kutsche stieg. Auf dem hinteren Sitz lag Rolf, und ein dunkler Fleck breitete sich aus seiner Seite über das braune Samtpolster wie verschütteter Wein. Sie überlegte, ob sie fragen sollte, wohin man sie brachte und was man mit ihnen vorhatte, doch sie unterdrückte diesen Impuls. Es gab Dinge, die man nicht unbedingt im voraus erfahren mußte. Der Anführer nahm Angeline am Ellbogen, um sie hineinzuschieben, aber sie riß sich los, und während sie selbständig in das Gefährt hineinkletterte, warf sie ihm einen kühlen Blick zu.

Rumpelnd setzte sich die Kutsche in Bewegung. Angeline nahm den zerknitterten Unterrock, den sie vor kurzem abgelegt hatte, riß die unteren Volants für einen Verband in Streifen und knöpfte Rolf die Jacke auf.

Nach einiger Zeit bogen sie in eine schlammige Fahrspur ab, die so eng war, daß die Zweige der Bäume an der Karosserie entlangschrappten und durch das zerbrochene Fenster schlugen. Sie holperten vorwärts und schlingerten hin und her durch die Schlaglöcher. Rolf bewegte sich. Ein leises Stöhnen entrang sich seiner Kehle, und er öffnete die Lider. Er starrte Angeline verständnislos an, bis es in seinen türkisblauen Augen klarer wurde. Leise murmelte er: »Hochmut kommt vor dem Fall – eigentlich wollte ich Euch beschützen.«

»Aber es waren so viele, und sie haben uns erwartet.«

»Ja, und wer mag wohl der Herold gewesen sein, der unser Kommen angekündigt hat?«

Darauf gab es nur eine Antwort, und doch schien ihr der Gedanke so weit hergeholt, daß sie ihn nicht aussprach. »Wie geht es Euch?«

Für einen Moment vertrieb ein Glitzern den Schmerz aus seinen Augen. »Eingewickelt und gehätschelt und mit Thors Hammer auf den Kopf getroffen. Wenn sich Eure Gehirnerschütterung vor drei Tagen ebenso angefühlt hat, muß ich mich in tiefer Zerknirschung für die Kutschfahrt entschuldigen.«

»Ihr habt eine Menge Blut verloren, und ich glaube, es hat Euch jemand im Fallen einen Schlag versetzt, nachdem Ihr angeschossen wurdet.«

»Wie niederträchtig. Ich frage mich bloß, warum sie nur halbe Arbeit geleistet haben.«

Seine Kaltblütigkeit war schon fast erschreckend. »Soweit ich weiß, aus finanziellen Gründen: Man erwartet ein Lösegeld für Euch – und die anderen.«

»In diesem Fall«, erwiderte er und ließ die Lider sinken, »dürfen wir mit einem rauschenden Empfang rechnen.«

Wenig später fuhr die Kutsche vor einem langgestreckten Blockhaus aus grauen Zypressenholzbalken mit Schindeldach vor. Zu beiden Seiten ragten Kamine empor, aus denen schwarze Rauchfahnen wehten. Rechts und links davon standen zwei ähnliche Gebäude, und im Hintergrund waren Stallungen und Verschläge für Tiere zu sehen. Der Ort, wo sie überfallen worden waren, war einige Meilen von diesem Räubernest entfernt. Die Wachen, die mit Gewehren im Arm auf der Veranda standen, gaben ihm etwas von der Atmosphäre eines Heerlagers. Der Eindruck wurde von einer Meute räudiger Hunde verstärkt, die um die Hausecken und aus dem geräumigen Gang, der die Hütte teilte, auf sie zugestürzt kamen. Die braunen, schwarzen und schmutziggelben Köter waren von enormer Größe und unbestimmter Rasse und bellten sie mit gesträubtem Nacken und wild gefletschten Zähnen an, so daß es gefährlich schien, aus dem Wagen zu steigen.

Ein lauter Befehl und einige wohlgezielte Tritte, und die Hunde gaben Ruhe, doch sie umrundeten noch immer das fremde Gefährt, beschnüffelten die Tür und hoben die Beine an den Rädern. Die Männer der Garde wurden von den Pferden gezerrt und in den Korridor geschoben. Rolf richtete sich in eine sitzende Stellung auf und preßte dabei die Hand auf die Wunde. Er ignorierte Angelines Protest und wartete, bis sie ausgestiegen war, dann sprang er ohne Hilfe aus dem Wagen.

Nach seiner Blässe zu urteilen, kostete ihn das große Mühe und war eher ein Willensakt als ein Zeichen von Kraft. Als er leicht schwankend stehenblieb, kam der Hauptmann auf ihn zu.

»Ihr seht blaß aus, Hoheit. Tut mir leid, daß Ihr eins draufgekriegt habt, war 'n Irrtum, aber wenn Ihr Euch net so gewehrt hättet, wäret Ihr jetzt auch net in so 'ner Verfassung.«

Die anderen Gesetzlosen, die die Pferde mit ihren toten Kumpanen zu einer mit rohen Holzkreuzen gekennzeichneten Begräbnisstätte führten, murrten, aber der breitschultrige Schotte achtete nicht auf sie.

»Darf man annehmen«, fragte Rolf mit höflicher Ironie, »daß Ihr einen Namen besitzt?«

»Allerdings. Ich bin McCullough, Häuptling von diesem gesetzlosen Haufen hier. Wollt Ihr net reinkommen und 's Euch gemütlich machen?«

Rolf neigte den Kopf, und in dem Versuch, diese anmutige Geste nachzuahmen, machte der Schotte eine unbeholfene Verbeugung. Daß er seine Anweisung in die Form einer Einladung kleidete, war ein Tribut an jene undefinierbare Aura der Macht, die den ruthenischen Prinzen sogar unter solchen Bedingungen umgab.

»Eure Gastfreundschaft ist überwältigend«, murmelte Rolf. Mit Angeline an seiner Seite erklomm er langsam die Treppe und schlüpfte durch den silbernen Sturzbach des Regenwassers, der sich vom Dach ergoß. Feuchtkühler Zugwind blies durch den offenen Korridor und trug den Rauchgeruch und Fäulnisgestank von den frischen Tierhäuten mit sich, die über die mit Schlamm und Moos abgedichteten Wände gespannt waren und mit Hirschgeweihen, Bärenklauen und Kuhglocken – letztere dienten offenbar dazu, Warnsignale abgeben zu können – um eine dekorative Wirkung wetteiferten. Sogar bei diesem grauen Wetter schimmerten die Pelze von Bär, Wolf, Fuchs, Nerz, Waschbär, Opossum und Biber in ihrem schönsten Glanz.

Rolf und Angeline blieben stehen, und McCullough komplimentierte sie zur rechten Seite des Gebäudes, wo sich bereits die Garde befand. In diesem Moment wurde die Tür zum linken Flügel aufgestoßen, und heraus trat eine Indianerin in einem schlichten Kattunkleid mit rabenschwarzen, seidigen Zöpfen. Hinter ihr wirbelten Röcke, wehte Parfüm, und im rohgezimmerten Türrahmen erschien eine Dame. Sie trug ein gelbes Seidenkleid mit schwarzem Spitzenbesatz und hatte um die Schultern einen Schal geschlungen, der in allen Farben des Regenbogens bestickt war. An Hals, Handgelenken und Fingern glitzerten wertvolle Steine, und unter dem Saum ihres Kleides schimmerten die Spangen von Satinpantoffeln hervor.

»Claire!« rief Angeline.

Ihre Kusine sah jedoch nicht zu ihr oder zu Rolf hinüber, sondern auf die Männer der Garde, die in den Raum gegenüber gestoßen wurden. Als Claire sich an Angeline wandte, war sie blaß, und es schien, als müsse sie sich gewaltsam beherrschen. »Meine liebe Angeline«, rief sie verblüfft aus, »ich hatte ja keine Ahnung, daß du hier auch dabei bist, obwohl *Maman* etwas erwähnte, daß Rolf dich in seiner Gewalt hat.«

Angeline sah Claire einen Blick auf den Mann an ihrer Seite werfen und vor ihm einen Knicks machen, der eine Spur ironisch war. Sie holte tief Atem und antwortete: »Du hast uns diese Männer auf den Hals gehetzt, habe ich recht? Aber woher hast du gewußt...?«

»Woher ich wußte, daß ihr mir dicht auf den Fersen seid? Ich habe es erraten, *chère*. *Maman* meinte, daß du dem Verhör, dem man dich unterziehen würde, nicht lange würdest standhalten können und wollen, und daß ich so bald wie möglich fliehen müsse. Da ich Rolf ein wenig kenne, war ich geneigt, ihr zuzustimmen. Aber es war mir nicht bewußt, daß er so dicht hinter mir ist.«

»Und mir hat se weisgemacht, daß Ihr nur 'n paar Stunden hinter ihr seid«, grummelte McCullough.

Claire zuckte die Achseln. »Ihr wurdet ein wenig... hitzig. Ich habe gedacht...«

»Ihr habt gedacht, daß Ihr mich lang genug los seid, um Euch hier rauszuschleichen, und mich auch gleich dazu benutzen könnt, Euch die Königliche Hoheit da vom Hals zu schaffen – wenn ich recht versteh, was hier los is'. Hat wohl net richtig geklappt?«

Aus Claires Augen sprühten Zornesfunken, als sie ihn anfuhr. »Ich konnte ja nicht ahnen, daß mich Eure wilde Hexe mit dem Messer in Schach hält. Sie war ganz schön gemein. Ich bin über und über grün und blau, weil sie mich gekniffen hat, und ich schwöre, dafür wird sie mir bezahlen.«

»Ich kann Euch nur empfehlen, net mit der da aneinanderzugeraten. Des is 'ne Wildkatze«, grinste McCullough.

»Oh, ich habe keineswegs die Absicht, mit ihr handgemein zu werden. Da gibt es ganz andere Methoden.«

»Das wer'n wir mit der Zeit schon sehn, und wir wer'n auch sehn, warum Ihr mich auf die Jagd nach 'ner Fata Morgana geschickt habt. Kann gut sein, daß er net mal 'n richtiger Prinz is', und sechs von meinen besten Leuten sind draufgegangen für nix und wieder nix.«

Während der Schotte sprach, spürte Angeline Rolfs Hand auf ihrer Schulter; es war nur eine leichte Berührung, als wolle er lediglich das Gleichgewicht halten. Daß er diese Unterstützung suchte, zeigte deutlich, wie schwach er war. Leise sagte sie: »Sollen wir hineingehen?«

Rolf durchquerte das Wohnzimmer, zog den Kopf ein und ging ins angrenzende Schlafgemach. Er trat an die rohe, hölzerne Bettstatt, die außer einem Schemel und einer primitiven Waschkommode das einzige Möbelstück im Raum war. Dort setzte er sich auf die schlichte Steppdecke, die auf der Strohmatratze lag. Dann verlor er das Bewußtsein und kippte langsam vornüber auf das Kissen.

McCullough bot seine Dienste an, um ihn ins Bett zu bringen, aber Angeline lehnte ab. Sie wollte nicht, daß Rolfs Wunde, deren Blutung sie erst vor kurzem hatte stillen können, durch rauhe Behandlung wieder aufbrach. Der Räuberhäuptling entfernte sich daraufhin, vermutlich, um sich um seine anderen Gefangenen zu kümmern, während sich die Garde auf einer Seite des Wohnzimmers zusammendrängte. Der Schotte schickte Angeline an seiner Statt die Indianerin, die sich als ruhig und sachkundig erwies.

Sie zogen Rolf die verdreckte, klamme Uniform aus und breiteten die Steppdecke bis zum Kinn über ihn. Angeline bat darum, ihre Sachen aus der Kutsche bringen zu lassen, darunter auch das Holzkästchen mit dem Schlafpulver, das ihr Rolf besorgt hatte. Sie gab etwas davon in ein Glas Wasser, um es dem Prinzen zu verabreichen, sobald er erwachen würde, setzte sich auf den Bettschemel und wartete. Die Indianerin nahm die blutbefleckte Uniform mit, um sie zu säubern.

Die Zeit kroch dahin. Vielleicht war erst eine halbe Stunde, vielleicht aber auch mehr vergangen, als Rolf auf dem derben Leinenkissen den Kopf wandte und die Augen aufschlug. Angeline stand sofort auf und griff nach der Medizin, die seine Schmerzen lindern sollte.

»Da«, sagte sie und legte ihm die Hand unter den Kopf. »Trinkt.«

»Was ist das?«

Sie erklärte es ihm und war überrascht, wie vital seine Stimme klang, obwohl er nicht laut sprach.

Seine klaren, strahlenden Augen begegneten ihrem Blick. »Werde ich jetzt eingelullt und mit Drogen vollgestopft wie ein Säugling, damit ich alle viere von mir strecke? Weg damit.«

»Es ist dasselbe, was Ihr mir gegeben habt.«

»Ihr hattet in Eurer Lage aber auch nicht Euren Kopf so nötig.«

»Wirklich nicht? Ich war eine Gefangene...«

»Wie ich jetzt? Sprecht es lieber gleich aus, statt es nur anzudeuten.«

»Das wollte ich nicht sagen. Nicht ganz.«

»Ich bin nicht für halbe Sachen, meine liebe Angeline. Sprecht ruhig aus, daß ich hilflos und Euch sowie unserem schottischen Freund vollständig ausgeliefert bin.«

»Ja, und so wird es auch bleiben, wenn Ihr weiterhin die Hilfe zurückweist, die Ihr nötig habt, um wieder auf die Beine zu kommen!« erwiderte sie.

»Ja, so ist's recht«, murmelte er mit leiser Ironie. »Wollt Ihr mich auch noch dazu bringen, einen Brief an meinen Vater zu schreiben und ihn um eine Schatzanweisung zu bitten, damit ich freikomme? Er würde es Euch nicht danken. Von ihm ist ebenso wenig Milde und sanfte Gefügigkeit zu erwarten wie von mir.«

»Wovor fürchtet Ihr Euch? Daß Ihr, wenn Ihr benommen seid, weder befehlen noch führen könnt? Das ist im Augenblick sowieso nicht möglich. Daß Ihr die Kontrolle über die Leibgarde verliert? Gegenwärtig ist das ohnehin nicht Euer Problem. Daß Ihr während des Schlafs nicht wißt, was vor sich geht? Ihr könnt sowieso nichts daran ändern.«

»Und Ihr meint, daß ich aus all diesen Gründen die Ruhepause ruhig genießen soll, die Ihr mir bietet?«

»Ja, warum nicht?«

Er verzog den Mund zu einem Lächeln, das seine Augen jedoch nicht erreichte. »Wart Ihr es dermaßen leid, von mir gefangengehalten zu werden, daß Ihr mir jetzt dasselbe antun müßt?«

Diese Beschuldigung verschlug Angeline den Atem. Sie starrte Rolf an und fragte sich in ihrer quälenden Wahrheitsliebe, ob er nicht recht haben könnte. »Vielleicht sehe ich Euch lieber unverschämt gesund als unverschämt und krank, und außerdem weiß ich, daß Ihr mir erst, sobald Ihr wieder bei Kräften seid, aus dem Schlamassel helfen könnt.«

»Sehr vernünftig, aber Ihr habt meine Frage noch nicht beantwortet.«

»Was spielt das jetzt für eine Rolle? Wir sind hier, und Claire auch. Sie kann Euch nicht entkommen, da sie ebenso sicher bewacht wird wie wir. Vielleicht gibt es eine Möglichkeit, uns zu befreien, aber im Moment sehe ich keine. Bis ich's tu... bis Ihr es tut... warum wollt Ihr Euch nicht solange ausruhen?«

Sein leicht verschleierter Blick streifte sie. »Eine furchtlose, ungeduldige Hexe, die mir mit offener Jacke Balsam und Myrrhe verabreicht. Ich glaube, ich ziehe sie der verwundeten Jungfrau vor und vertraue ihr sonderbarerweise mehr.«

Er nahm das Glas, das sie in der Hand hielt, und trank es bis zur Neige aus. Bald schlief er ein.

Angeline stand noch lange da und starrte auf ihn hinunter. Das Glas in ihren tauben Fingern hatte sie vergessen. Schließlich seufzte sie; sie fühlte sich wie nach einer schweren Schlacht, die sie gegen eine große Übermacht gewonnen hatte, und nahm ihren Platz auf dem Schemel wieder ein.

Mit seinem üblichen Scharfsinn hatte er, obwohl er vor Schmerz fast blind und halb bewußtlos war, den Nagel wieder einmal auf den Kopf getroffen. Was mußten diejenigen, die sie so aufgelöst hatten aus der Kutsche steigen sehen, McCullough, Claire, die Gardisten und alle anderen, von ihr gedacht haben? Sie hielten sie sicher für eine Hure oder zumindest für eine Schlampe wie ihre Tante. Sie konnte es ertragen, aber als sie mit zitternden Fingern die hochtaillierte Jacke und die Bluse darunter zuknöpfte, wünschte sie, diesen Eindruck verwischen und von vorne anfangen zu können.

Rolf hatte sie zu dieser Hingabe verführt, aber sie konnte es ihm nicht übelnehmen. Sie hatte wirklich nicht allzusehr protestiert, ja, sie hatte jene Kutschenepisode in ihrer Zügellosigkeit sogar genossen, nachdem er sie erst zum Nachgeben gezwungen hatte. Man hatte sie aus ihrem geregelten Leben bei der Tante gerissen und in die Welt geworfen, und nun entdeckte sie ständig neue unbekannte Seiten und Mängel ihres Charakters.

Die frühe Winterdämmerung brach schon an, als schließlich jemand an die Tür klopfte. Angeline kam steif auf die Beine und öffnete. Draußen stand Leopold mit steilen Sorgenfalten auf der Stirn. Angeline antwortete auf seine besorgten Fragen nach seinem Cousin so gut sie konnte: Rolf schlafe jetzt, und die Blutung sei gestillt.

»Wir haben Kriegsrat abgehalten«, flüsterte Leopold. »Wir könnten uns vielleicht mit Gewalt befreien, trotz der Doppelposten an den Türen und Fenstern. Aber ohne Rolf können wir auf keinen Fall fort. Außerdem ist Mademoiselle de Buys hier. Zweck unserer Reise war es, sie aufzuspüren, und es besteht keine Notwendigkeit, weiter nach ihr zu suchen.«

»Ja, ich weiß. Ich... ich habe ähnliche Wunden gesehen, als ich meiner Tante bei der Pflege von verletzten Sklaven geholfen habe.

Die Pistolenkugel ist von der Rippe abgeprallt und hat sich durch die Seite gebohrt. Es ist eine schwere Verletzung, und es wäre das beste, Rolf ein paar Tage lang nicht von der Stelle zu bewegen. Was Claire betrifft, so glaube ich, daß er lieber in ihrer Nähe bleiben will, wenn wir sie nicht mitnehmen können, auf alle Fälle jedenfalls, solange für keinen von uns echte Gefahr besteht.«

Leopold schüttelte die dunklen Locken. »Soviel ich mitbekommen habe, ist sich dieser Räuber sicher, wir seien alle Adelige und er könne unsere Familien melken wie Milchkühe. Zweifellos hat der schottische Dummkopf vor, mit dem Gold, das er uns abpressen will, ein Herrenleben zu führen. Da hat er Pech gehabt, aber es wird einige Zeit dauern, bis er es merkt.«

»Und Zeit«, murmelte Angeline, »ist es, was wir jetzt brauchen.«

Leopold schaute sie an und ließ den dunklen Blick über ihr Gesicht gleiten. »Mademoiselle, Ihr seht müde aus. Ich übernehme gerne Eure Wache, damit Ihr Euch ausruhen könnt.«

»Jetzt nicht«, erwiderte sie, »vielleicht später.«

Es wurde Abend. Der Schemel ohne Rückenlehne war alles andere als bequem. Angeline rutschte unruhig hin und her und starrte auf die blanken Wände; zwei davon waren mit Fenstern versehen, eines ging auf den Flur, das andere nach hinten hinaus, und vor beiden befanden sich stabile Holzläden. Ab und zu stand sie auf, lief auf und ab oder strich die Bettdecke glatt, die Rolf bei seinem ruhelosen Hin- und Herwälzen in Unordnung brachte; sie vergewisserte sich, daß kein Blut mehr durch seine Verbände sickerte, und legte ihm die Hand auf die Stirn, um zu prüfen, ob er Fieber bekam. Bei Einbruch der Dunkelheit wurde seine Haut immer heißer. Ein- oder zweimal sprach er im Schlaf, und seine Worte waren undeutlich und verschwommen. Er versuchte, die Decke, die über ihn gebreitet war, abzuschütteln, und wollte die Beine aus dem Bett schwingen und aufstehen. Angeline flüsterte auf ihn ein und schob ihn wieder auf die Maisstrohmatratze, aber es war eine mühselige Angelegenheit.

Man brachte ihnen ein wenig Eichhörnchensuppe und Maisbrot und eine Talgkerze wegen der einbrechenden Dunkelheit. Angeline versuchte, Rolf zu wecken, um ihn zum Essen zu überreden, aber es gelang ihr nicht. Er war schon fast im Delirium und fuchtelte mit den Händen, so daß er ihr einmal den Löffel aus der Hand schlug. Sie aß ein bißchen von der Suppe und stellte dann das Tablett weg.

Kurz darauf bemerkte sie, wie die Steppdecke über Rolfs Brust zitterte. Am ganzen Körper war er rot und glühend heiß, und dennoch überliefen ihn Kälteschauer. Da das Zimmer keine Feuerstelle besaß und die Tür zum Wohnraum geschlossen war, wurde es hier drinnen bei Einbruch der Nacht immer kälter. Auch Angeline spürte eine unbequeme Steifheit. Sie wärmte sich die Hände über dem Talglicht, doch die rußende Flamme versank immer mehr.

Außerhalb des Zimmers wurde es still im Haus. Angeline tat der Rücken weh, und der undefinierbare Schmerz in ihrem Kopf wurde immer heftiger und erinnerte sie daran, daß sie sich vor nicht allzu langer Zeit im selben Zustand der Ohnmacht befunden hatte wie jetzt Rolf.

Etwas mußte geschehen. Dieses hohe Fieber war gefährlich. Sie wußte auch, was man dagegen unternehmen konnte: Rolf mit kaltem Wasser abwaschen und in feuchte Laken hüllen. Doch Angeline zögerte noch. Solche drastischen Maßnahmen waren vielleicht noch nicht nötig, und er regte sich bestimmt auf, wenn sie derart mit ihm verfuhr. Die Verantwortung zu tragen war das Schlimmste für sie. Sie sehnte sich danach, jemanden um Rat zu fragen, der ihr bei dieser schwierigen Entscheidung helfen konnte.

Plötzlich dachte sie an Rolfs bissige Bemerkung über Meyers Fähigkeiten als Knochenverrenker, die er hatte fallenlassen, als Oskar damals verletzt worden war. Sie starrte auf die rohen, ungehobelten Balken der Wände und überlegte sich, ob der große Mann wohl schlief und ob er etwas dagegen hätte, wenn sie ihn nach seiner Meinung fragte, ob seine Wunden es überhaupt gestatteten und ob es besser wäre, ihn sofort aufzusuchen, oder bis zum Morgen zu warten. Sie trat ans Bett und fuhr mit den Fingern über Rolfs blonde Bartstoppeln.

Als habe diese leichte Berührung seinen Gefahreninstinkt alarmiert, zuckte er zusammen und schlug die Augen auf. Glühend vor Fieber sah er Angeline an, die sich im flackernden Kerzenlicht über ihn beugte. Langsam und allmählich hellte sich seine Miene auf, als er sie erkannte.

»Angeline«, flüsterte er, »sorgt Euch nicht. Ihr könnt nichts tun.«

»Ich kann Meyer rufen. Vielleicht könnte er...«

»Wenn ich dieser Meinung wäre, hätte ich ihn längst um seine Dienste gebeten.«

»Aber Euer Fieber...«

»...wird vorübergehen, sobald ich gesund werde. Macht Euch keine Sorgen. Wenn Ihr das Bedürfnis verspürt, mehr gemartert als belästigt zu werden, dann teilt mein Lager.«

»Ich würde Euch stören.«

»Wie wahr, aber auch das ist nicht zu ändern. Kommt.«

Er schlug die Steppdecke zurück. Das Verlangen, seiner Aufforderung Folge zu leisten, war fast unwiderstehlich. Sie hielt sich jedoch mühsam zurück. »Ihr braucht unbedingt einen Arzt.«

»Ich habe Euch nicht mitgenommen, damit Ihr die Krankenschwester spielt.«

»Ich habe keineswegs die Absicht«, erwiderte sie ein wenig gereizt, »aber jemand muß sich schließlich um Euch kümmern.«

»Gestattet mir, selbst zu entscheiden, was ich benötige und was nicht. Im Moment brauche ich die Wärme Eures Körpers und nicht einen rettenden Engel der Kühle und Kümmernis.«

Angeline widersprach nicht mehr. Im Unterhemd schlüpfte sie unter die Bettdecke. Rolf wurde ruhiger und schlief kurz darauf ein.

Sie lag still da und spürte, wie die Hitze seines Körpers ihr unter die Haut drang. Nach Gustavs Erzählung wurde er von seinem Volk verehrt, seine Untergebenen folgten ihm blindlings, und die Frauen liebten ihn.

Zumindest einige Frauen, nicht alle. Ich selbst, dachte Angeline, bin davon ja durch Gottes Gnade verschont geblieben. Die Verwirrung der Sinne, die sie in seiner Nähe spürte, war schließlich nur die Folge von Zorn, Mißtrauen und einer verständlichen Unruhe dem Mann gegenüber, der in ihr das Wissen um die Geheimnisse ihres Körpers geweckt hatte. Daß er sie attraktiv fand, ja im Moment sogar begehrenswert, steigerte noch ihre Verwirrung. Sie wäre dumm, würde sie ihre natürliche Reaktion auf die Ereignisse für etwas Dauerhaftes halten.

Bald würde es ihm wieder gutgehen, er würde von Claire erfahren, was er wissen wollte, und könnte alles zu seiner Befreiung arrangieren. Er würde sich in seine Heimat einschiffen und aus ihrem Leben fortsegeln. Nichts konnte das ändern, nichts ihn zurückhalten. Sie wollte es auch nicht, nein, keineswegs. Die heißen salzigen Tränen, die sie hinunterschlucken mußte, waren letztlich nur eine Folge der Anspannung der letzten Tage.

12

Nach einer unruhigen Nacht brach der nächste Tag an. Angeline war immer wieder in ihrem nervösen Schlaf gestört worden: Von fern erklangen zornige Stimmen und Hundegebell, ein wildes Schwein grunzte vor dem Blockhaus, und die Balken ächzten in dem kalten Wind, der nach dem Regen aufgekommen war. Soweit das überhaupt möglich war, fühlte sie sich schlechter als vor dem Zubettgehen. Nach der säuerlichen Antwort auf ihre Frage, wie es ihm gehe, zu schließen, war Rolf in derselben Verfassung. Das Fieber war nicht zurückgegangen. Seine Lippen waren rissig. Er trank noch einmal das Wasser mit dem aufgelösten Schlafpulver, das sie ihm verabreichte, und sein Mangel an Widerstand gefiel ihr gar nicht.

Als er wieder eingeschlafen war, legte Angeline das lilagraue Morgenkleid an, das Rolf für sie erstanden hatte, und verließ das Schlafzimmer. Sie durchquerte das Wohnzimmer, wo noch Männer in ihre Decken gewickelt schliefen, und machte sich auf die Suche nach dem Räuberhauptmann, der sich McCullough nannte.

Er saß am Frühstückstisch. Er aß Gebäck und Schinken, und neben ihm saß Claire und knabberte an einem großen Stück Kuchen. An dem rohen Holztisch saßen außerdem Meyer, Leopold und einige Mitglieder der Räuberbande. Sie schauten auf, als Angeline an den Schotten herantrat.

»Guten Morgen, guten Morgen«, rief McCullough leutselig aus. »Und wie geht's Seiner Hoheit?«

»Darüber würde ich mich gerne mit Euch unterhalten«, erwiderte Angeline.

Er brummte zustimmend und biß dabei genießerisch in den Schinken. Dennoch hörte er ihr aufmerksam zu, ebenso Claire und die anderen am Tisch.

»Es geht ihm alles andere als gut. Wäre es möglich, einen Arzt zu bemühen?«

»Mein liebes Fräulein«, erwiderte der Schotte, legte den Schinken auf den Tisch und schluckte gewaltig, »so was wie 'nen Arzt gibt's hier in fünfzig Meilen Umkreis net, und selbst wenn, würd er sich net ins Niemandsland trauen und sich den Teufel ums Geld scheren.«

Angeline streckte bittend die Hand aus. »Aber was tut Ihr, wenn einer der Männer angeschossen wird?«

»Der muß von selber wieder auf die Beine kommen oder hoffen, daß unsere Morning Star hier ihm hilft.« Er nickte zu der Indianerin hin, die sich gerade vor der Feuerstelle aufrichtete, wo sie eine schwere gußeiserne Pfanne von den Kohlen genommen hatte, aus der sie noch mehr Gebäck auf eine Holzplatte gleiten ließ. Angeline sah das Mädchen an, das ihren Blick kühl erwiderte.

»Soll ich se dem Prinz rüberschicken?« erkundigte sich McCullough in schwerfälliger Ironie.

Meyer räusperte sich und warf ein: »Ich halte es für schicklicher, wenn sich die Leibwache um Rolf kümmert. Es wird mir eine Ehre sein, seine Wunden zu versorgen.«

Angeline sah den breitschultrigen Mann an. »Ich persönlich wäre darüber erleichtert, aber ich muß Euch vorwarnen. Ich bin mir nicht sicher, ob er es zulassen wird.«

Meyer lächelte. »Solange er es noch verhindern kann, braucht er den Arzt nicht sehr dringend.«

Der Gedanke, Rolf zur Annahme ungebetener Hilfe zu zwingen, gefiel Angeline zwar nicht, aber es mußte etwas geschehen. Sie konnte nur zustimmen.

»Gut«, sagte McCullough und schlug mit der flachen Hand auf den Tisch. »Wo das jetzt geregelt wär, wollt Ihr net was mit uns frühstücken? Eure Kusine wär sicher froh um Eure Gesellschaft.«

Angeline sah zu Claire hinüber. Die rothaarige junge Frau versuchte vergeblich zu verhindern, daß ihre Hand von der massigen

Pranke des Mannes am Kopfende des Tisches festgehalten wurde. Der Schotte fing Angelines Blick auf und lachte.

»Ihr wundert Euch, daß ich von der Verwandtschaft Wind bekommen hab? So was ist leicht rauszukriegen. Erstens einmal hab ich Augen im Kopf und kann die große Ähnlichkeit von Euch beiden sehn. Und außerdem hat mir's Claire heut nacht gesagt, und noch einiges andere mehr.«

Angeline erinnerte sich an die Rufe und Schreie, die sie während ihres unruhigen Schlafes gehört hatte. Der Räuberhauptmann und ihre Kusine mußten sich gestritten haben. Und was hatte sich sonst noch zwischen den beiden abgespielt?

Angeline sagte kühl: »Danke, ich werde mein Frühstück auf meinem Zimmer einnehmen.«

»Ihr werdet Euch selbst drum kümmern müssen«, gab er zurück. »Morning Star hat genug Arbeit, auch ohne rumzurennen und Leute zu bedienen, die für sich selber sorgen können.«

»Selbstverständlich.« Angeline drehte sich um. Gleichzeitig stand Meyer auf, ebenso Leopold. Sie holten sie in der offenen Halle ein. Mit Sorgenfalten auf der Stirn stellte Meyer präzise Fragen über die Größe und Lage der Wunden, die sein Halbbruder erlitten hatte.

Sie gingen ins Wohnzimmer, in dem Oswald, Oskar und Gustav Karten spielten. Sie legten sie weg und schlossen sich den anderen an. Angeline und Meyer betraten das Schlafzimmer, die Männer der Leibgarde blieben in der Tür stehen.

Rolf war in Angelines Abwesenheit erwacht und hatte sich im Bett aufgerichtet. Seine Augen glänzten fiebrig, aber sie funkelten klar vor Entrüstung. »Eine gewaltsame Invasion? Wie schmeichelhaft und wie überflüssig! Wesentlich sinnvoller wäre es, wenn ihr, ihr alle, diese primitive Festung und ihre Verteidigungsanlagen auskundschaften würdet.«

»Wir wollten nur sichergehen, daß es Euch gutgeht«, sagte Meyer und blieb stehen.

»Ihr seht mich munter und wohlauf«, erwiderte sein Anführer mit Schärfe, »und jetzt hinaus mit Euch!«

»Ich gehe, aber erst will ich mir Eure Wunde ansehen.«

»Ich schlage nicht gerne ein Privileg ab, aber ich würde es vorziehen, wenn du meine Intimsphäre respektiertest.«

Meyers Gesicht wurde hart. »Wir sind von Euch abhängig, Rolf. Wenn Euch etwas zustößt...«

»Erspart mir doch Eure unermeßliche Geduld. Es wird dir nichts nützen, ich lasse es nicht zu.«

»Seid doch vernünftig, bitte. Eure Verletzungen...«

»...sind unbequem, aber nicht gefährlich. Was die Vernunft betrifft, wozu brauche ich so etwas? Ich bin der künftige König von Ruthenien.«

Er sagte das ironisch und mit einer gewissen Bitterkeit. Angeline trat an ihn heran und stemmte die Hände in die Hüften.

»Meyer kann Euch vielleicht behilflich sein. Ihr müßt ihn gewähren lassen.«

»Ich bedarf keiner Hilfe«, erwiderte Rolf und sah sie mit seinen strahlenden Türkisaugen an. »Ich wünsche nichts, und ich brauche nichts, von keinem, schon gar nicht von einer freundlichen Botin voll falschen Kummers und tränenreichen Flehens. Ihr könnt mit den anderen hinausgehen.«

Angeline verließ das Schlafzimmer, trat ans Feuer im Wohnraum und hielt die Hände über die Flammen. Meyer und Leopold schlossen sich ihr an.

»Ich hätte Euch gleich sagen können«, sagte Rolfs Cousin, »daß er keinem gestattet, ihn zu verarzten. Er war schon immer so.«

Meyer seufzte. »Er ist ein Dickschädel.«

»Er hält sich gern für unbesiegbar, und er ist es ja auch beinahe«, erwiderte Leopold.

»Er ist ein Mensch wie jeder andere«, entgegnete Meyer. »Ich glaube allerdings nicht, daß er sich vor dem Ausbrennen der Wunden fürchtet, das gegen die Infektionsgefahr dringend nötig wäre. Stolz ist sein größter Fehler, ein Stolz, der ihn dazu veranlaßt, jede Hilfe abzulehnen.«

Leopold sah mit undurchdringlichem Gesichtsausdruck auf Meyer. »Ich glaube nicht, daß Stolz die Hauptrolle spielt. Eher die Bewahrung seiner persönlichen Würde. Doch welchen Grund er auch immer hat, wir sind für den Augenblick schachmatt gesetzt.

Ich werde einmal nach den Pferden sehen, wenn ich unsere Bewacher dazu überreden kann, mich weiter als bis zum Frühstückszimmer gehen zu lassen.«

»Es gibt Frühstück?« fragte Oswald, als Leopold sich zur Tür begab. »Führt mich hin.«

»Mich auch«, fügte Oskar hinzu.

»Ich hätte auch nichts gegen einen Happen zu essen«, sagte Gustav trotz seiner bekümmerten Miene.

Sie gingen hinaus und ließen Angeline und Meyer zurück. Kurz darauf sagte er: »Eure Kusine tut mir leid. Ganz gleich, was sie mit Maximilians Tod zu schaffen hat, ich wünsche keiner Frau, sich in ihrer jetzigen Lage zu befinden.«

»Was für eine Lage?«

»Als Maitresse – wenn man ihr diese ehrenvolle Bezeichnung überhaupt geben darf – unseres Freundes McCullough.«

»Ihr meint, daß sie... daß das aus ihr geworden ist?«

»Ich weiß es. Der Mensch hat es am Frühstückstisch nur allzu deutlich gemacht, bevor Ihr eingetreten seid; wahrscheinlich, damit ihm die anderen nicht ins Gehege kommen.«

Angeline hatte wenig Zweifel daran, daß er die Wahrheit sprach. Sie fand es nur merkwürdig, dieses Thema offen mit einem Mann zu erörtern. Mit belegter Stimme murmelte sie: »Die arme Claire.«

»Es scheint das Schicksal Eurer Kusine zu sein, an Männer zu geraten, die nur dies eine von ihr wollen. Maximilian hatte etwas mehr Schliff, aber das Resultat war dasselbe. Warum sie etwas anderes erwartete, ist mir ein Rätsel. Sie hätte wissen müssen, daß er ihr nicht mehr geben konnte, wenn sie ihren Verstand benutzt hätte.«

»Claire hat sich meines Wissens nie die Konsequenzen überlegt, wenn... wenn sie ihren Kopf durchsetzte.«

»Ihr meint, wenn sie tat, was sie wollte? Ein weniger stures Mädchen hätte erkannt, daß Maximilian sich unter den europäischen Dynastien nach einer Braut umsehen mußte. Seine Stellung verlangte das, ganz zu schweigen von seinem Vater.«

»Ja, das scheint auf der Hand zu liegen.« Wie es ebenfalls auf der Hand lag, daß das auch für Rolf galt, wollte Meyer ihr wohl vor Augen führen. Es war nett von ihm, sich darüber Gedanken zu machen, aber sie war schon von selbst darauf gekommen. Nur änderte das nichts an ihrer gegenwärtigen Situation. Sie hatte keine andere Wahl, als bei Rolf zu bleiben.

»Es tut mir leid für Mademoiselle de Buys. Ich wollte, ich oder die Garde könnten etwas unternehmen, aber ich wüßte nicht, was. Unser schottischer Gastgeber wird wahrscheinlich nicht auf die Forderung eingehen, die Dame nicht mehr zu belästigen, wie höflich wir sie auch vorbringen, und wir können ihr nicht mit Waffengewalt Nachdruck verleihen.«

»Claire erwartet bestimmt nichts dergleichen«, erwiderte Angeline stirnrunzelnd.

Darin hatte sie unrecht. Nach weniger als einer halben Stunde suchte Claire sie auf. McCullough hatte Meyer kommen lassen, vermutlich wollte er ihn über die Aussicht auf Lösegeld ausfragen. Angeline saß allein im Wohnzimmer und kämpfte gegen den dringenden Wunsch, zur Schlafzimmertür zu schleichen und hineinzuspähen. Lediglich der Gedanke an Rolfs bissige Kommentare, wenn er sie dabei entdeckte, schreckte sie ab. Als ihre Kusine mit fliegendem Schal und fest zusammengepreßten Lippen hereinfegte, sah Angeline auf.

»Du mußt etwas unternehmen!« rief Claire aus. »Wenn dieser Rüpel mich noch einmal anfaßt, werde ich vor Ekel wahnsinnig!«

»Du... du meinst McCullough?«

»Wen sonst? Er betatscht mich wie ein schwerfälliger Bär den Honig und küßt mich, bis ich keine Luft mehr bekomme. Er ist ein Stier, brutal, nicht zu befriedigen und, was das schlimmste ist, ich bin mir sicher, daß er gestern nacht schnurstracks von meinem Bett zu seinem heimtückischen Flittchen von Indianerin gegangen ist, zu Morning Star.«

»Ich weiß, daß es schrecklich für dich sein muß«, erwiderte Angeline, »aber ich verstehe nicht...«

»Schrecklich? Du kannst es auch nicht verstehen – oder doch? Du meinst wohl, daß mir das, was ich jetzt durchmache, recht geschieht, nachdem ich und *Maman* dich an Rolf ausgeliefert haben? Ich hätte mir denken können, daß du die Sache so siehst!«

»Ich habe kein Wort davon gesagt.«

»Das ist nicht nötig! Ich kann es dir von den Augen ablesen. Du hast noch nie das Talent gehabt, deine Gefühle zu verbergen.« Claire warf den Kopf mit den aufgesteckten feuerroten Locken zurück und erwartete, daß Angeline den Vorwurf leugnete.

»Denk, was du willst«, entgegnete diese dagegen ruhig, »ich bedaure jedoch, daß das Ende deiner Flucht so aussieht.«

»Mit anderen Worten, es ist alles meine Schuld«, klagte Claire mit Bitterkeit. »Meine Schuld, daß mein Kutscher umgekommen ist, meine Schuld, daß ich gefangengenommen wurde.«

»Das ist nicht zu bestreiten, aber es tut mir trotzdem leid.«

»Wie edel«, rief Claire mit einem düsteren Lachen und ging im Raum auf und ab. »Ich kann dir versichern, daß du tausendmal besser dran bist als ich letzte Nacht, wenn Rolf nicht gerade ein Unmensch ist. Ich wurde geschändet, ein anderes Wort dafür gibt es nicht! Dieser großmäulige Hurenbock hat mir die Kleider vom Leib gerissen und mich gezwungen, unter ihm zu liegen, während er sich nahm, was er wollte. Ich werde es ihm heimzahlen, und wenn ich dabei umkomme. Aber erst will ich weg von hier.«

»Ich glaube, das wollen wir alle.«

»Bist du da sicher? Ich dachte, zumindest Rolf wird zufrieden sein. Hat er mich nicht endlich zur Strecke gebracht?« Sie wirbelte mit glitzernden grünen Augen herum.

»Er ist nicht in der Verfassung, darüber zu triumphieren.«

»Er ist also ernsthaft verletzt? Wie unerfreulich. Ich hatte gehofft, er würde mich freibekommen, besonders für den richtigen Preis.«

»Du meinst…«

»Für die Informationen, die er haben will, natürlich«, erwiderte Claire trotz ihrer Niedergeschlagenheit voller Ungeduld.

»Du weißt also tatsächlich etwas über Maximilians Tod?« Es kostete Angeline nicht so viel Mühe, wie sie gedacht hatte, sich auf diesen neuen Aspekt einzustellen.

»Was überrascht dich daran so? Ich war schließlich dabei«, erinnerte sie Claire, und ein eigentümliches Lächeln umspielte die schönen Lippen.

»Davon hast du am Abend der Soirée aber kein Wort verlauten lassen.«

»*Maman*, meine liebe Mutter, war schließlich auch im Zimmer. Wer raubt der Frau, die einen geboren hat, schon gerne ohne Not ihre Illusionen?«

Bei so viel Zynismus überlief es Angeline eiskalt. Sie konnte sich die Situation, auf die Claire anspielte, ihre Rolle als Maitresse von Maximilian, zwar zumindest teilweise ausmalen, aber sprechen wollte sie darüber nicht. »Wovon redest du?«

Die andere zuckte die Achseln. »Was spielt das nun noch für eine Rolle? Das alles ist lange her. Wir müssen uns überlegen, was wir jetzt tun sollen.«

»Ich habe dir doch gesagt...«

»Ja, ja, ich weiß, aber es muß doch eine Möglichkeit geben. Wenn ich auf eigene Faust handeln muß, dann werde ich nach dem schwachen Punkt dieses Schotten suchen. Ich glaube, er macht sich Sorgen über die Stimmung unter den Leuten und über seine Lage hier in dieser gottverdammten Wildnis. Er befehligt eine Art Heerlager – ist dir das nicht aufgefallen? Die Räuber fürchten sich vor etwas, aber nicht unbedingt vor dem Gesetz. Ich habe ein Gespräch aufgeschnappt, das McCullough mit einem seiner Männer führte, und ich glaube, er lebt in Fehde mit einer rivalisierenden Bande. Wäre es nicht wunderbar, wenn er und seine Männer von diesen anderen Schuften, wer sie auch seien, besiegt würden?«

»Und was soll uns das nützen?« fragte Angeline streng.

»Ist das nicht egal, solange McCullough ein Schnippchen geschlagen wird? Außerdem können wir in der Verwirrung bestimmt mit Leichtigkeit entkommen.«

»Wir haben keine Garantie dafür, daß die anderen Räuber uns besser behandeln, wenn uns die Flucht nicht gelingt.«

»Wir müssen es darauf ankommen lassen.«

»Nicht mit einem Verletzten, der sich nicht verteidigen kann«, protestierte Angeline.

»Das muß Rolf schwer ankommen und ist bestimmt eine neue Erfahrung für ihn. Es ist sicher nicht leicht, mit ihm auszukommen. Kein Wunder, daß du hier draußen sitzt.«

»Also wirklich, Claire«, entgegnete Angeline hitzig, »das geht dich nichts an. Und ich sage dir klipp und klar, daß ich nichts von deinen Plänen halte, auch dann nicht, wenn du irgendwie einen Überfall arrangieren kannst. Es ist Wahnsinn, und du müßtest das auch einsehen, wenn du ernsthaft darüber nachdenken würdest.«

»Ich muß wahrscheinlich gar nichts dazu tun. Soweit ich verstanden habe, erwarten sie schon seit Tagen eine Attacke. Ich brauche nur für Ablenkung zu sorgen und den richtigen Moment abzuwarten, dann kann ich auf McCulloughs Gastfreundschaft pfeifen. Was habe ich schon zu verlieren?«

»Es ist idiotisch, Claire«, beharrte Angeline, aber die andere lief auf dem rohen Bretterboden auf und ab und hörte ihr überhaupt nicht zu.

Den ganzen Tag kam kein Laut aus dem Zimmer, in dem Rolf schlief. Gegen Abend öffnete Gustav die Tür einen Spalt. Rolf schlafe, berichtete er, erbot sich, mit Leopold die Wache zu übernehmen, und schickte Angeline zum Abendessen ins Quartier auf der anderen Seite der Halle.

Das Essen war noch nicht ganz fertig. Angeline stand auf der Schwelle und überlegte, ob sie sich zu McCullough und einigen seiner Männer an den Tisch setzen oder in den Korridor zurückkehren sollte, wo die übrigen Mitglieder der Leibwache Karten spielten oder mit ihren Wächtern um die Wette Tabaksaft in den Hof spuckten. Es gab noch eine dritte Möglichkeit. Claire war zwar nicht in Sicht, aber Morning Star hantierte am Kamin herum, hob Topfdeckel, rührte, begoß den Spießbraten und knetete in einer großen Holzschüssel das unvermeidliche Maisbrot. Hocherhobenen Hauptes ignorierte Angeline McCulloughs Gruß und Verneigung, ging hinüber zu der Indianerin und bot ihr mit warmem Lächeln ihre Hilfe an. Sie nahm ihr die Kelle aus der Hand. Morning Star betrachtete sie kurz und abschätzend mit ihren unergründlichen schwarzbraunen Augen, nickte dann und trat ihr den Löffel ab. Sie sah zu, wie Angeline das Bratenfett über das Fleisch goß und den Spieß sacht drehte, dann wandte sie sich zufrieden ab, denn der Braten war in geübten Händen.

Die Männer versammelten sich mit Rufen, derben Späßen und enormem Appetit. Zwischen der Garde und der Bande gab es einige Rivalität, und das Klima war nicht eindeutig freundlich. Offenbar war Rolfs Leibwache – ob per Abmachung oder von selbst – übereingekommen, ihren Bewachern Respekt einzuflößen und ihre Wachsamkeit zu untergraben. Bis jetzt hatten sie damit nicht viel Erfolg gehabt, aber unter den Umständen war es ein vernünftiges Vorhaben.

Die ledigen Männer der Horde nahmen die Mahlzeiten bei ihrem Häuptling ein. Die anderen, die verheiratet waren oder zumindest Frauen hatten, die sich um ihre Bedürfnisse kümmerten, hielten sich meist in den anderen Blockhütten auf, die ums Hauptgebäude verstreut lagen. Tagsüber hatte Angeline die Rufe spielender Kinder und Babygeschrei vernommen, Lärm, wie in jedem kleinen Dorf. Was geschah mit diesen Angehörigen, wenn das Lager überfallen wurde? fragte sie sich. Und von wieviel Dummheit und Anmaßung waren diese Männer besessen, daß sie ihre Familien einer solchen Gefahr aussetzten?

Als Claire ins Zimmer kam, zog sie die Augen aller Männer auf sich. Sie trug einen lindgrünen Samtrock und einen Spenzer aus orangefarbenem Satin, und ihr Haar war frisiert, als habe sie den ganzen Nachmittag ausschließlich damit verbracht, für einen außergewöhnlichen Anlaß Toilette zu machen. Es dauerte einige Zeit, bis Angeline wahrnahm, daß sie in gleicher Weise die Aufmerksamkeit auf sich zog. Die begehrlichen Blicke der Männer auf ihr Haar, ihr von der Hitze des Feuers gerötetes Gesicht, den schicklichen Ausschnitt ihres Kleids und den ringlosen Finger reichten aus, um ihr den Appetit zu verderben. Auch McCullough musterte sie aus schmalen, tabakbraunen Augen abschätzend, während er sich Bohnen in den Mund schaufelte.

Meyer und Oskar, die sie in drohender Haltung flankierten, machten die Sache nicht besser. Als wolle er sie mit einer schützenden Aura umgeben, legte ihr Meyer immer wieder neue Leckerbissen auf den Teller, beugte sich zu ihr, um sich mit ihr im Flüsterton zu unterhalten, berührte sie am Arm, um ihre Aufmerksamkeit zu erregen, und lächelte ihr in die graugrünen Augen.

Claire beobachtete alles mit spöttischem Lächeln. Sie zerkrümelte einen Maisfladen mit ihren langen, weißen Fingern und richtete den smaragdgrünen Blick auf einen bärtigen Räuber, der nur noch ein

Ohr besaß, da ihm das andere in einem Freistilkampf abgebissen worden war. Kurz darauf sprang der Einohrige mit einem Schrei auf und stürzte sich auf den Mann neben ihm. Claire sah voller Abscheu zu, wie sie sich unter Püffen, Stößen und Tritten auf dem Boden wälzten, aber hinter ihren gesenkten Lidern glitzerte aufgeregte Begeisterung.

Die anderen achteten nicht besonders auf den Kampf, bis im Licht der Lampen Messerklingen aufblitzten. Die beiden Männer umkreisten sich grinsend. Unter Gestöhn und Gefluch stießen und stachen sie zu. Ein schneller Tritt, und Blut troff vom Ärmel des bärtigen Einohrigen. Mit schmerzverzerrtem Gesicht durchbrach er die Deckung seines Gegners und stach mit gefletschten Zähnen auf ihn ein. Der andere schrie auf, sein Messer fiel klirrend zu Boden. Er hielt sich den Arm, und Blut strömte ihm über die Finger, von denen einer weggehackt worden war.

»Primitiv und barbarisch«, sagte Claire glockenhell und geringschätzig. »Jeder der Männer des Prinzen hätte es in der halben Zeit geschafft und mit mehr Finesse. Wahrscheinlich könnte sogar Prinz Rolf, verletzt, wie er ist, beide ins Jenseits befördern, ohne daß sein Verband verrutscht. Wenn das die Kämpfer sind, mit denen Ihr Euch umgeben habt, wundert es mich nicht, daß Ihr darauf angewiesen seid, wehrlosen Frauen aufzulauern.«

»Meint Ihr?« knurrte McCullough.

»Ich weiß es.«

»Vielleicht sollten wir mal die Probe aufs Exempel machen?« schlug er vor.

Claire hob in damenhafter Haltung die Brauen. »Ist es an mir, das zu sagen? Ihr müßt Euch vergnügen, wie Ihr es für passend haltet.«

»Des wär net bloß zu meinem Vergnügen«, erwiderte der Räuberhauptmann und musterte grinsend die Frau an seiner Seite. »Ich hätt schon mal Lust zu sehn, was die piekfeinen Laffen aus der alten Welt für Männer sind.«

Die Herren der Leibgarde wechselten Blicke. In ihren Augen stand kein Zögern, nur Vorsicht angesichts der Wendung der Ereignisse und Vorfreude über die Änderung ihrer passiven Rolle als Gefangene.

»Müßte bei einem richtigen Wettkampf nicht auch die Geschicklichkeit im Umgang mit Degen und Pistole geprüft werden?« fragte Claire mit unschuldigem Augenaufschlag.

Angeline begriff auf einmal, daß Claire im Kopf hatte, ihr und der Garde zur Flucht zu verhelfen. Doch ihre Kusine hatte nicht bedacht, daß sie dem Prinzen zu ergeben waren, als daß sie ihn zurückgelassen hätten. Angeline musterte McCullough und glaubte auch nicht, daß sich der Anführer der Bande von Claires Einfällen täuschen ließ. Mit saurer Miene sah er von seiner neuen Maitresse auf seine Männer am Tisch, die unter lautem Gejohle ihre Bereitschaft äußerten, die Herausforderung anzunehmen. Jäh ließ er die flache Hand auf die Tischplatte krachen. »Hier drin ist kein Platz. Bringt die Lampen mit raus, wir machen die Sache draußen ab.«

Lärmend und lachend drängten sie sich in der Halle und ließen Korbflaschen mit billigem Fusel kreisen. Hunde jaulten, Frauen murrten, und Wetten wurden abgeschlossen. Von den Tierfellen an den Wänden und den ungewaschenen Körpern, die sich zu beiden Seiten des offenen Gangs zusammendrängten, stieg ein durchdringender Geruch auf. Der Wind peitschte den Rauch der Öllampen, und die Flammen spuckten, so daß das flackernde Licht seltsame Schatten auf die Balken der Wände und der Decke warf. Der Schein der Laterne huschte über die Schaufeln und Pickel, die Radfelgen und Pflugschare, Weidenkörbe und Kornsäcke, in denen der Getreidekäfer hauste, und die getrockneten Früchte, die an den offenen Dachsparren hingen. Er beleuchtete auch die verwegenen und bereitwilligen Gesichter der Räuber und brachte Claires aufgeregte Smaragdaugen zum Glänzen.

Als erstes sollte ein Wettschießen mit Pistolen stattfinden. Eine Zypressenschüssel, auf die ein schwarzer Punkt aufgemalt war, diente als Zielscheibe. Angeline spürte jene Atmosphäre einer gewalttätig guten Laune, wie sie sie in jener Nacht erlebt hatte, als sie Rolf die Spielkarte zum Schießen gehalten hatte.

Ein kalter Schauer überlief sie. Auf einmal ertrug sie es nicht mehr, im dichten Gedränge zu stehen und zuzusehen. Sie schob sich durch die Menge zu dem Teil des Hauses, in dem Rolf lag. Am Eingang sah sie Gustav in aufgeregtem Gespräch mit Leopold. Rolf war also allein. Sie ging an ihnen vorbei ins Wohnzimmer und blieb verdutzt stehen.

Die Tür zum Schlafzimmer stand offen. In den dunklen Raum fiel nur das Licht einer Kerze, die auf dem Kaminsims stand. Es schien auf die Gestalt eines Mannes im Nebenzimmer. Er stand unbeweglich da, und seine Aufmerksamkeit galt dem Mann im Bett. Als Angeline eintrat, wirbelte er herum und kauerte sich nieder.

Es war Oswald. Als er Angeline erkannte, richtete er sich auf, und über das schmale Gesicht lief ein schuldbewußtes Grinsen. Er kam auf sie zu und flüsterte: »Ich wollte nur sehen, ob der Lärm draußen den Prinzen stört.«

Angeline nickte, aber die Anspannung fiel nicht von ihr ab. »Ich kann mir nicht vorstellen, wie es anders sein sollte, wenn sie mit der Schießerei anfangen.«

»Ja, es ist ein Jammer.«

»Schläft er noch?«

Bevor Oswald ihr antworten konnte, ließ sich aus dem Zimmer, das sie gerade verlassen hatten, eine heisere Stimme in sarkastischem Ton vernehmen. »Nein, und er wird wahrscheinlich nicht einschlafen, solange eine Herde Trampel direkt vor seiner Tür eine Massenversammlung abhält und Verschwörer im Dunkeln die Köpfe zusammenstecken. Entweder ihr geht und macht dem Lärm ein Ende, oder ihr nennt mir den Grund dafür, aber hört auf, euch wie bei einer Beerdigung aufzuführen.«

Angeline ging gleich ins Schlafzimmer. Oswald nahm die Kerze vom Sims und trat ebenfalls ein. Er erstattete Rolf präzise Bericht über die Ereignisse.

Als er geendet hatte, starrte Rolf ihn mit jenem unergründlichen Gesichtsausdruck an, der auf schnelles und logisches Denken schließen ließ. »Erfolgsaussichten?«

»Gering bis gleich Null.«

»Dein Vorschlag?«

»Warten auf eine bessere Gelegenheit, wenn Ihr wieder auf dem Damm seid«, erwiderte Oswald prompt.

»Ich hoffe, du hast dich bei deiner Einschätzung der Lage nicht von meinem Zustand beeinflussen lassen. Fünf freie Männer sind für einen bedrängten Anführer eine größere Streitmacht als dieselbe Anzahl Getreuer in Banden.«

»Das mit Sicherheit, aber McCullough ist auf ein raffiniertes Bubenstück gefaßt. Wie schwer es uns auch fallen mag, ihn zu enttäuschen, so fürchte ich doch, daß wir dazu gezwungen sind. Ein andermal wird er weniger auf der Hut sein.«

»Habt ihr vor, ihn durch eure Schicksalsergebenheit einzulullen, oder wollt ihr ihn mit eurer Geschicklichkeit beeindrucken?«

»Ich glaube, beides«, entgegnete Oswald lächelnd.

Angeline musterte ihn durchdringend, als er sich verabschiedete und hinausging, um sich den anderen anzuschließen. Hatte er den wahren Grund für seinen Aufenthalt in diesem Zimmer angegeben, oder hatte er einen anderen?

Sie drehte sich um. Rolf hatte die Augen geschlossen. Sein Atem ging hastig und flach, als habe ihn das kurze Gespräch sehr angestrengt. Gegen sein Fieber war noch immer nichts unternommen worden. Ob er leise in einen fast bewußtlosen Zustand hinübergeglitten war? Sie war sich dessen beinahe sicher, da er sich nicht rührte, als es behutsam an der Tür klopfte.

Es war Morning Star. In der einen Hand hielt sie einen kleinen dampfenden Kessel, aus dem ein kräftiger, durchdringender Kräutergeruch aufstieg. In der anderen hatte sie ein Messer von tödlicher Schärfe.

»Du bist eine Frau mit Herz, nicht wie die andere«, sagte die Indianerin. »Ich helfe dir mit deinem Mann.«

Angeline zögerte. Trotz seiner vielgepriesenen Fähigkeiten hatte Meyer keinerlei Arznei herbeigeschafft, um den Zustand des Prinzen zu verbessern, sicher deswegen, weil bei ihrem hastigen Aufbruch keine Zeit gewesen war, Medizin mitzunehmen. Was blieb? Die Wunde auszubrennen, wie er vorgeschlagen hatte, was an sich schon ein Schock war?

»Ich weiß nicht, ob er es zuläßt«, gab Angeline unumwunden zu.

»Dir schlägt er es nicht ab«, erwiderte Morning Star.

Angeline war da nicht so sicher. Zu ihrer Erleichterung mußte sie sich deswegen nicht auseinandersetzen. Rolf zuckte mit keiner Wimper, als sie die Decke zurückschlug und den Brustverband durchschnitt. Der Stoff klebte an der klaffenden, offenen Wunde. Sie befeuchtete ihn mit etwas Flüssigkeit aus dem Topf, den Morning Star gebracht hatte, und legte sie mit nervtötender Behutsamkeit frei.

Die Indianerin wies Angeline an, wie sie die Kräuter auflegen sollte. Angeline prüfte die Temperatur des Suds, da sie Rolf nicht verbrühen wollte. Sie holte tief Luft und legte die grünbraune Masse auf das Loch in seiner Seite.

Eine unwillkürliche Muskelzuckung lief durch seinen ganzen Körper und ebbte ab. Mit Hilfe von Morning Star konnte sie ihn umdrehen und die andere Wunde behandeln, von der aus rote Striemen über seinen Rücken liefen. Das primitive Pflaster wurde mit sauberen Verbandsstreifen festgebunden, und sie deckten Rolf wieder zu. Die Frauen kümmerten sich schließlich auch um die Kopfwunde und nahmen die schmuddeligen Fetzen aus dem Stoff des Unterrocks ab, mit denen sie verbunden war, wuschen sie mit dem warmen Kräuterwasser und entfernten verkrustetes Blut aus den blonden Locken. Während der Arbeit hörten sie Schüsse fallen und Degen aufeinandertreffen.

Zuletzt nahm das Indianermädchen den schweren Kessel, versprach, am Morgen zurückzukehren und sich zu erkundigen, ob weitere Behandlung nötig wäre, und ging hinaus.

»Mit Gemüse gefüllt und garniert, wie ein Spanferkel im eigenen Saft gebraten. Was kommt als nächstes – die Soße?«

Angeline zuckte zusammen. Sie war so sicher gewesen, daß er bewußtlos war, daß sie vor Schreck ganz benommen wurde. Überrascht fragte sie ihn: »Ihr seid wach?«

»Zu meinem Leidwesen.«

»Aber… aber Ihr habt mich Eure Wunden versorgen lassen!«

Er öffnete lächelnd die fieberglänzenden Augen. »Ihr wart so erpicht darauf, etwas zu tun, und es… war ganz gut auszuhalten.«

»Ich bin Euch sehr verbunden«, murmelte sie und biß sich auf die Lippen.

»Habe ich Eure Berechnungen durchkreuzt?« fragte er mit nicht ganz ruhiger Stimme. »Warum denn? Ich habe mich…

nicht gegen Eure Aufmerksamkeit gewehrt, die Ihr gerne ... als Plus für Euch verbuchen könnt.«

»Es ist verletzend, daß Ihr mir Berechnung unterstellt!«

»Könnt Ihr mir übelnehmen, wenn ich mich über diese Neuerung freue?«

»Ihr seid ja im Delirium«, fuhr sie ihn an.

»Sollte das die Freude sein?«

Ohne sein Gemurmel zu beachten, fragte sie: »Was, wenn ich Euch ... die Gurgel aufschlitze?«

»Roh, viel zu roh. Eure Abrechnung wäre sanfter, tödlicher: wohlriechend und brennend; und vor allem wäre es nicht möglich, sich dagegen zu wehren.«

Wider Willen hatte er sie besänftigt, aber sie war entschlossen, es sich nicht anmerken zu lassen. Sie mixte einen neuen Schlaftrunk und reichte ihm den. »Hier, schlaft jetzt.«

Er machte keine Anstalten, ihn zu nehmen. »Harmloser Schlaf, der die Sinne tötet und die Fäden der Anspannung aufdröselt. Soll ich's wagen?«

»Eure Gurgel ist in Sicherheit. Ihr müßt.«

Er schloß die Augen. »Der Lärm hat aufgehört, der Wettkampf ist vorbei.«

»Wollt Ihr wissen, wer gewonnen hat?«

»Die Garde, wie ich die Männer kenne, die ich ausgebildet habe, und wenn nicht ... kann die Nachricht ... warten.« Er trank.

Kurz darauf hob und senkte sich seine Brust im ruhigen Rhythmus wohltuenden Schlummers. Diesmal ging sein Atem tief. Er erwachte auch nicht, als einige Zeit später die Kerze in einer flachen Talglache erlosch, rührte sich nicht, als Angeline neben ihm ins Bett schlüpfte, und spürte auch nicht ihre Hand auf seiner Stirn.

Das frühe Morgengrauen drang ins Zimmer, als Angeline erwachte. Rolf schlief noch tief und fest, oder, wenn er diese traumlose Ruhe nur simulierte, war es eine perfekte Täuschung. Sie erwog, den immer noch heißen Körper zu waschen, aber in dem gesprungenen Steingutkrug war nur wenig Wasser übrig. Also nahm sie das Gefäß, verließ das Schlafzimmer, durchquerte den leeren Wohnraum und trat in die Halle.

McCullough saß auf einem Stuhl und wippte gegen die Wand. Als er sie sah, ließ er die vorderen Stuhlbeine krachend zu Boden sausen. »Da seid Ihr ja. Ich hab mich schon gewundert, wohin Ihr gestern abend so plötzlich verschwunden wart.«

»Ich mußte mich um meinen Patienten kümmern.«

»Wie geht's ihm? Besteht 'ne Aussicht, daß er heut 'nen Brief schreiben kann?«

»Kaum«, erwiderte Angeline schroff.

»Ich hab da 'ne Idee. Hab gehört, daß die französische Gesandtschaft in New Orleans die Vertretung für Ruthenien in den Vereinigten Staaten übernommen hat, ist 'ne Art Kulanz. Ich denk, es wär net schlecht, wenn wir den Brief von dem Mann dahin schicken. So würd ich doch mein Gold und Silber viel schneller sehn, was?«

»Darüber kann ich nichts sagen.«

»Der Prinz wird's schon wissen.«

»Ihr müßt ihn selbst fragen«, erwiderte sie und machte Anstalten weiterzugehen.

Er packte sie am Arm. »Des mach ich, und zwar mit Freuden. Seine Männer, die sagen, daß er gut mit 'ner Pistole und 'nem Degen umgehn kann und daß er sogar im Handgemenge besser is als jeder von ihnen.«

»Und sie sind besser als Ihr und Eure Männer?« fragte sie sanft.

»Besser als die Dösköppe, die bei mir sind, auf jeden Fall. Was mich betrifft, hab ich's noch net probiert, aber ich bin kein Anfänger, wenn ich 'ne Pistole oder 'n Entermesser zur Hand nehm. Ein, zwei Jahre war ich bei Lafitte, bis es den Ärger in New Orleans gegeben hat. Als alles vorbei war, hab ich mir von Ol' Hickory Pardon geben lassen und zugesehn, daß ich Land gewinn.«

»Vielleicht werdet ihr noch Gelegenheit haben, ihn kämpfen zu sehen, sobald er wieder gesund ist. Das heißt, falls er so lange hierbleibt.«

»Das würd mir gefallen, ja, wär 'ne gute Sach', seinen Stil zu sehn, aye, 'ne gute Sach'!«

»Ja«, erwiderte Angeline und zerrte an ihrem Handgelenk, um sich zu befreien. »Wenn Ihr mich bitte loslassen wolltet, ich muß mich um ihn kümmern.«

»Ja, und Ihr seid 'ne schöne Krankenpflegerin, da legt sich jeder gern ins Bett. Ihr seid anders als Claire, diese kratzende und beißende Hexe. Die schreit, daß das ganze Haus einfällt. Ihr seid mehr so 'n stilles Wasser, mit Augen, die 'nen Mann besänftigen, und während sich sein Geist ausruht, bringt Ihr sein Blut zum Kochen. Das ist besonders an Euch in den Augen von Seiner Hoheit, das steht fest.«

»Ich habe Euch gebeten, mich loszulassen«, fauchte Angeline und stemmte die Füße auf den Boden, um sich seinem ständigen Zerren an ihrem Handgelenk zu widersetzen. »Ihr habt schon zwei Frauen. Genügt Euch das nicht?«

»Stimmt, ich hatte zwei, aber jetzt ist bloß noch eine übrig.«

»Was?« fragte sie und schwieg, während ihr das Bild von Claire vor Augen trat und der Gedanke, daß sie dieser Mensch ermordet oder sie sich selbst das Leben genommen hatte.

»Morning Star ist weg. Ich hab sie wegen der Hexe fortschicken müssen. 's war 'ne Wette, sie hat auf die Männer vom Prinz gesetzt und ich auf meine. Sie hat gewonnen, und ich hab meine Morning Star vor die Tür setzen müssen. Wollte mich niederstechen, die Wildkatze von Indianerin, mußte ihr eine aufs Kinn verpassen. Dann hat se mich noch fast kastriert, hat ausgeschlagen und sich gewunden, wie ich se aufs Pferd gesetzt hab.«

»Und jetzt müßt Ihr Euch das Frühstück selbst bereiten? Wie schrecklich!« Ihr Mitgefühl war nicht ohne Schadenfreude.

»Claire kann net kochen«, pflichtete er ihr schlicht bei.

»Ihr hättet das schon bedenken müssen, bevor Ihr die Wette eingegangen seid!«

»Och, aye, aber ich war mir sicher, daß ich gewinn, und der Preis war's Risiko schon wert.«

Sie öffnete den Mund, um zu fragen, worin er bestanden hätte, sah aber das lüsterne Glitzern in seinen Augen und klappte ihn wieder zu. »Ihr müßt Euch an eine der anderen Frauen wenden.«

»Des könnt ich machen, aber dann muß ich warten, bis se mit ihrer eigenen Kocherei fertig ist.«

»Pech.« Angeline riß sich mit einem jähen Ruck los. Sie lief zur Tür. McCullough schwang sich mit einer Hast auf die Beine, daß er seinen Stuhl umwarf, und packte sie dann so heftig am Arm, daß sie herumgeworfen wurde und auf ihn fiel.

»Laßt sie los!«

Die Aufforderung kam von Meyer, der die Treppe vom Hof hinter dem Haus zur offenen Halle heraufstieg. Hinter ihm kamen Gustav und Oswald. Sie waren zwar unbewaffnet, aber mit ihren geschmeidigen, athletischen Körpern bildeten sie eine große Übermacht gegen einen einzigen Gegner.

McCullough ließ Angelines Arm los wie von einer Tarantel gestochen. »Na, na«, murmelte er und rieb sich die Hand an seiner schäbigen Hose. »Ich tu ihr ja nix. So lieb und hübsch wie sie dasteht, is' se wie der Honig, der die Wespen anzieht, und ich konnt net widerstehn. Aber ich wart eigentlich auf Euch Männer, ich hab Euch 'nen Vorschlag zu machen, der Euch vielleicht interessiert.«

»Wir hören.« Meyer sah Angeline an und nickte leicht zur Tür hin. Sie brauchte keine weitere Aufforderung. Sie schritt schnell um den Räuberhauptmann herum und betrat die andere Hälfte des Gebäudes, wo auf einer Bank am Herd ein Eimer mit Wasser aus der Quelle im Hof stand. Sie füllte ihren Krug und begab sich wieder in die Halle. In dem offenen Korridor hörte sie McCulloughs Vorschlag, die Leibwache solle seine Männer ausbilden.

»Mit fünfzig solcher Kerle wie Euch drei würd mir das ganze Niemandsland gehören mitsamt Fähren, Straßen und Handelsniederlassungen. Ich wär so stinkreich, daß ich nie mehr stehlen müßt, außer vielleicht, um net ganz aus der Übung zu kommen. Und, was des Beste wär, die widerliche Laus von Spanier, die mir hier im Pelz sitzt, hätt so viel Chancen wie 'ne gottlose Hur' im Priesterseminar!«

Das erste, was Angeline sah, als sie das Schlafzimmer betrat, waren die glänzenden Schweißperlen auf Rolfs Oberlippe, um seine Augen und am Haaransatz, die langsam auf das Kissen flossen, auf dem er lag. Die Laken waren tropfnaß.

In Angelines Augen stiegen Tränen, und sie preßte erschrocken die Hand vor den Mund. Die Gefahr war groß, daß sich Rolf erkältete, wenn er schweißgebadet in der Kühle des Morgens so dalag. Er mußte von Kopf bis Fuß gewaschen, die Bettwäsche mußte gewechselt werden, und er brauchte etwas Nahrhaftes wie eine heiße Suppe. Hilfe tat not, und da Morning Star nicht mehr da war, mußte ihr einer von der Garde beistehen, und das so schnell wie möglich.

Oskar und Oswald hatten sich den anderen angeschlossen. Alle fünf standen um McCullough herum und redeten und gestikulierten. Als sie aus dem Wohnzimmer in die Halle stürzte, schauten alle auf.

Bevor sie den Mund aufmachen konnte, ertönte von der Front des Gebäudes ein Ruf, und zwei Reiter trabten heran. Auf einem dritten Pferd zwischen ihnen saß mit gesenktem Kopf ein Mann. Er hatte den Hut verloren, und das feine, dunkle Haar wehte sacht im Morgenwind. Die ersten Sonnenstrahlen fielen auf seine Züge, auf die olivbraune Haut und den dünnen Schnurrbart. Mit benommenen schwarzen Augen starrte er auf die Gruppe der Männer in der Halle, dann fiel sein Blick auf Angeline. Er formte mit den Lippen ihren Namen, aber es war kein Laut zu hören. Plötzlich lachte er hellauf.

Es war André.

13

In den nächsten Tagen schlief Rolf viel, wachte auf, nahm etwas Suppe und Burgunder zu sich und schlief weiter. Die Männer der Leibgarde übernahmen paarweise die Wache, nur nachts war Rolf allein mit Angeline. Tagsüber war er unruhig, aber wenn der Abend anbrach, lag er still und schlief; ihn störten weder die Pistolenschüsse des nicht enden wollenden Wettkampfes noch die Klänge von Maultrommel, Geige und Gitarre oder das Gebrüll des Viehs, das im Schutz der Nacht ins Lager der Gesetzlosen getrieben wurde.

Da Angeline am Tage nicht mehr im Krankenzimmer bleiben mußte, konnte sie sich mit André unterhalten. Wie er hierhergekommen war, war schnell erzählt. Er war der Fährte von Angelines Entführern gefolgt und hatte sich im selben Netz gefangen wie diese. Die Narbe in seinem Gesicht verblaßte, doch der Stoß, den sein Selbstwertgefühl abbekommen hatte, heilte nicht so schnell. Er hatte sie retten wollen, und nun hatte er sich nur zum Narren gemacht. Bis jetzt widerstand er störrisch jedem Versuch, seinen Namen und die Adresse seiner nächsten Verwandten aus ihm herauszuholen, aber – wie er nur allzugut wußte – war es lediglich eine Frage der Zeit, bis er zur Kapitulation gezwungen war. In seiner Niedergeschlagenheit sah er keine Möglichkeit, Angeline der Räuberbande von McCullough zu entreißen, selbst wenn sie der weiteren Verschleppung durch Rolf und seine Garde entgehen sollte.

»Angeline?« sagte er eines Tages und sah ihr zu, wie sie Rindfleisch kleinschnitt und in Salzwasser gab, das mit Paprika abgeschmeckt war. Fleisch von gestohlenem Vieh.

Sie lächelte ihn an. »Ja?«

»Sind Sie sicher, daß Sie überhaupt gerettet werden wollen?«

»Was für eine Frage!« Angeline starrte ihn an und ließ das Messer in der Luft schweben. Sie war zu erstaunt, um beleidigt zu sein.

»Verzeihen Sie«, fuhr er leise fort, »aber ich dachte, daß unsere frühere... Freundschaft mir das Recht zu dieser Frage gibt. Sie sind Rolfs Maitresse?«

»Nein, bestimmt nicht!«

»Wie können Sie das ableugnen, wenn Sie ihn mit solcher Hingabe pflegen und das Bett mit ihm teilen?«

Sie senkte den Blick und schnitt mit äußerster Sorgfalt das Fett von einem Fleischstück. »Er ist sehr krank.«

Er machte eine wegwerfende Handbewegung, als habe Rolfs Gesundheitszustand nichts damit zu tun. »Ich weiß, daß Sie am Anfang zum Bleiben gezwungen wurden, aber wenn ich Sie auffordern würde, jetzt sofort mit mir wegzugehen, würden Sie dann mitkommen?«

»Man läßt uns sowieso nicht fort.«

»Und wenn doch?« fragte er beharrlich.

»Es wäre nicht anständig Ihnen gegenüber, Sie in solche Gefahr zu bringen und Ihnen die Verantwortung für mich aufzubürden.«

»Lassen Sie das meine Sorge sein.«

Endlich hob sie den sanften, graugrünen Blick. Aus ihrer Stimme sprach Schmerz und ein wenig Bestürzung, als sie antwortete: »Ich kann ihn nicht alleine lassen, nicht, so lange er mich braucht.«

Andrés Gesichtsverletzung verfärbte sich gelblich. Die übrige Haut zeigte dieselbe Farbe. »Ich verstehe. Sie wollen also für immer bei ihm bleiben?«

»Sie möchten wissen, ob wir vorhaben zu heiraten? Die Antwort heißt: Nein, wir haben es nicht vor. Man hat mich gewarnt, daß es nicht möglich ist, und ich akzeptiere es.«

»Gewarnt?« rief er aus, und die Farbe kehrte jäh in sein Gesicht zurück. »Heißt das, dieser Jammerlappen von Prinz hat es gewagt...«

»Nein, nicht der Prinz«, erwiderte sie hastig.

»Wer dann?«

»Spielt das eine Rolle?« In ihrer Gereiztheit und dem hohen Timbre ihrer Stimme lag ein Appell.

André ignorierte ihn nicht, aber er warf ihr einen mehr als sonderbaren Blick zu und wechselte das Thema. Angeline war erleichtert, als Oskar hereinkam und André zum Schießstand rief, der hinter der Scheune aufgebaut worden war.

Als André und Angeline sich wieder begegneten, lastete auf beiden noch tiefe Verlegenheit, die aber bald verflog. Allmählich kehrte etwas von der alten Freundschaft zurück. Er war aufmerksamer als die Mitglieder der Leibwache, wenn es galt, ihr bei der groben Arbeit des Holz- oder Wassertragens zu helfen, und nahm eher wahr, wenn sie müde war. Sie merkte, daß er sie nicht aus den Augen ließ, besonders abends nicht, wenn sie in das Zimmer ging, das sie mit Rolf teilte, und die Tür schloß. Dann verhärteten sich seine Züge, er wirkte älter, als er war, und seine Augen schimmerten dunkel vor unterdrückter Wut.

Trotz seines Zornes auf den Mann, der die Garde anführte, dauerte es nicht lange, bis André in das beängstigende Spiel miteinbezogen wurde, das Rolfs Männer und die Gesetzlosen trieben. Er lernte schießen, einen Degen zu einem anderen Zweck als den eines Tapferkeitserweises im Duell handhaben und konnte bald die herrischen Grundsätze des Anführers der Garde besser nachplappern als die anderen. Sein Können steigerte sich so rasch, daß er schnell die meisten Räuber übertraf, die in die Lehre genommen worden waren, und den Männern der *garde du corps* nur wenig nachstand.

Während seine Geschicklichkeit, und damit sein Selbstvertrauen, größer wurde, wuchs in ihm wider Willen Bewunderung für den Mann, der hinter der Ausbildung stand, obwohl er nie direkt mit Rolf sprach, wenn er es vermeiden konnte.

André war nicht der einzige, der von dieser Lage profitierte. Auch die Männer der Garde fanden ein Ventil für ihre Energie in der körperlichen Ertüchtigung des Wettkampfs. So wurden sie von der Pattsituation abgelenkt, in der sie sich weit weg von ihrer Heimat befanden. Und sie lernten auch ihrerseits etwas Neues. Der Kampf mit den breitschneidigen Jagdmessern oder die wüsten, regellosen Keilereien, die damit enden konnten, daß Augen ausgestochen und Ohren abgebissen wurden, waren ihnen auf vielerlei Weise fremd; Behendigkeit, Stärke und Schnelligkeit des Denkens dagegen, die Voraussetzung für einen Sieg waren, waren es nicht. Besonders Meyer entwickelte eine Vorliebe für das lange Messer mit dem schweren Heft und der bösen, scharfgeschliffenen Klinge.

Wenigstens einmal konnten die Männer diese Messer für ihren ursprünglichen Zweck verwenden. Man machte sich auf die Jagd nach wilden Schweinen. Die Tiere waren die Nachkommen von Hausschweinen, die man in den Wäldern freigelassen hatte, und die sich von Eicheln, Nüssen, Wurzeln und Beeren ernährten. Sie wurden mit Hunden gehetzt und mußten mit einem Schnitt durch die Kehle getötet werden, damit das überflüssige Blut herauslief und das Fleisch eßbar wurde.

Die tägliche Ration an Schweinefleisch, die von McCullough und seinen Gefangenen benötigt wurde, war nicht klein. Es war Angelines Aufgabe, das Fleisch aufzuschneiden, einzupökeln und in die Räucherkammer zu hängen. Bei dieser Arbeit halfen ihr André, Oskar und Meyer.

Nach und nach war der größte Teil der Hausarbeit Angeline aufgebürdet worden. Jemand mußte sich darum kümmern, daß Rolf appetitliches, gesundes Essen bekam, und wenn sie schon für ihn Suppen und Eintöpfe zubereitete, konnte sie ohne großen Aufwand auch für die anderen etwas in den Topf werfen.

McCullough faßte ihre Bemühungen aus unerfindlichen Gründen offenbar als persönliches Kompliment auf. Wenn seine tabakbraunen Augen auf Angeline fielen, lag in ihnen ein Ausdruck von Selbstgefälligkeit, der ihr auf die Nerven ging. Mehr als einmal mußte sie seinen gierigen Händen ausweichen. Eines Tages gelang es ihr nicht, und er kniff sie, was ein Fehler war, denn sie hielt gerade eine Kanne mit heißem Kaffee in der Hand. Aus einer Reflexbewegung heraus wirbelte sie verblüfft und zornig herum, wobei sich die Kanne neigte, und das kochend heiße Gebräu sich in einem dampfenden braunen Strom über McCulloughs Schoß ergoß. Aufjaulend und fluchend sprang er auf, hielt sich seine Hose vorne vom Körper weg und warf Angeline einen zornig anklagenden Blick zu. Mehr wagte er nicht, da außer Oskar, der sich köstlich amüsierte, auch Claire im Raum war.

Sie ist es, dachte Angeline, der ich die relative Gefahrlosigkeit von McCulloughs ungehobelter Werbung verdanke. Sosehr sie ihn auch verachtete, hütete sie doch eifersüchtig ihre Stellung als Maitresse des Räubers. Das verlieh ihr Sicherheit und Schutz vor der Geilheit, die die anderen Männer des wilden Haufens kaum verhehlten. Sie schlichen mit gelben, demütigen Augen um Claire herum, doch ihr loses Lächeln war bedrohlich.

Eines Tages beobachtete Angeline, wie fünf oder sechs Gesetzlose Claire mit dem Rücken zur Wand gestellt hatten wie ein in die Enge getriebenes Wild. Auf Angelines Zuruf kam sie zu ihr, und in den smaragdgrünen Augen stand große Erleichterung.

Es regnete. Graue Sturzbäche ergossen sich von den Dachschindeln aus Zypressenholz. In der Luft hing eine kühle Feuchtigkeit, und das dumpfe Getrommel des Regens übertönte andere Geräusche. Angeline sah ihre Kusine an und war bestürzt über den gehetzten Ausdruck in ihrem Gesicht.

»Warum haßt du mich nicht?« fragte Claire. »Dann könnte ich das alles leichter ertragen.«

»Ich würde dich vielleicht hassen, wenn du etwas falsch gemacht hättest.«

Claire stieß ein unheimliches Lachen aus. »Woher willst du wissen, daß es nicht so ist?«

»Es kann nicht sein, es wäre ungeheuerlich«, erwiderte Angeline, doch in Gedanken hegte sie durchaus Zweifel.

»Wirklich? Was gäbe ich darum, wieder einmal so sicher zu sein über Gut und Böse.«

Unvermittelt fragte Angeline: »Was geschah mit Maximilian? Kannst du es mir nicht sagen?«

»Mit Max?« Claire sprach den Namen aus, als habe er einen bitteren Nachgeschmack. »Ihn habe ich geliebt, das ist das einzige, was zählt. Alles andere ist... zu gräßlich, um darüber zu sprechen.«

Die Tür auf der anderen Seite der Halle öffnete sich, und Oskar kam heraus. Claire zuckte zusammen und ging in die Küche.

Der ruhigste aller Männer aus der Leibgarde stellte sich neben Angeline. »Ihr seht besorgt aus. Stimmt etwas nicht?«

Angeline lächelte mühsam. »Nein, es ist nichts Besonderes.«

Daß Rolf sich nicht von den Folgen seiner Verletzung erholte, obwohl das Fieber zurückgegangen war, daß er seine Haferschleimsuppe und heiße Milch mit solcher Sanftmut zu sich nahm, daß er so gar keine Vitalität zeigte – all das beunruhigte Angeline zutiefst. Die klaffende Kopfwunde war zu einer langen, grindigen Narbe verheilt, aber vielleicht war die Verletzung doch ernster, als sie zunächst ausgesehen hatte.

Als Angeline eines Tages vor dem Schlafzimmer stehenblieb, um ihr Tablett besser halten zu können, war ihr, als höre sie von drinnen seine Stimme in dem alten, verblüffend unbekümmerten Tonfall ein flottes Gedicht vortragen. Er sprach mit Gustav und Leopold, die an seinem Lager saßen. Sie war so erstaunt, daß sie mit dem Geschirr klapperte. Als sie hereinkam, lag Rolf jedoch ruhig da, die Hände waren teilnahmslos und schlaff auf der Decke gefaltet, und Gustav drehte sich mit schamrotem Gesicht zu ihr um und hielt eine Hand seitlich, fast hinter dem Rücken. Im Raum hing deutlich Essensgeruch.

»Was habt Ihr da?« Sie sah Gustav scharf an.

»Angeline, meine Liebe«, fing er an.

»Ihr versteckt doch etwas?«

Der einäugige Veteran stieß einen Seufzer aus. »Nur ein Stückchen Puter vom Abendessen.«

Was er zutage förderte, war ein ganzes Viertel von dem Vogel, einem von mehreren Truthähnen, die tags zuvor gefangen worden waren.

»Das soll Euch wohl bis zur nächsten Mahlzeit über die Runden bringen?«

»So... so könnte man sagen«, murmelte Gustav und warf Leopold einen grimmigen Seitenblick zu.

»Ihr habt Euch wohl eingebildet, daß es Rolfs Appetit anregt, wenn er Euch zuschaut, wie Ihr diesen Leckerbissen hinunterschlingt?« fragte sie und wurde vor Enttäuschung sarkastisch.

»Nun... ja, vielleicht war es keine gute Idee.« Er sah verzweifelt auf seinen Anführer, der aber den Blick nur klar zurückgab, wobei er den Mund zu einem amüsierten Lächeln verzog.

»In diesem Fall könnt Ihr Euch mit Eurem Essen entfernen!«

Er gehorchte mit großer Bereitwilligkeit. Als Gustav gegangen war, nahm Angeline verblüfft Leopolds heitere Miene und Rolfs verkrampfte Gesichtsmuskeln wahr, der zusah, wie Gustav den beanstandeten Putenbraten hinaustrug.

Noch ein Vorfall. Als die Garde einmal wieder auf Jagd war, schürte Angeline das Feuer im Wohnzimmer, bis es fauchend aufloderte, zerrte einen Holzzuber an den Kamin und füllte ihn mit heißem Wasser. Sie schickte sich an, ein langes entspannendes Bad zu nehmen und sich sogar mit der primitiven Schmierseife – etwas anderes war nicht vorhanden – die Haare zu waschen. Sauber, wunderbar erfrischt und rosig angehaucht vom heißen Wasser wickelte sie sich in ein dünnes graues Handtuch und begab sich ins Schlafzimmer, um sich nach einem Kamm umzusehen. Sie fand einen grobgezinkten aus Holz, stellte sich vor den kleinen polierten Metallspiegel über der Waschkommode und zog ihn mühsam durch das nasse wirre Haardickicht. Sie beugte sich vor, um die langen Strähnen auszukämmen. Das Handtuch verrutschte, und als es sacht zu Boden glitt, wurde ihr cremig rosafarbener Leib enthüllt.

Vom Bett her vernahm sie einen Laut, als schnappe jemand nach Luft. Sie war sich dessen sicher. Doch als sie zu Rolf hinübersah, lag er mit geschlossenen Augen auf seinem Kissen.

In der folgenden Nacht blieb er auf der anderen Bettseite, hielt sich starr und steif und machte keinerlei Anstalten, sie anzufassen oder an sich zu ziehen, wie er es im fiebrigen Delirium oft getan hatte. Angeline warf sich unruhig hin und her und streifte ihn mit dem Fuß. Die Spannung war ungeheuer. Bei dieser leichten Berührung hatte sie die Starre seiner Muskeln gespürt. Sie überlegte, ob sie Rolf nach dem Grund fragen sollte, aber wegen des gespannten Schweigens, das zwischen ihnen lastete, traute sie sich nicht. Er war nicht krank. Sein Atem ging tief und regelmäßig, streng kontrolliert. Die Wunde bereitete ihm keine Schmerzen mehr, denn in letzter Zeit drehte er sich um, ohne eine Seite zu bevorzugen.

Flüchtig drängte sich ihr ein Gedanke auf, aber sie verwarf ihn wieder. Warum sollte er sich nach ihr sehnen, ohne sich zu nehmen, was er haben wollte? Endlich schlief sie ein, da sie einen anstrengenden Tag hinter sich hatte und müde war. Rolf aber hatte sich immer noch nicht entspannt und starrte in die Dunkelheit.

Vier Tage später gingen die Männer der Leibgarde mit André auf eine nächtliche Fuchsjagd. Das Lager der Räuber war allerdings nicht völlig ohne Schutz. Die Männer mit Familien, diejenigen, die die Zufahrten zum Haus bewachten, und McCullough blieben zurück. Der Schotte ermunterte auch Rolfs Leibwächter zur Teilnahme. Es sei ein unvergeßliches Erlebnis, meinte er, einen Fuchs zu jagen, wie es in der Neuen Welt üblich war.

Es wurde spät. Angeline saß im leeren Wohnzimmer. Sie kauerte sich in eine Ecke der grob gezimmerten Sitzbank und starrte ins Feuer. Sie wünschte sich ein Buch, eine Handarbeit, irgend etwas, um Kopf oder Hände zu beschäftigen. Zuweilen hatte sie den Eindruck, daß sie von den sich endlos im Kreis drehenden Gedanken schon ein Loch im Hirn haben mußte. Sie grübelte und zermarterte sich den Kopf, aber sie fand nicht heraus, was sie hätte anders machen können, das ihre gegenwärtige Situation gebessert hätte, oder was sie jetzt tun konnte, um sich eine glückliche Zukunft zu sichern. Diesen Gedanken nachzuhängen, war morbide, aber unvermeidlich, solange sie nichts ablenkte.

Hinter ihr öffnete sich knarrend die Tür zur Halle. Sie hob den Kopf und sah McCullough eintreten. Mit selbstsicherem Gang und einem zufriedenen Lächeln auf den Lippen unter seinem dichten Bart kam er auf sie zu.

»Da seid Ihr ja, mein schönes Kind. Hab lang drauf gewartet, mit Euch allein zu sein. Jetzt, wo Claire, die Hexe, schläft und die andern in den Sümpfen sind und 'nem Phantom nachjagen, können wir zwei uns gut die Zeit vertreiben.«

In Angeline wuchs allmählich die Furcht, und sie stand auf. »Ich verstehe kein Wort von Eurem Geschwätz.«

»Ihr wißt doch, daß ich scharf auf Euch bin. Frauen spüren das immer.« Aus den tabakbraunen Augen sprachen Selbstbewußtsein und offene Lüsternheit.

»Aber ich bin nicht scharf auf Euch!«

»Wollt Ihr mich an der Nase rumführen? Ihr müßt doch einsehn, daß Ihr's bei mir besser hättet als bei dem Prinz da. Ich bin ein guter Beschützer, und der net.« Seine Stimme war heiser vor Erregung.

McCullough kam langsam näher, Angeline wich immer weiter zurück, umrundete die Sitzbank und brachte sie zwischen sich und ihn. »Und was ist mit... mit Claire?«

»Aye, die wird ganz schön Schwierigkeiten machen, aber ich weiß, wie man mit so 'nem Satansbraten fertig wird. Man darf so einer halt nie den Rücken zukehren und den Stock net aus der Hand legen. Solang se wissen, wer die Hosen anhat, geht's gut.«

»Ihr habt doch sie! Was wollt Ihr also noch von mir?«

»Och, Ihr seid so sanft und freundlich, so zart und wunderschön, daß Ihr 'nen Mann bis in seine Träume verfolgt wie der Engel, wie Euer Name schon sagt. Schickt mich doch net weg.«

In seiner Stimme war ein einschmeichelnder Unterton, vielleicht wollte er ihr wirklich nur schöntun, aber er hatte einen verschlagenen Blick, als er um die Sitzbank kreiste. Er fuchtelte mit den Armen, um Angeline zu scheuchen, und die Ausbuchtung in seiner Hose machte ihr sein hemmungsloses Verlangen überdeutlich.

»Das ist... ist doch einfach nicht gescheit«, sagte sie in einem Versuch, an seine Vernunft zu appellieren. »Ich muß Euch bitten, mich in Frieden zu lassen, sonst rufe ich um Hilfe.«

»Wen denn, etwa Prinz Rolf? Tut, war Ihr net lassen könnt. Der kann Euch keine größere Hilfe sein als 'ne Mücke und mich ebensowenig stören.«

Mit gehetztem Blick schaute sich Angeline im Zimmer nach einer

Waffe um und sah den Schürhaken, der am Kamin lehnte. »Seine Leibwache wird es nicht dulden.«

»Die sind jetzt alle weg.«

Damit war es gesagt, und er stürzte sich auf sie. Sie bückte sich, wich mit einer geschickten Drehung seinem Zugriff aus und bekam den Schürhaken zu fassen. Sie schwang die schwere Eisenstange und wirbelte zu McCullough herum. Als sie seinen Wanst traf, jaulte er auf. Sie holte erneut aus, und er umklammerte mit lautem Fluchen das rußgeschwärzte Ende des Hakens. Er entrang ihn ihr, stieß noch eine Verwünschung aus und schleuderte das Werkzeug polternd an die Wand. Er grapschte nach Angeline und beschmutzte den Ärmel ihres Kleides mit Ruß. Er zerrte sie an sich. Sie trat nach ihm und wollte sich ihm entwinden, doch ihr Widerstand steigerte nur seine Leidenschaft.

Mit roher Kraft zerrte McCullough sie in die Ecke, wo eine der Matratzen lag, auf denen die Männer der Leibwache schliefen.

»Nein«, keuchte Angeline, »nein!«

»Stell dich net so an«, knurrte er, warf sie auf das Lager und ließ sich neben sie fallen. Er schlüpfte grinsend aus den Hosenträgern. »Dauert bloß 'n Moment, 's wird dir schon gefallen.«

Er warf sich auf sie. Sein Bart kratzte über ihr Gesicht, als er seine Lippen auf ihren Mund preßte. Er betatschte sie und grabschte nach ihrer Brust, wobei er auf ihrem Kleid die rußgeschwärzten Abdrücke seiner Hand hinterließ. Wutentbrannt zielte sie mit scharfen Nägeln nach seinen Augen.

Er gab jäh einen erstickten Schrei von sich und erstarrte. Angeline entwand sich seinem schlaff gewordenen Zugriff und entfernte sich keuchend und schaudernd von ihm. Erst dann öffnete sie die Augen.

Rolf kniete neben der Matratze. Er trug nichts als die hastig angezogenen Pantalons und einen Verbandsstreifen um den Bauch. In der Hand hielt er ein langes Jagdmesser, dessen Spitze so in McCulloughs Stiernacken steckte, daß das Blut hervorquoll. Rolf war blaß, doch seine Hand bebte nicht, und seine Miene war totenstarr.

»Was soll ich mit ihm machen?« fragte er leise. »Den Gnadentod geben und ihn wie ein Ferkel abstechen oder ihm unverdientermaßen sein schweinisches Leben lassen?«

Die Frage war an sie gerichtet; McCullough begriff das noch schneller als sie. »Angeline«, stöhnte er, »um Gottes willen...«

»Ihr werdet sie«, sagte Rolf gepreßt, »stets mit Mademoiselle Fortin anreden.«

»Alles, was Ihr wollt«, stimmte der Räuberhauptmann zu, und als sich das Messer tiefer senkte, fügte er hastig hinzu: »Mademoiselle... Fortin.«

»Nicht«, rief sie aus, als sie die Entschlossenheit in Rolfs Gesicht sah. »Tötet ihn nicht!«

Er blickte sie durchdringend an. »Warum habt Ihr nicht geschrien, mich nicht gerufen?«

»Ich hatte nicht genügend Luft dazu, und... und wußte nicht, daß es etwas nützt.«

Es war ein Moment der Spannung, McCullough kniff fest die Augen zusammen, Schweiß trat ihm auf die Stirn und rann ihm die Nase herunter. Rolfs braune Hand umklammerte das Messerheft, daß die Knöchel weiß hervortraten. Angeline hielt den Atem an. Als er die Waffe in jähem Entschluß zurückzog, seufzte sie leise auf.

Rolf kam geschmeidig auf die Beine, nahm das Messer in die linke Hand und streckte Angeline die rechte entgegen. Mit verblüffender Kraft zog er sie zu sich herauf. Er sah auf den Anführer der Gesetzlosen hinunter und knurrte: »Steht auf!«

Da die Gefahr nunmehr vorüber war, verdüsterten sich McCulloughs Züge. »Ihr habt mich zum Narren gehalten? Habt uns alle hinters Licht geführt mit Euerm Getu', wie wenn Ihr am Abkratzen wärt, und mit Euerm Breigelöffel. Des wird Euch aber nix nützen.«

Im Aufstehen griff der Schotte in seinen Stiefel, und plötzlich blitzte in seiner Hand ein Messer auf. Augenblicklich riß Rolf Angeline hinter seinen Rücken und kauerte sich nach Art eines Messerkämpfers nieder. Als McCullough das sah, spaltete ein vergnügtes Lächeln seinen Bart.

»Nein«, flüsterte Angeline. Ihr Herz in der Brust zog sich zusammen. Sie hielt sich unvermittelt die Hand vor den Mund, um einen Schrei zu unterdrücken. Die beiden Männer achteten nicht auf sie, sondern umkreisten einander und suchten nach einem Fehler in der gegnerischen Deckung.

»Ihr seid kein schlechter Kämpfer«, schnarrte McCullough, »aber bei diesem Spiel bin ich Euch über.«

»In Ruthenien können die Zigeuner in der Kunst, ein Messer zu gebrauchen, sogar den Holzschnitzern etwas vormachen – und mir hat ein Zigeuner beigebracht, wie man reitet, ein Pferd mit einem unhörbaren Pfiff herbeiruft und noch einiges mehr, was mich am Leben und ihn daher in Arbeit und Brot bleiben ließ. Vielleicht kenne ich ein, zwei Kniffe, die Euch überraschen werden.«

»Ihr seid noch geschwächt, gerade erst zu Kräften gekommen, nachdem man Euch durchlöchert hat. Wollt Ihr's drauf ankommen lassen, noch ein Loch in der Haut zu kassieren, wegen ein paar Minuten mit Eurem Mädchen, wenn ich mir was nehm, wo ihr nichts fehlen wird?«

»Die Gunst der Dame gehört von Rechts wegen und aufgrund ihrer Einwilligung mir, und ich würde jeden Verlust der reichen Schätze ebenso missen wie der Geizkragen eine Münze von seinem gehorteten Gold.«

»Schöne Worte«, höhnte McCullough. »Wir wer'n ja sehn, ob ihnen auch Taten folgen.«

Die Messer blitzten im Feuerschein, und ihre gefährlich scharfen Spitzen flammten blau auf. Die Männer hielten die Waffen an der Kante, so daß schon ein schneller Stoß Muskeln und Eingeweide aufschlitzen und furchtbare Verletzungen zur Folge haben konnte. Auf McCulloughs Gesicht lag Begeisterung und eine gewisse Vorfreude, als sei dies ein Kampf nach seinem Geschmack. Er täuschte mit einem weiten Satz an und prüfte mit hellen, wachsamen Augen die gegnerische Deckung. Rolf wich dem Angriff leichtfüßig aus. Auf seinem Gesicht zeigte sich weder Furcht noch Schwäche, nur völlige Konzentration der Sinne auf das Spiel des Messers in der Hand seines Gegners.

Rolf war größer als der Schotte, hatte mehr Reichweite und geschmeidigere Muskeln. McCulloughs vierschrötige Gestalt, die muskulösen Schenkel, Schultern und Arme zeugten jedoch von Kraft. Die Gerissenheit des Räubers stand gegen die helle Intelligenz seines Gegenübers.

McCulloughs selbstgefälliges Lächeln wurde breiter, als Rolf immer noch nicht angriff. Wieder und wieder unterlief er die Deckung des Prinzen und schwang das glänzende Messer um Haaresbreite vor Rolfs bandagierter Brust. Aber Rolf wich zurück, ohne daß sein Gegner ihn treffen konnte. Dem Schotten brach bei seiner Kraftanstrengung der Schweiß aus, lief ihm in die Augen, glitzerte auf seinem Bart und durchtränkte sein Hemd.

Angeline hielt den Atem an und sah zu. Sie glaubte nicht, daß der Räuberhauptmann Rolf töten wollte, sondern lediglich vorhatte, ihn kampfunfähig zu machen, um sowohl in den Genuß von Angeline als auch eines reichen Lösegelds zu kommen. Rolfs Plan dagegen war leicht zu durchschauen, falls er einen anderen hatte, als am Leben zu bleiben. Er wich immer wieder zurück, seine Bewegungen waren geschmeidig wie Seide, und wachsam kniff er die türkisblauen Augen zusammen.

Der Schotte wurde selbstsicherer. Ein Lachen kam aus seiner Brust, und er warf das schwere Messer von Hand zu Hand, als wolle er Rolf zu einem Angriff provozieren, während es durch die Luft flog. Die Männer umkreisten einander, und ihre Blicke trafen sich. Sie atmeten schwer. Das Schlurfen der Füße auf dem rohen Bretterboden erhielt einen eigenartigen, hypnotisierenden Rhythmus. Auf Rolfs Stirn und Armen schimmerten Schweißperlen, in denen sich das orangerote Flackern des Feuers widerspiegelte. Da blitzte die Klinge des Schotten in seiner linken Hand plötzlich auf und fuhr auf die verletzte Stelle in Rolfs Seite zu.

Rolf parierte mit dem Können eines Fechters, verkantete gleitend die Waffe, lenkte sie ab, fuhr an der ungedeckt nach oben weisenden Klinge vorbei und schnitt dem Anführer der Räuber die Fingerkuppen ab. Der Schotte heulte auf, zog sich fluchend und mühsam zurück, warf das Messer in die Rechte und nahm wieder Deckung, wobei er die zerschnittenen Finger in den Stoff seiner Hosen preßte, um die Blutung zu stillen. Er lächelte nicht mehr.

»Ihr habt gerade aufgemacht«, tadelte Rolf mild. »Ein Zigeuner hätte Euch ausgeweidet wie einen Fisch. Nehmt Euch in acht!«

»Ich werd mich in acht nehmen – und zwar vor Euch!«

Er kniff die Augen zusammen und umpirschte Rolf schlau, versuchte einen gerissenen Trick nach dem anderen und dachte jetzt nicht mehr daran, den Gegner nicht zu verletzen, sondern wollte nur noch seine Rachegelüste befriedigen. Rolf begegnete jedem dieser Manöver mit der geeigneten Gegenmaßnahme, schonte mit ökonomischen Bewegungen seine Kräfte und wartete ruhig und aufmerksam auf den nächsten Angriff. Und jedesmal erklärte er in geschliffenen, gewählten Sätzen, was der andere falsch gemacht habe.

Bei jedem Fehlschlag, jeder vergeblichen Anstrengung gegen einen angeblich kranken Gegner, und das vor der Frau, um die er kämpfte, verlor der Schotte mehr und mehr die Beherrschung. Er biß vor Wut die Zähne zusammen und umklammerte mit schweißnasser Hand das Heft. Seine Bewegungen wurden wild und ziellos, immer verzweifelter versuchte er, den allzu treffsicheren Spott des anderen zum Schweigen zu bringen, des wendigen Prinzen habhaft zu werden und ihn zu entwaffnen. In seiner wütenden Rage hörte er auf zu denken, und das war ein gravierender Fehler.

McCullough stürzte jäh nach vorn und legte all seine Kraft in diesen Stoß. Er fluchte, da er wieder nicht traf, und stach mit einem Rückhandschlag noch einmal zu, der einen Knochen durchtrennt hätte, hätte er sein Ziel erreicht. Aber er traf nicht. Als die Wucht des Stoßes den Messerarm nach vorne warf, kam Rolf mit einer wirbelnden Bewegung auf McCullough zu, packte seinen Arm, verdrehte ihn und hakte das rechte Bein hinter McCulloughs Knie. Der Schotte wurde mit Getöse gefällt. Er wollte schimpfen, schwieg aber, als er sah, daß Rolf sich wieder mit dem Messer über ihn beugte, dessen Spitze an seiner heftig pulsierenden Halsschlagader angesetzt war.

McCullough war nicht dumm. Er wagte kaum zu atmen, löste die Finger langsam von seinem Messer und ließ es klirrend zu Boden fallen.

»Und jetzt«, sagte Rolf leichthin, »wollen wir ein Wörtchen miteinander reden.«

Der Schotte gewann rasch seinen Verstand zurück. »Wenn ich schreie, stehn gleich zwei Dutzend Männer hier drin, ziehn Euch das Fell über die Ohren wie ’nem Wolf und werfen Eure sterblichen Überreste den Hunden zum Fraß vor.«

»Zwei Dutzend Männer, die Euch sterben sehen.«

»Bei diesem Krawall werd'n se vielleicht bald da sein.«

»Ich bezweifle, daß sie es wagen werden, Euch zu stören, da sie ja Grund zu der Annahme haben, daß Ihr Eurem Vergnügen frönt, wie derb es auch sein mag.« Diese schneidenden Worte riefen McCullough in Erinnerung, daß die unerwünschten Aufmerksamkeiten, die er Angeline aufgedrängt hatte, nicht vergessen waren. »Aber selbst wenn sie kämen, würde es Euch nichts nützen. Reden wir einmal von Wölfen, die, wenn ihr Anführer zu Boden geht, über ihn herfallen und ihn heißhungrig zerreißen…«

McCullough wurde ruhiger. »Hölle und Teufel, da habt Ihr recht. Wenn meine Männer mich so sehn, ist mein Leben keinen falschen Pfifferling mehr wert.«

»Ich freue mich, daß wir uns verstehen.«

»Allerdings«, brummte McCullough. »Aber selbst wenn Ihr mich niederstreckt, könnt Ihr doch net bloß mit der Saufeder in der Hand entkommen. Meine Männer würden Euch erschießen, bevor Ihr drei Schritte gemacht habt.«

»Das ist zweifelsohne wahr, jedenfalls wenn sie mich sehen. Ich fordere also von Euch statt dessen Euer Ehrenwort, nicht als der, der Ihr jetzt seid, sondern als der, der Ihr einmal wart, daß Angeline von nun an nicht mehr von Euch belästigt wird.«

Im Gesicht des Anführers der Räuber kämpfte es ersichtlich. Dann fragte er: »Ihr würdet es annehmen… mein Wort?«

»Das würde ich.«

»Ich gebe es Euch, Ihr habt das Wort eines McCullough!«

»Und wenn Ihr es brecht«, fiel Angeline ein, »in Blicken, Worten oder Taten, dann werde ich dafür sorgen, daß Eure Männer erfahren, wie leicht Ihr von Rolf überwältigt worden seid.«

»Aber das Lösegeld krieg ich doch«, warf der Schotte mit beharrlicher, offenherziger Schläue ein.

»Das werden wir sehen«, erwiderte Rolf.

»Ein feines, hartgesottenes Paar seid Ihr. Ich bin froh, daß ich da mit heiler Haut davonkomme, das heißt, wenn ich aufstehn darf?«

Rolf trat zurück und gestattete McCullough, sich hochzuhieven. Der Räuberhauptmann zog sich die Hose hoch und sog mit einem Schnarchlaut die Luft ein, als habe er bis zu diesem Moment nicht gewagt, tief zu atmen. Er begegnete Rolfs Blick mit einem Anflug von Trotz, als erwarte er irgendein Anzeichen von Triumph.

»Ich wünsche Euch eine angenehme Nachtruhe«, sagte Rolf und neigte den blonden Kopf.

Der Schotte nickte kurz. »Ich werd das hier nie vergessen.«

»Das will ich hoffen.«

»Und mal angenommen, ich würd's doch vergessen, dann würdet Ihr mir noch 'ne Lektion erteilen?«

»Ihr unterschätzt mich«, murmelte Rolf. »Ich verschwende nie meine Zeit mit Maßnahmen, die sich als unwirksam erwiesen haben.«

»Hm«, brummte McCullough, schritt zur Tür und stieß sie auf. Er schaute zurück mit dem geschlagenen Blick des Mannes, der eine Klapperschlange in sein Haus aufgenommen hat, nickte noch einmal, ging hinaus und schloß schleunigst die Tür hinter sich.

Angeline wandte sich mit einem Stirnrunzeln an Rolf. »Ihr hättet ihn als Geisel nehmen und als Schild benutzen können, um an den Wachen vorbeizukommen.«

»Es gibt keine Garantie dafür, daß er als Schild von Wert gewesen wäre. Vielleicht hätten die Wachen seinen Tod in Kauf genommen, um das Vermögen zu erhalten, das ich ihnen einbringen soll. Darüber hinaus habe ich keine Ahnung, wo meine Männer sich gerade befinden, und keine Möglichkeit zu verhindern, daß sie den Räubern direkt in die Arme reiten. Und schließlich hat es keinen Sinn, ohne Claire wegzugehen, und in einer so heiklen Situation möchte ich mich nicht auf ihre Kooperation verlassen müssen. Zu guter Letzt seid Ihr auch noch da, meine liebe Angeline. Ich will Euch nicht gefährden und riskieren, daß Euch noch Schlimmeres zustößt als bisher. Ebensowenig will ich Euch zurücklassen.«

»Es tut mir leid, wenn ich ein Handicap für Euch bin.« Angeline wandte verwirrt den Kopf ab, denn sie wollte nicht, daß Rolf die Tränen in ihren Augen sah.

»Ihr habt mich falsch verstanden.«

Zögernd fragte sie: »Was gibt es daran zu verstehen?«

»Daß ich Euch zu sehr brauche, um die Sorge für Eure Sicherheit je als Last zu empfinden.«

Mit stockendem Atem blickte sie ihn an. Sie wollte diese Liebeserklärung hinterfragen, doch ihre innere Stimme hinderte sie daran. Daß sie ihm etwas bedeutete, konnte sie glauben, aber daß es weiter ging als körperliche Lust, als eine sinnliche Anziehungskraft, in die ein wenig Mitgefühl, vielleicht auch Gewissensbisse hineinspielten, schien Angeline fraglich. Sie kämpfte ebensosehr gegen die eigene Neugier wie gegen ihn, als sie ihn anfuhr.

»Wenn Eure Sorge um mich so groß ist, warum habt Ihr mir dann verschwiegen, daß Ihr Euch erholt habt? Und ich bin um Euer Bett gelaufen wie eine nervöse Krankenschwester bei ihrem ersten Patienten und habe Euch ununterbrochen Haferschleim und Suppen gekocht, die Ihr vermutlich direkt aus der Haustür geschüttet habt!«

»Aber nein«, erwiderte er, und ein amüsiertes Lächeln sammelte sich in seinen Augen. »Ich habe alles aufgegessen.«

»Und Gustav hat Euch aus der Küche auch noch etwas zu essen herbeigeschmuggelt, wie beispielsweise die Putenkeule, mit der ich ihn erwischt habe!«

»Ja, mir hat das Herz geblutet, als er sie unberührt wieder hinaustragen mußte.«

»Ihm habt Ihr vertraut, und Leopold auch, denn er war ja dabei. Wahrscheinlich wußte es die ganze Leibwache und hat mich hinter meinem Rücken dafür ausgelacht, daß ich so dumm war, mich noch um Euch zu sorgen, als die Gefahr längst vorüber war.« Sie ballte die Fäuste und fauchte: »Warum habt Ihr das nur getan?«

Rolf steckte das Messer ein, trat auf Angeline zu und umarmte sie sacht. »Weil Ihr diejenige wart, auf der McCulloughs Augen ruhten, auf der jedes Auge ruhte. Wenn Ihr gewußt hättet, daß ich außer Lebensgefahr bin, hättet Ihr mich dann weiterhin aufgepäppelt, heiße Milch gebraut und den anderen mit Eurer kummervollen Miene über meine langsame Genesung Sand in die Augen gestreut?«

»Aber welchen Sinn hatte das alles, da Ihr ja immer noch gefangen seid?« Wider Willen mußte sie ihm recht geben.

»Sobald ich ohne Wissen der Bande wieder zu Kräften gekommen wäre, hätte ein Fluchtplan größere Aussicht auf Erfolg gehabt.«

»Was für eine Zeitverschwendung! Ich dachte, Ihr seid so erpicht darauf, Claire zu sprechen und zu erfahren, wie Euer Bruder ermordet wurde?«

»Glaubt Ihr etwa, Eure Kusine hätte mir erzählt, was ich wissen will, wenn ich sie gefragt hätte? Ich glaube es nicht, und im Moment genießt sie die zärtliche Protektion von McCullough, so daß ich sie nicht dazu zwingen kann. Meine Männer sollten sie aushorchen und mir mitteilen, welche Annäherungsmethode am ehesten Erfolg verspricht.«

»Und Ihr habt entdeckt«, fragte Angeline zögernd, »daß der vielversprechendste Weg mit Gold gepflastert ist?«

»Ihr kennt Eure Kusine gut.«

»Ja.« Sie senkte den Blick ihrer graugrünen Augen auf sein Kinn, wo sich ein leichter blonder Flaum zeigte. »Jetzt hat McCullough Euch durchschaut, und alles war für die Katz!«

»Ja, ein guter Plan ist ins Wasser gefallen«, pflichtete er ihr bei. »Aber ich bedaure es nicht.«

Verwirrt sah sie ihn an. »Nein?«

»Sosehr ich es genossen habe, daß ihr um mich herumgesprungen seid«, entgegnete er mit einer Stimme, deren Wärme ihr das Blut in den Adern zum Sieden brachte, »das Invalidendasein hatte auch seine Schattenseiten, und es war wahrhaftig kein kleines Übel, daß ich Euch immer wieder davon überzeugen mußte, an der Schwelle des Todes zu stehen, während ich Euch lieber leidenschaftlich umarmt hätte. Ich gebe Euch mein Wort, daß meine Selbstbeherrschung noch nie auf eine härtere Probe gestellt worden ist. Man kann nicht endlos langweilige Stunden verschlafen und nur Männer zur Gesellschaft haben, wenn eine schöne Frau ganz nah und doch außer Reichweite ist. Noch so ein Tag, und ich hätte ein Delirium vorgetäuscht, um Euch unter diesem Vorwand an mich ziehen zu können.«

»Ich hätte vielleicht zu viel Ängste gehabt, um darauf einzugehen«, erwiderte Angeline, und ihre Lider verbargen den Ausdruck ihrer Augen, obwohl sie ein Lächeln nicht unterdrücken konnte, das sich jetzt auf ihren Lippen zeigte.

»Und wie wäre es jetzt?« erkundigte er sich und fand die Antwort nicht in Worten, sondern indem er seine Lippen auf ihren Mund preßte.

Seine Berührung ließ heißes Feuer in ihren Adern auflodern. Widerspruch, Zweifel und kleinliches Schmollen darüber, daß man sie ausgeschlossen hatte, waren in der Flut der Ekstase vergessen, die sie verschlang. Mit einem schwachen Seufzer verzweifelter Hingabe streichelte Angeline Rolf die Brust, ließ die Hände über seinen Hals gleiten, umklammerte ihn und zog ihn näher an sich. Sein Kuß wurde fordernder und zärtlicher. Sein Brustkorb hob sich mit der Genugtuung eines Ausgehungerten, und er umarmte sie noch fester.

Die zerwühlte Matratze in der Ecke war immerhin weicher als der Boden. Dorthin führte er sie mit zärtlichem Drängen. Er legte sie nieder und kniete sich über sie. Er beugte den Kopf und küßte sie auf die weichen bebenden Lippen, griff nach ihren runden Brüsten, über denen der Stoff ihres Kleides spannte. Mit sachter Zielstrebigkeit drehte er Angeline um und öffnete flink die Knöpfe des störenden Kleidungsstücks, dann hielt er wie in Trance inne und strich mit den Lippen über die glatte weiße Haut ihres Rückens.

Dann zog Rolf Angeline Kleid und Unterrock aus und legte sich zu ihr. Er atmete tief den warmen Duft ihres Haares ein, flüsterte ihren Namen an ihrer Schläfe, strich die glänzenden Locken von ihrer Schulter und drückte den suchenden Mund auf ihren zarten Hals. Sie spürte seinen zärtlichen Biß und schmiegte sich mit einem Lachen aus Protest und Entzücken an ihn, das ihr in der Kehle stecken blieb. Ihr ganzes Sein löste sich auf in sinnlose, gedankenlose Freude.

In diesem Moment näherte sich gedämpftes Gewehrfeuer wie eine heranbrausende Sturmböe. Kurz darauf ertönte das Hufgetrappel eines galoppierenden Pferdes. Der Reiter rief mit schriller Stimme aufgeregt etwas Unverständliches. Als er in den Hof ritt, klingelten die Kuhglocken in der Halle ihre scheppernde Warnung.

Erst jetzt konnte Angeline den Alarmruf des Reiters verstehen. »Ein Überfall! Ein Überfall!«

Schon lange bevor die Worte klar an ihr Ohr drangen, hatte sich

Rolf von ihr gelöst und schleunigst die Pantalons angezogen. »Das wird ja geradezu zur Gewohnheit«, knirschte er.

Er blieb noch lange genug, um Angeline auf die Beine zu stellen und ihr in Unterrock und Kleid zu helfen, dann gab er ihr einen hastigen, festen Kuß. Mit einem langen, unergründlichen Blick sah er sie an und verließ das Zimmer.

Angeline strich ihre Kleider glatt, so gut sie konnte, mühte sich mit den Knöpfen am Rücken und machte das Kleid zu. In der Eile und Verwirrung waren ihre Hände ungeschickt. Als sie kaum fertig war, wurde die Tür aufgestoßen, und Claire trat ein. Sie kam auf Angeline zu, die smaragdgrünen Augen glänzten, das Haar lag ihr wie ein feuerroter Umhang um die Schultern. Offensichtlich kam sie geradewegs aus dem Bett, denn sie trug nichts als ein hauchzartes fleischfarbenes Seidennachthemd, das ihre Arme und die üppige Wölbung des Busens freiließ, und der schattenhafte Umriß ihres Körpers schimmerte durch das feine Gewebe.

»Das ist unsere Chance, Angeline. Jetzt können wir den Fluchtversuch wagen.«

»Du willst fliehen? Du willst da hinaus?« Angeline wies mit dem Finger zur Vorderfront des Hauses, wo der Schußwechsel immer lauter geworden war, so daß sich der Lärm nach einer größeren Schlacht anhörte und der ohrenbetäubende Krawall sie zwang, die Stimme zu erheben, bis sie fast schreien mußte.

»Ja!« rief Claire und kam näher. »Wenn wir hinten hinausschlüpfen, werden sie uns nicht vermissen, da sie genug Ablenkung haben. Wir können uns an den Anführer der anderen Bande wenden. Wir können ihn doch bestimmt dazu überreden, uns nach Hause bringen zu lassen?«

»Wie kommst du bloß darauf?« stöhnte Angeline. »Vielleicht ist er schlimmer als McCullough.«

»Das kann nicht sein! Aber ich kann mir denken, warum du zögerst. Ich habe ja Rolfs wundersame Auferstehung vom Krankenbett gesehen. Du hast ihn gesund und munter wieder und kannst es nicht ertragen, dich von ihm zu trennen, wie ein liebestolles Klosterfräulein, das sich nach einem Meßdiener verzehrt.« Claires Hohn war bösartig vor Verzweiflung.

»Das ist nicht wahr! Es ist doch Wahnsinn, sich blindlings in eine unbekannte Gefahr zu stürzen. Nach allem, was ich von den anderen Räubern gehört habe, sind die Leute des Spaniers gemeine Diebe und Halsabschneider.«

»Wer hat das behauptet? Vermutlich McCullough. Und warum sollte er seinen Feinden gegenüber unvoreingenommen sein?« Claire warf den Kopf zurück und schüttelte die Haarmähne nach hinten. »Aber ich bleibe nicht mehr in dieser Mausefalle, ich tanze diesem hinterwäldlerischen Rohling nicht mehr nach der Pfeife! Ich gehe, und ob du mitkommst oder hierbleibst, ist mir egal!«

Claire rannte zur Tür, die im selben Moment geöffnet wurde und durch die vier Männer, unter ihnen McCullough, eintraten. Der Räuberhauptmann nickte mit dem Kopf zum Schlafzimmer, schob die beiden Frauen in diese Richtung und wandte sich dann wieder den geschlossenen Fenstern an der Frontseite des Wohnzimmers zu. Schon hatten seine Männer die Schießscharten in den hölzernen Läden geöffnet und sandten mit ihren langen Büchsen Blitze ins Dunkel; sie schossen abwechselnd und traten nach jedem Schuß zurück, um die Waffe wieder zu laden.

Angeline ging vor Claire in das Schlafgemach und hustete ein wenig, da der beißende blaue Pulverdampf auch hier schon durch den Raum wehte. Sie schloß die Tür hinter sich, und in ihrer Miene spiegelte sich die Erleichterung darüber, daß ihnen die Entscheidung aus den Händen genommen war.

Doch dieses Gefühl hielt nicht lange an. Claire blieb mitten im Zimmer stehen und stemmte die Hände in die Hüften. Um ihren schönen Mund lag ein aufsässiger Zug. Sie schaute um sich, würdigte das Bett, in dem Rolf gelegen hatte, nur eines flüchtigen Blickes und sah dann zum Fenster, das hinter das Haus führte. Sie warf Angeline einen trotzigen Blick zu, trat ans Fenster, entriegelte die Läden und warf sie weit auf.

»Claire, nicht«, rief Angeline, lief zu ihr hin und fiel ihr in den Arm.

Claire drehte sich um. Ihre Miene strahlte Entschlossenheit aus, und die smaragdgrünen Augen waren dunkel vor Zorn und Verzweiflung. »Ich muß gehen, verstehst du das denn nicht? Ich... ich habe Angst zu bleiben, Angeline, furchtbare Angst!«

»Vor Rolf? Er hat mir versprochen, dir nichts zu tun.«

»Rolf? Nein... ja. Du weißt nichts über die Gefahr, in der ich schwebe, und jetzt ist keine Zeit für Erklärungen. Komm mit! Sofort!«

»Es ist Wahnsinn. Ich kann nicht.«

»Dann laß mich los!« Die Kusine schüttelte sie ab, schwang sich aufs Fensterbrett und ließ die Beine hinaushängen.

»Nicht, warte doch...« Angeline griff wieder nach ihr, aber Claire stieß sich ab und stürzte in die Dunkelheit. »Komm zurück!« rief Angeline, aber sie erhielt keine Antwort.

Sie zögerte nur einen Moment. Der Fall war tiefer als erwartet, und als sie auf dem Boden aufkam, fiel sie auf die Knie. Angeline kauerte sich nieder und suchte die mitternächtliche Dunkelheit nach ihrer Kusine ab; sie lauschte, um noch etwas anderes als das lärmende Kampfgetümmel von der Frontseite des Stützpunkts der Räuber hören zu können. Claire mußte auf den Krach zugelaufen sein, denn Angeline konnte sie nirgends entdecken.

Ein entsetzter Schrei aus voller Kehle zerriß die Nacht. Ohne nachzudenken, rappelte sich Angeline auf und stürzte darauf zu. Sie bog um die Hausecke, erblickte Claires Nachthemd als blassen Schleier und sah sie mit zwei schattenhaften Gestalten ringen. Sie hörte, wie die Seide zerriß und ihre Kusine noch einmal aufschrie.

Angeline erreichte Claire nicht. Derbe Hände packten sie von hinten schmerzhaft am Arm und zogen sie an den Haaren, so daß ihr Kopf in den Nacken gerissen wurde. Sie kämpfte und trat aus. Wut über ihre Torheit, daß dies mit ihr geschah, packte sie, und sie zog ihre Fingernägel über das Fleisch der Angreifer. Sie hörte die Männer unterdrückt fluchen, die sie gepackt hatten, roch ihren stinkenden Atem, ihren widerlichen Körpergeruch und sah am Rande ihres Gesichtsfeldes eine Faust näher kommen. Dann explodierte der Schmerz an ihren Schläfen, und die Dunkelheit der Nacht schloß sich sacht und besänftigend über Angeline.

14

»Auf die Pferde, *amigos*, wir reiten los!«

Dieser Ritt würde zeitlebens zu den unangenehmsten Erinnerungen in Angelines Leben gehören. Sie saß hinter einem Mann, ihre Arme lagen um seinen Gürtel und waren vorne an den Gelenken zusammengebunden. Der Kopf schmerzte ihr, als habe jemand mit dem Messer hineingestochen. Sie versuchte, aufrecht zu bleiben und den Reiter so wenig wie möglich zu berühren. Es war eine zu große Anstrengung für Wirbelsäule und Arme. Wieder und wieder wurde sie auf den samtbekleideten Rücken geworfen und ließ sich nach und nach von ihm stützen. Sie spürte mehr, daß der Mann voller Genugtuung lachte, als daß sie es hörte. Sie war versucht, sich wieder aufzurichten, und sei es nur, um Unannehmlichkeiten zu bereiten, aber es schien ihr eine nutzlose Verschwendung der letzten Kraft, die ihr noch geblieben war, ein sinnloses Heraufbeschwören der in ihr aufkommenden Übelkeit.

Sie fror. Ihr Kleid war feucht geworden, und sie hatte keinen Mantel an. Die kühle Nachtluft, die sie umwehte, drang ihr bis auf die Knochen, und Angeline verspürte eine unwillkürliche, entwürdigende Dankbarkeit für die Körperwärme des Reiters. Wenn die Kälte schon für sie unangenehm war, wie mußte sich da erst Claire fühlen, die nur noch in die Fetzen ihres Seidennachthemds gekleidet war? Angeline sah sie als verschwommene Gestalt hinter einem der anderen Räuber hängen und glaubte, durch das Stampfen der Hufe ihr Weinen zu hören.

Angeline ließ ihre Gedanken zu Rolf und McCullough wandern. Was taten sie jetzt? War die Garde schon von der Jagd zurück? Waren alle bereits zu einer erneuten Verfolgungsjagd aufgebrochen? Sie konnte sich nicht darauf verlassen. Es war nicht einmal sicher, ob McCullough wußte, wo das Lager der Banditen zu finden war, und es gab keine Garantie dafür, daß Rolf ihr rechtzeitig zu Hilfe kommen würde. Sie war auf sich selbst gestellt und hatte keine anderen Waffen als ihren Verstand und ihren Mut, die beide jämmerlich unerprobt waren.

Beim Absteigen hatte sie Gelegenheit, ihren Reiter – offenbar der Anführer der Bande – näher zu betrachten. Er war groß und von skeletthafter Dürre, die Augen lagen eng zusammen, und er trug einen spanischen Schnurrbart, der seinem Mund einen grausamen, verächtlichen Zug verlieh. Das dunkle Haar war lang und mit einem Lederriemen in einer Weise, die längst aus der Mode war, zu einem Haarknoten zusammengebunden. Sein Rock war aus flaschengrünem Samt mit langen Schößen geschneidert, die auf abgetragene lederne Pantalons fielen. Die nackten Knie ragten aus hohen Stulpenstiefeln. An der Hüfte trug er einen Dolch in einer Scheide aus verziertem Leder, dessen Heft mit Silber und Gold ziseliert war.

Im Vergleich zum Quartier des Spaniers und seiner Männer kam ihnen McCulloughs Stützpunkt jetzt wie ein Palast vor. Angeline und Claire wurden in den einzigen Raum einer Blockhütte gestoßen. Die Decke bestand aus offenen Dachsparren, der Boden aus festgestampfter Erde, vorne und hinten befanden sich Türen, und die Balken an den Wänden waren nicht nur ungehobelt, sogar die Rinde war noch daran. Zu solcher Umgebung paßten die drei Betten aus teuren, polierten Hölzern mit gedrechselten Pfosten und geschnitzten Kopfbrettern wenig. Die Auflagen bestanden aus fein gewebten, kunstvoll und sorgfältig bestickten Steppdecken und Laken mit Monogramm, aber alles starrte vor Dreck. Wertvolle Brüsseler Teppiche und Wiltonbrücken waren in den Boden gestampft, und um den schlammverputzten Kamin häuften sich Hausrat aus Silber und Messing und verschiedene angeschlagene und gesprungene Tassen, Untertassen und Teller, die einmal zu einem feinen Porzellanservice gehört haben mußten.

Es dauerte einen Moment, bis Angeline aufging, daß das alles Beutestücke der Räuber waren, Haushaltsgegenstände von ausgeraubten und ermordeten Siedlern, die im Niemandsland überfallen worden waren. Sie hatte ein flaues Gefühl in der Magengrube.

»O Gott«, flüsterte Claire gepreßt, schlurfte zum nächsten Bett, warf sich darauf und vergrub das Gesicht in den Armen. Angeline setzte sich mit langsamen, steifen Bewegungen daneben und legte ihr die Hand auf die Schulter. Ein Schauer nach dem anderen durchlief Claire, daß das ganze Bett heftig erbebte. Angeline erschrak, wie dünn Claire war, und wie scharf ihre Knochen unter der Haut hervortraten. Sie beugte sich über sie und deckte sie sorgfältig zu.

Der Spanier brüllte einen Befehl, als er eintrat. Hinter ihm kam eine Handvoll Männer herein. Sie lungerten um das Feuer herum, rieben sich die Hände und ließen Korbflaschen mit Fusel kreisen. Einige versorgten ihre Wunden, die mit blutdurchtränkten Notverbänden umwickelt waren.

Angeline saß an Claires Seite und versuchte, ihrem Körper Wärme zu verschaffen. Sie spürte die Blicke der Männer, die auf sie gerichtet waren. Sie bekam eine Gänsehaut und spannte die Bauchmuskeln, versuchte aber, sich nichts anmerken zu lassen. Die Sekunden verstrichen. Claires Körper wurde immer noch von krampfhaften Zuckungen geschüttelt. Das Nichtstun, das Warten auf eine Entscheidung, auf eine Tätlichkeit der Männer gegen sie wurde Angeline immer unerträglicher. Sie warf einen Blick auf eine der Korbflaschen. Entschlossen ließ sie sich von dem hohen Bett gleiten und ging auf die Gruppe um den Kamin zu.

»Könnte ich einen Becher davon haben?« fragte sie leise und deutete kurz auf das Gefäß.

Der Spanier starrte sie an, und in den eng zusammenstehenden Augen stieg allmählich Heiterkeit auf. »Aber natürlich, *señorita.*«

Angeline sah sich um, ergriff einen Zinnbecher und streckte ihn aus. Ein kleiner Glatzkopf, dem zwei Schneidezähne fehlten, schenkte ihr Whisky ein.

»Danke.« Sie ging zu Claire zurück, stützte sie und hielt ihr den Becher beim Trinken. Die Kusine mußte bei diesem starken Getränk zwar husten, aber zu ihrer Erleichterung sah Angeline, daß wieder ein wenig Farbe in die blassen Wangen geschossen war.

»Wollt Ihr nicht auch etwas davon, *señorita*?«

Angeline betrachtete den spanischen Räuberhauptmann mit argwöhnischem Gesichtsausdruck. »Ich habe noch genug in meinem Glas.«

»Ihr müßt noch mehr trinken. Ich, Don Pedro Alvarez y Cazrola, bestehe darauf.«

»Nein, danke.«

»Eine vorsichtige Frau, eine Frau von Charakter. Ich bin entzückt.« Er lehnte sich in seinem elegant geschwungenen Hepplewhitestuhl zurück und streckte die lederbekleideten Beine aus. Die Männer am Kamin wieherten vor Lachen und musterten Angeline mit gierigen Blicken.

Es ist ein Katz-und-Maus-Spiel, dachte Angeline, und ich bin die Maus. Ohne eine Antwort zu geben, stellte sie den Becher weg und tat, als nehme Claire ihre ganze Aufmerksamkeit in Anspruch. Die Kusine sah sie mit weit aufgerissenen Augen verzweifelt an.

»Laßt einmal Eure Freundin, *señorita*. Kommt her.«

Angeline würdigte ihn kaum eines Blickes. »Sie ist meine Kusine.«

»Dann laßt eben Eure Kusine. Kommt her. Sofort.«

Sie konnte den Befehl mißachten. Dann müßte er kommen und sie zwingen, oder sie konnte gehorchen. Statt ihm die Gelegenheit zur Gewaltanwendung zu geben, stand sie lieber auf und trat mit anmutigem Stolz auf ihn zu. Kurz vor seinem Stuhl blieb sie stehen und schob herausfordernd das Kinn vor. »Was wünscht Ihr?«

»Euch besser betrachten zu können, natürlich. Wie heißt Ihr?« Er hatte hellbraune, fast gelbe Augen mit einem schwarzen Ring darum, beinahe wie ein Raubvogel.

Sie antwortete ihm so ruhig und kühl, wie sie konnte. Sie schaute zu den anderen Männern, ließ den Blick über das schmutzige Geschirr und Besteck schweifen und suchte nach einem Messer – gleich welcher Größe und Form – nach irgendeiner Waffe. Es war nichts dabei, kein Fleischerbeil, kein Küchenmesser, nicht einmal eine gußeiserne Kelle, die groß und schwer genug gewesen wäre, um damit zuschlagen zu können. Oder doch? Der Spanier trug immer noch die Scheide mit dem verzierten Dolch am Gürtel.

Don Pedro gab dem Kahlen einen Wink. »Wo bleiben deine Manieren, Sanchez? Reiche der Dame eine Erfrischung.«

Der Mann grinste breit, griff nach einer henkellosen Prozellantasse und goß Whisky hinein. Don Pedro nahm ihm das Gefäß ab und hielt seinen Pokal hin, um ebenfalls eingeschenkt zu bekommen. Er streckte Angeline die Tasse entgegen.

»Trinkt Ihr mit mir, Angeline?«

Es war keine Bitte, trotz des Tonfalls. Angeline nahm den

Whisky. »Warum? Habt Ihr noch nicht genügend Leute, die Euch Gesellschaft leisten?«

»Ihr sprecht von meinen Männern? Nun ja, sie sind keine solche Augenweide wie Ihr.«

»Eine betrunkene Frau ist wohl kaum ein erfreulicher Anblick.«

»Ihr irrt – so etwas kann sehr lustig sein. Ihr seid kalt, und ich wünsche Euch mir ein wenig... heißblütiger.«

»Darauf würde ich nicht rechnen. Es ist eher möglich, daß ich mich übergeben muß, und zwar heftig.«

Seine Lippen verzogen sich zu einem leisen Lächeln, dem jede Wärme fehlte. »Wollt Ihr mich mit solchen Prophezeiungen in die Schranken weisen? Dazu bedarf es mehr.«

Sie sah ihn mit graugrünen Augen an, in denen keine Spur von ängstlichem Zurückweichen lag.

Draußen bellte ein Hund. Einer der Männer stand auf und sah zur Tür hinaus. Claire schrak zusammen und richtete den Blick wie in Trance auf diese Bewegung, als wisse sie nicht, was um sie herum geschah. Als der Mann die Tür zuschlug, schloß sie die Augen wieder.

»War nix weiter«, sagte der Gesetzlose.

Drei ihrer Verwundeten hatten sich auf die Matratzen geworfen und waren in ihrer Trunkenheit eingeschlafen. Einige Räuber hatten sich mit dem Rücken zum Feuer in Decken gerollt, ein paar andere starrten in die heruntergebrannten Flammen und warteten, bis es Zeit für ihre Wache wurde.

Die Nähe des Spaniers machte Angeline angst, das konnte sie nicht leugnen. Ob wegen der Grausamkeit in seinen Zügen oder wegen der Anzeichen seines blutigen Handwerks, sie fürchtete sich, wie sie sich noch nie im Leben gefürchtet hatte. Sein Mangel an Leidenschaft beschwichtigte nicht ihre Angst, nein, sie wurde dadurch nur noch schlimmer, denn es war gar nicht auszudenken, was er mit ihr vorhatte.

Angeline starrte ihn an wie der Vogel, den die Schlange hypnotisiert, als er ihr die Hand auf den Arm legte. Seine Berührung war heiß und trocken wie ein glühendes Stück Eisen, und seine Augen brannten. Er wies mit dem Kopf auf ein freies Bett und sagte: »Kommt.«

Sie wich zurück, in jeder Sehne ihres Körpers lag Widerstand, und auf ihrem starren Gesicht stand ein deutliches Nein. Gleichzeitig war sie sich bewußt, daß ihr Mangel an Kooperation dem Spanier gefiel und ihn sogar anfeuerte.

Zum Nachdenken blieb keine Zeit, nur noch zum Handeln. Angeline stürzte auf Don Pedro zu und zog den Dolch an seinem Gürtel aus der Scheide. Dann wirbelte sie zurück.

Er kam langsam und drohend auf sie zu. Angeline sah sein grimmiges, selbstsicheres Vordringen und wog das schwere Heft aus Gold und Silber in der Hand. Je näher er kam, desto fester umklammerte sie die Waffe. Sie spürte, wie sie innerlich hart wurde, wie sich in ihrem Gehirn ein furchtbarer, dunkler Entschluß bildete. Sie holte tief Atem, aber die graugrünen Augen blieben völlig ruhig.

Mit überlegener Selbstsicherheit rückte er näher, und in den hungrigen Habichtsaugen stand schon Triumph.

Da stieß sie zu. Sie hielt die Klinge, wie sie sie Rolf vor wenigen Stunden hatte handhaben sehen, und legte ihr ganzes Gewicht in den Stoß auf seinen schlanken, ungeschützten Unterleib.

Er fing die Waffe mit dem Unterarm ab und schlug Angelines Hand nach oben, aber das Messer schnitt durch sein Fleisch bis auf die Knochen, wurde abgelenkt und schlitzte Muskeln und Adern auf. Das magere Gesicht des Spaniers flammte in wilder Rage auf, er holte aus und gab Angeline eine Ohrfeige, daß sie an die Wand flog und ihr das Messer aus der Hand fiel. Blut tropfte von seinem linken Arm, als er den Dolch an sich nahm und mit gefletschten gelben Zähnen und Mordlust in den Augen auf sie eindrang.

Angeline rappelte sich auf und duckte sich. Einer der Männer am Feuer wollte sie festhalten, wurde aber von einem fauchenden Befehl des Spaniers daran gehindert.

»Laß das, du Dummkopf! Sie gehört mir, und mein ist auch die süße Rache!«

Das hielt die anderen nicht davon ab, die Haustür zu verrammeln, als Angeline in diese Richtung zurückwich. Sie wurde auf das Bett zugetrieben. Neben ihm standen auf einem fragilen Kirschholztischchen eine Teekanne und diverse Tassen. Angeline benutzte sie eine nach der anderen als Wurfgeschosse. Mit der ersten traf sie den

Spanier am Jochbein, verletzte ihn aber kaum, den anderen wich er geschickt aus. Doch Angeline hatte zu lange gezaudert. Don Pedro schnitt ihr mit langen, gleitenden Schritten den Rückzug ab und drängte sie in eine Ecke. Sie warf sich herum, trat auf die untere Leiste der Bettumrandung und schwang sich auf die durchsackende Matratze. Als sich Don Pedro auf sie stürzen wollte, warf sie ihm ein Kissen ins Gesicht, dann folgten die hastig losgezerrten Decken. Er stach auf das Kissen ein und schleuderte es beiseite. Übelriechende Federn wirbelten durch die Luft. Der Spanier verhedderte sich kurzzeitig in den Decken, aus denen Staubwolken aufstiegen. Angeline schwang sich in rasender Verzweiflung vom Bett, stolperte fast über ihre Röcke und zog sich bei der Landung auf dem derben Boden einige Splitter ein. Im Aufspringen drehte sie sich zwischen dem Fußende des Bettes und der gegenüberliegenden Matratze.

»Angeline... Angeline...«, stöhnte Claire und schaukelte mit weit aufgerissenen, vor Entsetzen dunklen Augen hin und her. Dieser Laut bildete mit den heiseren Zurufen und Kommentaren der Männer einen verwirrenden Chor. Angeline glitt zu ihrer Kusine und achtete darauf, den Blick nicht einmal für den Bruchteil einer Sekunde in Richtung Hintertür zu richten. Dennoch erriet Don Pedro ihre Absicht und schnitt ihr den Weg ab, bevor sie um Claire herumkommen konnte. Mitten im Schwung änderte Angeline die Richtung. Endlich entschloß sich Claire doch noch zum Aufstehen. Die Frauen stießen mit gewaltigem Schwung zusammen, und bevor sich Angeline wieder aufrappeln konnte, spürte sie eine brutale Hand in ihr Haar greifen und daran ziehen. Sie wurde ungestüm umarmt und roch den widerlichen Kupfergeruch von Blut.

»Und nun«, zischte ihr Don Pedro ins Ohr, wobei sein Atem rasselte und sich seine Brust schwer hob und senkte, »werde ich dir zeigen, wie wir eine *puta* behandeln, die mit dem Messer um sich sticht.«

Ein Knall zerriß die Nacht. Die Hintertür des Blockhauses flog krachend an die Wand und hing nur noch in einer ledernen Angel. Als Don Pedro Angeline unter einem Schwall wüster spanischer Flüche losließ, drehte sie sich blitzschnell um. Auf der Schwelle standen Männer mit gezogenen Pistolen, eine Phalanx aus Weiß und

Gold, dahinter eine Horde grober Kerle mit langen Büchsen. Sie wurden von einer mächtigen Gestalt mit grimmigem Gesicht angeführt. Das blonde, glänzende Haar hing ihm in die türkisblauen Augen.

»Rolf«, stöhnte Angeline.

Mit entsetzten Flüchen sprangen die ums Feuer sitzenden Räuber auf die Beine und griffen nach ihren Waffen. Claire schwankte. Offenbar bemerkte sie erst jetzt ihre Blöße und verschränkte die Arme vor der Brust. Von der Vorderseite der Hütte dröhnten Gewehrsalven durch die dunkle Nacht.

Rolf blieb abrupt stehen. Mit unbewegtem Gesicht übersah er mit einem Blick den Raum. Dann schaute er Angeline an.

Gewaltige Erleichterung überkam sie und verlieh ihr die nötige Kraft, sich dem Griff des Spaniers zu entwinden, der sich mit einem Satz auf sie gestürzt hatte. Angeline fiel zu Boden und stürzte Rolf in die Arme. Er drückte sie fest an sich, während um sie herum Schüsse fielen und Körper auf Körper traf, als McCulloughs Leute hereinstürmten. Claire stolperte mit verwirrtem Blick auf Angeline und Rolf zu.

Da ihm die eine Beute entgangen war, griff Don Pedro nach der nächsten. Er fiel von hinten über Claire her und benutzte ihren Körper als Schild. Sie schrie auf, und dann quollen ihr Tränen der Verzweiflung aus den Augen.

»Bleib, wo du bist, *amigo*«, sagte der Spanier mit boshafter Sanftheit und richtete sich dabei instinktsicher an Rolf als dem Befehlshaber. »Diese Frau bedeutet mir nicht das geringste. Wenn Ihr mich anrührt, schneide ich ihr die Kehle durch wie einem Suppenhuhn.«

Die Leibwache hatte sich nicht in das Handgemenge eingemischt, sondern nur ab und zu einen Schuß abgegeben. Jetzt aber stürmten Meyer und André aufgeregt und impulsiv vor, um anzugreifen. Don Pedros Hand umschloß das Messer fester, und die Klinge blitzte auf, als er sie an Claires glattem Hals ansetzte.

»Halt!« befahl Rolf laut.

Stille senkte sich über den Raum. Im Blockhaus waren zwar die Leute des Spaniers überwältigt worden, aber während des unbehaglichen Schweigens waren noch immer die Schreie und Schüsse der

Schlacht zu hören, die draußen tobte. André und die Garde blieben stehen und schauten zu, wie sich Don Pedro Zoll für Zoll zur Tür schob und Claire mit sich zerrte.

Sie konnten nichts tun. In den Armen des Mannes, der sie hielt, spürte Angeline die Spannung in jedem Muskel, ein Zeichen für die ohnmächtige, ungläubige Wut, mit der Rolf zusehen mußte, wie ihm Claire wieder entschlüpfte.

Der Spanier warf die Tür auf, hob die herunterhängenden Enden seines Schnurrbartes zu einem höhnischen Lächeln und sagte: »*Amigos*, wenn Ihr mich verfolgt, liegt die Frau tot auf der Straße.«

Er trat hinaus. Sie hörten seine Schritte und die von Claires nackten Füßen. Rufe, Schüsse, ein erstickter Schrei, dann verklingendes Hufgetrappel.

Sie erreichten die Tür rechtzeitig, um McCulloughs Leute mit ihren Flinten zu unterstützen und dem Schotten zu Hilfe zu eilen, der von einem bösen Kreuzfeuer hinter einem Holzstoß festgenagelt wurde. Diese zusätzliche Streitmacht schlug die Männer des Spaniers in die Flucht. Führerlos im Kampf gegen eine Übermacht, blieb ihnen nichts anderes übrig, als sich auf die Pferde zu werfen und Hals über Kopf hinter Don Pedro die Straße hinunter zu jagen.

»Den Schlachtensieg«, sagte Rolf und beugte sich über McCullough, der ausgestreckt auf einer Pferdedecke am Feuer lag, »kann der Schwachkopf beanspruchen, der mehr Waffen und Leute hat als seine Gegner.«

»Ihr nennt mich 'nen Schwachkopf und denkt, daß ich mir's gefallen laß, weil ich Euch noch was schuldig bin«, knurrte McCullough. »Ich war zwar einverstanden, daß ich meinen Anspruch auf das Lösegeld aufgeb, des heißt aber noch lang' net, daß ich mir hier Eure Beleidigungen anhör!«

»Wo denn sonst?« witzelte Rolf, hob die Brauen und lächelte auf den Gesetzlosen hinab.

Statt einer Antwort gaffte ihn der Schotte nur an. Er wand sich und zuckte, während ihm Angeline das Knie verband. Er war beim letzten Feuergefecht angeschossen worden, und die Kugel hatte dabei den Knochen gestreift. Jetzt murmelte er: »Jedenfalls ham se den

Schwanz eingezogen und sich wie geprügelte Hunde davongemacht.«

»Ja, wobei der brutalste von ihnen Claire verschleppt hat.«

»Ja, 's ist schade um sie.« Aus dem unechten betrübten Blick, den McCullough Angeline zuwarf, war ersichtlich, wie wenig er es bedauerte.

»Es ist mehr als schade. Es bedeutet, daß wir die Rettungsoperation noch einmal durchführen... und den spanischen Räuber vernichtend schlagen müssen.«

»Und alles wegen der?«

»Richtig«, antwortete Rolf und fuhr beredt fort, »und auch, damit Ihr Ruhe habt. Wir haben dem Spanier zwar das Dach über dem Kopf angezündet und sein Vieh in alle Winde zerstreut, aber Ihr wißt so gut wie ich, daß es keinen Monat dauert, bis er sich wieder einen Stützpunkt aufgebaut und ausreichend Lebensmittel zusammengestohlen hat, und dann wird er erneut in Eurem Revier wildern.«

»Teufel, da habt Ihr recht!«

»Was hättet Ihr also gewonnen?«

McCullough schnaubte. »Ihr seid e' gerissener Hund, des ist klar wie Kloßbrüh'. Ihr wollt mich und meine Männer nur dazu benutzen, die Frau zurückzuholen, aber wozu Ihr die braucht, wo Ihr doch Angeline habt, ist mir zu hoch.«

»Na, wegen ihrer hausfraulichen Talente natürlich«, erwiderte Rolf mit ironischer Unschuld. Der Schotte schnaubte wieder und wandte sich dann ab.

Sie hatten wenige Meilen von dem Flammenmeer, das einmal der Stützpunkt des Spaniers gewesen war, ihr Lager aufgeschlagen. Die Verwundeten mußten versorgt werden, die Männer waren erschöpft, und die Pferde, die sie so weit getragen hatten, brauchten Ruhe.

Angeline war mit McCulloughs Verband fertig, und Rolf half ihr auf.

»Könnte ich noch einen Schluck Wasser haben?« fragte der Schotte, rollte sich zur Seite und richtete die listigen braunen Augen auf Angeline.

Bevor sie ihm antworten konnte, erwiderte Rolf: »Wenn Ihr es Euch bitte selbst holen würdet, Angeline hat genug für Euch getan.«

»Ja, für alle, nur für Euch net, könnt ich wetten«, rief ihm McCullough nach, als sie weggingen.

Rolf verzog das Gesicht, gab aber keine Antwort. Er führte Angeline zu einer flachen Mulde im Boden, auf der Decken ausgebreitet waren, ein grauer Fleck in der vormorgendlichen Dämmerung.

Der Mantel, den man Angeline gegen die kühle Feuchtigkeit gegeben hatte, schleifte beim Gehen über den Boden und verfing sich in den herumliegenden Zweigen. Sie wickelte sich fester hinein und fragte sich, ob Claire irgend etwas erhalten hatte, um ihre Blöße zu bedecken, ob sie überhaupt noch am Leben und bei Don Pedro war oder ob er sie ausgesetzt hatte, als sie ihm nicht mehr von Nutzen sein konnte. Oswald und Oskar waren den Räubern dieser Möglichkeit wegen gefolgt. Sie hatten Befehl, sich im Hintergrund zu halten und aufzupassen, daß sie nicht in eine Falle gerieten. Daher sollten sie auch keinen Rettungsversuch unternehmen, der Claires Leben gefährden konnte.

Angeline wußte auch nicht, was noch hätte getan werden können, wurde aber dennoch das Gefühl nicht los, die Kusine irgendwie im Stich gelassen zu haben. Daß sie bald in die entgegengesetzte Richtung reiten würden, kam ihr wie Verrat vor. Sie konnte natürlich nicht allein hierbleiben oder Rolf und den anderen Vorwürfe machen. Ihnen allen waren aus Sorge um Claires Sicherheit die Hände gebunden.

Angeline legte sich hin und fing kurz darauf an zu zittern. Das Beben kam strahlenförmig aus ihrem Inneren heraus. Es war nicht wegen der Kälte, das wußte sie; sie hatte es warm, da Rolf direkt neben ihr lag, ohne sie jedoch zu berühren. Es war die physische Reaktion auf die Ereignisse der Nacht, auf die ausgestandenen Ängste und Demütigungen. Das ganze Entsetzen hatte sie bis zu diesem Augenblick zurückgedrängt, in dem ihre Pflicht erfüllt war.

Sie dachte, daß es nun bald vorbei sei, aber so war es nicht. Schauer überliefen sie, bis ihre Zähne klapperten, und sie hatte das Gefühl, ihr Körper sei gespannt wie ein Bogen.

»Angeline«, flüsterte Rolf und legte ihr die Hand auf die Schulter. »Was ist denn los?«

Ihm zu antworten, war schwer, nicht zuletzt auch deswegen, weil sie nicht einmal wußte, was er über ihre Gefangennahme durch den Spanier und die Szene dachte, in die er zufällig hineingeplatzt war. Aber ihr Bedürfnis nach seiner Nähe war stärker als ihre Hemmungen.

»Halt mich fest«, hauchte sie mit einer Stimme, die nur noch ein bebendes Flüstern war. »Bitte, halt mich fest.«

Rolf umarmte sie, zog sie an sich und strich ihr sanft über Haar und Rücken. Trost, nicht Leidenschaft lagen in seiner Umarmung, in dem Kuß auf die Stirn, in den leisen, sanften Worten.

»Ruhig, meine süße Angeline. Verbanne die Schrecken dieser Nacht aus deiner Erinnerung. Bei mir bist du sicher, ich werde nicht mehr von dir lassen, nicht einmal am letzten Lebensmorgen, und ich will nichts von dir fordern, was du nicht geben kannst. Vertraue mir und verzeih mir, daß das, was du heute nacht durchmachen mußtest, in dir ein Echo dessen weckt, was ich dir angetan habe. Nimm meine Liebe als Schutz und Schirm, um den schaurigen Drachen der Angst zu überwinden, und finde... Frieden.«

Die Worte drangen langsam in Angeline ein, und als sie den Grund ihres Wesens erreicht hatten, wurde sie ruhig. Sie atmete tief und gleichmäßig, einmal, zweimal, ein drittes Mal, spürte den ruhigen Puls seines Herzens an ihrer Wange, lag geborgen von der Wärme seines Körpers, seinem männlichen Duft. Als sie sprach, war ihre Stimme kühl und ruhig. »Liebe?«

»Ich gäbe sie dir in schimmerndem Glanz mit Siegel, Bändern und Quasten, wenn ich könnte. Da es nicht möglich ist, nimmst du sie, wie sie ist, von der Vergangenheit besudelt, schmucklos und unhandlich durch ihre Größe?«

»Ach, Rolf«, erwiderte Angeline und schluckte die salzig aufsteigenden Tränen der Schwäche hinunter. »Es wäre nicht recht, wenn... wenn diese Worte aus Reue gesagt, als Wiedergutmachung gedacht wären.«

»Nein«, antwortete er einfach.

»Und doch kann ich das nicht annehmen – es sei denn, daß du dafür meine Liebe empfängst.«

Angeline hatte nicht gewußt, daß sie das aussprechen wollte. Die Worte gingen ihr wie von selbst über die Lippen, als hätte sie sie vor unzähligen Tagen einstudiert und sie hätten in ihr gewartet, vielleicht seit Monaten, seit Jahren oder sogar ihr ganzes Leben lang.

»Ich könnte mir«, flüsterte er, »keinen vollkommeneren Tausch wünschen.«

Immer noch war seine Umarmung ohne die bebende Spannung, die die Leidenschaft verrät. Diese Zurückhaltung machte Angeline auf einmal ungeduldig, denn sie fühlte, wie in ihr warme Hingabe aufkam.

Sie legte den Kopf in den Nacken und versuchte, sein Gesicht zu erkennen. Er betrachtete sie, wie sie wußte, aber sie konnte nur die Umrisse seines Kopfes ausmachen, sah, wie sich das graue Dämmerlicht schwach in seinen dunklen Augen spiegelte. Sie nahm all ihren Mut zusammen und strich mit den Fingern sanft über seine Wange, über das starke Kinn und den straffen, sehnigen Hals. Sie zog seinen Kopf an sich und fuhr mit den geöffneten Lippen über seinen festen, sensiblen Mund. Er nahm ihren Kuß entgegen und verlängerte ihn um einen Pulsschlag, als sie sich zurückzog. Stille senkte sich zwischen sie, und er atmete ruhig und kontrolliert, ein, aus, ein, aus.

»Wir bleiben, bis es richtig hell wird. Schlaf jetzt.«

Die knappen Worte waren ein Hinweis darauf, daß er nicht so ruhig war, wie es den Anschein hatte. »Und wenn ich nicht kann?«

»Du mußt.«

Sie senkte die Lider, verfolgte mit dem Finger die Windungen seines Ohrs und fragte mit leiser, klingender Stimme: »Muß ich?«

»Es würde mich in meinem Entschluß bestärken.«

»Nicht... nicht mehr von mir zu fordern, als ich dir geben kann? Aber was, wenn ich der fordernde Teil bin?«

»Angeline, ich bin nur ein Mann.«

»Du bist ein Prinz. Du wirst eines Tages König sein und dich der Etikette dieses Amtes unterwerfen müssen, und dazu gehört auch, wenn in Ruthenien nicht andere Sitten herrschen, daß... Adel verpflichtet.«

Rolf stieß in lautlosem Gelächter den Atem aus. Seine Stimme bebte noch davon, als er ihr antwortete. »Angeline, meine unbezahlbare Angeline, ich würde meiner Pflicht mit Freuden nachkommen, aber ich will deine Kraft nicht so erschöpfen.«

»Das sollte nicht deine Sorge sein.«

»Was denn sonst? Alles, was dich angeht, muß auch meine Sorge sein.«

»Auch... mein Bedürfnis nach Geborgenheit und Liebe?«

»Bist du jetzt nicht ein wenig hartnäckig und schamlos?« fragte er in sonorem Ton.

»Stört es dich?«

»Ich bin entzückt. Bleib liegen und schone dich und gestatte mir, dich prinzlich, wenn auch ohne adligen Glanz, zu lieben.«

Mit viel Zärtlichkeit entkleidete er sie. In sinnlichem Spiel der Worte verfaßte er eine Hymne auf die schlanke Symmetrie ihres Körpers, ihre perlglatte Haut, den Duft ihres Haares, ja sogar den Atem ihrer Poren; geschenktes, gemeinsames Entzücken. Mit sachter Beharrlichkeit rief er in ihr allmählich ihre leisen Antworten hervor, bis sie sich in höchster Lust entfaltete. Ihre Stimmen vereinigten sich in sanfter, fließender Harmonie. Er suchte den Schlüssel zu ihrer Seele, drang aber nicht ein, bevor sie ihn ihm nicht selbst mit Freuden überreichte.

Rolf berührte mit glühender Feuchtigkeit ihre Brüste und umspannte ihre schlanke Taille mit der schwieligen Hand des Fechters. Die samtige Haut ihres Unterleibs verführte ihn, ihre geheimen Verstecke mit den Lippen zu höchster Spannung zu erforschen. Er öffnete ihre Schenkel und strich über die feingeäderte Innenseite bis zu den empfindlichen Kniekehlen. Die warme Hand hielt das Zentrum ihres Körpers und Wesens.

Angeline fror nicht mehr, und sie lag nicht mehr da in der Einsamkeit selbst aufgebürdeter Verantwortung. Sie war mit Feuer übergossen, ihre Haut glühte, und ihr Geist war rückhaltlos der gefährlichen Flut trunkener Lust ausgeliefert. Als Rolf seinen heißen, suchenden Mund durch seine Hand ersetzte, stöhnte sie auf und berührte sein sanft gewelltes Haar wie in einer Bitte oder einer Danksagung. Sie schwebte in einem Paradies der Empfindungen.

Ihre Sinne weiteten sich, und die Muskeln erstarrten in der Anspannung ihrer Leidenschaft. Ihr Atem flog, bannte die Müdigkeit und steigerte sich zu rasender verzauberter Freude. Sie erreichte den bebenden Ausbruch vollkommener Glückseligkeit. Bevor es verebbte, schlüpfte Rolf aus seinen Kleidern und legte sich zu ihr. Er zog sie an sich und drang in schmeichelndem, verzehrendem Gleiten der Lust in sie ein. Sie streichelte sein Gesicht, fuhr mit den Fingerspitzen über seinen Hals und seine Schultern. Mit sanfter, stockender Stimme seufzte sie: »Rolf, ach, Rolf.«

»Kannst du es ertragen, schon wieder befingert und zu Fall gebracht zu werden?« Seine feste Hand lag auf ihrer Brust an ihrem klopfenden Herzen.

»Ich könnte es nicht ertragen, abgewiesen zu werden«, flüsterte sie.

15

»Ich bin ein langschwänziger, katzenäugiger Sohn der Sümpfe. Mein Papa war ein Grizzlybär und meine Mama halb Jaguar, halb Adler. Ich sitze auf einem Alligator wie auf einem Pferd mit kurzen Beinen, reite einen Büffel zu Schanden und spucke gleich hier in den mächtigen Mississippi wie in einen Spucknapf. Raus da, und ich werd's Euch zeigen! Yahoo!«

Der Ruf zerriß die morgendliche Ruhe. Angeline sah von dem Hemd auf, das sie gerade flickte. Es war nicht das einzige Kleidungsstück von Rolf und seinen Leuten, das in den letzten Tagen Risse bekommen hatte. Über dem Feuer in McCulloughs Stützpunkt brodelte das Abendessen, und seine Männer waren im ganzen Raum verteilt, tranken, spielten Karten und klagten über Muskelkater.

»Wer, zum Teufel?« rief McCullough aus und sprang auf. Als er mit seinem verletzten Knie gegen das Tischbein stieß, fluchte er gotteslästerlich. »Klingt ja wie...«

Rolf hörte auf, seine Pistole zu reinigen, und sah mit wachsamem Blick hoch. Die anderen schwiegen.

»Kommt Ihr raus, Ihr räudiger Glatzkopf von 'nem lausigen Schotten, oder muß ich erst reinkommen und Euch holen?«

»Jesses!« Ein Grinsen zerklüftete McCulloughs Bart, und er humpelte hastig zur Tür. Einige andere kamen auf die Beine und drängten sich hinter ihm. Angeline legte das Flickzeug weg, und Rolf begab sich ebenfalls langsam zum Eingang.

Vor der Treppe, die in die offene Halle führte, stand ein Reiter, ein hünenhafter junger Mann. Er war gut gekleidet, trug einen feingewobenen grauen Frack aus Wolle, eine cremefarbene Weste mit schwarzer Seidenstickerei, Kniehosen aus Büffelleder und polierte Reitstiefel. Bei Angelines Anblick lüftete er den Zylinder, und über dem breiten, sonnenverbrannten Gesicht mit den regelmäßigen Zügen und den dunkelgrauen Augen kam sein rotblondes Haar zum Vorschein.

»Mademoiselle Fortin«, rief er überrascht.

»Mr. Bowie«, erwiderte sie lächelnd.

»Früher habt Ihr mich Jim genannt«, entgegnete er und sandte dann McCullough einen strengen Blick zu. »Darf ich fragen, wie Ihr hierher kommt?«

Sein manierlicher, leiser Ton stand in deutlichem Kontrast zu dem derben Gebrüll von vorher, als er nach Art eines Hinterwäldlers oder Flußschiffers einen Gleichgesinnten begrüßt hatte.

»Na, Jim, jetzt laßt net gleich die Gäule mit Euch durchgehn«, unterbrach ihn hastig der Schotte. »Ich werd's Euch erklären.«

»Hätte nichts dagegen, daß Ihr es tut. Ich kenne Mademoiselle Fortin seit einiger Zeit, unsere Familien waren sozusagen Nachbarn in der Nähe von St. Martinville, bis sich mein Vater letztes Jahr in den Kopf gesetzt hat, sich dünn zu machen und in eine weniger überfüllte Gegend zu ziehen. Es gefällt mir gar nicht, daß eine Dame wie sie hier an diesem gottverlassenen Ort bei Euresgleichen ist.«

McCullough zeigte sich über diese Spitze durchaus nicht beleidigt. »Ich erzähl' Euch die Geschichte da drinnen. Steigt ab und tretet ein. Du da, Jack, kümmere dich um sein Pferd!«

Jim Bowie stieg mit einer muskulösen Grazie vom Pferd, wie sie bei hochgewachsenen Menschen selten vorkommt. Er klemmte den Hut unter den Arm und neigte sich über Angelines Hand. Der

Blick, den er dabei Rolf zuwarf, der ihr besitzergreifend den Arm um die Taille gelegt hatte, war noch unfreundlicher als sein Tonfall gegenüber dem Schotten.

Die Persönlichkeit der beiden Männer war beinahe gleich stark, Bowie besaß allerdings einen geringen Vorteil an Größe und Gewicht. An Alter aber war Rolf ihm über, er hatte Bowies vierundzwanzig Jahren etwa vier oder fünf voraus und besaß jene undefinierbare Überlegenheit, wie sie große Lebenserfahrung mit sich bringt. Er hielt der durchdringenden Musterung des Jüngeren geduldig stand und neigte bei McCulloughs notdürftiger Vorstellung artig den Kopf.

»Ein Prinz«, brummte Jim. »Ihr seid weit weg von Eurer Heimat. Was führt Euch in unser Land?«

»Eine Privatangelegenheit.«

»Es muß eine dringende Angelegenheit sein, daß Ihr Euch an einen so einsamen Ort begebt.«

»Na ja.« Rolfs Antworten waren nicht gerade ermutigend.

»Ihr werdet bestimmt froh sein, wenn Ihr wieder nach Hause gehen könnt?«

»Da kann ich Euch nicht beipflichten. Bis jetzt war es ein faszinierendes Intermezzo, das ich ungern versäumt hätte.«

»Ich hoffe, Ihr werdet immer noch so denken... wenn Ihr uns schließlich verlaßt.«

Rolf neigte wieder den Kopf. »Das scheint mir wahrscheinlich.«

In ihrem höflichen Dialog lag ein Unterton, der Angeline nicht gefiel. Auch das Erscheinen von André beruhigte sie nicht. Auch er schüttelte Jim überrascht die Hand, da er ihn kannte.

»Es freut mich, daß Ihr hier seid«, sagte André mit gequältem Lächeln und Genugtuung in der Stimme.

»Ganz meinerseits«, erwiderte Jim mit einem fast unmerklichen Blick auf Angeline.

André verzog das Gesicht zu einer Grimasse. »Es ist nicht viel, dazusein. Manchmal kann man nur warten.«

McCullough, der es satt hatte, daß das Gespräch an ihm vorbeilief, unterbrach sie. »Genug auf der Schwelle geplänkelt! Kommt rein, Jim. Kommt rein, und wir wolln Euch was zu trinken geben.«

Sie traten alle ins Haus. Der Ehrengast blieb stehen, um Angeline vor sich hineingehen zu lassen. An der Tür sah sie sich nach Rolf um, der Jim Bowie und André in Augenschein nahm. Sein markantes Gesicht umwölkte ein Stirnrunzeln, und Argwohn sprach aus seiner Miene.

Während sich die Männer hinsetzten und redeten, stellte Angeline das Abendessen auf den Tisch. Jim war im Niemandsland, um Weideflächen aufzukaufen. Zusammen mit seinen Brüdern, Rezin und John, spekulierte er mit Land. Es gab hartnäckige Gerüchte, daß ein Vertrag zwischen den Vereinigten Staaten und dem Besitzer des Landes jenseits des Sabine River – sei es Spanien oder seien es mexikanische Revolutionäre, das konnte sich von Tag zu Tag ändern – zur Unterzeichnung anstehe, der den Fluß als Grenze zwischen den beiden Ländern festschreiben sollte. Wenn dieser Vertrag in Kraft trat, konnte die Armee in den neutralen Landstreifen einmarschieren und ihn von seinem Diebesgesindel säubern. Sobald die Gegend sicher genug für Siedler sein würde, würden auch die Bodenwerte steigen, und die Leute, die Anteile besaßen, machten ein Vermögen.

»Och«, jauchzte McCullough, »das sagen die schon mindestens seit acht Jahren, seit General Hampton im Jahre 1812 seine Leutnants McGee und Zebulon Pike geschickt hat. Die haben mir mindestens dreimal das Dach über dem Kopf angezündet, aber von Säubern kann keine Rede sein. Des ist nix wie Larifari, und Ihr verschwendet Euer sauer verdientes Silber, mein Junge. Glaubt mir's!«

»Nein, ich glaub's nicht«, erwiderte Jim Bowie. »Wenn ich an Ihrer Stelle wäre, McCullough, dann würde ich die Soldaten in Fort Claiborne irgendwie davon zu überzeugen versuchen, daß ich ein Mann von Ehre bin, oder mich nach Texas verdrücken.«

»Nach Texas? Das habt Ihr doch letztes Jahr erst probiert, zusammen mit dem verrückten alten Long. Was hattet Ihr beiden da drüben denn vor, wolltet wohl Texas den Staaten angliedern, habt sogar nach Galvez Town geschickt und dem Piraten, dem Lafitte, 'nen Admiralsposten in der texanischen Marine angeboten? Und was hattet Ihr davon?«

»Wir haben eins auf den Deckel gekriegt, ich weiß. Aber es war doch ein guter Kampf, und die Sache war's wert. Texas sollte zu den Vereinigten Staaten gehören, und, so Gott will, wird es eines Tages auch so kommen. Ich würde sofort wieder mitmachen.«

»Ihr werdet Euch wahrscheinlich noch umbringen«, brummte McCullough. »Aber wenn Ihr auf eine Schlacht brennt, dann wüßt ich was für Euch.«

Jim war ein Mann mit ritterlichen Gefühlen. Als er von Claires Notlage und ihrer Verwandtschaft mit Angeline erfuhr, war er mehr als bereit, sich dem bevorstehenden Scharmützel anzuschließen. Er hatte Claire nicht kennengelernt, da sie in Frankreich war, als sich die Familie Bowie kurzzeitig bei St. Martinville niedergelassen hatte. Aber er kannte Don Pedros Ruf, und bei dem Gedanken, daß eine Frau aus guter Familie in seinen Händen war, kam ein zorniger Glanz in seine grauen Augen.

Trotz der Erläuterungen des Schotten wurde Bowies Mißtrauen Rolf gegenüber keineswegs geringer. Als Angeline den Tisch abräumte, nahm der Hüne den schweren Suppenkessel und brachte ihn zum Waschstand, wo sie das Geschirr stapelte.

»Sagt mir schnell«, erkundigte er sich, als er den Topf hinstellte, »ob Ihr aus freien Stücken hierhergekommen seid?«

Es war kein Wunder, daß er das fragte, da sich McCullough unter Rolfs durchdringenden Blicken absichtlich sehr vage ausgedrückt hatte, welche Rolle sie eigentlich spielte, da Rolfs Interesse ja angeblich Claire galt. Angeline zögerte, dann dachte sie an ihren Abschied von Tante Berthe, den Mangel an Alternativen und den Drang ihres Herzens.

»Ja«, erwiderte sie.

»Gestattet mir, daran zu zweifeln. Daß ausgerechnet Ihr mit diesem Mann zusammen seid, ist unglaublich.«

Diese Worte waren sowohl bittere Medizin als auch Balsam für Angeline. Jim war mit ihr hin und wieder spazierengegangen und hatte sie auf dem Waldpfad von der Klosterschule nach Hause begleitet. Manchmal hatte sie ihn im Verdacht gehabt, daß er ihr aufgelauert hatte; zu oft war er aufgetaucht und hatte sein Pferd geführt. Dann war er mit seiner Familie weggezogen. Es hatte Gerüchte gegeben, daß er sich in Lafittes Lager in Galvez Town auf den Sklavenhandel eingelassen habe. Auf See gekaperte Sklaven wurden ins spanische Texas gebracht und illegal durch die Hintertür des Niemandslandes in die Vereinigten Staaten eingeschleust. Angeline hatte das bis jetzt nicht für möglich gehalten. Aber weshalb sollte Jim sonst auf so gutem Fuß mit dem Mann stehen, der die Straßen hier praktisch kontrollierte?

»Da kann ich Euch nicht helfen. Das Leben der Menschen ändert sich, und sie selbst ändern sich.«

»Ihr nicht. Ich möchte Euch sprechen, Angeline.«

Angeline zwang sich zu einem Lächeln. »Es gibt nichts zu besprechen. Fragt André. Er wird Euch erzählen, wie es mir ergangen ist, dann könnt Ihr es vielleicht verstehen.«

»Das tue ich«, erwiderte er. Und nach einem Moment des Schweigens fuhr er fort: »Aber ich würde Euch trotzdem gerne helfen. Wenn ich irgend etwas für Euch tun kann, habt Ihr nur zu befehlen.«

»Nein, nichts«, erwiderte sie mit bebender Stimme.

»Ich glaube, Ihr habt in St. Martinville bei Eurer Tante gewohnt. Wenn ich Euch zu Ihr zurückbringe? Ich wäre entzückt...« Als sie den Kopf schüttelte, hielt er inne, und schließlich machte er noch einen Versuch. »Und eine Nachricht? Ich werde dafür sorgen, daß sie Euren Brief erhält, wenn Ihr ihr schreiben wollt, oder persönliche Grüße überbringen.«

Sollte sie Madame de Buys Nachricht von Claire geben? Es war vielleicht das beste, wenn sie es nicht tat, solange sie nichts Definitives über sie wußte oder solange Claire nicht in Sicherheit war. »Ich danke Euch, Jim. Ich weiß Euer Angebot zu schätzen, aber, nein danke.«

Zu mehr war keine Zeit. Oskar und André kamen näher, jeder von ihnen trug einen Stapel Teller. Das war eine so neue Entwicklung, daß Angeline überrascht zum Tisch hinübersah. Dort organisierte Rolf mit schneller bissiger Zunge eine Säuberungsaktion und dirigierte verstimmte und plötzlich unbeholfene Gesetzlose dazu, Teller und Schüsseln zum Waschstand zu tragen. Er fing ihren Blick von der anderen Seite der langen, mit Speiseresten übersäten Tafel auf, aber die klaren blauen Augen lächelten nicht, auch nicht angesichts des Erfolgs seiner Strategie: Angeline wurde von dem Mann, der sie aufgesucht hatte, getrennt.

Obgleich verdeckt, entgingen diese Animositäten McCullough keineswegs. Er musterte die beiden Kontrahenten mit schlauem Blick. Nichts konnte seine Beredtsamkeit übertreffen, als er sie in eine Diskussion über die Unterschiede zwischen der Jagd in Europa und in den jungen Vereinigten Staaten verwickelte und sich über Jagdmethoden und Waffen sowie die Gewohnheiten und das Vorkommen der verschiedenen Tiere und ihrer Spezies verbreitete.

»Zeigt doch Prinz Rolf mal Euer Messer, Jim«, sagte er und fletschte lächelnd die gelben Zähne.

»Mein Messer?« Bowie zog es aus einer Scheide an seiner Seite, die halb unter den Rockschößen verborgen war. Er drehte es hin und her, daß die rasierklingenscharfe Schneide silbern aufblitzte, und ließ das Heft dumpf auf seine Handfläche sausen.

»Darf ich?« fragte Rolf. Mit interessiertem Blick streckte er die Hand nach dem Messer aus.

»Natürlich.« Jim drehte es um und überreichte es ihm.

Es war eine einzigartige Waffe. Auf das gefährliche, etwa achtzehn Zoll lange Schlachtermesser der Grenzer war zwischen Heft und Klinge ein Querstück geschweißt, damit die Hand nicht auf die Schneide gleiten konnte. Die Klinge selbst war von der Mitte zur Spitze hin abgeschrägt und auf dem letzten Zoll zweischneidig zugespitzt.

Rolf wog das Messer in der Hand und stieß damit in die Luft, um das Gewicht zu prüfen. »Eine wunderbare Waffe. Gute Arbeit, aber nicht so kunstvoll wie ein Säbel.«

»Ein schwarzer Schmied hat es auf der Plantage meines Vaters aus einer alten Feile für mich gemacht«, sagte Jim schleppend. »Ich will sie kopieren lassen, wenn ich jemanden finde, der bessere Arbeit leisten kann.«

McCullough nickte und sah mit strahlendem Blick von einem zum anderen. »Mit dieser Waffe ist Jim der Beste. Ihr seid auch kein schlechter Messerkämpfer, Hoheit, aber in dem Mann da findet Ihr Euren Meister.«

Rolf sah Bowie an, der den Schotten stirnrunzelnd betrachtete.

»In diesen Zeiten und in einer solchen Gegend kann einem das sehr von Nutzen sein.«

»Ihr haltet Euch ja selbst für 'nen Meister, oder Eure Männer tun es zumindest. Juckt es Euch denn nicht in den Fingern, Euch mit Jim, unserem Lokalmatador, zu messen?«

»Zu Eurem Vergnügen?« fragte Rolf. »Sosehr es mich schmerzt, meinen Gastgeber enttäuschen zu müssen, sehe ich keinen Grund, zu Eurer Unterhaltung beizutragen – oder Eure Rachegelüste zu befriedigen.«

»Ihr habt nur Angst, besiegt zu werden«, erklärte der Anführer der Gesetzlosen und wurde rot, weil Rolf auf ihren Kampf angespielt und McCulloughs niedrige Motive enthüllt hatte.

»Diese Möglichkeit besteht immer.«

»Das wär ein Kampf! Ihr seid es Euch schuldig, herauszufinden, wer der Bessere ist.«

Rolf sah Jim Bowie mit einem müden Lächeln um die dunkelblauen Augen an. »Sollen wir uns gegenseitig aufschlitzen? Sollten wir ohne Grund oder Groll unser Lebensblut für ein paar vertrocknete Lorbeerblätter vergießen?«

»Ich habe keinen Streit mit Euch«, sagte Jim mit ruhiger Miene, »und ich suche auch keinen.« Dann schaute er McCullough streng und warnend an. »Der einzige Kampf, der mich reizt, ist der gegen den Spanier Don Pedro.«

Bowies Ankündigung wurde mit Hochrufen, Pfiffen und viel Schulterklopfen aufgenommen. Er war ein wertvoller Kampfgefährte, darin waren sich alle einig. Und sie fingen sofort an zu beraten. Sie scharrten mit den Stühlen, knisterten mit Landkarten und entwarfen Pläne, die alle nur einen einzigen Haken hatten: Zuerst mußte das Versteck des spanischen Räubers und seiner Kumpane entdeckt werden.

Angeline ging zur Tür und öffnete sie einen Spalt weit. Die Luft, die hereinwehte, war so verlockend frisch, daß sie vor die Tür trat und sie hinter sich zuzog. Die nächtliche Kühle war ihr willkommen. Sie verschränkte die Arme vor der Brust und ging die offene Halle entlang zum Vordereingang. Dort stand sie lange und starrte hinaus in die Dunkelheit. Sie blickte zum Himmel, und wie ein eisiger Feuerball war durch das Zweiggeflecht der Bäume ein Stern zu sehen.

Da hörte sie jemanden in der Nähe husten, vermutlich war es der Posten. Die fragile Stille war dahin. Angeline atmete tief durch und schickte sich an, wieder ins Haus zu gehen.

Licht fiel in die offene Halle, als die Tür aufging und jemand herauskam, begleitet von einem Schwall lauter Stimmen und Rauch. Es war Meyer, dessen breite Schultern sich einen Moment lang vor das Licht schoben. Dann schloß er die Tür hinter sich.

»Friert Ihr denn nicht hier draußen?« fragte er besorgt.

»Es ist nicht kalt«, antwortete sie.

»Wir wollen doch nicht, daß Ihr nach allem, was Ihr durchgemacht habt, auch noch krank werdet.« Er zog sich den weißen Uniformrock aus, und, bevor sie es verhindern konnte, legte er ihn ihr über die Schulter.

Die Wärme, die Angeline einhüllte, hatte etwas von dem Geruch, den sie im Wohnzimmer zurückgelassen hatte. Als sie Meyer die Jacke zurückgeben wollte, ließ er es nicht zu, sondern hielt das Revers zusammen. »Vielleicht... sollte ich jetzt doch lieber hineingehen.«

»Gleich. Ich will schon seit Tagen mit Euch sprechen, Angeline, hatte aber keine Gelegenheit dazu, solange Rolf und die anderen dabei waren.«

»Worüber?« fragte sie, als er schwieg.

Er ließ seinen Rock los, stützte sich mit der Hand an der Hauswand ab und beugte sich über sie. »Ich habe Euch beobachtet, seit Rolf Euch zu uns brachte. Ich kann Euch für Eure Haltung in einer schwierigen Lage und für die Art und Weise, wie Ihr Euch der Situation angepaßt habt, nur bewundern. Wie habe ich Euch bedauert!«

»Das ist freundlich von Euch, aber...«

»Nein, laßt mich weitersprechen. Ihr habt so viel innere Kraft und seid doch so sensibel. Ich will Euch beschützen. Ja, mehr als das, ich sehne mich nach dem Recht, Euch jetzt und immer Geborgenheit zu geben. Ihr... Ihr wißt, was ich bin, ein Bankert des Königs; dennoch bin ich in Ruthenien nicht ohne einen gewissen Einfluß. Als meine Frau könntet Ihr bei Hofe ein und aus gehen, Ihr wäret angesehen...«

»Als Eure Frau?« Angeline hob den Kopf. »Ihr wollt um meine Hand anhalten?«

»Natürlich. Oder habt Ihr geglaubt, daß ich Euch vorschlage, Rolf zu verlassen, um mit mir ein ähnliches Arrangement zu treffen, wie Ihr es mit ihm unterhaltet? Ich will Euch nicht beleidigen.«

»Es... es tut mir leid, aber Ihr müßt zugeben, daß Ihr mir keinen Grund gegeben habt, etwas anderes zu denken oder überhaupt etwas von Euch zu erwarten.«

»Die Umstände sind ungewöhnlich. Rolf wird es mir nicht danken, daß ich mich in seine Privatangelegenheiten einmische, und er ist sowohl mein Prinz und Souverän als auch mein Halbbruder. Aber ich kann nicht mehr schweigen, denn ich bin zutiefst besorgt um Euer Wohlergehen.«

»Ihr sprecht von Bewunderung und Mitgefühl, mehr nicht?«

»Viele glückliche Verbindungen sind schon auf schwächerer Basis eingegangen worden. Aber wenn Ihr Liebe meint, auch das kann ich Euch geben.«

Sie sah in der Dunkelheit zu ihm auf und verfing sich in den Fallstricken ihrer eigenen verschlungenen Gedanken und Gefühle. Er bot ihr Sicherheit, gesellschaftliches Ansehen und Geborgenheit. Wie konnte sie das ablehnen? Aber sie hielt die Leidenschaft und Freude, die sie mit Rolf erlebt hatte, dagegen und fand das Angebot schal. Nichts in ihr kam ihm entgegen. »Meyer, ich kann nicht... glauben, daß Ihr es ernst meint. Ihr kennt mich kaum, und ich kenne Euch auch nicht.«

»Ich weiß alles über Euch, was nötig ist, erwarte aber nicht, daß Ihr Euch sofort einverstanden erklärt. Ich fordere Euch ja nicht auf, Rolf auf der Stelle zu verlassen und mir die Treue zu halten. Ich glaube auch nicht, daß er damit einverstanden wäre. Aber sobald dieses Abenteuer vorüber ist, werde ich Euch noch einmal fragen.«

Offensichtlich ging Meyer davon aus, daß Rolf sie eines Tages verlassen würde, und wollte sie dann in ihrer Einsamkeit trösten. Sie sollte ihm dankbar sein, statt dessen stieg eine lähmende, schmerzhafte Wut in ihr auf. Die Tür quietschte, und Angeline drehte sich um und sah Rolf aus dem Wohnzimmer treten. Er kam mit der beherrschten Kraft des Wolfs auf sie zu, nach dem er benannt war, und sein Haar glänzte im Licht der Lampe hinter ihm golden auf.

»Du hast Wache«, sagte er mit sanftem Sarkasmus zu Meyer.

»Selbstverständlich«, erwiderte Meyer kühl, richtete sich auf und wollte gehen.

»Halt«, befahl Rolf, »deine Jacke?«

Er nahm sie Angeline von den Schultern und warf sie Meyer zu, der sie auffing. Die Blicke der beiden Männer trafen sich, dann nickte Meyer kurz und ging durch die Halle in die Nacht. Rolf nahm Angelines Arm und geleitete sie auf die andere Seite des Hauses, wo sich ihr Schlafzimmer befand. »Sollen wir uns zurückziehen?«

Angeline ließ sich durch den kalten leeren Wohnraum in das Schlafzimmer führen, das sie mit Rolf teilte. Er schloß die Tür und lehnte sich dagegen. Unter seinem Blick fühlte sie sich unbehaglich. Sie trat ans Bett und schlug ungeschickt die Decken zurück.

»Eine solche Fülle von Verehrern«, bemerkte er. »Sie wachsen aus dem Boden wie die Drachensaat – und was haben sie zu bieten? Beistand, die Falle der Ehrbarkeit, alles, was das Herz begehrt?«

Sie schüttelte eines der Kissen auf. Ohne ihn anzusehen, fragte sie: »Stört es dich?«

»Nein, nein. Es ist *fort amusant* auf eine unreife, tragische Weise.«

»Es freut mich, daß du dich amüsierst«, erwiderte sie und hob eine Braue. Sie richtete die graugrünen Augen offen und hoheitsvoll auf ihn.

»War das die Absicht? Du hättest mich vorwarnen sollen. Ich hätte die Vorstellung würdigen und mit einem Eifersuchtsanfall aufwarten können, aber so habe ich nichts zu deiner Unterhaltung beitragen können, um mich zu revanchieren. Kannst du mir noch einmal verzeihen?«

»Nein.«

Das Wort schwebte zwischen ihnen, löste Verstellung und Mißverständnis auf und bestätigte schlicht, daß sie es gern sah, wenn er seiner Eifersucht freien Lauf ließ.

Rolf brach in Gelächter aus. Die steile Falte auf seiner Stirn war verschwunden. Dann wurde er ebenso plötzlich wieder ernst. »Sind noch mehr da?«

»Verehrer? Ich weiß es nicht.«

»Jeder von ihnen wäre besser für dich, das steht fest.«

Angeline schürzte die Lippen, musterte Rolf unter gesenkten Lidern und tat, als ob sie nachdenke. »Meinst du?«

»Ich weiß es«, entgegnete er und ging mit strahlenden Augen auf sie zu. »Aber wenn einer von ihnen Aussicht auf Erfolg hat, kannst du seine Knochen als Haarnadeln benutzen und dir aus seinen Zähnen einen Rosenkranz für deine Gebete fädeln. Das ist die einzige Möglichkeit, wie er sich dir nähern kann.«

Als Liebeserklärung mochte das eine gewisse gewalttätige Genugtuung bringen, aber es war kein Versprechen eines lebenslangen Glücks, es war kein Heiratsantrag.

Angeline hätte ihm gerne von Jim Bowies Vorschlag erzählt, sie zu ihrer Tante zurückzubringen, und von Meyers erstaunlichem Vorschlag, erneut um ihre Hand anzuhalten, sobald Rolf sie entließe. Der Prinz lieferte ihr jedoch kein Stichwort, um dieses Thema anzuschneiden, und sie wollte es nicht selbst tun. Das hätte so gewirkt, als ob sie mit ihren Eroberungen prahlen und ihm dadurch ein Versprechen ablocken wolle. Falls sie ihn überhaupt bekommen könnte, so würde ihr nichts daran liegen, ihn auf diese Weise zu bekommen.

Was hatte er noch gesagt? Er wolle ihr seine Liebe »in schimmerndem Glanz mit Siegel, Bändern und Quasten« geben, wenn er könnte? Hatte er damit gemeint, daß er sie per Ehevertrag, versehen mit Bändern und Amtssiegeln, geheiratet hätte, wenn so etwas möglich wäre? Hatte er auf seine eigentümliche Art angedeutet, daß er sie zur Frau wollte und nähme, wenn es ihm die Umstände erlaubten?

Und welche Umstände? Die Tradition, daß die Königshäuser untereinander heirateten, damit ihr Blut reinstes Himmelblau blieb? So etwas zählte in der Neuen Welt nicht mehr viel, war aber in Europa immer noch sehr wichtig. Sein Vater, der König, wollte ganz bestimmt, daß er eine Prinzessin heiratete. Aus einer solchen Ehe waren mit Sicherheit auch Maximilian und Rolf hervorgegangen.

Warum hätte man sonst Meyers Mutter auf diese heuchlerische Weise an den Hof bringen müssen, um den Schein zu wahren?

Nein, Angeline durfte vom zukünftigen König Rutheniens nicht erwarten, daß er sie heiratete. Aber was blieb ihr dann?

Wenn sie sich selbst gegenüber ehrlich war, mußte sie zugeben, daß sie noch einen anderen Grund hatte, Rolf nichts über die diversen Anträge mitzuteilen, die sie erhalten hatte. Immerhin bestand die Möglichkeit, daß er, wenn er davon erfuhr, um ihres eigenen Wohls willen auf sie verzichtete oder sie mit unnachgiebiger Willenskraft drängte, Meyer zu ehelichen, und sich damit jeglicher Verantwortung entzog. Und was sollte Rolf hindern, ein ähnliches Arrangement zu treffen, wie schon sein Vater vor ihm, wenn er es wünschte: eine Maitresse, die zwar verheiratet war, aber auf seinen Wink zur Verfügung stand; es war zu bezweifeln, daß Meyer Einwände erheben würde.

Nein, dachte Angeline, so will ich nicht denken. Das ist dieselbe zynische Verzweiflung, die von Claire Besitz ergriffen hat, derselbe Ekel vor sich selbst, der sie dazu bringt, ihre Gunst und ihr Leben wegzuwerfen. Diese Fallgrube muß und werde ich umgehen, denn keiner kann mich demütigen, wenn ich es mir nicht gefallen lasse, und das werde ich niemals!

Und Claire? Was geschah in diesem Augenblick mit ihr? Wo war sie in dieser kühlen, ungemütlichen Nacht? Wieviel Schmerz und Demütigung mußte sie erdulden, während sich die Männer, die sie retten sollten, untätig auf ihren Stühlen zurücklehnten? Nun ja, man hatte Späher ausgesandt, die sich umhören und nach Claire suchen sollten. Sie hatten Anweisung, vorsichtig und heimlich vorzugehen, um ihr Leben nicht zu gefährden. Doch wenn sie endlich gefunden wurde, konnte es schon zu spät sein.

Angeline hatte seit ihrer Rückkehr in McCulloughs Lager gelegentlich an die Nacht denken müssen, in der die Spanier sie und Claire gefangengenommen hatten. Die Gefahr, in der sich ihre Kusine jetzt befand – war sie größer oder geringer als die, vor der sie geflohen war? Angeline hatte die ganze Zeit unterstellt, daß Rolf derjenige war, vor dem Claire solche Angst hatte, aber hatte sie das gesagt? Angeline konnte das Gefühl nicht loswerden, daß dieses Versäumnis kein Zufall war. Wer oder was erfüllte Claire mit solchem Entsetzen, daß sie die relative Sicherheit der Protektion des Schotten eingetauscht hatte gegen die hauchdünne Chance, mit Hilfe des Spaniers und seiner Leute zu entkommen?

Angeline warf sich die ganze Nacht hin und her und suchte im Labyrinth ihrer Erinnerungen nach einer Antwort, doch als der Morgen anbrach, war sie nicht klüger als vorher.

Am fünften Tag nach ihrer Rückkehr in McCulloughs Lager kam die Indianerin Morning Star zurück. Sie ritt den gewundenen, schlammbedeckten Weg heran und wartete draußen, bis der Posten ihre Ankunft gemeldet hatte. Der Räuberhauptmann machte »hm« und »häh« und kratzte sich am Kopf, aber er erlaubte ihr schließlich näher zu treten und ging ihr entgegen. Was sie einander zu sagen hatten, war nicht zu hören, denn sie unterhielten sich fließend in einer kehligen Indianersprache, aber als Ergebnis der Verhandlungen betrat Morning Star undurchdringlichen Gesichts und leichten Schrittes das Haus. Sie ging schnurstracks zum Küchenbereich am Kamin und probierte die von Angeline zubereiteten Gerichte, wobei sie jedesmal, bevor sie den Löffel an den Mund führte, erst vorsichtig daran roch. Sie spuckte nichts aus. Angeline hatte jedoch den Eindruck, daß das eher dem Respekt der Indianerin vor Nahrung als ihren Kochkünsten zuzuschreiben war.

Morning Star hatte schon einige Tage ihren – dieser Meinung war sie offenbar – rechtmäßigen Platz in McCulloughs Bett und an seinem Herd eingenommen, als schließlich die Nachricht eintraf, daß Don Pedro gefunden sei. Sein neues Hauptquartier lag am Rand der Sümpfe eines Pierre-Zuflusses, wo er sich in einem verlassenen Haus eingenistet hatte. Sein Lager war stabil und gut befestigt, als habe er nicht die Absicht, sich so leicht wieder vertreiben zu lassen.

Es war reiner Zufall, daß man den Spanier ausfindig gemacht hatte. Gustav hatte mit einem von McCulloughs Leuten sorgfältig die Wälder nach ihm durchkämmt. Als sie in einer kleinen Siedlung am Ufer jenes Flusses anhielten, um ihre Pferde zu tränken und einer Frau ein wenig Mundvorrat abzukaufen, sahen sie jemanden, der ihnen bekannt vorkam. Als ältestes Mitglied der Garde war Gustav viel in den europäischen Söldnerheeren herumgekommen und war ständig bemüht, sich Gesichter zu merken, da er stets auf der Hut vor Feinden sein mußte. Er folgte mit seinem Begleiter dem Räuber, und so fanden sie das Lager der Gesetzlosen. Dort informierten sie sich über die Zahl der Gegner, die Größe des Gebäudes, seine Zugänge, Türen und Fenster und kehrten auf dem schnellsten Weg zu McCulloughs Stützpunkt zurück.

Die Nachricht versetzte die Männer in einen Begeisterungstaumel. Sie schrien, schossen ihre Büchsen ab und klopften einander auf die Schulter. Aber es dauerte noch vierundzwanzig Stunden, bis sie ihre Pläne peinlich exakt ausgetüftelt hatten und losschlagen konnten. Nur wenige kannten das genaue Ziel oder den Schlachtplan, nach dem vorgegangen werden sollte, sobald das Lager des Spaniers erreicht war. Dennoch regte sich in allen die Vorfreude, von den Frauen und Kindern der Gesetzlosen bis hin zu Rolf. Alkohol floß in Strömen. Die Männer wurden laut und ausgelassen, spielten einander Streiche beim Reinigen der Waffen und holten die Regenumhänge hervor, da sich bei Einbruch der Dämmerung Wolken zusammenballten. Rolf blieb nach außen hin ruhig, aber jeder, der ihm nicht sofort schnell und präzise antworten konnte, wenn er etwas gefragt wurde, bekam seine scharfe Zunge zu spüren.

Um dem Lärm, dem ekelhaften Geruch nach Schnaps, Speisen und männlicher Aufregung und den schrecklich betriebsamen Vorbereitungen zu einem Unternehmen zu entgehen, an dem sie nicht teilhaben würde, warf sich Angeline ihren Umhang um und verließ das Haus. Sie ging schnell durch die Halle in den Hof. Einer der Köter knurrte, und seine Nackenhaare sträubten sich, doch als sie ihn ansprach und er ihren vertrauten Geruch wahrnahm, beruhigte er sich wieder.

Die Nacht fiel nun schnell herein, aber in einiger Entfernung vom Weg, der zum Haus führte, konnte Angeline eine weiße Uniform erkennen. Sie holte in der taufeuchten Luft tief Atem, wickelte sich fester in ihren Umhang und ging darauf zu.

Es war Oskar. Er stand im Dämmerlicht unter einem schwarzen, laublosen Tupelobaum und hielt mit dem Gewehr im Arm Wache. Als sie auf ihn zutrat, lächelte er.

»Mademoiselle Angeline, seid Ihr gekommen, um mich von meiner Langeweile zu erlösen? Hier draußen gibt es nichts als ein paar Kaninchen, die an den jungen Trieben knabbern und mißtrauisch auf die Hunde schielen, und sowohl die Vernunft als auch Anweisungen von Rolf verbieten mir, auf meiner Gitarre zu spielen.«

»Habt Ihr unsere Flora und Fauna schon so bald satt?« Sie lehnte sich mit dem Rücken an die rauhe Rinde des Baumstamms.

»Ich habe jeden nackten Ast im Umkreis studiert, aber um diese Jahreszeit gibt es wenig zu sehen, und außerdem wird es dunkel.«

»Vielleicht seid Ihr im Frühjahr noch bei uns, es sind nur noch ein paar Wochen bis dahin. Frühlingsblumen und Sträucher blühen in den Vorgärten, und dann kommen die wilden Pflaumen und Kirschen.«

»Ab und zu waren schon dicke Knospen oder sogar grüne Spitzen zu sehen. Seit unserer Ankunft hat sich schon einiges getan, und für Februar kommt mir das vor wie ein Wunder. Aber ich fürchte, wenn wir morgen Erfolg haben, sind wir schon fort, wenn sich die ganze Pracht entfaltet.«

»Habt Ihr Heimweh nach Ruthenien?«

»Hier oder dort, mir ist es gleich. Mein Bruder und ich gehen mit Rolf. Seine Freude ist unsere Freude, seine Sorgen sind unsere Sorgen, und wo er sich aufhält, sind wir zu Hause.«

Diese schlichte Erklärung rührte Angeline so, daß ihre Stimme belegt klang. »In Ruthenien werden aber doch wohl einige Schwierigkeiten auf Euch zukommen?«

»Ja, das ist wahr, und zwar mehr als hier.«

»Wie könnt Ihr das behaupten?«

»Der König ist dort«, antwortete Oskar und warf Angeline einen Seitenblick zu, als hätte er die Worte gerne zurückgenommen.

»Gustav hat mir einiges über die gespannten Beziehungen zwischen Rolf und seinem Vater erzählt«, warf sie beschwichtigend ein.

»Hat er auch erwähnt, daß es der König ist, der unserem Prinzen am glühendsten den Tod wünscht?«

Angeline starrte ihn an. »Ihr müßt Euch irren. Selbst wenn er ihn für Maximilians Tod verantwortlich machte, wäre das unnatürlich.«

»Ich sage Euch, es ist wahr. Er hat seinen ältesten Sohn immer mehr geliebt als Rolf und ist seit Maximilians Tod völlig außer sich.

Und die Gerüchte, die bei Hofe im Umlauf sind und die besagen, daß Rolf dabei die Hand im Spiel hatte, verschlimmern die Sache noch. Es würde mich gar nicht wundern, wenn der Mörder, der uns auch hier ständig folgt, im Sold des Königs stünde.«

»Aber... das wäre ja barbarisch! Man hätte Rolf doch anklagen und vor ein ordentliches Gericht stellen können!«

»Und die Familie vor den Augen der ganzen Welt bloßstellen? Nein, dem König würde es viel besser in den Kram passen, wenn die Sache ohne Aufsehen im Ausland geregelt würde.«

Durch den ruhigen Ton, in dem Oskar so Ungeheuerliches aussprach, klangen seine Worte erst recht beängstigend. »Aber wer würde denn so einen Auftrag annehmen?«

»Wenn ein König winkt, gibt es immer Leute, die gehorchen. Er hat einiges zu bieten: Reichtum oder, was wahrscheinlicher ist, ein hohes Amt. All das kann der König versprochen haben. Wenn der Betreffende gerissen ist, wird er den Herrscher hinterher noch damit erpressen, daß er für ihn gemordet hat.«

»Aber bedenkt doch, Oskar, wenn Rolf stirbt, gibt es keinen unmittelbaren Thronerben!«

»Was spielt das für eine Rolle? Der König war immer der Auffassung, daß Rolf im Vergleich zu Max unfähig sei, was ebenso ungerecht wie unwahr, aber schwer zu widerlegen ist. Schon aus diesem Grund wäre der Tyrann zufrieden, wenn statt Rolf sein Neffe Leopold den Thron besteigen würde. Vielleicht freut es ihn sogar, wenn er verhindern kann, daß Rolf den Platz einnimmt, auf den ihn das Volk offenkundig wünscht.«

Angeline runzelte gedankenvoll die Stirn und schwieg, dann wandte sie ein: »Aber wenn der Mörder, der Rolf verfolgt und ihm nach dem Leben trachtet, im Auftrag des Königs handelt und nicht mit dem Mann identisch ist, der seinen Bruder umgebracht hat, wer... wer hat dann Maximilian ermordet?«

»Wer weiß? Vielleicht war es Selbstmord. Es könnte auch ein eifersüchtiger Ehemann, eine ehemalige Geliebte – ja sogar Claire gewesen sein.«

Schnell wechselten sie das Thema, aber der Gedanke, daß der König dem eigenen Sohn einen Mörder nachgeschickt haben könnte, brannte sich Angeline ins Gehirn wie ein böses, rotglühendes Stück Kohle. Sie vermochte sich kaum vorzustellen, daß es wahr war, aber war nicht auch das erste Attentat in der Nähe des Palastes geschehen, nachdem Rolf vergeblich versucht hatte, zu seinem Vater vorgelassen zu werden?

Was den gedungenen Mörder betraf, hätte nicht einer von seinen eigenen Leuten die beste Möglichkeit, Rolf in einem unbewachten Augenblick zu überrumpeln? Auch Loyalität, Kameradschaft und Treue konnten gebrochen werden, wenn Aussicht auf reiche Belohnung bestand. Rolf mußte das wissen. Wem konnte er trauen? Welche Hoffnung gab es für ihn, selbst wenn er den Mörder seines Bruders finden sollte? Einem Mann, der so wenig väterliche Liebe und Anstand besaß, daß er den eigenen Sohn ermorden lassen wollte, konnte man mit Vernunft nicht beikommen, und die Liebe, die Rolf all die Jahre zugunsten von Maximilian versagt worden war, war nicht mehr nachzuholen. Vielleicht war die lange Jagd umsonst, ein sinnloses und gefährliches Unterfangen.

16

Am nächsten Tag brachen die Männer kurz nach Mittag auf. Rolf und McCullough ritten mit der Garde voraus, André blieb Schulter an Schulter mit Oswald und Oskar. Sie führten die Streitmacht der Räuber an, die hinterhertrabte. Die Männer riefen einander zu und pfiffen vor sich hin, als sie sich vom Lager entfernten. Sogar die Mitglieder von Rolfs Leibgarde sahen froh aus, daß sie wieder etwas zu tun bekamen, und unterhielten sich lebhaft. Nur Rolf hatte ein grimmiges Gesicht und herrisches Benehmen. Er starrte vor sich hin, ohne von der allgemeinen Kampfbegeisterung gepackt zu werden.

Er hatte Angeline zum Abschied geküßt. Es war ein knappes, bestimmtes und eigentümlich wortkarges Lebewohl. Sie sah ihn an, während ihr die Brust eng wurde, so daß sie nichts sagen konnte und sich nur ihr Blick in den Tiefen seiner türkisblauen Augen verlor.

Dann drehte er sich um und saß hastig auf, und das Licht spielte trotz des trüben Tages dunkelgold in seinen Haaren. Er hob gebieterisch die Hand, und der Trupp stob unter Hufgetrappel davon, daß der Schlamm hoch aufspritzte. Dann verklang das Klappern der Hufe.

Nach einer Stunde setzte Regen ein und fiel so leise und schwer wie Tränen bei tiefer Trauer. Es wurde dunkel, und Angeline zündete die Lampen an. Der Abend brach schon früh herein. Es war seltsam, hier allein zu sein, ohne daß Männer mit schmutzigen Stiefeln kamen und gingen, ohne ihre Ansprüche und ihren Appetit. Angeline saß am Feuer, starrte in die Flammen und ließ den Gedanken, die ihr durch den Kopf gingen, freien Lauf. Sie fühlte sich kraftlos. Böse Ahnungen überkamen sie, und in der Brust spürte sie einen merkwürdigen Schmerz.

Wie hatte es nur dazu kommen können, daß ihr das Schicksal eines einzigen Mannes so viel bedeutete? Sie hatte es nicht gewollt. Die Tage und Nächte waren vergangen, und Angeline war wie verzaubert gewesen. Wohin sollte das bloß führen?

Es wurde Zeit, daß sie ernsthaft darüber nachdachte, was sie zu tun hatte. Dieser Frage auszuweichen oder sie aufzuschieben hatte keinen Sinn. Aber welche Alternativen boten sich ihr? Angeline war sich nicht einmal sicher, ob ihre Tante sie nach Claires Rettung wieder in ihr Haus aufnehmen würde. Und selbst wenn sich ihr diese Möglichkeit noch bieten sollte, würde sie dort lebendig begraben sein, so sehr mußte ihr Ruf durch diese Eskapade gelitten haben. Sie mußte sich Jim Bowies Angebot, sie nach Hause zu bringen, also gut überlegen.

Und Meyers Vorschlag? Der Gedanke an die Intimität, die die Vorstellung von einer Ehe mit ihm heraufbeschwor, war ihr entsetzlich. Konnte sie eine ewige Bindung ertragen, die völlig auf steifer Etikette und Dankbarkeit beruhte, noch dazu in Rolfs Nähe und doch von ihm getrennt? Konnte sie es in Ruthenien, so weit weg von allem, was ihr von Kindheit an vertraut war, überhaupt aushalten ohne die *raison d'être* einer leidenschaftlichen Liebe? Und würde sie der Makel, Rolfs Maitresse gewesen zu sein, nicht sogar dorthin verfolgen und einen Schatten auf ihre Zukunft werfen, selbst wenn sie nie mehr miteinander sprechen würden, wenn die Küste Louisianas ihren Blicken entschwunden war?

Es war vielleicht besser für ihren Seelenfrieden und ihr künftiges Glück, wenn Angeline statt dessen mit André sprach. Er hatte in der vergangenen Woche mehrmals versucht, unter vier Augen mit ihr zu reden, aber es hatte sich keine Gelegenheit geboten. Da er wußte, wie wenig schuld sie an ihrem Abweichen vom Pfad der Tugend trug, konnte sie seine Zuneigung vielleicht wiedergewinnen. Wollte sie das? Hatte er verdient, mit einer Frau belastet zu werden, die als Gegenleistung nicht viel mehr als Sympathie zu bieten hatte? Konnte er mit ihr glücklich werden, wenn der Gedanke an ihre Zeit mit Rolf sich immer zwischen sie drängen würde? Aber sie konnte dann in Louisiana und bei Leuten bleiben, die ihre Sprache sprachen und dieselben Sitten und Gebräuche hatten. Und doch, wozu sollte das gut sein, wenn sie dabei nicht glücklich wurde?

Es gab noch mehr Möglichkeiten. Mutter Theresa konnte Angeline zwar wahrscheinlich wegen dem Mißvergnügen der Eltern ihrer Schülerinnen nicht im Internat behalten, aber sie konnte ihr vielleicht ein Kloster nennen, das sie aufnahm. Wenn nicht, fand sie möglicherweise Arbeit als Näherin oder Gouvernante, aber sie hatte keine Ahnung, wie sie bis dahin leben oder wie sie ohne Referenzen, die ihre hochstehende Moral und reiche Erfahrung bezeugten, überhaupt eine Stellung finden sollte.

Es wurde für sie Zeit, etwas zu unternehmen oder zumindest zu planen. Mit Rolf gab es keine Beständigkeit; das hatte sie sich in diesen letzten Tagen, wo eine merkwürdige Kälte zwischen ihnen lag, klargemacht. Ihre Zukunft war auf nichts Greifbareres gegründet als seine Leidenschaft. Wenn diese erlosch, würde Angeline in einem fremden Land einsam und alleine dastehen. Auf die Beteuerungen von Gustav – oder war es Meyer –, daß Rolf sie bei einer Trennung abfinden würde, vertraute sie nicht. Solche Versprechen, dachte sie, haben wenig zu bedeuten, und ich will auf keinen Fall etwas von ihm. Stolz ist zwar in meiner Lage Luxus, aber er ist das einzige, was mir bleibt, und ich werde nie auf meine Selbstachtung verzichten, um Rolf ein ruhiges Gewissen zu verschaffen.

Da wurde sie durch Geklirr und Geklapper aus ihren Träumen

gerissen. Sie horchte. Ihr war, als höre sie Morning Star auf der anderen Seite der offenen Halle in der Küche herumhantieren. Ein dumpfer Knall, als sei ein schwerer Gegenstand zu Boden gefallen.

Kochte die Indianerin schon für die Rückkehr der Männer? Wenn ja, würde es trotzdem noch eine ganze Weile dauern, bis diese die Mahlzeit einnehmen konnten. Es war vielleicht besser, wenn sie ihr ihre Hilfe anbot, statt hier Trübsal zu blasen und ihre Gedanken endlos um dasselbe Thema kreisen zu lassen.

Als Angeline die Tür öffnete, kehrte ihr Morning Star den Rücken zu. Die Indianerin nahm Töpfe und Tiegel vom Regal und steckte sie in einen Sack, der neben ihr auf dem Boden lag. Sachen, die ihr unbrauchbar schienen, warf sie beiseite. Als Angeline eintrat, flog gerade eine große Holzschüssel mit einem Riß an die Wand.

»Was machst du da?« fragte Angeline in einem Ton, der vor Verblüffung scharf war.

Morning Star drehte sich um. In der Hand hielt sie einen gußeisernen Kessel. Ihre braunen Augen blickten Angeline trotzig an. »Ich nehme mir, was mir gehört.«

»Das alles gehört dir?« Angeline wies auf die aufgestapelten Zinnteller, die Säcke mit Mehl und Schrot, Kaffee und Bohnen, die auf der einen Seite des Raumes zusammengestellt waren.

»Es ist mein Recht, es zu nehmen. Ich habe McCullough Vieh mitgebracht, als ich von meinem Stamm gekommen bin, auch Pelze, Körbe und perlenbesticktes Leder, das er verkauft hat. Er hat mich einmal mit vollständig leeren Händen weggeschickt, jetzt nehme ich alles.«

»Das kann ich nicht zulassen. Die Männer müssen bei ihrer Rückkehr etwas zu essen bekommen.«

»Ich sage dir, nimm dir einen Anteil und geh. Es gibt keinen Grund zu bleiben.« Das Lächeln in den dunklen Augen der Indianerin war alles andere als freundlich.

Angelines Haut kribbelte. Sie runzelte die Stirn. »Was meinst du damit? Warum sollte es keinen Grund geben, hierzubleiben? Ich kann nicht fort.«

»Bleib, und du wirst allein sein, du und die anderen Frauen, die von den grausamen weißen Männern mißbraucht werden. Weil du gelächelt und mit mir gearbeitet hast wie eine Blutsschwester, sage ich es dir. Es ist das beste, jetzt fortzugehen.«

»Was ist los? Was hast du getan?« Angeline trat einen Schritt auf das Mädchen zu, doch Morning Star wich zurück und stopfte die bereitstehenden Nahrungsmittel in ihren Sack.

»Ich? Ich habe den Spaniern nur eine Botschaft überbracht. Es war nicht schwer und hat mir Spaß gemacht. In diesem Augenblick wartet der, der Don Pedro heißt, und McCullough reitet hin.«

»Und... und die anderen?« Die Frage war ein sinnlos gehauchter Laut, denn Angeline kannte die Antwort schon.

»Die Falle«, erwiderte Morning Star, »hat einen großen Schlund. Aber was kümmert es dich, wenn die Männer sterben, die dich gegen deinen Willen von deinen Leuten verschleppt haben?«

Angeline stützte die Hände auf den Tisch. »Wer war es? Wer hat dich gebeten, die Botschaft zu überbringen?«

Morning Star senkte den Kopf. »Der, der meinen Haß erkannt hat, da er seine Schwärze schon so oft sah.«

»Aber wie heißt er?« rief Angeline aus.

»Was weiß ich, was kümmert es mich, nachdem er mir den Weg zu meiner Rache gezeigt hat?«

»Sag mir wenigstens, ob es einer von den Leuten des Prinzen war?« Morning Star steuerte auf die Tür zu, und Angeline folgte ihr.

»Männer kommen und gehen hier. Ich kenne sie nicht alle, ich will es auch nicht, denn es ziemt sich nicht für eine Frau, ihnen ins Gesicht zu sehen. Leb wohl, Angeline, ich muß fort.«

Sie huschte durch die Halle und verschwand wie ein Geist im Regengrau der Abenddämmerung. Gedämpfter Hufschlag war zu hören, dann war alles still. Angeline rang die Hände und biß sich auf die Lippen. Ihre Gedanken rasten wirr durcheinander, und ihre Kopfhaut prickelte vor Entsetzen. Eine wohldurchdachte Falle, und der Spanier ließ sie zuschnappen. Genau in diesem Moment ritten Rolf und die anderen vielleicht schon ahnungslos und siegessicher hinein.

Wie lange war es her, daß sie aufgebrochen waren? Eine Stunde vielleicht? Länger? Sie wollten das feindliche Lager bei Einbruch der Dämmerung erreichen und im Schutz der Dunkelheit im Handstreich nehmen. Der Regen schuf eine künstliche Dämmerung, obwohl der Tag noch nicht zu Ende war.

Eine kastanienbraune Stute stellte die Ohren auf, als sie Angeline kommen sah. Es war nicht schwierig, sie zu satteln, doch Angeline war ungeduldig über die Verzögerung. Endlich konnte sie das Pferd in den Nieselregen führen, stieg in den spanischen Sattel und gab ihm die Fersen. Die Stute wieherte überrascht auf und warf den Kopf zurück, doch dann jagte sie im gestreckten Galopp den gewundenen Pfad entlang, der durch das Niemandsland führte.

Angeline kannte ungefähr die Richtung und den Weg, denn sie hatte Gustavs Bericht mit angehört. Aber sie war nicht auf das Gewirr von Straßen und obskuren Pfaden vorbereitet, die sich hin und her über die Chaussee wanden: Heerstraßen, Indianerpfade und Wildwechsel. Das Licht ließ allmählich nach, und Angeline traf auf dieser gottverlassenen Straße weder auf ein Haus noch auf andere Reisende.

Die Meilen flogen unter den Hufen des Tieres in einem Wirbel vorbeirasender schwarzer Äste und nassen Unterholzes dahin. Angeline plantschte durch tiefe, morastige Fahrrinnen in der sandbedeckten Straße und durchquerte Bäche und kleinere Nebenflüsse, die vom Regen angeschwollen waren. Ab und zu hielt sie an, um nach den Spuren derer zu suchen, die ihr vorausgeritten waren, aber der Regen hatte sie verwischt, und die Fährte war so undeutlich zu erkennen wie Spuren im Sand, die die Flut eingeholt hat.

Sie nahm nicht wahr, wie ihr der Wind ins Gesicht peitschte und wie der Regen auf ihre Wangen traf. Ihr Mantel wurde tropfnaß, zerrte an ihren Schultern und schlug gegen die bebenden Flanken der Stute. Der Hufschlag ihres Pferdes hämmerte ihr im Kopf, verschlang alle anderen Geräusche und hallte von den tiefen Wäldern wider. Als aus der Ferne gedämpftes Gewehrfeuer an ihr Ohr drang, war Angeline, als übernehme es diesen Rhythmus mit nachdrücklichem Getrommel.

Nein, nein, nein. Ein stummer Schrei entrang sich ihrem Herzen, aber sie verringerte die Geschwindigkeit nicht. Sie beugte sich über den Hals des Pferdes und holte das letzte aus ihm heraus. Die Stute war willig und trug Angeline dem Ort des Schußwechsels näher und näher. Plötzlich ertönte eine letzte Explosion ganz in der Nähe, und Angeline hörte die Kugel pfeifen, dann herrschte Stille.

Es wäre Wahnsinn, offen auf das Haus zuzureiten. Nach ein paar Schritten zügelte Angeline ihr Pferd, stieg ab und führte es zwischen die Bäume. Sie bahnte sich einen Weg durch nasses Unterholz unter triefenden Ästen. Jeder ihrer Schritte ließ den modrigen Waldgeruch nach fauligen Blättern und dumpfer Nacht aus dem Boden steigen. Angeline band die Stute an einen Baum, wo sie von der Straße aus nicht zu sehen war, dann bewegte sie sich vorsichtig auf das Licht zu, das durch die Bäume schimmerte.

Kerzenschein kam in goldenen Rechtecken aus den Fenstern der Blockhütte und glitt über eine breite Veranda in den Hof. Dort fiel er auf die Leichen von Männern, deren Arme im Tode weit ausgebreitet waren. Er beleuchtete Walnußbraun, verblichenes Rot und Graublau, und die Stoffe waren so durchtränkt vom Regen, daß sie fast schwarz wirkten. Und an einer Stelle glänzte schwach ein Fleck von reinstem Weiß, doch wer da lag, war nicht zu erkennen.

Durch die feuchte Nacht dröhnte ein Schuß. Er kam aus dem dunklen Graben neben der Hütte. Erwidert wurde das Feuer aus einem Zedernwäldchen, das in Angelines Nähe lag. Durch die herunterhängenden unteren Äste wurde ein dunkles Versteck gebildet. Im Innern des Gebäudes rannte ein Mann hastig zu einem der Fenster, um in die Richtung zu schießen, wo die Zedern standen. Das Feuer wurde jedoch nicht erwidert.

Wie Angeline von ihrem Beobachtungsposten erkennen konnte, hatte der Spanier offenbar einige seiner Männer als Köder in der hell erleuchteten Hütte gelassen, den Großteil seiner Streitmacht aber in den Graben verlegt. Als Rolf und die anderen herangeritten waren, waren sie im Schein der Lampen offensichtlich niedergemäht worden wie Grashalme. Rolf und McCullough hatten die Männer gesammelt und sich in den Schutz des Zedernwäldchens zurückgezogen. Zumindest hoffte oder betete Angeline, daß Rolf dabei war. Jene leblose Gestalt, die im schlammigen Hof lag, war schlanker als der ruthenische Prinz, aber vielleicht trog dieser Eindruck sie auch bei dem schlechten Licht.

Vom Graben spie eine Pistole ihr Feuer, und unter den Zedern schrie jemand auf. Die Bäume boten offenbar nur unzureichenden Schutz. McCulloughs Trupp und die Garde wagten nicht, sich von der Stelle zu rühren, weil das Licht, das durch die Äste fiel, sie sonst preisgegeben hätte, während Don Pedro und seine Bande ruhig in ihrem Versteck liegenblieben und sie einzeln niederschießen konnten.

Was blieb Rolf jetzt zu tun? Angeline wußte zwar nicht, warum es so war, aber sie erwartete nur von ihm, daß er etwas unternehmen könnte, nicht McCullough, nicht einmal Jim Bowie. Sie krallte die Finger in ihre Röcke und ging alle Möglichkeiten durch, wie gefährlich sie auch waren. Die Chancen waren erschreckend gering.

Rolf konnte die Rinne stürmen, um dem Spanier seine vorteilhafte Stellung zu nehmen, und sich dabei auf die Überlegenheit der Garde und der von ihm geschulten Männer beim Umgang mit Waffen zu verlassen suchen. Er konnte sich zu den Pferden zurückziehen, die er in einiger Entfernung zurückgelassen hatte, aber auch dazu mußte er aus der schützenden Dunkelheit der Bäume heraustreten, und der Blutzoll war wahrscheinlich ebenso hoch wie bei einem Frontalangriff. Und schließlich konnte er Don Pedro so sehr reizen, daß er einen Ausfall wagte und die Zedern offen attackierte.

Gerade als Angeline dieser Gedanke kam, ertönte eine sonore, stichelnde Stimme. »Mein spanischer Freund, ich muß Euch mein Kompliment für Euren Scharfblick aussprechen, Eure Scharfschützen dagegen taugen wenig.«

»Zumindest werden sie dazu taugen, Euch das Leben zu nehmen, *amigo*!« kam die Antwort.

»Hoffnung ist etwas Schönes, und für jemanden, der mit schlammverschmiertem Bauch im Graben liegt, während ihm der Regen in die Ohren tropft, ist sie sogar lebensnotwendig. Darf ich Euch einen Schirm anbieten, der mit wohlriechendem Zedernöl eingefettet ist? Er mag ein wenig stachelig sein, bietet aber guten Schutz für Euer Pulver. Zögert jetzt nicht, oder der armselige Regen wird Euch noch entwaffnen, und das wäre doch schade.«

Bei diesen Worten, die so mühelos bis zu ihr drangen, überkam Angeline gewaltige Erleichterung. »Rolf«, flüsterte sie und fand sich plötzlich im feuchten Laub knien, denn die Beine verweigerten ihr den Dienst. In ihren Augen standen Tränen, die sie mit einer ungeduldigen Geste mit dem Handrücken wegwischte, um wieder sehen zu können.

Rolf fuhr fort mit den spöttischen Sticheleien, die von der anderen Seite in wachsendem Zorn zurückgegeben wurden. Hin und wieder fiel ein Schuß, der immer erwidert wurde. In einer kurzen Feuerpause hörte Angeline von der Rückseite der Blockhütte plötzlich das verstörte Muhen von Rindern. Es gab mindestens einen Siedler, der nicht gut auf die Räuber zu sprechen war.

Allmählich und bruchstückhaft nahm in Angelines Kopf eine Idee Gestalt an. Der Spanier wußte nichts von ihrer Anwesenheit. Wenn sie Lärm machen und ihn ablenken konnte, verschaffte sie Rolf vielleicht eine Gelegenheit zum Angriff. Sie besaß keine Waffe, denn sie hatte in der Eile nicht daran gedacht, sich mit einer Pistole oder Flinte zu versehen, außerdem wußte sie nicht einmal, ob im Lager überzählige Waffen vorhanden waren. Sie hatte daher nichts, um Lärm zu machen, knallen oder klappern zu können.

Was konnte sie sonst noch tun? Es war von entscheidender Bedeutung, Don Pedro irgendwie aus dem Graben zu scheuchen. Was sie jetzt bräuchte, wäre eine Schar Reiter, um ihm in den Rücken zu fallen. Während sie auf dem Boden kauerte und angestrengt grübelte, brüllte wieder eine Kuh. Angeline blinzelte und verzog auf einmal langsam die Lippen zu einem Lächeln. Sie stieß einen leisen Seufzer der Genugtuung aus, rappelte sich auf und schlüpfte verstohlen zu ihrem Pferd.

Hastig führte sie die Stute durch den Wald, strauchelte dabei und verfing sich vor atemloser Eile in Ranken und Zweigen. Um das Ende des Grabens, in dem der Spanier mit seinen Männern lag, machte sie einen großen Bogen. Das hellerleuchtete Blockhaus, das sie durch den Wald sehen konnte, bildete einen brauchbaren Orientierungspunkt für den Weg, den Angeline nehmen mußte. Sie hielt sich immer links davon und erreichte schließlich die Rückseite des Gebäudes.

In einem Pferch aus Pfählen, die in den Boden gerammt und mit Stricken zusammengebunden waren, bewegten sich voller Unruhe etwa zwanzig Kühe. Der schlammige Untergrund hatte sich unter ihren stampfenden Hufen in einen Morast verwandelt. Ihr Gebrüll hörte sich verzweifelt an. Das Vieh drängte sich dicht zusammen, und das Klappern von Hörnern, die aufeinander trafen, klang unheimlich durch die Dunkelheit.

Das Tor bestand aus einem großen Gatter von zusammengebundenen Pfählen und war mit einer Schlinge am Zaunpfosten befestigt. Angeline stieg so leise wie möglich in den Sattel und reckte sich, um es zu öffnen. Es schwang sich weit auf, und die verwitterten Pfähle knarrten laut durch die Nacht.

Die Rinder brauchten keine weitere Einladung. Angelines Stute gelang es gerade noch, ihnen auszuweichen, bevor sie durch die Öffnung strömten. Angeline ritt neben den Kühen her und trieb sie mit heiseren Schreien in die gewünschte Richtung. Als errate sie Angelines Absicht, lenkte die Stute das Leittier der Herde zur rechten Seite des Gebäudes. Die Rinder schossen in schnellem Lauf um die Ecke und brüllten ununterbrochen mit hervorquellenden Augen. Der Boden zitterte unter ihren Hufen. Das Vieh lief direkt auf die Rinne zu, in der Don Pedro und seine Männer lagen.

Beim Reiten ergriff plötzlich eine überbordende Hochstimmung von Angeline Besitz. Sie wünschte, sie hätte Rolf und die anderen warnen können, doch auch so bestand wenig Zweifel, daß sie die Chance nutzen würden, die sie ihnen verschaffte. Wenige Meter vor dem Graben zügelte sie ihr Pferd und wich dem nachdrängenden Vieh aus. Erst jetzt bemerkte sie das Keuchen und den fliegenden Atem der braven Stute und spürte, wie das Tier zitterte. Sie stieg ab und klopfte ihm sacht den Hals.

Da Angeline mit dem Pferd beschäftigt war, bemerkte sie nichts von der aufkommenden Panik bei den Spaniern, obwohl sie sie schreien hörte. Schließlich drehte sie sich um und schaute zu, wie die Kühe auf der steilen Böschung strauchelten, wie sie versuchten, den Graben zu überspringen, und mit Gebrüll hineinstürzten. Der Spanier und seine Leute rannten fluchend in abergläubischer Furcht aus ihrer Deckung, die Pistolen blitzten auf, als sie durch den Regen auf den dunklen Hinterhalt der Zedern zuliefen.

Die beiden Haufen trafen aufeinander wie Hammer und Amboß und kämpften mit Geschrei, Fluchen und Stöhnen im Handgemenge, als Pistolen und Flinten abgeschossen waren und keine Zeit zum Laden blieb. Die Männer bewegten sich im triefenden Lampenlicht hin und her, das auf Klingen von tödlicher Schärfe und auf Gewehrkolben fiel, die als Keulen benutzt wurden. Das Scharmützel war kurz, aber blutig. Nach wenigen Minuten rannten die Kühe muhend in die Nacht, bis auf einige, die sich verletzt hatten und brüllend im Graben lagen. Der besiegte Spanier wurde mit seinen Männern, soweit sie noch am Leben waren, von Kopf bis Fuß verschnürt und auf die verhältnismäßig trockene Veranda geschleppt.

Rolf war barhäuptig. Seine Haare glänzten feucht im Licht der Lampen. Er ging auf die weißuniformierte Gestalt zu, die im Hof lag, kniete nieder und drehte den Körper sacht auf den Rücken. Oskar starrte mit blicklosen Augen ins Leere. Das sandfarbene Haar fiel ihm glatt aus dem schmalen Jungengesicht und triefte von kaltem Regenwasser. Der Verband um das verletzte Handgelenk war schmutzigbraun, den schlanken Musikerhänden war die Pistole entglitten. Auf der Brust zeigte sich seine Uniform nicht mehr weiß, sondern glänzte feucht und rot.

»Heil dir, junger Held«, flüsterte Rolf rauh, fast unhörbar. »Du gibst dein Leben zum Ruhm des Vaterlandes für eitle Taten und Menschen, die nichts taugen, aber nicht für die Liebe.«

»Er hat dich geliebt«, sagte Angeline und trat auf Rolf zu.

Er starrte sie an, doch seine türkisblauen Augen waren nach innen gerichtet, als klage er sich selbst an. »Ich hätte sagen sollen ›die Liebe einer Frau‹. Heil auch dir, o unser Schutzengel, der du naß bist und müde und schlammbedeckt, sei mir tausendmal willkommen. Was zum Teufel hast du hier zu suchen?«

»Ich wollte dich warnen, aber es war zu spät.« Ihre Augen waren blind vor Tränen, und es war ihr unerträglich, die Leiche des jungen Mannes länger anzusehen, die zu ihren Füßen lag. Dennoch fühlte sie sich zufrieden.

»Und waren es deine süßen Töne, die wir vernahmen, als du, göttergleich Rache übend, auf Zeus' rotgehörnten Rindern rittest?«

»Ich tat, was ich konnte.« Sie blickte sich um. Jim Bowies lange Gestalt lehnte am Türpfosten und hielt eine Flinte im Arm; er bewachte die gefangenen Räuber. An der Seite nahm sie flüchtig Oskars Zwillingsbruder wahr, der sich wutentbrannt mit gezogener Pistole auf Don Pedro stürzte; sie sah Gustav und Leopold zu ihm laufen, ihm in den Arm fallen und ruhig auf ihn einreden. Meyer verband einem Mann, der ohne Hemd und Jacke auf den Verandastufen saß, eine Fleischwunde am Oberarm. Es dauerte einen Augenblick, bis sie in dem Verwundeten André erkannte, so verzerrt und bleich war seine Miene, so tropfnaß waren seine Haare vom Regen.

»Du hättest tot sein können«, sagte Rolf schlicht und unverblümt, stand auf und kam auf Angeline zu.

Sie sah ihn an. Die graugrünen Augen standen groß im blassen Oval ihres Gesichts. »Du auch.«

»Ich habe die Möglichkeit, mich zu wehren, du dagegen...«

»Ich dagegen habe nur Verstand und meinen guten Stern? Was für eine Rolle spielt das jetzt? Ich lebe ja noch.« Sie wollte umarmt werden, sie wollte, daß er ihr Wärme und Geborgenheit schenkte. Sie verstand seine Gewissensbisse und sein Pflichtgefühl, auch seinen Zorn, daß sie so viel für ihn gewagt hatte, doch das war ein schwacher Trost.

»Sei nicht so frech zu deinem Lehrer«, erwiderte er leise. »Sehen wir einmal davon ab, daß ich um dich zittere und bebe. Ich will wissen, welches böse Gerücht, welche Perfidie dahintersteckt, daß du überhaupt eine Notwendigkeit gesehen hast, hierherzukommen.«

Sie machte den Mund auf, um es ihm zu erzählen, aber er nahm unvermittelt ihren Arm und führte sie in die wärmende, schützende Blockhütte. Drinnen trat er an den Kamin und legte mit flinken, geschickten Bewegungen Holz auf die erlöschende Glut. Als das Feuer zu lebensspendender Wärme aufloderte, zog er Angeline den durchweichten Mantel aus, nahm eine Decke von einem der Betten, legte sie ihr um und schob einen Stuhl für sie ans Feuer. Erst dann durfte sie sprechen.

Die Hitze durchdrang ihre klammen Kleider bis auf die eiskalte Haut. Angeline zitterte, aber ihre Stimme war fest. Es kostete sie Mühe, sich nichts anmerken zu lassen, doch ihre Geschichte war ja nicht lang.

»Bist du sicher, daß Morning Star keinen Hinweis fallen ließ, wer sie zu dem Spanier geschickt hat?« fragte Rolf und starrte stirnrunzelnd ins Feuer. Er nahm die Hitze, die davon ausging, kaum wahr, obwohl er näher an den Kamin herangetreten war.

»Ja. Außerdem hatte ich auf dem Weg hierher viel Zeit, darüber nachzudenken.«

Er schwieg einen Moment, und als er den Mund aufmachte, schienen ihr seine Worte keinen Zusammenhang zu dem Thema zu haben. »Oskar wurde nicht von vorne getroffen, sondern in die Seite, und zwar in die rechte.«

Angeline starrte ihn an. Das Staunen verschwand allmählich aus ihrem Gesicht und machte dem Entsetzen Platz. Der Graben, in dem der Spanier mit seinen Männern gelegen hatte, befand sich aus der Sicht der angreifenden Garde links von der Blockhütte. Rolfs kampferprobte Gefährten hatten sich nicht auf einmal, sondern in mehreren Gruppen hineingestürzt, wahrscheinlich aus verschiedenen Richtungen. Oskar – das bewies die Stelle, an der er fiel – war bei denen, die einen Frontalangriff führten. Das bedeutete, daß ihn in der ersten Verwirrung, als die Falle zuschnappte, einer der eigenen Leute erschossen haben mußte. Zögernd zwang sich Angeline zu einer weiteren Schlußfolgerung: Es war kein Unfall.

Argwöhnte Rolf etwas? Der dumpfe Schmerz, der aus der Tiefe seines Blickes sprach, gab darauf Antwort. Er dachte dasselbe, und diese Erkenntnis quälte ihn. War Oskar in der Dunkelheit mit ihm verwechselt worden? Oder war es Absicht gewesen, auch wenn der Grund im dunkeln blieb? Hatte Oskar etwas gewußt, vermutet oder gesehen, ohne daß es ihm selbst bewußt gewesen war?

Angeline sah auf. Ihr schwirrte der Kopf von Oskars Theorie, es gebe einen vom König gedungenen Mörder. Als sie Rolfs angespannte Miene erblickte, hielt sie den Mund. Er hatte im Moment Sorgen genug, so daß sie ihn nicht auch noch mit der Möglichkeit behelligen wollte, daß ihm sein eigener Vater den Tod wünschte. Mitten im Schlachtgetümmel hatte Rolf sich um sie gekümmert, sie aufgewärmt, sie zugedeckt und ihr seine innersten Gedanken anvertraut. Sie konnte ihm das doch nicht vergelten, indem sie ihm solch einen Schmerz zufügte, nicht jetzt.

Statt dessen fragte sie: »Was ist mit Claire?«

»Eine gute Frage. Wir wollen sehen, was unser spanischer Freund dazu zu sagen hat.«

Wenn Don Pedro sich eingebildet hatte, er könne sich mit Hilfe dieses Wissens aus der Schlinge ziehen, fand er dafür keine Bestätigung. Rolf wollte keinen Handel abschließen und blieb dabei. Er teilte dem Spanier mit, daß die Entscheidung über sein Schicksal McCullough überlassen sei, er selbst könne höchstens Don Pedros Lage mehr oder weniger angenehm gestalten.

Angeline erlebte mit, wie der kriegerische Prinz aus dem harten spanischen Räuber die Information herausholte, die er brauchte. Wenn sie es noch nicht gewußt hätte, wäre ihr dabei klargeworden, daß er sie wirklich mit ausgesuchter Rücksicht behandelt und außerordentliche Selbstbeherrschung bewiesen hatte. Doch bei dem Mann, der Claire entführt hatte, hielt er das nicht für angebracht.

Don Pedro fluchte und schrie Verwünschungen, brach aber nach kurzer Zeit zusammen. Er erzählte Rolf, daß Claire ihm schon bald zur Last gefallen sei. Er habe sie in Los Adais für ein Pferd mit Sattel eingetauscht. Der Mann, der sie erworben habe, sei ein Berufsspieler und wolle sie auf die Straße schicken. Er habe keinen festen Wohnsitz. Vermutlich seien sie – weiß Gott warum – nach Natchitoches geritten.

Dann ging alles sehr schnell. Oskar wurde im Licht einer Laterne beerdigt, und das schlammige Grab mit einem hastig zusammengezimmerten Kreuz gekennzeichnet. Rolf und die Garde plünderten die Vorräte des Spaniers und steckten alles, was brauchbar war, in ihre Satteltaschen. Jim Bowie, der es nach Beendigung des Kampfes eilig hatte, weiterzukommen, erbot sich, sie nach Natchitoches zu führen, was mit Verbeugung und Handschlag angenommen wurde. André war abkommandiert, Angeline zum Räuberlager zurückzubringen, wohin McCullough und seine Männer später nachkommen sollten. Ein Grund wurde nicht genannt, aber es lag auf der Hand, daß mit den Gefangenen etwas geschehen mußte.

Angeline war halbwegs trocken, nachdem sie sich vor dem Feuer hin und her gedreht hatte wie ein Spießbraten. Rolf kam zu ihr und legte ihr einen Regenumhang um.

»Das kann ich nicht annehmen«, sagte sie und streckte Rolf mit unvermittelter Nervosität das Kleidungsstück hin. »Du wirst doch sonst tropfnaß.«

»Aber nein. Er gehörte Oskar, und der braucht ihn jetzt nicht mehr. Es gibt keinen Grund, zimperlich zu sein – er hat ihn schon vor dem ersten Schußwechsel ausgezogen.«

Sie sah ihm tief in die Augen. »Ich... ich wünschte, ich könnte mitkommen nach Natchitoches.«

»Daß Claire dort ist, könnte sich einmal mehr als eine langbeinige Schimäre erweisen, die uns in ihrem Übermut immer weiter fortlockt. Sollen wir wetten?«

»Aber Don Pedro hat doch geschworen...«

»Der Eid eines Todgeweihten, der noch dazu nach McCulloughs Meinung keinerlei Aussicht auf das Paradies besitzt. Außerdem ist es ein langer, ermüdender Ritt ohne Übernachtungsmöglichkeit.«

»Wenn du es durchhältst, kann ich es auch.«

»Meinst du wirklich, meine süße Angeline, oder folgst du der Stimme des Herzens statt der Vernunft?«

Für einen Moment streifte er Angeline mit einem liebevollen Blick, der ihren Schmerz besänftigte. »Ich könnte es versuchen.«

»Das könntest du, aber ich lasse es nicht zu. Geh mit André. Das ist jetzt das beste.«

Er trat unvermittelt auf sie zu, zog sie an sich und preßte ihr seinen warmen, festen Mund auf die Lippen. Der Kuß war besitzergreifend und schmeckte ein wenig nach Verzweiflung. Als er sie losließ, lag in der sehnigen Stärke seiner Arme ein Zögern, so daß es Angeline große Willenskraft kostete, sich von ihm loszureißen.

Er gab mit leiser Stimme ein paar Anweisungen und sammelte seine Männer um sich. Zusammen mit Angeline und André verließen sie das Blockhaus. Die Pferde wurden vorgeführt. Gustav hob Angeline in den Sattel. Sie blieb mit schlaffen Zügeln sitzen und wartete, bis André aufgesessen war, der den Arm in einer notdürftigen Schlinge trug, und auch die Garde auf die Pferde stieg. Angelines hartnäckiger Verehrer nahm ihr Pferd am Zügel und führte sie aus dem Gedränge; fort von der Garde und ihren Abschiedsrufen, fort vom Fluchen und Stöhnen der Männer des Spaniers, die jetzt auf die Beine gestellt und von der Veranda heruntergezerrt wurden, fort von McCulloughs Leuten, die schon die Stricke um die Äste ehrwürdiger Lebenseichen warfen.

Angeline blickte sich nach Rolf um, der auf seinem Pferd saß und für den Lärm und die Verwirrung um ihn herum blind und taub war. Geistesabwesend starrte er ihr nach. Die *garde du corps*, die jetzt nur noch zu viert war, trabte wie ein Mann an. An der Spitze ritt Rolf, neben ihm Jim Bowie. Wie ein Schwarm Wildgänse stoben sie auf gen Norden, dem Frühling entgegen, während sie, Angeline, in die entgegengesetzte Richtung ritt. Dann entschwanden sie ihren Blikken.

Angeline sah nach vorne. Die Zeit verstrich. Der Abstand zwischen ihr und Rolf von Ruthenien vergrößerte sich immer mehr. Ihr war, als werde sie in zwei Teile gerissen, ihr schmerzte die Kehle von ungeweinten Tränen, und ihre Brust schnürte sich zusammen. Zwischen ihr und dem Mann, der davonritt, bestand ein unsichtbares Band. Angeline ließ die Tränen über ihre Wangen strömen. Sie vermischten sich mit dem Regen.

Neben ihr ritt André vorwärts wie ein Schatten. Die Hufe der Pferde plantschten durch den Straßenschlamm. Angeline war froh über den Schutz der Nacht, den Regen und die Geschwindigkeit ihres Ritts, die ein Gespräch verhinderten. Sie hätte jetzt nichts sagen können. Sie durchlebte im Geiste jede Einzelheit des Lebewohls von Rolf und der Garde, und sosehr sie auch grübelte, sie fand keinen Hinweis darauf, daß es nicht ein Abschied für immer war.

17

Rauch wirbelte in dünnen Schwaden aus ausgebrannten Trümmern und mischte sich mit dem grauen Licht des Morgens. Frauen, deren Gesichter vom Weinen und der Hitze gerötet waren, durchstöberten die rußgeschwärzte, nasse Ruine in der Hoffnung, noch etwas Brauchbares retten zu können. Kinder kauerten unter versengten Bäumen, und ein Mädchen mit schwarzen Zöpfen und einer großen Zahnlücke schöpfte Wasser vom Ziehbrunnen. Der irdene Krug, den sie dafür verwendete, war offenbar alles, was an Geschirr noch übrig war.

Angeline und André betrachteten vom Pferd aus die Überreste von McCulloughs Lager. Von den Gebäuden und Schuppen stand nichts mehr; alles war ein Raub der Flammen. In der Morgendämmerung war auch von den Haustieren nichts zu sehen, nur ein Zwerghahn scharrte mit durchnäßtem, grünem und rostrotem Gefieder, wo einmal der Stall gewesen war. André winkte einen flachsblonden Jungen zu sich heran.

»Die diebischen Rothäute warn's«, antwortete der Junge auf Andrés Frage. »Sind mitten in der Nacht über uns hergefallen, der Stamm von McCulloughs Mädchen. Haben alles mitgehen lassen, soweit sie's nicht in Schutt und Asche gelegt haben. Ma sagt, daß wir woanders unterkommen müssen, bis die Blockhütten wieder aufgebaut sind.«

Der Junge fing den Penny auf, den André ihm zuwarf, umschloß ihn fest und rannte davon. Der Mann an ihrer Seite fragte leise: »Was jetzt, Angeline?«

Sie raffte sich zu einem Lächeln auf und sah ihm in die dunkelbraunen Augen. »Wenn Sie fragen, was ich zu tun gedenke, ich habe kein Ahnung.«

»Sie stimmen mir also zu, daß das die Sachlage ändert? Sie können doch nicht im Freien übernachten wie ein wildes Tier.«

»Bestimmt weiß McCullough eine Unterkunft, vielleicht die, die wir vorhin verlassen haben.«

»Ja, und dann sollen diese Frauen und Kinder an einen Ort geführt werden, wo die Leute des Spaniers wie faules Obst an den Bäumen hängen? Das heißt, natürlich nur, wenn sie in einem Augenblick der Zerstreuung vergessen haben, den roten Hahn aufs Dach zu setzen.«

Angeline runzelte die Stirn. Das Bild, das André heraufbeschwor, war nur allzu wahrscheinlich. »Was sollen wir denn sonst tun?«

»Sie könnten doch nach New Orleans zu meiner Mutter mitkommen.«

Madame Delacroix war inzwischen bestimmt zur winterlichen Saison in die Stadt gefahren. In der letzten Januarwoche verschloß sie gewöhnlich ihr Haus bei St. Martinville und machte sich mit großem Gepäck auf die beschwerliche Reise.

»Das... das ist ein großzügiges Angebot, aber es ist nicht nötig.«

»Für wen? Für mich ist es durchaus nötig! Angeline, ich liebe Sie, ich möchte Ihnen helfen. Mir blutet das Herz, wenn ich Sie so sehe, ohne einen Menschen, ohne Heimat und ohne die Möglichkeit, wenigstens die Kleider zu wechseln. Kommen Sie mit, ich bitte Sie!«

»Ich möchte Ihnen nicht zur Last fallen«, erwiderte sie bekümmert und sah zu, wie sich eine Frau mit Triumphgeschrei auf einen angekohlten Schinken stürzte, worauf auch die anderen stolpernd über die rauchenden Trümmer liefen.

»Sie werden mir nicht zur Last fallen. Meine Mutter wird sich gerne um Sie kümmern, besonders wenn Sie in Ihnen ihre zukünftige Schwiegertochter sieht.«

Sie sah ihn an. »Sie wollen mich heiraten? Jetzt noch?«

»Es ist mein sehnlichster Wunsch.«

Noch ein Antrag. Wie schwach und hilflos mußte sie wirken, daß sie in allen Männern den Beschützerinstinkt weckte! Innerlich spürte sie durchaus keine Schwäche. Sie fühlte sich stark und voll Leben, trotz ihrer momentanen Müdigkeit. Rolf war der einzige, der ihr nicht den Schutz seines Namens gewähren wollte, der einzige.

»Bedenken Sie, Angeline, *ma chère*«, fuhr André fort, als sie schwieg, »was wird, wenn Prinz Rolf nicht zu Ihnen zurückkehrt? Wenn... wenn Sie ein Kind bekommen?«

Sie hob den Kopf und errötete leicht. »Ja, was dann?«

»Ich werde ihm um Ihretwillen meinen Namen und meine Liebe geben. Und ich schwöre, daß ich Ihnen nie Vorwürfe machen oder etwas bedauern werde.«

»Sie sind zu liebenswürdig, André. Das kann ich nicht...«

»Liebenswürdig?« Er war außer sich. »Ich wünsche es mir innigst und bete, daß Sie mir Ihr Jawort geben! Ihre Freundschaft war mir immer teuer, ich habe Sie für Ihre Courage, Ihre Schönheit, Ihre Sanftmut bewundert. Aber erst als ich Sie über die entwürdigenden Bedingungen der letzten Woche hinauswachsen sah, wußte ich, wie sehr ich Sie liebe.«

Angeline hörte seiner Erklärung kaum zu. Es konnte wirklich sein, daß sie ein Kind bekam. Sie hatte die Tage und Wochen nicht gezählt, aber sie wußte, daß sie ihre Monatsblutung zum letzten Mal vierzehn Tage vor der Soirée bei Madame Delacroix gehabt hatte. Wenn sie bisher daran gedacht hatte, war sie froh gewesen, hier davon verschont zu bleiben, wo so etwas dermaßen lästig war. Doch im Hintergrund lauerte stets die quälende Angst. Seit kurzem überkamen sie gelegentlich leichte Wellen von Übelkeit, und sie konnte starke Gerüche nicht mehr ertragen. Es gab noch andere Anzeichen, zwar klein, aber vielsagend.

Was also sollte sie jetzt machen? Auf McCulloughs Rückkehr warten und ihn weiß Gott wohin begleiten in der Hoffnung, daß Rolf sie fand, und zwar, bevor der Schotte die Chance ergriff, die Vergewaltigung, bei der er gestört worden war, noch einmal zu versuchen? Rolf hatte offenbar darauf vertraut, daß die Angst vor seiner Rache und Andrés Anwesenheit McCullough an einem zweiten Versuch hindern würde. Aber wenn sie André abwies, welchen Grund hatte der dann noch, bei ihr zu bleiben?

Sie schob die Kapuze zurück und strich sich müde das Haar aus der Stirn. »Könnten wir eine Weile absteigen? Ich würde gerne ein Stück zu Fuß gehen, und vielleicht hilft das auch gegen mein Kopfweh.«

»Warum haben Sie nichts davon gesagt?« fragte André besorgt, stieg ab und reichte ihr den unverletzten Arm, um ihr aus dem Sattel zu helfen. »Die Pferde müssen sowieso ausruhen. Sie müssen weiden und getränkt werden. Ich glaube nicht, daß es hier etwas anderes als Wasser gibt. Ich bringe Ihnen welches.«

Er nahm den Silberbecher seiner Feldflasche aus der Satteltasche und ging zum Brunnen. Als er zurückkehrte, warf Angeline ihm einen fragenden Blick zu, da der Becher eine trübe Flüssigkeit enthielt. »Ein Pulver gegen Ihre Kopfschmerzen. Ich bringe noch mehr Wasser, wenn Sie es genommen haben.«

Angeline hielt den Atem an, trank einen Schluck und schüttelte sich wegen der Bitterkeit. »Ist es nicht ein bißchen zu stark?«

»Kann sein. Es ist aber die Dosis, die mir empfohlen wurde – wegen meines Arms, wissen Sie.« Er klopfte dem Pferd, das neben ihm graste, den Hals. »Rolf hat es mir durch Meyer zukommen lassen, es kann also nicht schaden.«

»Nein, vermutlich nicht«, erwiderte sie mit Zweifel in der Stimme. Dann riß sie sich zusammen, trank den Becher aus und gab ihn André zurück. Er nahm ihn und warf einen gehetzten, suchenden Blick in die Richtung, aus der sie gekommen waren.

Angeline musterte ihn und sagte: »Am besten trinken Sie auch etwas davon.«

»Ja, gleich.« Er ging mit schnellen Schritten zurück zum Brunnen. Wenn er seinen Anteil an Laudanum zu sich nahm, sah sie jedenfalls nichts davon. Angeline runzelte die Stirn und fragte sich, ob er ihr die einzige Dosis gegeben hatte, die da war. Es widerstrebte ihr, so viele Opfer anzunehmen. Meyer hatte ihr seinen Mantel gegeben, Oskar den Regenumhang und jetzt... Oskar, der ruhige, sanfte Oskar, der auf der Gitarre so schöne Zigeunermusik spielen konnte; er brauchte den Umhang nicht mehr.

Ihre Gedanken irrten ab. Ihre Beine waren wie Blei. Sie mußte sich an den Bretterzaun lehnen. André trödelte am Brunnen herum, sprach mit den Kindern und verteilte Pennystücke unter sie. Doch endlich kam er auf sie zu, aber er schwankte dabei ein bißchen. Auch die Bäume im Hintergrund und die beiden Halbwüchsigen, die hinter André her trotteten und Angeline mit weit aufgerissenen Augen angafften, schienen ins Wanken zu kommen. Als sie einen Schritt auf André zu tat, strauchelte sie.

Er fing sie auf; halb führte und halb trug er sie zum Zaun. Die beiden Jungen brachten die Pferde, die mit gesenkten Köpfen an den Grasbüscheln am Rande der Einfriedung knabberten.

»Tut mir leid, Angeline«, murmelte André. »Ich hatte keine Wahl.«

Dann hob er sie auf und stöhnte dabei, da ihn sein verletzter Arm schmerzte. Er schwankte ein wenig, so daß sie fast gefallen wäre und sich an seinem Kragen festklammern mußte. André schwang sich mit seiner Last in den Sattel und setzte Angeline vor sich, wo sie steif und willenlos die Wange an seine Brust lehnte. Er trieb das Pferd zu einem müden Trab an. Angeline schloß bei dieser schaukelnden Bewegung ihre bleiernen Lider und schlief ein.

Die Morgensonne floß ins Zimmer wie goldener Sirup. Mit ihrer Wärme hatte sie schon die Kühle der Nacht vertrieben, obwohl unter dem Marmorsims auch fröhlich und tröstlich ein kleines Feuer brannte. Angeline lag mitten in einem Himmelbett aus Rosenholz mit geschnitztem Blattwerk. Neben ihr stand für ein Frühstück im Bett ein auf Hochglanz poliertes Silbertablett auf einem Mahagonitischchen; eine Kakaokanne aus Porzellan mit Rosenmuster, aus der der Wohlgeruch des Getränks aufstieg, eine Tasse und Untertasse, ein Teller mit frischen Croissants, über die eine Serviette gebreitet war, und ein kleiner Strauß Narzissen in einer silbernen Vase standen darauf. Der Duft von Blumen und Kakao hing im Raum und reizte ihre Sinne.

Angeline nahm die Kanne und schenkte sich eine Tasse ein. Noch nie im Leben war sie so verhätschelt worden, nicht einmal, wenn sie krank war. Seit nunmehr drei Tagen hatte sie nicht aufstehen dürfen. Man hatte sie mit den neuesten Modejournalen aus Paris und mit Romanen in marmoriertem Einband versorgt und ihr lauter Häppchen und Leckerbissen gereicht, um ihren Appetit anzuregen.

Anfangs war sie so müde gewesen, daß sie sich dem wunderbar beruhigenden Luxus überlassen hatte. Sie war sogar zu erschöpft gewesen, um sich dagegen zu wehren, von Helene Delacroix' Zofe wie ein Baby gebadet und frisiert zu werden. Ihre Mattigkeit hatte auch ihr Gutes: Sie konnte sich kaum an die lange Reise nach New Orleans erinnern. Als die Wirkung des Kopfschmerzmittels verflogen war, waren sie schon zwölf Wegstunden vom Niemandsland entfernt, und Angeline lag in einer Kutsche, die André irgendwie hatte besorgen können. Er hatte es rundweg abgelehnt, wieder umzukehren, und ihr war es so schlechtgegangen, daß sie bei dem Versuch, aus dem Wagen zu steigen, beinahe umgefallen wäre, wenn André sie nicht aufgefangen hätte.

Sie waren trotz Andrés rotumränderter Augen und seiner Blässe die ganze Nacht durch gefahren. Angeline hatte sich ein wenig von ihrer Übelkeit erholt, war aber so niedergeschlagen gewesen, daß ihr ganz gleich war, wohin sie ging und mit wem.

Sie erinnerte sich jedoch noch genau, wie sie nach einigen Tagen im Stadthaus der Familie Delacroix ankamen und man sie zu Madame Helene hineinführte, zu Andrés Mutter. Angeline war betroffen von der schockierten, entsetzten Miene auf dem Gesicht dieser Modedame. Was sie erschreckte, war offenbar weniger der Verstoß gegen die Konventionen als das Aussehen von Angeline, die durchnäßt in ihrem abgetragenen grauen Kleid, ihrem zerknitterten Mantel und mit zerzausten Haaren dastand. Und André bot einen ebenso schmutzigen und ungepflegten Aufzug. Was, wenn sie so von einem Bekannten erblickt worden waren? Oder wenn man sie in einem so scheußlichen Vehikel hatte ankommen sehen? *Tiens*, nicht auszudenken! Erst dann bemerkte Madame Delacroix, daß ihr einziger Sohn den Arm in der Schlinge trug, und fragte, wie sie hierherkamen, noch dazu in diesem Zustand.

André war während der Reise die Aufmerksamkeit in Person gewesen. Er hatte alles getan, um für Angelines Bequemlichkeit zu sorgen, alles, bis auf das eine: zu McCullough zurückzukehren. Ihr Ärger hatte ihn nicht aus der Fassung gebracht. Er bedauerte, blieb aber fest. Weder Tränen noch Drohungen hatten ihn davon abbringen können, zu tun, was er für richtig hielt.

Zuweilen war sie ihm beinahe dankbar, daß er die Sache in die Hand genommen hatte. Zwar verzieh sie ihm nicht, sie betäubt zu haben, aber ihr war die Entscheidung so schwergefallen, daß sie vor Unentschlossenheit wie gelähmt war. Es war das Klügste, Andrés Vorschlag anzunehmen, und doch zweifelte Angeline daran, daß sie sich dazu hätte durchringen und Rolf verlassen können. Es ist wahr, dachte sie, er hat mich fortgeschickt und kein Wort gesagt, wann er zurückkommt. Aber er hat auch nicht gesagt, daß er nicht zurückkommt.

Es klopfte leise an die Tür, und sie seufzte erleichtert auf, daß eine Ablenkung von ihren Gedanken möglich wurde, die sich endlos im Kreise drehten. Sie richtete den Blick auf die geschnitzte Tür mit dem Porzellanknauf und rief: *»Entrez!«*

Helene Delacroix wirbelte in einem blauen Samtmorgenmantel herein. Sie trug eine reizende Batistspitzenhaube, die unter dem Ohr mit einer blauen Schleife zusammengebunden war. Hinter ihr trat ihre Zofe mit einem Stapel Kleider im Arm ein, die sie so sorgfältig hielt wie eine Amme den jüngsten Nachwuchs.

»*Bonjour, ma chère!* Ich hoffe, Sie haben gut geschlafen?«

»Danke, wunderbar.« Sie hatte sich die ganze Nacht hin- und hergeworfen, eine Folge, wie sie vermutete, von zuviel Sorgen und zu wenig Bewegung, aber eine Beschwerde wäre unhöflich.

»Gut. Vielleicht sind Sie ausgeruht genug, um ein wenig Interesse für Mode zu entwickeln, ja?«

»Ich glaube nicht...«

»Doch, Sie müssen mich gewähren lassen, *chère!* Meine Tochter hatte nie Freude an Kleidern und hat sich von mir nie beraten lassen. Sie ahnen ja nicht, wie sehr ich mir wünsche, jemandem meinen Geschmack aufdrängen zu dürfen!«

»Ich habe doch ein Kleid«, antwortete Angeline und mußte selbst ein wenig lächeln.

»Was, das graue Ding? Das taugte doch nur noch fürs Feuer, und da hinein habe ich es geworfen – oder werfen lassen«, fügte sie mit strenger Wahrheitsliebe hinzu.

»Sie haben mein Kleid verbrannt?« fragte Angeline, und ihr Lächeln wurde zu einem ungläubigen Stirnrunzeln.

»Es war das beste, glauben Sie mir. Jeder, der Sie darin gesehen hätte, hätte es für ein Büßerhemd gehalten. So geht es nicht. Sie müssen Gelassenheit zeigen und dem Tratsch die Stirn bieten. Das ist Ihre einzige Chance.«

»Vielleicht wäre es so, wenn ich die Absicht hätte, mich in Gesellschaft zu begeben, aber ich will nicht...«

»Nicht ausgehen? Fatal, *ma chère*, fatal! Dann wird jeder glauben, daß Sie etwas zu verbergen haben.« Als Madame Delacroix Angelines Miene sah, unterbrach sie sich mit einem ärgerlichen Ausruf. »Ach, ich wollte es Ihnen doch nicht ins Gesicht sagen. Aber, *chère*, Sie müssen wissen, daß jeder über Ihre Entführung durch den Prinzen Bescheid weiß. Seit ich in der Stadt bin, gibt es kein anderes Thema. Es ist das *on-dit* der Saison!«

»Dann werde ich bestimmt nicht ausgehen!« erklärte Angeline, stellte die Tasse klappernd ab und schob das Tablett weg, da ihr der Appetit auf einmal vergangen war.

»Aber Sie müssen! Sie können sich nicht ewig verstecken. Ich nehme Sie unter meine Fittiche und werde einigen wenigen, nur einigen wenigen, hinter vorgehaltener Hand zuflüstern, daß alles weit übertrieben sei und daß André, der edle Ritter, Ihnen rechtzeitig zu Hilfe kam. Wenn dann das Aufgebot verlesen wird, werden es alle glauben, weil keiner denkt, daß mein Sohn eine befleckte Braut nimmt. Das ist natürlich alles Unsinn, denn warum sollte er nicht, wenn er Sie liebt? Aber die Leute legen nun einmal Wert auf diese Farce.«

Angeline sah sie an. »Madame, Sie sind zu vorschnell. Über die Heirat besteht noch keine Einigkeit.«

Eine Spur von Erleichterung war für einen flüchtigen Augenblick in der Miene von Andrés Mutter zu lesen. Höflichkeit und Mitleid drängten dieses Gefühl jedoch rasch wieder in den Hintergrund. »Aber er hat gesagt, daß es so kommen wird, und von dem her, was er erzählt hat, halte ich es ebenfalls für das Beste.«

»Er nimmt zuviel auf sich.«

»Sie dürfen ihm nicht böse sein. Seine Liebe zu Ihnen hat ihn veranlaßt, sich mir anzuvertrauen und mich um Hilfe zu bitten. Er wußte immer schon, was er will, und hat seinen Kopf stets durchgesetzt.«

»Das bezweifle ich nicht«, erwiderte Angeline mit einem ironischen Lächeln. »Aber ich kann nicht zulassen, daß er nach Gutdünken über mein Leben verfügt.«

Helene Delacroix sah Angeline nüchtern an. »Was wollen Sie denn sonst tun, *chère?* Stellen Sie sich vor, was geschieht, wenn Sie nicht einwilligen. Ich helfe Ihnen, so gut ich kann, denn ich fürchte, daß Sie ohne respektable Heirat, und das sehr rasch, bald todunglücklich werden.«

»Da ist nichts zu machen.«

Madame Delacroix sah sie lange an, hob dann die plumpen Schultern unter dem blauen Samt. »Ich überlasse es Ihnen und André, aber ich warne Sie, er wird sich nicht leicht davon abbringen lassen. Jedenfalls können Sie jetzt nicht nackt herumlaufen, ob Sie sich nun hinauswagen oder nicht. Schauen Sie sich an, was ich hier habe.«

Ihr Ton war so freundlich, ihr Verhalten so vernünftig, daß Angeline schlecht ablehnen konnte. Die Zofe, eine Schwarze mit zierlicher Figur und strahlendem Lächeln, die eine fast ebenso prächtige

Haube wie ihre Herrin aufgesetzt hatte, trat heran und legte die Kleider aus Seide, Samt, Satin und Tüll in allen Regenbogenfarben aufs Bett. Erst jetzt schaute sich Angeline den Staat genau an und rief überrascht: »So viel?«

»Ja, leider«, erwiderte Helene mit bedauerndem Lächeln. »Ich bin ein wenig *embonpoint* diese Saison. Ich habe mir die Sachen letztes Jahr in Paris machen lassen, und wie ich mich auch abmühe, ich kann mich nicht mehr hineinzwängen. Ceci würdigt sie keines Blicks, wenn Sie also...«

Ceci war Andrés Schwester, und Angeline war mit ihr befreundet, obwohl sie ein, zwei Jahre jünger war. »Ist sie da?«

»Nein. Sieht ihr das nicht ähnlich? Sie hat zwei Wochen vor unserem Aufbruch in die Stadt die Windpocken bekommen. Was bin ich erschrocken! Es hätten ja auch die schwarzen Pocken sein können, wissen Sie. Sie bleibt auf der Plantage und leistet ihrem Vater Gesellschaft, bis die Narben verheilt sind. Ich fürchte, auf ihre Loge in der Oper muß sie bis nächstes Jahr warten. Doch genug davon. Probieren Sie das Apfelgrüne. Es steht Ihnen bestimmt ganz reizend, und wir brauchen zum Ändern nur ein paar Stiche.«

Diese Einschätzung erwies sich zwar als ziemlich optimistisch, aber Angeline konnte innerhalb von vierundzwanzig Stunden ihr Zimmer verlassen. In ihrem schlichten zimtfarbenen Spenzer über einem apfelgrünen Seidenkleid mit hoher Taille und herzförmigem Ausschnitt sah sie aus wie eine Königin. Sie hatte sich das Haar vorne schneiden lassen, so daß sich um ihr zartes Gesicht modische Löckchen ringelten. An den Füßen trug sie Schuhe aus Handschuhleder mit Samtschleifen in Zimt. In einem der Räume im ersten Stock war eine Näherin damit beschäftigt, die anderen drei Kostüme für sie herzurichten, die ihr Helene aufgedrängt hatte, eines in Lavendel und tiefem Königsblau, eines in Rosé und einen Mantel, eine Redingote, aus gelbgestreiftem Faille.

Angeline erkundigte sich, wo Madame Delacroix sei, und erhielt zur Antwort, sie halte sich im Frühstückszimmer auf. Dort erledigte sie gewöhnlich ihre Korrespondenz und führte die Haushaltsbücher. Angeline klopfte und trat mit übertriebenem Schwung ihrer Röcke ein.

Madame Delacroix sah vom Schreibpult auf und stellte die Feder, die sie gerade in der Hand hielt, in ein Tintenfaß aus poliertem Onyx. Ihr Sohn, der hinter ihr stand, schaute auch auf und lächelte leise.

»Reizend«, sagte Helene, »findest du nicht auch, André?«

»Hübsch«, erwiderte er und räusperte sich, da seine Stimme auf einmal belegt war.

»Ich danke Ihnen«, entgegnete Angeline fröhlich, als sie ihre Gelassenheit wiedergewann. »Was stecken Sie beide da denn die Köpfe zusammen?«

»Eine gute Frage.« Helene warf ihrem Sohn einen flüchtigen Blick zu. »Es betrifft Sie, *chère*. Ich wollte Sie noch um Ihren Segen bitten, bevor ich den Brief abschicke, und habe mich mit André über den Wortlaut beraten. Sehen Sie, ich schreibe an Ihre Tante, um ihr Ihre sichere Rückkehr mitzuteilen.«

»Das... ist sehr freundlich von Ihnen, aber, wie ich fürchte, vergebliche Liebesmüh.«

»Das hat André auch gesagt. Ich kann es aber nicht mit meinem Gewissen vereinbaren, sie im dunkeln zu lassen.«

Hoffte Madame Delacroix, daß Tante Berthe kam und Angeline aus dem Haus holte, bevor sie Andrés Überredungskünsten erlag? Sie konnte es ihr nicht verdenken. Dennoch war sie verletzt, denn schließlich hatte es eine Zeit gegeben, wo Andrés Mutter mit der Partie vollkommen einverstanden war.

»Tun Sie, was Sie für richtig halten«, murmelte sie gequält.

»*Chère*, machen Sie doch nicht so ein Gesicht!« rief Madame Delacroix. »Ich würde mich gar nicht wundern, wenn Berthe de Buys nächste Woche in die Stadt käme. Sie werden sehen.«

Nichts dergleichen geschah. Um Angeline von der gleichgültigen Haltung ihrer Tante abzulenken, besuchte Madame Delacroix mit ihr die Läden. Sie spazierten den Uferdamm entlang und um die Place d'Armes vor der St. Louis Kirche. Helene begrüßte Bekannte und blieb ab und zu stehen, um ihre junge Freundin vorzustellen. Ruhig und ungerührt reagierte sie auf plötzliches Erstaunen und gestammelte Antworten.

Am Sonntagabend besuchten sie das Théâtre d'Orléans, wo in einer Gastvorstellung von Rossinis neuer komischer Oper »Der Barbier von Sevilla« eine Pariser Diva Furore machte, deren Stimmumfang beinahe ebenso beeindruckend war wie ihr wogender weißer Busen. In der Pause wurden sie in ihrer Loge von zwei älteren Damen mit äußerst aristokratischem Auftreten aufgesucht, die während der Darbietung den stechenden Blick mehr auf Angeline als die Reize der Diva gerichtet hatten. Sie schwatzten eine Weile und stellten Angeline belanglose, einfache Fragen, wobei ihnen keine Einzelheit ihrer Erscheinung, ihres Verhaltens und ihrer Persönlichkeit entging. Eine Einladung zu einem Besuch bei ihrer lieben Freundin Helene am nächsten Tag nahmen sie gnädig an und verabschiedeten sich.

»Na, *chère*«, sagte Madame Delacroix und lehnte sich mit einem glücklichen Seufzer in ihrem Sessel zurück. »Nun werden wir ja sehen. Es gibt keine bedeutenderen Stützen der Gesellschaft als diese beiden, die sogar Marie Antoinette aufgewartet haben. Wenn die Sie akzeptieren, ist alles gut. Wenn nicht, sind wir verloren.«

Angeline war gar nicht wohl dabei, wie ein Zirkusgaul oder eine Sklavin auf dem Markt begutachtet zu werden. Am nächsten Morgen legte sie das Kleid aus rosa Seide an und begab sich in trotzig steifer Haltung in den Salon, wo die beiden Damen plauderten.

Angeline fühlte sich unbehaglich und wußte nichts auf die Fragen zu erwidern, die wie in einem Kreuzverhör auf sie einhagelten. Es half ihr dabei wenig, daß Helene dann und wann die Stirn runzelte oder ihr aufmunternd zunickte. Ihre Gastgeberin unternahm zwischendurch den tapferen Versuch, die beiden Damen mit einer Geschichte über den Zusammenstoß eines Frachtkahns mit einem der wenigen regelmäßig verkehrenden Schaufelraddampfer auf dem Mississippi abzulenken. Sie hörten ihr mit glasigen Augen zu und eröffneten erneut das Feuer mit harmlosen, nie direkt indiskreten Fragen, die Vertrauen erwecken sollten. Ob Mademoiselle Fortin vielleicht die Kathedrale der ruthenischen Hauptstadt ein Begriff sei? Der Prinz müsse sie doch erwähnt haben. Die Mutter des Prinzen sei eine feine Frau und mit dem bairischen Haus Wittelsbach verwandt. Es gehe das Gerücht, daß eine Kusine derselben Linie der Dynastie zu Maximilians Braut ausersehen gewesen sei. Ob geplant sei, diese Dame jetzt mit Rolf zu verheiraten? Das wisse sie nicht? Wie eigenartig. Es wäre faszinierend zu erfahren, über welche Themen sie mit dem Prinzen gesprochen habe. Der Geschmack und die Interessen einer Königlichen Hoheit seien meist recht ungewöhnlich, nicht wie bei anderen Menschen, oder sei sie anderer Meinung?

Angeline drängten sich im Geiste ständig neue unhöfliche Antworten auf, die sie sich verbeißen mußte, um Madame Delacroix nicht bloßzustellen. Ihre Geduld und Diplomatie hatten Grenzen, so wichtig die Gunst dieser Damen auch sein mochte.

»Sagt mir, Mademoiselle Fortin, wie konversierte der Prinz? Oder habt Ihr keine Zeit mit leerem Gerede verschwendet?«

Einen Moment lang hallten Rolfs flüssige Sätze in Angelines Kopf wider. »Er konversierte«, erwiderte sie langsam, »ohne Gemeinplätze oder Bosheiten. Ich will damit sagen, er stellte den Arglosen nicht durch leeres Gerede Fallen. Was er wissen wollte, fragte er, und wenn er nicht die gewünschte Antwort erhielt, fand er entweder eine andere Möglichkeit, der Sache nachzugehen, oder er schwieg.«

Das war eine überdeutliche Anspielung. Durch den Raum ging ein leises Aufseufzen. Die ältere der beiden Damen lehnte sich zurück. Ihre Miene war angesichts dieses Affronts wie versteinert. Ihre Schwester lähmte ungläubiges Staunen.

Im selben Augenblick ging die Tür auf. Der Majordomus der Familie Delacroix, derselbe, der Rolf am Abend der Soirée angekündigt hatte, trat mit einer Verbeugung ein. »Pardon, Madame, aber der Prinz ist da.«

»Oh«, erwiderte Helene matt. Die Frage, welcher Prinz es sei, war unnötig. »Ich glaube, wir... wir sollten ihn besser hereinbitten.«

»Nicht nötig«, sagte Rolf und schlenderte durch die Tür. »Ich setzte meinen Willkomm voraus und vertraue darauf, daß Ihr mir diese Anmaßung und mein Eindringen verzeiht.«

Als er sich im Zimmer umsah und sein Blick auf Angeline fiel, zuckte er zusammen und erbleichte. Dann erkannte er Helene, registrierte die Gegenwart der beiden ältlichen Fräulein und ordnete sie augenblicklich ein. Er führte die Hand der Gastgeberin an die Lippen und beugte das blonde Haupt über ihre Finger. Er trug eine makellos weiße Uniform, dazu einen kurzen Umhang mit Goldstreifen schräg über der Schulter.

Angeline schlug das Herz bis zum Halse, das Blut wich ihr aus dem Gesicht und schoß glutrot wieder hinein. Im Bewußtsein, daß alle Augen auf sie gerichtet waren, faltete sie krampfhaft die Hände im Schoß.

Rolf richtete sich auf. »Würdet Ihr mich den Damen vorstellen?«

Helene beeilte sich, diesem Ersuchen nachzukommen, und fügte ein wenig außer Atem hinzu, daß ihre Gäste Hofdamen in Versailles gewesen und gerade noch der Schreckensherrschaft entkommen wären.

»Aber natürlich«, sagte Rolf, lächelte warm und mitfühlend und beugte sich erst über die Hand der einen, dann der anderen Dame. »Es steht Euch ins Gesicht geschrieben. Der Schrecken kann überwunden werden, doch die Illusion von Sicherheit und Ordnung und das Vertrauen in die Menschheit sind unwiederbringlich dahin, und dieser Verlust läßt sich nicht leugnen.«

»Das ist ja meine Rede«, antwortete die ältere der beiden, und vor Entzücken röteten sich ihre weißen Wangen. »Man kann einen *emigré* leicht an den Augen erkennen.«

»Oder am Gesicht, dem Abbild vergangener Leiden, vergangener Freuden.«

»Das will ich nicht hoffen, Euer Hoheit!«

Hätte sie einen Fächer dabeigehabt, hätte ihn die würdige, französische Hofdame bestimmt in der Weise, die vor beinahe fünfzig Jahren Mode war, in Aktion gesetzt. Angeline beobachtete ungläubig, wie sich Rolf zwischen den beiden betagten Schwestern setzte und sie bald dazu brachte, wie junge Mädchen zu kichern und zu schwatzen, von ihrer hastigen Flucht aus Paris auf einem mit Kraut beladenen Karren zu erzählen und sich der Gegenwart des Prinzen zu versichern, indem sie mit behandschuhten Fingern seinen Arm berührten.

Er nahm sie völlig für sich ein, bezog mit viel Geschick und Salonfinesse auch Helene und Angeline in die Unterhaltung ein, erzählte witzige Anekdoten und führte einen lebhaften Schlagabtausch. Bald waren die beiden Damen bereit, alles und jedes mit gedankenverlorener Billigung zu betrachten.

In einer Gesprächspause wandte sich Rolf an Helene. »Ich hatte gehofft, Euren Sohn vorzufinden.«

»André ist vorhin weggegangen. Er ist zu seinem Schneider, um seine Garderobe zu vervollständigen. Soll ich nach ihm schicken lassen?«

»Nein danke. Ich werde ihn ein andermal aufsuchen; vielleicht kann mir ja Mademoiselle Fortin meine Fragen auch beantworten. Dürfte ich sie unter vier Augen sprechen?«

»Ich... äh, Euer Hoheit, ich...« stammelte Madame Delacroix. Die Neigung, ein so höflich und selbstverständlich vorgetragenes Ersuchen zu bewilligen, kämpfte offenbar in ihr mit der Überzeugung, daß sie keiner jungen Dame unter ihrer Aufsicht erlauben konnte, mit einem Mann allein zu sein.

»Ich kann doch darauf verweisen, daß ich mit der jungen Dame bekannt bin. Wäre es nicht möglich, eine Ausnahme...«

»Mais oui«, erwiderte das Fräulein und hob die mageren Schultern, »das wissen wir. Man muß dennoch die Dehors wahren, versteht Ihr?«

»Aber vielleicht könnte man in diesem Falle«, beharrte Rolf in leichtem Ton, während sich seine Stirn in Falten legte, »einen königlichen Dispens erwirken?«

»Euer Hoheit, ich habe schon mit Prinzen in den Tuilerien Haschmich gespielt, als Ihr noch ein kleiner Cherubim im Himmel wart. Es gibt kaum ein Privileg, das mich überraschen – oder schokkieren – würde, wenn Ihr Euch darauf beruft. Aber bedauerlicherweise sind wir hier nicht in Frankreich – oder Ruthenien.«

Angeline wußte, daß die Frage nach André ohnehin nur ein Vorwand war. Sie wollte aber nicht mit Rolf sprechen, mißtraute seinem formvollendeten Benehmen und seiner Höflichkeit und hatte nicht die geringste Lust, mit ihm allein zu sein. Sie räusperte sich und sagte kühl: »Vielleicht sollten wir uns für kurze Zeit an die andere Seite des Salons begeben?«

Rolf war nicht davon erbaut, konnte aber nichts anderes tun, als ihr zu einer Fensternische mit Samtvorhängen und Stores aus Spitze zu folgen, in deren Mitte eine Marmornymphe auf einem Postament stand. Von hier aus hatte man Aussicht auf den Garten.

Rolf richtete die dunkelblauen Augen auf sie. »Entehrung, Treubruch und bösartiger Klatsch. Du hattest es nicht leicht, seit wir uns begegnet sind.«

Das hatte sie nicht erwartet. »Es spielt keine Rolle. Hast du herausgefunden...«

»Natürlich spielt es eine Rolle!« Angesichts des unterdrückten Zorns, der aus seiner Stimme sprach, blieben ihr die Worte in der Kehle stecken. »Deine Wahlfreiheit ist eingeschränkt, und du mußt fürchten, wie eine Aussätzige behandelt zu werden, ohne das geringste dafür zu können. Wirst du mir, Allvergebende, jetzt, da du mich los bist, verzeihen? Ich zöge allerdings deinen Zorn vor, wenn ich dich dafür bei mir haben könnte.«

»Und was dann?« fragte sie. »Darf ich in deinem Gefolge mitreiten? Ich eigne mich nicht zum Soldatenflittchen. Soll ich ewig darauf warten, daß du aus der Schlacht zurückkommst, ohne zu wissen, wem ich zugesprochen werde, wenn du vergessen solltest, wo du mich zurückgelassen hast – oder im Feld bleibst.« Es war die deutlichste Einschätzung ihrer Lage, zu der sich Angeline aufraffen konnte.

»Ich habe dir mein bindendes Versprechen gegeben.«

»Ein Band aus Worten?«

»Gibt es ein besseres? Gesetz und Kirche können nur den Segen dazu geben, aber niemals schaffen, was nicht da ist.«

Sie sah ihn nicht an. »André hat mich gebeten, seine Frau zu werden.«

Es dauerte eine Weile, bis er erwiderte: »Wie edel von ihm.«

»Du brauchst nicht darüber zu spotten.«

»So merkwürdig es klingen mag, ich tue es nicht. Es ist kein geringes Kompliment. Nimmst du an?«

»Ich... habe noch nicht geantwortet.« Ihre Entgegnung war kurz und steif.

»Diese Lösung hätte viele Vorteile. Er stammt aus demselben Milieu wie du, aus deiner Heimat, und er besitzt genügend Mittel, um dir Sicherheit und Luxus bieten zu können; er ist nüchtern, intelligent und treu, und er liebt dich.«

»Kurz, er ist der ideale Ehemann«, entgegnete sie tonlos.

»Und wenn ich trotzdem sagen würde: Komm mit?«

Seine ruhige, tiefe Stimme mit dem ausländischen Akzent brachte in ihr eine Stelle zum Klingen. Sie spürte schmerzlich das Bedürfnis, sich ihm ungeachtet der Zukunft in die Arme zu werfen und sich nur von den Stürmen seines Geschicks treiben zu lassen. Doch die Klugheit und eine eigentümlich gestaltlose Furcht rieten ihr zur Vorsicht. »Und wohin? Weißt du das wenigstens?«

»Im Moment in die französische Gesandtschaft und dann nach Ruthenien.«

»Hast du Claire gefunden?«

»Ihre Fährte verlor sich in Natchitoches, aber es besteht Grund zu der Annahme, daß sie und ihr gegenwärtiger Liebhaber eine Passage auf einem Dampfer nach New Orleans gebucht haben.«

»Ihr habt das nächste Schiff genommen und seid ihr nachgefahren? Kein Wunder, daß du so überrascht bist, mich hier zu sehen!« Aus ihren graugrünen Augen sprach der Spott über seine bekümmerte Miene angesichts der Lage, in der er sie vorfand.

»Ich gebe zu, ich war verblüfft, daß du in Seide und Überbesorgnis gehüllt Besuch empfängst wie die Tochter des Hauses. Ansonsten bin ich keineswegs überrascht. Wir, die Garde und ich, haben uns von deinem Freund Jim Bowie verabschiedet und sind zur entweihten Heimstatt McCulloughs zurückgeritten. Dort erfuhren wir, du seiest angekommen, dann aber deinem dunklen Ritter ohnmächtig in die Arme gesunken und sein edles Roß habe dich davongetragen.«

»Die Folge einer Überdosis von deinem Pulver, für das André mir erst noch Abbitte schuldig ist, sollte ich seine Frau werden.«

Er sah sie aufmerksam an. »Ach so. Keine Rettung, sondern wieder eine Entführung?«

»Mit Varianten und gut gemeint.«

»Was dich sehr beeindruckt hat? Würde sich etwas an deinen Plänen ändern, wenn ich Delacroix Nachhilfe im Ehrenkodex der *garde du corps* erteilte?«

Die Farbe wich ihr aus dem Gesicht, als ihr klar wurde, was er damit sagen wollte. »Du wirst doch nicht…« fing sie an, aber er würde natürlich, und das ohne den geringsten Skrupel. Sie schluckte und versuchte es noch einmal: »Wäre das nicht Heuchelei?«

»Aber«, antwortete er mit leisem Lächeln, »es brächte Genugtuung.«

»Aber du kannst dich doch nicht aufführen, als wolltest du als ausländische Schutzmacht für mein Seelenleben eintreten.«

»Was für eine unglückliche Wortwahl, meine liebe Angeline, und so irreführend.«

Sie legte ihre Hand auf seine. Ihre Finger fühlten sich kühl an auf seiner warmen Haut. »Versprich mir, daß... daß du André nichts tust. Wenn du dich mit ihm duellierst, erregt das nur... nur unnötiges Aufsehen.«

»Und das ist natürlich deine ganze Sorge?« Seine Stimme klang nicht mehr amüsiert.

»Ich muß wahrhaftig darauf achten, daß du es nicht tust«, erwiderte sie und zog die Hand zurück, die warm geworden war, da seine Gleichgültigkeit sie langsam in Rage brachte.

»Ich bin vorhin allerdings sehr abrupt an diese Rücksichten erinnert worden, und auch an meine Verantwortung. Die Frage ist nur, auf welche Weise ich deinen Ruf am ehesten wiederherstellen kann, durch vorsichtige Vernachlässigung oder übertriebene Bevorzugung? Es wäre unendlich hilfreich, deine Wünsche zu kennen. Allerdings könnte sich das auch als Handicap erweisen, und es ist vielleicht besser, wenn ich so verfahre, wie es zumindest für einen der Beteiligten am besten ist.«

Die Härte seiner Augen war wenig beruhigend. Angeline erhielt jedoch keine Gelegenheit, weiter nachzuhaken. Helene steuerte auf sie zu und hatte einen munteren Kommentar über die Länge ihrer Beratung und die Eifersucht der anderen Gäste auf den Lippen.

»Pardon, Madame Delacroix«, sagte Rolf und schlenderte zu ihr, indem er Angeline mitzog. »Ich fürchte, ich kann nicht länger bleiben. Als ich gestern abend in der französischen Gesandtschaft eintraf, warteten schon stapelweise Depeschen auf mich, die alle meine Aufmerksamkeit erfordern, mir aber mangels Adresse nicht nachgeschickt werden konnten. Ich muß mich schleunigst darum kümmern.«

»Oh, wie schade!« rief Helene. »Wir hatten auf eine lange Visite gehofft.«

»Vielleicht kann ich das wiedergutmachen. Die Verpflichtungen eines Prinzen sind zahlreich und unauskömmlich, darunter fällt auch die Notwendigkeit, sein Land zu repräsentieren. Zu Beginn meines Aufenthalts in der französischen Gesandtschaft habe ich bei den Behörden meine Aufwartung gemacht, und so begann der Kreis gesellschaftlicher Verpflichtungen. Wenn Ihr für derlei Ziererei und Posieren etwas übrig habt, hoffe ich, Euch und die anderen Damen überreden zu können, meine Einladung zu dem Ball anzunehmen, der in ein paar Tagen stattfinden wird. Auf diese Weise sichere ich mir einen unterhaltsamen Abend.«

Entzückensschreie kamen von Helene, gnädige Billigung von den älteren Damen, und mit einer Flut belangloser Komplimente und höflicher Übertreibung verließ sie der Prinz. Als sich die Tür hinter ihm geschlossen hatte, folgte eine lebhafte Diskussion über sein angenehmes Äußeres, seine Haltung, seine Gewandtheit und seinen Schliff. Angeline sprach nicht viel. So verwirrt war sie, daß das strahlende Lächeln, mit dem sie die ehemaligen Hofdamen Marie Antoinettes bedachten, wenig Eindruck auf sie machte, und als es Zeit zur Verabschiedung war, mußte Helene sie aus ihren Gedanken reißen.

Drei Tage später fuhr Madame de Buys in ihrer uralten Kutsche vor dem Stadthaus der Delacroix' vor. Claires Mutter hatte an Gewicht verloren, war abgehärmt und bleich im Gesicht. Der Kummer hatte allerdings nicht zur Besserung ihrer Laune beigetragen. Sie verschwendete wenig Zeit mit Höflichkeiten, erwähnte mit keinem Wort, daß sie sich Helene für die Aufnahme ihrer Nichte verpflichtet fühle, und verfrachtete Angeline zum Haus ihrer verwitweten Schwester, das in der Nähe des Mississippi lag.

Es besaß fünf Zimmer. Zur Straße hin lagen der Salon und ein Schlafzimmer, und nach hinten hinaus gingen ein weiteres Schlafzimmer, das Eßzimmer und die Speisekammer. Die hinteren Zimmer führten auf eine Veranda, die den Blick auf einen winzigen Garten freigab, das einzige, was mit dem Haus versöhnen konnte. Ein

Stück dieser Veranda war zu einer kleinen Kammer für ein Dienstmädchen umgebaut worden. Da die Witwe sich einen solchen Luxus nicht mehr leisten konnte, wurde das Zimmer Angeline überlassen.

Die war es zufrieden. Hatte sich Tante Berthe schon gegenüber Helene Delacroix wenig um Liebenswürdigkeit bemüht, bei ihr tat sie es erst recht nicht. Sie war so abweisend, daß sich Angeline fragte, warum sie sie überhaupt abgeholt hatte. Zunächst hatte sie ernsthaft erwogen, eine Übersiedelung ins Haus der Witwe abzulehnen, so offensichtlich war, wie wenig man sie dort willkommen heißen würde, aber sie wollte Helene Delacroix' Gastfreundschaft nicht länger in Anspruch nehmen. Außerdem war ihr André, nachdem er von Rolfs Ankunft in der Stadt erfahren hatte, furchtbar lästig gefallen, hatte gefordert, gebeten und sie bei jeder Gelegenheit bestürmt, als wolle er sie mit seiner Hartnäckigkeit zermürben. Sie war froh, ihm aus dem Weg gehen zu können, bis sie sich entschieden hatte.

Angeline schüttelte gerade das lavendelblaue Seidenkleid aus, um es in den altmodischen Schrank mit Schnörkelaufsatz zu hängen, als Madame de Buys zur offenen Tür hereinkam.

»Ich möchte dich sprechen«, sagte Tante Berthe ohne Umschweife.

»Ja?« Angeline ließ sich nicht stören.

»Du sollst wissen, daß ich nicht deinetwegen nach New Orleans gekommen bin. Ich habe... noch etwas anderes zu erledigen, das meine Anwesenheit erfordert. Ich hielt es für das beste, dich aus dem Haus der Delacroix' zu entfernen, bevor du auch dort einen Skandal verursachst. André hat sich deinetwegen schon lächerlich genug gemacht, als er wie ein Ritter in strahlender Rüstung davonritt, um dich zu retten.«

»Ich bin sicher, daß Rolf Ihnen zustimmen würde.«

»Wenn du freundlicherweise davon absehen könntest, in meiner Gegenwart seinen Namen auszusprechen. Ich hasse ihn und will nie wieder an ihn erinnert werden. Ich erwarte, daß du mir von diesem und anderen Themen schweigst und versuchst, dich anständig aufzuführen. Du wirst dich nicht draußen herumtreiben, du wirst keinen Besuch empfangen und keine Einladungen annehmen. Damit du klarsiehst: Du wirst diesen Raum ohne meine ausdrückliche Erlaubnis nicht verlassen. In den nächsten Tagen wirst du daher viel Zeit zum Nachdenken haben. Ich schlage vor, du überlegst dir, so bald wie möglich als Novizin in ein Kloster einzutreten. Das ist alles, was ich dir zu sagen habe.«

Als ihre Tante sich zur Tür begab, fragte Angeline direkt: »Steht Ihre Ankunft vielleicht damit in Zusammenhang, daß sich Claire hier aufhält?«

»Was?« Die Stimme der Tante klang scharf, aber nicht überrascht.

»Sie haben sich nicht nach ihr erkundigt, nicht einmal danach, ob sie tot ist oder lebendig oder ob ich sie gesehen habe.«

»Meine Tochter – was sie tut, wo sie ist, was ich über sie weiß – geht dich nichts an. Du bist für uns gestorben, du gehörst nicht mehr zur Familie. Laß dir das gesagt sein.«

Angeline hob die Braue. Die kühlen Worte der Tante machten wenig Eindruck auf sie. »Wenn Sie sich von mir lossagen wollen, können Sie auch nicht das Recht für sich beanspruchen, mir Vorschriften zu machen. Sie können dann auch nicht von mir erwarten, daß ich mich Ihren Anordnungen füge.«

Madame de Buys richtete sich auf. »Das werden wir ja sehen!«

»Allerdings«, stimmte Angeline ihr zu.

Doch in den nächsten Tagen verließ sie ihr Zimmer nicht. Wozu auch, sie konnte ja nirgends hingehen und mit niemandem reden, und keiner im Haus machte sich die Mühe, wenigstens höflich zu ihr zu sein.

Am Morgen des dritten Tages nach ihrer Übersiedlung zu Tante Berthes Schwester lag Angeline auf dem Bett und starrte hinauf zu den rohen Deckenbalken. Eine Tür wurde zugeschlagen. Im Haus geschah so wenig, daß Angeline bei diesem Geräusch aufstand und an das einzige Fenster im Zimmer trat. Unten sah sie Maria die Treppe zum Garten hinabsteigen. Sie trug einen Umhang und eine Haube. Sie ging in die separate Küche, hantierte dort herum und kam kurz darauf mit einem Korb wieder heraus. Angeline dachte, daß sie nur auf den Markt wolle, doch da blieb Maria in der Tür stehen und zupfte die Serviette zurecht, mit der sie den Korb zugedeckt hatte.

Wenn Maria etwas zum Kochen hätte einkaufen wollen, hätte der Korb doch leer sein müssen. Statt dessen sah es danach aus, als würde sie Lebensmittel woanders hin bringen.

Angeline hatte nicht die Zeit, lange zu überlegen, wohin, zu wem oder warum. Sie wußte es, und im selben Moment, als ihr die Erkenntnis kam, wirbelte sie herum, riß den Schal vom Bett, mit dem sie sich die Füße zugedeckt hatte, fischte ihre Schuhe unter einem Stuhl hervor und zog sie an, während sie schon zur Tür flitzte. Sie glitt leise über die Veranda und schlich sich auf Zehenspitzen die Treppe hinunter. Dann blieb sie einen Moment regungslos stehen, um Maria Zeit zu lassen, durch das Tor zu schlüpfen. Angeline bog ums Haus, ging durch die schmiedeeiserne Pforte und zog sie lautlos hinter sich ins Schloß.

Sie sah die hagere Gestalt der Zofe die Straße entlangeilen und sich zwischen einer Frau, die Reiskuchen verkaufte, und einem jungen kreolischen Herrn, der ein Stöckchen mit silbernem Knauf schwenkte, einen Weg bahnen. Maria schritt in Richtung Markt aus, Angeline hinterher.

Der Marktplatz war schmal und einen ganzen Häuserblock lang. Als Angeline näher kam, hörte sie das Stimmengewirr der Bevölkerung von New Orleans: Franzosen, Spanier, Kreolen, Engländer, Deutsche, Gälen, Choctaw, Griechen, Italiener, Malteser und Seeleute aus einem halben Dutzend anderer Nationen feilschten um die angebotenen Waren. Frachtkähne waren am Uferdamm vertäut, in denen Fleisch und Schalentiere, Wild, Kaninchen, Eichhörnchen, Waschbären, Oppossums und Drosseln, Stare, Tauben sowie gebündeltes oder in Körbe gefülltes Gemüse und exotische Früchte von den westindischen Inseln lagen. Die Indianerinnen, die zwischen den anderen Händlern kauerten, boten Felle, geflochtene Körbe, wilde Pekannüsse, Kastanien und schwarze Walnüsse feil. Hier und da verkaufte ein Matrose Papageien oder kleine Affen.

Die Käufer waren meist Männer, da Einkaufen als eine zu rohe Beschäftigung für Damen galt; ihnen war weder der gelegentliche Anblick eines nur mit einer kunstvoll drapierten Decke bekleideten Choctawkriegers noch das Feilschen mit derben Marktweibern zuzumuten. Soweit sich Frauen sehen ließen, wurden sie von einem

Diener begleitet, der sie beschützen und alles tragen mußte, was gut genug war, in ihrem Haus auf den Tisch zu kommen. Das galt besonders für die aufwendig herausgeputzten Terzeronen, Maitressen von wohlhabenden Herren der Gesellschaft, von denen einige sich von einer Sklavin Luft zufächeln ließen, um die allgegenwärtigen Moskitos zu vertreiben.

Von diesem Kaleidoskop der Farben und Geräusche, dem Geruch nach Kot und faulenden Blättern, frischem Gemüse und feuchten Pelzen, Zwiebeln, Knoblauch, Peperoni, Nelken und Piment nahm Angeline wenig wahr. Ihr Blick war auf die bewegliche Gestalt der Zofe gerichtet. Sie schaute zu, wie Maria neben einer Deutschen mit frischem Gemüse stehenblieb, die runde goldene Käselaibe verkaufte; und dann sah sie, wie eine Frau, die von Kopf bis Fuß in einen langen Mantel aus billigem Wollfries gehüllt war, auf sie zukam und ihr den Korb abnahm. Angeline konzentrierte sich vollständig auf dieses Bild und übersah die magere Katze zwischen ihren Beinen.

Sie trat darauf. Die Katze jaulte auf. Angeline schrak heftig zusammen und stieß mit dem Ellbogen an eine Orangenpyramide, daß die Früchte durch die Gegend flogen. Zwei kleine Jungen stürzten sich darauf. Die Marktfrau kreischte, und die Verwirrung war vollkommen. Als der Friede wiederhergestellt war, war von Maria und Claire keine Spur mehr zu sehen.

Hatten sie Angeline erkannt, oder waren sie nur aus Vorsicht so schnell verschwunden? Aber warum versteckte sich Claire immer noch? Wußte sie, daß Rolf und die Garde in New Orleans waren, oder gab es einen anderen Grund dafür? Verbarg sie sich aus Angst oder aus Scham?

Der Drang, Rolf ihre Beobachtungen mitzuteilen, war so stark, daß Angeline mitten auf der Straße stehenblieb und sich über ihren Sinneswandel wunderte. Seit wann hatte sie so unbedingtes Vertrauen zu ihm? Wenn sie sich in dieser Angelegenheit auf ihn verließ, warum legte sie dann nicht auch ihre Zukunft in seine Hände?

Sie fing den neugierigen Blick eines Kindermädchens auf, das einen Jungen in samtenen Kniehosen hütete, der mit einem Reifen spielte. Als sie daraufhin weiterging, hatte sie keine Ahnung, wohin und warum. Sie kam an der St. Louis Kirche und dem St. Anthony Garden vorbei. Sie fühlte sich frei, wunderte sich aber auch über ihre Torheit. Sicherheit war nirgends zu finden. Auch die, die eine Ehe ihr zu bieten schien, war nichts als eine Illusion. Zuflucht vor den Katastrophen der Welt war nur in der Burg des eigenen Innern, nur hier konnte sie den Mut finden, sich dem Leben zu stellen, ob sie nun siegte oder unterlag.

Als Angeline sich umsah, stand sie vor der französischen Gesandtschaft, einem massiven Bau aus grauen Steinen und verputzten Ziegeln. Gerade wurde ein festlicher Morgenempfang gegeben. Livrierte Lakaien standen auf der Treppe vor der Säulenhalle, und ihre Goldknöpfe glänzten in der Frühlingssonne. Die Reihe der Kutschen war mehrere Häuserblocks lang. Damen in ihren elegantesten Kleidern und Herren, die einen Cut mit Schößen, Halsbinden und bestickte Westen trugen, defilierten die Stufen zu den großen offenen Flügeltüren hinauf.

Aus dem Innern kam der Schein von Kronleuchtern, der blasse Glanz seidener Wandbehänge, das Glitzern von Juwelen und Orden. Hinter dem Eingang stand das Empfangskomitee in einer Reihe, die sich im Schatten verlor, so daß Angeline nicht ausmachen konnte, wer geehrt wurde. Und doch: Die Männer, die eintraten, klappten sich in tiefer Verbeugung zur Hälfte zusammen, und die Damen versanken zu einem respektvollen Hofknicks.

Wer anders als ein Prinz empfing solche Huldigungen? Wen konnte man mit dem Empfang ehren wollen, wenn nicht ihn?

Hatte sie in all der Zeit, die sie ihn jetzt kannte, je einen Knicks vor ihm gemacht? Nein, nicht einmal bei ihrer ersten Begegnung. Dieses Versäumnis schien Angeline auf einmal aufschlußreich. Aus welchem Grund? Aus Stolz? Aus Eigensinn? Aus Unwissenheit? Manchmal, ja, sehr oft, hatte sie gar nicht mehr den Prinzen in ihm gesehen. Ihn hatte das nicht gestört, und doch kam es ihr bedeutsam vor. Ich gehöre eben nicht dazu, dachte Angeline. Ich kann mich noch so sehr danach sehnen, dem ruthenischen Thronfolger zu sagen, daß ich mich für ihn entschieden habe und für immer bei ihm bleiben will – es geht nicht.

Unvorstellbar, daß ich mit ihm glücklich werden kann. Seine

Welt ist eine andere, und ich bliebe stets nur Zuschauerin. Ich wäre in jeder Hinsicht von ihm abhängig.

Und wenn es vorbei ist, was dann? Wenn mich schon nach ein paar Wochen des Zusammenseins der Schmerz, ohne ihn zu sein, in Stücke reißt, wie werde ich mich erst fühlen, wenn ich mich nach Monaten oder Jahren von ihm trennen muß?

Nein. Es war besser, ihn sofort aufzugeben, selbst zu bestimmen, was für sie beide das beste war, statt jemand anderen über sich bestimmen zu lassen.

Angeline drehte sich um und ging eilig fort.

18

Die Tür zu Angelines winzigem Zimmerchen wurde aufgestoßen. Maria trat mit einem Tablett ein, über das eine zerknitterte Serviette gebreitet war.

»Tststs«, machte die Zofe und blieb stehen. »Warum habt Ihr keine Kerze angezündet? Ich hätte mir hier in der Dunkelheit ja den Hals brechen können.«

»Es gibt nichts zu sehen.«

»Ihr blast Trübsal? Vielleicht, weil Ihr heute abend nicht auf den Ball dürft?«

»Ein Ball?« fragte Angeline. »Heute abend?«

»Natürlich. Erzählt mir nicht, Ihr wüßtet von nichts. Seit Madame die Einladungen, die für sie und Euch gekommen sind, zurückgeschickt hat, war von nichts anderem die Rede. Jetzt ist sie sogar mit ihrer Schwester ausgegangen, um bei der Ankunft der Gäste zuzuschauen. Madame wollte eigentlich nicht – je weniger sie vom Prinzen sieht, desto besser. Aber ihre Schwester ist ausgehungert nach solchen Ereignissen und hat darauf bestanden, hinzulaufen und zu gaffen.«

Angeline musterte die knochige Frau, die das Tablett mit einem Knall auf das wackelige Beistelltischchen stellte. »Ich habe eine Einladung erhalten?«

»Ich habe es selbst gesehen, und es sind in letzter Zeit noch mehr Briefe gekommen, die an Euch adressiert waren. Madame hat die meisten ins Feuer geworfen. Die Einladungen hat sie dem Lakai aus der Gesandtschaft wieder mitgegeben, damit er Bescheid sagt, daß Ihr nicht kommt.«

»Ich wäre sowieso nicht hingegangen«, erwiderte Angeline matt.

»Wie klug von Euch«, höhnte die Zofe. »Die Damen von New Orleans wetteifern in der unwürdigsten Weise miteinander, wer das eleganteste Kleid tragen wird. Der Ball zu Ehren des Prinzen ist das Ereignis der Saison, und man wird noch jahrelang davon sprechen.«

Offenbar hatte Rolf in den letzten Wochen großen Eindruck auf die Gesellschaft gemacht. Angeline fragte sich, was er mit seiner Zeit angefangen hatte, wenn er nicht Empfänge, Tees, Diners und Soiréen besuchte, die man ihm zu Ehren gab. Hatte er ebenso sorgfältig nach Claire geforscht wie während seines Aufenthalts im Jagdschloß und mit ebensowenig Glück? Sie bezweifelte, daß das, was sie wußte, ihm weiterhalf. Wahrscheinlich ließ er das Haus seit Tagen beobachten; eine so offensichtliche Möglichkeit wie die, daß Claire sich mit ihrer Mutter in Verbindung gesetzt hatte, konnte er schwerlich übersehen. Damit redete Angeline sich zumindest ein, daß das, was sie erfahren hatte, nicht wichtig sei.

Angeline warf einen flüchtigen Blick auf die schnippische Miene der Zofe, die Zunder schlug, um eine Kerze anzuzünden. Hatte man Maria bei der Überwachung außer acht gelassen? Sie hatte sich nur kurz mit Claire getroffen. Selbst wenn einer der Leibgardisten ihr gefolgt war, konnte ihm das im Gedränge entgangen sein. Ja, so mußte es sein. Denn wäre Claire gefunden worden, hätte Angeline irgendeinen Hinweis, ein Echo darauf im Haus der Witwe vernommen.

Sie wünschte, sie könnte sich darüber Gewißheit verschaffen, Rolf eine Nachricht senden und Antwort darauf erhalten. Mehr wünschte sie sich nicht, mehr konnte sie im Augenblick nicht ertragen.

Aus Enttäuschung darüber, daß Angeline auf ihre Sticheleien nicht einging, verzog sich die Zofe mit schwingenden Röcken. Angeline stand auf. Das Essen unter der Serviette, kaltes Hühnchen und Spargel in einer geronnenen Soße, war wahrhaftig nicht appetitanregend. Eher ekelte es sie davor. Sie trank das kleine Weinglas langsam und bedächtig leer und stellte das Tablett vor die Tür.

Sie trat an den winzigen Spiegel aus poliertem Stahl, der über der Waschkommode hing. Im flackernden Kerzenlicht sah sie besser aus, als sie sich fühlte. Ein rosiger Hauch lag auf ihrem Teint, und die Kupfersprenkel in ihren Augen schimmerten in einem geheimnisvoll silbrigen Licht. Ihr Haar umgab sie wie eine goldene Aureole. Um ihre Niedergeschlagenheit zu vertreiben, hatte Angeline am Nachmittag in der Küche Wasser erhitzt, die Treppe hinauf in ihr Zimmer geschleppt, ein Bad genommen und sich die Haare gewaschen.

Es klingelte an der Gartenpforte. Sie achtete nicht darauf. Maria kümmerte sich schon darum.

Die Tritte schwerer Stiefel auf der Veranda waren die erste Warnung. Sie näherten sich fest und zielbewußt. Marias atemloser, heftiger Protest war zu hören. Die Eindringlinge wollten also sicher zu ihr, denn Maria hatte ihnen bestimmt gesagt, daß die anderen Damen im Haus ausgegangen waren.

Die Tür sprang auf. In schimmerndem Weiß traten Gustav, Meyer und Oswald ein und schoben Maria vor sich her. Sie blieben stehen, verbeugten sich und schlugen die Hacken zusammen, wobei Gustav die sich wehrende Zofe festhielt. Oswald hatte unter dem Arm eine sperrige Schachtel.

»Bitte um Vergebung, daß wir hier so eindringen, Mademoiselle«, sagte Meyer. »Wir haben zwar wenig Ähnlichkeit mit der guten Fee aus Cinderella, sind aber trotzdem gekommen, um Euch zum Ball zu geleiten.«

Angeline lächelte, einerseits vor Freude, sie zu sehen, und andererseits über den Scherz und ihre fröhlichen Gesichter. »Das ist nett von Euch, aber…«

»Solltet Ihr beabsichtigen, Euch zu weigern«, unterbrach sie Gustav, »möchte ich Euch davon abraten. Wenn Ihr nicht mitkommt, läßt Rolf sämtliche Honoratioren mit ihren aufgeputzten Gattinnen, all die Politiker und Soldaten, die ihm unbedingt erzählen müssen, wie sie vor sechs Jahren die Briten geschlagen haben, einfach stehen und holt Euch höchstpersönlich ab.«

»Er ist ein wenig... gereizt«, fügte Oswald so ruhig hinzu, daß man ihn für seinen toten Bruder hätte halten können.

»Es gibt wohl wenige Prinzen, die ihre gesellschaftlichen Verpflichtungen mit so viel Geschick erfüllen – und so wenig Freude daran haben«, erklärte Meyer. »Außerdem hat sich die Angelegenheit, die ihn nach New Orleans führte, nicht günstig entwickelt, und dazu kam noch die schroffe Zurückweisung seiner Einladung zum Ball.«

»Damit habe ich nichts zu tun, aber das ändert nichts daran, daß ich nicht mitkommen kann.«

»Ihr müßt.«

»Aber ich habe doch nicht einmal etwas, was ich für einen Ball anziehen könnte.«

Oswald trat vor und legte die Schachtel aufs Bett. »Prinz Rolf sah diesen Einwand voraus. Das hier ist vor einigen Tagen nach Euren Maßen bestellt worden.«

Da Angeline keine Anstalten machte, die Schachtel zu öffnen, hob Oswald den Deckel ab. Zum Vorschein kam ein weißes Kleid aus einer so hauchzarten Seide, daß sie wie Gaze wirkte; spinnwebfeine Kupferfäden waren hineingewebt. Das Mieder über der hohen Taille war mit schwerer, schimmernder Stickerei versehen und trug den Kragen über einem tiefen Decolleté. Noch aufwendigere Stickerei verlieh der Schleppe, die fächerförmig von der Taille ausging, Schwere und Glanz.

»Das... das kann ich nicht annehmen.«

»Und wenn Ihr es tut«, sagte Maria gehässig, »wird Madame es Euch heimzahlen.«

Gustav schüttelte sie. »Und wir werden es dir heimzahlen, wenn du noch einmal den Mund aufmachst.«

»Seid Ihr hier eine Gefangene?« fragte Meyer. »Sagt uns, wer das gewagt hat, und wir werden mit der betreffenden Person ein Wörtchen reden.«

»Nun, ganz so ist es nicht...«

»Was zögert Ihr dann noch? Wißt Ihr, es wäre für Rolf eine große

Hilfe, wenn Ihr erscheint. Er würde es selbst nie erwähnen, aber es heißt, er habe Euch von zu Hause verschleppt und schwer beleidigt. Wenn man sähe, daß Ihr auf freundschaftlichem Fuße mit ihm verkehrt, wären alle Geschichten ins Reich der Fabel verwiesen.«

Angeline sah Meyer lange in die grauen Augen. Mitgefühl lag darin, Bedauern über das Niveau der Bitte, die er soeben geäußert hatte und über deren Notwendigkeit.

Schließlich sagte Gustav in seinem tiefen Baß: »Meine Liebe, er vermißt Euch. Das ist alles. Er will Euch wenigstens zu Gesicht bekommen.«

»Die hier behauptet, die Zofe Eurer Tante zu sein. Dann wird sie Euch das Haar frisieren«, fügte Oswald hinzu. »Die Kutsche steht vor der Tür.«

»Bitte nicht«, erwiderte Angeline und schlug die Hände vors Gesicht, doch sie merkte selbst, wie unsicher ihre Worte klangen.

»Wir sind strengstens angewiesen, keine Gewalt anzuwenden. Aber er selbst wird sich, wie Ihr wissen solltet, nicht auf dieselbe Weise zurückhalten.« Meyers Worte waren sanft und hintergründig.

Angeline hob den Kopf. »Also gut, wenn Maria mich frisiert, komme ich mit.«

»Sie wird ihr Bestes geben«, versprach Gustav, »sonst kann sie auf dem Grund des Mississippi an den Algen herumschneiden...«

Der drohende Blick, der diese Worte begleitete, war ein mächtiger Ansporn. Maria steckte Angeline das Haar zu einer schimmernden Lockenkrone auf, die prächtig auf ihrem wohlgeformten Kopf saß. Dann half sie ihr ins Kleid.

Angeline ging mit der Schleppe über dem Arm die Treppe hinunter den wartenden Herren entgegen. Sie halfen ihr in die wartende Kutsche, eine niedrige Equipage mit Goldverzierungen. Meyer, Gustav und Oswald schwangen sich in den Sattel und eskortierten sie zur Gesandtschaft.

Ein Raunen der Bewunderung ging durch die gaffende Menge, als Angeline aus der Kutsche stieg. Sie fragte sich flüchtig, ob wohl ihre Tante unter den Zuschauern war, doch es schien ihr nicht mehr wichtig. An Meyers Arm schritt sie die Treppe zu den Flügeltüren hinauf und ließ die Schleppe hinterher gleiten. Lächelnd trat sie ein, als dem französischen Konsul und seiner Frau ihr Name genannt wurde, lächelnd machte sie einen anmutig natürlichen Knicks, als Rolf ihr die Hand reichte, lächelnd sah sie Leopold in die dunklen, ernsten Augen. Dann hatte sie die Empfangsreihe hinter sich und konnte aufatmen.

Ich bin ja verrückt, dachte sie. Mit seinem messerscharfen Verstand muß ihm sofort auffallen, daß etwas nicht stimmt. Ich muß jede weibliche List und all meine Waffen benutzen, um ihm die Wahrheit zu verhehlen. Was, wenn er erfährt, wie sehr ich mich nach ihm sehne? Was, wenn er herausfindet, daß ich ein Kind von ihm bekomme? Keines von beiden wird ihn freuen. Ich muß diese Bürde alleine tragen.

»Ihr seht ein wenig erhitzt aus«, sagte Meyer. »Ich fürchte, wir haben Euch ein bißchen gehetzt. Möchtet Ihr etwas trinken? Es gibt heißen Glühwein, eiskalten Champagner und dieses Orangenblütenwasser, das offenbar das Lieblingsgetränk der Damenwelt von New Orleans ist.«

»Danke – letzteres, glaube ich«, erwiderte sie. Er entfernte sich, um es ihr zu bringen, und sie schaute sich um.

Es war nicht übertrieben zu behaupten, daß die Frauen von New Orleans das Feinste hervorgeholt hatten, was ihre Schränke boten: Kleider aus orientalischer Seide und Lyoner Samt, besetzt mit Spitzen und Juwelen, verbrämt mit Pelz oder Satinborten, Gewänder aus Brokat und Brokatelle. Über zweitausend Kerzen beschienen die Diamanten, die an Hälsen, Armgelenken und Ohren hingen. Das vielfarbige Spiel blitzender Smaragde, Rubine und Saphire spiegelte sich an den Wänden, und der Duft teuren Parfums verbreitete sich im Saal wie Weihrauch in einer Kathedrale.

»Hier, bitte«, sagte Meyer, der wieder neben ihr stand.

Angeline nahm ihm das Gläschen ab und führte es mit einem gemurmelten Dankeschön an die Lippen. Der Duft von Orangenblütenwasser drang ihr in die Nase. Wie ein Keulenschlag überkam sie die Übelkeit, als sie etwas Ähnliches wie Laudanum roch, das Schlafpulver, das ihr André verabreicht hatte und von dem ihr erst kürzlich schlecht geworden war. Wie die Droge war auch dies Getränk aus der Frucht des orientalischen Mohns gewonnen. Sie hätte daran denken müssen. Tante Berthe hatte es immer zur Nervenberuhigung zu sich genommen.

»Was habt Ihr?« fragte Meyer, schirmte sie von den anderen Gästen ab und nahm ihr das Glas aus der bebenden Hand, während sie die andere vor den Mund preßte.

»Nichts«, stöhnte Angeline und schüttelte den Kopf. »Es geht vorüber.«

»Seit Ihr sicher?«

Sie nickte, raffte sich zu einem Lächeln auf und ließ die Hand sinken, als die Übelkeit nachließ. Dennoch hatte sie den Eindruck, daß Meyer nicht überzeugt war. Er musterte sie mit seinem grauen Blick, ihre sanften Augen, den Teint, der trotz dieses Anfalls pfirsichrosa blühte, den blaugeäderten schwellenden weißen Busen über dem tief ausgeschnittenen Mieder.

Sie schaute sich nach etwas um, um Meyer abzulenken, und sah, wie sich das Empfangsdefilee auflöste und die Konsulin mit Rolf im Schlepptau ihre Runde durch den Saal machte. Jedesmal, wenn sich der Ehrengast vor jemandem verbeugte, den die Dame mit ihrer Konversation auszeichnete, baumelte der Orden, den er trug, an einem himmelblauen Band und schimmerte im Licht. Es war ein goldemailliertes Malteserkreuz, das mit Diamanten, Saphiren und Rubinen besetzt war.

»Erzählt mir etwas über Rolfs Orden«, sagte Angeline. »Wofür hat er ihn bekommen?«

Meyer blickte auf den Prinzen und sein Ehrenzeichen. »Diesen Orden hat der Urgroßvater des jetzigen Regenten im Jahre 1726 als Anerkennung für die Tapferkeit der Offiziere gestiftet, die Soldaten in die Schlacht führen, um ruthenischen Boden zu verteidigen. Er wurde Rolf verliehen, da er bei einem Grenzscharmützel vor einigen Jahren dabei war. Eine kleine Auseinandersetzung mit unseren nördlichen Nachbarn.« Meyer schwieg, dann fuhr er fort: »Max hat darauf bestanden, daß Rolf ihn bekam. Ihr Vater – unser Vater – hätte den Vorfall lieber ignoriert, besonders weil Max bei diesem Kampf nicht zum Einsatz kam und diese Ehre also nicht beanspruchen konnte.«

»Er... ist bestimmt sehr stolz darauf.«

»Ich glaube, es gibt nichts, woran er mehr hängt«, pflichtete ihr Meyer bei.

Während ihrer Unterhaltung befreite sich Rolf geschickt von der Konsulin und verschwand. Unbewußt suchte Angeline in der Menge nach dem schimmernden Weiß und Gold seiner Uniform.

»Bezaubernde Gebieterin, Vision, die uns blendet und überwältigt, die von niemandem in diesem Saal, in dieser Stadt, ja, auf diesem oder einem anderen Kontinent überstrahlt wird. Willst du mit mir den Tanz eröffnen, schöne Angeline?«

Seine Stimme kam von hinten. Es war nicht gerade der günstigste Moment, der Herausforderung, die Rolf für sie bedeutete, ins Auge zu sehen, aber es mußte sein. Angeline drehte sich lächelnd um und zwang sich, ebenfalls einen leichten Ton anzuschlagen.

»Gerne, aber ich dachte, dir fällt das Glück zu, unsere Gastgeberin zu führen?«

»Sie hat Kaninchenzähne, und ihr Kleid hat vermutlich bereits eine Nacht gesehen, und zwar eine schrecklich heiße. Wenn ich schon tanzen muß, dann lieber mit dir.«

»Das hieße ja, die Demonstration des freundschaftlichen Verkehrs auf die Spitze treiben. Warum nicht gleich ein Plakat anschlagen, daß ich freiwillig deine Maitresse geworden bin?«

»Ja, warum nicht? Nur, daß es eine Lüge wäre.«

»Was stört das die Leute hier, wo sie es so am liebsten hätten?«

»Desillusioniert, meine Liebe? Das lag nicht in meiner Absicht, soweit ich überhaupt eine hatte. Aber reich mir die Hand, und ich werde mich bemühen, ihnen durch Dekorum und förmliche Höflichkeit allen Grund zu der Annahme zu geben, daß ich mich bei dem Versuch, den Schaden zu reparieren, zu Tode langweile.«

Angeline ließ sich von ihm zum Tanz führen, und an seinem Benehmen war wirklich nichts auszusetzen. Rolf betrachtete aufmerksam die Paare, die darauf warteten, daß er den Tanz eröffnete. Mit kühler, distanzierter Miene neigte er den Kopf auf die eine und auf die andere Seite, und als er Angeline zu schwungvollen Walzerklängen schwenkte, hielt er sie so unpersönlich, als sei sie seine zehn Jahre jüngere Schwester.

Dieses Erlebnis war merkwürdig ernüchternd. Dennoch verzogen sich Angelines Lippen unwillkürlich zu einem amüsierten Lächeln, als sie seine entschlossen ausdruckslose Miene betrachtete. Das Umschlagen ihrer Gefühle überraschte sie, und sie schüttelte den Kopf, ohne es selbst zu merken.

»Nun, das Schauspiel findet wohl nicht deinen Beifall?« fragte er und sah sie an.

»Nein, denn ich weiß nicht, welche Rolle ich dabei spiele. Wenn du gelangweilt bist, was soll ich dann sein?«

»Von Ehrfurcht überwältigt?« schlug er mit Unschuldsmiene vor.

»Das glaube ich nicht!«

»Dankbar?«

Sie blitzte ihn wütend an. »Nein.«

»Ist es dir denn nicht recht zu machen? Was sagst du dazu: verzückt?«

»Es scheint nicht ganz zu passen«, erwiderte sie sarkastisch.

»Mir paßt es aber. Das einzige, was ich nicht gestatte, ist, daß du mit mir schmollst.«

»Ich schmolle nicht!«

»Doch, und es erschüttert mich zutiefst. Oder habe ich einen Fleck am Kragen?«

»Du weißt genau, daß es nicht so ist!«

»Ja, ich zahle Sarus auch eine exorbitante Summe dafür. Er ist übrigens wieder bei mir.«

»Das wird ihn freuen.«

»Außerordentlich. Ich höre nur Klagen über die Mißhandlung der Uniform, die ich bei meiner Stippvisite im Niemandsland dabeihatte. Jedenfalls vermißt er offenbar das Bügeln von Damenwäsche, denn er hat sich angelegentlich nach dir erkundigt.«

Er zog sie enger an sich. Sie sah ihn nervös an. »Es ist nicht mehr nötig, daß er so regelmäßig für mein Wohlergehen sorgt, aber du kannst ihn von mir grüßen und ihm ausrichten, daß es mir gutgeht. Apropos Kleidung, ich möchte mich bei dir für das Kleid bedanken. Es war sehr umsichtig von dir, eine so wunderschöne *creation* zu bestellen.«

»Es ist ein prachtvolles Kleid, aber es war nur mäßig, bis du es angezogen hast«, parierte er mit konventioneller Höflichkeit und fügte mit Schärfe hinzu: »Du hast so etwas auch von André Delacroix angenommen, also hat es nicht viel zu bedeuten.«

Mit einem Stirnrunzeln ging sie auf Abstand von Rolf. »Von seiner Mutter, die ich seit meiner Kindheit kenne, das ist etwas ganz anderes.«

»Willst du bestreiten, daß sie dir die Sachen seinetwegen gegeben hat?«

»Vielleicht teilweise, nicht ausschließlich. Und du hast kein Recht, dich darüber zu beklagen!«

Er hob die Braue. »Ich habe immer nur das Beste gewollt. Wäre das nicht eine treffende Grabinschrift für mich?«

»Es ist unnötig, in solche Extreme zu verfallen!«

Er lächelte sie so strahlend an, daß ihr Herz einen Moment lang aussetzte. »Mit weniger haben wir uns bisher nicht zufriedengegeben.«

Das war gefährliches Terrain. Angeline brauchte eine Weile, bis ihr ein harmloseres Gesprächsthema einfiel. »Ich... ich muß dir etwas erzählen. Ich habe Claire gesehen.«

»Wo?« Er richtete den Blick auf sie, und in seinen Augen lag Wärme.

Sie erzählte es ihm, wobei sie noch sicherer als vorher war, daß ihre Geschichte für ihn nicht von Belang war und er seine eigenen Informationsquellen hatte.

»Schade, daß du sie zwischen all den Gurken und glitschigen Fischen verloren hast. War sie allein?«

»Soweit ich beobachten konnte, ja.«

Er nickte, war aber nicht überzeugt. »Es wäre mir lieber, wenn du der Zofe deiner Tante nicht mehr nachspüren würdest. Wir spielen hier nicht ›Ich sehe was, was du nicht siehst‹. Claires Leben ist keinen Pfifferling mehr wert, wenn sie der Falsche zuerst findet, ebensowenig wie deines, schöne Angeline, wenn du ihm in die Quere kommst. Ich fürchte, wenn ich dich bei mir behalte, unterschreibe ich dein Todesurteil, und wenn du fort von mir bist, sterbe ich fast vor Angst, daß dir etwas zustoßen könnte.«

Sie hatte sich geirrt, es war wichtig. Aber, was das Faszinierendste war, und woran sie noch kaum zu glauben wagte: Sie bedeutete Rolf auf einmal mehr als Claire oder das, was sie wußte.

Bevor Angeline nachhaken konnte, war der Tanz zu Ende. Rolf sah ihr tief in die Augen, dann führte er sie zu Helene Delacroix. Sie stand bei den beiden Damen des *ancien régime*, die Angeline in ihrem Haus getroffen hatte. Rolf führte Angelines Hand an die Lippen und drückte ihr einen Kuß auf die Handfläche, dann verbeugte er sich und ging.

»Wie wunderbar Sie heute abend aussehen«, sagte Helene kühl. »Offensichtlich denkt zumindest einer der Herren ebenso. Der Prinz ist bezaubert!«

Die jüngere der beiden Schwestern seufzte und schlug die knorrigen Hände in den Halbhandschuhen aus Spitze zusammen. »Es war so rührend anzusehen, wie er Euch mit den Augen verschlungen hat.«

»Ich... ich glaube nicht, daß er das getan hat«, protestierte Angeline.

»Nicht jeder hat unsere Beobachtungsgabe, da wir Euch und ihn zusammen gesehen haben«, beruhigte sie die Ältere. »Ihr braucht Euch keine Sorgen zu machen.«

»Ich verstehe nicht!«

»Ihr müßt uns wirklich nichts erklären, *ma chère*«, entgegnete die Ältere und berührte sie mit den vergilbten Elfenbeinstäben ihres Fächers am Arm. »Ich habe mich seit Jahren nicht so gut unterhalten und fühle mich lebhaft an meine Jugendzeit erinnert. Mit einem wie ihm einen Schritt vom Wege abzugehen ist nur eine kleine *bagatelle*, ganz unwichtig – außer vielleicht für einen selbst. Diesen Schlingeln von Prinzen und den Frauen, die das Glück haben, ihr Auge auf sich zu ziehen, muß man einiges nachsehen.« Eine lang zurückliegende Erinnerung glitt über ihr Gesicht, dann war es vorbei, und sie fuhr hastig fort: »Also werde ich allen, die in meiner Gegenwart schlecht von Euch reden sollten, antworten: ›Ihr sagt das bestimmt nur aus Neid und Gehässigkeit!‹«

André trat zu ihnen. Die alten Damen wechselten Verschwörerblicke und ließen das Thema fallen. Als die Musiker wieder aufspielten, forderte André Angeline zum Tanz auf, und sie sah keinen Grund, ihn abzuweisen.

»Sie sind gegangen, ohne sich zu verabschieden«, sagte er, als sie von seiner Mutter und ihren Freundinnen weit genug entfernt waren.

»Ich weiß, und es tut mir leid, aber meine Tante hat mich abgeholt.«

»Sie gibt Ihnen wohl die Schuld für Claires Verschwinden. Hat sie Sie gut behandelt?«

»Ja, einigermaßen.« Es war nicht nötig, ihn mit ihren Problemen zu belasten, besonders, da sie ihm nicht das Recht einräumen wollte, Abhilfe zu schaffen.

»Erlauben Sie mir, daran zu zweifeln! Man hat mir wiederholt mitgeteilt, daß Sie nicht zu Hause seien, obwohl ich wußte, daß es eine Lüge ist, aber ich habe nichts gesagt.« Seine braunen Augen starrten sie ernst an. »Ich muß Sie sprechen. Es gibt etwas, das wir noch klären müssen, etwas Wichtiges, jedenfalls für mich.«

»Ich hatte keine Ahnung, daß Sie zu Besuch kamen«, war alles, wozu Angeline sich aufraffen konnte.

»Auch meine Briefe wurden nicht beantwortet.«

»Ich habe sie nie zu Gesicht bekommen.«

»Wenn Sie mich empfangen wollen, werde ich mir mit Gewalt Zutritt verschaffen. Ihre Tante kann Sie nicht wie eine Gefangene behandeln.«

Er verwechselte ihre Zerstreutheit mit Ermutigung. »Nein. Aber, André, auch wenn Ihre Besorgnis mir ein Trost ist, weiß ich nicht, ob ich Ihnen die Antwort geben kann, die Sie sich wünschen.«

»Ich verlange nicht viel von Ihnen.«

»Ich weiß«, erwiderte sie, und in ihren Augen stand Mitgefühl. Sie betrachtete sein Gesicht mit der olivbraunen Haut und dem dünnen Schnurrbart über dem lächelnden Mund. »Aber Sie haben Besseres verdient.«

Dann rückte die Garde an wie eine weiße Schutzwand und schirmte sie ab. Als die Herren sie nacheinander zum Tanz führten, während Rolf seiner Verpflichtung als Ehrengast nachkam und die Gattinnen der Honoratioren durch den Saal schwenkte, fragte sich

Angeline wiederholt, ob sie aus Besorgnis um sie oder auf Anweisung ihres Anführers so galant waren. Oswald, der sich jetzt vor ihr verbeugte, war schweigsam und trug wie die anderen einen schwarzen Trauerflor am Arm. Er war höflich und rücksichtsvoll, und aus seiner Miene sprach eine Wärme, die ihn Oskar frappierend ähnlich machte. Fast hatte es den Anschein, als sei Oswald gestorben, so verändert war Oskars Zwillingsbruder.

Angeline hing derartigen Gedanken nach, und das hinderte sie daran, Rolf über Gebühr mit den Augen zu folgen und sich zu sehr mit dem flauen Gefühl in ihrer Magengegend zu beschäftigen. Nach einer Weile ging es vorüber, aber für den Rest des Abends lehnte sie es kategorisch ab, etwas zu trinken. Bei Rolf, soviel sah sie deutlich, war das Gegenteil der Fall.

»So ist er«, sagte Meyer zu ihr, »seit unserer Ankunft in New Orleans, seit er die Depeschen gelesen hat, die für ihn gekommen sind. Vielleicht steckt etwas dahinter. Ich habe nicht gesehen, was sie enthalten, aber es heißt, sein Vater kritisiere, daß er seine Pflichten vernachlässige, der Finanzminister bekrittele seine Ausgaben, und ein Schreiben aus dem Außenministerium habe die mögliche Verehelichung mit einer bairischen Prinzessin zum Thema.«

»Das reicht, um jedem die Stimmung zu verderben«, erwiderte Angeline mit großer Willensanstrengung, »besonders, wenn er solchen Belastungen ausgesetzt ist.«

»Ich stimme Euch ohne Einschränkung zu. Seine Energie ist unerschöpflich. Nicht nur, daß er kaum schläft, weil ihn die Suche nach Eurer Kusine so sehr in Anspruch nimmt, er wird auch ständig eingeladen und ist Tag und Nacht für jeden Süßwarenkrämer, jede Schneiderin zu sprechen, die vielleicht irgendeine Auskunft geben könnte. Außerdem ist es ihm gelungen, die Beziehungen zwischen unserem und Eurem Land zu fördern, und, als wäre das noch nicht genug, hat er jeden Brief, den er erhielt, persönlich beantwortet.«

»Er... er scheint Talent für Organisatorisches zu besitzen.«

»Und dafür, sich ohne Rast und Ruhe abzurackern, was uns, seine Umgebung, mit großer Besorgnis erfüllt, zumal da ein Ende unseres Aufenthalts abzusehen ist.«

»Es gibt Neues von Claire?« fragte Angeline hastig.

»Rolf behält es vorsichtig für sich, und wer kann es ihm verdenken? Aber ich halte es für möglich, ja, sogar für wahrscheinlich.«

»Wenn das so ist, warum hat er dann nichts unternommen?«

»Wer weiß? Vielleicht will er diesmal sichergehen, daß ihm seine Beute nicht wieder entkommt, und geht kein Risiko ein, ehe er zuschlägt.«

Es könnte auch sein, dachte Angeline, als sie zustimmend nickte, daß er niemandem traut und alle im ungewissen lassen will.

Der letzte Tanz vor dem mitternächtlichen Imbiß kam heran, und Rolf trat auf Angeline zu. Er nahm ihren Arm und führte sie aufs Parkett, und zu den Klängen eines Wiener Walzers zog er sie inmitten von Dutzenden lachender und plaudernder Paare in die Arme. Er sprach nicht, während er sie im Arm hielt, aber an seiner Art war nichts Unpersönliches mehr. Ohne Rücksicht auf das, was sich schickte, hielt er sie mit ernstem Gesicht umschlungen. In seinem bewußten feierlichen Ernst lag – so kam es ihr vor – ein stilles Lebewohl.

Der Puls trommelte Angeline in den Ohren, sie war erfüllt von der prickelnden Spannung ihrer Sehnsucht; ihr schnürte sich vor Schmerz die Kehle zu, und in ihren Augen standen Tränen. Sie ertappte sich dabei, an den Abend ihrer ersten Begegnung zurückzudenken, als er sie unerbittlich auf den Tanzboden verfolgt hatte. Wie anders war die sanft kontrollierte Haltung, die er jetzt an den Tag legte, und wie sehr zöge sie das andere vor, wenn sie dann für immer bei ihm bleiben könnte.

»Hast du genug vom Gekratze und Gescharre der Schwerfälligen? Ich muß bis zum Ende durchhalten und abgefüllt mit vergälltem Champagner pflichtschuldigst und bockbeinig herumhüpfen, aber ich lasse dich nach Hause bringen, wenn du es wünschst.«

Angeline war müde, und es war besser, sich jetzt in schicklicher Haltung zu verabschieden, als zu bleiben und Rolf mit brennenden Augen zu folgen, wie er im Saal die Runde machte, bis sie heimgehen mußte. »Ja«, erwiderte sie leise, »ich habe genug.«

Meyer setzte sich neben sie in die Kutsche, eine still anwesende Gestalt, die sich in die Polster lehnte. Anfangs machte er wenig Anstalten zu konversieren. Schließlich betrachtete er ihr Profil, das im Licht der Wagenlaterne deutlich hervortrat.

»Habt Ihr Euch den Vorschlag überlegt, den ich Euch vor ein paar Wochen unterbreitet habe?« fragte er mit leiser, fast nachdenklicher Stimme von der Ecke her, in der er saß.

»Und ich wußte nicht, ob Ihr es vergessen habt oder ob Ihr es vielleicht ungeschehen machen wolltet«, erwiderte sie.

»Wie könnte ich? Aber es gab andere Probleme und unerwartete Entwicklungen, wie zum Beispiel Euer Durchbrennen – wenn ich es so bezeichnen darf – mit dem jungen Delacroix.«

»Ja, ich wollte Euch nicht unterstellen zu... zu zaudern. Niemand wird es Euch verübeln, wenn Ihr Zweifel hegt. Vielleicht hätte ich Euch schon vorher antworten sollen, daß ich Euren Antrag erwogen habe, ihn aber nicht annehmen kann.« Als er eine Weile nichts erwiderte, fragte sie: »Habe ich Euch verletzt? Ich versichere Euch, daß es nicht meine Absicht war. Ich werde Euch für Euer Mitgefühl und dafür, daß Ihr mir unter diesen merkwürdigen Umständen helfen wolltet, stets dankbar sein. Dennoch muß ich bedauern, denn ich kann mich nicht zu der Überzeugung durchringen, daß es eine Lösung wäre, Eure Gutmütigkeit auszunützen. Ich glaube, dabei würde keiner von uns glücklich.«

Meyer streckte die Hand aus, als wolle er sie berühren, vielleicht, um sie zu umarmen, da aber die Kutsche an Fahrt verlor und Leopold ans Fenster heranritt, zog er sich zurück. »Es tut mir leid, ja ich bin untröstlich, daß Eure Entscheidung nicht günstig ist. Ich wünschte, alles wäre anders verlaufen, in vieler Hinsicht anders.«

»Wenn alles anders gekommen wäre, wären wir nicht die, die wir sind«, antwortete sie.

»Ja«, erwiderte er steif und öffnete ihr den Schlag.

Angeline ging zu Bett, konnte aber keinen Schlaf finden. Sie starrte lange in die Dunkelheit, bis sie endlich einschlief.

Plötzlich schreckte sie auf. Sie lag ganz ruhig da und blickte um sich. Es war schon spät, denn in der pechschwarzen Nacht war keine Spur mehr von Mond- oder Sternenlicht zu sehen.

Sie wußte nicht, wovon sie aufgewacht war, aber die Nerven an der Oberfläche ihrer Haut schrillten eine Warnung. Langsam, unentrinnbar, wurde sie gewahr, daß sie nicht allein war. Sie hatte keine Ahnung, woher sie es wußte, aber sie war sicher, daß sich jemand im Zimmer aufhielt.

»Tante Berthe?«

»Weder eine schlurfende Alte noch ein Dieb. Ich bin es nur.«

Seine Stimme kam von der Tür her. Sie wandte sich dem Laut zu. »Rolf!«

»Unterdrück deine Freudenschreie, wenn es geht.«

»Was... was machst du hier?« Der Spott in seiner Stimme wurmte sie. Sie setzte sich auf, daß die Bettgurte ächzten, und warf das Haar zurück.

»Ich komme wie der Pilger zum Schrein, in der vergeblichen Hoffnung auf Erlösung.«

»Du... du hättest wenigstens anklopfen können!«

»Um wieder hinausgeworfen zu werden? Dieses Risiko war mir zu groß.«

Der Ortswechsel der Lautquelle erweckte den Eindruck, als nähere Rolf sich ihr, obwohl Angeline keine Schritte hören konnte. Ein Schauer überlief sie, den sie als bebende Freude erkannte. Doch sein gewaltsames Eindringen in ihr Schlafzimmer erfüllte sie auch mit Zorn.

»Dann werfe ich dich eben jetzt hinaus«, erwiderte sie mit fester Stimme: »Ganz gleich, was du bist, du kannst dich nicht so aufführen.«

»Das habe ich schon: Ich bin über den Zaun geklettert, habe die steilen Stufen erklommen und mich an den Drachenhöhlen vorbeigeschlichen. Da ich nun so weit gekommen bin, warum sollte ich ohne die mir zustehende Belohnung wieder fortgehen?«

In seiner maßlosen Unverschämtheit lachte er sie aus. Bestimmt war er auch noch betrunken und bereit, alles, was er heute nacht vielleicht für sie erreicht hatte, in den Wind zu schreiben für – ja, wofür? Eine verrückte Idee? Eine blödsinnige Wette? Einen Jux? An die Folgen dachte er nicht; daß er sie als Spielzeug mißbrauchte, entfachte ihren Zorn.

»Es wird dir nichts anderes übrigbleiben«, erwiderte sie schroff.

»Kein freudiger Empfang, liebste Angeline? Keine zärtlichen Küsse? Einmal, nur ein einziges Mal habe ich sie freiwillig und unaufgefordert erhalten. Soll mich der Traum der Erinnerung denn mein Leben lang verfolgen?«

Etwas Warmes berührte sie am Arm, und Angeline wich zurück. »Daß du hier bist, ist ein Traum. Geh weg, und alles wird sein, als wärest du nie hergekommen.«

»Ich soll dich unbeschützt und unberührt schlafen lassen, während nur der Nachtwind dich umweht? Ich bin ein Mann aus Fleisch und Blut, kein Geist, der auf Kommando weicht. Mein Verlangen nach dir ist wie ein Feuer, das an meinem Hirn zehrt und mir das Herz verbrennt und mich zu diesem entwürdigenden heimlichen Dasein treibt.«

Als er die Hand nach ihr ausstreckte, schnellte sie sich weg und ließ sich geschmeidig wie eine Katze auf die andere Bettseite gleiten. Sie hörte, wie er sich instinktiv zwischen sie und die Tür stellte. Angeline kroch augenblicklich unter das hohe Bettgestell, schlüpfte leise auf die andere Seite und wirbelte mit den Armen die Staubflokken auf.

Sie hielt inne, all ihre Sinne waren angespannt, sie lauschte auf das kleinste Geräusch und wußte, daß Rolf dasselbe tat.

Er mußte nur bleiben, wo er war, und sie war gefangen. Wenn sie an ihm vorbei wollte, mußte sie ihn dazu bringen, sich von der Stelle zu rühren. Mit unendlicher Vorsicht reckte sie sich, bis sie das Kopfkissen berührte. Sie grub die Finger hinein und warf es auf die andere Seite des Zimmers, weg von der Tür.

Ein Bodenbrett knarrte, als er sich mit einem Satz in die Richtung stürzte, wo das Kissen an die Wand schlug. Noch bevor es auf den Boden fiel, war Angeline um das Bett geglitten und griff nach dem Türknauf.

»Ein zahnloser Trick mit einem langen Bart«, sagte Rolf neben ihr, und seine Stimme bebte vor Lachen.

»Dann nimm das«, knirschte sie und schlug mit der Faust auf die spottende Stimme ein.

Das hatte Rolf nicht erwartet. Er ächzte überrascht auf. Dennoch drehte er den Kopf so weit, daß Angeline nur mit dem Knöchel seinen Mund streifte. Es war die Wut hinter dem Schlag, die ihn zögern ließ, so daß sie Gelegenheit erhielt, die Tür zu öffnen und hinauszuschlüpfen.

Sie hörte ihn fluchen, während er die Verfolgung aufnahm. Sie huschte die Treppe hinunter, das Haar strömte ihr über die Schultern, sie raffte ihr Nachthemd, um nicht darüber zu fallen. Die Stufen, die nicht mehr allzu fest saßen, erbebten, als Rolf mit festen, geschmeidigen Schritten hinterhersprang. Er gewann an Boden, aber Angeline mußte nur das Parterre erreichen, dort gab es Verstecke in Hülle und Fülle.

Eine Hand packte sie an der Schulter. Sie fiel nach vorne. Rolf geriet aus dem Gleichgewicht, rutschte mit den Stiefeln ab, und gemeinsam polterten sie die Treppe hinunter. Als ihr Fall gebremst wurde, lag Angeline in seinen Armen, so daß sie weich fiel.

»Alles in Ordnung?« flüsterte er besorgt und tastete sie ab.

Sie schloß die Augen und wartete auf ein Anzeichen von Schmerz oder Verkrampfung, doch sie spürte nichts. »Ich glaube schon.«

Er ließ sie los. Sie glaubte, seine Lippen auf ihren Haaren zu fühlen. »Flink und gefährlich. Mir scheint, du hast zuviel gelernt, seit wir uns kennengelernt haben.«

»Nicht genug, um dich zu besiegen.«

»Wer weiß? Wenn ich gesiegt habe, wo ist dann mein Triumph?«

»Habe ich dir weh getan?« Sie konnte sich die Frage nicht verbeißen.

»Ich werde für immer eine Narbe davontragen.« Seine Berührung suchte nicht mehr nach Verletzungen, er streichelte sie zärtlich an der Hüfte, an der Taille, und umschloß ihren vollen Busen.

Sie reckte den Kopf und versuchte, sein Gesicht zu sehen, erblickte aber nur einen dunklen verschwommenen Fleck über sich. Ihr Zorn schwand dahin und hinterließ nichts als verwirrte Verzweiflung. Sie tastete seine Lippen ab und traf auf ein feuchtes Rinnsal von Blut im Mundwinkel. »Das ist nicht der Rede wert.«

»Doch, es ist eine Wunde an meiner Seele, die nie wieder verheilen wird, verheerender als väterlicher Haß oder der schnelle, sinnlose Tod eines jungen Soldaten. Ich werde nicht daran sterben, aber so sehr leiden, daß ich den Tod vielleicht vorziehen würde.«

Er konnte nichts dafür, daß er königlichen Geblüts war, daß eine undurchdringliche Mauer von Pflicht und Ehre zwischen ihnen stand, eine Mauer, die seine selbstauferlegte Verantwortung noch stabiler machte. Er hatte ihr seinen Schutz und seine Hilfe angeboten, wo sie ein anderer an seiner Stelle im Stich gelassen hätte.

»Laß mich deine Wunde heilen«, sagte sie.

»Womit? Mit ätzenden, bitteren Worten, mit brennender Sorge?«

»Mit dem Balsam, den du gesucht hast, mit Liebe, mit... Lust.«

Er stieß die Luft aus und lag ganz still. Schließlich fragte er, als würden sich ihm die Worte gegen seinen Willen entringen: »Um welchen Preis?«

»Es gibt nichts aufzurechnen, das gilt für immer.«

»Ein Geschenk aus Tränen?« Seine Stimme war leise, fast zaghaft.

Sie hatte nicht gemerkt, daß sie weinte. Sie flüsterte: »Salz soll Glück bringen.«

»Und Segen«, erwiderte er, tauchte die Finger in die Flüssigkeit, die ihr langsam aus den Augen tropfte, und berührte damit Stirn, Herz und Schulter wie beim Kreuzzeichen. »Wenn Heilung Vergessen bedeutet, dann lehne ich ab.«

»Nein«, antwortete sie mit belegter Stimme. »Ich möchte in deiner Erinnerung weiterleben, wenn es für uns keinen anderen Ort gibt.«

»Immer, ich gelobe dir unauflösliche Treue für alle Zeit.«

Er nahm ihren Kopf und preßte seine Lippen auf ihren Mund. Auf ihren Zungen mischte sich der Geschmack von Blut und Tränen. Der Kuß wurde tiefer und leidenschaftlicher. Angeline schlang Rolf die Arme um den Hals. Sie drückte den Busen an seine Brust. Mit ihrer Leidenschaft wuchs die Verzweiflung in ihr, und ein Verlangen loderte in ihr auf, ein Teil von ihm zu werden und ihn zu einem Teil ihrer selbst zu machen.

So sehr erfaßte sie die Leidenschaft, daß sie jedes Gefühl dafür verloren, wo sie waren, und nicht spürten, wie unbequem die Treppe war, auf der sie lagen.

Rolf ließ die Hand über Angelines Rücken zu ihren Hüften gleiten. Behutsam wanderte seine Hand tiefer, schob ihr das Nachthemd bis über die Knie und weiter hoch. Dann berührte er ihre kühle nackte Haut.

Sie knöpfte ihm die Jacke auf und legte die Hand auf seine Brust unter dem Leinenhemd, dann griff sie nach dem Verschluß der Pantalons. Rolf zog sich das weißblaue Band, an dem der glitzernde Orden hing, über den Kopf, legte die Jacke ab und faltete sie zu einem Kissen zusammen, das er unter Angeline schob. Dann befreite er sich flink von Hemd und Hose und zog ihr das Nachthemd aus. Unwiderstehlich wurden sie voneinander angezogen, und so kamen sie wieder zusammen. Er hob sie auf und legte sich unter sie auf die unbequemen Kanten der Treppe.

Er neigte den Kopf und zog mit seiner Zunge eine heiße, feuchte Spur um ihre Brust, kreiste um eine Spitze, die sich zusammenzog. Angeline fuhr ihm mit den Fingern über die Flanke und die harte Fläche seiner Brust, hinunter bis dahin, wo die Behaarung aufhörte und seine seidige Mannheit wuchs.

»Angeline«, stöhnte er, »gnadenreicher Engel, Herrin meines Herzens, wirst du mich einlassen oder sollen wir den süßen Kampf verlängern, bis ich blind und stumm nur noch mit der Bettelschale vor dir stehen kann?«

»Nein, nicht stumm, nie stumm, denn dann hätte ich dich nur halb, und heute nacht will ich dich ganz.«

Er richtete sich auf, spreizte ihre Schenkel und preßte sich tief in sie hinein. Angeline hielt den Atem an, ließ die Handflächen über seine Brust zur Taille hinabgleiten, schlug die Arme um ihn und zog ihn enger an sich. Ihr Entzücken war so intensiv, daß der jähe Höhepunkt sie wie ein Blitz traf. Sie schrie auf, und er hielt sie fester.

»Freue dich mit mir, Liebste«, flüsterte er heiser, »mein Himmel, mein Halt, mehr ist uns nicht erlaubt.«

Noch einmal drückte er sie an sich. Noch einmal hob und senkte sich ihr Brustkorb schwer, bis er allmählich ruhiger wurde; dann kühlte die heiße feuchtglänzende Haut ab.

Angeline spürte, wie ihr die harten Kanten der Treppe in die Schulter schnitten, wie ihr Fuß zwischen den Säulen der Balustrade eingeklemmt war. Ein kalter Wind fegte ihr über Schulter und Hüfte, und sie zitterte.

Der Mann, der sie festhielt, gab ein Geräusch von sich, das sowohl Seufzen als auch Lachen bedeuten konnte. Er richtete sich auf, sammelte die herumliegenden Kleidungsstücke ein und warf sie ihr in den Schoß. Dann nahm er Angeline in die Arme und trug sie die Treppe hinauf.

Sie waren beinahe oben, als aus einem der Schlafzimmer gelbes Kerzenlicht auf die Galerie fiel. Die Tür zur Veranda ging auf, und in einem Morgenrock aus blauem Musselin versperrte ihnen Tante Berthe den Weg.

»Nun«, sagte sie und kniff die Lippen zusammen, als sie Angeline nackt in Rolfs Armen sah. Falls sie sein ebenso unbekleideter Zustand beunruhigte, ließ sie es sich jedenfalls nicht anmerken. Sie starrte die beiden mit ihren schwarzen Augen triumphierend an, als fühle sie sich überlegen, da sie bekleidet war.

»Bon soir, Madame«, antwortete Rolf höflich.

Die Dame ignorierte seinen Gruß. Sie verzog die Lippen zu einem höhnischen Lächeln und musterte Angeline. »Habe ich mir doch gedacht, den Schrei einer mannstollen Schlampe zu hören!«

Rolf, dessen Bissigkeit ihn auch nicht verließ, wenn er in einer derartigen Situation unbekleidet war, grinste maliziös: »Ohne Zweifel eine Ausgeburt Eurer eigenen Träume.«

Wie beabsichtigt, lenkte er damit den Zorn der Tante von Angeline auf sich selbst. Madame de Buys richtete sich zu ihrer ganzen Größe auf und blitzte ihn wütend an. »Ich verlange, daß Ihr sofort verschwindet!«

»Verlangt, was Ihr wollt«, erwiderte er leise und knapp, »und dann geht zum Teufel.«

»Das ist eine Unverschämtheit! Ich dulde das nicht unter dem Dach meiner Schwester!«

»Wie wollt Ihr mich hindern? Aber vielleicht seid Ihr aus Eifersucht so pikiert? Soll ich Abhilfe schaffen und nach Meyer, Leopold und Oswald schicken?«

Daß sich Berthe de Buys sehr wohl an die Männer erinnerte, die sie in jener unvergeßlichen Nacht ihrer Gefangennahme ausgezogen hatten, war offensichtlich, denn sie schrak schon bei der Nennung ihren Namen zusammen. »Das… das könnt Ihr nicht tun!«

»Teure Dame, geliebte Verwandte Angelines, die sich so rührend um sie gesorgt hat, sagt mir, was mich davon abhalten sollte?«

Madame de Buys bedachte den Prinzen mit einem Blick von Angst und Zorn, zog sich schleunigst in ihr Schlafzimmer zurück und knallte die Tür zu. Rolf erreichte Angelines Zimmer mit wenigen Schritten und legte sie auf das schmale Bett.

Sie schmiegte die Wange an seine Schulter, preßte sich an seinen warmen Körper und genoß die lebendige Hitze, die er ausstrahlte. Sie wurde bald ruhig und fror nicht mehr. Sie legte ihm die Hand auf die Brust und schmiegte das Gesicht an seinen Hals, wo der starke Puls des Lebens pochte.

Und so, mit sanften Worten, süßer, zärtlicher Erfindungsgabe und ungestümer Lust beschenkten sie einander und schwelgten in gedankenloser Seligkeit. Doch sie konnten die Nacht nicht festhalten, und schließlich schliefen sie mit schmerzenden, übersättigten Körpern aneinandergeschmiegt ein, während schon das Dämmerlicht in den Raum drang.

Als Angeline erwachte, schien das helle Sonnenlicht wie flüssiges Gold ins Zimmer. Es fiel auf den ruthenischen Tapferkeitsorden an himmelblauem Band, der golden und unbekümmert neben ihr auf dem Kissen glänzte, wohin er mit Sorgfalt gelegt worden war. Sie war allein.

19

Die Küche im Hof des Hauses der Witwe roch muffig nach Schimmel und verrottetem Gips, der von den porösen Ziegeln an den Innenwänden abblätterte. Der säuerliche Geruch nach Essensresten, Seifenschaum und Schmutzwasser vom mittäglichen Abwasch, das noch nicht weggeschüttet worden war, stand im Raum.

Angeline guckte in einen Topf und erblickte kalte Fischsuppe, die mit einer Fettschicht überzogen war. Sie schüttelte sich und tat den

Deckel wieder darauf. Ein knuspriger Brotlaib, ein Stück Käse und ein paar gekochte Garnelen dagegen waren annehmbar. Mit diesen Nahrungsmitteln in der Hand schickte sie sich an, die Treppe hinaufzugehen.

Angeline war schon halb oben, als Tante Berthe aus ihrem Zimmer trat und herunterkam. Sie war zum Ausgehen gekleidet, trug einen kurzen Umhang um die Schultern, einen Korb am Arm und eine Haube, die sie tief ins Gesicht gezogen hatte. Vielleicht konnte sie Angeline wegen der Krempe erst sehen, als sie schon auf der Treppe stand. Im Vorbeigehen beanspruchte Madame de Buys jedenfalls fast den ganzen Raum auf der schmalen Stiege und stieß Angeline beinahe über das Geländer.

Doch nicht nur das Benehmen störte Angeline an ihrer Tante: Wie ihr in ihrem Zorn fast entgangen wäre, trug Tante Berthe Marias Umhang und Haube sowie den Korb der Zofe.

Sie wollte Claire besuchen. Sie wußte genau, wo sie zu finden war, das lag auf der Hand. Sicher hatte sie unbemerkt hinausschlüpfen wollen. Bildete sie sich etwa ein, in Marias Kleidern unerkannt bleiben zu können? Das war kaum zu fassen, sie war so stark und die Zofe so mager. Aber vielleicht achtete man wenig auf Bedienstete oder Sklaven und ihr Kommen und Gehen, wenn man sie nicht gerade überwachte.

Angeline zögerte, dann ging sie die Treppe wieder hinunter und lief ein paar Schritte den Weg entlang. Wenn sie Claires Versteck fand, durfte sie es Rolf nicht preisgeben. Sie wollte nur sehen und sich erkundigen, wie es ihr ging, und ob sie es gut hatte. Sie wollte mit ihr sprechen. Sie hatte so viele Fragen, und es drängte sie, die Antworten zu erfahren. Es war furchtbar, Claire in Einsamkeit und Furcht leben zu lassen. Plötzlich rannte Angeline, warf ihren Imbiß weg und stürzte durch die Pforte.

Der Nachmittag ging nur Neige, und die Straßen waren daher fast leer. Angeline sah ihre Tante hastig auf den Fluß zugehen.

Sie folgte ihr langsam. Es war ein warmer Tag, und es stank aus den Gossen in der Mitte der Straße. Ein ordentlicher Regenguß war nötig, um Schmutz und Abwasser, Speisereste und Pferdeäpfel in die Kanäle unter der Stadt und von dort in den Fluß zu schwemmen.

Die Wahrscheinlichkeit dazu bestand, denn eine große Wolkenbank zog vom Nordwesten heran und brachte eine frische Brise mit sich.

Tante Berthe mied den Markt auf dem Damm und huschte durch eine Straße, deren Häuser dem Erdwall, der die Stadt vor dem Toben des Mississippi bei Flut bewahren sollte, den Rücken zukehrten. Früher wohnten hier die Reichen und Mächtigen, dann waren die Gebäude durch häufiges Überfluten, Wirbelstürme und den Schwamm immer mehr heruntergekommen. Ihre Besitzer waren in die höher gelegenen Viertel gezogen und hatten die Häuser mit den durchsackenden Böden und unverputzten Ziegelmauern den Besitzern von Kaffeehäusern, Schenken und Spielhöllen überlassen, über denen sich meist ein Bordell befand. Hier trieben sich die Matrosen der Schiffe herum, die im Hafen lagen, hier sahen sich die Bootsleute, die ihre Fahrzeuge flußaufwärts stakten, mit den Einnahmen einer ganzen Saison in den Taschen nach einem Ort um, wo sie ihr Geld ausgeben konnten.

Es verging kaum ein Tag, an dem in diesen Gassen nicht eine Leiche gefunden wurde, und Erzählungen über mysteriöse Stürze in den Fluß hinter dem Haus und eigenartig schaukelnder Gegenstände, die im Wasser abdrifteten, gab es zuhauf.

Eines war sicher: Das war kein Ort, an den sich eine Frau allein wagen sollte, nicht einmal eine im Alter von Madame de Buys. Daß sie immer weiter und weiter in dieses Viertel eindrang, zeigte ihre große Liebe zu ihrer Tochter, denn sie war sonst von nervöser Disposition und fürchtete sich bestimmt vor den Gefahren, die hier lauerten.

Schließlich bog die Matrone in eine Seitengasse zwischen zwei Häusern ein. Angeline wich drei Männern aus, die auf dem Trottoir Karten spielten. Dann kam sie an der offenen Tür eines Kaffeehauses vorbei. Ein Betrunkener rief ihr etwas nach. Ohne ihn zu beachten, behielt sie die Gasse im Auge, in der ihre Tante verschwunden war, und lief weiter.

Plötzlich wurde sie am Arm gepackt und durch die offene Tür in ein dunkles Zimmer gezerrt, dessen Boden mit Sägemehl bestreut war. In der Luft hing der Geruch von Absinth. Sie riß sich los und starrte in das bärtige Gesicht und die tabakbraunen Augen eines Mannes, von dem sie nicht erwartet hätte, ihn je wiederzusehen.

»Na, man weiß ja nie, wen man in New Orleans alles trifft«, sagte McCullough mit schleppender Stimme. »Freut mich, Euch zu Gesicht zu kriegen, Mademoiselle Fortin, meine Hübsche.«

»Was... was macht Ihr denn hier?« fragte sie verärgert.

»Dasselbe könnt ich Euch auch fragen. Das hier ist keine Gegend für 'ne Dame wie Euch, soviel ich weiß. Wo ist Euer prinzlicher Galan? Erzählt mir nur net, daß er Euch nicht gefunden hat. Ich würd's Euch net abnehmen, er war doch so scharf drauf.«

Angeline verwarf den Gedanken, daß Rolf McCullough mitgebracht habe. »Ich hatte keine Ahnung, wo er ist.«

»Er auch nicht, wo Ihr jetzt seid, könnt ich schwör'n. Ich frag noch mal: Was habt Ihr hier am Fluß zu suchen, und wohin wollt Ihr in so 'nem Irrsinnstempo?«

»Ich habe zu tun«, entgegnete sie schroff. »Ihr erzählt mir ja auch nicht, was Ihr hier treibt.«

»Och, mich hat's in die Stadt gezogen«, erwiderte McCullough augenzwinkernd. »Im Niemandsland ist's mir zu friedlich zugegangen, und die Armee macht sich dort bald breit. In letzter Zeit ham sich für meinen Geschmack 'n paar Soldaten zuviel da rumgetrieben.«

Das roch nach einer Lüge. »Wenn Ihr Rolf sucht, könnt Ihr ihn in der französischen Gesandtschaft finden.«

»Nee, warum sollt' ich Seine Hoheit suchen? An Euch bin ich interessiert, schon 'ne ganze Weile, das wißt Ihr doch genau.«

»Ihr müßt mich entschuldigen, ich kann nicht bleiben. Meine... meine Verabredung ist wichtig und duldet keinen Aufschub.«

Als sie Anstalten machte, an ihm vorbeizuschlüpfen, packte er sie am Handgelenk. »Eure Verabredung hat net zufällig was mit 'nem Bett im ersten Stock zu tun? Wenn doch, würd ich Euch gern 'nen Besuch abstatten.«

»Nein, durchaus nicht!« rief sie aus und entwand sich ihm, während es ihr die Zornesröte ins Gesicht trieb.

»Dann seid Ihr mit dem Franzosen, dem Delacroix, zusammen? Wartet der jetzt auf Euch?«

»Es geht Euch nichts an, mit wem ich zusammen bin, und ich habe keine Zeit, darüber zu diskutieren.« Als er erneut versuchte, sich ihr in den Weg zu stellen, schlüpfte sie unter seinen Armen hindurch und lief auf die Straße. Sie eilte davon und hatte den Eindruck, daß ihr McCullough zur Tür gefolgt war und ihr nachsah. Zu ihrer Erleichterung beließ er es dabei.

Sie erreichte die Gasse, in der Tante Berthe verschwunden war, und musterte sie mit durchdringendem Blick, wobei sie ihrem Gesicht einen möglichst gleichgültigen Ausdruck gab. Beim nächsten dunklen und engen Durchgang zwischen den Häusern bog sie ebenfalls ab und rannte ans andere Ende. Daß McCullough beobachtet haben mußte, wohin sie gelaufen war, konnte sie nicht ändern, und es spielte auch keine große Rolle, solange er sie nicht noch einmal aufhielt.

Sie sah sich um. Einige der Häuser hatten kleine, mit Ziegelmauern eingefaßte Gärten, aber hinter den meisten war nur der blanke Boden zu sehen. Wäsche, meist Bettücher, hing zum Trocknen aus und knatterte im Wind, und Abfallhaufen zogen Fliegen und streunende Katzen an. Die Häuser standen Schulter an Schulter und sahen aus, als würden sie sich gegenseitig stützen. Die Galerien an der Rückseite, die den Fluß überblickten, neigten sich beängstigend schräg. Im Vergleich zu dem allgemeinen Bild des Verfalls befanden sich die Dachrinnen in gutem Zustand und leiteten Wasser in riesige Zisternen, die wie Whiskyfässer aus hölzernen Dauben gebaut waren und auf einem hohen Pfahlgerüst standen.

Tante Berthe war nirgends zu sehen. Als einziges menschliches Wesen war eine Mulattin zu sehen, die auf eine der Galerien hinaustrat, um ein Staubtuch auszuschütteln. Sie schleuderte es ein letztes Mal aus, und Schmutz wirbelte auf, dann ging sie wieder hinein und schlug die Tür hinter sich zu.

Ihre Tante konnte in jedes dieser Häuser am Fluß gegangen sein. Da Angeline keine Ahnung hatte, welches es sein mußte, hatte es keinen Sinn, weiterzugehen. Sie trat in den Schatten einer nahe gelegenen Zisterne und richtete sich aufs Warten ein.

War sie verrückt, sich auf die Suche nach einer Kusine zu machen, die sich wenig um sie kümmerte und die nicht den kleinsten Versuch unternommen hatte, sie zu finden, als sie selbst gegen ihren Willen von einem Mann festgehalten worden war? Natürlich gab es keinerlei Hinweis darauf, daß Claire sich jetzt wieder in dieser Lage befand. Wenn es so wäre, hätte ihre Mutter dann nicht längst für Abhilfe gesorgt? Trotzdem verstand Angeline nicht, warum Claire nicht ins Haus der Witwe gezogen war. Vielleicht glaubte sie, dort zu leicht auffindbar zu sein, oder Tante Berthes Schwester hatte Einwand erhoben. Oder hatte sich Claire aus dem einmal erreichten Refugium nicht mehr herausgetraut?

Irgendwo quietschte eine Türklinke. Drei Häuser weiter trat eine Frau auf die Galerie, die Haube und Umhang trug. Angeline wich zurück, als ihre Tante die Hintertreppe hinabstieg und die Straße nahm, die sie hergekommen war.

Sie war nicht lange geblieben, nicht mehr als eine halbe Stunde. Angeline ließ ihr Zeit, die Straße zu erreichen, dann trat sie aus ihrem Versteck und ging zur Hintertreppe, die Madame de Buys heruntergekommen war. Sie erklomm sie mit schnellen, leichten Schritten. Vor der Tür hielt sie inne, holte tief Luft, drückte die Klinke hinunter und trat ein.

Sie befand sich in einem engen, dunklen Korridor. Geradeaus schwang sich eine Treppe mit elegant gedrechseltem Geländer ins Parterre, rechts und links waren Türen zu sehen. Von unten drang das Gemurmel von Männerstimmen, Gläsergeklirr und das Klakkern fallender Würfel an ihr Ohr. Sie beugte sich vor und blickte auf einen Tisch mit grünem Filzbelag, an dem Karten gespielt wurde.

Der Raum sah aus, wie man sich eine Spielhölle vorstellt, und besaß all die übertrieben laute Eleganz jener Etablissements, ein Eindruck, den der Geruch nach Aquavit und Schnupftabak, nach Zigarrenrauch und Staub und nach Fäulnis bestätigte, wie wenn Blumen zu lange in der Vase stehen.

Angeline runzelte die Stirn. Jetzt, wo sie hier war, hatte sie keine Ahnung, was sie tun sollte. Sie traute sich nicht, einfach die Türen zu öffnen und in die Zimmer hineinzuschauen. Auf der anderen Seite schien es ihr unklug, sich unten im Spielzimmer nach Claire zu erkundigen. Sie konnte aber auch nicht unentschlossen hier stehenbleiben und darauf warten, daß ihre Kusine von selbst zum Vorschein kam. Mit steifen Bewegungen ging sie zur nächsten Tür auf der rechten Seite und öffnete sie einen Spaltbreit. Als nichts zu hören war, stieß sie sie weiter auf.

Es war ein Schlafzimmer mit dunkelblauen Samtvorhängen, die in den Falten grau waren vor Staub. Auf einem billigen Kieferntisch standen ein gesprungener Porzellankrug und eine Schüssel, und auf dem schwarzweiß gewürfelten Teppich, der den Boden bedeckte, befanden sich ein Eimer für Schmutzwasser und ein *pot de chambre*. Im Zimmer standen auch ein Schrank und ein schmales Bett, von dessen gebrechlichem Himmel das Moskitonetz in Fetzen herunterhing. Es war leer.

»*Bonjour*, Mademoiselle. Oder Madame?«

In der Tür stand ein hochgewachsener schlanker Franzose mit Schnauzer und Spitzbart und den eisigsten schwarzen Augen, denen Angeline je begegnet war.

»*Bonjour*«, erwiderte sie mechanisch, während sie hastig überlegte, was dieser Mensch als nächstes fragen würde.

»Sucht Ihr eine Stellung, oder gehört Ihr zu den jungen Damen unserer schönen Metropole, die am Nachmittag gerne Aufregenderes erleben, als sie nachts von ihrem Mann geboten kriegen?«

Darauf war sie nicht vorbereitet.

»Nein, nein, ich... ich möchte nur meine Kusine, Claire de Buys, besuchen.«

»Oh, unsere reizende Claire?« Er trat ins Zimmer und musterte sie eindringlich vom Kopf bis zu den Schuhspitzen, die unter ihren altmodisch langen Röcken gerade noch hervorschauten. »Ja, die Ähnlichkeit ist unverkennbar.«

»Ist sie hier? Kann ich sie sehen?«

Er zuckte die Achseln. »Mir ist's gleich, ob sie Männer, Weiber oder Köter unterhält, solange ich dabei Geld mache. Aber da war doch was – ah ja!«

Direkt auf diesen Ausruf hin rührte sich etwas in einem der gegenüberliegenden Zimmer. Eine Frau erschien auf der Schwelle. Sie trug einen Morgenrock aus mehreren Lagen weißen, spitzenbesetzten Tafts, der mit einer Seidenborte eingefaßt war. Oben wurde er von einem smaragdgrünen Band zusammengehalten und stand vorne offen, so daß darunter deutlich ein schlanker weißer Körper zu sehen war, der fast ausgemergelt wirkte.

»Etienne«, sagte sie. »Ich dachte... Angeline!«

»Claire, ich...« Angeline wollte auf sie zugehen, doch dieser Etienne – er mußte der Spieler sein, der Claire dem Spanier abgekauft hatte – stellte sich ihr in den Weg. Er versetzte ihr einen derben Stoß, daß sie ins Schlafzimmer zurücktaumelte, dann schlug er ihr die Tür vor der Nase zu. Als sie nach der Klinke griff, hörte sie verblüfft, wie sich der Schlüssel im Schloß drehte.

»Claire!« rief sie, polterte gegen die Tür und rüttelte an der Klinke. »Claire?«

Von draußen waren die Geräusche eines Handgemenges zu hören, und eine Frauenstimme protestierte. Auf eine schallende Ohrfeige folgte Weinen. Noch eine Tür wurde zugeschlagen. Schnelle Schritte entfernten sich die Treppe hinab, dann war alles ruhig.

Wie dumm von mir, dachte Angeline, wie unglaublich dumm, mich so blindlings in etwas zu stürzen, das ich nicht kenne. Sie schritt im Zimmer auf und ab und haderte mit sich selbst. Hätte sie sich nicht denken können, daß es nicht so einfach war? Aber warum war dann Tante Berthe unbeschadet ein und aus gegangen?

Angeline kämpfte tapfer mit dem Staub und den Spinnweben, die hinter den Samtvorhängen lauerten, und entdeckte, daß die Fenster zugenagelt waren. War es, um die Frauen festzuhalten oder um zu verhindern, daß sich ein Kunde ohne Bezahlung empfahl? Es spielte keine Rolle. Sie hätte sowieso nicht aus dieser Höhe abspringen können, und die Bettlaken waren von grauen Schimmelflecken übersät, so daß es fraglich war, ob sie hielten, wenn sie sich daran abseilte.

Angeline hätte die Scheiben mit dem Porzellankrug einschlagen können, aber die Fenster gingen auf den Fluß, und selbst wenn jemand sie hören sollte, achtete er bestimmt nicht auf ihre Schreie. Auf dem Tischchen neben dem Bett stand zwar eine Kerze, aber sie fand keinen Zunder, um ein Feuer zu entfachen und auf diese Weise auf sich aufmerksam zu machen.

Die Zeit verstrich. Hin und wieder trommelte Angeline an die

Tür und rief um Hilfe, aber es gab keinerlei Anzeichen, daß jemand sie hörte. Draußen dämmerte der Abend, und im Zimmer wurde es dunkel. Es begann zu regnen, die Tropfen prasselten aufs Dach und schlugen dumpf gegen die Fensterscheiben.

Angeline setzte sich auf die Bettkante und ließ die Schultern hängen. Maria würde sicher ihre Abwesenheit bemerken, wenn sie ihr in ein, zwei Stunden das Abendessen bringen würde. Es war unwahrscheinlich, daß sie Alarm schlagen würde, aber vielleicht erzählte sie es Tante Berthe. Die jedoch würde wenig tun. Sie würde bestimmt davon ausgehen, Angeline sei entweder bei Rolf oder bei Helene Delacroix. Es konnte noch Tage dauern, bis sie ihren Irrtum erkennen würde, und selbst dann war es wenig wahrscheinlich, daß sie etwas unternahm.

Rolf suchte bestimmt bis zur Erschöpfung mit äußerster Gründlichkeit nach ihr, aber war es vernünftig zu hoffen, daß er sie an diesem obskuren Ort aufspürte?

Licht kroch unter der Tür durch und umriß hell ihren Rahmen – ein Zeichen, daß jemand kam. Der Schlüssel knarrte. Die Tür wurde aufgestoßen und eine Lampe hochgehalten. Zwei Männer traten ein. Der Lampenschein suchte und fand Angeline in der Dunkelheit. Einer der Männer war groß und schlank mit Schnauzer und Bart. Der andere war breitschultrig und kräftig; das Licht schien bleich auf sein Haar.

»Ja, das ist sie«, sagte Meyer. »Ich bin in Eurer Schuld.«

Irgend etwas wechselte den Besitzer, und Münzen klingelten. »Merci, Monsieur«, sagte der Spieler, der sich Etienne nannte, reichte dem anderen die Lampe, verbeugte sich und ging hinaus.

Angeline stand auf und setzte zu einem Lächeln an, als sie auf den Mann zuging, der auf der Schwelle stand. »Wie froh ich bin, Euch zu sehen! Kommt Rolf auch?«

Der Bankert des ruthenischen Herrschers trat ein, schloß die Tür hinter sich und stellte die Lampe auf den Tisch daneben. »Ja, er kommt... ganz bestimmt.«

Die maliziöse Genugtuung in seinem ruhigen Tonfall war wie ein Schlag ins Gesicht. Angeline blieb stehen. »Er... weiß, daß ich hier bin?«

»Er wird es bald erfahren.«

»Dieser Mann wird ihn wohl benachrichtigen, wie er es bei Euch getan hat?«

»Wie scharfsinnig, doch Scharfsinn ist ja auch einer Eurer zahlreichen Vorzüge.«

Mit einem Heben ihrer Brauen quittierte sie dieses Kompliment. Sie spürte, wie sich ihr ein Gewicht auf die Brust legte, daß sie kaum noch zu Atem kommen, ja beinahe nicht mehr sprechen konnte. Die Furcht, die sie erfüllte, wuchs unaufhörlich. »Ich verstehe nicht, warum es nötig war, mich hier festzuhalten, oder warum er glaubt, Ihr wäret an mir interessiert, und woher er Euch kennt.«

»Ich sehe keinen Grund, Eure Neugier nicht zu befriedigen. Er kennt mich, weil ich mich um seine Bekanntschaft bemüht habe, als ich Claire gestern hier aufstöberte. Was mein Interesse an Euch betrifft, so kümmert ihn der Grund wenig, solange die Belohnung dafür, mich von Eurem Besuch zu unterrichten, hoch genug war. Indem er Euch festhielt, bewies er große Geistesgegenwart, was bei Leuten seines Schlages keine Seltenheit ist. Daß Ihr überhaupt hergekommen seid, war unerwartetes Glück. Ich dachte, ich müßte Euch mit einer Botschaft von Claire hierherlocken. Der einzige Hemmschuh bei meinen Geschäften mit unserem bärtigen Freund ist sein Bedauern über den Verlust der Dienste der schönen Claire. Es besteht Grund zu der Annahme, daß seine Skrupel für den richtigen Preis zu überwinden sind.«

»Ihr meint, Ihr...«

»Eure Kusine stellt schon geraume Zeit eine Belastung für mich dar.«

Angeline starrte ihn an, sah die Genugtuung auf seinem breiten Gesicht und das maliziöse Lächeln des Triumphs auf seinen Lippen. »Ihr... Ihr seid der, vor dem sie Angst hat und vor dem sie davongerannt ist, seit sie Ruthenien verließ.«

»Kann sein, aber was ist mit Euch, teure Angeline? Habt Ihr jetzt nicht auch Angst vor mir? Seid Ihr nicht neugierig, warum ich Euch eine Falle gestellt habe?«

Sie blickte ihn mit weit aufgerissenen graugrünen Augen an. Wie gelähmt fuhr sie sich mit der Zunge über die Lippen. »Es liegt auf der Hand. Wenn Ihr der seid, vor dem Claire davonlief, habt Ihr Maximilian ermordet und wollt sie ebenfalls töten. Ergo seid Ihr auch derjenige, der Rolf nach dem Leben trachtet. Ich bedeute Euch nichts, also...«

»Das würde ich nicht gerade behaupten«, unterbrach er sie mit einem merkwürdigen Ausdruck in den grauen Augen.

Angeline fuhr fort, als habe sie nichts gehört. »Also glaubt Ihr, mich als Köder für Rolf benutzen zu können, weil ich im Niemandsland seine Maitresse war.«

»Ich glaube es nicht nur, ich weiß es.«

Sie zwang sich zu einem Lächeln und war überrascht, wie leicht es ihr über die Lippen kam. »Das ist Unsinn. Ich bedeute ihm nicht mehr als Claire, die er kaum zu Gesicht bekommen hat.«

»Wie könnt Ihr so etwas behaupten?« fragte Meyer und schüttelte bedächtig den Kopf. »Ich habe Euch beide in der Wildnis und auch gestern abend auf dem Tanzboden inmitten der sogenannten *Crème de la crème* von New Orleans gesehen. Und später folgte ich ihm von der Gesandtschaft aus und sah – oder vielmehr hörte – einen äußerst überzeugenden Beweis seiner Zuneigung auf der Hintertreppe des Hauses, in dem Ihr und Eure Tante wohnt.«

»Wie könnt Ihr es wagen!« rief sie aus. Sie hätte erwartet, vor Scham in den Boden versinken zu müssen, wenn jemand so etwas ansprach, aber statt dessen stieg in ihr nur die Wut darüber auf, daß Meyer einen kostbaren Augenblick entweiht hatte.

Er lachte. »Ich habe mich selten so gut amüsiert. Und nach diesem stürmischen Erlebnis, glaubt Ihr da wirklich, daß der Prinz es ablehnen wird zu kommen, und zwar allein und unbewaffnet – diese Bedingungen werde ich stellen –, wenn er meint, Euch damit retten zu können? Er würde das für den geringsten seiner Männer tun, sogar für mich. Ist es nicht noch viel wahrscheinlicher, daß er für Euch und Euer hübsches Gesicht sein Leben riskiert?«

»Wieder eine Falle, wie die für Max mit Claire als Köder, und wie in der Nacht, als die Garde und McCulloughs Haufen Don Pedros Lager angriffen?«

»Beides gut geplant, aber nicht vom Glück begünstigt. Diesmal wird es anders kommen.«

Er sprach mit der unerschütterlichen Selbstsicherheit und Ruhe, die seinem Verständnis von Macht entsprach. Angeline wollte sie zum Wanken bringen und sagte: »Ihr habt schon oft vergeblich versucht, Rolf zu töten, in Ruthenien, in Le Havre, in New Orleans und im Jagdschloß. Es ist Euch auch nicht gelungen, ihn von anderen, wie von Don Pedro, morden zu lassen. Und als Ihr verzweifelt im Dunkeln auf ihn geschossen habt, habt Ihr den Falschen getroffen.«

Meyer kniff die Augen zusammen. »Ich habe Euch einmal gesagt, daß er gerissen ist. Er hat einen Gefahreninstinkt, mit dem man immer rechnen muß. Als der Spanier im Hinterhalt lag, roch Rolf, daß etwas faul war, und befahl und deckte den Rückzug, bevor die Attacke richtig angelaufen war. Aber ich habe nicht versucht, ihn selbst zu töten. Nach jenem ersten Fehlschlag schien es mir nicht mehr durchführbar. Ich war ihm und den anderen von der Garde zu nahe.«

»Aber Don Pedros Leute haben Oskar nicht erschossen.«

»Eine bedauerliche Notwendigkeit. Es war kein Vergnügen für mich, aber Oskar hat mich mit Morning Star zusammen gesehen, und wenn er den Kampf überlebt hätte, hätte er sich vielleicht daran erinnert.«

Seine ruhige, fast sachliche Haltung, als sei alles ganz vernünftig, was er getan hatte oder noch tun wollte, wurde Angeline plötzlich unheimlich. Sie trat drei Schritte zurück. »Wenn Ihr Oskar wegen seines Wissens ermordet habt...«

»Ihr seid auf Eure Weise ebenso schnell wie unser Prinz. Warum habt Ihr meinen Antrag nicht angenommen? Ich hätte dafür gesorgt, daß Ihr keinen Grund habt, es zu bedauern. Ihr hättet in Reichtum und Ehren leben können. Ich hätte mich nicht einmal für die Unannehmlichkeiten gerächt, die Ihr mir bereitet habt, als Ihr Rolf von dem Scheiterhaufen, den ich ihm errichtete, gerettet habt oder als Ihr die spanischen Feiglinge aus ihrem Graben aufscheuchtet. Nur Euer Kind, Rolfs Bankert, wäre bei der Geburt gestorben. Wie traurig, aber Ihr hättet andere bekommen.«

»Ihr wißt es.« Ihr Gesicht war vor Entsetzen wie versteinert, und das Sprechen fiel ihr schwer.

»Wie könnte es anders sein, wo ich ebenso scharf nach Indizien Ausschau hielt wie jede Hebamme; ich beobachtete sogar, wie Sarus Eure Wäsche wusch, und inspizierte jedes Stück, das Ihr zum Trocknen aufgehängt habt. Bis zur Ballnacht war ich mir nicht sicher. Aber man muß nicht Medizin studiert haben, um die vorübergehende Übelkeit zu erkennen, die manche Frauen morgens und andere bei bestimmten Gerüchen überkommt.«

»Und jetzt?« fragte Angeline unwillkürlich.

»Und jetzt hole ich mir von Euch, was Ihr mir verweigert habt. Ich kann Euch versichern, daß ich mich darauf schon lange freue. Ich habe es immer genossen, etwas zu besitzen, was meinen Brüdern gehörte, auch etwas, was sie schon abgelegt haben.«

Die Bedächtigkeit seiner Worte, die kühle Befriedigung, die in ihnen lag, brachte Angelines Herz zum Rasen, so daß ihr ganz übel wurde. Ihre Angst wuchs. Meyer konnte sie nicht am Leben lassen, da er nicht wußte, was sie unternehmen würde.

Um die Probe aufs Exempel zu machen, sagte sie: »Und wenn Rolf kommt und Ihr mit ihm fertig seid, werde ich... verschwinden.«

»Das ist nicht die Lösung, die mir die liebste gewesen wäre, aber leider eine notwendige Maßnahme. Ich kann nicht riskieren, daß Ihr den Mund aufmacht. Ich brauche die Sympathie und Unterstützung der Garde, wenn ich in mein Land zurückkehre.«

Angeline fragte: »Glaubt Ihr denn wirklich, sie werden Rolf hierherkommen lassen ohne seine Leibwache und ohne eine Waffe, um sich zu verteidigen?«

»Wenn er es befiehlt, werden sie es tun, und er wird diesen Befehl geben.«

»Und das alles meinetwegen?«

Er neigte den Kopf. »Seht Ihr, in diesem Augenblick erhält er die Mitteilung, daß ich Euch unverletzt freilasse, ohne daß Ihr wißt, wer Euch gefangennahm, sobald er hinter Schloß und Riegel ist.«

»Nein«, flüsterte sie, und ihre Augen weiteten sich vor Entsetzen, als sie begriff, was seine Worte bedeuteten. »Nein! Nein!«

Sie machte einen Satz zur Tür. Er packte sie am Unterarm und duckte sich, als sie nach ihm schlug. Mit einem kräftigen Schubs stieß er sie zu Boden, doch sie rappelte sich wieder auf und wich zurück.

»Doch«, höhnte er und kam näher, »und ich werde dafür sorgen, daß er vor seinem Tod noch erfährt, daß sein Opfer umsonst war.«

»Ihr unterschätzt ihn. Er wird Euch nicht arglos in die Falle gehen. Er wird doch noch gewinnen.«

Meyer kam langsam auf sie zu. »Vielleicht. Aber Euch hilft es nicht mehr. Nichts kann Euch jetzt noch helfen.«

Er drängte sie an einen der Bettpfosten. Neben Angeline stand das Tischchen mit dem Waschgeschirr aus Porzellan. Sie nahm den Krug und schleuderte ihn mit aller Kraft nach Meyer. Er duckte sich. Das Gefäß krachte zu Boden. Porzellansplitter, tote Fliegen und Spinnen flogen durch den Raum. Dann folgte die Schüssel. Meyer wich aus, aber das schwere Porzellangefäß traf ihn an der Schulter. Er stieß einen Schrei aus.

Er stürzte sich auf Angeline und erwischte ihre Röcke. Er zog daran, daß sie das Gleichgewicht verlor und zu Boden ging. Als sie sich mit den Händen auffing, schnitt ihr eine Scherbe in den Finger. Obwohl ihr der Schmerz durch die Hand und den Arm fuhr, umklammerte sie sie fest. Meyer zerrte Angeline an sich, und sie fuhr ihm mit der Scherbe über das Gesicht.

Ein klaffender Schnitt entstand auf seiner Wange. Meyer stieß knirschend einen Fluch aus und drehte Angeline den Arm um, daß sie die Scherbe fallen lassen mußte. Dann warf er sie aufs Bett.

In einer Reflexbewegung zog sie die Knie an den Leib, und als er sich auf sie warf, traf sie ihn in der Leiste. Er unterdrückte einen Schrei. Sie rappelte sich vom Bett auf, stürzte zur Tür und drückte die Klinke hinunter. Die Tür ging auf, und hinter Angeline waren schnelle Schritte zu hören, dann wurde die Tür wieder zugeschlagen.

Meyer packte Angeline und drückte seinen Mund auf ihren. Es schmeckte heiß und säuerlich, als er mit dicker Zunge versuchte, durch ihre zusammengepreßten Lippen zu dringen. Zorn und Ekel überkamen sie, wobei ihr die Tränen über das Gesicht liefen.

Mit einem Fluch zog Meyer sich zurück, zerrte sie zum Bett, schleuderte sie darauf und warf sich neben sie.

Seiner enormen Kraft und Entschlossenheit hatte Angeline nicht viel entgegenzusetzen. Mit schwarzer Verzweiflung erkannte sie es, als er die Haken öffnete, die ihr Kleid zusammenhielten. Flüchtig kam ihr der Gedanke, daß ihre erste Nacht mit Rolf im Vergleich zu dieser brutalen Vergewaltigung, die sie jetzt erwartete, ein Traum zärtlicher Verführung war. Rolf, Rolf, schrie sie stumm, als ihr kühle Luft über den Rücken wehte.

Meyer fummelte an seinen Kleidern herum. Angeline nahm all ihre Kraft zusammen und bäumte sich auf. Er fiel auf sie, daß er sie fast erdrückte. Sie konnte sich nicht bewegen. Sie konnte nicht atmen.

Krachend flog die Tür auf. Meyer drehte sich um, und Angeline bekam plötzlich Luft. Ein weißer Blitz, und es sah so aus, als werde er förmlich aufgehoben und durch den Raum geschleudert. Rolfs Gesicht war im Schein der Lampe bronzefarben und starr wie eine Maske. Er setzte Meyer mit gefährlicher Behendigkeit nach. Er war unbewaffnet. Mit bloßen Händen stürzte er sich wieder auf seinen Halbbruder.

In der Tür bewegte sich etwas. Angeline schüttelte den Kopf, um klarer zu sehen, dann erblickte sie das schmale, bärtige Gesicht Etiennes und einen stämmigen kahlköpfigen Schläger mit einem Knüppel in der Hand.

Angeline stützte sich auf den Ellbogen. Sie konnte nur krächzen: »Rolf, paß auf…«

Zu spät. Noch während er sich umdrehte, ließ der Kahlkopf die Keule pfeifend nach unten sausen. Rolf fiel wie der Hirsch, der mitten im Lauf erschossen wird, er stürzte aufs Gesicht und war schon bewußtlos, als er auf dem Boden aufprallte.

Meyer rappelte sich auf und trat Rolf in die Magengrube. Einen Augenblick betrachtete er ihn mit dem Triumph des Siegers, dann blickte er zu Angeline, die in bebender Hast ihr Kleid zuknöpfte und sich von der Matratze hinunter zu Rolf auf den Boden gleiten ließ. Heiser stieß er hervor: »Um Euch kümmere ich mich später, sobald ich die Blutung gestillt habe – und sobald wir ein Publikum haben, das das Schauspiel zu würdigen weiß. Das heißt, wenn er soweit wieder zu sich kommt, daß er dabei zuschauen kann. Falls er überhaupt noch einmal zu sich kommt.« Dann ging er mit den anderen hinaus und schloß die Tür ab.

Angeline nahm Rolfs Kopf in den Schoß. Hinter dem Ohr war eine dicke Beule. Seine blonden Lider waren ruhig, der feste Zug um den Mund entspannt. Er sah jung und verwundbar aus. Auf den Lippen hatte er eine Verletzung, wo sie ihn gestern getroffen hatte. Der Anblick tat ihr weh.

Die Minuten verstrichen. Wann Meyer wohl zurückkam? Nicht auszudenken, was dann geschah! Sie konnte nichts tun. Niemand konnte etwas tun. Daß Rolf gekommen war, daß er sie retten wollte und bereit war, für sie zu sterben, erfüllte sie mit Liebe und Verzweiflung. Eine noble, aber vergebliche Geste.

Was für eine Verschwendung! Es war unerträglich, daß er auf eine so gemeine Weise und an einem solchen Ort sterben sollte, weit weg vom Hof seines Vaters, wo er einen glänzenden Platz eingenommen hätte. Salzige Tränen stiegen ihr in die Augen und flossen heiß und feucht auf Rolfs Gesicht. Sie merkte nichts davon.

»Ein tränenreicher Engel«, flüsterte jemand, »der vor Leid und Lamento zerfließt – wie schmeichelhaft, wenn auch wenig ermutigend.«

Angeline hielt den Atem an und schüttelte lächelnd den Kopf, daß noch mehr Tränen hinabregneten. »Nein. Es tut mir leid.«

»Ich habe mich zu entschuldigen. Es will mir nicht gelingen, Jungfrauen in Nöten zu retten, nicht bei Claire, nicht bei dir. Heroische Gesten sind ja ganz schön, aber manchmal reichen sie nicht aus.«

»Du… du hast ihn aufgehalten«, erwiderte sie leise.

»Für wie lange?« Der bittere Zug um seinen Mund zeigte deutlich, wie gut er erraten konnte, was während seiner Ohnmacht geschehen war.

Sie wich seinem Blick nicht aus, obwohl an ihren Lippen Tränen hingen und unter der zarten Haut ihrer Wangen eine purpurrote Schramme zu sehen war. »Wohl nicht für lange.«

»O Gott«, stöhnte er. »Dafür, daß ich dich in diesen Schlamassel mit hineingezogen habe, sollte man mir bei lebendigem Leibe die Haut abziehen und mich den Schweinen zum Fraß vorwerfen.« Er berührte mit zitternden Fingern eine schimmernde kastanienbraune Strähne, die ihr über die Schulter hing. »Du warst sowohl Opfer als auch strahlendes Ziel für uns alle, sogar für Meyer, ganz besonders für Meyer. Dich in diesem Zustand zu sehen, ist so...«

»Mir geht es gut«, unterbrach sie ihn, denn seine ruhige Bemerkung konnte leicht zu einer Aufzählung von Freuden führen, die doch nie Wirklichkeit wurden, und das wäre ihr unerträglich. »Was ist mit dir? Kannst du gehen?«

Der Anflug eines Lächelns ging über sein Gesicht und verschwand. »Ein pragmatischer Engel. Du willst das Fleisch noch einmal erretten, auch wenn der Geist dabei zu kurz kommt?«

»Ich neige dazu, ersterem mehr Bedeutung beizumessen.«

»Bei so viel Anerkennung, wie könnte ich da verweigern, worum ich gebeten werde?«

Seine Worte gingen im Klirren von Glas unter. Rolf kam mit geschmeidigen Bewegungen seiner durchtrainierten Muskeln schnell auf die Beine, schwankte und mußte sich am nächsten Bettpfosten festhalten, daß dieser sich durchbog. Ein Hufeisen polterte zu Boden und landete vor Angelines Füßen.

Sie hob es auf und taumelte, steif vom langen Verharren in derselben Stellung, ans Fenster. Unten stand ein Mann. Zuerst konnte sie nicht erkennen, wer, aber als das Licht der Lampe durch das Fenster auf sein Gesicht fiel, sah sie, daß es McCullough war.

»Gut, es ist also 's richtige Zimmer. Hab ich mir schon gedacht, weil da vorhin so 'n Krach war.«

Bevor Angeline antworten konnte, stand Rolf neben ihr. »McCullough, habt Ihr eine Waffe für mich?«

»Dacht mir, daß Ihr so was brauchen könnt.« Er nahm eine Pistole aus dem Gürtel, wartete, bis Rolf die Hand durch die zerbrochene Scheibe gestreckt hatte, und warf sie ihm zu. Pulver und Kugelbeutel folgten, dann wirbelte ein Messer herauf.

»Habt Dank, mein Freund«, sagte Rolf.

»Ihr habt mir mal 's Leben gerettet. Wollt' Euch auch 'n kleinen Gefallen tun, und als mir zu Ohren gekommen ist, daß einer von Euern Leuten meinen Männern Geld für Eure Haut geboten hat, hab ich mir geschworen, ein bißchen mitzumischen.«

»Dann sind wir also quitt.«

»Ihr seid still! Ich komm rauf. Ihr könnt in Euerm Clan den Ton angeben, in meinem bestimme immer noch ich. Wir schaun net tatenlos zu, wie se Euch umbringen, Euch und das Mädchen.«

Rolf nickte, wobei seine ganze Aufmerksamkeit dem hastigen Laden der Pistole galt. Das Messer hatte er schon eingesteckt. »Richtet Gustav aus, daß er und die anderen nicht mehr an die Abmachung gebunden sind. Sie wurde gebrochen. Das Haus ist voll von solchen gedungenen Halsabschneidern wie Eure Männer, Wachen...«

Zu mehr war keine Zeit. Im Treppenhaus erklangen Schritte. Der Schlüssel drehte sich im Schloß, und die Tür wurde aufgestoßen.

Meyer stürzte mit Etienne im Schlepptau ins Zimmer. Als er Rolf mit einer Waffe in der Hand dastehen sah, riß er verblüfft die Augen auf und hielt abrupt inne. Er senkte die Lider, wodurch seine Miene undurchdringlich wurde. Dann trat er zur Seite, und sie sahen, daß auch Etienne eine Pistole in der Hand hielt. Der hagere Mann richtete die Waffe auf sie.

Mit einer wütenden Geste gebot Meyer jäh Einhalt, ohne den Blick von Rolfs Pistole abzuwenden. Der zielte noch immer unerschrocken direkt auf Meyer.

Ein Patt. Angeline stockte der Atem. Sie sah von Meyer zu Rolf und erkannte zum erstenmal eine flüchtige Ähnlichkeit in den entschlossenen Gesichtern mit den zusammengepreßten Lippen.

»Was jetzt, Bruderherz, mit dem ich Windeln und väterliche Wut geteilt? Was wirst du jetzt tun?«

Meyers Gesicht verhärtete sich bei diesem sanften Spott. »Mich zurückziehen, denke ich, und dich von dem Feuer rösten lassen, das schon entfacht ist. Ich bewache das Fenster, falls du einen schnelleren Tod wählen solltest.«

Rolfs Hand umklammerte die Pistole fester, so daß die Knöchel weiß hervortraten und das Licht golden auf den Ring mit dem Wolfshaupt fiel. »Und Angeline? Es wäre Wahnsinn, solche Vollkommenheit zu vernichten.«

»Jetzt bietest du sie mir an, nachdem du sie eben erst meinen Händen entreißen wolltest? Ist der Tod doch nicht besser als ein Leben in Schande? Denn schänden würde ich sie, und das gründlich...«

»Nein!« rief Angeline und tat instinktiv einen Schritt auf Rolf zu.

Der schwieg. In seinen türkisblauen Augen stand ein grüblerischer Ausdruck. In diesem Moment des Schweigens hörte man die Absätze eines Frauenschuhs klappern und Röcke rauschen. Claire, die immer noch den weißen Taftmorgenrock trug, erschien im Treppenhaus.

»Was ist denn los, Etienne? Ich habe Schüsse gehört und Rauch gerochen, ich bin ganz sicher...«

Sie schwieg, und alle vernahmen einen Schußwechsel auf der Straße. Angeline sah ihre Kusine durch den Raum zwischen ihnen an, sah ihr Gesicht vor Entsetzen erbleichen, als sie von Rolf zu Etienne schaute.

»Du hast doch gesagt, daß sie weggegangen sei«, rief sie mit erhobener Stimme. »Du hast gesagt, sie sei fort.« Als der Mann mit einem Blick auf Meyer die Achseln zuckte, wandte sie sich an ihn. »Nicht noch einmal, Meyer. Diesmal mache ich nicht mit, diesmal nicht!«

»Ich glaube«, sagte Rolfs Halbbruder mit spöttischer Galanterie, »es ist an der Zeit, daß uns die Damen verlassen. Was sagt Ihr dazu, mein Prinz?«

»Geh mit ihm«, flüsterte Rolf, ohne Angeline anzusehen.

»Nein.« Sie warf den Kopf zurück, und in ihren graugrünen Augen lag Trotz, aber auch ein stilles Flehen.

Sein Blick war dunkelblau, als er sie ansah. »Obwohl ich deinen Entschluß zu schätzen weiß und nichts lieber täte, als in deinen Armen zu sterben, ein so trostreiches Kissen kann ich nicht annehmen.«

Rolf schob Angeline zur Tür. Er gab den Anstoß, aber der Impuls, der sie weitertrieb, kam aus ihrem Inneren heraus, aus ohnmächtiger Wut, aus Haß und aus Angst. Sie stürzte sich Hals über Kopf auf den Mann mit der Waffe und vertraute darauf, daß er annahm, sie hätte bei ihrem Satz in die Freiheit keine Kontrolle über ihre Glieder. Ihre Hände wurden zu Klauen, sie schlug ihm die Pistole aus der Hand und zielte wie ein Raubvogel mit den Nägeln nach seinen Augen.

Etienne schrie auf. Die Pistole fiel mit Gepolter zu Boden. Angeline wirbelte herum und sah Claire mit zusammengepreßten Lippen und wild aufgerissenen Augen im Handgemenge mit dem Grauäugigen. Neben ihr blitzte ein Schuß, daß der Raum davon widerhallte. Claire stöhnte leise auf, ihr Mund stand offen, die Augen waren weit aufgerissen vor Überraschung und Entsetzen. Sie brach zusammen, und die Rüschen ihres Morgenmantels färbten sich rot.

Rolf konnte seine Pistole nicht verwenden, weil er fürchten mußte, die beiden Frauen zu treffen. In wilder Freude hörte Angeline, wie er zu ihr lief. Da warf sich ihr plötzlich ein kräftiger Arm um den Hals, der sie würgte und rückwärts an Meyer heranzog; er holte ein Messer aus dem Stiefel und setzte es ihr an die Kehle.

»Halt«, rief Meyer neben ihrem Ohr.

Fast schien es, als könne Rolf die heftige Wut seines stürmischen Angriffs nicht mehr bremsen. Bleich und keuchend kam er nur wenige Zoll vor ihnen zum Stehen.

»Etienne«, sagte Meyer mit Genugtuung in der Stimme. »Nehmt ihm die Pistole ab.«

Rolf würdigte den Menschen kaum eines Blickes. »Ich würde es nicht darauf ankommen lassen. Ihr seid entbehrlich, und auf diese Entfernung kann er seinen Schild nicht aufgeben, wenn es mir einfiele, Euch zu eliminieren.«

Der Mann, der sich Etienne nannte, zögerte, und in diesem Augenblick nahm Rolf sein Messer aus dem Hosenbund und hielt es locker in der linken Hand.

»Dummkopf!« Meyer spuckte vor Etienne aus und packte fester zu, so daß Angeline kaum noch Luft bekam.

Rolf hatte die blauen Augen auf den Arm gerichtet, der ihr die Kehle zuschnürte, und fragte: »Was nun, teurer Bruder? Du reißt das Maul weit auf und beweist viel Erfindungsgabe dabei, dir Hindernisse aus dem Weg zu räumen, aber wenn du auch nur einen Tropfen von Angelines Blut vergießt, schnitze ich dir meine Initialen ins Rückgrat und mache mir aus deinem Schlüsselbein eine Pfeife. Stich zu, und nichts auf diesem miesen staubigen Stern kann dich retten – gar nichts.«

Trotz ihrer entsetzlichen Lage fühlte Angeline den dringenden

Wunsch, sich um Claire zu kümmern. Vielleicht verblutete sie gerade jetzt. Etienne hatte sie kaum eines Blickes gewürdigt. Nun zog er sich langsam zurück.

»Dein Halbbruder macht sich aus dem Staub«, höhnte Rolf, als sich der Franzose schleunigst durch die Tür zur Veranda davonmachte. »Jetzt sind nur noch wir beide da – und Angeline. Torheit, komm ans Licht, ich mache dir einen Vorschlag. Ich lege die Pistole weg, wenn du Angeline losläßt. Wenn du dich unbedingt mit mir messen willst, kannst du deine Geschicklichkeit mit der Klinge in einem fairen Kampf beweisen.«

»Ich brauche Euer Entgegenkommen nicht«, erwiderte Meyer.

»Oh! Aber war es denn nicht das, was du die ganze Zeit schon wolltest? Dein Bedürfnis, dich mit mir zu schlagen, ist mir längst aufgefallen. Es war bei keinem anderen aus der Garde so ausgeprägt. Warum, glaubst du, habe ich mich immer geweigert, mit einem von euch zu kämpfen? Ich wollte nicht, daß beim Unterlegenen Bitterkeit aufkommt. Los, jetzt hast du deine Chance!«

»Es wäre an Euch, zu unterliegen und diese Bitterkeit zu fühlen.«

»Beweise es«, provozierte ihn Rolf. »Dein Drang nach Auszeichnung ist doch so groß. Meine Tapferkeit war dir immer ein Dorn im Auge, sie war der Maßstab, an dem du dich selbst messen mußtest. Maximilians Stellung und mein Ruf mit seinen Licht- und Schattenseiten und natürlich unsere Geliebten – danach hast du dich verzehrt. Jetzt nimm sie dir, wenn du kannst.«

»Dann legt die Pistole weg.«

Rolf lachte. »Soll ich mir für deinen ersten Stoß noch die Brust entblößen? Laß Angeline los, und ich tu's.«

»Auf Euer Wort?« In dieser Frage mischte sich Vertrauen mit Verachtung.

»Bei allen Heiligen oder dem Thron unseres Vaters? Ich schwöre bei allem, was du willst.«

Ein Prostestschrei wollte sich Angelines Kehle entringen, aber sie hielt ihn zurück. Sie durfte Rolf in diesem kritischen Augenblick der Entscheidung nicht ablenken. Sie spürte, wie Meyers Armmuskeln sich allmählich lockerten. Er ließ sie los. Mit einem tiefen Aufatmen wich sie zurück.

Rolf legte bedächtig die Pistole auf den Tisch. Als Meyer sich in den Korridor zurückzog, schlüpfte Rolf an Angeline und der am Boden liegenden Claire vorbei, wobei er seinen Halbbruder keinen Moment lang aus den Augen ließ.

Sobald die Kämpfer im Treppenhaus waren, kniete Angeline neben Claire nieder. Sie legte die Hand auf die mit weißem Taft bedeckte Brust und wußte doch schon, daß diese Geste vergebens war. Nichts war zu spüren, nicht das mindeste Heben und Senken der Brust, nicht der geringste Pulsschlag. Die Augen ihrer Kusine waren weit aufgerissen, und auf ihrer grünen Oberfläche lag der Frost des Todes wie die Eisschicht auf einem stillen See.

Angeline sah Rolf an, und die Tränen stiegen ihr in die Augen. Sein Blick war auf sie gerichtet. Sie stand auf und schüttelte den Kopf. Er schaute Meyer an und nahm das Messer in die rechte Hand.

»Noch ein Opfer, Bruderherz, noch ein Mord, jetzt an einer wehrlosen Schönen. Ich hoffe, du bist stolz darauf.«

Meyer warf seine Jacke übers Treppengeländer und befühlte mit dem Daumen die Schneide seines Messers. »Sprecht Ihr von Claire? Ihr braucht ihr keine Träne nachzuweinen. Sie hat Max ebenso sicher umgebracht, als hätte sie ihm selbst die Pistole an den Kopf gesetzt.«

»Weil er ihre Liebe zurückgewiesen hat?«

»Aus Haß und Rachedurst, weil er ihre Liebe verschmähte. Er hat sie mit ein bißchen Glitzerkram abgespeist und davongejagt. Natürlich war es dumm von ihr, andere Erwartungen zu hegen, aber da sie die nun mal hatte, war sie wütend, als sie sich nicht erfüllten.«

Ohne Vorwarnung stieß Meyer zu. Die Klinge verfehlte Rolf. Mit kurzem Auflachen brachte er sich in Sicherheit, und Meyer ging mit grimmigem Gesicht in die Hocke und drang wieder auf Rolf ein.

»Ich war zwar nicht da«, sagte Rolf und beschrieb einen Bogen, um zu verhindern, daß Meyer ihn auf die Treppe zutrieb, »aber vom Tenor seiner Briefe her hätte ich geschworen, daß er ganz vernarrt in sie war.«

»War er auch, bis die Gerüchte aufkamen. Er war stolz und heikel. Er legte Wert darauf, daß kein anderer auf seiner Stute ritt.«

Ihre Füße schlurften über den schmutzverkrusteten Teppich. Er warf unter Meyers Füßen Falten, während dieser auf seinen Vorteil lauerte.

»Ich hatte nicht den Eindruck«, erwiderte Rolf ruhig, »daß die Dame dumm genug war, sich besteigen zu lassen.«

»O nein, aber es gab Hinweise, subtile Andeutungen, behutsame Bemerkungen...«

»Von dir?« spottete Rolf und wich mit Leichtigkeit, fast nachlässig, einem jähen Vorstoß aus, als gelte dem Kampf auf Leben und Tod nur seine halbe Aufmerksamkeit.

Meyer runzelte die Stirn. Er beantwortete die Frage des Bruders in schneidendem Ton. »Später, in der Zeit zwischen ihrer Entlassung und seinem Tod, war jedes Wort davon wahr.«

»Du hast Max und Claire entzweit, und als dir das gelungen war, hast du sie verführt, ihren Zorn genährt, sie zur Rache angestachelt und ihr die Möglichkeit dazu eröffnet, sie auch auszuüben. Als sie dann zu Max ging und sich ein letztes Mal den Weg in sein Bett erschmeichelt hat, bist du eingedrungen, hast ihn erschossen und wolltest auch Claire töten, um es nach einem Doppelselbstmord aussehen zu lassen. Leider hast du daneben gezielt.«

Angeline schlug das Herz bis zum Hals. Sie hatte rasende Kopfschmerzen. Gebannt beobachtete sie die beiden ebenbürtigen Gegner und konnte den Blick auch dann noch nicht abwenden, als von unten das Dröhnen von Gewehrfeuer kam und eine graue Rauchspirale im Treppenhaus aufstieg. Der Ruf »Feuer! Feuer!« war zu hören.

Meyer antwortete nicht, und Rolf fuhr fort: »In der Zwischenzeit hast du – als eifriger Ränkeschmied – dem König eingeflüstert, wie neidisch und ambitioniert sein zweiter Sohn sei. Eine hübsche Dekkung, wenn etwas schiefgehen sollte. Die Sache klappte ausgezeichnet: Für die Öffentlichkeit mußte die Theorie vom Doppelselbstmord herhalten, während die andere für das Privatvergnügen unseres Vaters bestimmt war, und du hofftest, in seiner königlichen Gerechtigkeit würde er kurzen Prozeß machen und mich dir schnell aus dem Weg räumen.«

Rolf stürzte vorwärts, sein Messer zielte auf Meyers Herz. Der

Gegner wich aus, aber nicht schnell genug. Ein Riß zeigte sich in seinem Leinenhemd. Meyer reagierte zu langsam. Rolf wich zurück. Meyers Seite färbte sich rot. Er ächzte, und seine Antwort klang atemlos. »Äußerst scharfsinnig, aber ich habe auch nie erwartet, Euch bis zuletzt hinters Licht führen zu können.«

»Doch Claire starb nicht«, fuhr Rolf mit schneidender Stimme fort. »Sie mußte zum Schweigen gebracht werden, und in dem Augenblick, als sie den Betrug durchschaute, erkannte sie alles. Sie rannte heim zu ihrer Mutter, ich hinterher, und du in meinem Gefolge mit – daran zweifle ich nicht – einem königlichen Erlaß im Gepäck, mit dem du zu meinem Henker ernannt warst.«

»Ja, aber die Liebe des Volkes machte es nötig, behutsam vorzugehen, und erst mußte Euer Ableben, möglichst in Form eines Unfalls, arrangiert werden, bevor man sich daran machen konnte, Euren Ruf zu untergraben.«

»Nicht zu vergessen: die Garde.«

»Ja, die Garde und alle anderen, die Euren Tod gerächt hätten, ohne einen Erlaß eines Blickes zu würdigen.«

Das mühsame Ringen um die günstigste Stellung, die Finten und schnellen Rückzüge erinnerten Angeline an Rolfs Kampf mit McCullough. Sein jetziger Gegner war viel gefährlicher, denn er machte keine unnötige Bewegung und konzentrierte sich nur auf das eine: den Tod seines Feindes.

Was war aus dem Schotten geworden? Hatten er und seine Leute den Schußwechsel auf der Straße angefangen?

»All die Intrigen, die niederträchtigen Gerüchte, die nächtlichen Anschläge, um mich ins Jenseits zu befördern, und drei sinnlose Morde – wozu das alles?«

»Wozu? Das wißt Ihr doch. Ich will das haben, was Euch gehört, Euch und Max. Und ich werde es bekommen.«

Im trüben Dämmerlicht stand den Männern der Schweiß auf der Stirn und durchnäßte ihre Kleider. Rolfs blonde Haare waren dunkel geworden und sein Gesicht gerötet. Als er wieder sprach, klang seine Stimme brüchig.

»Wie denn? Kind der Liebe, dir fehlt die Legitimität, eine unabdingbare Voraussetzung für die Erbfolge.«

»Mir genügt die Macht. Ich werde ein einflußreicher Berater werden und großen Lohn…«

»…aber nicht die Krone ernten. Der König ist ein alter Mann. Was wird, wenn er stirbt?«

Hatte Rolf über der Wahrheitssuche die Treppe vergessen? Er kam ihr gefährlich nahe. Rauch wirbelte auf, Feuer züngelte empor, Qualm und Hitze stiegen auf wie aus dem Schlund der Hölle. Die Schüsse waren verstummt, und man hörte deutlich das Knistern der leckenden Flammen.

»Leopold ist der nächste in der Thronfolge«, erwiderte Meyer.

»Ein König mit einer Abneigung gegen Kronen.«

»Was habt Ihr denn gedacht? Seine Sorge um Euch war rührend. Er wird bekümmert sein über seinen Mißerfolg und einen hübsch lenkbaren Regenten abgeben; ich werde ihn führen und leiten.«

Der Treppenschacht war nahe, zu nahe. Rolf wurde mit einer Serie von heftigen Stößen darauf zugetrieben. Er war der Erschöpfung nahe und konnte nicht mehr kontern, nur noch zurückweichen. Angeline riß entsetzt die Augen auf, als Rolf keine Anstalten machte, der Gefahr auszuweichen. Sie wollte ihn warnen, aber die Angst, daß ein Augenblick der Ablenkung sein Tod sein könnte, hielt sie zurück.

Meyer drang jetzt heftiger auf ihn ein, als wittere er Rolfs Ermattung und den eigenen Vorteil. Er schien zu wachsen und den Kampf zu dominieren. Immer kräftiger wurden seine Hiebe und gezielter, und es wurde immer schwieriger, sie zu parieren oder ihnen zu entgehen. Seine bullige Kraft maß sich mit dem erlahmenden Willen des verwundeten Wolfs.

Rolf hielt nicht stand. Er war nur wenige Zoll von der obersten Stufe entfernt und wich noch weiter zurück. Angeline schrie auf und stürzte zu ihm. Zu spät. Er wankte, glitt aus und drehte sich noch im Fallen zum Sprung.

Meyer stieß einen Jubelruf aus und sprang mit gezücktem Messer hinterher. Doch der tiefe Jubelruf wurde zu einem heiseren Schrei, als er die Falle erkannte, in die er gegangen war. Rolf, den die ganze Zeit klare Überlegung geleitet hatte, erlangte auf einmal seine Beweglichkeit zurück und kam mit der gezückten Waffe in der Faust wenige Stufen weiter unten zum Stehen. Er richtete sich aus der Hocke auf und wich geschickt der Gewalt der gegnerischen Attacke aus. Bevor Meyer sich fangen konnte, drang ihm Rolfs blaufunkelnde Stahlklinge tief in den Bauch. Augenblicklich zog er sie wieder heraus; Meyer polterte die Treppe hinunter, hielt sich am Geländer fest und riß dabei eine der Säulen los, die er noch umklammerte, als er auf halbem Weg liegenblieb. Das Messer, das seinen Händen entglitten war, klirrte hinterher. Mit wenigen schnellen Schritten war Rolf zur Stelle, hob es auf und stand mit einer Waffe in jeder Hand über dem Verletzten.

Frische Luft wehte durch das Treppenhaus. Sie kam von der Tür, die auf die rückwärtige Galerie hinausging. Benommen drehte Angeline sich um und erblickte McCullough keine fünf Schritte von sich entfernt. Neben ihm stand Leopold. Die Kleidung der beiden Herren war angesengt, als sei sie mit Feuer in Berührung gekommen, Leopolds Uniform war schwarz vor Rauch und Ruß. McCullough spuckte triumphierend aus und wandte sich zur offenen Hintertür. Dort schrie er seinen Männern etwas zu und rief nach Gustav und Oswald.

»Manche Träume sind leicht, andere schwer zu verwirklichen«, sagte Rolf matt, »manche Visionen besitzen große Leuchtkraft. Und andere stinken nach Tod und Verwesung, nach Aas, das die Würmer von Habgier und Bosheit nährt, und müssen zuschanden werden.«

Meyer rappelte sich auf, schleuderte die Geländersäule fort und preßte die Hand auf den Unterleib. Seine Hände glänzten feucht und rubinrot, und seine Züge waren verzerrt vor Schmerz und Wut. Das Licht der leckenden Flammen fiel auf sein Gesicht. »Ich hätte alles bekommen«, lallte er, »wenn Ihr nicht gewesen wäret.«

Leopold trat mit der Pistole in der Hand an den Treppenschacht, und Ekel und Verachtung standen in seinen Augen. »Nein. Für Euch wäre ohnehin nie an meinem Hof ein Platz gewesen, nicht für einen Mann, der sich beim Überfall auf das Lager des Spaniers im Hintergrund hielt; nicht für einen, der untätig zusah, als McCulloughs Männer auf Rolf geschossen haben. Ich wußte nicht, ob Ihr ein Feigling seid oder ein Verräter, aber als Ratgeber hätte ich Euch nie genommen.«

»Dummkopf«, stöhnte Meyer und blickte mit kühlen grauen Augen zu ihm hinauf. »Ihr habt noch die Wahl, Ihr könnt immer noch König werden. Ihr müßt nur einen einzigen Mann töten und die... die Waffe ist in Eurer Hand. Gebraucht sie jetzt, und dann... dann gibt es kein ›Was wäre, wenn‹ mehr.«

»Einen Mann und eine Frau«, erwiderte Leopold.

»Dann eben beide, was spielt das für eine Rolle«, knirschte Meyer. »Oder soll ich... Euch noch... helfen, mein künftiger König? Ihr nehmt die eine... ich den anderen.«

Er steckte die blutverschmierten Finger in den Hosenbund und holte eine Taschenpistole hervor. Die goldene Ziselierung schimmerte im rauchgeschwängerten Dämmerlicht. Angeline brannten die Augen, als sie auf Meyers Waffe starrte und nur erahnen konnte, wie Leopold anlegte. Auf diese Distanz konnte keiner der Schüsse fehlgehen.

Die Explosion hallte in dem engen Raum wider. Die Kugel pfiff und traf ihr Ziel mit der Sicherheit, die in die Garde eingedrillt worden war.

Meyer wurde nach hinten geschleudert und polterte die Treppe hinunter. Leopold hatte seine Wahl getroffen.

20

»Mademoiselle Fortin, ein Bote für Euch.«

Maria stand in der Tür zum Salon. Sie wirkte niedergeschlagen, und in ihrer Stimme lag ein neuer Respekt. Angeline schaute auf. Sie saß an ihrem Sekretär und schrieb Danksagungen für Kondolenzbesuche. Diese Aufgabe war ihr zugefallen. Tante Berthe hatte das Bett nicht verlassen, seit ihr vor drei Tagen die Nachricht von Claires Tod überbracht worden war.

Angeline hatte Claires verkohlten Leichnam aus der ausgebrannten Ruine des Spielsalons bergen lassen und anschließend das Begräbnis und das Requiem bestellt. Auf ihre Veranlassung wurden die Uhren zur Todesstunde angehalten, die Spiegel zur Wand gedreht, die Türen mit schwarzem Trauerflor behängt und die Besucher, die ihre Aufwartung machten, mit einem Imbiß versorgt. Ungeachtet der sonderbaren Blicke, mit denen Angeline bedacht worden war, hatte sie die Gäste im Salon empfangen und die Abwesenheit von Madame de Buys entschuldigt.

Angeline stand auf und zupfte sich das eilig schwarz gefärbte Kleid zurecht. »Ich lasse bitten.«

Der schwarze Lakai trug die blaugoldene Livree der französischen Gesandtschaft. Er hielt ein mit Satin ausgeschlagenes Körbchen in der Hand, das er ihr präsentierte. Ein Umschlag mit ihrem Namen lag darin. Sie nahm ihn heraus und öffnete ihn.

»Um die Ehre Eurer Gegenwart wird gebeten...«

Die Worte verschwammen ihr vor den Augen. Ein Abschiedsdiner für den ruthenischen Kronprinzen. Angeline räusperte sich. »Der... der Prinz will uns bereits verlassen?«

»Ja, Mademoiselle. Ich habe Anweisung, Euch mitzuteilen, daß die Gesellschaft aus Respekt vor der Trauer des Prinzen um seinen Halbbruder nicht sehr zahlreich sein wird.«

Es kostete Angeline Mühe, die Notiz wieder zusammenzufalten und in den Korb zurückzulegen. »Wie Er sieht«, erwiderte sie und deutete auf ihr schwarzes Kleid, »trage ich ebenfalls Trauer. Es wäre nicht schicklich, wenn ich käme.«

Der Diener nahm das zusammengefaltete Stück Papier mit der schönen Handschrift und legte es auf den Sekretär. »Ich habe auch Anweisung, und zwar vom Prinzen persönlich, eine Ablehnung von Euch, Mademoiselle, nicht anzunehmen.«

»Oh, aber Er muß.«

»Ich kann nicht.«

Er verbeugte sich und verließ das Zimmer.

Sie setzte sich wieder und starrte auf das weiße Stück Papier. Sie hatte versucht, die Erinnerung an die Ereignisse zu verdrängen und sich in die Aufgaben, die ihr aufgebürdet worden waren, gestürzt, um die Schrecken jener Nacht zu vergessen. Das hölzerne Gebälk des Spielsalons war trocken wie Zunder und wie ein Fidibus in Flammen aufgegangen. Kurz nachdem sie das Gebäude verlassen hatten, war es zusammengebrochen. Drei weitere Häuser in der

Reihe hatten Feuer gefangen, bevor die spät eintreffende Feuerwehr den Brand mit Hilfe des einsetzenden Regens unter Kontrolle bekam. Rolf und die übrigen Mitglieder der Garde sowie McCullough und seine Leute hatten bei der Bekämpfung des Feuers geholfen, außerdem die Hälfte der männlichen Bevölkerung von New Orleans. Schließlich hatte Rolf Angeline zum Haus der Witwe begleitet und Madame de Buys die Nachricht von Claires Tod überbracht.

Seitdem hatte sie Besuche von Gustav und Oswald empfangen, auch André war einige Male dagewesen, hatte ein paar Minuten bei ihr gesessen und belangloses Zeug über alles und jedes geredet, nur nicht über ihre Zeit mit Rolf. Ihn selbst hatte sie nicht mehr zu Gesicht bekommen.

Sie hatte das Gefühl, daß ihr Beisammensein mit dem Prinzen nun wohl zu Ende sei und er sie entlassen habe. In gewisser Weise war das sogar eine Erleichterung für sie, trotz des stechenden Schmerzes, der sie hin und wieder bei Tag und auch bei Nacht durchfuhr und ihr die Tränen in die Augen trieb.

Die Erinnerung tat unerträglich weh. Angeline hatte versucht, die Erlebnisse der letzten Wochen aus ihrem Gedächtnis zu streichen. Jetzt kam alles wieder in ihr auf: die unvergeßliche Angst, die Leidenschaft, die Lust und die Trauer. Sie wollte nicht mehr an die Nacht denken, in der sie von Rolf entführt worden war, und nicht an das, was danach geschah, statt dessen erinnerte sie sich an den Tag, an dem Meyer sie aus dem Jagdschloß hatte entkommen lassen. Sie hatte damals gedacht, seine Galanterie habe ihn dazu getrieben, aber jetzt wußte sie, daß er sie nur aus Rolfs Umgebung hatte entfernen wollen, bevor sie ihm etwas mitteilen konnte, was er nicht erfahren sollte: das Versteck ihrer Kusine.

Meyer war es auch, der Rolf in der Nacht betäubt hatte, als das Feuer ausbrach. Als Arzt der Garde hatte er die Medikamente in Verwahrung und hatte Rolf bestimmt etwas ins Essen getan. Ein Mann von schwächerer Konstitution wäre vielleicht allein an der Überdosis gestorben. Auch Meyer mußte darauf gehofft haben, denn er hatte auf Angelines Alarmruf mit Verspätung reagiert, obwohl sein Zimmer gleich gegenüber lag.

Dann, beim Handgemenge mit den Männern von St. Martinville

nach dem mitternächtlichen Besuch in der Klosterschule, war ihr Pferd – dessen war sie sich ganz sicher – gestoßen worden, daß es sich aufbäumte, und ihr selbst war ein Schlag gegen das Knie versetzt worden, so daß sie das Gleichgewicht verloren hatte und gestürzt war. Meyer war direkt hinter ihr gewesen. Aber welche Bedrohung hatte sie seinerzeit für ihn dargestellt? Keine, es sei denn, er glaubte, sie kenne die Verwandten in Natchitoches, zu denen Claire sich aufgemacht hatte, und spürte, daß ihr Widerstand gegen Rolf nachließ. Oder war es ein Racheakt für ihren Anteil an seiner Demütigung beim Kampf mit den Stöcken, bei dem er von der Garde besiegt worden war; oder dafür, daß sie Rolf zu Claires Versteck im Internat geführt hatte?

Warum er sie in McCulloughs Lager umworben hatte, lag auf der Hand. Rolfs Interesse war erwacht, und so hatte Meyer eine Leidenschaft für sie entwickelt, die er befriedigen wollte. Außerdem strebte er die Kontrolle über das Kind an, mit dem sie seiner Vermutung nach schwanger ging.

Auf einmal fügte sich alles so einfach zusammen! Warum hatte sie es nicht vorher erraten? Vielleicht, weil es schwer war, in jemandem einen Feind zu sehen, der das Gesicht eines Freundes trug. Wieviel schwerer mußte es für Rolf sein. Er hatte schon als Kind mit ihm gespielt, war zusammen mit ihm von seinem Vater verachtet und vernachlässigt worden, war mit ihm gemeinsam ausgebildet worden und hatte an seiner Seite gekämpft.

Aus verschiedenen Erzählungen, die Angeline aufgeschnappt hatte, konnte sie schließen, daß Rolf und die Garde – unter ihnen auch Meyer – während der Zeit von Claires Affäre mit Maximilian nur ab und zu in Ruthenien gewesen waren. Hatte Rolf nicht berichtet, er habe Claire ein-, zweimal von ferne gesehen? Soviel Angeline wußte, reiste Rolf damals aus reinem Vergnügen kreuz und quer durch Europa. Wenn Meyer während dieser Zeit allein nach Ruthenien zurückgekehrt war, hatte er es mit Sicherheit geheimgehalten. Bestimmt hatte er sorgfältig darauf geachtet, daß Rolf sich innerhalb der Landesgrenzen befand, bevor er seinen Plan ausführte und Maximilian aus dem Weg räumte. Nur so konnte er seinen Bruder in die Geschichte verwickeln.

Und das war ihm gelungen. Ein Erlaß des Königs sprach Meyer von jeder Schuld frei, wenn Rolf den Tod finden sollte. War dieses Papier noch bei Meyers Sachen, oder hatte Rolf es gefunden und vernichtet? Vielleicht hatte er es aus Stolz und Bitterkeit aufgehoben, um es Meyers nächstem Verwandten, seinem Vater, vor die Füße zu werfen?

Angeline legte die Hand auf die Einladung, auf der ihr Name stand. Rolf ging fort und kehrte in sein Heimatland zurück. Mußte er nach seiner Ankunft vor seinem Vater erscheinen und sich für Meyers Tod verantworten? Würde der König die Wahrheit aus dem Munde seines zweiten Sohnes überhaupt glauben, auch wenn Leopold sie bezeugen konnte? Und was dann? Würde er wieder durch Europa streifen, um sich nach einem Kampfschauplatz umzusehen? Oder würde man ihn als Kronprinzen willkommen heißen und ihn in Samt gekleidet, juwelenbehängt und mit Blumen überhäuft dem Volk an der Seite seiner Braut, der bayrischen Prinzessin, präsentieren?

Nein, dachte sie, ich gehe nicht hin. Ich kann ihm nicht vor Dutzenden von Leuten mit der Maske eines gefrorenen Lächelns auf den Lippen Lebewohl sagen, während mir die Knie so zittern, daß ich nicht einmal einen Knicks zustande bringe. Ich will nicht zusehen, wie Gustav sich in seiner besten Uniform unbehaglich fühlt, Leopold sich in seiner stolzen Reizbarkeit im Hintergrund hält und Oswald nur stiller Beobachter ist – ganz wie Oskar. Ich möchte sie so in Erinnerung behalten, wie ich sie zuletzt sah: vom Kampf gegen das Feuer erschöpft, wobei aber die schweißnassen, rußgeschwärzten Gesichter vor Freude strahlten über ihren Sieg und darüber, Rolf wieder heil bei sich zu haben. Ich denke lieber an das Lebewohl zurück, das Rolf mir in der Nacht bereitet hat, bevor Claire gefunden wurde, ein Lebewohl aus Umarmungen und Küssen, leidenschaftlicher Zärtlichkeit und liebevollen Worten, die ich bis zu meinem Tod nie vergessen werde. Nein, ich gehe nicht hin.

Aber Angeline ging doch. Sie befürchtete, daß Rolf ihr sonst die Garde schicken würde, wie er es schon einmal getan hatte, oder selbst kam. Also holte sie ein silbergraues Seidenkleid hervor, das wegen seiner düsteren Farbe kaum getragen war. Es hatte Claire gehört, die es kurz vor ihrer Abreise nach Frankreich beim Begräbnis eines Großonkels angehabt hatte. Während Maria ihr das Haar frisierte, starrte Angeline in den Spiegel, musterte sich in ihrem grauen Seidenkleid mit den Puffärmeln und dem frostigen Spitzenbesatz am hochgeschlossenen Kragen und dachte an Claire.

Claire hatte Max geliebt, aber vielleicht hatte sie nicht gewußt, wie sehr, bis er tot war. In ihre Gefühle für ihn mischten sich sicher auch Stolz, Selbstgefälligkeit und ehrgeiziges Streben nach der Position, die sie sich durch die Heirat zu sichern glaubte. Als Maximilian sie fortschickte, lechzte Claire aus verletzter Eitelkeit nach Rache. Wäre sie sich selbst überlassen geblieben, hätte sie getobt, gerast und Geschirr zertrümmert, aber da Meyer sie aufhetzte und in dem Gefühl bestärkte, schlecht behandelt worden zu sein, hatte ihr Rachedurst schlimme Folgen. Die Ängste und Demütigungen, die dann folgten, hatten Claire zerstört. Dennoch hatte sie am Ende zu Angeline gehalten und versucht, Meyer am Erreichen seines Ziels zu hindern, für das er sie mißbraucht hatte.

Helene und André Delacroix holten Angeline ab. In der französischen Gesandtschaft herrschte gedrückte Stimmung. Etwa zwanzig Personen, darunter Gouverneur Villère, der Bürgermeister mit Frau und einige andere Honoratioren, waren in einem langgestreckten, elegant möblierten Saal versammelt. Jim Bowie und Gustav standen in einer Ecke beieinander, und als Angeline hereinkam, hoben sie das Glas, um ihr schweigend zuzuprosten. Auf dem Sofa saß in einem Kleid aus nachtblauem Satin jene Operndiva, die im *Barbier von Sevilla* Furore gemacht hatte. Leopold und Gustav stellten sich hinter sie. Oswald sah gequält aus und unterhielt sich mit der Konsulin, während Rolf sich mit deren Gatten und dem Gouverneur unterhielt.

Er trug eine prachtvolle Uniform mit ein paar Orden auf der Brust und fing Angelines Blick lächelnd von der anderen Seite des Saales auf. Mit seinen türkisblauen Augen musterte er sie durchdringend und schenkte den beiden Männern erst dann wieder seine Aufmerksamkeit, als ihn der Gouverneur, der einen Punkt anbringen wollte, dazu zwang, indem er ihn am Arm berührte. Er sieht müde aus, dachte Angeline, und wirkt irgendwie unvollständig ohne das breite blaue Band des Tapferkeitsordens auf der Brust. Sie umklammerte fest ihr Ridikül.

Das Diner mit seinen unzähligen Gängen zog sich in die Länge. Erst wurde eine Zwiebelsuppe serviert, danach *oysters en brochette, daube glacé*, Puter mit einer Füllung aus Austern und Pekannüssen, gefolgt von Kalbsbraten. Zum Nachtisch gab es *tarte aux pêches*, eine Käseplatte, Nüsse in Weinbrand und getrocknete Feigen. Obwohl alles delikat zubereitet und hübsch angerichtet war, stocherte Angeline nur in ihrem Teller herum, während sie sich bemühte, mit André und dem Bürgermeister, die neben ihr saßen, zu konversieren.

Nach dem Essen wurden die Damen aus dem Speisesaal komplimentiert und die älteren unter ihnen mit größter Aufmerksamkeit zu ihren Stühlen geführt. Man wartete darauf, daß die Diva zu singen anfing.

Angeline unterhielt sich mit Oswald, während André seiner Mutter einen Schal holte. Auf einmal stand Rolf neben ihr.

»Eine graugetigerte Taube in Trauer, ausgesprochen rührend. Wie geht es dir?«

»Ganz gut. Und dir?« brachte sie heraus.

»Am Nachmittag liege ich hingestreckt im dunklen Zimmer und sehne mich nach einer vor Nässe triefenden Urwaldnymphe. Ich würde durch die Straßen wandern und von ihr phantasieren, muß jedoch befürchten, von den Überresten der Garde mit Gewalt zurückgehalten zu werden, und zwar nicht aus Sorge um meine Gesundheit, sondern um deinen Ruf.«

»Du warst krank?«

Ein ärgerlicher Ausdruck ging über sein Gesicht, als bedaure er, das angedeutet zu haben. »Gustav kann dir bestätigen, daß ich einen härteren Schädel habe als mancher andere. Es ist nur eine Lappalie.«

»Glaubt ihm kein Wort, meine Liebe«, sagte Gustav, der jetzt zu ihnen getreten war. »Rolf hat bei der Gefangennahme durch McCulloughs Leute eine Gehirnerschütterung erlitten, und die hat der Schlag, den sie ihm im Spielsalon über den Schädel zogen, zu neuem Leben erweckt.«

»Danke, Gustav«, sagte Rolf leise und mit einem schneidenden

Unterton, in dem Entlassung lag. Mit einem Nicken entfernte sich der Veteran. Rolf setzte an: »Angeline, ich muß dich sprechen.«

Wie wichtig ihm diese Bitte war, schloß sie aus dem Nachdruck, mit dem er sie vorbrachte. Plötzlich fielen ihr Gustavs Beteuerungen während ihrer ersten Begegnung wieder ein, daß es ihr Schade nicht sein und der Prinz sie am Ende abfinden werde.

»Ich... das ist nicht nötig«, stotterte sie. »Du hast das herausgefunden, weswegen du hergekommen bist, und jetzt mußt du fort. Ich verstehe.«

Er musterte ihre geröteten Wangen und den schmerzlich abgekehrten Blick. »Wirklich? Oder erwartest du eine goldene Kette mit Parfumflakon und meinem Monogramm wie zum Beispiel diese hier?«

Er zog ein Schmuckstück aus der Tasche. Zuerst nahm Angeline eine steife Haltung an, doch dann erkannte sie die kleine Parfumphiole an einer goldenen Kette, die Maximilian Claire geschenkt hatte und die ihr Claire in der Klosterschule überreichte.

»Wo hast du sie gefunden?«

»Sie war bei den Sachen, die Sarus aus Monsieur de la Chaises Gästehaus mitgebracht hat. Sie ist zwar nicht viel wert und weckt wenig erfreuliche Erinnerungen, aber ich dachte, sie könnte dir trotzdem etwas bedeuten.«

»Ja«, flüsterte sie und streckte die Hand aus, um die Kette in Empfang zu nehmen, die vom Kontakt mit seinem Körper noch warm war. Sie öffnete ihr Ridikül und ließ sie hineingleiten, dann kramte sie in dem kleinen Beutel nach dem seidenen Band.

»Und ich habe dir das hier mitgebracht, um es dir zurückzugeben. Es ist mehr wert als eine goldene Kette, und ich kann es nicht annehmen.«

Als sie die Hand herauszog, war der ruthenische Tapferkeitsorden am blauen Band darin, den ihr Rolf auf das Kopfkissen gelegt hatte. Seine Augen waren dunkel, als er sie ansah. »Warum nicht?«

»Es ist zu kostbar.«

»Ausgeschlossen«, erwiderte er knapp.

»Ich weiß das Kompliment zu würdigen«, antwortete sie leise, »aber du mußt zurücknehmen, was du dir mit Mut und Tatkraft erkämpft hast.«

»Du bist mein Mut und meine Kraft, Angeline. Hör mir zu...«

An der Tür auf der anderen Seite des Saals entstand ein Tumult. Der Butler eilte herbei und sprach flüsternd auf den französischen Konsul ein. Dieser gab ihm eine knappe Anweisung und wandte sich dann an seinen Ehrengast.

»Euer Hoheit, soeben ist eine Delegation aus Ruthenien eingetroffen.«

Er hatte die Worte noch nicht ausgesprochen, als auf der Schwelle drei Herren erschienen, respektheischende Männer von edler Haltung mit ernsten Mienen, die Trauer trugen. Sie blieben vor Rolf stehen und verneigten sich tief.

Während Angeline diese Szene beobachtete, dachte sie in einem Anflug von Furcht zuerst, sie seien gekommen, um Rolf zu verhaften, seinem Vater vorzuführen und ihn für den Mord an Maximilian zur Verantwortung zu ziehen. Doch als sie Rolfs Gesicht sah, den ernsten Blick, die Blässe um den Mund und die steife, aufrechte Haltung, da erkannte sie blitzschnell den Grund.

Der älteste der drei Herren richtete sich als erster auf und sagte: »Ich bedaure, Prinz Rolf, Euch eine schlechte Nachricht überbringen zu müssen. Es ist jedoch meine traurige Pflicht, Euch davon in Kenntnis zu setzen, daß Euer Vater, der König, verschieden ist. Wir erwarten Eure Befehle, Euer Majestät.«

Majestät, nicht Hoheit. Rolf war jetzt König. Die Herren der Delegation verbeugten sich noch einmal, noch tiefer. Rufe, Seufzer und Flüche hallten durch den Raum, dann standen alle, die Leibwächter, der Konsul, seine Frau und alle anderen auf und verneigten sich in der Respektbezeigung, die die Tradition vorschreibt.

Angeline machte einen Hofknicks und stand auf, als sie eine leichte Berührung an der Schulter spürte. Sie hob die graugrünen Augen, in denen Tränen des Mitgefühls schimmerten, ihr Blick begegnete dem des neuen Königs von Ruthenien, und sie sah in seinen Augen Zorn und schmerzliche Enttäuschung.

»Darf ich vorschlagen, Euer Majestät«, sagte der Konsul, »daß

Ihr Euch mit den Herren zu einem privaten Gespräch zurückzieht?«

»Ja«, erwiderte Rolf zerstreut. Als ihm der Ältere die Hand auf den Arm legte und ihm bedeutete voranzugehen, wiederholte er: »Ja.«

André trat auf Angeline zu, nahm ihr den Tapferkeitsorden aus den tauben Fingern und steckte ihn in das Ridikül zurück, das an ihrem Arm baumelte. Er führte sie zu einem Stuhl, während die Diva auf ein Signal der Konsulin hin inbrünstig und voll eine Arie anstimmte.

Das Publikum war unruhig, man reckte die Hälse zu der Tür hin, durch die Rolf mit der Delegation verschwunden war, und flüsterte sich leise Kommentare zu. Die beste Sängerin der Welt hätte angesichts eines solchen Ereignisses nicht vermocht, die Aufmerksamkeit der Gäste zu fesseln. Schon nach drei Arien klingelte die Gastgeberin nach Kaffee und Weinbrand. Die Diva verabschiedete sich ungnädig unter dem Vorwand einer Probe, aber die anderen blieben noch, um eifrig über die neueste Entwicklung der faszinierenden Geschichte des Monarchen zu diskutieren, der sich mitten unter ihnen befand. Angeline schlug André vor, nach Hause zu gehen, der aber schüttelte entschieden den Kopf und geleitete sie zu einer Nische mit einer samtgepolsterten Bank.

»Sie dürfen jetzt nicht davonrennen«, sagte er und stellte sich vor sie, als sie sich auf den Sitz sinken ließ. »Das würde alles zunichte machen, was wir erreicht haben.«

Sie lächelte matt. »Ich bin Ihnen für Ihre Fürsorge dankbar, André, doch mir liegt nicht mehr viel an all dem.«

»Es ist aber wichtig. Rolf wird in seine Heimat zurückkehren – gerade jetzt kann man ihm keine Hindernisse in den Weg legen –, und Sie müssen hierbleiben. Wie die Dinge liegen, wird einiges gemunkelt, aber niemand kehrt Ihnen den Rücken zu oder lehnt es ab, Sie zu besuchen.«

»Noch nicht, André, aber wie wird es in ein paar Monaten sein?«

»Besser, hoffe ich, denn ein neuer Skandal wird das allgemeine Interesse auf sich ziehen.«

»Nicht, wenn… wenn man sieht, daß ich ein Kind erwarte.«

»Wenn…« Seine olivbraune Haut wurde fahl, er setzte sich neben sie auf die Bank und legte ihr die Hand auf die eiskalten Finger, die sie auf dem Schoß gefaltet hatte. Als er wieder zum Sprechen ansetzte, lag neue Entschiedenheit in seiner Stimme.

»Wenn Sie sichtbar *enceinte* sind, wird man nichts zu reden haben, denn Sie werden schon monatelang mit mir verheiratet sein. Wir gehen aufs Land, auf die Plantage. Wir haben eine ausgezeichnete Hebamme dort. Die letzten Wochen ziehen Sie sich, wie es der Brauch ist, vom gesellschaftlichen Leben zurück, und, wenn nötig, werden wir mit der Bekanntgabe der Geburt und der Kindstaufe ein wenig warten.«

»O André, ich wollte nicht…«

»Ich weiß«, unterbrach er sie. »Sie sind meinem Antrag oft genug ausgewichen. Diesmal lasse ich es nicht zu. Sie werden mich heiraten, sobald es sich arrangieren läßt.«

Es ist alles so einfach, dachte Angeline. André wird einen guten Ehemann abgeben. Er wird mir bestimmt nie Vorwürfe machen oder mir sein Vertrauen entziehen. Mit der Zeit werde ich lernen, ihn gern zu haben, schon wegen seiner Großzügigkeit und Verläßlichkeit.

»Ich kann nicht zulassen, daß Sie dieses Opfer bringen«, erwiderte sie leise.

»Es ist kein Opfer, sondern eine Ehre.«

Seine braunen Augen waren so sanft, ganz anders als Rolfs strahlende, lebhafte blaue. Seine Gefühle und Pflichten waren unkompliziert. In seiner Gesellschaft gab es keine großartige geistige Anregung, dafür aber Ruhe und Behaglichkeit; keine tiefe Leidenschaft, sondern stille Freuden.

»Ich werde… versuchen, Sie glücklich zu machen.«

»Das haben Sie bereits«, erwiderte er und führte ihre Hand an seine Lippen. Sein Schnurrbart streifte prickelnd über ihre Fingerspitzen.

André zog Angeline von der Bank und führte sie in den Saal. »Hört zu, Ihr Lieben! *Maman!*« rief er aus. »Ich bin der glücklichste Mensch in New Orleans. Angeline hat gerade eingewilligt, meine Frau zu werden.«

Auf Helene Delacroix' Gesicht kämpfte Bestürzung mit der Freude über die Begeisterung ihres Sohnes. Doch es war nicht die Reaktion ihrer zukünftigen Schwiegermutter, die Angelines Aufmerksamkeit fesselte. Es war der Mann, der jetzt wieder hereinkam.

Als er von der Verlobung hörte, blieb Rolf stehen. Einen Moment lang sah er wie vernichtet aus. Dann trat er mit einem anmutigen Lächeln auf André zu und gratulierte ihm herzlich.

»In den nächsten Tagen reisen wir ab, meine Begleiter und ich«, sagte er. »Aber vorher, mein Freund und Leidensgenosse, gebe ich mir die Ehre, an Eurer Hochzeit teilzunehmen.«

Rolf richtete die Worte an André, als er ihm die Hand schüttelte, aber sein Blick streifte Angeline, und da wußte sie, daß sie für sie bestimmt waren.

Warum nur? Warum tat er das? Sollte es eine subtile Bestrafung sein oder ein weiterer Versuch, ihren Ruf wiederherzustellen, indem er seine Gleichgültigkeit demonstrierte? Fühlte er sich verpflichtet, sie vor seiner Abreise unter die Haube zu bringen? Warum bestand Rolf darauf, ihrer Hochzeit beizuwohnen? Diese Frage ließ Angeline nicht einmal los, als sie sich schon auf die Zeremonie in der St. Louis Kirche vorbereitete.

Sie betrachtete das Kleid, das auf ihrem Bett lag. Es war aus schwerem elfenbeinfarbenem Satin mit passendem Unterrock. Andrés Mutter hatte es ihr geschenkt. Es war elegant geschnitten mit glockenförmigen Ärmeln bis zum Ellbogen, hoher Taille und fließendem Rock.

Sie hätte sich lieber in aller Stille trauen lassen, nur in Anwesenheit von Helene und – da er darauf bestand – Rolf. Doch es sollte nicht sein. André wollte unbedingt in der Stadtkirche heiraten. Er hatte es zwar nicht ausgesprochen, aber Angeline vermutete, daß er damit beabsichtigte, allen Spekulationen über eine geheimnisumwitterte Hochzeit entgegenzutreten.

Tante Berthe hatte deutlich zum Ausdruck gebracht, daß sie keine Zeit damit verschwenden würde, sich das Eheversprechen einer Nichte anzuhören, die sie nur noch hassen konnte. Sie gab Angeline rückhaltlos alle Schuld am Tod ihrer Tochter.

Nein, Angeline mußte allein im Wagen der Delacroix vor der Kirche vorfahren. Sie würde an Andrés Arm durch den Mittelgang schreiten. Dann sollte das Versprechen vor dem Priester abgegeben werden und die Eintragung ins Kirchenbuch erfolgen. Ihre Blumen würde man zum Familiengrab der Delacroix' bringen. Man würde im Stadthaus der Familie das Hochzeitsmahl einnehmen, und das Brautpaar würde dort, wie es Brauch war, fünf Tage in Zurückgezogenheit verleben. Danach würden sie auf die Plantage gehen und ebenso weiterleben, als habe es Rolf von Ruthenien nie gegeben.

Seufzend ließ Angeline den kühlen Satinstoff des Unterrocks über ihre Haut gleiten. Dann setzte sie sich, rollte die Seidenstrümpfe über die Knöchel und die schlanken Waden und befestigte sie mit Strumpfbändern aus besticktem Satin am Knie. Sie zog sich die Schuhe an und strich sich mit den Händen über die Taille. Sie war immer noch schlank und würde es noch einige Wochen sein. Kein Pölsterchen konnte den Hochzeitsgästen Anlaß zum Tratschen geben. Dennoch fühlte sie sich durch ihren Zustand gebrandmarkt.

Sie ließ die Hände sinken und trat an das Tischchen mit ihrer *corbeille de noce*, dem Brautkorb, den der Bräutigam seiner Auserwählten schickt. Er war aus weißem, feingeflochtenem Stroh, mit Satin ausgelegt und mit Spitzen und Bändern geschmückt. Eine großzügige Gabe, die einen auffälligen Kontrast zu dem eher schlichten Rubinarmband bildete, das ihr André zur Verlobung geschenkt hatte.

Der Korb war ein wenig verspätet am Morgen von einem Boten gebracht worden, aber Angeline hatte ja gar nicht erwartet, überhaupt etwas zu bekommen. Als sie gesehen hatte, was darin war, elegante weiße Glacéhandschuhe, ein hauchzarter Schal mit seidener Stickerei und Fransen, ein Fächer mit Goldstäben, der mit einer zärtlichen Szene nach Watteau bemalt war, eine Schmuckgarnitur aus Diamanten und Topasen, die so zart in Gold gefaßt waren, daß sie fragil wirkten wie die Strahlen von Sonne und Mond, und schließlich ein Schleier aus geklöppelter Valenciennesspitze, leicht und ätherisch wie Spinnweben, den man unter enormen Kosten aus Europa hatte kommen lassen, wußte Angeline, warum die Morgengabe verspätet kam. André mußte die Läden von New Orleans durchforstet haben, um diesen Korb zu füllen, und er hatte dabei keine Ausgaben gescheut.

Den Schleier wollte sie heute tragen. Er fiel ihr über die Schulter bis zu den Hüften. Maria kam, half ihr ins Kleid und frisierte sie.

Endlich war sie bereit. Die Kutsche fuhr vor. Angeline ging die Treppe hinunter in den Garten. In der Hand hielt sie ein Bukett aus Spiräen und Veilchen, Maria trug ihr den Koffer. Als sie durch die Pforte auf die Straße trat, stand ein livrierter Lakai bereit, um ihr in die wartende Kutsche zu helfen. Der Schlag wurde zugeworfen und der Koffer aufs Dach geladen. Der Wagen fuhr an. Angeline hob die Hand zu einem Abschiedsgruß für Maria, die auf dem Trottoir stehenblieb, dann lehnte sie sich in die Polster zurück, um ruhig zu werden, denn sie wollte eine heitere Braut abgeben, wenn sie vor der Kirche vorfuhr.

Bei der ersten Straßenkreuzung ertönte hinter ihr das Klappern von Hufen. Eine weißuniformierte Gestalt ritt an das Wagenfenster heran, und noch eine und noch eine. Angeline richtete sich auf, doch weder Gustav noch Leopold oder Oswald würdigten sie eines Blikkes. Sie starrten geradeaus und saßen so steif auf ihren Pferden wie die Ehrengarde einer Prinzessin.

Ein vierter Ritter kam in Sicht. Der Wagenschlag wurde aufgerissen. Dem gegenwärtigen und künftigen König von Ruthenien gelang der komplizierte Schwung vom Rücken eines Pferdes in eine fahrende Kutsche mit Leichtigkeit. Für einen Moment balancierte er in der offenen Tür, lächelte ihr strahlend und spöttisch zu, lehnte sich dann hinaus, um die schwingende Tür zu erreichen, schlug sie zu und warf sich neben Angeline.

Sie zog die Satinröcke unter seinen Stiefeln hervor und blitzte ihn wütend an. »Was machst du denn hier?«

»Ich eskortiere die Braut, ein alter ruthenischer Brauch.«

Angeline hatte sich einen Augenblick lang sehnsüchtig einem verrückten Gedanken hingegeben. Sie war froh über die Dunkelheit im Wagen, die vor Rolf verbarg, wie ihr die Hände bebten und wie sie bis unter die Haarwurzeln errötete. In ihrer Not rief sie aus: »Du hast ja einen Rausch!«

»Ich bin nur berauscht von deiner Schönheit. Ich war noch nie im Leben so nüchtern und habe die Absicht, diesen Zustand andauern zu lassen.«

»Wenn... wenn du so meinen Ruf flicken willst, dann laß mich dir offen sagen, daß du dich ganz so benimmst wie ein Wüstling, der erleichtert seine Maitresse seinem Nachfolger aushändigt.«

»Bissige Worte, eine Zunge bittrer als Aloe. Wenn das die Art Ehefrau ist, die abzugeben du vorhast, ist dein armer Gatte zu bedauern.«

»Du verschwendest dein Mitgefühl. Er wird es nicht bereuen.«

»Ich bin froh, das zu hören.«

»Ich wüßte gerne, was dich das angeht!«

Er sah sie nachdenklich an. »Wie der Mann, der die Blumen gesetzt hat, deren starker Duft seinen Nachbarn umwirft, fühle ich eine gewisse Verantwortung.«

»Wenn du damit sagen willst, daß ich André überwältigen werde, dann ist das lächerlich«, erwiderte sie, bekam ihre Stimme dabei aber kaum unter Kontrolle und kämpfte mühsam um eine feindselige Haltung.

»Er wird sicher versuchen, es zu verhindern. Die Frage ist nur, ob er es kann. Oder wird er sich statt des Bettlakens in ein Leichentuch hüllen, um sich von seinen ehelichen Bemühungen zu erholen?«

»Das ist unerhört!« rief sie aus und gab ihre Beherrschung auf. »Du bildest dir wohl ein, eine bessere Partie zu sein.«

Er sah ihr in die Augen. Das Licht der Wagenlaternen fiel mit dunklem Goldglanz auf sein Haar. »O ja, meine süße Angeline. Ich bin dein ebenbürtiger Gefährte, die bis zum Zerreißen gespannte Sehne zu deinem Bogen, das gehärtete Schwert zu deiner geschmeidig weichen Scheide, der verzauberte Zwilling deiner Seele, die andere Hälfte deines Wesens, der Schwan, der ohne dich mit Gesang sterben muß.«

Der Schmerz brannte weißglühend in ihrem Herzen und fraß sich bis ins tiefste Innere ihrer Seele. Angeline konnte nicht sprechen, sie konnte nicht atmen. Erst als der Wagen vor der Kirche an Fahrt verlor und rasselnd zum Stehen kam, brachte sie flüsternd heraus: »Das darfst du nicht tun.«

»Ich hab es aber schon getan«, erwiderte er. Mit der geschmeidigen, mühelosen Kraft des Wolfs, von dem er den Namen hatte, sprang er aus der Kutsche, sobald die Tür aufgerissen wurde, und half Angeline beim Aussteigen.

André war nirgends zu sehen. Das Portal der Kirche stand offen, und aus dem Innenraum schimmerte Kerzenlicht. Düsteres, leeres Gestühl säumte den Mittelgang zum Altar, wo weiß das Meßgewand des Priesters leuchtete. Es roch nach Weihrauch und heißem Wachs, nach Staub und schweißdurchtränktem Holz. Blaßgold glänzten Heilige aus Gips, und fleischfarbener Marmor wechselte mit durchbrochenem geschnitzten Holzflechtwerk. Die Schritte von Angeline und Rolf, gefolgt von der Garde, waren gedämpft, klangen in der Stille aber dennoch laut.

Für eine kleine Weile überließ sich Angeline ihren Träumen. Der Mann an ihrer Seite war lebendig und wirklich, erfüllt von leidenschaftlichen, tiefen Gefühlen. Sie spürte in sich eine Antwort auf die starke Lebenskraft, die er ausstrahlte. Dann trat André vor ihnen aus dem Schatten und stellte sich zwischen sie und den Altar.

Rolf blieb in Reichweite des anderen Mannes stehen. Die beiden sahen sich an. Angeline spürte die Spannung in dem Arm unter ihrer Hand und sah André die Hände zu Fäusten ballen. Sie rang nach Luft, ließ Rolfs Arm los und streckte die Hand nach André aus.

Sie hatte all ihre Kraft zusammengenommen, konnte aber nicht verhindern, daß die Verzweiflung wieder in ihr aufkam und sich in ihren graugrünen Augen spiegelte. André sah es und verzog schmerzlich das Gesicht. Er drückte Angeline die Hand und lächelte sie an, doch sein Blick war trüb. Sacht führte er ihre Finger an die Lippen und legte sie wieder auf Rolfs Arm.

»Ihr hattet recht«, sagte André. »Ich habe ihr Gesicht gesehen, als sie den Gang entlangschritt. Ich verzichte auf sie und gebe sie Euch.«

Er trat zurück, machte kehrt und verließ mit schnellem Schritt die Kirche. Angeline war wie benommen und drehte sich nach ihm um, während sie vorwärts gezerrt wurde zum Altar und dem wartenden Priester.

Es war eine kurze Zeremonie. Nur die Aufzählung von Rolfs Namen, die sie noch nie gehört hatte, darunter einer der glänzendsten von Europa, bildete eine kleine Verzögerung. Als es vorüber und die Eintragung ins Kirchenbuch erfolgt war, verließen sie das Gotteshaus. Die Garde küßte die Braut herzhaft in fröhlicher Ausgelassenheit, bevor Rolf Angeline in die Kutsche setzen durfte. Drinnen starrte sie ihn verwundert an. Aber es waren nur ein paar Schritte bis zur Anlegestelle, und Angeline fand noch immer keine Worte, bevor der Wagen wieder anhielt.

Rolf trug sie auf seinen Armen aus der Kutsche die Holztreppe zum Uferdamm hinauf und über die Landungsbrücke an Bord des großen Schiffs, das sie erwartete. Eine Pfeife ertönte. Männer verbeugten sich tief, als er an ihnen vorbeiging. Rolf neigte den Kopf, ohne stehenzubleiben.

Ihre Kabine war geräumig. An den getäfelten Wänden waren Fischtranlampen angebracht, auf dem Boden lag ein türkischer Teppich, auf dem ein Tisch und Stühle aus Mahagoni standen. Auf der anderen Seite befand sich ein großes Staatsbett aus Mahagoniholz mit eingelegtem Gold, dessen gewaltige Pfosten Straußenfedern schmückten. In den blauen Samthimmel waren die Wappen und Insignien der ruthenischen Könige eingestickt. Rolf trat ans Bett und legte Angeline sacht auf die Decke. Die Matratze sackte durch, als er sich zu ihr setzte. Er beugte sich über sie und stützte rechts und links von ihr die Arme auf.

»Es tut mir leid, wenn du es nicht so gewollt hast. Ich konnte nicht anders. Ich ertrage es nicht, mich von dir zu trennen und dich einem anderen zu überlassen, während du bußfertig mein Kind austrägst und es beiseite schiebst, weil es schmerzliche Erinnerungen weckt; während du Kinder empfängst und zur Welt bringst, die André gezeugt hat. Ich muß dich bei mir haben, sonst werde ich vor Sehnsucht und sinnloser Reue verrückt.«

Sie war nicht überrascht, nur sehr erleichtert. »Woher weißt du...«

»In jener Nacht auf dem Ball lag etwas Geheimnisvolles in deinem Blick, und in deinem Lächeln war leise Melancholie. Danach, als ich zu dir gekommen bin, waren deine Brüste voll und reif in meinen Händen, und...«

»Ja«, erwiderte sie hastig und senkte die Lider. Dann sah sie ihn forschend an. »Aber wenn das stimmt und du mich heiraten wolltest, warum hast du dann nicht –?«

»Warum ich die künftige Verbindung nicht schon vor Tagen angekündigt und dich unter meinen Schutzmantel genommen habe, warum ich nicht die Fanfaren erklingen ließ? Du wärst zur offiziellen Zielscheibe geworden, und sobald dein Geheimnis herausgekommen wäre, hätte man dich als Vormund meines Erben ebenso beseitigen müssen wie mich selbst. Außerdem wärst du dadurch zu einer Geisel geworden, die ich hätte auslösen müssen, wenn man sie gefangennimmt. Ich konnte nicht einmal die Attacken auf mich selbst verhindern. Wie sollte ich dich schützen? Es war besser, dich von mir fernzuhalten, obwohl ich mich vor Sehnsucht nach dir nicht mehr beherrschen konnte und damit meinen Plan zunichte machte.«

»Meyer hat alles erraten und meine Nützlichkeit als Geisel bewiesen.«

»Denk nicht mehr daran!« erwiderte er rauh. »Denk an Ruthenien unter Eisdiamanten und Opalen aus Schnee oder an Schals mit seidenen Fransen, an goldene Fächer in allen Regenbogenfarben, an sonnenbeschienene Topase und Valenciennesspitzen.« Er schlug den Schleier auf ihrem Haar zurück und zog die Nadeln heraus, mit denen er festgesteckt war.

»Die *corbeille de noce*«, entgegnete Angeline verblüfft. »Sie war also von dir! Ich dachte schon, André wäre verrückt, weil das alles so kostbar war.«

»Und warum auch nicht. Er war der Erwählte, und in der Nacht, in der er es wagte, eure Verlobung zu verkünden, wurde er beinahe Opfer des unbezähmbaren Grimms eines frischgebackenen Königs.«

»Statt dessen hast du ihm gratuliert!«

»Es ist mir noch nie so schwergefallen, ein Wort über die Lippen zu bringen. Warum mußte ich es herauswürgen mit bitterer Galle und einem Stück von meinem Herzen? Konntest du nicht auf meinen Antrag warten, der Meyers Tod so sicher folgen mußte wie Orion Kassiopeia am Himmelszelt?«

»Woher sollte ich es wissen? Mir wurde gesagt, man erwarte von dir, dich unter den europäischen Dynastien nach einer Braut umzusehen. Es war die Rede von einer bayrischen Prinzessin, die dein Vater für dich auserwählt habe und die du ihm zuliebe wahrscheinlich heiraten würdest.«

»Meine liebe Angeline, ich bin längst darüber hinausgewachsen, mich in meinen Handlungen nach den Empfehlungen anderer zu richten. Max hätte sich vielleicht breitschlagen lassen, eine Prinzessin zu ehelichen, aber was soll ich mit diesem Standesdünkel? Wenn es mir gefällt, eine Bürgerliche zur Frau zu nehmen, wer soll mich daran hindern? Ich bin der König.«

»Aber deine Kinder...«

»...werden aus der Liebe und Gnade geboren.«

»Und mit Stutenmilch und Mandeln großgezogen«, lächelte sie, da in ihr eine ferne Erinnerung anklang.

»Ja, und all der Liebe, die ihr Vater über die ungeheure Menge hinaus, die er für ihre Mutter empfindet, noch aufbringen kann.« Er lächelte Angeline an und fuhr fort: »Und wenn es dich bedrückt, daß sie wegen der Farbe ihres Blutes – blau und leuchtend rot vermengt zu Königspurpur – die Köpfe hängen lassen müßten, dann denke an Europa nach der Verheerung durch den Korsen Napoleon, der sich und seiner plebejischen Familie über Nacht den Status einer Dynastie verschaffte und seine Sippe auf Europas wankende Throne setzte.«

»Ja, natürlich«, erwiderte sie nachdenklich.

Er hob die Braue. »Da wir dabei sind, erlaube mir zu fragen, warum dich das kümmert, da du doch einen Bourbonenkönig im Stammbuch hast?«

»Claire hat diesen Anspruch erhoben, nicht ich.«

»Sie hat ihn auf die Familie ihres Vaters gestützt. Du bist doch die Tochter seiner Schwester und damit derselben edlen Abstammung.«

»Ach so«, murmelte sie, schürzte die Lippen und griff nach den goldenen Knöpfen seiner Uniform, die in ihre Reichweite geraten waren. »Du hast mich also geheiratet, weil ich standesgemäß bin.«

»Himmel, nein!« Er zog sie an sich und hielt sie so fest, daß sie sah, wie sich der Schein der Lampen in seinen Augen spiegelte. »Ich habe dich geheiratet, um dich unwiderruflich an mich zu fesseln, um einen Bund zu ehren, eine vollkommene Vereinigung, die in der Wildnis entstand; um dir Reichtum im Überfluß zu bieten, wie er in keiner Schatzkammer zu finden ist, sondern in Körper und Geist und Herz; um in deinen Armen das heiße pulsierende Leben zu finden, das Geschenk, das heilen oder vernichten kann…«

»Ich liebe dich, Rolf von Ruthenien, mein König.«

Mitten im Wortschwall hielt er inne. Er flüsterte: »Ja, darum.«

Angeline griff nach den geflochtenen, spitzenbesetzten Streifen seiner Jacke, wickelte die Hände in den Stoff und zog Rolf zu sich hinunter, bis seine Lippen ihren Mund berührten. Er umarmte sie mit heftigem Verlangen. Sie schmiegte sich in bebender Erleichterung, voll Sehnsucht und leidenschaftlicher Lust an ihn und mußte dabei salzige Tränen hinunterschlucken. Sein Körper bei ihr war warm und erregend, schwer und willkommen. Das Schiff glitt aus der Vertäuung und trieb flußabwärts auf den Golf und die offene See zu.

Jennifer Blake

Nacht über Louisiana
9647

Träume des Südens
9467

Mitternachtswalzer
9675

Bitteres Paradies
9812

Strom der Sehnsucht
9814

Der Kreole
9684

GOLDMANN